花筏

布老虎长篇小说

韩石山 著

北方联合出版传媒（集团）股份有限公司
春风文艺出版社
·沈阳·

图书在版编目（CIP）数据

花笺 / 韩石山著 . — 沈阳 : 春风文艺出版社，
2021.7
ISBN 978-7-5313-5992-0

Ⅰ . ①花… Ⅱ . ①韩… Ⅲ . ①长篇小说—中国—当代
Ⅳ . ① I247.5

中国版本图书馆 CIP 数据核字（2021）第 095770 号

北方联合出版传媒（集团）股份有限公司
春风文艺出版社出版发行
沈阳市和平区十一纬路 25 号　邮编：110003
辽宁新华印务有限公司印刷

责任编辑：姚宏越　　　　　责任校对：于文慧
封面设计：郝　强　　　　　幅面尺寸：155mm × 230mm
字　　数：437 千字　　　　印　　张：27
版　　次：2021 年 7 月第 1 版　　印　　次：2021 年 7 月第 1 次
书　　号：ISBN 978-7-5313-5992-0
定　　价：58.00 元

金婚在即，谨以此书献给爱妻卫淑娟女士。

韩石山　辛丑芒种

第一章

北京西客站，二层第九候车室，靠里，方仲秀先生站在一排座椅的尽头，也不寻空座，只是悠闲地走来走去，不时朝方才进来的门口瞅瞅，像是在等着什么人。

这大厅，方先生不知来过多少次，每次来，都有一种奇怪的感觉。刚到门口，看去人山人海，想着进去，连个插脚的地方也没有，可你只要往里走，摩肩的感觉没有了，接踵的感觉也没有了，你是不想打滚儿，若想，就地躺下打个滚儿，也能展开身子。

先前只是这么个感觉，这次进来，同样的感觉竟引发了他的一缕哲思——人生不也是这样吗？江湖不也是这样吗？看着凶险，那是你没进来，或是进来了没适应。进来又适应了，也就是个平凡的世界。想到这里，他真的想到了陕西作家路遥的那本书。

有一刻，竟让他想起这几天看的《武家坡》，耿其昌和李维康年轻时的一个录像，耿其昌扮的薛平贵，从西凉国归来，手持马鞭，一出场唱的那句西皮流水："青是山，绿是水，花花世界。"世事就是这么个世事，全在你看它时的心境。

今天方仲秀的心境，真叫个好。想想什么洞房花烛夜，什么金榜题名时，用这些陈词滥调来比喻好心境，实在是俗不堪言。洞房花烛夜，那是经过了多少个程序之后的一个必然，金榜题名时，那是下了多少苦功后的一个切实的回报。真正的喜悦，应是一种巨大的冲动，成败尚在预期之中，先来的是眼下的惊喜。若用世事的一种来打个比方，只有将军领兵出征仿佛相似。看京剧《定军山》里，老黄忠手提战袍一角，抖一抖靠背上的旗子，从"头通鼓"唱到"四通鼓"，那才是真正的豪情满怀又喜不自禁。

是呀，此番来西客站，就好比老黄忠，领兵去迎战夏侯渊。唯一不同的是，老黄忠是提一支劲旅作战，而他，退休多年的文史学者方仲秀先生，是只身前往，堪比关云长的单刀赴会，必将满堂喝彩载誉而归。

山西有名的忻州第一中学，请他给全校学生做个讲座！

促成此事的是一个叫张砚田的年轻人。砚田叫他方老师，他叫他砚田，高兴了也会叫他理工男。理工男多年前在忻州一中上学，是有名的高才生，毕业后没参加高考，直接保送到清华大学，读了本科接下来又读了研。如今在北京一家科技公司工作，前不久才相识，诚恳地，又是机智地促成了此事。

闲谈中，砚田说他是忻州一中北京校友会的秘书长，遵校方嘱托，邀请各界名流去母校演讲。起初方先生还不太相信，自家哪有那么大的名气呀，后来砚田的一番说辞，一下子让他回过神来且心安理得。

砚田这个人，说话时的神态，很有特色，明知是临时瞎编，却也诚挚可信且天衣无缝。方先生起初很不习惯这种表达，觉得很像是肚子里憋得很紧的一股气，味道不怎么好，出来了倒也婉转悠扬。这样的妙想，是方先生的惯常思维，他自己说，这是钱钟书先生说的"思想的出轨"。其特色，也跟钱先生相似，最好的比喻，总是在脐下三寸处转悠。只是这次，转到了后头。

砚田先是说，方先生的名气如何的大，娘子关里无人不晓，他很早就读方先生的书，什么书，名字记不住了，可受的影响，全在潜移默化之中。那么多无可挑剔的诚恳话之后，连个盹儿也没打，又来上一句，说方先生要是还在山西，他是不会考虑的，去了母校准会骂他。如今方先生住在北京，可就不一样了，什么样的可能都会有的。枳子和橘子，有淮北淮南之分，人也是这样，全看你是从哪里来的，从太原来，跟从北京去，绝对是两回事。

高才生果然会办事，十天前就买下高铁一等座，截图发给方先生看了。今天更绝，联系了礼橙专车，准时在小区门口，接了方先生送到西客站。只有一点，让方先生不免心焦，他来到第九候车厅四十分钟了，转了两圈，还不见小张的影儿。实在忍不住了，打电话问，说是还在地铁上，快到了，刚过了白石桥。

那些年方先生去北京图书馆查资料，对白石桥有印象，离北图不远，说快了，而刚过白石桥，知道没有二十分钟进不了西站。站了半天，腰倒不酸，腿是委实有些酸了，正好左前方的椅子上有个空位，坐会儿吧，还没到跟前，这边座位上一个胖女人嗖地从他身边蹿了过去，并不落座，只是将手中的纸袋子放下，扭身朝隔了两排椅子的远处喊道："大嫂过来呀，这儿有座呢！"方先生苦笑一声，一点儿也没有责怪那胖女人的意思，反倒是责怪自己，一时糊涂，天降惩罚，竟与这么个胖女人，争这么小小的一个座位。真要是有史官记下来，"某年月日，方某与一丑妇争座"，绝对是此生的污点。一面暗自谴责，一面退了回来，仍站在身后一排座椅顶头的地方，站好了，正要抬头朝门口方向看去，张砚田——砚田——高才生，已到了面前。

"啊，方先生这位置真好，我一进来就看见了。"

"我怎么没看见你呀？"

"嘻，我看见你就行了，我们这种小人物，你看见没看见都不要紧。"

嗯，方仲秀的疑惑在于，砚田既是一进门就看见他，该是从北侧的那排椅子前面过来，怎么从南侧的那排椅子后面过来了？再一想，也就明白了，这个候车厅，卫生间和饮水处，都在进门的南侧，砚田定是一进门就看见了他，不急着过来，先去了趟卫生间。这么一想，觉得自己下边也有了尿意。掏出手机看看，又看看检票口标示的时间，算了吧，再有十几分钟就检票进站了。

看来有这个敏感时间的，不止他一个人，霎时间跟前的座椅上，空出大半，而南侧去云州的检票口前，眨眼间就排起又粗又长的一溜队伍。他几乎没有感到有人从他身边走过，怎么就来了这样大的一个换位。这样让他又起了刚进来之际的那个感慨，候车室真是个奇妙的地方。正想着是该过去，还是仍站着，砚田发话了："来，方老师，咱们坐坐，不急。"

跟砚田相识有半年了，对这小伙子最诚服又心悦的，一是从容，二是会说话。

就说两人一起去看戏吧，好几次都是鞍前马后张罗，网上买下票，亲自开车接送，可事过之后，总要说句："方老师辛苦，又陪我看了次戏。"他能做到的只有一点，就是砚田将买票的截图发过来，三秒钟之内，他便用红包将自己这边的票钱打了过去。方先生看戏，总带着夫人，砚田那边买票要买两张。刚打过去，又是一句夸赞："方老师手指好灵巧哇！"自然不会是当面说的，是手机上的回复。方先生看了，心里的熨帖，像幼儿园里叫阿姨拍着脑袋夸了的小朋友似的。

与会说话相比，更佩服的还是从容。只是对砚田这一品质的认识，不像对他会说话的认识那么直接，而是绕过弯儿，经历了一个渐进的过程。小伙子是忻州人，说话不带忻州口音好理解，毕竟在北京，连上学带工作差不多二十年了。只是说话时像是嘴里含着半口水似的，不是大舌头听不清，是太滋润了，字字都像水珠子似的淅沥不断，若是小孩儿，就会担心哈喇子流出来，若是女人会担心别的地方有毛病。可这是个高挑儿、面色红润、相貌堂堂的年轻人，你只能怀疑自己的认知能力，跟不上时代的进步，而不会疑惑这么优秀的年轻人，会有这么稚气的习性。他的从容，像是跟他说话的稚气是双胞胎似的，让人难以往好的方面想象。是呀，做什么都不急，总是说，还早哩还能做什么，时间不是金钱，但时间是金钱买不来的享受。几次三番之后，仲秀先生方悟出，砚田这小伙子不是俗话说的磨叨，也不是好话说的从容，而是对时间有一种极为准确的掌控能力，别人说的争分夺秒，他是不争也不夺，只是掐得死死的，一会儿就是一会儿，一秒就是一秒，是自己的绝不给了别人。

对这样的现代青年，一个年过七旬的老头子，有什么好说的呢？他让你坐下，坐下就是了。

两个人挨着，小张拽过脚边的双肩包，正要拉开，又想起了什么在外套的内兜里，摸出两张纸质火车票，浅蓝色的那种，说刚才从取票机上取下的，手指捻开，看清各是谁的，将下面一张调到上头，另一只手捏住递过来，叮嘱方先生装起。看方先生将票插进上衣口袋，这才打开双肩包，取出一本书，是要给方先生的，都递到手边了，又打住。

"昨天在老书虫书店，参加了个读书分享会，遇见一个老朋友，听说我今天回忻州，与方老师同行，这本书，让我无论如何要交给方老师。"

说到"这本书"时，掂了两下，这才将书递到方先生手里。

砚田的话语，常会有一种特殊的效果，就是他越是诚恳，叫人越是不信。即如此刻，方先生听了他的表白，想的却是，他的这位朋友即书的作者，本来送了他一本，他见人家包里还有书，便说他有个朋友，仰慕你的大名，在他面前多次提到你，你既然出了书，不可不送他一本。这样那位作家朋友，才极不情愿地取出一本，签上名递给了他。

完全是习惯性的，方先生随手翻了几下，跟打扑克时的洗牌动作一样娴熟。

就这么一翻，几个关键字眼，全看在眼里。书名《求变者：回首与重访》，腰封上写的推荐者有朱学勤、吴思、余世存、许知远，山西人民出版社。腰封遮住了封面的下半截，上半截浅灰色，零乱地排列着几个显赫的人名：梁启超、张之洞、谭嗣同、徐继畬等等。有一个人名当下没认出来，稍一辨别，想起来了，是严复。此老姓名两个字，连在一起像个繁写的严字，不是见过留下印象，很难分辨出来。今人中钱钟书也好这一手，将钱钟书三字扭在一起，颇似民间写的"招财进宝"。据说这叫合体字，其作用跟时下影视明星的签名相仿，成心叫人认不出来，而对签名者平添一份敬意，有的则是一份轻蔑，那么大的学问，也玩这种小名堂。

"这位李礼先生主持着一个史学刊物，经常组织些学术活动，什么时候方老师有了兴致，也去讲上一场，就在书店里，听众不少呢。"

"李零？北大的？"

方仲秀知道北大有个李零，教历史的，山西人民出版社出过他好几本书。

"不是那个李零，是李礼，礼貌的礼。这个是人文学者，那个是史学教授。咦，该过去了！"

扭头一看，可不是嘛，刚才又密又长的队伍，正笨拙地朝检票口那边蠕动。方仲秀拉起箱子，挎上挎包。砚田双手一伸再一甩，背起双肩包，要走开了，手臂往后一甩，看也不看，拽过拉杆箱。方先生不敢怠慢，紧随其后，来到队伍后头，从容站定。很快，身后又排起一溜儿。

方先生还在盘算着什么，看砚田的神态，那长长蠕动的队伍，在他眼里，跟街上的人流没有二致。一边漫不经心地挪动脚步，一边靠过来，说忻州那边做了怎样的准备，跟他联系的一位姓安的主任，昨晚通话时跟他说了些什么。

"他们还跟我说，演讲时让方老师注意些什么，我跟安主任说，方老师是老司机了，你想让他说不好的，他都不会说，不看是谁嘛。"

"现在各地都抓得很紧，小地方嘛，有这样的担心也情有可原。"

"票！"

小张扬扬手里的车票，提醒方先生该取出车票了。

噢，快到检票口了。方仲秀赶紧掏出车票，捏在手里。几乎是不自觉地，手臂略略前伸，将车票放平，等于是做好将车票伸进检票口的预备动作。前面还有十几个人，再看砚田，票捏在手里，神态仍像平素一样的从容淡定。

嘟嘟嘟，手机响了，方先生以为是后面一个人的，扭了头一听，知道不是，转过脸，只见砚田从裤兜里掏出手机，贴在了耳朵上。周边嘈杂，像是听不清，连问几个怎么啦，仍听不清，挤过旁边的队伍，到了窗户跟前，将耳朵对了墙壁，这才听清了，一边听一边点头，点了好几下，这才结束通话，又挤过队伍，回到方先生跟前。此刻方先生已不在原先的位置，距检票口也就一米多，前面仅有四五个人。

"方老师，我们离开这里！"

砚田说罢，并不征求方先生同意，一手拉了他的皮箱，一手拉了方先生的皮箱，离开队伍，朝后走去。方先生蒙了，脚步倒还清楚，跟在后头，一步也没落下。到了书报厅跟前，再过去就是厕所了，砚田停住，扭身将两个箱子对齐摆好，这才跟方先生说了离开检票口的情由。

"方老师，情况有变化，刚才的电话，是忻州中学办公室的安主任打来的。我来的路上，在地铁上跟他通过话，问那边准备得怎样，他还说没事，一切正常。刚才来电话，说学校出事了，几个高三学生打架，一个把一个捅伤了。来了好几辆警车，领导都在处理这个事，今晚的演讲取消了。嘿，这几年，我给学校请过好几个名人，只有这边有事，说好了去不成的，没有那边有事不让去的。"

"天有不测——"

方仲秀说到半截顿住了，下面不知该说"风云"，还是该说"变故"，只好打住不再作声。

"多亏电话来得及时，晚上五分钟我们就进了站。"

"没什么，各自回家吧！"

"且慢，叫我想想。"

小张想的结果是，此刻已十一点，吃午饭尚早，退票也得一会儿，不如暂且去咖啡厅坐坐，平缓一下情绪再说。

事情到了这个地步，方先生是一点儿主意也没有，砚田说咋办就咋办。只是怀疑，这候车大厅乱哄哄的，哪会有什么咖啡厅。

不等他开口，砚田说跟我来，领上方先生，七拐八拐，到了二层与三层之间的一个拐角处，还真有个咖啡厅。不光有咖啡，一切陈设，无不带着咖啡相，皮沙发，也不知是黑的还是红的，细细辨认，最接近的颜色还是咖啡色。地板，湿漉漉的，像是泼洒了几桶调好的咖啡，只是颜色相近而没有一点儿咖啡的味道。见他俩进来，一个满脸咖啡色的中年妇女，从手机上抬头，问了一声茶？砚田回说咖啡，女人似乎有了工作热情，放下手机，过去将两个紧挨的沙发推开，看得出来，是方才洒水擦地时将沙发并拢起来的。两人坐下，砚田拨了一下茶几上的价目立牌，扭头朝吧台的女人喊："两杯咖啡，一碟开心果。"

价目牌是块有机玻璃，上下固定在一个弓形的金属架子上，架子又立在一个黑色的塑料底座上，拨一下，价目表会转上几圈。砚田看罢推开，那价目表又转了两圈才停下来，咖啡价格的一面，正对着方先生，一看由不得皱皱眉头。砚田觉察到了，问："这地方不好？"

"这么个破地方，一杯要三十，还是速溶的。"

"咖啡是不值，可这地方值，多大呀！"

砚田说着，手臂朝外一抡，幅度之大，似乎车站广场也包括进来了。

"再大也只坐两个人。"

"方老师，可不能这么说，有的东西，贵与不贵，不能看它本身，要带上它的附加值。这个地方叫咖啡厅，实际是个休息厅，三十块一杯咖啡是贵了，可你在这儿坐上一个小时，那就不止值三十。"

"那倒也是。"

此刻的方仲秀先生，不是提高了对性价比的认识，而是增加了对张砚田的一份敬意。年轻人就是想得开。倘若自己遇上这种事，要调整情绪，重新谋划个什么，顶多是到街头公园走走，累了在马路牙子上坐坐，断不会想到来咖啡厅的。

咖啡上来了，慢慢地啜着。开心果像是潮了，一点儿也不脆，咬在嘴里跟皮筋似的。

"砚田你是高才生，上清华学的理工科，听不听文科的课？"

砚田说，刚入学，去北大那边蹭过文科的课，后来才发现，理工科的教授，讲起社会问题，比北大那边有趣多了。北大教授讲课，谈起社会问题，天马行空，慷慨激昂，过后回味，落不下什么东西，就跟一个大筐里堆着个棉花包子，放在那儿不动，看着很重，提起没有分量。清华这边，差不多都是留洋回来的博士，对社会问题有兴趣的，讲起课来，你根本分不清他是文科的还是理科的。

方仲秀来了兴致，说举个例子听听。张砚田是想熬到十二点，在外面找个饭店，让方先生用了午饭再回家。白来西站一趟，总觉得对老先生不起。老先生爱听，那就摊开了说吧。

砚田说他上研一的时候，有个教高等函数的老师，剑桥回来的，还是副教授，给他们开了一门课，叫"社会学的线性分析"，让他们大开眼界。这位老师姓相，丞相的"相"，名崇智，人极英俊，伦敦英语，有时故意磕巴一下，那叫绅士风度。有那么几节课，教他们剖析中国社会素质的整体升降，以婚姻为主级参数，另有次级参数好几种，比如受教育程度、个人修养、男性的社会地位、女性的美貌魅力，都给了具体的数值，各种表格有十几种，然后又讲了推算公式，也是一长串的英文小写字母和高等数学符号连接起来，组成的算式。

"这能分析出什么？"

砚田说，他们也是这么想的，几堂课下来，制定了十几个表，还看不出什么，甚至让人觉得眼花缭乱，不知所云，可是到了最后一堂课，超大的电子屏幕上显示最后的线性图时，同学们都惊呆了，由不得站起来向相老师大鼓其掌，有个女同学，还冲过去，抱住相老师，象征性地吻了一下。

"什么结果？"方先生忍不住了。

"说了也平常，可是他的方法太科学了。那些数据，都是我们分头采集的，有的是去公安局档案室查的，有的是去一个部队干休所，采集一九四九年至一九五四年间，连级以上现役军人的二婚率及配偶的各项数据。还有那些算式，也是相老师跟我们讲了又讲，谁都信服其科学性、合理性，就这，最后的线性图，还是让我们新奇又惊奇，不能不佩服相老师的学问。剑桥回来的，就是不一样。"

方仲秀已不再发问，只是静静地等着砚田说出最后的结论，看自家是不是也会感到惊奇又新奇。

砚田端起咖啡，用小勺搅搅，啜了一口，放下，友善地笑笑，像是在揣测方先生的接受能力，先点点头，这才说："依据图表上的线条显示，中国社会自一九四九年至一九九九年的五十年间，社会整体素质有三次大的线性波动。有升也有降，有一个时期，升得高些，有一个时期，降的幅度大些。"

方先生有些失望，觉得这样的线性分析也没有什么了不起，不过是洋派人物故弄玄虚罢了。呷了口咖啡，问砚田，这位相老师多大年纪，砚田说教他们的时候，也就二十七八岁。

方先生面露不屑之色，又像是想起什么。

"噢，砚田，你还没说完呢。"

"相先生说，第一次下降，是因为中华人民共和国成立初的几年，进了城的军政人员，有的是多年未婚，有的是离婚再婚，一大批适婚年龄的知识女性，涌向了这一面。当然，从另一方面说，对这一些人，又是个快捷的提升。这个提升的面儿很窄，较之原有社会层面的文化素质，还是降的趋势大些。第二次下降时，就更明显了，大批中学生下乡，尤其是女中学生，有的嫁了当地农民，还有出身不好的女大学生，为改变身份嫁给了工人。方老师是那个时期大学毕业的，是不是这样？"

"哼！"

这话戳着方仲秀的什么疼处，连个过程也没有，突兀地就来了这么一声。

"不会是方老师恋着的什么女同学，为改变身份下嫁了吧？"

砚田说这话的时候，咧开厚嘴唇，做出一副憨笑的样子，纯粹是为了逗方先生开心。

"像我这样出身不好的学生，在大学里，从不做那个梦。不过你这话，还真是问对了。我们系里，真有这样的女学生。不是我的什么初恋情人，或是什么暗恋的女同学，是我们系一个二年级的女生，叫史雅文，真是漂亮啊。原本跟我们系高年级的一个同学搞恋爱，都准备结婚，又吹了。临毕业时，听说嫁给了一个初中时的同学，有为了改变身份的意思，也有为了留在城市的意思，不管怎么说，我们听了只有痛心。"

"据我们相老师说，这样的婚姻错位，也是社会进步的一种方式，不是说全不好。他那套理论，广博得很，据说前些年在西方很时兴。"

方先生的思绪，还停留在美女不遇时的痛惜里，砚田要他趁热喝了咖啡，这才长叹一声，说道："真想不到，学问还可以这么做！"

砚田怕方仲秀对他们老师有误解，似乎用了这套理论，专门挑中国社会的毛病似的，又说，在相老师所做的线性分析中，对中国社会也有肯定的一面，比如一九六二年至一九六五年，文化素质线条，就提高了不少。据说是当时中央提出了一个调整方针。叫什么来，挺长的，一下子想不起来了。

方仲秀接上说，叫调整、巩固、充实、提高。实际上是一种紧缩方针，许多该上马的都不上了，许多正常的东西，也都缩减了。以中学为例，他们镇上原有高中班，不招了。他在晋南一所高中读书，往年都招八个班，他们那届，只招了四个班。

"你说是康杰中学吧？"

"是的，上了三年，赶上一九六五年高考，上了大学。要是迟上一年，就没戏了。以我的出身，在农村，顶好能当个小学民办教师，要想参加高考，得在十二年之后，就是一九七七年了。"

"我知道，后来你在吕梁山教书，又是好多年，才调到省上的。"

咦，方仲秀警觉起来，说："砚田哪，你不是要给我做个线性分析吧。"

砚田嘿嘿一笑，说方老师的经历，哪里用得着做什么线性分析，要做，一张十六开的纸就够了，中间就一条线。说着举起茶几上的手机，直上直下，画了一条线。怕方仲秀看不清，重复了一次，仍是先在上面点一下，再直直地画了下来。

什么意思？方先生不解，没有问，只是眯着眼，朝砚田瞅了瞅。他注意到了，砚田是直上直下，而不是由下向上。砚田也知道，毛病出在什么地方，要的正是这个效果。

"这个呀，叫爬得高，摔得重！"

"啊！"这回出了声。

"嘻，毛泽东写过一首诗，说他是反其意而用之，我这不光是反其意而用之，且是反其时而用之。"

　　"此话怎讲？"

　　"方老师你看嘛，你的经历，是上了大学，一下子又跌到吕梁山里教书，受了那么多的苦，如今成了著名学者。爬得高，摔得重，反其意又反其时，不就成了，摔得重，爬得高了吗？当然你这不能叫爬，得说是飞，也可以说是爬，一步一步爬上了事业的顶峰。"

　　砚田这个弯子，拐得也太大了，听到这里，方仲秀笑了。

　　砚田拿起手机，看看时间，方仲秀知道，下一个项目又要上马了。

第二章

　　新建的永定门城楼，怎么看都像个南北通透的居民楼，一排一排的箭垛口子，像极了居民楼的窗口，只是没有挂空调。出租车从二环上往南一拐，远远看见这个扎眼的建筑，方仲秀的脑子里，又跟湿地泛浆似的，泛起先前早就有过的这么一个刻薄念头。

　　离开西站咖啡厅，按照砚田的安排，两人前往景泰街上一家小馆子，去吃北京有名的卤煮。要依了砚田，是要请方先生去"老莫"，吃面包喝红汤的，方先生连连摆手，说算了算了，一则路远，再则他对洋餐没有一点儿兴趣，还是吃个北京小吃，对口味，也随意。砚田手机上一查，便定下了景泰街这家，叫雅聚坊。

　　还好，人不多，挑了个僻静的位子坐下，跑堂的过来，砚田随口报了饭菜，又低下头，在背包里翻找什么，掏出一个精美的铁盒，打开取出一个小纸袋，正要撕开，方先生瞥了一眼，见上面是个英文词"Lipton"，他虽认不出词义，立马就想到酒店茶几上的茶盒子里，常放着这种袋茶。做个手势，先挡住了砚田的撕扯动作。

　　"不配套，不配套，这种地方，怎么能喝这种洋气的茶。"

　　"啊？"砚田也意识到了这种不相宜。

　　"先收拾起来。"

　　"白开水？"

"看我的。"方先生说着扯过自己的挎包，并不解开，从偏侧里伸进手，一摸就掏出一个红红的罐形小圆盒，搁在桌上，轻轻一弹，弹到砚田面前。

"好精致！"砚田拿在手里，端详一番，随即轻轻念出盒盖上的品名——曦瓜。又颠过来，念侧面的文字——花香大红袍，净含量八克。见盒底也有字，也念了出来：武夷岩茶，特级，福建南平武夷山。

"砚田眼睛真好，那么小的字也能认出来。我看着沙粒似的，还乱动呢。"

"武夷岩茶，咦，还有个盖儿。"

砚田揭开了红色的圆盖，里面还有个黄色的金属盖儿，中间突起个小柱儿，是让人抓住提起的。揭开了，淡淡的茶香飘逸出来。

"不是岩茶呀！"

"是呀，用了这么个盒子，装的是北京的茉莉花茶。在家喜欢绿茶，出门还是花茶好，劲儿大，提神。"

"讲究！"

"是毛病。"

说话间饭菜上来了。两碗卤煮，一盘爆肚，另外一个盘子里，除了四个小火烧，还有几个焦圈。

"点得太多了，有了火烧，就不必要焦圈了。"

"焦圈是配豆汁的，那味儿怕你喝不了，焦圈脆着还好吃。"

卤煮，还有炒肝，刚到北京，儿子带方先生都吃过。马家堡东街那边有个老高家饭店，里面卖卤煮，他也进去吃过一次。细细品味，还是景泰街上这家地道，那一截肥肠，先就格外糯软可口。吃着吃着就想起多年前去西安讲学遇上的一件事。

"嘿，这卤煮，还有西安的羊肉泡，重庆的夫妻肺片，现在叫地方名吃，当年可都是下层劳动人民的吃食，这个概念，我还是在西安一次吃饭时才听说的。"

砚田并不问，只是放慢筷子的频率，做出一副也还在听的样子。

方先生说，前些年不时地还会有地方请他去讲课。这种事，人都喜欢往大里说去，上海某中学讲了一课，对外可以说上海请他讲了一次，好像有个请帖，上面有时任上海市市长的签名似的。他也难以免俗，这次去西安，是高中同学焦垣生请他去的，垣生在西安交通大学当中文系主任，手里有讲座经费，一半公事一半私情，便请了他这个三流作家兼学者的老同学去讲了一课。过后他跟人说起来，也是西安请了他去讲学，嘴上没多说什么，可那份得意，就好像他去了，西安城墙的垛子上，全插上欢迎的旗子似的。这些转眼就过去了，只有焦先生请他吃羊肉泡馍那天说的一席话，跟刀子刻下似的，留在了他的脑子里。

砚田知道说到关键处了，放下筷子仰起了脸。

"我们这位焦姓同学，方面大耳，膀宽腰圆，一看就有军人气派。他倒没有参过军，他父亲是个国民党军官，这体魄这气质该是遗传下来的，尤其是说话的口气，瓮声瓮气却又斩钉截铁——"

讲个吃羊肉泡馍，竟然这么长的引子，砚田耐不住了，埋头呼噜了一口卤煮，恰在这当儿，方先生说到交关处："垣生同学比我低一级，改革开放之后，一考就考上南开大学。考上大学，又分配到大学教书，便请他爸来西安逛逛，来了总要吃个好的，就请他爸到西安有名的老孙家饭馆，去吃羊肉泡馍。没想到的是，泡馍端上来了，老人手在桌子上一拍，轻轻地叹了口气，说没想到我儿请我到了西安，请我吃这种饭。儿子不解，看着他爸，他爸瞪了一眼，提高了声儿说，这种饭过去是下苦人吃的！"

"啊——"

砚田瞪了一下本来就大的眼，眉宇间闪过惊讶的神色。方仲秀淡淡地说："我能理解，老人是傅作义部的军官，新中国成立后在村里受了几十年苦，如今儿子大学毕业又到大学教书，接他到西安，说是下馆子，却吃了顿羊肉泡馍，回去跟老弟兄们说起脸上无光啊。"

小火烧吃了，该着吃焦圈了，脆生生的，口感甚佳。嘴唇的蠕动，引发了思维的跳跃。方先生想起砚田在西客站咖啡厅，讲的清华老师研究的社科课题，社会素质的线性分析，太奇妙了。

"除了社会素质的线性分析，你们那位相崇智先生，还给你们讲过别的线性分析？"

"好几种呢，都是研一时讲的。"

"再说上一个。"

"相先生是留英回来的，他那一套据说多少年前，在西方很流行。

他说并不是要套中国社会，只是训练我们一种研究问题的方法。方先生想听，我就再说上一个。"

砚田说，相老师引领了他们做的第二个线性分析，可以叫作公权力的反向作用与地域人口诸因素的线性分析研究。前面一部分也是相当复杂，投入的时间和精力，比上次还多。在研究生班的同学里，选了五个不同省份的同学，还得是家在县城的，又选了五个不同省份的同学，还得是家在省城的，这十个同学，再配上十个与他们不是同一县城同一省城的同学，当然都是同性别的，利用实习时间，带上经费，回到前十个同学所在的县城和省城。

方先生心想，两个人到了一个县城或省城，能调查成什么呢？

砚田似乎看出了方先生的疑惑，当即给出答案。说调查的项目很简单，就是去了当地同学的家里，说是带同班同学来这儿玩两天，这两天之内，去两家与这位同学家最亲近的亲戚家做了一次客。如何亲近，事先也有设计，舅家比姨家亲近，姑姑家比大妈家亲近，等等。调查什么呢，调查家庭主要成员受教育程度，何种职业，获得何种荣誉，还有平日生活水平。按说这些情况，当地学生自报一个也可，相老师不，他有一种西方学人的治学精神，什么事情，都要有旁证，无漏洞。也是在清华，只要项目通过，经费从来不是问题，比如陪当地同学回家的同学，到了当地不可住同学家，去看望同学的亲戚，礼品由陪同同学购买，这些开销都在项目经费里，所以这样做，就是要保证资料的准确无误。

"最后的结论呢？"方先生最想知道的是这个。

"方先生，我刚才说的一个概念，怕你没有听明白。"

方先生问是什么，砚田说，是这个项目的命题中，用了个名词叫"公权力的反向作用"，只怕方先生忽略了。还真是没有留意，以为只是说权力的作用，说没留意那个反字，方先生笑着承认。

"还用我解释吗？"

方先生扭头，看长桌的另一头坐了人，说不必了，一面努努嘴催砚田快点说。知道不用解释了，砚田还是说了一句，西方叫权力的残暴性，我们当然不能这么说，用个中性词，就叫权力的溢出吧。水在盆子里，是静水，可洗菜蔬，泼出去，就会滑倒路人。这才接着说下去。

"那个线性图，很像一丛韭菜，底下紧紧地挨在一起，到上面渐渐散开，乍一看，又像一蓬铁丝似的。这图表用语言解释出来是，民众的幸福指数，与公权力的温和覆盖面积成正比，与公权力的植根密度成反比。这如果算是正定理的话，其逆定理则是，植根密度的公权力，其服务民众的权力越差，而侵扰民众的能力则成反比地增加。"

"明白吗？"砚田诡谲地一笑。

"能感觉到一些什么，又说不明白。"

"我们起初也不明白，待全部结论出来后，这个线性分析课题，实在是太有意思了。它能科学地解释，为什么偏僻落后的地方干群关系紧张，由此而产生的恶性事件特别多。公权力的覆盖有个指数，过低过高都有问题，而恰当的覆盖指数，也称温和覆盖，又与地域面积及人口多少有关。"

方先生皱皱眉头，砚田知道方先生又没听明白，可他不打算往细里解释了。

"这么说吧，这一课题，对我们这些刚毕业的大学生择业最是有益，将各种数据往公式里一套，就知道该去什么地方，至少也是什么地方不能去。比如说，没有强大的家庭背景，县以下包括县，尽量不要去。像北方省份，就是报效桑梓，公司机构也应当设在地级市一类的城市里。省城最好。而在南方，三十万人以上的县城，也是可以考虑的。不是说这个县有三十万人，是说这个县城本身，就有三十万人。"

方先生连连点头，同时一个疑虑涌上心头，觉得砚田对这一套这么稔熟，是不是他也在做这一类的研究，不是过去，而是眼下。他一提出来，砚田就笑了。

"方先生联想力很强啊，我是在做这样一个课题。"

"快说说。"

方先生来了兴致。能猜中聪明人的心思，等于自己比聪明人还要聪明。砚田常说自己是理工男，有时前面还有冠上清华二字。

"我这半年正做的一个小课题是，人品与学问的关系。这是我在清华待了八年，本科四年，研究生四年，一直在困惑我的一个问题，跟相老师学了一年线性分析，就有心思做这个课题。前几年工作太忙，做做停停没有坚持下来，这两年工作顺手了，空闲时间多了，又拾了起来，只是材料太难采集了。"

方先生眨眨眼，不怀好意地说：“你跟我交往这么密切，是不是想在我身上采集什么材料？”

“嘿嘿嘿。”理工男笑了。

“笑什么，又让我不幸言中？”

清华理工男说，不是的，是方先生的神态，让他想起不久前跟方先生一起在梅兰芳大剧院，看过的一个折子戏《未央宫》。戏里的韩信说，他倒想起一辈古人来了，昔日越王勾践之时，文种被宣召进宫而被赐死。萧何劝他，说齐国管仲也是被宣召进宫却官封首相，这又做何讲解呢？韩信听了说我又多虑了，萧何趁势帮腔说多虑了。

“哈哈哈。”这回轮着方先生笑了，听着声音怪亮的，更多的是掩饰，掩饰胡乱猜疑的尴尬，“这么说我连做清华人研究课题的材料都不够？”

砚田摇摇头。

“不是这个意思，我是说，像方先生这么聪明的人，做社会课题采集的材料，没有统计学上的价值。”

“会说话，会说话！”

这会儿，饭店里人多了，砚田结了账，回来拿起背包，两人出了门。

门前几棵行道树，有棵榆树，紧贴着饭店的砖墙，枝丫伸过来，覆盖了店门的瓦檐，还要飘出那么一片，跟美人的刘海儿似的，只差下面有两个媚眼儿。下垂的枝条上，叶儿还未努出来，一嘟噜一嘟噜的榆钱儿，正黄得耀眼，或许是这春日的美景，启发了方先生蛰伏的灵性，一脚已踏上最下的一个台阶，忽地生出一个念头。

刚说了半句，砚田就全明白了。

“不是个事。”

砚田当下掏出手机。

方先生的想法是，城里哪儿有下午场的京剧，两人去看一场。

饭店门外，是个中式的牌坊，砚田往右边跨开一步，离开门口的台阶，倚住柱子看起手机。方先生不打扰，紧随其后，朝左边跨了一步，左边的柱子前立着个带座的招牌，近不得柱子跟前，只好双脚踩住台阶的棱儿，身子一晃一晃，能看出心里是如何喜欢。脑子可没闲着，心想，遇上这种情况，别人会说他是生活的兴致高，而实际上，他知道，他不过是犯了他这样年龄的老人的一个共同的毛病，就是出了门，离开老伴的管束，就想在外面多逛逛。

"还真有！"

砚田叫了一声。无人进出，方先生跨过两步，到了砚田跟前。

"远了点儿，在亦庄那边。"

"什么戏？"

"亦庄城乡世纪广场，博纳星辉剧院，杜镇杰、方旭、张慧芳联袂演出的《赵氏孤儿》，五十元一张票，简直是白菜价。"

第三章

礼橙？什么意思。"里程"的谐音，还是献上一个橙子为礼？是个祝福语，还是公司的名字？

坐在后座左侧的方仲秀，打量着司机座位后面黑色皮套上的这两个字，咬文嚼字的毛病又犯了。这种咬嚼，有点儿像嚼口香糖，起初还有点儿味道，越嚼越淡，嚼到后来，会有种恶心的感觉。此刻，恶心的劲儿真的泛上来了，本想让司机将车窗放下来，一想，刚才车一启动，司机就回过身问，温度怎么样，要不要开空调，砚田看手机顾不上回答，他连忙说不用，正好正好，这会儿又让人家开车窗，究竟是嫌热还是嫌凉。

砚田不看手机了，侧过脸，先友好地笑笑。方先生知道砚田那边，肯定是要说什么刻薄话了。这个年轻人，名校高学历，什么时候要说刻薄话了，都是这么友善地一笑。

"方老这么爱看戏，我忍不住要往深处想，是喜欢戏里男欢女爱的剧情之美呢，还是喜欢避开家庭烦嚣的丝弦之美呢？"

嘿嘿，方仲秀坦然地笑了笑。

这个表情把握，与笑声分贝，是在砚田未开口之前就预备好了的。此刻实施出来，仍觉得有违初衷，笑声的分贝应低些，但应有一种尖厉的成分，像戏里的奸佞之臣，诡计即将得逞时的那种会心的一笑。

"我也不知道，一个男人在外面，这两种成分哪种更多些，我们理科生思考什么，总爱在分量上分出轻重。"

砚田起初问话的时候，方先生的回应已想好了，只是不便当下说出。

这会儿再问了，方先生一寻思，还是再等等。

有时候现成的答案就在嘴边，也要咽回去让它在肚子里焐一焐，这样再出来时，才显得你很有城府。就在咽回去，正焐着还没有泛上来的时候，方先生脑子里掠过他此生的一个小小的得意。

前几年，还在太原编《三晋文苑》时，编辑部调来一个大学生，女的，聪明伶俐，就是心思不在工作上，一个小小的文稿，会有多处错字。电脑时代没有错字只有别字，别字通常就是错字，但有时却难说，说不定会别有新解。有次稿子出来，"坚守"成了"艰守"，他指出不对，这个小编辑竟诡辩说，"艰守"比"坚守"词义更丰富，有"艰难固守"的意思，他叹了口气，也就认了。过了两天，又是"坚守"，印出来成了"竖守"，他将刊物往桌子上一摔，大喝一声："站起来！"小编辑站起来，哭丧着脸不作声，只是眼睛不时翻一下，像是又在思谋着如何诡辩，他冷笑一声，问道："你说说，你这究竟是品质问题，还是智商问题？"小编辑低头不语。过后文史研究会里，将他的这一质问说成一剑封喉，承认是品质问题，等于说自己是个坏人，承认是智商问题，等于说自己是个笨蛋。

就那样直截了当地回答吗？

此刻已回过神，想的是如何回答砚田的问题。

对一个聪明到刁钻的年轻人，直截了当乃破敌的不二法门。

砚田的那张丰润的脸盘还在侧着，似乎要涌起再一波笑意的时候，方先生开了口。

"我是个爱老婆又怕老婆的人，天天在一起，爱意就淡了，离开了还会想的，这个年纪，离的机会太少了，因此应当格外珍惜。"

"高，高！"

砚田连声赞叹，脸也就收了回去。

车里确实有些闷，恶心的感觉又泛上来，再这样下去会晕车，说不定还会呕吐，那可就糟了。看车窗外，行道树全是柳树，似一条绿色的彩带飘过，让人眼花，这样的景致不能多看，看多了会更恶心。定睛看前方，一道人行天桥，钢梁上横着蓝底白字的标志牌，赵公口桥。再过去是刘家窑桥，过了刘家窑桥往南一拐，就是榴乡路了。再忍一下，要是上了榴乡路，恶心的感觉还不消退，就跟司机说一声，把车窗摇下来。

上了榴乡路，还不行。

"师傅，能不能把后面的车窗摇下来？"

"行啊，你自己摇吧。"

这才知道，这个看似高档的礼橙车，摇下车窗的按钮，也跟普通车一样，就在后门里面的扶手上，轻轻一扳，车窗就下来一大截。凉气吹进来，长长地嘘了两口气，感觉好极了。

砚田似乎心有未甘，又提出一个问题，仍是一副敬仰有加的神气。

"我看方先生，这半天神色有些凝重，莫非遇上什么烦心的事不成？若无大碍，这会儿闲闲的，不妨跟我这小兄弟说一说，解不了忧愁，也算是小小的发泄。医学上说，郁闷之气，最是伤人，老年人尤其如此。"

风一吹，精神好了，听了砚田的话，方先生一点儿也不反感，倒有种心头一亮的爽快。反正不是大事，闲着也是闲着，跟小伙子说说，说不定还会出个好主意。

"近来确实遇上个烦恼的事。"

"哟，神仙也有烦恼事，我倒想听听。"

方先生说，住在北京最大的好处是联系起来方便，这一优点，住下来的头一个月，就感觉到了。上海一家报纸有个女编辑叫高蕊，不是多么白净，也还端正，最主要的是气质高雅，待人和善。他早年爱四处投稿，跟这位高编辑多有联系。国庆节前几天吧，高女士奉报社之命，北上看望京城的老作家，在老作家邵燕祥那儿听说他住在北京，且不远，便与同行的一个男孩儿，打车来到他这儿。带来一个大果篮，还有报社多少周年的纪念画册，他正要表示感激，高蕊女士大大方方地说："不是我的，是公家买的。你要是还在太原，那就没你的份儿了。今年紧了，去年来，还有一笔经费，可以请到外面吃顿饭，上酒也没事。"

说到这儿，唉了一声，砚田那边，像是听出了弦外之音。

"方老师是说，住在北京也清静不了，常有人来打扰？"

"也不能这么说。"

方先生这边，先来了这么一句。实际上，他说上面这个典故，只是显摆一下自己的声望，你看，上海报社来的人，到了北京也会来看他，还是去了邵燕祥那儿打听到的，另一层意思，不说也说了，他跟邵燕祥这样的文化名人，也是老朋友。可是叫砚田这么一问，等于是看穿了自己的卖弄。按说承认了，也是一种高尚。可是方先生的思维，常在这些地方，显示不同凡俗的敏捷，你一猜出，他马上就拐了弯儿。

说出"也不能这么说"的时候，实则他的脑子里，还没想到怎么就不能那么说。好些人说这样的话，不过是故作姿态，真要叫他说，一下子还说不出来。方先生的胜处是，能马上接着说这个不能说。

"什么是打扰，什么不是打扰，得看你的状态。真的忙的时候，那叫打扰，你闲得发慌，这就不能叫打扰了。人老了，像这样的打扰，不时有些个才好。"

反正没有事，方先生又说起一件事，似乎将烦恼这个话题全忘了。

说他在北京住下的第二年，河南一个叫郑文雄的朋友来看望，那时他没有租下现在的房子，还跟儿子一家住在一起，是看望也可以说是来请教。小伙子说他现在闲了些，想做做学问，选了个课题叫"清华国学院探秘"，名字叫成这样，但不想像时下那些北上南下之类的书，全是散文化的叙事，普及的意义大，学术的意义小。他想写成较为规范的学术著作，说较为规范，意思是也不想写成纯粹的学术著作，不是写不了，是怕写下卖不出去。平日喜欢看方先生的学术随笔，觉得考证上似乎还下过功夫，最主要的是文字平实可信，想着方先生也没正经上过学，怎么就练下这一手。这次来北京，是参加鲁迅文学院的高研班，想着无论如何要来看望方先生，把这一手学到手，还望方先生悉数赐予，万毋保留。

"这话味儿不对呀！"

砚田这话，不像是起了疑问，倒像是在挑拨。

方先生不在乎，心甘情愿地领受了。

"我也是这么想的，可是一看小郑的神态，就知道不是的，是出于真诚，真要挖苦我，他不会提上那么好的一盒子信阳毛尖，到了北京又打车来到我这儿。为什么要说那个话呢？我们早就认识，是他觉得我这种没有真学问的野狐禅，最对他那种不想下大功夫，也还想出点儿不小的名的路子。说那话是图个亲切，也是图个便捷。怕我像那些真学问家一样，端起架子，吭儿哈的不说人话，那他的路岂不是白跑了，信阳毛尖岂不是白送了。"

"那你是怎么回答他的呢？"

这回清华理工男，是诚心请教。

方先生微微一笑，一看就是成竹在胸，将要语出惊人了。

"我只教给他一手，他就再三表示感谢，说方先生果然有真经，这一趟没有白来，早就知道在鲁院那个班，不会学下什么真东西，来方先生这里一趟，那个高研班不用上也等于功德圆满了。这一手是真经，回去我还要细细咂摸，揣摩出此中的奥妙。"

"你说了什么呀！"

砚田不是诚心请教，而是急不可耐了。话语若是有形物件，跟个糖块似的，正含在方先生的嘴里，压在舌头底下，他早就伸手过去，一把抠了出来。可话语是无形的，真的要去抠，只会抠出满手的唾沫来。没办法只有耐着心，看这个学术江湖客，能说出什么六言真经来。手指的紧急任务派不出去了，中枢神经的命令已经下达，英雄无用武之地，只好在膝盖上拍了三下，表达出一种和善的催促。

是该说了，再拖下去，卖关子就成了卖狗肉了。为以示郑重，还重重地咳嗽了一声。

"我跟小郑说，你千万不要以为，材料收集齐全了才可以动笔写书，材料上就没有齐全这一说。好多大学者，到老了常说他要写什么大著作，材料没齐全而功亏一篑。那可骗别人，骗不了我。做学问，一个是材料，一个是判断，两点定一条直线，三点定一个平面，要那么多点做什么？材料有个五六成，就可以开笔了。下来的关键是材料的运用，行文的口气。越是不确切的，越是要用确切的口气，越是确切的，越是要用不确切的口气。比如说到国学研究院后期，必然要说到梁启超的死，是协和医院的主刀大夫，割错了梁启超的肾，该割这边的割下了那边的，你从当时的报纸上查出此人叫刘瑞恒，但写的时候，你不可说就叫刘瑞恒，而要说此人或许叫刘瑞恒。梁先生死于凌晨，你并不知道是几点几分死的，写到这里，一定要说死于三点二十五分八秒。这样一来，等于不确切的是真的，确切的还能是假的吗？"

说罢嘴角撇撇，不是得意地一笑，简直是狰狞地一笑。

"佩服，佩服！"

砚田连说了两声，真的是通心里佩服。没想到这个山西江湖客，肚子里还有真道行。

前面这些，不过是个引子，方先生及时地将话题转到住在北京的好处上。

说他跟郑文雄两人，喝茶聊天，谈论学问，末后才问，过去见面，小郑总说多忙，怎么这次有闲情来鲁院上高研班，且有时间写这样的学术性著作。小郑说过去当编辑是受人驱遣，身不由己，现在已是副总编辑，分管两个编辑室，驱遣别人。身子成了自家的，时间也就能调配得过来，说是上高研班，不过是散散心，只有想做学问写本书，是真心且迫切的。说罢问他，近来可有相宜的书稿，若不嫌他们是地方出版社，但说无妨，定当认真办理。这一问还真问到他心上了。说前几年曾接受了雁北一个县的任务，写一个明代将军的传记，已交稿，又觉得那么好的故事框架，写成人物传记可惜了，这两年住北京闲来无事，便将之用来写了一部长篇历史小说，已完稿，还未联系出版社。小郑问叫什么，说叫《边关》，当下取出稿子，让小郑看了。小郑还以为是电子文本，一看竟全是中性笔写在稿纸上，不是按格写，是竖行写在稿纸背面的白页上，当下就想带了去。他说已录入，正在校对，待校对过后，将电子文本发过去好了。到这年年底，二十万字一本的《边关》，就出版上市了。说到这里，扭过脸来，分外温柔，多少带点儿腼腆地说："不是住在北京，能有这等好事？"

砚田心想，这个山西土老帽儿，竟把他做学问那套真假混搭的功夫，用在人际交往上了，该谦恭的地方，常是桀傲不驯，该张扬跋扈的地方，又这样温柔谦和彬彬有礼。

"这也是方老师多年积累，手里有硬货呀！"

"还得码头好。北京是大码头，住在这里，庸才也有了几分贵气。"

刚才瞥了一眼，车子已过了虎殿桥，再往前，就过四环了。老说学问上的事有些憋闷，方仲秀瞅瞅窗外，说道："北京南边，要发展起来太难了。"

"不难。"砚田说，"刚来清华，我们去南海子玩，那一带全是庄稼地，这才二十年，建了多少高楼。"

"楼是起来了，要连成片繁华起来，得个过程，我在马家堡那边住了五六年，感觉变化不是很大。最明显的是，凉水河不像刚来时那么臭了。"

"噢！"司机没回头，话是朝后面说的，"老先生住那地儿，明年可就大发了。丰台区政府就要搬到大红门，福海大厦那座楼正在装修，就是将来的政府大楼。过去那一片，好多街道都没名儿，由人乱叫，听明白就行，如今都立起牌子，福海大厦背后那条街叫了海户东路，靠里的横街，叫了丰海街，还有丰海南街，带上丰字头，就是给区政府造势呢。"

"是呀，我去那边转过，听人说是要搬过来。"

方先生随意附和，一面想着下面该说什么。

"你们谈吧，我听不见。"

方先生心想，前后座位，又没有遮挡，怎么说这种话。正想着，脚下似乎有动静，再一看，一个银灰色胶布帘子，紧贴着前面座位的后背，慢慢地升了起来。机关在什么地方？两边一瞅，原来左右车门的里侧，有道凹槽，帘子的顶端有个裹在胶布里的金属杆，杆子的两头，分别戳在凹槽里。

"咦，这样的隔离还没见过。"

砚田先表示惊奇，方先生想到的是作用，若是玻璃，能够隔音，这么个胶布帘子，能做什么呢？

"稀奇吧，没见过吧！"司机不回头，语调里满是得意。

"有创意！"砚田赞叹。

"黑乎乎的，挡住了前面的视线。"方先生不以为然。

胶布帘子还在徐徐上升，已到了司机座位头枕的部位，司机知道，再不说什么，就没机会了，语速快了许多。

"这车原先是我们老板的，我是他的专职司机，老板搞上个唱京剧的，不时带出来偷腥，起初只是摸摸揣揣，能不能干成我也不管。老板总是嫌我碍事又离不了，就想了这么个招儿，可别小看了这么个帘子，全是德国西门子的技术，一套下来十几万呢。这胶布，看着是布的，隔音效果比薄玻璃还好，中国做不了。"

帘子还在往上升，砚田急忙问："你们老板呢？"

"挂了。"

"就在这车子里？"

"进去了，没有两个月就挂了。"

"那这车，怎么就到了你手里？"

"他给了那个戏子，戏子嫌晦气，白菜价格给了我。"

"你没有连戏子一起盘下来？"方先生的刻薄劲儿上来了。

"我是受过革命教育的，艰苦朴素，勤俭节约。有家里那个，粗茶淡饭吃饱就行了。还——"

咯噔，轻轻一响，胶布帘子到了顶，果然司机的话，齐茬儿就听不见了。

"这下好了，方老师接着说吧，到亦庄还有一阵子呢。"

砚田轻声说，他不相信，这么个胶质的薄帘，会有多好的隔音效果。若是在室内，绷紧了还行，这是在运动中，声浪对帘子的冲击力明显增大，会将声音传导过去。想来当初试装时，问司机听见听不见，司机明明听见了，也说听不见。

方先生不管这些，他的思绪，还粘连在司机的讲述中。

北京的司机，个个都有相声演员的本事。你看这师傅，明明说的是荤话，艰苦朴素，粗茶淡饭，老词儿全用上了，表述精确又逗人发笑。现在的作家，若有这号语言功夫，就是个合格的作家了。难哪，什么都不是容易的。

砚田说，还想接着听方先生说来到北京的好处。

"好吧！"

跟唱戏叫板一样，方仲秀又说开了。

说在北京，结交人、做事，就跟看书一样，一本好书看过，就会知道下一本该看什么。这比方可不是他想下的，是看一篇写徐志摩的文章记下的。文章记得叫《写给飞去了的志摩》，作者赵家璧，这个人在新文化运动史上功劳很大，那套十卷本的《中国新文学大系》就是他的创意，也是他组织人编选并印出来的。他是徐志摩的学生，光华附中毕业又上了光华大学，中学时期受过徐的指导，大学上过徐志摩的课，对志摩感情很深。志摩遇难后，他写了这么一篇文章悼念，说他在光华附中上学时，在校刊上发了两篇王尔德的文章，一次徐志摩去大学讲课，让人把他叫到教员休息室，询问之下，知道他对西洋文学感兴趣，便介绍他读一本美国作家刘易斯写的《歌德传》，并且对他说，文学的园地等于蛛网，你只要有文学的素养，有一天拉到一根丝，耐心地拉下去，就会把整个蛛网拉成一条线的。志摩说他自己念书从来就没有一定的步骤，找到了一本好书，这本书就会告诉你许多别的好书。

方仲秀还在说着的时候，张砚田心里已在大发感慨，真是个大撇子呀，真是个大撇子，真能瞎白话，真能瞎白话。瞟了一眼，方先生说得正起劲，偶尔皱一下眉头，并非意识到自己的显摆过了头，而是在脑子里核实一下即将脱口而出的人名书名是否准确。虽说脑子里有过这么一个咯噔，嘴上一点儿也没有磕绊，仍是那么稀汤寡水喷薄而出。

砚田由此想到，口才好的人，也跟钱多的人一样，偶尔小气一下，也绝不会露出窘态。长袖善舞，古代聪明人创造的这个词，断不是光说袖子长了舞起来多么好看，至少有一半的意思是说，长袖子是一种遮掩，舞起来纵然脚步零乱踏不上拍子，或是不该露的地方露了出来，长袖子挥舞间外人什么也看不见。

想到这儿，砚田发觉，刚刚佩服方仲秀的什么全忘了，记得的只有脑子里刚刚闪过的，对自己旁逸斜出思维的好感。这脑子，怎么能想下这么多！觉得该夸方仲秀一句了，仍不忘先及时地给自己颁了个嘉奖令，这才说："方先生，你的记性真好！"

"不能全靠记性，还要看悟性，会领会。以前好多年，我写过一篇文艺杂感，叫《请重温徐志摩先生的教诲》，文学界给予极高的评价，有个姓邵的老作家，私下里对人说，方仲秀的这篇文章，虽然不长，却像督战队的机关枪，扫射过去，及时地阻止了中国作家在长篇小说写作上的溃败趋势。"

"你说的邵先生，是不是邵燕祥老先生？"

原本就是信口胡诌，没想到这个理工男，瞬息下起了考证的功夫，方先生冷冷地一笑。

"世上就一个邵燕祥，百家姓里不会立这么个姓氏吧。"

"我以为呢。"

"没有一个人说的不是他以为。"

砚田听出来了，方先生这话等于认了一半的错。

"方老师，别断了，往下说，我最爱听文坛的今典了。"

"这个词用得好，今而典，典而今，妙！"

仲秀先生接续上，说起他多么有悟性，多么会领会，才写了那么一篇阻碍当代文学下滑的好文章。

　　说有那么两年，读了徐志摩的一篇序文，是胡适让他给《醒世姻缘》写的序。志摩那支笔，是有魔性的，只要一落下，准是好文笔，准是好文章。只看了一遍，他就断定说，《醒世姻缘》是中国五名以内的好小说。志摩这话你可以不信，但他的分析头头是道，又不能不信。志摩的文里，在吹了一通清末的这部长篇小说之后，笔锋一转，说到他那个时代新小说的写作。说当下的新小说，越来越缩小，小得都不成样子了。且不说芝麻绿豆大的短篇，就是号称长篇的也寒碜得可怜，要不了顿饭的辰光已露了底。是谁说的刻薄话，说现在的文人如同现代的丈夫一样，都是还不曾开头已经完了的。他这么说，我看了的感觉却是，这话只会是徐志摩自己想下的，要落笔了，觉得有伤大雅，笔锋一拐，贴上个假标签，万一有人斥责，就说是听别人说的。现代的丈夫，不曾开头已经完了，这比喻真够绝的。

　　"什么，不曾开头就怎么啦？"

　　不知砚田是真的没听明白，还是明白了，方先生不挑明不过瘾，来了这么憨憨的一问。要是往常，学问上的事，说到这个份儿上，听的人再发此问，方先生会大为扫兴，觉得自己像个痴心女人，入了洞房掀开盖头，才知道是嫁错了人。可今天不一样，兴头正高，带色的话没说出口，就像伟丈夫憋足了劲儿，而没有那临门一射一样心有不甘。文明的说法，该是瞌睡给了个枕头，当下就鼾声大作。

　　"是说新小说的长篇，跟没出息的男人睡女人一样，上去几下就完事。"

　　"也太短了吧！"

　　方先生说，不怪徐志摩这么说，《醒世姻缘》一百回一百万字，而当时的小说，张资平的《天孙之女》，说是长篇也就十一二万字。八十年代初，文坛上写长篇小说的还不多，竹林的《生活的路》、古华的《芙蓉镇》也都是十六七万字，给人的感觉是写中篇，刹不住了，就成了长篇。有长篇的字数，没有长篇的结构。我写《请重温徐志摩先生的教诲》时，长篇倒是多了，可也多在二十万字上下。当时还流传一种说法，说生活节奏快了，长篇这种艺术形式已不适应当下快节奏的生活，二十五万字就该是极限。

砚田又提出一个疑问，方先生对徐志摩的作品怎么这么情有独钟，不光爱看，见了错了的字还要改。说他有一次去方先生寓所，见一本徐志摩的书上，勾勾画画的有好些地方。

方先生瞅瞅车窗外，高楼一下子密集起来，像是亦庄到了。刚要说什么，面前银灰色的胶布帘子，已徐徐落下，司机头也不回，来了这么一句："你们俩是男的，要是一男一女，三回也有了。我们老板那阵儿，也就一回完事。"

司机这话，原本是对砚田不信隔音效果的一个佐证，可他这会儿没有往这上头想，笑笑，没当回事。反倒是方先生，立马悟出，这胶布帘子哪里会隔音，这不，司机啥话都听见了。

方先生的感悟，并非到此为止，再往下一想，觉得坐这种车，不仅是晦气，而且脏，就像是跌了一跤，绊倒在一摊泔水里，虽没呛进嘴里，鼻子是着着实实地挨着了泔水。

下了车，透了口气，这才对砚田言道："往后少坐这种车！"

走了几步，想起什么，又补了一句："徐志摩的话题，闲了再说。"

第四章

看完戏出来，已是五点。

出了剧院，不是大街而是楼层，五层的地面。

这家剧院，名叫博纳星辉，在城乡世纪购物中心大楼上，来的时候就让他们好找。司机停在大楼的西侧，西侧是个停车场，过不去。绕到东侧，三个门，无法判断，只好从中门进去，有直梯有滚梯，定不下在哪层，只好乘滚梯，一层一层地上，一层一层地问。现代化的大商场，如同迷宫，没有对现代化的足够信心，最好不要涉足。

下楼还是直梯最好，可他们的座位在中间，动作也不快，出得剧场，满眼是人，估计直梯那儿人多，砚田也没跟方先生打招呼，就选择了滚梯。小事自己做主，反是对长者的尊重，这套应付之道，相识半年来，理工男已是无师自通。四层到三层的拐角处，有家珍珠奶茶店，砚田在前，先一步跨出滚梯口，没往后面拐，径直过去，在吧台前买了两杯热茶，转身递给紧随其后的方先生。

这种事，砚田通常自作主张，办了就是，破费不大，方先生总是坦然笑纳。至于口味禁忌，砚田早就摸透了，只要是好吃的，方先生没有不喜欢的，而且还有个特点，喜欢吃的就要吃个够。破费大了，内心之痛压倒了尊敬之感，砚田这边，才以"方先生有糖尿病"为由，叫了停。而砚田一说这话，方先生马上收敛，说肚子真的是有些撑。这一点，让砚田甚是佩服。老年人，戒之在得，委实不易。是否由此引发了学问与品德关系的思考不得而知，现在的进展则是，将来的论文中，总要将方先生作为一个鲜活的例证。且由此感叹，人作为小白鼠用，比小白鼠作为试验动物，呈现的试验结果更容易让人相信。

方先生接过奶品，通常会轻轻说声谢谢，这次何以默不作声，砚田刚一起疑，只见眼前的方先生接杯子的手，停在脸前半尺许，与下嘴唇成一平面的平线上，脸却朝了一旁的简易餐桌叫道："孙世南！"

"哟，方老师！"

那边叫孙世南的中年人站起，朝这边跨了一步，弯腰趋前，跟方仲秀握了握手。

"您这是？"满口京腔。

"刚在上面剧场，看了场戏下来，你这是？"方先生发不了您的音，再亲热都是你。

"真是巧啦，我们是从城里赶过来，看晚场的电影。来，认识认识！"

孙世南这儿话音未落地，旁边座位上的一男一女连忙站起。孙世南先指指男的，说这位是古执中，什么什么的。又指指女的，说这位是萧燕燕，什么什么的。方仲秀的耳朵，原本就不利索，孙世南的大舌头，似乎分外的大，在口腔里搅动的频率，又分外的快。说男的，方先生听清了，叫古执中，是《小说拔萃》的副主编。说到女的，叫萧燕燕听清了，做什么，没听清，听见天津二字，该是天津来的。

古执中正喝着奶品，腾不出嘴，抬起一只胳膊，朝这边招招手，算是打了招呼。天津来的萧燕燕，像是从天津长跑过来的，到了跟前仍刹不住，身子倾了过来，以势而论，是要扑到方先生怀里的，脚下的功夫太厉害了，只是这么个势头，像是绊了一跤的半个，当下又挺了起来，端端正正地站在那儿，伸过并起的三个指尖，恰好让方先生握住，借此撑住斜了的身子。

不等萧燕燕的动作全部完成，孙世南的大舌头已搅拌清了他们此行的神圣之处。捷克有个大作家叫赫拉贝尔，其作品的单本引进，是他一手促成的。赫氏有部电影，名叫《过于喧闹的孤独》，前些年演过，今天三人在城里小聚，说起此事，萧燕燕说她非常想看这个电影，网上一查，亦庄这儿还真有，就赶了过来。午饭太迟，晚饭不打算吃了，等看了电影出来吃夜宵，这会儿喝点儿奶品算是打个尖。

方仲秀明白了这个，像是另有什么不明白的，眨了眨眼，怪异地一笑，孙世南像是看出了此中的蹊跷，连忙说："看您想到哪儿啦，曲珍单位有事出不来。"

方仲秀这才接了这个茬儿，将张砚田介绍给三个人，补充了半句，说曲珍是孙先生的夫人，藏族，也是一个作家。

张砚田这小子，似乎心不在肝上，不理会孙古二位是何人，两眼直勾勾地盯着萧燕燕的脸蛋。年轻人之间的交流，比电流还要快，张砚田的眼睛，还没有往下移，那边萧燕燕的睁开跟不睁也差不了多少的丹凤眼，忽眨忽眨，朝这边瞟着，嘴里的话语，也显得别有情怀。

"孙哥，邀请方老师一起去看电影吧！"

当下的人情，似乎不可当下回拒，孙世南笑眯眯地瞅着方仲秀。

"怎么样，领略一下国际大作家的风采？"

"不啦，我们还要回去，出来一天了。"

确定方张二人不会应邀看电影，孙世南的情绪陡地高涨了许多，像是夸赞方先生，又像是炫耀自己，冷不丁就来了一句："仲秀先生是山药蛋派，怎么会看这种洋玩意儿！"

方先生憨厚地笑笑，算作回应，不是宅心仁厚，是这种非典型性的夸赞，是酸是甜，在他的脑子里还品味不过来。顿感失望的是砚田，眼珠子当即从萧燕燕高耸的胸脯滚落下来。

此一刻，古执中已喝完了奶品，孙世南和萧燕燕也放下了手中的纸杯，两拨人友好分手。古执中起身快些，已离了座跨出一步，萧燕燕眼尖，忙提醒"古老师您的手机"，古执中这才回身装起手机，还没忘了报一下手机的准确身价和出生年月。

"八千八百五十呢，今年三月刚出厂的新品！"

你以为他是在炫耀自己的手机，实际上只是向萧燕燕表示巨大感谢，感谢她拯救了这么一部高档手机。

看见孙世南三人乘滚梯下了楼，方仲秀扬扬下颌，示意砚田过来，两人坐在方才孙世南三人坐过的小餐桌两旁。一落座，理工男就起了人文关怀。

"方老师，你说刚才那三位是什么关系？"

"朋友吧。"

"怕不会那么简单。"

"你看出了什么门道？"

理工男说，他方才注意到，论年龄，孙世南比古执中大好多，而天津来的萧燕燕称孙世南为孙哥，称古执中为古老师，这就说明将孙世南视为平辈，而将古执中视为长辈。再从眼神和话语上看，看孙世南，跟孙世南说话，均含情脉脉，又带点儿娇憨模样，我疑心两个人上过床，或者说是可以上床的，对《小说拔萃》的那个姓古的，完全是虚与委蛇，叫古老师叫什么，全是例行公事。

方仲秀没作声，只是赞许地点点头。受此激励，理工男的人文关怀，立马上升到理论的层面。

"男女的情感溢出了伦理的水平线，外出寻欢什么样的组合最佳呢，这个事例可以大致推勘出，三人组合最佳，不管彼此间的感情有多深，只要一对男女有了意向，或男或女，再来上一个，当下可妥为掩护，过后可平息口舌。方老师以为然否？"

方仲秀啜着奶品，默不作声。砚田瞪着不瞪也挺大的眼睛，一脸的恭敬，期望能再一次得到方仲秀的点赞——点头之赞。方先生意识到了，"哦哦"两下，说："砚田哪，你是不是又想到，可以做个研究课题，叫'男女隐秘性活动的线性分析'。"说了这么多的话语，在砚田听来，不过是虚设的具文，没有什么感情的含量，其肯定的价值，尚不及方才啜饮间的一个额首的点赞。理工男只好静下来，啜饮自己纸杯中的奶品。

方先生将纸杯放在小板桌上，双手在两侧护住，轻轻地转动着，喝着奶品，说前几天老伴接小孙子出了幼儿园，路过一家奶茶店，小孙子说他要喝奶茶，奶奶答应了，两人到了柜台前，小孙子抢着对服务生说，叔叔，我光要奶不要茶，逗得跟前的人都笑了。

砚田心想，这有什么好笑的，小孩子喜欢喝的是奶，茶水大人早就说过小孩子不能喝，见了奶茶店要进去，看中的是奶而不是茶，据实说出，最见孩子的天真未凿。他脑子里的这个圈正转着，还没合上，方先生又说开了，砚田这才悟出，方先生思谋了好半会儿不说话，原来打的是这个主意。

"出来了要玩就玩个尽兴，刚才孙世南他们的三人组合，经你这一说，我也受到启发，我们何不设个饭局，叫个女孩子出来，一起坐坐再回城里。"

"哦，那好哇，可亦庄离市内够远的，谁肯来呀？"

"就在亦庄，估计离这儿不远，就有一个。"

"那快打电话呀，前面不远就有一家馆子，我去吃过，环境也还幽雅。"

方先生起身，手持手机，踱到一旁打电话去了。不一会儿过来，满脸的笑意，说打通了，一会儿就过来。瞥了一眼手机，说现在是五点半，六点钟在东一门外面见面，我们再坐一会儿，五点四十五起身下楼。有此等好事，砚田的情绪又高涨了。

"哎，我看孙世南跟方先生挺熟的，说话是老朋友的口气，像山药蛋派这种话，不是很熟，是不好意思说的，他随口就出来了。"

"老朋友了，几十年的老朋友了。"

"几十年？我看孙先生也就四十出头，怎么会是几十年的老朋友？"

"他这人，细皮嫩肉，看起来年轻，也五十好几了。他十七八岁的时候，我们就认识。"

"这么早哇！怪不得临去的时候，说过几天和古执中一起去家里看您。"

"不知道我在北京常住，不会来，知道了肯定会来的。我在北京还是有几个老朋友的。"

"可不嘛。"砚田又问，"一会儿来的女孩子漂亮不漂亮？"

"那是！"

方先生一脸的得意。

五点四十三了，两人离座走向滚梯。方仲秀在前，张砚田在后。行至滚梯的半道，砚田想起来了，对此刻脑袋已降至他胸前的方先生说："来亦庄的专车上，您说近来确实遇上个烦恼事，说着说着就跑了题，又说有那么两年，几乎天天看徐志摩的文章，不光读，有了错字还改，我就不明白了，您又不是大学教授，教现代文学要研究徐志摩。"

"全是叫那个司机搅和的。"

滚梯上不便说话，方仲秀应了一句便打住。

这部滚梯下到一层，正对着大厦的西三门，要到东一门，还得拐好几个弯。

路上方先生才说，砚田在他家里看到的，是他多年前看过的一本徐志摩的书。有那么几年，他研究徐志摩，是要写一部《徐志摩传》，刚动笔不久，又接到一个活儿。东海市有家出版社，叫东海书社，总编辑很有眼光，委托他编一套《徐志摩文集》。他一想这是个名山事业，就答应下来，这样再读徐志摩的文章，就不只是明白文义，连带的也要改正错别字了。这家出版社后来换了社长，书是出了，却赖下他一半的版税不给，他写信要，人家也不理。十年的版权期到了，北京一家出版社要出，合同都签了。他现在担心的是，天津那边知道了，突然抛出两千套说是他们的库存，清库清出来的，岂不是把北京这家坑了。

"怎么会呢，"砚田说，"版权期过了，他们想印就能印？"

说话间拐过一家肯德基，方仲秀放慢脚步，几乎是侧过身子跟砚田说话。

"你有所不知，我跟这家出版社订的最早的合同是，起印四千册，按实际销售结账，我一看，这漏洞太大了，要是到最后他们说只卖了一百本，岂不是给我一百多块钱就了事。我不依，也就不签，他们又给订了个补充合同，说是不管印多少，都按四千册结账。这也正是他们想印的数字。最后还是叫他们要了，到结账时，说他们只印了两千册，付给我两千册三万多元了事。没这个补充合同，他们不敢造次，有了这个补充合同，他们就敢加印两千册抛到市场上了。咳，都怪我当初太天真，要是没这个补充合同就好了，印了两千就给两千的钱，一了百了，也就没有今天的窝心事了。"

"这个呀，不是什么大事。"

"改天你来家里，我让你看看材料，帮我出出主意，千万别连累了北京这家出版社。"

张砚田关心的，是马上就要到来的会面，问方先生，一会儿来的漂亮妹妹，方老师是怎么勾搭上的。说完马上又找补了一句："我用勾搭这个词儿，全没有贬义，是说方老师这么大年纪，还有这么好的手段。"

"这是好话，我怎么会听不出来？现在是老了，年轻的时候，飞眼吊膀的功夫都有。"

在这上头，方先生从来不说假话，说是多年前四川一个诗人，叫川江牵夫的，曾去山西看过他，前不久到了北京，听人说他在北京住着，就找了来。此公是个采花高手，什么时候，跟前都有美女围着。来他这儿，就是砚田去过的那个家，也带了两个女孩儿，一个不小了，高高大大的，是时装模特，一个小小巧巧的，是个湘妹子，叫耳东小姐。临行时，他使了个眼色，耳东小姐主动提出，两人加了微信，故而能叫来，有多漂亮，一会儿就知道了。

看见东一门的字样，走过去还有几十米，方仲秀抓紧时间，说了自己人生的一个感悟。

"人生有许多奇妙处，徐志摩说，看了一本好书就知道下一本该看什么，好比蛛网，顺着一根丝抽下去，能把全网拉成一根长丝线。人生也是这样，一个小小的开端，说不定会成全你一生的大事。"

他们单位有个年轻人，姓谢，他们平日叫他小谢，那几年搞储安平研究，储的书不好找，正好他有一本储的《英国采风录》就送给了小谢。小谢北京有个朋友姓丁，老丁有个妹妹在北京一家出版社当编辑，正编着一套中国现代作家传记丛书，到了最后要收摊了，还有三个人找不下写家，一个是何其芳，一个是冯雪峰，一个就是徐志摩。三个都没人写，情形又各有不同，那两个不说了，徐志摩没有人，实际情况是，早早就分配给北京一所大学里一个教授了，这位教授接受是接受下来了，心里并不乐意，什么原因也不必猜测，反正是拖了好多年，都没有交稿子。到了要收摊了，不能不再找人。妹妹的事，哥哥当然操心。老丁和小谢，是好朋友，有一次两人聊天，知道他写得了传记，便托小谢问他，可愿在三个人里选一个写写。他一听，当然愿意，便选了徐志摩。他这儿《徐志摩传》刚着手，东海那边正找人编《徐志摩文集》，也是先找的人不合适，才打上他的主意。如此好事，怎肯放过，于是放下徐传，编起了文集。有了传，有了文集，他这个三流作家，便成了一个当之无愧的徐志摩研究专家。而这一切，起初的因缘，不过是送给了小谢一本他留着也没用的《英国采风录》。

说到这里，方仲秀加重了语气说道："人生的奇妙处恰是这样，你种下一颗善的种子，长成的是别人家的树，结的却是自家的果子，你说是吗？"

说话多了，方先生早已变换了姿势，改为和砚田并驾齐驱的样子，问了你说是吗，理应很快得到回应，却是个悄无声息，侧脸一看，砚田那牛蛋一样的大眼，正扑棱棱地瞅着东一门的玻璃门框。

方先生也是一愣，那玻璃门框，像个硕大的镜框，嵌着一个真人大小的美女广告。那美女，正搔首弄姿，朝这边招着手，挤眉弄眼，嫣然一笑。这个砚田，真是少见多怪，见了招贴画，也会丢了魂。方先生正要说句刻薄话，对面，玻璃门里的美人儿，跨前一步，出来了，张开玉臂，朝着他飞了过来，一面惊喜地喊着："哎呀，是方老师呀！"

——耳东小姐！

第五章

吃饭的地方变了，出了东一门，下台阶的时候，耳东小姐对方先生和张砚田说，他们老板听说方先生二人来到亦庄，要她无论如何接上二位，到店里坐坐，吃个便饭。

方先生瞅了砚田一眼，砚田憨厚地一笑，说哪儿都一样，方先生这才对耳东小姐说，恭敬不如从命。耳东小姐当下从长长的毛衣袖子里甩出小手，两只，竖起，举在面前，连拍三下，明明是矫情，却分外真诚地说："太高兴啦，太高兴啦！"

新开的街道，很是宽敞。人行道，辈分比街道低了一等，有旁边的高楼衬着，气势一点儿不次于街道。右转，顺势而行，自然就走成了"三人行必有我师"的格局，方先生在中间，砚田和耳东小姐，如同金童玉女，陪侍在两侧。走出一截，方先生意识到什么，略一迟疑，退后一步，将耳东小姐推到自己的右侧，跟砚田走在一起，耳东小姐有点儿害羞，说还不熟悉呢，说是这样说，还是大大方方地跟砚田聊了起来。

对自己这一手，方先生很是得意。

在四楼奶茶店前，方先生对砚田说了何不学学孙世南他们三人外出的格局，且说他在亦庄就认识一个女孩儿，征得砚田同意，邀出来小聚，打电话并未当着砚田的面，而是去了奶茶店一侧的僻静处。想邀耳东小姐出来，毕竟不很熟悉，怕姑娘婉拒，张口就撒了个小谎，说那天见面后，知耳东小姐尚待字闺中，很是惋惜，过后川江牵夫还专门关照他，要他留心给耳东小姐物色个般配的意中人。今天他与之相来的张砚田，年龄相仿，职业高档，不妨先认识一下，见个面再说。耳东小姐兴兴头头地答应了，在方先生看来，正是他的"美男计"的成功。

至于耳东小姐说他们老板请二位，方先生未深究，以为定然是耳东小姐要请假外出说了他的大名，老板一听如此名人，想一见为幸。路上，避开砚田，耳东小姐对方先生说："方先生，我们曹老板是个好人，有文化有思想，就是口风不好，爱骂人，喝了酒更厉害，你可担待点儿。"

这句话，很温婉，也很周全，惜乎方先生的耳朵听话，是有选优功能的，此时此刻此语，只优选了"喝酒"这一个信息，别的全屏蔽掉了。

走完主街，过了马路，右拐，左拐再右拐，到了一条僻街上，前面是个中式门楼，耳东小姐的小手又从长袖子里甩了出来，食指和拇指捏住，做小鸡啄食状，朝前面点了两下，说道："就这儿！"

"儿"字刚落地，门楼下跨出一个人来，朝那边瞅瞅，又朝这边瞅瞅，先是认定了耳东小姐，接下来认定了走在一旁的，准是他要耳东小姐带来的那两位，几乎没有任何预警，便大声叫道："我 ×！我还以为你叫他们拐走了呢，去了多长时分！"

"我掐着时间呢，总共才二十分钟。"

耳东小姐语气平和地回答，说罢还瞄了方先生一眼，又朝理工男莞尔一笑，意思很明显，等于是说，我说得不假吧，我们老板口风不好。

发了这么粗鄙的欢迎词，按说走近了，该来一个熊抱，或是当胸捣上一拳，没有，曹老板反倒趋前一步，双手抱成拳，拱了两下，言道："恕小弟未曾远迎！"

到了门口，曹老板不是转身进去，在前引路，而是往外跨了一步，指指门楣上的匾额说："小店这名字如何？"

说罢，近似妩媚地一笑。

方仲秀和砚田，同时仰面看去，道是"亦庄东关细木作坊"。

"细木？"

既然让看，总是有几分奥妙在里头，方先生以为在"细木"上。

"作坊好，有乡土味。"

砚田只能顺势而下，选了"作坊"二字。

"进进进，坐下再说！"

显然二位来客，都没说到曹老板的心上，只能进去坐下指教了。

三人说话的空儿，耳东小姐已进到门里。

门里并非庭院，前行几米，跨上台阶便是店铺，这店铺不是西式门扇，也不是玻璃转门，而且老式的铺板，此时当然已卸掉，因此一上台阶，便是宽宽敞敞的一个厅堂。一侧是柜台，一侧是个硕大的树根茶台，四周也是树墩凳子。一个女孩正在茶台前忙活着。进来坐下，当然是这茶台了，方先生依了直觉，朝茶台一侧走去。不料曹老板却伸出手臂，朝柜台那边做了个请的动作。原来柜台的北侧，另有一门，进了门，才发觉原是个不长的廊子，左侧的墙壁一并排立着老式柜子，花格上摆着各种木器物件。右侧空着，看去是窄窄的庭院，倒也花木扶疏，格调不俗。

再往前走，是个房间，里面摆着一张八仙桌，一圈是高背椅子，房间的那头，当是厨房，有个上了年纪的厨师正在翻炒瓢，忽地一股火光腾起，像是要冲上屋顶，又倏地缩了回去，钻进炉膛，不见了踪影。曹老板这才开了口："二位，待会儿就在这里便饭招待，不成敬意，不成敬意！"

走了这么半圈，方先生心里，对这个店铺的格局有了自己的判断。原先定是个农家小院，就一溜儿三四间北房，曹老板租下或买下后，在原来的庭院地上建起了店铺。为了不影响正房采光，后面只好留下一个窄长条做了天井。又建一短廊，从侧面与正房西头的一间相连，做了厨房与小餐厅。应当说，在亦庄经济开发区这么个新建市区内，有此擘画，绝对称得上高端而风雅。

看厨房和餐桌，等于给客人吃了定心丸，三人又回到店铺的茶台前，分宾主坐下。见耳东小姐不落座，理工男招了招手，指指身旁的木墩子，耳东小姐羞涩地一笑，闪身踱到北墙下的博物柜前，倚在木柜子边上，笑嘻嘻地瞅着这边。显然是有曹老板在，没她坐的份儿，随时会有事，又不便离开。

斟上茶，二位客人喝开了，曹老板端起自己面前的钢质保温杯，大大喝了一口，这才说起他这个店名的奥秘。

"都错了，我 ×，都错了！"

一开口，不是先声夺人，而是一棒子打死了人。

有在门口的训练，又有耳东小姐的预告，方张二位已然见怪不怪。曹老板接下来说，他这店名，讲究处不在"细木"上，也不在"作坊"上，这样的命名与定位，普通生意人也能想到。他的讲究在"东关"二字上。

这不是个地名吗？方仲秀心里直嘀咕。

东关，不就是东门外一块地方吗？理工男也大不以为然。

你们只管往地方上想，上钩了吧？曹老板一眼就看穿了二位客人的心思，像吃甘蔗一样，一刀先将梢子削去，戳过来就是最甜的。

"这是地名？就算是地名，也是我起的地名，并非实有的地名。"

二位客人，都起了好奇。

曹老板这才说了命名的经过和造成的影响。

说他原本是邢台市一个轻工技校的语文老师，再有四五年就退休了，心里总想着趁精神还好，做点儿自己想做的事。一有这个想头，一天也待不下去了，教育局有规定，教够二十五年，也可办退休，比年龄到了退，少拿一点点钱。一不做，二不休，便办了年限退休。他媳妇是北京知青，两个小舅子都还能行，他想去北京发展，不愿让人说是沾了老婆的光，正好亦庄成了经济开发区，是在北京，又离开老丈人家门口，便来了。

到亦庄做啥呢，先开书店，倒了，还跟朋友开过咖啡店，也不行。那几年亦庄正大建设，住宅楼不知道建了有多少，哪条街上都有好几家装修材料店。想在装修上插手已无可能，一想二想连三想，便想到了房间装修好了之后，如何提高摆设品位上头。这种事情，你不能明说，你明说，就引起人家的警惕，知道你是盯在了他的钱包上。做这种事，要跟好女人寻快活一样，你得含羞带笑又深藏不露，男人才有一种自己发现了的亢奋之情。

说到得意处，感情就上来了："正好这条街东头，有个木工作坊要出让，我就盘下了。起初人们装修，找木工，木工作坊还吃香，后来大型装修公司介入，钱是多点儿，质量明显提高，木工作坊就撑不住了，转让价很便宜。木工作坊没正式名字，就这么个小院子，三间正房，一间厨房，一个席棚茅房，因为在这条街的尽东头，人们就叫东头木工坊。我做的是细木活儿，小型博物架啦，带抽屉的八宝盒啦，镶螺钿的首饰盒啦，当然不能用东头细木作坊这样的名字，咱这脑子也真够用的，一想就想到东关二字上。去工商局备案时，小姑娘还质问我，说亦庄没有东关哪，我说我是邢台来的，这是邢台的老字号，她没辙了，乖乖给老子办了。"

曹老板说这些话时，方仲秀不时眨眼睛，实际不是眨眼睛，是皱眉头，只是皱的幅度小了些，没能带动额头上部的皮肤和肌肉，眼皮又薄了些，别处稍有抽动，这儿先就上下翕张，看去像是眼里眯了沙子似的。毕竟眨眼是人的正常生理反应，曹老板也就没有在意。

张砚田看出来了，当然也知道所为何来。曹先生的话语，实在到了让人难以忍受的地步。一是脏话太多，三两句之间，总要夹上个脏字眼，轻了是，"我 ×"，重了是"× 他妈"，给人的感觉，如果整篇话语是文章的话，"我 ×"是逗号，"× 他妈"就成了句号。清华理工男甚至想，若曹老板是个董事长，他是这位董事长的秘书，负有整理讲话之责，会为这位大老板设计个语音转换成文字的程序，就要这样处理，出来肯定是篇干干净净的文章。

曹老板还有个毛病，砚田在想，不知方先生感觉如何，他是真有点儿受不了了。这便是结巴。起初没留意，越到后来，情绪越高涨，结巴得越厉害。普通的结巴子，只是喉咙发音受阻，就像家里住了个聋子。正常人家，敲上一下门就开了，遇上聋子，多敲几下也开了。曹老板不是这样，声音在喉咙里再使劲喊，他这门也开不了，声音着了急，只能化整为零，从脖子的褶皱里突围而出。因此上，曹先生一结巴起来，不粗的脖子憋得通红，不消说，连下巴也一起颤抖不止。这时你才知道，古人是多么聪明，没有给这种语言障碍的人叫"结喉子"，而叫成"结巴子"，下巴打了结，是多么的准确且到位——到部位。

然而，砚田又不能不佩服，这位曹先生真他妈的文思敏捷，想到这儿，不由得大吃一惊，曹老板的语言，竟有如此大的感染力，自己不过听了这么一会儿，竟在思维里带上了"他妈的"这样的脏话。这样想着，由不得瞅了方先生一眼。

方先生对曹老板的话，似乎不怎么反感，一副见过大世面的样子，似听不听地坐在木墩子上，不时品茶。一见瓷碗里的茶水下去了，耳东小姐便过来给续上。什么时候都不忘，给曹老板的不锈钢杯子里添上些白水。

方先生啜了口茶，以为曹老板的话说完了，没话找话地说，见面一

042

高兴，还没有请教曹老板的台甫呢。毕竟是教过语文的，台甫这么文雅的词儿，曹老板还是知道所指为何。自己有这么敏捷的领悟，心里的亢奋又增加了几分，张口便是："我×，我这种鸟人，哪里配得上台甫这样的雅称，在下不才，姓曹名竖是也。"

"周树人的树？"

方仲秀不愧是文史专家，一想便想到了自己的老祖宗。曹老板并不领情，鄙薄地一笑，言道："高抬了。学名是书志，教书时也是书志，出来厮混，怕丢了老先人的人，就起了个号，叫竖之，取竖子之意。叫了几天没叫出去，把蛋子也丢了，成了曹竖，倒也简便，仍不失'竖子不足与谋'的本意。"

"那你还不如叫曹雄，雄起，多带劲！"

张砚田说这话，分明是逗笑，又不知触到曹老板哪根神经，顿时发了一通宏论。

方仲秀不作声，只是待笑不笑地瞅着。

曹老板侧了一下身子，脸朝了方仲秀。

"姓曹的好名字，叫古人用尽了。头一个要数曹孟德，姓曹名操，多有气派，等于昭告天下，他就是个操蛋的人。出来厮混，我还想过叫曹干，我×，明目张胆，就是要干。后来知道有个作家叫孟干，觉得还是人家那姓好，咱这曹字跟干配不上，这才由书志想到竖之这么个号。不过我可不是从起号上着眼，我要的是意思。我教过语文，有一课叫《赤壁之战》，鲁肃跟孙权说刘表怎样，孙权不屑地说，竖子不足与谋。我起这个名字，是告知那些还看重我的朋友，我这人就是个竖子，百事无成，诚竖子不足与谋也！"

不知什么时候，耳东小姐和看店的小姑娘，出来进去两三趟，耳东小姐再一次出来，对曹老板也是对众人说："菜都摆好了，上了桌接着说吧。"三人一起过到小餐厅，这次耳东小姐入了座，由看店的小姑娘担起跑堂的角色。

方仲秀跟前有酒杯，张砚田跟前有酒杯，连耳东小姐跟前也放了酒杯，独独曹老板跟前没有，还是他那个一侧都磨得显了黄色的不锈钢保温杯。吃菜，也是只吃青菜不动荤腥。张砚田没说什么，方先生却大起疑惑，当即停箸问道："哦，曹先生信佛？"

"我 ×，我这种人佛还待见！"

"不信佛，又不动荤腥，有意思。"

方仲秀的言外之意是，满嘴脏话的人，吃饭又这么干净，不动荤腥不喝酒，曹先生听出来了，当即点破，说道："一肚子坏水水，不敢再搅和酒肉了，搅和了酒肉，就变成沼气罐子，不定什么时候会爆炸的。"

"看你说的，"方先生笑了，"我是说，你这样聪明，脑子里的部件肯定都十分精密，不敢受一点儿刺激。一点点刺激，里面的油丝就乱了。油丝，知道是什么吗？"

不等曹老板说话，理工男先接了腔，说他知道，油丝就是钟表里面薄薄的钢片丝丝，绕成圈儿，给钟表动力的。毕竟吃了人家的嘴短，何况正吃着，方先生不想再惹曹老板猜忌，看出曹老板对文学还感兴趣，便将话题引到文学上来，又不敢直截了当地问什么，只好先拿耳东小姐做了试金石。

"听耳东小姐路上说，曹先生也还写东西？"

曹老板欣喜地瞅着耳东小姐，大不以为然地说："这妮子又在外人跟前说我的坏话了。"

"人家才没说呢，只是说曹总喜欢看书，常在天涯网上发杂文，把那些顽固痞子骂得不敢回应，还在《杂文报》上登过文章呢。"

方先生原本是瞎说，没想到瞎猫碰上个死老鼠，曹老板还真是个网络写手。一面又觉得，这把年纪当个网络写手，也实在太可怜了。

"哦，曹先生写杂文哪！"

"方先生见笑，我 ×，我那也能叫杂文，纯粹是瞎胡扯！"顿了一下，见没人接上茬儿往他的文章上引，便借了别处的酒，来浇自家的块垒。先冲着方仲秀友好地一笑，接下来问道："方先生是山西人吧？"

"我是蒲州人。"

"蒲州不是归山西管吗？"

"外边都这么说，我们蒲州人不这么看，我们觉得无论从哪一方面说，蒲州都比山西强。蒲州古来属河东之地，现在的山西，古来是蛮荒之地，建过几个小朝廷，也都早早叫灭了。"

"说来说去，还是山西人。"

"我怕我一说山西人，你就说我是个山药蛋，太没面子了。"

"我不管这些，我只是认人，山西有个什么秀，写小说不行，写杂文，我×，厉害，真是厉害！"

"你是说方仲秀吧？"砚田及时地递上一句。曹老板叩叩脑壳，还真叩出来了，连声说就是的。接下来，手在桌上一拍，大声说："对了，就是方仲秀，像个女人的名字，我×，太厉害了，好几年了，我见过他一篇杂文，对那些不学无术，官场不得意，声言退休后写作当作家的人，那个讽刺呀，真他妈的叫辛辣，叫解气！——你认识？"

砚田笑笑，不言语，方仲秀接上茬儿，说："有点儿小才，人品不行。"

"这就不对了，"曹老板不高兴了，"有才的人，哪个有人说他人品好！"

砚田忍不住笑了，曹老板感觉到了什么，警觉地瞥了方仲秀一眼。方先生欠欠身子，仿了京戏上的道白，言道："在下便是方仲秀也！"

曹老板反倒坦然了，说耳东那妮子，告诉他来了个作家叫方仲秀，他就想着会不会是那个什么秀，果然让他猜对了。

知道遇上了真人，曹老板端起不锈钢保温杯，连啜几口，明明是水，喝了却有酒的效果，不管不顾，大发了一通宏论，说中国的作家，当今活着的，他喜欢两个人，一个是王朔，一个是郭德纲。

瞥了众人一眼，小嘴一抿，带着几分不屑的口气说道："你们也许说郭德纲算不得作家，那是他说相声名气大，叫遮住了。要是消停了，写起小说来，准又是一个王朔。你听，他有一个段子，说他们天津卫，有朋友知道他的底子，嫌他嘴贱得罪人，跟他说，人心都是善的，意思是总归他有不检点的地方，得罪了什么人，人家才往死里整他。你猜郭德纲怎么样回击这种人的，说我敢保险他没有见过世上所有的人。这话太绝了！"

"我们曹总最佩服的，还是王朔。"

耳东小姐的话，像戏台上的小铜锣一样清脆。

"王朔更是神啦，多少年前说过一句话，说如今哪有什么作家呀，流氓集体转业呗。当时还觉得这厮就爱说冷笑话，十几二十年过去，你就觉得这话真是高瞻远瞩，入木三分哪。"

"王朔我也喜欢。"

方仲秀不失时机地附和一句。

曹竖这人，他夸什么，你要是跟着往上揎，那就糟了，他准掉转马头，尥你一蹶子。这感觉虽是后来的交往中，逐渐明确加深的，第一次在亦庄初相识，方先生就领教了。当时的情形是，曹竖那不太大的眼睛，因了脸盘的窄小，猛地一瞪，还真有点儿樊哙在鸿门宴上发了怒，目眦尽裂的意思。

"方先生，王朔这人，也有操蛋的地方。'一不小心写出一部《红楼梦》'，这话说得多好，千古绝唱啊！可这种话，只能是别人说你，或者你说别人，怎么能自己说自己。这小子也是脑子进了水，觉得这样的大话，与其让别人写出了大名，不如自己连说带写一起做了。长篇小说，不光是写一部，声言要写十部，我×，天下的好事都叫你一个人干了，别人还活不活？别说你写不出来，就是写出来，也没人说好。还是年轻啊，文学这黑窟窿，就不是年轻人钻进去能钻得出来的。啧啧，太可惜了！"

坐在下首的砚田，有些忍不住了，不是忍不住曹老板对王朔的尊崇或诋毁，而是忍不住他对当代文学如此偏激的看法。几十年的文学热潮，怎么会只看重一个王朔，再加上一个说相声的郭德纲？正好前些日子，网上疯传葛优主演的《活着》，获得戛纳电影节上的殊荣，葛优得到影帝的封号，便将小说《活着》提了出来，与曹老板商榷，一面也有为方先生小小出口恶气的意思。刚说了半句："对《活着》——"

"打住，打住！"

曹老板抬起左臂，手掌张开，掌心朝下，右手五指并拢，垂直向上，抵住左手掌心，结巴了两下，说道："跑题啦，跑题啦，我这脑子，刚才在前面，不是说我的店名叫个啥吗？怎么一到这边吃起来，就说起别的跑了题。我那边的话还没完，才说了一半。"

"老板，起了个好店名，不是说了吗？"

砚田有几分不悦。

"我只说了店名叫亦庄东关细木作坊，只是别致，还没顾上说由此引发的社会反响呢！"

"这么个事还有社会反响，我倒想听听。"

方仲秀略显惊奇地说，一面也是要抵消砚田的诘难引发的曹老板的不快，这回他可是多虑了，曹老板抢了砚田的话头，不快的该是砚田而不是曹老板。方先生很快就发现这个失误，再看砚田，果然面有愠色。

曹老板顾不上这些，只管骂着地说了下去。

店铺的匾额挂起一个月之后，亦庄技术开发区管委会，一个分管城建的副主任，带着秘书找上门来。那时他还没买下那个大树根茶几，这张八仙桌就放在前面茶几的地方。副主任陡然登门，他以为是来找麻烦的，不料一喝起茶，副主任说，且以茶代酒，敬曹老板一杯。问所敬何来，对方这才说，他分管城建，发愁的不是高楼高不高，违建不违建，而是把亦庄建成个什么样的城市的问题。现代化的科技新城，这不用说了，但一个城市，若是没有一点儿历史底蕴，总让人敬重不起来。亦庄在京郊，翻翻古书，该是有历史的。副主任说，他翻了好几本史书，哪有什么正经历史，不翻还可以，越翻越丧气。你听听，亦庄，亦是一个庄子，先就规格不高，给人家当陪衬的。后来他翻一本古人的笔记集子，原来这儿叫野庄，时间长了，转音成了也庄，后来村里的老人，嫌"野"字"也"字都不好听，就顺着"也"的意思叫成了亦庄。这么个名字能有什么历史底蕴吗？

曹老板见他说的这番话，引起了两个客人的兴味，一连两个"我×"之后，将他的底牌亮了出来。说他问副主任，这与他的细木作坊有啥关涉，副主任说，你这东关二字，让他来了灵感。旧城都有四门，门外有关，不一定门门有关，一般来说，东门南门都会有关。宋明两代，外患不是在北边，就是在西边，西门北门，防御作用大。城厢小，人口增加，生意扩大，只会向东门南门外扩展，便形成了东关南关。有的地方，关占的地方，比城厢还要大，更有的地方，东关和南关连了起来，叫顺城关。曹竖说他还是不明白，主任一语道破：赶明儿他要在西边找家什么店，比如饭店，叫他们改名为西关饭店，再弄个北关什么店，南关什么店，如此一来，亦庄旧城的架子不就搭起来了！有了旧城，还愁没有历史故事，没有历史人物题咏？有了这些，还愁我们亦庄，没有历史底蕴？

"妙，妙！"

连清华理工男，都由不得伸出中间的三个手指，在桌面上轻轻一拍，算得上一个迷你型的拍案惊奇。

"献丑了，献丑了，张先生你接着说你的！"

张砚田方才提起《活着》，还面带嘲讽，听了曹老板的一番宏论，暗里将嘲讽的意思去了一半，再说起来，轻松了许多。

他说，方才老板说，最敬重的两个作家，是王朔和郭德纲，这他没有意见，萝卜青菜各有所爱，勉强不得，但改革开放几十年了，好作家不会就这么两个，有几个公认的大作家，他想提出来，听听曹老板的看法。方才一开口，刚说了半句三个字，"对《活着》"，就让曹老板一棒子给打了回去，这会儿《活着》还晕着，他先来了这么一段开场白，算是将《活着》叫醒了。

"《活着》是这些年公认的好小说。近来网上流传《活着》的电影原版，因为带出国，参加国际影展，未经官方审查批准，国内也就没怎么宣传。这一来，成了一部未经任何删削剪辑的原版电影。我看过小说，近来又看了电影，感动极了，敢问曹老板对《活着》怎么看。"

怕曹老板推托不答，或是没看过电影，末了还补充一句："老板没有看过电影，小说该是看过的吧！"

料不到的是，曹老板几乎是不假思索地说："小说还真的没看过，电影还真的看了，就在前几天。"

"快人快语！"

方先生由不得高声称赞。一面又暗暗替曹老板担忧，人人都说好的作品，总不能为赋新词强说非吧。

曹老板反倒拿捏起来，既不快人，也不快语，从桌子上拿起手机，摆弄了几下，像是搜出了什么，或是从收藏里调出了什么，听得一阵嗡嗡的响声，像是要播放什么，未听见说话声音，他自己先仰起脑袋说道："噢，这个影片导演是张艺谋，葛优获得的是男主角奖，影帝是通俗的说法。影片一开场，葛优饰的福贵少爷在窑子里赌钱，赌输了，又去唱皮影，很晚了让人背着送回家，一进家门，老太爷坐在大厅瞅见了，骂他是王八蛋，听他是怎么回骂——"

手机里霎时传出葛优那黏糊糊，也还脆生生的声调："没有老王八蛋，哪有小王八蛋。我就纳闷了，咱家祖上三座院子，怎么只剩一座。当年有名的徐大混蛋不是我！"

手一按，齐茬儿断了，关了手机，搁在桌上。

什么意思？桌上的人，方先生、砚田、耳东小姐，都静下来，等着曹老板说话。连正要给方先生续水的小姑娘，也擎着茶壶，跟叫人施了法术似的，一动不动，愣在方先生身后。

"听见了没有？光看这个开头，我就知道这本书，是一本怎样的书了，还有心情看下去吗？恶心！"

"后面写了福贵少爷后来受的种种苦难，很深刻，也很感人！"

方先生友善地提示。

"是呀！"曹老板不结巴了，重重地说，"我不看也知道，很苦难，很卑微，很可怜。这叫啥？这叫造孽，天报应。新社会没有天，人民政府和革命群众，就是替天行道，对这种辱骂父亲、赌博败光家业的不孝儿子，施以天谴，处以重罚。"

方仲秀听了，有些吃惊，又有些不以为然。

"不管怎么说，名导演名演员，根据名小说，拍了这么一部好电影，禁演总是不对的。不好的地方，剪一剪不就行了。"

"方、方、方先——生！"

曹老板激动了，一激动又结巴起来，不长的下巴，一翘一翘的，像是古代的抛石机，将石头疙瘩似的话语，一疙瘩接一疙瘩朝方仲秀脸上抛去。

剔除若干"我×"，还有不多的几个"他妈的"，连缀起来，主要意思是这样的：这个电影，就应当禁演。孝道，是最大的纲常，最重要的伦理，当面辱骂自己的父亲，禽兽都做不出来。这样的电影，真叫在全国公演了，多少正在叛逆期的青少年，不高兴了，脖子一拧，张口就是"没有老王八蛋，哪有小王八蛋"，他跟谁学好去？过去戏曲是人生教科书，如今电影是人生教科书。

别说，曹老板这一番高言宏论，一时间真把方张二人说得没了话说，下巴底下撑了一块砖，翘在那里半会儿不能动弹。方仲秀当下回不过神来，张砚田毕竟年轻，脑子好使，当下来了个绝地反击。

"曹老板，《活着》叫你这么一说，还真没有想过，《白鹿原》可是获过茅盾文学奖的好长篇，你该认可吧。"

"张、张——张先生！"

曹老板的情绪还没回转过来，张砚田这话，无异在火上浇了一瓢油，火苗忽地就喷了起来。

不过这次，少了些脏话，连缀起来，句子也短了许多。主要意思是，这小说他也没看，但听教研组的一个老教师说起过。这老教师是陈忠实的粉丝，最佩服陈忠实的，是老陈那张脸，苦大仇深不是写在脸上，是刻在脸上。有这么一张苦脸，别说他只是写了部好小说，就是他单枪匹马擒了本·拉登，人都信。这老教师，对老陈的《白鹿原》，最佩服的是开头那句话，动不动就脱口而出。说到这里，曹老板仰起他的小脑袋，自个儿背了出来："白嘉轩后来引以豪壮的是一生里娶过七房女人。"

　　接下来说，"后来"这种开头的句式，原本是从《百年孤独》脱胎而来，不过简略了许多。不说这个了，就说情节设置吧。娶过七房女人，不用说，会有好几个儿女，好几个儿女里，不用说，有的跟了国民党，有的跟了共产党。这哪儿是写小说，这是演绎中国革命成功的三大法宝，党的建设、武装斗争、统一战线，前两个法宝不好写，就统一战线能出彩。陈忠实是上过高中的，肯定学过三大法宝，他曹竖要是个小说作家，写这样的题材，也会这么写。

　　"高论，高论！"

　　方先生朗声言道，明显是虚情假意。

　　"见笑，见笑！"

　　曹竖不恼，是真的感谢，末了又补了一句，才真的叫众人哑了口，无了言。

　　"陈忠实真要是个好作家，就该写一个地主，家里只有一个孩子，而这个孩子参加了国民党部队，打日本鬼子去了，后来的结局会是怎么样？"

　　"打住，打住，别难为老实人。"

　　方仲秀讪讪地说。

　　时分不早，该走了。

　　耳东小姐前导，曹老板陪着方仲秀走出大门，边走边说，改日一定趋府拜访。张砚田跟在后面，没有出来，是在用手机叫车。出来了，耳东小姐让开个地儿，让理工男站在她和方先生之间。她还没有忘记，这是方老师给她介绍的一个对象。

　　方才在店里畅谈，不觉时间过得飞快，此刻当是薄暮时分，整个亦庄经济开发区已是华灯初上了。

华灯，似乎不妥。方仲秀默不作声，琢磨着眼前的夜景。

要在过去，中国的任何一个大点的城市，街灯一亮，都可以套用华灯初上这个词语，自从各地建起经济开发区，同样是市区，华灯这个词儿，先就用不上了。过去说华灯，不管形状如何，颜色或浓或淡，多是橘黄色的，而今开发区的灯，多是白炽灯，还有一种高杆灯，贼亮贼亮，似乎能照穿屋宇，照穿地面。各种白炽灯交相叠加，让街区楼宇，比白昼还要亮堂，又比月夜还要凄凉，还要惨白。

恰在此时，三三两两的年轻人，有男有女，说说笑笑从眼前走过。看情形，像是附近的写字楼里，某个白领居多的单位下了班，一起出来的人尚未走散。三月天气，这个时分还有点儿冷，男子多着西服，扎领带，女子似乎已提前进入夏季，不管长短肥瘦，膝盖以下脚踝以上，几乎全都光着。

方先生的眼睛，不够使唤了。看下部只是惊鸿一瞥，更多的是端详眼前男女的脸庞，且其目光，极具选择性，盯住看的，全是个头高挑，身材修长的。

有个女孩子过来了，这身材，这脸蛋！

有个小伙子过来了，英俊，洒脱，脚下跟踩了弹簧似的！

曹老板说了句什么，见方先生没作声，侧脸细看，才发觉老学者在痴愣愣地，饱餐着街上过往的秀色。

"啊！方先生也喜欢看街上的美女！"

这回方先生听见了，也品出了此中的意味，当即更正："俊男靓女，我都喜欢。"

曹竖心想，将俊男与靓女并提，不过是合成一个"偏正词组"，偏的是俊男，正的是靓女。老语文教师断不肯空过这最后一个较真儿的机会。

"看靓男是幌子，看美女才是本意，方先生，恕我直言了。"

"不，你错了，美女俊男，都一样喜欢。"

"这又是为何？"

在曹老板看来，方先生较这个真儿，真有点儿不识好歹了。想不到的是，方先生接下来的一句回答，让他惊得差点掉了下巴。

"每当看到俊男靓女，我就想，苍天有眼，佑我中华！"

第六章

　　早上起来从卧室出来，去客厅卫生间的几步路上，方仲秀深深地吸了两口气。

　　吐故纳新，虽是人类早晨的必修功课，吐与纳，还是各有各的功效。吐是一种放松，纳就多少有些抑制的意思。虽是通论，仲秀先生此番的两次吸气，较之抑制还是过了些，称之为愤懑，用词或不当，分量上倒也足斤足两，不像市面上的奸商，东西真假不论，先在分量上做了手脚。

　　仲秀先生夫妇俩住的这套房子，是为了看护孙子方便，三年前刚租下的，跟儿子在一个小区。儿子在南边的十一号楼，他们在北边的五号楼，中间隔着一个不大不小的花园，恰是端着一碗滚烫的米汤走过去不热不凉正好下口的距离。这只是一个理论上的概念，讲究数据的伦理学家，只算了父母与儿女分开又不远的距离，却从未关注过儿女不在身边监视着，父母之间的争吵会怎样成倍地增长。这一理论上的失误，仲秀先生早就发觉且尽量规避，好长时间相安无事，不意今天一早起来，还是起了口角且分外的莫名其妙。

　　这套房子，面积不是很大，却也有着三室两厅两卫。这两卫，一在主卧的门里，一在客厅的北侧，早上起来方便，自然是去主卧的这间，春天搬来如此，夏天秋天并无二致。然而前些天，也就是入冬以后，不知是管道热胀冷缩的系数突然增大，还是管道也像保养不佳的女人，会短时间内突然变老，反正是接连好些日子，有人大便之后便会堵塞。而每次堵塞之后，都是老伴拿着橡皮撅子，嘴上和手下都呼哧呼哧地鼓捣上半天，才撅通的。

昨天傍晚，孙子在这边"便便"了一次，这马桶竟全无爱幼之心，居然又堵了，气得老伴当即下达了一道命令："今后谁也不准在这边大便，累死我了，差不多天天撅马桶！"这命令最初是站在卧室门口发布的，给方先生的感觉是，怒不可遏脱口而出。后来又在晚饭的餐桌上重复了一次，儿子和媳妇该怎么还怎么，理也不理，因为那边的卫生间他们很少进去，有事只在客厅这边的卫生间解决，小孙子倒是认真地听了，关注的不是命令的内容，而是奶奶气呼呼的神气。明明耳际一绺头发耷拉下来了，孙子却手指着头发说，奶奶生气了，头发都飘起来了，还问他妈，这叫不叫怒发冲冠。

孙子这些日子，不知怎么，突然对成语发生了兴趣，见了什么，都往成语上靠。要在往常，媳妇会做些解释，今天这情景太微妙了，媳妇只顾吃饭，不敢接声。

儿子一家三口的神态老伴一览无余，视作当然，也就不做深究，朝仲秀先生这边瞥了一眼，见方先生也跟儿子一样理也不理，连孙子说那样的憨话也不呵斥一下，老太太脸未扭过去，声调提高了几度，说道："说谁谁听着！"

"这么个事，用得着这么说嘛。"

方先生嘟哝了一句，是给老伴一个交代，说他听见了，同时也有责怪的意思，马桶的事，怎么在饭桌上说呢？

明明是听见了也应承了，偏偏今天早上他就给犯了。一早起来，提着睡裤，就进了卧室里侧的卫生间。老伴见了，不体谅他一时糊涂，反而说他昨天晚饭时的应承，就怀着明显的抵触情绪，要不是儿子一家在跟前，不定会说出怎样不屑的话来。末后是重重的一句："我看你就是故意的！"

他当时刚褪下裤腰，还没有完全蹲下，一听这话，赶紧提起裤子，朝客厅北侧的卫生间奔去。以时间而论，是老伴一开口，他就知道犯了忌，提起裤子就走，穿过客厅，紧赶几步，到了这边卫生间的门口，老伴的话才刹住。他的第一口吸气，是在出了卧室门，第二口吸气，是在贴住西墙到了客厅北端的时候。应当说第一口吸气，吸得猛，第二口吸气稍为舒缓。

这瞬息间的舒缓，让方先生愤懑的情绪平复下来，也让绷紧的思维的琴弦，弹奏出轻盈的声响。

头一口的猛吸，已确定接到张口指令的肛门，突然收缩那么一下两下，让即将排泄的动作，变为优雅的提肛运动。第二口吸气的舒缓，不如前一次的及时，而舒适地坐在马桶垫圈上，等待着肛门张口指令的到达，实在是难得的悠闲时光。轻松的等待，单一的期盼，最适于思绪的飞扬，灵感的捕捉。古人说好诗多出在厕上，不是没有他的道理。

只是这次，方先生没有作诗，仍在想着老伴的雷霆之怒。

"我看你就是故意的！"

话语没有了，声势还在房间里震荡。

唉，今天一天，都别想安定了。

洗漱，早餐，他都乖乖的。

还好，平平安安。

此刻，方仲秀先生已坐在客厅卫生间西侧，他的小书房的板桌前了。

先是翻了翻原先就放在手边的《观物篇医说》，不是看文字，而是看书的封面上的两枚印章。

这是个手抄本，抄的是安徽蒙城县清代名医张确（字介石）的一本医书，抄写者是清代名臣徐继畲老先生。据抄写本序言所说，是徐继畲先生被褫夺官爵后，出任平遥县超山书院山长时抄写的，作用在于"置之案头，借以将息衰躯，调平暮气"。此时老先生已七十一岁，家境困顿，万念俱灰。据此推测，封面上的两枚印蜕，该是老先生的闲章，一枚是"不努力百事无成"，一枚是"七十老翁何所求"。

昨天下午，一时动心，便取出刻印工具，将徐老先生的这后一颗印，仿刻了一枚。本事不大，人家原印是阳文，他刻成了阴文，当时天暗了下来，未细看也就未拓下来。此刻阳光斜照在书桌上，亮亮堂堂，拿起印石，细细端详，嘿，除了人家阳文自家阴文，稍有愧意外，仅看笔画与刀工，也还横平竖直，匀匀称称。老印工嘛，好是好不到哪儿去，丑也丑不到哪儿去。寻思到这儿，由不得又是一阵心喜。

老印工，是他的自许。说老也够老的，大学一年级时，就学会了篆刻，买不下篆刻刀，买了个削脚刀，凑合着也还能用。退休后拾起，还是原先的水平，只有老字，是可以吹的了。

方先生这人有个毛病，可以大喜，不能窃喜。大喜嘛，哈哈一笑，就过去了，窃喜就不然了，就像肚子里有个诗虫子，专吃窃喜这一口食材。窃喜一下肚，诗虫子就咯噔咯噔往上拱。这不，稍一掂量，便是一首绝句。

怕飞扬的思绪带起的风儿，将已成的诗句吹跑了，顺手扯过一页纸，匆匆记了下来，道是：

七十老翁何所求，
五画六画画不停。
今天想着吊膀子，
明天想着出大名。

心里想的是绝句，实则自家知道，这种脱口而出的句子，只可说是俚句，俗所谓顺口溜是也。

复念，好几天了，微信朋友圈都未更新，如此见才华，见情怀的佳作，何不放在朋友圈晒一晒。说干就干，打开手机，翻到相册，一看，可不，还是这个月八号的，放了四幅图，分别是他刻的四个印的印蜕。配的文字是：近日刻成四方印，印文分别是：乃三流作家也，实浅薄之人，守骏莫若跛，众果以我为患。前两印可说是他的闲章，后两印是临摹前人的成印，"守骏"一印，摹的是陈衡恪，"众果"摹的是明人何震。难说是自况，只能说心有所感，率性为之。

退回，点一下上面的"我的朋友圈"，出来"今天"二字，旁边是个相机的图案，他知道，再要点开，就是两个选择，拍摄与从相册选择。他的毛笔字，也就那么回事，可自我感觉格外好，自从有了微信以后，时不时的会晒一晒自己的书法。今天做了好诗，岂肯不见诸笔墨？

当即放下手机，摊开文房三宝——笔、砚、墨锭。

纸呢，犯了踌躇。

这样的诗，是该写在花笺上的，正要去取一张"十竹斋"的笺纸，忽想起太原张星亮先生送他的一沓自制的花笺，比通常的花笺大些，纸也粗糙些，写这样的抒怀诗，或许更为相宜。

没费大劲，很快就找见了。这笺纸果然古雅而有品位。比通常的八开纸，窄了二指，纯白而见纹路，图案与文字都是木版印制的橘黄色。图案是斜躺着的一只竹笋，旁一正一反两个蘑菇。上面是"禅参玉版"四个字，左侧四行小字，连起来是一句话：乙亥冬日艺兰主人从书篋中得之摹刻。

妙，就是它了，当即研墨，品笔，写了起来。落款是"俚句己亥冬日方仲秀诗并书"。

该钤印了，不用多想，便钤了昨天刻的"七十老翁何所求"。

钤上，左右端详，嘿，他妈的，还真像回事。自从上个月，在亦庄见过曹老板后，他也用起了这句粗话，一高兴，不由得就吐口而出。

光有诗笺，太单调了，又到客厅，拍了一张"渊明归隐图"配上。怕人以为这画是真品，又加一注，此画为吾友潘亦复先生所赠，复印件也。总得来上两句吧，便输入一行字：

偶有所感，作诗一首以明志，亦见心地之龌龊也。

轻轻一点，发了出去。这是朋友圈。又想，一个也是发，两个也是发，何不多发几个，一点一点又一点，接连发了几个朋友群。不多一会儿，热闹来了。给他的感觉，朋友们就埋伏在手机背后的一个山坳里，他的微信一出现，当下就冲了过来，点赞的点赞，评论的评论。点赞的都一个模样，评论可就各有说辞了。有的说，五画六画，可见心态不老。有的说，方老幽默风趣，敢于自嘲。

最让他感到亲切的，是当年在山西大学同级不同系的一个美女同学，加上微信后，一直在水里泡着，这次竟也浮了上来，评论道：见诗如见人，好似又回到我们的青葱时代。怕失了美女同学的好感，忙回了个帖子："人生易老，非复当年的方某人矣。"

本来想写上一句："方某老矣，非复当年，就是搭上梯子也爬不上去了。"想想，太下流了，还是换了这么一句感慨系之的话。

最热闹的还是高中同学的群。阎姓同学评论说："多吃肉多喝酒，多与异性交朋友，最少活到九十九。"南姓同学也是出身不好，最能体会方某这个年纪上的癫狂，留言是："先前蜷曲，如今舒展。"冯姓同学作诗一首，诗云："仲秀同学出大名，放言此生无所求，隔三岔五吊膀子，七画八画画不停。"

门口有响动，不及回头，传来老伴的话语："我去买菜呀！"

随即听见换鞋声，门扇的关闭声，钥匙在锁眼的转动声。家里三个房间，靠西一溜儿排开，南边是主卧，看着大，是因为有半圆形的落地窗，等于将阳台包在了房里。往北是第二间，房门与主卧相对，凹进去一块，墙那边是卫生间，门开在主卧里。再往北是第三间，即方先生此刻坐在里面的书房。若是常规房子，这两间该是黑的，一绺阳光也照不进来，开发商自有妙招，将旁边一户缩了回去，一个单元缩了一间，两个单元并在一起，便空出一个宽宽的凹面。这边户型的这两间房子，便可以在墙角开个小窗户，坐在窗前，足够明亮。

仲秀的小书房，东边是客厅的卫生间，再过去是房门，因此上，老伴在门廊换鞋锁门，仲秀先生就是不扭身，也听个清清楚楚。也是因了这个距离太短，老伴说话声儿也就没有平日高，轻轻的，似乎还有点儿温柔的成色。

纵然如此，听得锁孔里的转动声响过，仲秀先生还是长长地舒了一口气。

精神一轻松，脑子也就灵动起来。思维是在脑子里运行，按说可以不受外界条件的限制，这是通则，以仲秀先生的博学不会不知，但也正因了这博学，仲秀先生知道，思维是可以驯化的，家里养的狗，主人再训斥，也不会扑上来撕咬。封建时代的大臣，站在朝堂上，心里再委屈，也不会有造反的念头。夫妻生活四十多年，前三十年不说了，后来这十几年，他是完败在这个老婆子手里。

想到这儿，不由得扭身，朝门廊那儿瞅了一眼，只怕脑子里这个念头的转动，转出声儿，老伴去而复返听见了。

确实是走了，这才接着转下去。

老婆子年轻时漂亮而娇憨，白天晚上都得叫人欢喜，如今老了，面皮还白白净净，勉强可谓风韵犹存。变化最大的是性情，平日没好脸色不说了，最可怕的是，他这边，脑子里一转个什么坏念头，她那边马上就看出来了。夫妻嘛，有恼的时候，也有好的时候，有次遇上心情好，他试探着问，怎么他脑子里一转个坏念头，她就看得出来。老伴也说了实话，说你这人哪，前半辈子是好人，后半辈子想当坏人，功夫不到，一转坏念头，贼眉鼠眼的谁看不出来？

想想也是的，只要一转坏念头，自个儿先就心虚，心一虚，胆气也就不壮，胆气不壮，眉眼也就会显露出来。因此上，只要他在家，老伴也在家，他的思维就跟看家的老狗一样，不敢有丝毫的非分之想。

此刻老伴去了，连同威慑的气场也一起带走了，由不得就想到，好些日子没跟寒芽儿姐姐通电话了。

寒芽儿，是山东一所高校的老师，还是博客时代，在网上结识的。曾见过一面，说不上漂亮，也还端正，最好的是性情，什么时候说话，都像是身子要扑过来的样子。叫姐姐，是他的打情骂俏，实际上，寒芽儿比他小下三十几岁呢。

彩铃声响了又响，没人接。

这小蹄子，又去哪儿浪了，心里恶狠狠地骂了一声，耳边似乎听见了，得、得、得，视频在呼叫呢。啊，也太不顾忌了，这个时分来视频。

轻轻一点，屏上是他的尊容，右上角是寒芽儿俏丽的小脸。

"真悬哪，怎么这个时候来视频！"

"能通电话，就能通视频哪，怎么，在？"

"刚出去买菜去了。"

"我就说嘛，你哪儿来的胆子！"

"在做什么？"

"正在看你的微信，有句话，我最喜欢。"

问哪句，说是"亦见心地之醍醐"。

"前些日子的几个印，有个也喜欢。"

"噢，哪个？"

"'实乃三流作家也'，这可不像你平日跟我吹牛的口气呀！"

知道是什么意思吗，那边说，不是自嘲吗？方仲秀嘿嘿一笑。

"我这三流是第三等级，也别有所指，会当官的是一流，会挣钱的是二流，我这样不会当官也不会挣钱的，只能是三流。"

"咯咯咯，你猜我想到哪儿去了，以为你心里定是：清流、风流、下流这么三流。"

"咦，你倒有创意，快说说，怎么就是这样的三流？"

"我能不知道你嘛，你说你心里五画六画的，我呀早看到你的七画八画了。要我跟你说说来由吗？人面前装清流，写起文章装风流，一见了年轻女人，哈喇子都流出来了，不是下流又是什么！"

他真想说一句，知我莫若君，想想不能太惯纵这女人了，便说："人世是一层一层地看，男人也要一层一层地看，且莫妄下断语。"

屏面上又是坏坏的笑脸，仲秀先生忍不住想说句调情的话，猛听见门外有响声，手指一点，黑了屏面。刚将手机放好，拿起写了俚句的花笺，那边房门已开，老伴提了菜袋子跨进来，趁换鞋的空儿，朝这边瞅瞅。这些，方先生不是看到，是感觉到的，也可说是后眼看到的。

"哟，还在欣赏你的好诗哩！"

"那当然。"

头也不回，一手托着花笺，一手在板桌上轻轻地磕着，拉长了声儿吟诵起来："七十老翁何所求……"

第七章

来了两个客人，一个是晋阳书社的张继宏先生，一个是书法教授姚谨之先生。都是太原来的。一坐下，谨之先生抬眼瞅瞅，问："真迹？"

"你看着像假的？"

方仲秀反问。

自打搬过来，方先生从不在沙发那边招待客人。

原主人的沙发，宽大而低矮，坐在上面，朝后了，像是躺着，朝前了，又像是趴着，总之是怎么坐都不舒服。客厅甚长，那头算是客厅，这头就是餐厅了，摆着餐桌和餐椅。椅子不说了，桌面白色，仿大理石，坐在跟前，像是坐在八仙桌两边。因此上，不是十分必要，来客一律在这边接待。

在这边待客，也方便。客人进门，换了鞋过来，伸手礼让，正好坐在南边一侧，他呢，顺势坐在北侧，主客两厢，隔桌聊天，又亲切又自然。

这样，他的背后，便是房间的北墙。门厅过来，还有个储藏间，这个北墙，也是储藏间的南墙，正中挂着一个细木框的字匾，里面嵌着阎锡山的一幅手迹，四个竖写的字，不大不小，道是：发扬文化。上款是，台湾诗词学会存念。

此刻，这个字匾，正在方先生身后，偏上一些，难怪姚谨之先生，一坐下就瞅见了。谨之是书法家，对字有天然的敏感，也是经得多了，见了名头大的字，先要问一下是真是假。既然方先生的口气上带出不屑的意思，他也就用不着客气了："给台湾的诗社写的，该是去了台湾之后，看这字，筋骨挺饱满的，不像是上了年纪的人写的。阎锡山在大陆的时候，身边就有代笔的人，到台湾不会没有。"

继宏先生不是书法家，也爱写字，阎锡山的字，见过不少，端详了一下，说："阎锡山的字，还是不错的，六七十岁，写这样的字，该不是难事。"

一进门，先说起字，可见三人之间的关系，还是相当亲密的。

直到此刻，方仲秀才问起两人来北京，究竟所为何事。来之前电话上说了，说是开个什么评审会，不知评审什么。

继宏先生干瘦的脸上，绽开也还丰满的笑意，说是重点选题评审会。谨之说，他们是古典文学组，来的多是大学教授，挺认真，好几个都没通过。他自己也是教授，山西大学教书法的。

"有的报个《两千年史记通论》，一听就不是地方大学能做得了的，不过是借个大名头，多要些经费。今天下午没事，休息半天，我跟继宏先生说，一起看方先生去吧，就来了。"

"你们住哪儿？"

"白石桥那边。"

"够远的。"方先生说。

"还好找。"继宏说，"就是地铁上太挤。我靠近门口，一到站，挤个东倒西歪。"

说话间，方太太给沏好茶，端了过来，两人面前，一人一杯。方先生面前，放的是他自己的杯子，早饭后就沏好了的。

真正坐定了，两人都注视着方先生的脸面，似乎要寻出什么异样来。

方先生知道，这是老朋友对他的关心。他与二人，还是过年时在太原饭局上见过面。一晃半年过去了，与继宏先生还通过两次电话，与谨之先生，只有微信上的留言与点赞，等于没有真正的交往。

"北京的水土，就是养人，我看方先生比过年时在太原，还白了些。"

"谨之会说话，我看还是老样子。"

这样的话语，也就分出了交情的深浅。毕竟继宏先生搞出版，出过方先生好几本书，又是文学中人，打交道多些，感情也就深些。谨之先生是书法家，方先生虽说爱写字，从不以书法家自命，占了老乡这一头，亲切是有，交情多深，就谈不上了。

"白不白，精神够好的。"

谨之先生还要坚持自己的看法，只是退到另一个层面，继宏先生忽地定了神，盯住方先生右侧的头发，眯了眼地细看。

"次珊兄，这是怎么啦！"

次珊是方仲秀的表字，知道的人不多。

大概那位置，确实不好用语言来界定，继宏先生抬起手，指指方先生左边耳郭的上方。

方先生淡淡一笑，声音却是分外的响亮："鬼剃头！"

张和姚，两人都在餐桌南侧坐着，张先生靠东，姚先生靠西，张先生这边，能看见方先生左耳的上方，姚先生那边就看不见了。鬼剃头，这个生理现象，姚先生不会不知，只是不知这鬼给方先生的头，剃成了什么样子。于是侧了身子，要看个究竟。

"别费事！"

方先生摆摆手，挡住了姚先生，姚先生以为方先生不愿意别人看他头上鬼剃了头发的样子，一面谦和地笑着，一面退了回去。他的身子刚往后缩去，还没缩到原先的位置，方先生这儿又是淡淡一笑，分外响亮地说："这边就有一片！"

说着抬起手，撩撩右侧额角的头发，露出一片秃秃的头皮，有一角硬币大小，光光亮亮，真的跟剃了似的，只是没有头发的茬儿。

继宏先生问，这是咋回事。方太太端来茶水，还没走开，接上话茬，就诉起苦来，说方先生的头发，掉了有半年了，劝他去医院看看，就是个不去。你们说，要是这么掉下去，不上一年，就全成了秃子。姚先生也说，是的，该看看，至少也该买个什么药水搽一搽，说不定会长出来的。

方先生听了，大不以为然，说他在电脑上查过，说一个人的头发，是二百几十平方厘米，他头上这两处，合在一起不超过十平方厘米。一年加两片，满了也得二十五年。他现在七十岁了，二十五年之后，就九十五了，活到那么大的岁数，别说头发了，就是少上两只胳膊都值当。

"那就早点儿掉光吧！"

老伴扔下这句话，转身离去，做她的事去了。

三人聊起天。

说着说着，继宏先生说他此番来，是有正经事的。方先生写过《张颔传》，张颔不是介休人嘛，介休有个企业家，想出个豪华版，问他能不能跟方先生联系一下，给个授权。

"这是出版社的事，你们想怎么出，就怎么出，只要给我稿费就行了。"

"次珊兄，"继宏先生说，"还得你说了算，因为这次出书，全是企业家投资。他这样做，有建设地方文化的意思，还有对你的敬意在里面。你要是不同意，或是不理睬，岂不是辜负了人家的一片好心。"

"你说的是不是那个路什么恒先生？"

"是呀，路斗恒，你认识？"

"说不上认识，见过一面，挺儒雅的，不像个企业家，尤其不像个山西的，搞煤炭起家的企业家。"

"见过面就好说了。"

"我不管，由你办去吧。我只说给多少稿费。住在北京，最缺的是这个——"

方仲秀抬起右手，拇指和食指一挨，指蛋儿捻了两下。

"有方先生这句话，我心里就踏实了。"

"能给多少？"

"十万八万还是有的。"

方仲秀闻言，大为振奋，说他只要这个数，多了都归张先生。

他俩说话的工夫，姚谨之端着茶杯，在客厅转悠。听出两人的谈话告一段落了，踱过来，指指西边墙上的一幅画，问道："这画也是真迹吧！"

继宏先生的座位靠近那边，起身到了画框跟前，脸贴着画，从下往上看去，看了左上角的落款，大吃一惊：

"《渊明归隐图》，哎呀，傅抱石的！"

"你细看！"姚谨之指指姓名下的小字，"'作于重庆西郊金刚坡'，抗战在重庆，这可是傅先生笔力最好时期的画作。真的，绝对是真的！"

"呵呵呵！"方仲秀笑了，"你是见阎锡山的字是真迹，觉得我这儿的字画，定然都是真迹。怎么会呢，若是真迹，住在这么个小区，挂在客厅，我早就没命了。"

"是临摹的？"

"那倒不是。"

方仲秀也站了起来，不到画框跟前，只是转到椅子背后，双手扶住椅背，对客人说了起来。

说这幅傅抱石的《渊明归隐图》，是一张高档复印件，可与日本二玄社的真迹复印相媲美。原件是他的一个朋友收藏下的，好像是在香港嘉士德拍卖会上拍下的，十几年前，不算多也花了二百万。傅抱石的画，这些年一个劲儿地往上涨，这幅画在那个年代，要算大幅作品，抗战中在重庆金刚坡画的，精品中的精品。他的这个朋友，去年吧，要买一个大古董，手头紧，便出让了，出让给他温州的一个老乡，也是收藏家，一口价，一千三百万。太喜欢了，交割前跟买家朋友说好，他要复印几件作为留念。于是便带画到上海，复印了几件。

"你买了一件？"

姚谨之抢着问。

"我哪儿舍得花这个钱。我们是多年的老朋友了，大前年我去温州，他听说我要在北京租房子住，说我这是大隐隐于市。除了送我一张阎锡山的书法，顺便给了我这么个复印件。他知道我的毛病，特意叮嘱，做框子别舍不得花钱，要选木质高档的。我回来，专门去琉璃厂，找了家大点儿的装裱店做的，光这框子，就花了一千多。这幅画，可是上了书的。"

说罢，转身进了书房。

不一会儿，出来了，一手擎着本书，一手贴在腰间，捏着个信封。到了跟前，将书往餐桌上一放，从信封里抽出两三张花笺，递给张继宏。

"嘿，找这本书，书柜里还搁着给你的几信封呢，都在这里面。别看信，先看这个！"

说着拿起书，将封面在客人面前亮了一下，三下两下，翻到夹了个红纸条的地方，一看就是常给人看，才做了这个记号。

"就是这幅，当年出书时，还在他手上，现在他家里也没了，原先挂真迹的地方，也挂的是复印件。"

姚谨之接过书，细细看去，又合上，端详起封面和书名。

"《一觉山话》，潘亦复，大收藏家呀！"

正在这时，门铃响了。会是谁呢？方先生过去。还不知道是谁进来，只听见方先生欢喜地叫道："贵客，贵客，快进，快进！"

像是还有个换鞋的程序，一会儿进来了，是位姑娘，继宏与谨之相向一笑，意思很明显，方先生在北京也没闲着。方先生看在眼里，没说什么，反而有些兴奋，觉得这姑娘来得正是时候，至少可以向老朋友显示，虽说赁居京师，孤孤单单，平日的功课并未荒疏。

接下来，给双方做了介绍，这边是太原来的老朋友，张某某和姚某某，那边呢，特意给声音里添加了喜庆的味道，说是："耳东小姐，湘妹子，诗人，也是书法家！我的小朋友！"

老伴也过来了，耳东小姐上次来过，印象挺好的，忙给取了个杯子沏上茶。耳东小姐说，她是进城办事，办完了顺道过来看看方老师，不知道家里有客人，坐一会儿就走。

方先生和张姚二人，原本在说傅抱石，一时间没有别的话题，只有就着这话茬儿往下说。

姚谨之说，傅抱石真是个了不起的人物，不光画好，书法也好，不为人知的是篆刻，早年就是专攻篆刻，且颇有声誉。二十世纪二十年代中期，在江西第一师范教书时，就写了一本《摹印学》，等于现在出版的《篆刻学》，当年因故未能出版，原稿也遗失了。三十年代初到日本，见日本竟也没有篆刻学方面的专著，便收集资料，写了一部《篆刻概论》，也是命途多舛，经历了抗战，又经历了各种磨难，直到傅先生死后，二〇〇〇年之初，才由上海古籍出版社出版。他是前些年来北京，在隆福寺旁边的一家中国书店见了，原价二百元，老板见他是书法家，真的懂行，七十元就拿了。

"线装两册一函，正文全是影印，傅先生毛笔手抄，一看他的毛笔字，你就知道他画上的线条，为什么那么优美了，全是手上的功夫！"

"那是！"张继宏说，"毛笔字写不好，不管是画山水，还是画人物，只会是半瓶子醋。"

人家谈书法，方先生不便插嘴，等二位平息下来，他说了个小典故，是《围城》上的。方鸿渐在三闾大学教书时，是校长还是中文系主任的夫人，爱画中国画，画得还好，就是题字不行。书上说，一到题字，简直能要了夫人的命，常是夫君代笔救驾。自从看了《围城》以后，他再参观画展，特别留意画家的题字，若题字不好的，一般都不会给高评，你别说，这一招还真让他占尽了风光，过后都说，还是方先生厉害。

他们高谈之际，耳东小姐拿起桌上的《一觉山话》，信手翻看，不等他们的高谈告一段落，便站了起来，对方先生说，她要走了，曹老板还在亦庄店里等她回话呢，一面说着，一面举起手里的《一觉山话》，对方先生言道："方老师，我看这本书里，有您许多的批语，我想您老做学问的方法，说不定就在这些批语里，我想借回去，细细学习，过上一个星期，准来还您。"

要是别人，方先生会说这书是不借的，今天遇上耳东小姐，这话说不出口，只好大大方方地说，拿去吧，别光看他的批语，亦复先生的文章也是一流的。

耳东小姐走后，重新坐下，张继宏这才看开给他的信。一共是三封，毛笔小行书，不带格的笺纸，一笺一信，一信也就六行，很快看完了。没有说信上的事，只是夸方先生的字："次珊兄，我看你到了北京，这字是越发的娴熟自如，不衫不履，最是耐看。哎，你该出上本花笺信札！"

知道这样的信上，没什么忌讳的事，姚先生也拿起看了起来，随即附和了说："方先生七十了吧，这个年纪，过寿别做那些俗事，出本信札集，最是风雅！"

方先生像是早就有这个想法，正好夫人过来续水，便说："你看，过年的时候，我跟你说，你还说出那个东西算个啥，这不，继宏和谨之，也都这样说！"

"想出你就出吧，我只是那么一说，又没真的阻拦。姚先生，你说他那个字，能拿得出手吗！"

老伴的口气，像是不愿意在客人面前谈这样的家事，又不愿意让客人觉得她是怕花钱。

谨之先生仗着自己是书法家，当即开了个极小型的免费讲座。

"中国书法，从来都是名人书法，方先生的名气在那儿摆着，这字不是谁都能写得出的。"

"谨之兄，你这不是寒碜我吗！"

方仲秀连连摆手，怕书法教授说出让他更难为情的话。继宏不理会这些，接上姚谨之的话头："方先生真要做，我们社跟扬州一家印刷厂有业务，关系很好，叫古椿阁，做线装书很是精致，回头我把厂长的名片推给你，真要做了，就去那儿做。"

没想到三人，说着说着，竟当成真的了，方太太没再作声，扭转身去了厨房。

姚谨之像是想起什么，唉了一声，说有个事，差点儿忘了。

会是什么事呢？方先生心里直嘀咕，千万别是写个序呀什么的。

谨之先生说，前天下午，他一到北京，就去看望一个朋友，女主人是山西武乡的，姥爷在新中国成立前是当地的绅士，早就过世了。先前想立碑，有忌讳，这两年看来平静了，想把这个事办了。他去了，拿出写好的碑文让他看，他不懂这个，明知道有些字眼不合适，也说不出个所以然，便说，他有个好朋友住在北京，何不请教一下此人。说到这儿，冲着方仲秀笑笑："我可是把你的名片推给她了，过两天她要加你的微信，可别不加，那我可就丢了面子了。"

"帮得上帮不上，是一回事，加了微信，看个碑文，算不得什么。"

这么个事，方仲秀放了心。姚谨之的话还没有完："我这个朋友，两口子都是戏迷，女的还会唱，最擅长的是余派。放了话，说方先生是大作家，肯帮这个忙，等改好了，什么时候请方先生去看京戏。"

"但愿他们会满意，这个戏是看定了。"

说话间，方夫人将酒菜端了上来，方先生接过，摆在餐桌的当间，自己也坐了下来，张继宏一见，惊喜地说："嫂子真是快手，什么时候做好了的！"

"昨天你们说要来，早就准备好了。不多，也就五六个菜，还有两个热菜，马上就炒好了。"

说罢，扭身进了厨房。

女主人一走，张继宏立马也落了座，不是准备吃饭，而是要跟方先生说几句悄悄话。一坐下，从那边探过身子，他的身子，本来就单薄，此刻探得多些，几乎贴在桌面上。瘦削的脸面仰起，压低了声儿问道："这房子有多大呀？"

"一百五十吧。"

"在太原你说租了房，我心说你老两口，也就租个五六十的，没想到会这么大。"

大概是张继宏的神秘举动，惹起了姚谨之的好奇，也凑了过来，他的思维却要怪诞些，也是压低了声儿，问的是："是不是跟儿子媳妇起了什么纠葛，住不下去了，才搬出来的。"

"儿子没什么"，方先生说了半句，还要说"媳妇也没什么"，再说他所以租房另住的原委，姚先生心急，马上问："那是媳妇？定是婆媳不和了。"

"怎么说呢。"方先生也是有些急了，先把这个挡回去，再说别的。一下子想不出合适的词儿，顺口说了句："比这个严重一些。"

"啊，那是——"张继宏也来了兴趣。

"是你这边？"姚谨之继续他的猜想。

"只会是我这边。"

"是不是，八——"

"谨之别胡说！"

继宏的眉眼变了。

"咋叫个胡说，你知道我要说啥？"

"你不是要说扒灰？"

继宏将"灰"字说得低低的，将能听见，谨之不高兴了。

"看你想到哪儿了，我是三岁小孩子？我是说，方先生是不是做事太殷勤，成了八戒背媳妇，出力不讨好。"

"嘿，"方仲秀笑了，"你们既然问起，我就给你们说了吧，也不是什么丢人的事。"

接下来，朝厨房那边瞅了一眼，又听了一下，听见刺啦声不断，知道老伴正在炒菜，便放开了胆子。说他所以决定租房子另住，不是说儿子那边就住不开，实在是在太原住大房子住惯了，跟儿子一家，住在那个两居一卫的房子里，有诸多的不便，最可笑的是什么，说来你们或许不信。最可笑的是，每天早上起了床，要上厕所了，走到门口先得站住，听听里面有没有响声，如果有，那就得等，怎么个等呢，又不能在门外等，得避开门口，又不能走得太远。嘿，那个尴尬，那个无奈，别提了，就这个事，让他下了最后决心。

说到这里，方先生自个儿先笑了："哈哈哈，不能提，不能提，站在卫生间门口听响声！"

张继宏和姚谨之，也都笑了。

三个人光顾笑，没有想到，方太太已端着一盘热菜，站在方先生背后，脸拉下好长。三人笑得气还没再喘一下，方太太已发了狮子吼："你个贱嘴！"

　　不用回身，方先生已知自己闯下了什么祸，连忙分辩："继宏和谨之，都是好朋友，说说有什么关系！"

　　"你个贱嘴，不嫌丢人，到处乱说！"

　　"就今天说了，我还跟谁说过！"

　　方仲秀不愿在朋友面前丢人，脖子一拧，又来了一句。这句话，无异于火上浇油，老伴登时大怒，言道："在温州，你不给那个亦复先生诉这个苦，潘先生能一下子借给你十万，让你租这么大的房子！"

第八章

许多宏伟的设想，最后都成了可笑的谈资。

方仲秀的头脑里，由不得就起了这么个念头。不是伏案写文章，不是看书看报，就是在小区里头溜达，只能说溜达的地方稍为特殊，触景生情，让我们的方先生起了这么个不算肤浅的喟叹。

这地方，是小区北门里面一片空地上，一个高出地面尺许的大圆饼子的旁边。

大圆饼子，是方先生面对实物，偶尔兴起的一个联想。实际上小区的人们，尤其是孩子还小的父母，说起这个地方，一概称之为"大圈儿"。大圈该是有棱的圆圈，这个地方，表面光光的，一圈没有一点儿棱起，整体圆圆的，高出地面一尺多些。说是个大圆饼子，极为贴切。起名字的人，未必是预测到后来有"反三俗"的提法，不会的，凡事往高雅上靠，原是民众的习性，因此上方先生的实事求是，只能化为心里的一丝惆怅。真相，不是谁都喜欢的。

说了这么多，仍未说清这大圆饼子，跟宏伟的设想有何关联。

这就要扯到这小区的兴建。

据说这个小区，是一家南方的房产公司，进军京师的头一个大项目。楼形的设计，庭院的布局，都堪称一流。北门里面的这块地方，原是几条通道的交会处，再怎么也不会设个岗亭，仿照公路交会处的办法修个转盘，便成了聪明的选择。若聪明到此，也还不失为聪明，只是主其事者的聪明，比一般人的聪明还要聪明一些，再往前一想，便想到，与其修个转盘，何不修个喷水池。若是池子，高高低低且打扫不便，于是便修成这么个大饼子，上面有许多不锈钢箅子，可供喷水之用，一圈的地面，是覆盖了不锈钢箅子的排水沟。想来建成之初，至少交工之后不久，是喷过几次水的。后来呢，大概，不是大概是肯定，高昂的水电费谁也支付不起，于是这个会喷水的大饼子，就永久地"旱"在那里成了干饼子。

成了干饼子，转盘的功能未丧失，还添了一项意想不到的功能，就是最适合婴幼儿玩耍嬉闹。高出地面尺许，水磨石地面平整光洁，不怕孩子磕着碰着，不锈钢的箅子，下面黑乎乎的，最能勾起孩子的好奇心。四周的地面，不仅光洁，还像包了浆似的滋润，全是让穿开裆裤的小朋友的小屁屁盘下的。

盘这个词，按说方先生不会用，儿子喜好收藏，常玩个手串什么的，也就听下这么个收藏界的术语。

连上楼前的通道，大圈儿的南侧，还有三四条通道。为了分开这些通道，同时让大圈儿一周的地面显得开阔些，设计师将这些通道之间的连接处，设计成锐角，插进草木覆盖的庭院里。这样，大圈儿这个喧嚣之地，也就有个闹中取静的处所，最适合带孩子的爸爸来吸烟，眼睛还可以盯住大圈儿那儿的孩子，或是像方先生这样自以为有文化的爷爷，站在这儿做些自以为是的思考，同时又不显得对孩子过于冷漠。

此一刻，方先生还真的就在这个位置上。老伴带着孙子，在大圈儿那边。孙子乳名小狼，正蹬滑板车，绕着大圈儿转圈子。

方先生站着，身子不动，脑子可没有消停。

当年豪华的喷水池，如今成了个小孩子嬉戏的大饼子。许多宏伟的设想，最后都成了可笑的谈资，这一颇含哲理的遐想，就是此一刻，在方先生那长了两个秃斑的头脑里闪过的。且由此想到，他的"鬼剃头"，说不定正是给混沌的头脑，开了两个窍，才有如此神奇的联想。两个窍，一个在左，一个在右，正如通透的板式楼房，采光好，通风也好。

不妙，他赶紧打住了这个思绪，庄子说混沌开七窍而死，两个正好，不敢再开下去了。

再看老伴，正和一个南方老太太说着什么，孙子小狼，蹬着滑板车，绕着大圈儿，转了一圈又一圈。

老两口带孙儿下来，最初的打算，不是来大圈儿玩耍，是要去不远处的河畔走走。

幼儿园放春假，儿子媳妇都上班，前天下雨，昨天阴着，今天放晴。中午，日头正红，去河边走走，大人孩子都舒心。

出门前先费了一番周章，小家伙不光要带上滑板车，还要挎上AK47型塑料枪，胸前吊上小望远镜，用爷爷打趣的话说，跟"木瓜"似的。这话奶奶一听就懂。他们老家唱蒲剧，蒲剧有出戏叫《穆柯寨》，演的是穆桂英阵前招亲的故事。穆桂英手下有一老将，名叫穆瓜，也可说是老仆，丑角饰的，每逢上阵，身上必挂满兵器。当地民间，将那种本事不大而爱显摆的主儿，比作穆瓜，叫来叫去，就是木瓜了。

方家这个名叫小狼的孙子，就是个小木瓜，只有五岁，爱显摆的毛病，一点儿也不亚于他的方仲秀爷爷，显摆对象的性别，跟爷爷完全一样，也是异性。只是因为祖孙，岁数上的差距，取悦的异性，才有了年龄上的分类，爷爷爱取悦的是中年妇女，有时也兼顾年龄不大的老太太，小孙子喜欢的，全是跟他一般大小的小女孩儿。

原先说得好好的，去河边走走，到了大圈儿这儿，见了小英英，就是那个此刻正跟老伴说话的南方老太太的小孙女，小狼当机立断，改变主意，说他不想去河边玩了。奶奶说咱们在家里说好的，这么好的天气，陪爷爷去河边走走，小狼身子扭过去，一口一个就是不想去河边嘛！

爷爷和奶奶明知犯的是什么毛病，跟前有人，自然不愿点破。于是奶奶就跟小英英的奶奶聊起来，爷爷便过到锐角那边，装模作样地踱起步子，好像在思考着安邦定国的大计谋。

许多宏伟的设想，最终都成了可笑的谈资，这一念头，不过是那伟大思考的旁逸斜出。如同某位西方大科学家，能想到给大小两只猫开大小两个通道一样，都是对人类思考史不可或缺的贡献。

小狼蹬着滑板车，一圈一圈地转着，到了小英英跟前，还来个短暂的撒把动作，奶奶只是不时喊一声"小心点儿"，爷爷忽地生出一个念头，真该摔个狗吃屎才好，想罢赶紧瞟了老伴一眼，单怕老伴窥见了他内心的想法，一个当爷爷的人，会有这么狠毒的心肠。此刻，小狼的圈子转得更大了，老伴已离开小英英的奶奶，退到方先生跟前。

也是没话找话，他说了自己方才的想法，老伴一听，就知道方先生犯的是什么毛病，大不以为然："什么宏伟的设想，什么可笑的谈资，你这种人，就能这么胡思乱想，大饼子多难听，叫成大圈儿，多亲切！"

"可这地方，起初是当成喷泉建的呀！"

"那又怎么啦，一物多用，有什么不好？"

"我这叫联想丰富，见微知著。"

"我看是发神经，一片琉璃瓦，就想着建个皇宫大厦。"

这么一抢白，方先生不言语了。思维并没有停止，心里暗暗地反驳：这么说，也不能说你错。可你要知道，这是一种思维训练，十次有九次，都是发神经，有一次对了，说不定就是伟大的发现。好多人成不了大事，不是缺少学识，而是缺少这样的思维训练。钱钟书的《围城》，所以写得那么好，不是他的学问有多好，恰是他的思维，能旁逸斜出，想到别人想不到的地方，尤其是那些妙喻，带色的，更是常人难及。

大圈儿跟前的人不多了，奶奶招呼孙子："小狼，停下，我们去河边！"

"就不，就不！"

小家伙之顽劣，已突破了可爱的底线。奶奶没辙了，往这边跨了一步，对方先生说："他不去了，你自个儿走吧，我陪他在这儿熬着。"

"也好！"

方先生平和地说。这两年，兴起走步，不能叫散步，因有速度的要求，方先生自动加入，给自己定的规矩是每天走六千步。前天下雨没出门，昨天天阴走了四千，今天无论如何该恢复正常。

"你带钥匙吗？"

"带着！"

这个小区要到河边，出北门可，出西门亦可，方先生选了西边这条路。

出来是马家堡东路，往南拐，贴西墙一溜儿全是北京风味的小吃店，有八珍鸡店，有小肠卤煮，有宫门口蒸馍，尽头是张家酱牛肉店。这家酱牛肉店不光卖酱牛肉，还卖酱羊肉、白水羊头，外带牛肉包子、素包子，实际是个清真小饭店。方先生最喜欢吃这儿的羊杂割，觉得比太原的实惠得多，平平一碗，几乎全是杂割。不同处是太原的羊杂割有羊脸肉、拆骨肉，这儿是清一色的下水，里面最好的是羊肠子。也好理解，这儿的羊脸肉、拆骨肉，都是单项出售，也就不会混同下水，煮到锅里。

明天要是还下雨，天气凉了，该来吃一碗杂割，这个念头刚勾起，背后响起老伴的喊声。

"爷爷，回来！爷爷，回来！"

咦，这是怎么啦？扭身看去，只见奶奶站在西门外，朝这边连喊带招手，身子一耸一耸的，像是为了提高声音，还跺着脚。

会有什么事呢？方先生不急，也不问，只是提起脚，朝西门口走去。快到跟前了，用不着高声了，这才问怎么回事。不等他说罢，奶奶先问："小狼没跟上你出来？"

"你们不是在大圈儿那儿吗？"

"你走了，小英英奶奶领上小英英也走了，小狼又说要去河边，我说那你快去追爷爷，就踏上滑板车，追你去了。"

"没有见，也没听见他喊。"

说话间两人走到一起，一看奶奶慌张的神色，方先生登时意识到了事情的严重性。

"没问门卫？"

门卫就在不远处，正好有小车出来，带着活页广告的栏杆刚刚举起，门卫手里捏着开启器，面朝里站着。

"问过了，说没见小孩儿出去。"

"没出去就去院里找吧！"

老伴在前，掏出钥匙串儿，上面带着开启磁卡，在墙上的黑铁盒上一磕，过人的小门，缓缓开启，不等全开，老两口已闪身过去。

进到院里，方先生突然感到事情的严重性，心头的重负，一点儿也没有减轻。

这个小区，里面的楼房，不是按栋分的，未必是独出心裁，确有不按栋分的原委。一栋一栋的高层住宅楼，没有那种一柱擎天，四面不靠的，全是三两个一组似连不连，合起来围成一个大院子，中间两边的两组，又侧过来，像是给这个大院子束了一个不接头的腰带。这一来不光是增加了住户数，还让整个院子增加了纵深度。南北两个庭院，绿地铺成一片，树木错落相连，虽是暮春时节，已是郁郁葱葱，转上个弯儿，已不见人影。这种地方，纵是四门把守，要劫持一个孩子——简直不敢往下再想。

"小狼！"

奶奶的喊声提高了。

没有回应。

"小狼，你在哪儿啊！"

奶奶的喊声里，已带上了惊恐的哭腔。

方先生心想，此时最要紧的，是弄清孩子离没离开小区。奶奶说问过门卫了，他仍不放心，那么小个孩子，有人过去刷了卡，小门开启，孩子随在人后，门卫是很难觉察的。得靠实。已进入院子中间的那条通道，他又折回去，到了西门口，门卫在挂着广告活页的栏杆外头，为了表示尊重，更是为了消息的可靠，他走近，几乎到了栏杆跟前，问道："先生，见有个孩子过去吗，男的，四五岁。"

"有两个小孩相跟着出去，进了那边的小区。"

"有个蹬滑板车的吗？"

"没有。"

靠实了，掉转身就走。

仍循着院子中间树木掩映的通道往前寻。没出小区的门，要退回到大圈儿，这是最近的路。

"小狼！"

他也喊了起来。

"小狼，你在哪里，应个声儿！"

南边，隔着一个树丛，传来奶奶的喊叫，带着哭腔，沙哑起来。

再往前走，拐过去就是大圈儿，没有大人，也没有孩子。不用过去，那就再往前寻，穿过一丛树木，分开两条岔路，一条通向东门，一条拐过去，通往南边的半个院子。

这边全看过了，那就只有去南边了。拐过一个弯，眼前一亮。

奶奶领着小狼正朝前走去。

"小狼！"

奶奶回过身，小狼也回过身，方先生抢前两步，急切地问："在哪儿？"

奶奶已恢复平静，笑着说："往回走着我就想，你说你去河边走走，他先不去后来又要去，我让他去追你，到了门口不见你，他会去哪儿呢？南边那个大水池子，他平常就叫河，你说去河边，他准以为你去了水池边。

到那儿一看，他正跟两三个大点儿的孩子玩呢，早就忘了找爷爷的事。"

　　说到这里，俯下身子问小狼："跟爷爷说，那儿是河边吧？"

　　孩子点点头，一脸的茫然，不明白两个大人为啥要订正这么个问题。既已平安无事，奶奶对方先生说，她领上孩子在院里再玩玩，你要去河边散步就去吧，趁天气好，多走走。

　　都要走了，见小狼手里提着的小望远镜，几乎拖到地上，方先生说："奶奶，把望远镜的绳儿拴短些！"

第九章

出西门去河边，两条路，一条过马路，穿过对面的小区，再过河边马路，下去就到了。对面的小区，就是方才门卫说的，有两个小孩儿进去的那个小区。一条是左拐，就是刚才已走了一截，让奶奶叫回去的那条道，再往前走，跨过马路就到了。方才走的是这条路，这回想也没想，就穿过马路，进了对面的小区。

这个小区也是马字号。马家堡一带的小区都姓马，名字也是那个年代的通用名，先分成里，再定以方位，于是有了马家堡东里，马家堡西里、南里、北里，里大的，还要分成条，比如马家堡西里二条、三条。

这个小区叫马家堡南里二条。

小区里，偏北一个院子叫圆庄二附幼，说全了是圆庄幼儿园第二附属幼儿园。

小狼三岁时，托人进了这家幼儿园，起先还欢欢实实的，几个月之后，怎么也不想去了，每次都是又哄又拽才进的门。奶奶起了警觉，问他，老师打你啦？摇摇头。掐你啦？摇摇头。过了一年，幼儿园装修，放假三个月，没办法，只好转到北边一家私立幼儿园，待这边装修好，再让小狼去，死活也不去了，没办法，只有依了他。差前摸后，发现了孩子一个毛病，就是不敢一个人上厕所，问为啥，说怕妖鬼。不管大便小便一定要奶奶在门口站着，门闭上都不行。先前为啥没发现呢，先前小，他进去大人也跟了进去，现在大了，该独自完成了，这才发现孩子胆子这么小。奶奶、儿子、儿媳都归于胆小，只有方先生想到，多半是在前一个幼儿园淘气了，老师将他关在厕所吓的。只是这样推测，从未跟奶奶、儿子、儿媳说过，怕说了他们会逼问孩子，勾起回忆，增加孩子的恐惧感。

他的这个猜想，还是有一点儿依据的。外孙皮皮，在太原上了三年幼儿园，天天又哭又闹不肯去。他曾打趣说："大禹治水三年不进家门，我们皮皮是上学三年不进校门。"后来揣测，怕也是在幼儿园受到惊吓所致。怨阿姨吗？也怨不着。她们在家里，对付自己的孩子，也是这个手段。只是在幼儿园里，忘了人己的不同。在家里，你吓唬，孩子知道你是他妈，再厉害也可以不当回事；幼儿园里，你是外人，说了厉害话，孩子会当真的，遇上胆小的，就吓着了。

吓唬孩子，是中国人的通病。何止是对付孩子，对付大人也一样。中国的权术，最高明的也是个吓。诸葛亮的空城计，所以能退了司马懿的大兵，起作用的不是欺骗，而是吓唬。揣透了司马懿的心思，知道他最怕的是丢人，城门闭着，他敢攻打，大开着，他就不敢鲁莽了。杀敌一万，自损八千，他要是不怕丢人，派上一支部队打进去，就是全军覆没，也探清了虚实，就是另一回事了。

走近了，旁边就是幼儿园的围墙，花花绿绿，画着大幅的卡通画，新装修的屋顶，多了一个大大的蘑菇顶盖。

同样是吓唬，为什么有的孩子就吓着了，有的孩子就没事呢？只能说，有的孩子皮实，禁得住吓，或是不懂得吓；有的孩子生来脆弱，禁不住吓，说不定会吓出病来，落下终身的心理障碍。

再一想，就想到幼儿园阿姨的正式名称上，都叫老师，跟中小学老师的叫法相同。既是老师，就用了中小学老师对付学生的共同法则。中小学老师可以吓唬学生的说法好多，升学啦，恋爱啦，派出所啦，而对幼儿来说，可怕的莫过于黑屋子里的妖鬼。都是叫老师惹下的。该叫什么呢？天使如何，不行，女的可以，男的就怪怪的。园丁如何，男的可以，女的又怪怪的。

末后叹口气，素质不行，叫成神仙也不成。

就这么胡思乱想，踽踽而行，不觉已下了河堤的陡坡，来到河畔的人行道上。

这道儿，刚来北京那两年，还是土路，夏秋季节，下大雨发了水，河水漫上来，好长时间泥泞不堪，待晒干了，又坑坑洼洼不平整，走得多了平整了，又化作尘土，一脚下去一个鞋底印子，起了风更是尘土飞扬，呛人鼻喉。

　　现在好了，硬化成水泥路面，还涂了褐红色的颜料，走在上面如果想象力丰富，还有新婚之日走在红地毯上的感觉。路边不多远，是两个木头柱子形状的垃圾桶，靠上一截，有一片像是剥掉树皮露出的白茬子，一个写着"可回收垃圾"，一个写着"不可回收垃圾"。或许摆垃圾桶时，是从北往南摆的，可回收在前，不可回收在后，后来又要摆休息的长椅了，办事人图方便，不多走两步，便将椅子摆在了可回收这边。这个摆法，从北边走过来没什么，若是从南边走过来，椅子上恰好坐了个人，依次过去，会给人一个错觉：不可回收垃圾，可回收垃圾，可回收垃圾的样品。

　　此刻，方先生正是从南往北走，恰好走到长椅跟前。有了方才的错觉，不由得朝长椅上瞅了一下。

　　这长椅，像许多公用椅子一样，座位是用木条分隔而成。最边上的一条的中间，是三个凹下去的篆体字：凉水河。

　　刚才为找小狼，步履匆忙，主要还是心里恐慌，这会儿下到河岸，心里一松，顿时有种疲惫的感觉。

　　顺势往长椅上一坐，手往旁边一撑，硌了一下，以为椅子的木条劈了，细一看，正挂在"凉水河"的凉字，两滴水起头的那个短竖上。这个凉字，篆书里是按三滴水处理的，起头的那个点写成短竖。方先生会篆刻，懂得这个，不懂得的人，或许奇怪，凉字怎么会是三滴水呢。这个凉字，跟那边的那个河字，偏旁是一样的，起这样的疑惑，当在情理之中。

　　文人就是这样，腿脚可以乏困，屁股可以蹲下，思绪照样可以凌空飞扬。

　　老伴真糊涂！

　　多少次，他都剀切告诫，我们来看孩子，实际是担起了一个担不起的责任。磕磕碰碰就不说了，最怕的是走失。电视上、手机上，时不时有孩子走失的报道，有惩治人贩子的报道。须知这世上，别人的灾难随时都有可能落在自家的头上。老伴嘴上诺诺，实际不以为然，说得重了，还骂他是乌鸦嘴。

前几天有外地客人来，在附近一家海鲜店请吃饭，他和老伴带着小狼去了，点了菜等待的空儿，茶水一时送不来，老伴和小狼，坐在靠门口的位置，太慢了，老伴对小狼说，去跟阿姨说一下快点。

送菜的吧台，就在包间门外，吧台上放着几个不锈钢水壶，吧台前面两个女服务员，方才的茶叶包，就是其中一个拿走的，催上茶水，只要出了包间，对这两个服务员说声就可以了。想来奶奶也是这么考虑的，不料小狼一出门，扭身朝大厅那边跑去。他坐的是上位，一眼看见小狼跑走了，当即对奶奶说还不快跟上，奶奶不耐烦地说就在门口嘛。"去大厅了！"他厉声呵责，奶奶这才大吃一惊，离座撵了出去，很快将孩子拽了回来。他见了不再说什么，责怪谁都不对，奶奶以为去门口说一声能怎么呢？孩子嘛，也不能说乱跑，因为结账的吧台确实在大厅，催问当然要去大厅的吧台。是没说什么，可他的脸色当下就阴了，老伴不会看不出来。

"什么时候孩子都要在视线以内！"这话不知说了多少次。

今天的一场惊恐，根子就在这上头。

还有一次，在对面楼上住的时候，那时还没有小狼，带的是外孙，三人下楼到了院里，他忽然想到忘了带手机，返回去拿了手机下来，却不见了老伴和外孙。他以为老伴领着外孙出了院门，急忙追了出去，都到了马家堡那边了仍不见人影儿。返回来，老伴和外孙还在院里，说他们也是刚在外面转了一圈回来。一对证，原来是他上楼取手机去了，外孙对姥姥说，咱们藏起来等姥爷过来吓他一下，没想到的是，进了侧柏丛子，还没有扭转身子朝这边瞅的时候，他已走过侧柏丛子，出了小区的院门。

为这事，跟老伴还拌了几句嘴，老伴很委屈，说你下了楼就不能站住往两边瞅瞅？他的话是，我上去就下来，还会坐在家里歇会儿？

本来是老小三口一个玩笑，待他出来刚走过，外孙大吼一声跳出来吓姥爷一跳，结果弄得老两口反唇相讥，孩子一脸茫然，眼泪涟涟。

多少孩子走失后的家长，起初或许以为是捉迷藏。

好事跟坏事，开头都差不多。

摆了一下头，似乎将方才的不快，全甩在了荒芜的河滩上。

走走吧，每天六千步的定额，该完成还是要完成的。

第十章

　　起身顺着涂了褐红色颜料的便道，朝着洋桥方向走去。一侧是滩涂，一侧是陡坡，靠陡坡的矮墙，是一块块空心水泥预制件垒起的。走了几步，但见其中一块上用红漆写着一行字：此处至洋桥1000米。

　　正午，路上没什么人。

　　有人和没人，方先生走路的姿势是不同的。

　　前后都有人，比如早上散步，路上人多，是散步姿态，步履匀称，手臂摆动，该前的前，该后的后，也还协调。这个时分，人极少，有人跟没人差不多，方先生的步子，那可就不是步子了，该说是台步，戏剧演员在台上的步子。当然不会是女角的碎步，也不会是武士的大阔步，而是须生，在台上转圈儿，边走边唱的那种步子。手臂呢，也是随着嘴里唱出的剧情，在胸前腹上，或上下一起一落，或左右一摇一摆，远远看去，像是要跟谁打架似的。正唱着，且听：

　　　　一马离了西凉界，
　　　　不由人一阵阵泪洒胸怀。
　　　　青是山绿是水花花世界，
　　　　薛平贵好一似孤雁归来。

这是《红鬃烈马》第一折《武家坡》，薛平贵一出场唱的几句。平常男女对唱，薛平贵一开口就唱"苏龙魏虎为媒证，王丞相是我的证婚人哪"，只能说是《武家坡》里，精彩唱段的开头两句。近日在网上看到，有人著文指出，京剧唱词多有不合情理处，西凉是后来的甘肃一带，到长安好几百里，如何能"一马"就到了长安地面。青是山绿是水，系关中景象，该说一路离了西凉界。方先生认为，这样的指责是没有道理，戏曲的唱词顾了情理，还得顾及气势。一路离了西凉界，除非下面要说路途艰辛，现在要说的是，眼前的良辰美景，有别于西凉的番邦风物，加之回家见妻心切，用"一马离开西凉界"，急迫豪迈的气势，一下子就出来了。

较之须生这种慷慨激昂的唱段，方先生最爱哼唱的，还是麒派老生的腔调。

说是哼唱，最为恰当。他知道自己五音不全，声儿高了，路人听见会笑话。再则保不定前后都会有人过来。河道大体还直，只是堤岸的树木甚杂，有高有低，有稠有稀，还有好些下河滩的小路，不定哪儿，会突然闪出一个人。要么就是，后面有人赶上来，到了身后才听见脚步。这样一来，哼唱起来，还得提防着，人来了声就低了下去，人走了声调就高了上去。麒派老生的唱词，实际多是麒麟童原唱，小王桂卿配像，方先生全是跟着电脑学下的。

> 好一个聪明的小韩信，
> 他将古人打动我的心，
> 他言说萧何少恭敬，
> 恕我萧何未相迎！

这是《萧何月下追韩信》中的几句。韩信带了张良的角书，来到汉中褒城投奔刘邦，负责招贤的是丞相萧何，未见张良角书，萧何有些怠慢。韩信以古人事作譬，萧何醒悟，下阶相迎，开口唱了这么几句。最后一句唱开，双手抱拳，迎着韩信走去，未到跟前，先跨前一步，单腿跪下，那边韩信也走过来似扶萧何，自己也跪下了。方仲秀唱这几句最是来劲儿。双肘弯曲，架在两胁，两腿朝里弯些，脚下像是踩着厚底朝靴，一起一落，甚是惬意。赶唱到"恕我萧何未相迎"时，双手抱拳，朝前一拱，不弯腰也不下跪，只是双手做个撩袍的动态，往前紧走几步，两人互拜的意思也就有了。

走台步最难掌握的是踮步，方先生几乎是无师自通地学会了。这踮步，演员在台上，常常是急转身，或是改变步子时用一下，显得轻盈洒脱，方先生走路唱戏，常是为了蹭步子。有时不哼哼，走着走着，也会踮那么一下。春节在家，女儿陪他二老上街，方先生走着走着，就踮那么一下，头一下女儿没说什么，第二下女儿忍不住了，跟妈说，我爸腿有毛病吧。老伴知道他的德行，说肚子里不定念叨什么戏词哩。

这会儿，要另唱几句了，自个儿先踮了一下，调整好步子。

这回唱的是《赵五娘》，也叫《琵琶记》里的一折，折子戏叫《描容上路》。说的是陈留郡有个蔡伯喈，进京应考，在丞相家招了东床，父母在老家饿死，邻居老伯张广才看不过眼，资助银两，送蔡妻赵五娘赴京寻夫。临走时，郑重叮嘱：

> 叫一声五娘且慢行，
> 老汉言来你且听。
> 身上背定公婆影，
> 你鞋弓袜小路难行。
> 此番进京早住店，
> 登程还须等天明。
> 登山涉水心要稳，
> 行船过渡莫争行。
> 沟渠之水不洁净，
> 渴向人家讨茶羹。

前面不远就是洋桥，河道宽了许多，桥上能看见过往的行人，偶尔会有公交车的顶部闪过，这是因为，大马路和桥栏杆中间还隔了人行道。人行道高些，那边看不见也知道，来往最多的，该是小轿车，有出租车，更多的是私家车。

张老伯劝五娘的话语里，最让人感动的是，他教五娘，见了蔡伯喈，相认就不说，倘若伯喈不相认，你就怀抱琵琶把理评，说理的时候，千万别说公婆已去世，就说公婆正在堂前等，叫他早早回家门。"莫说"几句，唱起来苍凉悲怆，铁石人听了也会心酸落泪。

莫说是公婆丧了命，
莫说是头上剪乌云，
莫说是亲戚朋友来帮衬，
莫说是兜土筑新坟——

唱到这里，方先生自个儿的泪，先流了下来，声音也哽咽得不成调了。见四下无人，先用手掌将泪抹去，再从衣兜里摸出手帕，擦了又擦。

在太原时，就喜爱周信芳的唱腔，还让女儿给他从当当网上买过两本写周信芳的书，一本叫《说周信芳》，一本叫《周信芳的舞台艺术》。好几年了，具体的说辞全不记得，只记得《萧何月下追韩信》的剧本，是周信芳看了史书上的记载自个儿编的。再就是演《徐策跑城》时，嫌袍服的下垂感不强，特意将袍面加厚，且在下面缝上小小的铅块。有了这个信息，再看小王桂卿音配像演的萧何，总觉得那袍服，也是按周先生的设计做下的，要不唱到"撩袍端带把金殿上"，踢了一下，那袍子怎么会飞起老高呢。

河边的人行道，专为行人散步而设。一边是河道，一边是半人高的水泥墙，也是一层一层的空心砖垒起的。可能是临近市区吧，比南面的墙，高了许多。有的地方三四层，有的地方在五六层上。层数的多少，全看坡上土层的薄厚。坡上除了杂草，也还有各种各样的树，槐树居多，也还有榆树和桑树。过了清明，还未到谷雨，正是榆钱下来的季节。

或许是靠近水边，坡上的榆钱，一嘟噜一嘟噜，很是繁盛。

城里也有采榆钱当饭吃的，带着大包子来捋，有那粗鲁的，不是就着枝条捋，而是折下一根枝条，拿在手上，从头捋到尾。空枝子扔在地上，像一根根细长的鱼刺。

他捡了一根，在手里扬了扬，正想唱几句，一想，别人会认为是他折下的，赶紧扔了。这一路走下去，到洋桥这儿上去，顺着三环走一截，就是小区的西门了。原先还想着回到家里，跟老伴讲讲"好事坏事开头都差不多"的道理，叮嘱在看孩子上，万万不可大意，复念，今天她已经吓得不轻，这个时候说这个话，无异于趁火打劫，该好生宽慰才是。

路边的"果味多"店，正卖整盒的草莓，一盒二十五元。平日他要买，老伴总嫌贵，挡了，偶尔买上一次，吃起来一样的香甜。还说贵的就是不一样。

权当给老伴压惊，买了一盒。没人挡，有种出轨的愉悦。

出了店门，手机响了一下，转过身子，背朝太阳，捏开一看，是"老方家群"里，法国的四弟发来的。细看，是在一个什么会上讲话的照片。大哥的女儿梅梅大为赞赏，说四叔昂头挺胸好年轻，叫搔到痒处了，老四回复：相差七个小时，刚醒来见了亲人的夸奖，很是欢喜，胸肌发达，大概与我在国内上学时爱做广播体操，常做扩胸运动有关吧。

本来都关了机走起来了，他那刁钻的毛病又犯了。觉得不跟老四开个玩笑，似乎自己就不像个当哥哥的，于是将草莓盒子搁在路边一辆摩托车的后座上，背对太阳又开了机，输入一行字：

老四这话我不爱听，我的背跟弓似的，莫非我在学校，一天老做驼背运动。

年轻时，弟弟们叫他二哥，如今连最小的弟弟也已五十，弟兄们之间不分大小，一律老几老几地叫。

第十一章

耳东小姐很守信，借了《一觉山话》，说一个星期保证还，这不，第六天头上，来了电话，说她下午三点过来还书。

电话是上午打来的，电话里说，潘先生这个人太了不起了，怎么就那么聪明，挣下那么多的钱，又有那么高的见识，收藏下那么多大师的名画，方先生，去了你可得好好跟我谈一谈。

想到又有一个面对美女开怀畅谈的下午，方先生一上午都处在亢奋之中，老伴几次乜斜了眼瞅他，都浑然不觉。说一上午，是夸张了，电话是十点半打来的，亢奋当在十点四十到四十五之间兴起的。最先做的一件事，是翻看耳东小姐的朋友圈，看这个多才的女子，可发了诗文，或是放了相片。

一翻，还真的翻出来了，就在昨天的朋友圈。

先说前几日方仲秀老先生，将批注的书籍《一觉山话》借她阅读，横扫近百年来各界风云人物。很有幸借此读物，寻了一些作者潘亦复先生的收藏足迹，对她而言，理应是一种激励。很是感慨于亦复先生的一段话：

近年，自觉饮食衰退，耳不聪，目难明，多年吸烟造成的肺气肿日益严重，夜咳惊寤，已听得见发自天籁的三更鼓、五更钟，觉悟当留生命的一小截，干一点别太自私自利的活，或至少应和方仲秀先生说的，"老了应有个老了的样子"。这么多年了，不是我玩字画，而是字画玩了我。

方先生打定主意，耳东小姐来了，要好好谈谈这个潘亦复，谈潘亦复也是谈自己。谈自己会难为情，谈别人，可以无顾忌，直抒胸怀。

为了回忆跟潘亦复交往的细节，方先生还搬出三年前的日记，找见去温州看潘亦复的记载，大致翻阅一过。有个地方，准备届时让耳东小姐看的，还夹个纸条。心里愉快，一边看，跷起的二郎腿的脚尖，还频频地上下晃动。在他来说，或许是不自觉的动作，老伴看了，简直是忍无可忍，知道这样的动作，靠瞪几眼是制止不了的，起身过去，隔着餐桌桌腿宽宽的空间，照准夫君那跷起的小腿就是一脚，这一脚，不偏不斜，正踢在小腿的干疙梁骨上，疼得方先生立马跳了起来。

"哎呀，就这么狠！"

这也要怪他，手机上察看耳东小姐的朋友圈，翻看日记回溯往事，在他自己的书房里进行就是了，偏要提溜到餐桌上，要来一次沙盘演习，假定耳东小姐就坐在对面，他正含情脉脉地瞅着，浑身痒痒，脚下就由不得晃动起来。

老伴也是恪守妇道，给了这个教训，不再说什么，回卧室看她的手机小说去了。中午吃饭，午休，相安无事。下午两点多，老伴将餐桌擦拭干净，摆上水果盘子静等客人到来。在这上头，她的从不失礼，只是一个方面，另一个方面是，她也喜欢又开朗又懂事的耳东小姐。看不惯的，是夫君见了漂亮女孩子的那种贱相。当然，有一点还是承认的，跟这种男人在一起生活，烦是烦了些，再苦也不觉得累。

准准的，三点刚过了五分，敲门声响起，方先生奔过去，门一开，耳东小姐提着一袋子水果进来了。换鞋的时候，他接了过来，瞥了一眼，一盒蓝莓，一盒樱桃，这孩子也真舍得，转身递给身后的老伴。待耳东小姐换好鞋，做了个请的手势，将客人让到餐桌一侧。坐定之后，耳东小姐才从随身的挎包里取了两个物件出来，放下一个，将另一个双手捧起，递了过来，甜甜地说道："这是先生的《一觉山话》，分毫无损，完璧归赵。"

"不能这么说。"方先生伸手接过，搁在一边，"原来的书，我看过，沾染上的是浊臭之气，现在你看过了，留在上面的是脂粉之香。"

"方先生真会说话！"耳东小姐说着，拿起另一个物件递了过来，"知道方先生喜欢写毛笔字，这是一对红木镇纸，算是我的一点儿心意。"

"哎哟，这就不是留有脂粉之香，简直是送来两个红粉佳人，厮守在我身边哪！"

大概是没料到方仲秀的信口胡扯，会有这么大的尺寸，又有方夫人在跟前，耳东小姐那轻易不红的脸蛋，也蓦地红了。老伴看不下去了，厉声申斥："你就不会说上句正经话！"

这一说，耳东小姐反而觉得自己的脸蛋太红，透露了什么不该透露的信息，忙不迭地说："没什么，方先生爱开玩笑，我也挺喜欢的。"

知道下来该是这两人的交谈了，方太太给耳东小姐斟上茶，说了句客气话，退回卧室，看她的手机小说去了。

私人的交谈，太正经了，也跟两军交战一样，谁家也不愿先冲了上去，而是像老谋深算的指挥官一样，先来个火力侦察，迂回包抄。这也是因为方太太一走，原本白发翁媪呵护小娇娘的态势，一下子变成寡男孤女的局面，又是在这空落落的客厅里，身边没了依伴，心里也就没了着落。一时间让方先生感悟到，说下流话还得有正经人在跟前，没正经人在跟前，下流话就成了战争宣言，还真不好说出口。

先问了句最近做什么，重点不在那个做什么，而在最近二字上。这话一出口，给人的感觉，像是一下子就跨越了五个社会形态，距"现在而今眼目下"只有半步之遥。耳东小姐说："前几天，趁去广州出差，回了趟湘西老家。"

方先生的感觉是，明明就到了跟前，一下子又飘到两千里之外。

"奶奶一见面，就问我在北京这么久了，可找下男朋友。"——又飘到跟前，"我说急啥子嘛，该有的时候自然会有的。噫，方老师，快说说潘亦复先生这个人吧！"

原以为还要绕下去的，没想到，一下子就接上了火。

"一个奇人，起初没当回事，离得太远，八竿子打不着。没想到的是，后来成了好朋友，在我晚年的人生中，有绝大的影响。"

方仲秀先来了这么一句，很像是旧戏里，大人物出场的"定场诗"。

接下来说，他跟潘亦复先生的交往，有个中间人叫刘绪元，是上海一家大报的编辑。而对潘先生加深了解，则是缘于一场文坛纠葛。

二〇〇六年，他还当着一家刊物的主编，编了几年了，总也不见起色，文坛上混得久了，他知道像他们这种偏僻之地的刊物，要想惹人关注，就得弄出点儿动静来。他爱买书，朋友多，赠书也不少，一来二去，就在两本赠书里发现了一个"战机"。一本是刘绪元送他的《百年文人墨迹》，一本是张昌华送他的《走近大家》，书中写了好些个文化名人交往的事，写白云裳的一篇，叫《书香人和》，其中说了好几个收藏故事，就是他的那些藏品是怎么来的。

有个故事很感人，说是张充和，就是沈从文的那个小姨子，字写得很好。解放前夕，兵荒马乱之际，沪上学者白云裳托一个朋友，向张求字，张当时正准备去美国，无心写字，但这个求字的字条，一直保存着。一九八一年，北京学者林先生，也是张充和早年的一个爱慕者，访学去了美国，见了张，张想起白云裳先生求字的事，便选了一幅，在一角写了两行小字："应白云裳先生三十年前转托之嘱，一九八一年六月廿三日，时客南德之明兴城。"几年后，张充和回中国探亲，在上海见了白云裳，晤谈间白说了件憾事，说他原有一幅胡适题款的墨字，动乱中怕惹事烧了。言者无意，听者有心，回美后，张充和便将自己珍藏的一幅胡适的书法，寄赠给了白云裳。这幅书法，是胡适抄的贯酸斋写的《清江引》。

"啊！"耳东小姐说，"张充和我知道，合肥张家四才女里，数她最有才。"

"你写毛笔字，肯定见过她的字，真称得上金钩银画。"

"见过，有一套《沈从文别集》，七八本，每本封面上的题签，都是张充和写的，又工整又雅致，我特喜欢，临摹了不知多少次。差不多就是为了她的字，才买下那套书的。"

"那字看着还有点儿稚拙，实则功力很深，学是学不来的。我们还是说潘先生吧！"

方仲秀说，先看张昌华的书，没觉得什么，只能说白云裳先生的这两件藏品，蕴含的文化信息太丰厚了。乃至看到刘绪元转送的潘先生的《百年文人墨迹》，他简直惊呆了，没想到白先生将这两件珍品全卖了。卖了的不止这两件，有三十多件。卖给谁了呢，不说你也该知道，卖给潘亦复先生了。潘先生收藏甚富，早先就出过一本《亦复藏品》，得到白先生这批字画，加上别的，精选之后，便出了本《百年文人墨迹》。胡适的字，张充和的字，自然也收入其中。他就是看了画册中的这两幅字，才大起反感，写了篇批评文章。

"有反响吗？"耳东小姐问。

"不出山人所料！"方先生得意地一笑，此一刻，其感觉就像身穿道袍的诸葛亮似的，"那些年，白云裳的名声大极了，粉丝甚多，一下子就炸了窝。我们的刊物，一下子就火了，争着传看，过去一期印下，总要剩好几百册，那一期全卖完了。不全是卖了，好多是外地朋友要，我给寄去的。"

"方老师，这我就不明白了，谁家没个紧困的时候，给了他，就是他的，卖了有什么大不了的。"

"你这话，也不是没有道理，我也考虑到了。你是不知道，此人在卖画的过程中，做了手脚，是刘绪元先生告诉我的。你喝水！"

耳东小姐小口啜着茶水，还时不时地翻翻眼皮，长长的假睫毛下，一双媚眼满含着敬意。

方先生也趁此机会，调整了一下心跳，这才接着说下去："正好是那个时间，刘先生来太原开会，一天下午我去看他，他跟我说了潘先生买字的事，就是当时怎么过的手。潘买白的藏品，中介人正是刘先生。先去了，看过字，共三十多件，价钱说好了，二十几万。第二天备好款，由刘先生拿去交到白家，再将白家的字，带到宾馆交给潘先生。潘先生对照目录，一一检验，发现其中最为珍贵的一页信，被换成了复印件。潘先生气愤不过，当即要打电话质问，刘先生怕事情闹大了，说还是他来说。"

"那边说什么？"

"那边白先生说，出了门就不是他的事了。不理，爱怎么怎么去。刘先生也看不下去了，拿上复印件，去了白家，说这事太说不过去了。又说，潘这人，黑道白道都有人，何必为一幅字摊下大事。连哄带吓，原信是不能拿出来了，另给了一幅名人字，算是扯平。刊物上发的文章，本来要把这件事也写上的，怕刘先生面子上不好看，也就没写。"

"另给的一幅，是谁的字？"

"也是大名头，胡适抄写的《清江引》。"

耳东小姐听着,一边拿起桌上的《一觉山话》翻了翻,说这本书在她手上,翻了两三遍,怎么没有方先生说的那两幅字呀。方先生说,这个事,他也注意到了,以他的推测,或许是因为这本书,是在上海出的,上海方面不愿伤了白云裳先生的面子,所以未收入那两幅。再一个可能,潘先生在这上头也有丢面子的事,不愿意翻腾出来。香港的董桥,在报上看到潘有胡的这幅字,说他甚是喜爱,托朋友要求潘转让,潘是个有豪气的人,见董桥说得恳切,便以两万的价转让了。董是个有生意眼的人,立马写了文章发表,过了几年,将胡的这幅字在香港拍卖了。又是胡的字,又有这么美好的故事,全是在名人之间流转,价钱一下子就上去了。

　　"拍了多少?"

　　"我记得是二百七十三万,要么是二百三十三万。中间那个数记不准了,两头的二和三,肯定不会有错。当然,不经董桥的手,不是在香港拍,拍不下那么多。由潘先生出手,在北京拍,也就一百万。潘先生是大收藏家,这种事搁在我们身上,肠子都能悔青了,搁在他身上,一笑了之,全不当回事。"

　　"噢,那你快说说潘先生这个人,今天来,就是要听你说说这个人,这么大的能耐,太不可思议啦!"

　　"还得说一件事,才能说到他的经历、品格和作为。"

　　方仲秀说着,拿起《一觉山话》,翻到印有《落日渔樵图》的一页,在耳东小姐面前晃了一下,说了开来。

　　"这幅画,是张大千的精品,其画法,世称没骨青绿山水。画上有题词'有时自发钟磬响,落日下见渔樵人'。因此上,这幅画也叫《落日下见渔樵人》。早先的收藏者章伯钧先生,是中国有名的文化人。他的女儿比他的名气还大,叫章诒和。章诒和想给他父亲办个基金会,正好那些年查抄的字画归还了一部分,于是便拿出几幅出售。那时好像还没有后来的拍卖会,或是有了她不愿意走拍卖这个渠道。还有一种说法,章诒和要去法国生活一段时间,需要一笔钱。这两种说法并不矛盾,可以兼顾,互不妨碍。事实是基金会没办成,她也确实去了法国。她拿出好几幅字画,除了这幅《落日渔樵图》,还有齐白石的画,总之都是大名家的作品。要卖多少钱呢?不多,也就三十万。可是你要知道,这是二十世纪九十年代初。北京城里的收藏家,都知道货好,可是谁能一展手拿出三十万呢？有朋友将此消息告诉潘亦复，亦复先生当时住在上海，一心收藏字画，到了北京，朋友领上去了章家，见了这批字画，二话没说，成交，当下就将钱打了过去。"

"啊！"

耳东小姐尖叫一声，不知书里还有这么精彩的故事。

方仲秀说，当初两人有协议，就是以后潘先生不得透露这批藏品是从谁家购得的。说着拿起手边一本《亦复藏品》，翻到一个地方，递到耳东小姐面前，指着画红线的地方说："你看，这儿写的是：张大千此图得之北京大藏家的后人，我曾承诺不述其名。这是一九九六年写的，可见潘先生是遵守诺言的，但这种遵守，也不会是无限期的。推想章诒和当初提出这么个条件，是不愿意让外人知道，在她手里将父亲的珍藏卖掉了。他父亲的藏品，当年抄没后，送交故宫博物院。或许是退回的时候，跟故宫博物院有什么约定也说不来，比如说要卖先卖给他们。总之，当初要求保密，肯定是有原因的。十几年后，要出他的这本《一觉山话》了，于是潘先生就将这个秘密公开了。

"对一个人的了解，最重要的是了解他的身世，他的经历，这两点了解了，对这个人也就看个清楚。你看了《一觉山话》，潘亦复这个人年轻时的经历，印象最深的是什么？"

耳东小姐的眼睛眨巴一两下，长长的假睫毛一时间竟让方先生想起了《西游记》上盘丝洞里的蜘蛛精，由不得就想笑。幸亏耳东小姐没有丝毫的觉察。

看来耳东小姐是真的认真地看过书，一说就说到了正经地方，说潘先生的身世不太清楚，经历嘛，最让她揪心的，一是十六岁就叫打发到了新疆农场劳动，多亏早早跑了回来。再就是从新疆跑回来，没有户口没有工作，一个人在雁荡山里收购木材，后来又给社队企业跑采购，也是吃尽了苦头。

又说，书中最让她动情的，是潘先生与他母亲的感情之深。他的母亲实在是个了不起的女人，是他父亲的继室，跟他父亲生活了九年，生下三个孩子，他父亲死后，为了抚养前房的孩子，将潘先生送了人。他父亲早早死了，当潘先生遇到大的挫折，母亲有一句话，潘先生一听，就知道自己该怎么做了。

"呃，书里有这样的事？我都记不得了。"

方先生说的是实话，这书多年前看过，具体情节，早就忘光了。

"那句话是，再怎么也不要学了你那死鬼父亲！"

耳东真是个感情脆弱的女孩子，这话一说罢，头一低，泪水就顺着脸颊淌了下来。

方先生知道，说到这儿，该说潘亦复先生在他晚年所起的重要作用了。早上就没风，这会儿又闷又热，该换个地方。主意一定，先移过桌边的一册日记，翻到夹字条的地方，推到耳东小姐面前，说你看。耳东小姐俯下身子看时，上面写的是：

看了以上题词，我诚恳地说，老潘哪，我是为利而来，却是为理而去，也可以说是贪利而来，明理而去。亦复说，现在说这个话还早，只能说你的心已动了。

"下面还有两句，你也看看。"方先生的食指，往下移移，同一页日记上写的是：

晚饭时，碰了一下杯，我说，这次来温州，收获之大，出我意料，感谢你的开导。他说，这怨他，十五六年前，谢蔚明就跟他说，你一定要结识方某人，他也有这个心，阴差阳错，直到不久前，在北京才见了面。若早相识，早深谈，两人说不定还能一起做个什么事呢。我说不算晚，正当其时，救人就要在他即将沉没之际呀。

待耳东小姐看过，方先生收起日记本，说日记上说的"看了以上题词"，指的是《一觉山话》扉页上，亦复先生写的一段话，他将之抄在日记上，再读之际，写下感想，故而说"看了以上题词"。

"这题词是第二天要走了，应我的要求，写在书上的，他原本要写在一张稿纸上，知道他家里有这书，我让他取一本写在书上，为的是以后看书时，能随时看到他的题词。这段话，你看书时未必留意，我念给你听吧！"

说着，翻开《一觉山话》，念了起来：

我们都日渐老去，七十左右的人，是没有资格说八十之后我当如何。其实，我们仔细观察一下自己，衰败正每日每夜逼近着我们，逼迫着我们。认识与学会善待自己，才是善待自己家庭与亲人的最为有效的方法。这道理也许太简单了，以致中国的读书人竟然也不懂。什么样的脑子，过什么样的日子，这也是公平。

　　念罢，也不征求耳东小姐的意见，只是说，屋里太热了，我们去院子里走走，又朝卧室那边喊了一声，说我们出去走走。便换了裤褂，和耳东小姐出门下楼，来到院子里。

第十二章

院里也没风，同样的热，地方宽了，也就不那么闷了。走到树荫下，还有些许的凉意。

"这个小区院子够大的，绿化也好！"

耳东小姐一边张望一边说。

方仲秀说，这是南方一个房产公司，在北京开发的头一个项目，要打品牌，故而楼间距宽，园林式庭院，栽了许多南方的树木，玉兰啦水杉啦都有。说话间离开楼前的甬道，拐进曲径勾连的绿地，路旁有侧柏，有龙槐，隔不多远，还有一棵张牙舞爪的塔松。这么清幽的环境，两人都忘了方才世俗的话题，一下子又找不出什么契合心境的言谈，走了几步，大概是嫌太清冷了吧，耳东小姐先开了口，问方先生，在北京住了这么些年，对北京这地方有什么特别的感受。

是寻常的话题，引发的却不是寻常的感慨，方仲秀一开言便说："过去有两句诗，行遍江南清丽地，人生只合住湖州。现在这世道，要叫我说，该是，无奈且做漂泊客，人生只合住北京。"

耳东小姐不说话，只是走近一些，伸手托起方先生的手臂。长袖衫子，只是有点儿若即若离的感觉，是一种亲近，更多的或许是怕他跌倒。这小小的关爱，让方先生谈兴大增。

"不说有多少文物古迹，也不说有多深厚的文化积淀，一个心境好，就值得你长住下去。这儿人欺生，那儿人欺生，北京人从来不欺生，不管哪儿人来了，他都把你看作远方的穷亲戚。你穷他也不富，什么都不会给你，宽心的话还是会说的，这就足够了。离开家乡，你到了哪儿都是外地人，只有到了北京不是，这是首都，只有亲切，只有敬重，哪里会有自卑感呢。升官发财也许不现实，安身立命还是不难做到的。"

"方老师，你还别说，我也是这么个感觉。"

"北京人不欺生，来北京的人更不会欺生，这样一来，能不能过上好日子，就全看个人的本事了，公平竞争，无仇无冤也无怨。只有北京这样的大都会才会有这种景象，所以我说，无奈且做漂泊客，人生只合住北京。"

耳东小姐像是听出了话里的意味，说方先生啊，我们是漂在北京，你可不是，你是来北京看孙子，住那么大的房子，也可以说是来北京享福的。这话勾起了方先生的心事，先是长长地叹了口气，接着说了起来。

"你是大学毕业，从湖南来到北京求发展的，你们这叫漂。漂，是在水上浮，往哪儿去，一看水势的大小，二看自己划动的力道，这很大程度上是一种自主行为。我来北京，对外人说起来，是退休了，是媳妇给生下孙子，陪上老伴来看孩子，说起来挺光鲜的。同样的情形，别人是，我不是，我是在山西住不下去了，被迫来到北京的，说是逃到北京，也不过分。"

"哦！"耳东小姐大表惊异。

方仲秀说，他退休后，单位里有两三个人找他的麻烦，一个实名举报他贪污了五十万公款，一个在网上散布，他把办刊经费和稿费，全都贪污了。单位查过一回账，账目上是有混乱的地方，但贪污的事是没有的，顶多是有些款项使用不当，并无中饱私囊的情形。这两三个人不管不顾，该怎么闹还怎么闹，到后来他也看透了，他们知道，到了也不会把他怎么样。郭德纲有句话说得好，只有害你的人，最清楚你是冤枉的。他们那么闹，把数字说下那么大，目的只有一个，把方某人送进去，关上一年半载，哪怕过后再平反，他们也就心满意足了。

"你就不会自我辩白？"

"我一句回应都没有，任由他们去说。"

"这是为什么？"

"我当时写了一首诗，其中两句是：一字回应身后耻，且教尔曹占时名。我知道，我一回应，别人就会说，老方心虚了。我是要等单位领导或是公检法找我，我才说话。"

"你倒沉得住气。"

耳东小姐笑着赞了一句。这一赞，方先生更来了精神。

"我当时跟朋友私下里说过一句刻薄话。他问我为什么不回应呢，我说，我不给他们的后人留下祖上曾有过跟方某人交手的家族荣誉。"

"是够刻薄的了！"

"或许正是我的这种倨傲的态度，惹恼了其中一个，在机关院里挡住我，大吵大闹，还扬言要打我。本来我已跟老伴说好，她来北京看孙子，我在山西写我的书稿，吵闹之后，心境大坏，夏天过后，就来到北京再不回去了。你说，这还不是逃到北京吗？"

耳东小姐说，真没想到方先生住在北京，还有这么一番前因。又走了几步，小路边有片草坪，明显高出许多，耳东问这是为什么。方先生解释说，这个小区很大，周遭十七八个单元，围成一个大院子，中间又有两个单元横过来，分成了南北两个庭院。北边的庭院下面是地下车库，就在他们的脚下，因而地面就稍稍隆起，从园林艺术上来说，也是一种凹凸之美。说话间，过了横过来的两个单元之间的空地，来到南边的庭院，眼前又是一番景象。

"啊，还有这么大的水池，还有这么长的木桥！"

耳东小姐说着，抟挲着两臂，一跳一蹦地上了木桥。

方先生上来后，站在她身边，解释说，北边庭院下面是车库，地面就隆起了，南边庭院没有，就可以挖水池，放养锦鱼了。

"你再看！"

方先生一指，耳东小姐转过身来，简直不敢相信，竟是不大的一片水杉林子，靠木桥这边，又是一丛丛的竹子，细软的竹枝，悠悠地探过来，遮了少半个桥面。或许是地势高，桥下又有水，旁边有高高的水杉，翠翠的竹枝，站在桥上，竟有凉爽的感觉。耳东小姐提示，刚才在屋里，说潘亦复先生的事，还没说完呢。

"我这也是见了美色，忘了朋友，罪过罪过！"

自嘲之后，说了起来。

《一觉山话》里，潘先生对自己的身世，是有掩饰的。他的父亲，不是病故，而是自杀。新中国成立前，他父亲办了个西医医院，声誉颇佳。你要知道，国民党政府也有他的民生政策，比如各地设有戒毒所，为了强化戒毒，往往给戒毒所所长相当的军衔。老潘先生是西医医院的院长，西医医院负有戒毒之责，就兼了温州的戒毒所所长，于是给了他这个院长一个少校的军衔。一九五〇年各地镇压反革命，不等大祸临头，先自个了断。这样也就可以解释，为什么他初中毕业，才十六岁，就要被送到新疆生产建设兵团劳动去了。在新疆，因家庭出身不好，备受歧视，知道再这么下去，只会是死路一条，这才冒着极大的风险逃跑回来。到了温州，没了城市户口，只能是钻进山里，以倒运木材为生，后来才当上社队企业的采购，书里他说是"跑街"。

这本书里，贯穿着一个主线，很有意味，就是，他一直想逃离家乡，逃离本土，而每一次逃离，都被一种强大的力量拽了回来。第一次是粉碎"四人帮"后不久，大概是一九七六年吧，他跟澳门的什么人搭上线，交了七千元，那边答应帮他偷渡过去，没想到这个人是黑社会的，叫打掉了，他的钱也就打了水漂。母亲怕他轻生，多次劝勉，他才打起精神，跟一个朋友开办了一个精密仪器厂，还从上海聘了几个技术人员。起初做别的，正好那两年台湾的假币开始在大陆露头，银行都深以为苦。他和他的合作伙伴，还有技术人员一合计，便开始制造验钞机，一下子就大发了。这是第一次，逃澳不成，做企业大发了。

第二次，是一九九四年，企业正红火，日进斗金，他想的还是离开温州，离开本土。他的合伙人，在发财之后，将股份卖给了他。经过一番思虑，决计散伙。给了技术人员一人一大笔钱，说这么一笔钱，你们只要不嫖不赌，安生过日子，可保你们无忧无虑过完后半生。他去了哪儿呢？去了法国。怎么去的，也是个传奇故事。

十年动乱期间，有个规格很高的歌舞团，去欧洲演出，团员大都走散，不回来了。当时是大事件，压下了，国内从未报道。这些演员当时年轻，还可靠演出吃饭，过了多少年人老珠黄，只有各自谋生。中国改革开放之后，好多人想移民海外，又没有门路，于是便衍生一个产业链。有人做中介，这些老了的女演员，便充当了这个产业链的下端人物。说白了就是，你想出国吗？给中介多少钱，女演员跟你结了婚，带你到法国，办了绿卡，过上一个法定时期，再离婚，互不相干。老潘就这么去了法国，为了不连累妻子，很平和地离了婚。

到了巴黎，有的是钱，租住在一个很有身世的老太太家里，以巴黎为中心，四处游览。起初也还逍遥自在，时间一长，心里空虚，住不下去了，又回到国内，住在上海，沉浸于名人字画的收藏。

起初的牌头很大，不说他是温州的农民企业家，而是旅法归来的富商。有这牌头，那些富有收藏的人，谁不愿意结交，拿出家里的珍藏卖个好价钱呢？他买章诒和的《落日渔樵图》，正是这个时候，也正是这个身份。你看，这不是又一次出逃，又一次叫拽了回来吗？

"咦！"耳东小姐大起疑惑，"书里没有写这些呀，太精彩了，你是怎么知道的？"

"我们是老朋友嘛。"

"噢，我想起来了，这书是二〇一四年出版的，书前的长序上还引用了您的话，说老了应有个老了的样子。"

"这你又错了，光凭这句话，可以推知是老朋友，可那时我俩还只能说是神交已久，却未曾谋面。"

"见面是在哪一年？"

"也就前三年吧。"

"噢，逃到北京以后。"

"知道就行了，别那么说嘛，多难听。"

"我是想知道，具体是哪一年。"

"二〇一六年，以前也在北京住，没有孙子以前，跟老伴一起来，带上外孙，住上两三个月，也是有的。有了孙子，住上半年也是有的。只是那时，我觉得那是暂住，住上一段还会回去。只有二〇一六年春天那次，我知道我是逃到北京，不打算回去了。"

"两三个人一闹哄，您就下了这么大的狠心？"

"谈不上多大的狠心，只是不想让自己太恶心了。"

"恶心？您真会说。"

"再就是，我还想写点儿正经东西，总觉得自己一辈子看书，思考，肚子里的那些东西，还没有全倒出来。不愿意出师未捷身先死——"

"长使英雄泪满襟。"

耳东小姐立马就对上了下一句。

方仲秀有个毛病，若心思被人猜中了，总会"另铸新辞"，以显示自己别有情怀。老伴深知他这个毛病，多次斥之为"跟人不一样"，他的回应则是"那我不成了鬼神了吗"。老伴说"你还想当神，你当了鬼也不是好鬼，是赖鬼、恶鬼"。耳东小姐话音还未落地，早先与老伴的嘴仗，先在脑子里复了盘。他最得意的说法，还是他自己的"另铸新辞"，同时脑子里，还闪过另一种情景。

小时候，晋南农村常有晋城那边过来的"箍漏锅"，挑一副担子，一头是风匣，一头是个带个坩埚的小炉子。到了村巷里，要箍漏锅的人家，给撮上一簸箕炭，生起火，吧嗒几下一坩埚铁水就化开了。铁钳子夹了坩埚，往漏了的缝上一倒，那边用蘸上水的烂布团，猛地一按，锅上的窟窿就补起了。不知为什么，或许是小时的记忆太深刻了吧，一想到"另铸新辞"，眼前就闪过"箍漏锅"的画面。方先生最为自豪的是，他另铸新辞的那个"铸"，比小炉匠"坩埚化铁水"的铸，便捷多了。

耳东小姐说罢"长使英雄泪满襟"，正眨动着长长的假睫毛，"明"自得意的那一瞬间，方仲秀另铸的新辞已脱口而出："不，该是，长使青史半截青！"

"青史？"

"留取丹心照汗青的那个青史。"

"青史半截青，好大的口气，佩服，佩服！"

木桥不长，走到桥的南头，是个木板搭的坡道，耳东小姐伸过手臂，不是扶住臂肘，而是握住了方仲秀的手腕。方先生这边，该是下意识里，想让耳东小姐握得更紧些，他的感觉更舒适些，扭了一下臂肘，手心朝了上。

"哟，方先生的手指这么长！"

这么长的手指不会白长着，往回一缩，反过来握住了耳东小姐的纤手。原以为会惊叫一下的，没有，竟像一只归巢的鸟儿，乖乖地蜷曲在方仲秀的手心。似乎得到了某种暗示，这个老男人，还略略使了使劲，往手心里捏了捏。眼角的余光瞟过去，耳东小姐还了个嫣然一笑。方先生心里顿生感触，只要不是太丑的女孩子，笑起来都是一样的好看。下了木板桥，是这个大院南头的三个单元，楼前是一条东西向的甬道，东头是个角门，有人迎面走来，耳东小姐抽出手，两人又像正经人一样随意走着。

"说到哪儿了，噢，该说我与潘先生的两次见面了。"

"头一次见面是在北京吗？"

方仲秀点点头。说那天他正在儿子的房里看书，老伴不在，领上孙子去院子里玩去了，潘亦复来了电话，说他在北京，要过来聊聊。来了坐了不多一会儿，老伴带着孙子回来了，潘提出还是去他住的酒店吧。于是搭了出租车，去了朝阳区一家有名的酒店。在房间坐坐，还不到五点，又下到酒店四楼一间大餐厅，在临窗的一个隔断坐下。点菜的时候，一定要点一种极贵的鱼，那一刻，他几乎以为这个亦复园，会不会是黑道上的人。

"感觉这么不好？那鱼有多贵？"

"两千二百元一斤，厨师带着鱼过来，说是一斤二两。"

"就你们两个人？"

"嗯，还点了一个肉菜，一个青菜，知道我爱喝酒，要了一罐绍兴黄酒。我们一边吃饭，一边聊天，九点多我才回来。就是那次长谈，几乎全是他说，说了他的身世，他的经历，他的许多的人生感慨。先前看他的《百年文人墨迹》，对他的经历就有大致的了解，那里面除了字画，还插了好些文章，后来都收入《一觉山话》里。通过这次长谈，对他的身世有了更为深入的了解，你知道我动了什么心思？"

"让他资助您？"

"不。我想以他为传主，写一部人物传记。"

"他真的值得您写传吗？"

方仲秀说，给了别人，不值得写，给了他就不一样了。他已写过三部人物传，一本是徐志摩的，一本是李健吾的，一本是考古学家张额的。从时间顺序上说，徐志摩出生在晚清，活动在民国前期，是近世得风气之先的人物。李健吾论出生，只比徐志摩小十年，可徐死得早，李活得长，主要活动在民国后期和新中国成立初期。张额是一九二〇年生人，活了九十多岁，但我写他，主要写新中国成立前的战争时期，还有十年动乱时期。在人物传记的写作上，我是有野心的。起初只是写了《李健吾传》，还没什么感觉，待写了《徐志摩传》，心就大了，觉得可以再

101

往下延续一两个人物，不就是写了中国近百年的社会变迁史吗？正好退休后，不费什么事，就写了《张颔传》。张颔活得时间长，但他在新中国成立后，除了"文革"中受过些挫折，大体是顺畅的，没什么可写的。要往下续，就得选一个有大的苦难经历的人物，经历了时代，也折射了时代，潘亦复先生，恰是这样一个值得写的人物。

耳东小姐毕竟不是凡俗女子，当即又提出另一个疑问。

"从经历上说值得写，但能不能写好，还得看你对这个人物熟悉的程度，把握的分寸，方老师，您就有这个信心吗？"

"问得好！"

方仲秀大加称赞。说这个问题，他也曾反复掂量过。一部好的人物传记，必须有可挖掘的社会深度，再就是还要有动人心魄的情节支撑。不必细数，可挖掘的社会深度，只要写好潘母这个人物就行了，想她十八九上嫁给潘父，其时潘父已三十多岁，前房留下六个孩子，她与丈夫生活九年，又生下三个孩子，为了能养活前房的孩子，竟将自己的小儿子送了人。还有一个情节，也很感人，他要去法国，不愿意妻子留在国内，背负叛国者家属的恶名，两人好生分手。后来潘先生收藏字画，出了大名，妻子的两个弟弟嘲讽姐姐，当年让姓潘的"休"了，前妻斥责两个弟弟说："你们不配说他，他当好人比你们强，当坏人也比你们强！"这些动人的情节，才是一部传记的活的魂魄。

甬道在前面拐了个弯，顺势走去，又到了东侧的楼前，路旁的树木枝叶茂密，顿时感到浓浓的凉意。旁边是个儿童游乐场，不大，也有好些个游玩的器材，有几个孩子，正玩得欢快。方仲秀略一思索，轻轻扯了一下耳东小姐的手，避开游乐场，踏上一条林间小道，到了水池岸边。这里清爽也安静，对面就是他们刚上过的木桥。树荫下有石凳，方仲秀有意坐坐，过去摸了一下，还烫手，苦笑一下，两人不坐也不往前去，就那么直挺挺地站在水池边聊了起来。不等耳东小姐发问，方先生就说起了他与潘先生的第二次相见。

第二次，是他主动去看望潘亦复，不是潘来了北京他去看望，是他先到上海参加一个会议，会议结束，没有让会议主办方给他买回北京的机票，让买了去温州的高铁票。为什么会如此行事呢？还是因为他想写潘的传记。只是这次去，夹杂了一个自私的念头。

"哟，还很少听一个人说自己自私的。"

耳东小姐这话，并没有讥讽的意思，只是敲敲边鼓，鼓励方先生更坦率地说下去。

"是呀！"方仲秀一点儿也不回避。

耳东小姐凑过来，似乎要偎依在方先生的肩头。

方仲秀这边，一时还适应不了这过分的亲切，往旁边移了三分之一的脚步；这个三分之一，该是一个脚底板的三分之一。

"因为这个时候，我又遇上了另一个难题，亟待解决。往常在儿子家，住上十几天二十天，长了三两个月，都是暂住，有什么不如意的事，一想是暂住，忍一忍也就过去了。这一次是逃离山西，是要长住下去，不如意的事就不是忍忍能过得去的了。比如早上起来，总得赶着上卫生间，这时最担心的是卫生间有人，而有人无人你无法知道，不能问，也不能敲，只能是听，如果听出有动静还好，不管是谁，里面总是有人。最尴尬的是，你一听，没声儿，正要推门而入，门开了，儿媳出来了！"

耳东小姐笑得喘不过气，弯下腰，两手在膝盖上拍了又拍。

"您哪，认真听吗？"

"更不行，只能大致听一下，细听了，问题更大，你想！"

"可不是嘛！"

耳东小姐抬起的半截身子，又笑得弯了下去。

"于是我打定一个主意，要在北京长住，必须另有一个住处。到了温州，在潘先生家住了四五天，商量来商量去，潘先生说，老方啊，以你的财力，还有在家里的地位，买房是不可能的。租房嘛，家里有多少钱，不归你掌握，也是白搭。而不摆脱眼下的困境，我的后半生绝无发展可言，只会是涸辙之鲋，残喘延年。最后的决策是，他借给我十万元，回去先自个儿租下房子再跟家里人说，生米做成熟饭，不吃也得吃了。为了以壮行色，他送给我复印的《渊明归隐图》，还有一幅阎锡山的墨迹，是现成的字匾。"

耳东小姐又问，那您还写不写传了，方仲秀说，潘亦复这个人很是自负，说他要自己写自传，名字都想好了，叫《宿命》。在温州，他听潘先生说得最多的一句话是，他这一辈子最感激的是他的母亲，他觉得他在成人后，似乎一直在跟他母亲较量，几乎每次，都败在这个女人的手下，直到母亲九十多岁去世前，他去床前探视，握住母亲的手，说下辈子还当您的儿子。母亲听懂了，可已说不成话，抬起手，在他的手心戳了两下。只有那一刻，他才觉得是跟母亲打了个平手。

"您说得我都心酸了，太感人啦！"

"潘先生说他母亲常跟他说的一句话，我听了也很受启发，从小他母亲就跟他说，人生在世，多大的气量，就能做成多大的事业。潘先生的概括，更纯粹些，也更家常些，他说，什么样的脑子，过什么样的日子，这也是一种公平。他说的脑子，就是智商、气量。人生在世，善恶，甚至勤惰，都是由智商决定的。我说我是贪利而来，明理而去，绝不是客套话。"

耳东小姐又朝方先生这边靠了靠，似乎要偎了过来，方仲秀这回已做好了准备，若再偎过来，就贴过脸去。怪了，耳东小姐的脸，分明是要凑过来了，在方先生的脸前停住，略略仰起，从左到右，在空里画了个一字。而后，深深地吸了口气。这才后退半步，分外动情地说："方先生，您在山西，怎么跟女孩子来往的，我不知道，今天我要告诉您，您的体味，您的气息，让我喜欢。"

"啊！"方仲秀蒙住了，耳东小姐说，人跟人，气息相通。男人跟女人，更是这样，不是谁跟谁，都能相通的。说罢在方先生手上一拍，笑意盈盈地说："今天我也是贪利而来，明理而去。"

离开湖畔，又回到小区楼前的甬道上，往前走，拐个弯儿，是小区的东门。恰在此时，耳东小姐的手机响了，贴在耳边，亲切地说："樊哥，哎呀，过了半个小时！"

收起手机，对方先生说，是一个叫樊振飞的朋友，送她来这的。樊哥去马家堡东街那边有事，说好办好事，五点过来接她，没想到在小区院里一溜达，已经五点半了。樊哥的车，就在东门外停着，她该走了。说着伸出小手，仍是只露出三个指头，递到方仲秀手里，让方先生握了握。

方先生的家，在小区的北侧，要回家正好路过东门，也就借了这个由头，送耳东小姐一程。路上问耳东小姐，这个樊振飞，可是她的男朋友，耳东小姐说，只是朋友，前面没那个男字，樊哥结了婚，孩子都十岁了。这一说，让方仲秀想起他在亦庄扯的那个谎，问近来有没有跟张砚田联系，耳东小姐嗔怪地说，方先生净寻开心，张先生比樊哥还大，孩子都上初中了。说了这个，怕方仲秀面子上下不来，又补了一句："我还是感谢方老师的，又给我介绍了个可以谈心的人。"

到了东门口，一个不太年轻的年轻人，隔着铁栅栏门，老远朝耳东小姐招手。按说该分手了，耳东小姐说，见见樊哥吧，便引了方先生出了铁栅门，跟她的樊哥寒暄了两句，算是相识了。

回家的路上，方仲秀疑心，这个樊哥，说不定是耳东小姐的情人，现在的青年男女，哪个肯闲着哇。

第十三章

　　早餐后，方仲秀一面往书房走，一面说，他今天要写一篇文章。身后，还在用餐的老伴打趣说，昨天饱餐了秀色，今天精神好了，就想着写狗屁文章了。

　　还真是精神好，方先生没生气，扭过头说，夫人此言极是，老夫今天，真是想写一篇狗屁文章。

　　沏好茶，冲好咖啡，坐在板桌前，打开电脑。这电脑，还是原房主的，戴尔，老牌子，用十几年了，别的都好，就是启动太慢。慢到足可让方先生趁这个空儿，在手机上发了个朋友圈。今天发的是，前些年病中写的一首诗，道是：

> 从来知己是红颜，
> 病重来到病床前。
> 执手欲问边将事，
> 却道今日好晴天。

　　心里想着，没有人知道，他发这样的诗，是为了纪念昨天与耳东小姐的相会，最让他玩味不已的是，耳东小姐临别时说的那句话，她喜欢的是，他的气息，带着他体味的气息。由那没有人知道云云，忽地就想到，鲁迅先生曾说过同样意思的话，这样的话，用鲁式语言表达，往往格外沉重。记得是在《为了忘却的记念》里，柔石遇难后两三年，鲁迅在编一本刊物，选用了一张画，文中说，这算是只有他一个人心里知道的柔石的纪念。

方先生暗想，好多人说他对鲁迅先生不恭敬，却少有人知道，他对鲁迅的作品，熟悉到这样的程度。

又想到方才老伴的打趣。

老伴说他要写狗屁文章，他也自认是狗屁文章，想想，确实是狗屁文章，要在十年前，别说自己写了，就是朋友写了，他也会给个"无聊"的恶谥。而现在，来北京没几年，他几乎是迷上了这样的文章。

什么题材，全是关于京戏的。剧场看，没看过几回，电脑上看，简直不能按回数来计算了。起初只是看，越看越有味，慢慢就看出了门道。看出了门道，就想写个文章。这样的文章，几乎没什么地方发表，好在还有几个老朋友给面子，写了发过去，过些日子，总会在一个角角上给发出来。

今天想写的这篇，名字早就拟好了，叫《京戏里的袍袖之美》。过去只是看见台上袍袖飞动，而今他的感觉，那不是布质的袍袖飞动，简直是彩色的笔墨，在蓝色的幕布上，做笔酣墨畅的书写，提按有致，而又痛快淋漓。

吱的一声，老迈的电脑启动了。

打开"2019年随笔"这个文件夹，先设定文章题名，点开。顺手取过手边的一个笔记本，翻到某页，几乎是照抄了几句。这是方先生的习惯，想写的文章，往往开头，或是文章里的关键部分，早就写好了，想写了，只要设置个情景，或是添些无关紧要的话语，将重要部分连缀起来，便是一篇妙文。

喝了茶，喝了咖啡，精神头好，一会儿便成了。

看戏，听戏，让我真正领略了京戏里的袍袖之美。

最让我佩服的，是《打严嵩》里，清官邹应龙的出场。周信芳的原唱，小王桂卿的配像。小王桂卿是武生出身，早年曾与周先生同台演出，晚年演起周先生的戏，动作之优美，更见出武生的底子。一抬脚，一挥袖，都神似周先生当年的风采。

头戴乌纱，一身绛红色官服，从幕后闪出。走了几个方步，站定。你以为要开唱了，不会这么快，还没有见出人物的心境，开唱就早了些。此时，右手的袍袖，往下一垂，再忽地抬起，往外一甩，整个袖子像是抽紧了，将手臂缠住。另一只手里，端着笏板。这样一来，一边是缠紧的衣袖，一边是竖立的笏板，恰好形成一个圆弧。邹老爷稍微一低头，瞅一眼右边手臂上的袍袖，再瞅一眼左边臂弯里的笏板，接下来先是头脑一晃，再是个轻蔑地一笑，潇洒而自信。等于是告诉世人，他今天铁定了心，要做一件轰动朝野的大事了。这才唱道：

忽听得圣上宣一声，
在午门来了我保国臣。
那一日打从那大街过，
偶遇着小小顽童放悲声，
我问那顽童啼哭因何故。
他言说严嵩老贼杀他的举家一满门！
我劝顽童休流泪免悲声，
邹老爷是你的报仇人！

这几句戏文，可不是站定了有板有眼地唱啊唱的，那就不是麒派的做法了，而是随着唱出的剧情，一会儿前行，一会儿后退，一会儿撩袍，一会儿甩袖，当唱到"两旁空有文共武，缺少个擎天玉柱架海的金梁一根"，我们就知道，严嵩老贼今天要倒大霉了。

若论袍袖之美，最过瘾的，还是周信芳本人演的《徐策跑城》。这个戏，电脑上看的是电影。原本虚化了的舞台，变成了几近实物的城楼与殿堂。这样一来，地域开阔，视野也开阔了许多，更见出周先生袍袖上的功夫。以动作而论，有疾行，有缓步，有转圈，有直奔，有趋步，还有跌倒，可说是将世上能有的步行动作，全都交叉演绎一过。而在身段一个接一个之际，最让人心醉的，还要数手臂袍袖的起伏飞舞。

不是多么精确的统计，两臂的袍袖，很少有同一趋向的。约略说来，一上一下，一左一右，一前一后，一动一静，一起一伏，一里一外，还有一些过渡动作，只是在你眼前一晃，就不见了。戏台的上幕布，多是深色的，每当雪白的袍袖舞动起来，我就不由得想到，书法史上常说什么，这个名家是见了公孙大娘舞剑受到启发，那个名家是见了挑夫争道心扉洞开，总觉得玄了些。老戏里袍袖的飘动，倒是确实可以让我们体会到笔墨飞舞的情趣。

袍袖，不光是剧中人物情感的借助，也是一种身份的象征。比如说，老将军不管多么善战，若只是个武将的话，是不会身着袍服的，比如《定军山》里的黄忠，就不会身着袍服。而受人敬重的武将或是武生，则例外。关公不用说了，不管是半夜看《春秋》，还是在华容道上拦截曹操，一定是内着甲胄而身穿袍服。《坐寨》里的窦尔敦，虽是草寇，刚出场要显其威仪，也是斜着袍服。就是《打登州》里的秦琼，明明是囚犯，也要一只胳膊，穿着袍服才够劲儿。

1152，电脑显示的字数。正是一篇千字文。

写的过程中，听见手机响了下，拿起一看，是耳东小姐来的。

昨天清谈，甚是欢喜，对先生敬爱有加。唯有一事，思之不怡，先生说人家诬你贪污五十万元，怕离了谱了。我的一个表兄，在老家市里办刊物，说一年的经费，只有十万，想贵省刊物，经费也不会多了多少。何以他人诬陷，会爆出如此巨大的数字。想来定然是先生为了增加自己的分量，有意夸大了。若学生所言不虚，望先生往后与人谈及此事，勿再说如此大数字，说上三万五万，也就行了。

真没想到，这个耳东小姐对自己的关切，竟到了如此细微的地步。

该怎么说呢，只能说年纪太轻，涉世不深，不知人世的险恶。本可以说句玩笑话，也就过去了。耳东小姐太可爱了，要做个正规的回复。在方先生这里，正规的回复，就是用花笺写一通信札。起身到了书柜跟前，从下面的一格里，取出一个黄色的硬纸盒子，左上部，白纸笺条上五个黑字：萝轩变古笺。再下面是长方形的阳文篆字印：萝轩。

拿到书桌前坐下，打开盒子。这萝轩变古笺，不同于十竹斋笺谱，也不同于芥子园笺谱，十谱和芥谱，都是写意的国画，图形大，着色重，而萝轩笺，有点儿工笔细绘的感觉，最宜于给女子写信。就这，还要挑，挑了个兰花图案的。寻思了一下字句，这样的信，必须恰好一页，才叫完美。

研黑，品笔，不大一会儿，成了。拿在手上，细细看去：

耳东小姐：

　　谢您直言。如何得知，有一事为证。我病中，老书法家林鹏先生，忽一日黄昏来到病房，说是外孙开车送他来的。我的事，他全知。已为我准备了五十万元，病好后，可携此款，到文史研究会书记办公室，往桌上一掷，大笑三声，扬长而去。此老身边，都有些什么人，我是知道的。

己亥春日　方仲秀

还行。接下来是，将信笺铺在桌面上，取过手机，拍照发了过去。

手机时代，写信发走，这是方先生新旧融会的通信方式。不是专对耳东小姐一人，稍微有些交情的朋友，不论男女，都是这样。只是笺纸的选择上，见出了交情的等次。最普通的，是那种市面上到处卖的八行笺。

今天真是个动笔的日子，十点多，手机又响了，一看，是姚谨之介绍的朋友，要求加微信的。微信名字叫郝大姐，他点了同意，同时发文：请告知大名。对方立马回应：郝平英。不再输入文字，加上三个红花，表示欢迎。对方立即发来一行字：

承谨之表兄介绍，得以结识大家，有小文一则，请给以润色，增其光华。

看这句话的措辞，可见文字水平不低。他还没有回复，那边已将文章挂上发来。点开，题为《先外祖父史公鉴古碑文》。

先外祖父史公鉴古，山西省武乡县史家垴人，生于一八九三年，卒于一九四二年。娶妻段氏，生女史云，又名爱珍。继室张氏，生女素珍。先外祖父一九一九年毕业于山西省警官传习所。历任浮山、代县、解县、翼城等地警佐及公安局长。一九三七年十一月日寇占领太原，山西省政府南迁后致仕还乡。一九三八年春作为进步人士，受沁县抗日民主政府之邀，任县政府秘书。一九三九年九月，日寇占领沁县白晋路以东地区，抗日政府遂建立路东办事处。先外祖父出任第一任办事处主任。一九四〇年春因病返乡。日寇闻知先外祖父曾长年在地方政府任职，其子侄辈多人投身革命参加抗日，身孚众望，多次威逼利诱其出任武乡县维持会会长。先外祖父深明大义，誓死不从。一九四二年初被日寇抓捕入狱五月有余，身心备受摧残，致生命垂危始被抬回家中，不日亡故，其民族气节天地可鉴。先外祖父为人正直，为官清廉，治家严谨，所得俸禄，除供养家人生计子侄读书，亦乐善好施，热心捐助，曾蒙省长颁发义赈奖章，是当地著名开明士绅。吾母史云，幼年丧母，由先外祖父随带身旁，精心培育，抚养成人。吾母谨遵先祖父之庭训，正直处事，勤学上进，事业有成，亦不负嘱托，承担起抚育幼妹之责。吾母与先外祖父感情至深，久有为父修墓立碑之念，皆因世事变故难以如愿，抱憾终生。今平英秉承母意，为先外祖父修墓立碑，以圆吾母早年之愿，亦尽外孙女仰慕之情。

他看了，觉得文通字顺，实在没有什么可润色的，唯一的遗憾，是文字还可以更为简古雅驯。有些词，还有斟酌的必要，比如"身孚众望"，可通，到底不如"深孚众望"雅致。是不是要改为简古的文言文，还要听听对方的意见，若是那种自以为是的女人，不过借此炫耀自家的才华，那就不必多此一举了。

只有一点，方先生没有忘了，就是太原来的姚先生，说此女士乃京戏迷，文章改好了，会请他去看戏。他想着，要去，该是梅兰芳大剧院吧？

身后有响声，知道是老伴进来了，还没回过身子，一个白净的盘子，戳在了脸前，抬眼一看，老伴端着洗好的草莓，一脸的笑意。他扭过身，接过盘子，搁在书桌一角。老伴已在一旁的床头坐下，正好与他侧面相对。

先瞅了老伴一眼，再拈了一颗草莓放在嘴里。这草莓，还是前天买下的，吃了一半，这一半在冰箱里搁着，像是刚拿出来，吃在嘴里，拔凉拔凉的。顺手拈起一颗，擎起细看。这草莓名叫红颜草莓，顶部鲜红，跟平常草莓没有二致，中部以下，直到蒂部，渐次由红变粉再变白，再再下去成了浅绿，仍带着红晕，真应了红颜这样色情的芳名。

他将手中这颗，递给老伴，老伴似乎就等着这个，展开手心接了，还笑了一下。

"孩子呢？"

今天是星期六，孩子不去幼儿园，儿子和媳妇去角门那边的物美超市去了。机关过"五一"发下的购物券，再不花就过期了。

"睡着了，沙发上。"

他觉得老伴的声音，要比往日温柔，这话平常也说，可此刻听来，也可以理解为没有孩子搅扰，咱俩面对面吃草莓多好。能引起这么美好联想的语调，好久都没听过了。

似乎有意为了满足方先生想听的欲望，老伴接着说："那天张继宏先生来家里，说你过生日，该出本信札集，那就早点儿动手吧。"

"你不是说不出嘛。"

"我也不是舍不得花钱，是不知道你的字，还有这么多人喜欢。"

"还是你好，他们喜欢我的字，你是喜欢我这个人。"

"又胡说了！"

老伴莞尔一笑，蓦地，方先生想起一个叫黄海波的朋友，在他的微信上曾留言，说方夫人有少女情怀，这一笑，还真的是呢。

第十四章

客厅北头的餐桌前，方先生和老伴在做一个细致的活儿。

头顶是个球形灯罩，白炽的灯光，映在白色的仿石质桌面上，眼前便是一个洁净的空间。这样的光线，这样的平面，最宜做眼下的活儿。

这活儿，便是编《方仲秀信札》。显然，张继宏先生前些日子的建言，老伴完全认可了。

吃过早饭，在书房鼓捣了半会儿，估摸老伴已用过早点，收拾干净，方先生便将他的全部行头搬了出来，在餐桌上摊开，两人一南一北，动手操作。

桌上是两摞笺纸，都写了字，该说信笺。他们要编的这套《方仲秀信札》，初拟一函两册。

这两摞信函，是方先生昨天晚上挑选出的。

退休后闲了，给朋友写信，多用花笺，还有个毛病，就是将写信当成练字，一张写不好，再写一张。按说该将写好的这张寄出，可也怪了，真要写得特别好，反倒舍不得寄了。还有些信，写下原本就不打算寄的，拍个照发过去，等于手写的微信。这样，七八年下来，竟攒下了三四百封。从中选了一百二三十封，算是粗选下的，今天要细过一遍，将函数缩小到百封以内，不多不少，心里想的是九十九封。

"给我哥一封还是两封？"老伴问。

"两个哥，一人一封。"

"行了，意思到了。怎么九十九封，一百封不好吗？"

"不要满了，满则溢，图个吉利。"

"你呀，就会个穷讲究！"

老伴说罢，撇撇嘴，看似挖苦，实则是欣赏。

他不吭气，正在看一封信，拿不定是上，还是舍弃。昨天晚上挑的时候，就拿不定主意，今天再掂量掂量。

抬头是金庚华先生，正文写道：

近安。前些日子在鲁迅文学院相见，叙谈甚欢。多年前，我曾在鲁院学习，其时校址在左家庄，校名尚为文学讲习所第五期。三十年未来鲁院，今日乍到，颇有"刘郎去后"之慨。席间多有冒失语，而您均宽厚一笑，诚君子人也。种种关照无以为报，呈上拙著《徐志摩传》一册，请笑纳。

落款为戊子秋日，当是二〇〇八年，访问印度归来。

选不选的难处是，金先生的身份太高，要考虑的是，会不会授人以柄，说自己这是攀高结贵，曲意逢迎，可金先生对自己，确有非同寻常的恩德。不是提携，不是赏识，而是一种真诚的尊敬。记得那次到北京参加一个会，会址在鲁迅文学院，碰巧那些日子中国作家协会机关大楼装修，全都移到鲁院办公，金先生是书记，自然也过来了。听说方仲秀要参加这个会，事先叫人通知，先来他的办公室坐坐，快到了，金书记说要亲自下楼迎接，身边的人挡了驾，这才让办公室主任下楼接上来。会后留下，去一家酒店用饭，喝了两杯，方先生轻狂的毛病又犯了，金先生问来到鲁迅文学院感觉如何，他当即朗声吟诵了刘禹锡的两句诗："玄都观里桃千树，尽是刘郎去后栽。"后来金先生问他有何要求，也是喝高了，说乌龟王八都一趟一趟出国，叫咱也走上一遭。原以为是句酒话，说过略过，不承想，当天晚上就有作家协会外联部的人传话，说近日有个访问印度的代表团，金书记问方先生可愿意去，若不愿意再等等，会有去别的国家的名额。传话的人说，机会难得，别等了，就这个。过后不久，果然去了趟印度。按说像他这样的三流作家，是没有这个资

114

格的，不是金先生特意关照，哪能走出国门。

这封信，当初写下了，只将书寄出，信没有寄。

留下，还是去掉？

几乎都要放在去掉的一摞里了，转念一想，编这个集子，一为纪念，二为感恩，人家明明有恩于己，为什么要回避呢？想想，还是留下。

哼了一声，算是给自己壮了一下胆，伸手放在存留的一摞里。

"怎么啦？"老伴问。

"给金先生的这封信，真让我作难。由人去说吧，自家总要心安才是。"

所以攒下这么多的信，还有一个原因，就是多年前手抖的毛病没了。

进入新世纪，手机的使用，普遍兴起，纸质的信函，日渐稀少。偏偏这些年，方先生起了个雅兴，就是爱上了写毛笔字，先是只写大字，不写小字。不是绝对不写，偶尔也写，写时得看心境，心平气和还行，稍一激动就手抖，也不是抖个不停，跟帕金森病似的，是不定什么时候就会抖上那么一下。若是刚落笔抖了，换张纸就是，若是快完了抖上那么一下，整张字就废了，时间一长，就尽量少写小字。怪道的是，前些年大病一场，装上了心脏起搏器，不知不觉，这个毛病竟没了。

手不抖了，写小行书信札的兴趣陡然兴起，且愈演愈烈。

近两年又有不同。手机档次提高，微信拍照，无人不会，语音输入，更是家常，按说不会有什么信札了。别人或许是这样，方先生仍不改初衷，常是写一通信札，拍了发过去，又快捷又风雅。

"最该有信的人，没有信！"方先生喟叹一句。

"谁？"

"老马和老西。"

老伴不言语了。

方先生也知道，此刻说这样的话，近似自嘲，也近似无聊。这个集子，只收毛笔函札，老马老西在世时，就在一个大院里，别说不会写信，就是写也不会用毛笔写。方先生说的老马和老西，是指马烽和西戎，这二位是他人生的大恩人，他所以能走出吕梁山，全是这两个老作家下大力气，拽出来的。

金庚华的问题解决了，类似的还有几个单位领导的信札，数了数，共有五位。均无现成信札，全是昨天下午草拟的。这五位，在他在职时，还有退休后好长时间，待他都很好，有的是安排他当了刊物主编，有的在任职期间给以种种方便，有的是退休后遭遇陷害，没有轻易听信，只是安排审计，让他得以解脱。掂量再三，这几位全留下了，人要知恩图报，不能畏首畏尾，缩手缩脚。

不敢再多了，再多就成了"梼杌图"了。

脑子里所以跃出"梼杌图"这个意象，是他当年采访山西考古学家张颔老先生，在老先生书房墙上，看到老先生亲手绘的一幅旧式年画，一个官服装扮的鬼怪，张牙舞爪，旁边有带框的文字标示，这个是什么大仙，那个是什么上君。这样想，并没有鄙薄几位领导的意思，只是觉得这么高位的官员，怎么会聚集一起，那就只有在"梼杌图"上了。

最费斟酌的，还有几位女朋友，要有感情的痕迹，又不能给后世留下置喙的罅隙。此刻写下，确实没什么隐私，一旦传开，难免不惹人遐想。因此上最重要的是，字句平实稳妥，情感深藏不露，宁可让人说寡淡无味，也不能让人说必有缘由。昨晚已看过，今天要做最后的把关，每看一函，递过去让老伴来个复审重核。

王涧秋，大学同班的一个美女同学：

涧秋同学如晤：

前几天我一家人在太原龙潭公园游玩，小憩时手机响了，一接方知是您，三十多年未曾联系过的同班同学。毕业这么多年，除了先已有联系的同学外，您是近年来唯一的一个主动和我联系的，此事让我甚为感激。

壬辰春日

刘亚瑜，多年的老朋友，也是老伴单位的领导：

亚瑜女史如晤：

昨天的《中华读书报》上，将悼念赵越先生的文章刊出，还引起了邵燕祥先生的关注，问我《十月》的第一任主编，究竟是谁。查对后方明白，赵越的姐姐为《十月》丛刊之创办人也。赵先生一生极不容易，来山西后与您结为夫妻，又是莫大的福气，生前死后，您都尽了为人妻的全部职责，可谓无憾矣。

丙申谷雨

看后将花笺放到老伴那边，再拿起的，恰是给邵燕祥先生的一封：

燕祥先生如晤：

拙文《一个有身世的朋友》在《中华读书报》上刊发后，蒙你指谬，很是感谢。应当说，赵越的姐姐吕果女士是"十月大型文学丛刊"的创办人，苏予女士才是《十月》杂志的第一任主编。祝文祺！

二○一六年八月二日

老伴接过看了，不明白为何惊动了燕祥先生。方先生解释说，他写的那篇怀念亚瑜丈夫的文章，说赵先生的父亲赵季平将军，曾任国民革命军陆军暂编第七师师长，有一女一儿，儿子即赵越，女儿年长，笔名吕果，辅仁大学毕业，学生时期即投身革命，为一进步文化人。改革开放后，曾任北京出版社文艺室主任，其时各出版社，争相创办大型文学刊物，常是先以书号出丛刊，成了气势再申请刊号出定期刊。北京的《十月》杂志，就是在吕果手里先出的文学丛刊。后来出定期刊，才请苏予来，当了主编。因此上说赵越姐姐是《十月》的创办人不错，邵先生说苏予是《十月》的第一任主编也不错。

此事显然老伴记得，勉强将话听完，问道："你请邵先生给信函集题字，他会写吗？"

"昨天下午才发的邮件，过上两天问问，我相信会的。"

再一封，祝晋英，省财政厅教科文处的女处长。人样儿不是多么俊俏，说话的神态和声调，委婉而亲切，极具知识女性的风韵。他编《三晋文苑》时，多次在拨款上给以关照。

晋英女史如晤：

此番在财政厅做讲座得以相见，真是幸事，此前有事路过财政厅，也曾想到进去看望您，一想到要面对一个俊秀的女同志，行拜见厅座之

117

礼，就打消了这个念头。虽说不曾谒见，对您的感念之情却从未消泯。在我编《三晋文苑》的几年里，曾得到您与石副厅长的多方关照，尤其是您，语言之和善，办事之干练，让我久久难忘。

丙申端午

祝晋英后来当了巡视员，故说"行拜见厅座之礼"。只有他知道，"办事之干练"指的是什么，有求必应也。最难忘的是，明知八月就要退休，七月他还给这位女处长递了个报告，要求特批十万元的办刊经费，正式名义是要出文章精选。明知批下来，也赶不上自己用，心想，这么好的关系不再用一次，可就太亏了。自己用不上，后任用上是一样的。果然批下来，已到九月下旬。他退下后，有人说他将钱花光，还留下多少债务，他心里直冷笑，这十万不是钱！

啊，黄海波女士，他们家二十多年的老朋友，儿子女儿叫黄姐姐，他和老伴也跟上叫黄姐姐了，如此深厚的情谊，写起信来，只寥寥数语。

海波女史如晤：

正在客厅逗小孙孙玩，有人敲门知是快递，接到手中打开一看，是一本书。竟是黄姐姐的新著《一个70后女神的时尚史》。这些文章在报上发表时，好些曾读过，如今汇集成书，又是一番景象，海波诚有心人也。

丙申十月

这才几年，这个山东大学中文系毕业的女才子，凭一己之力，在省城搞起一个"时尚回眸"大型展览，引起相当的轰动。筹措之时，方先生将自己二十世纪九十年代初，买的四通打字机捐了出去。前些日子海波来电话说，新来的市委领导同意批给他们一个永久性场馆。赤手空拳，全凭一己之力，干成一番事业，真奇女子也。

"奶奶！"

小狼不知什么时候醒了，揉着眼窝到了奶奶身边。

"尿了吗？"

摇摇头。

"去尿尿！"

奶奶领着，小狼进了主卧里面的卫生间，很快就响起滋滋的撒尿声。

看了一阵子信，眼睛有些疲倦，顺手捡起几张信函，欣赏起笺上的花色图案。瞅了一眼又放下，拿起桌角上的手机。自从玩起微信，老伴多次骂他，总有一天，路上跌倒爬不起来。一起出去散步，有时故意落在后头，赶紧掏出手机看看，还会忍不住发个微信。在这上头，老伴并不比他差，只是老伴仅三两个群，基本没有朋友圈，也就不需要经常打理，正好可以专心看网络小说，且只看那种不收费的，一到要收费的地儿，立马再换一个。

他曾嘲笑老伴，看这种垃圾小说，还不如去跳广场舞。去跳广场舞，在他不过是戏谑，老伴听来以为是恶意，立马反唇相讥："比你那些破文章强下不止百倍！"于是在这个家里，老伴可以端着手机一看两个小时心安理得，而方先生一拿起手机，就像要去偷情似的惶惶不安。

好在他手疾眼快，总能逮住偷看的机会。

早上起床前，在枕上刚发了个朋友圈。

去年西戎老先生忌日，他写了一首俚句悼念。今年春天，文水县王学礼办的《孙谦研究》要稿子，他给写了一通信札，说一九五六年北影举办的文艺晚会，相当于如今的春晚，文艺界知名人士一桌，主持人依次介绍说，这位是老舍，这位是巴金，接着介绍了巴金身后的周立波和杜鹏程，又指着坐在巴金身边的一位说，这位是电影编剧孙谦同志。仅此一事，亦可见孙谦先生当年在文艺界的地位。信是用萝轩变古笺写的，小行书，甚是精美。本来是想写一篇短文，他那爱炫耀的浅薄德行作祟，便用了这么个自鸣得意的做法。又节外生枝，附上自己写的悼念西戎的俚句。此诗不是写在花笺上，是写在一片宣纸的包装纸上，稍显粗糙，手感极佳，又是随意为之，效果十二分的好。说是发表悼西戎的俚句，倒不如说是想趁机显摆一下他的书法。

朋友圈里放了两张图，一张是《孙谦研究》上发表俚句的图片，一张是他不久前仿齐白石刀法刻的一方印，印文为"七十衰翁"。俚句的图片不是很清，他的行书又潦草了些，怕人看不明白，特意将释文在留言框里写出，道是：

一战荡平群寇，
飞马灵前报捷。
幸亏晚年失语，
苦痛何处诉说。

哈，点赞的还真不少。留言的不多，仅两则，一则是网名淑阳子留的:
"此字极佳，有激情也！"一则是王学礼留的："感恩是一种品质。"

第十五章

"完啦？"

奶奶领着小孙孙过来，还没坐下，就问了这么一句。

方先生知道，是问给女人的信就这几封，没别的了？忙拿起三页，摇摇，说刚刚翻出的，他还没顾上看。

不说顾不上看是做了什么，说罢心虚，还瞥了手机一眼，怕屏还亮着。

幸亏老伴在给小狼倒水，没顾上理会他的神态。

"那你先看吧！"

倒罢水，老伴一坐下就拿起手机，说过此话，低下头，一头扎进了手机里，看起她的小说连载。小狼喝过水，去茶几那儿玩他的磁力球去了。

这三页信札，不是刚翻出来，也不是顾不上看，是他怕老伴那儿过不了关，想待会儿夹在看过的信札里混过去。又觉得不妥，印出来发觉更麻烦，临时改变了主意，还是让老伴看看，这才编了这么个谎话。既然老伴发了话，让他先看看，那就再看一遍。

一封是给一位叫张青的大夫的，同时写了这位女士夫君的名讳：

张青、刘宁贤伉俪如晤：

听说二位新近从德国旅游归来。中秋将到，我夫妇拟带小女与孙儿前去看望。小女住院期间，承蒙张大夫细心呵护，母子平安，甚是感激。

壬辰八月十三日

这封信除了记载与张大夫的情谊外，还隐藏着他们家的一段秘史，老伴胆子小，不一定通得过。

一封是给两人熟悉的一个女孩子的，不在一个单位，离得不远，常见面，一来二去跟他一家人都熟了。每次街上见了面，方先生一定趋前一步，迎上去跟这女孩子握握手。握手方式很特别，一定是满把握住，使劲上下摇动，动作很是夸张。不管疼不疼，女孩子一定做出一副很疼的样子，抽出手还要在嘴边呵两口气。而每当此时，方先生总是格外兴奋。有一次，方先生与老伴上街，在街口等着过马路的时候，那女孩儿从垂直的另一条人行道上过来，方先生迎上去，竟拥抱了一下。这正是方先生的聪明处，有老伴在，只能说明他多么的豁达，而不会怀疑他别有用心，而他恰恰是别有用心的。说是女孩儿，多年交往下来，已是中年妇人了，可他还是愿意将她当女孩儿看待，除了潜意识里不愿她长大变老之外，更多的是想长久地保持年龄差别的优势，可以坦然地表达他的一点儿爱意。老伴知道他是轻狂之徒，对这女孩儿颇怀好感，也有那么一点儿的爱意，却不知道这爱意究竟有多深。

女孩儿姓康，名字跟那个唱《纤夫的爱》的女歌唱家于文华一样，个头儿高挑，满脸娇憨。

文华美女如晤：

　　前天在路上相晤：握手之际四目相遇，感慨良多。您说在一朋友家见到我写的墨字也还清新可爱，思讨得一幅装裱后悬之于壁，美女相求焉能不办？今日写起，放在贵单位传达室，谅可转交无误也。

　　　　　　　　　　　　　　　　　　　丁酉菊月朔日

第三封，更特别。也是给一个女士的。原先未打算收入，只是太喜欢这封信了，昨天下午，放过又取回。这是一封真信，上面有折叠的痕迹。

此女士，是省上一家报纸的编辑。方先生记得，初次相见，是这家报社一个相识已久的中层领导领上来家里，特意安排，以后凡是方先生的文章，由她来负责处理。

人对人有好感，真也说不来。此女名字里有个丽字，实际说不上怎样的丽。但是周正，耐看。尤其是那眼神，那面容，无不透着一种朴实与和善。肤色不白，但光洁滋润。那天精心修饰，粉底重了些，甚白，越发显得心诚意正。

那几年，方先生爱写小文章，又是美女组稿，写起来也就格外卖力。但很快就发现，上当了。副刊版，就一张，上半部分做四个框，一人一则短文，而与方先生同期刊出的，不用打听，一看名字都知道是出道不久的新手。这让方先生大为恼火，勉强写了几期，就推说有事不写了。

文章不写了，友谊没断，不久此女领上她公公来拜访方先生，说要给方先生刻个木刻像，还带来一幅刻好了的名人像，意思是刻成了就是这个样子。方先生以为要照相，说不必，已从博客里选了两张做参考，只是征求方先生同意而已。过不多久刻成，又是此女陪着送来，别说，还真有几分神似。又过了两年，方先生写起《张颌传》，出版时美编想放个木刻头像，谁刻过呢，一想就想到了此女的公公，写了一信想问问，信还没发出，美编说找见了。这样这封信就连信封一起收拾起来，这次动了心要出信札集，一翻就翻了出来。

贾丽方家：

前些日子为查张颌木刻像事，想起您公公曾为我刻过，先电话问询。回想当年您与您公公来寒舍，王先生给我留下很深的印象。搞公安的退休干部，选择木刻作为晚年的消遣，不能不令人敬重。日后有时间，当为王先生写一文弘扬之，祈代为问候。

二〇一四年元月八日

还有一封信，是给一个男性朋友的，也要老伴把把关。

藏策先生：

好久不联系，想来一切都好。几次在报上，看到你参加摄影界的学术活动，想来定是成就斐然。《徐志摩文集》的版税，贵社一直未与我结清。近来发现单行本又重印，比如徐氏散文与诗歌的全编。我想请您告知社里，看在我已老迈的分上，将该给我的版税一次结清。

壬辰清明

四张放在一起，上下对齐，递了过去。

老伴接过，头都没抬，眼睛仍盯着手机，像是看完一个情节，这才起身，过到沙发那边。方先生以为老伴是要坐在沙发上，看个仔细。及至老伴坐下探过身子，才知道是手机没电了，插板连带的充电线头，都在沙发侧后的地上。扯过插上手机，线不够长，扯不到沙发这边，只好下巴抵在沙发背上，接着看她的小说。

要看信，还得一阵子。

方先生也停了工，拿起手机。

朋友圈，是早上在枕头上发的，有意多发了几个单人的，除了两个女性外，几个男的，均属来往不是多么密切，交情也还不能叫薄的朋友。这首《悼西戎师》，不能说多好，关涉三晋文化史上一个大事件，他很想听听这些不是很亲密的朋友有什么看法。若是都激烈反对，或是不以为然，认为他心眼太小，以后就不说这朝事了。刚才看过手机，瞟了一眼没什么动静，这会儿该有了。

果然！

本来想着是本名，一看全是网名，也只好当外人看了。

杨家三口说："老兄这首诗，既陈述了历史，又表达了真情，富有传统与经典价值。"

那首诗，不过是率性之作，若说喜爱，最爱的还是简洁明了的气势。能看出历史吗，富有传统吗？方先生默默地吟诵了一遍："一战荡平群寇，飞马灵前报捷。幸亏晚年失语，苦痛何处诉说。"流畅，有悲抑之情，亦有愤懑之慨。杨先生是评论家，见识总要高出常人一筹。

南沙逸叟说："对西戎的评说真好。"

想来此老说的是，西戎先生多少年提携年轻人，晚岁被众多弟子以选举为名轰下，心里该是多么悲伤，若能对人畅叙衷肠，或许还能稍稍缓解，偏偏就在一个著名作家的作品研讨会上晕厥倒下，再也没有恢复理智。人倒是活着，直到咽气，好多年一句话也说不出来。

金府周香香，什么也没说，只留了三个跷大拇哥的图符。这家伙，当年在报社，该是参加了那次选举会的。参加过就该听到选举结果公布后，老作家郑笃先生那句振聋发聩的话。老人当时气得声儿都颤抖了，仍尽量放平语调，对坐在旁边的西戎先生说："老西呀，你看看，你都培养了些什么人，全是白眼狼！"金府周香香，何以不多说一个字，稍一想也就明白了，他虽不是西戎先生的弟子，按那次会上的阵势，也该是"倒西"营垒中人。能对同情西戎命运的诗，给三个大拇哥，也算是个有正义感的人。

刘姥姥，即刘亚瑜，说她此刻正和女儿一家，在由美国去墨西哥的邮轮上，船上大多时间没有信号，偶尔用流量收看回复一下微信。见发来的新作，诗有余韵，字见风骨，相辅相成，由衷赞赏。您夫妇都是有情义的人，老西在天之灵也一定能感知的。

再看一个，南山秋翁，是个时常给他忠告的老同学，高他两级，待他亲如兄长，在社科界任职多年，已退休。留言说："悼诗中群寇之语，尚隐晦多致，想来发出无妨。文学义和团之说，令我汗颜，盖因兄亦此役中人也。然兄不怪。但仍万望收回，显豁刺激，招怨者夥，不宜刊布。贤弟亦古稀，万不可因此等事，影响康宁，愿慎思之。"

留言中所以说及"文学义和团"，是因为方仲秀在给这位老同学发微信时，一时高兴，将他早先写的一首俚句，一起发了过去，俚句曰："文学亦有义和团，戊辰年间闹翻天，孙犁天津拉下马，西戎山西滚下山。"诗是抄在一张八开日本竹纸上，小行书竖写，只占了三分之二的地方，剩下的地方，用更小的字体加了个注，注文曰："一九八八年山西一伙文学义勇，受天津倒孙事件鼓舞，背弃恩师，投靠新主，借选举将西戎轰下台，不数年即死去。"方先生想，南山秋翁这话，实在是对自己的爱护，当即回复说："兄言极是。那个断不会发表。此事已过去，不会再提了。"

记得给鲁天帆也发过，看看如何回复，半天没看，新来的微信，已将鲁的回复推到后头，幸亏有个小红点，往上一抹就露了出来。看去——"前不久看到一篇谈流沙河先生的文章，方知流沙河对西老的尊重。推而广之，文坛或者什么坛，能够出现这么一位恂恂君子式的领导、引路人，对个人对事业是何其珍贵的事情。也特别理解你这三十多年来对西老的一片深情。"

读罢，方先生忍不住回了两句，说西老死得太惨了。老人死后，他再也不信好人有好报的说法，同时庆幸自己自那场大劫难过后，从来没有想过去当个好人。

或许这会儿鲁天帆也闲着，眨眼间回复来了，道："是呀，眼见一个精健老汉成了一个病人，口不能言，身不能行。一九八八年夏天在河曲开笔会，又眼见一群青壮，把老汉晾在一边觥筹交错，刚开始还满满一桌子，到后来只我一个小后生战战兢兢陪着马烽、西戎二老。西老还说，后生，别坐着，吃点儿。若不是你说过，若不是张石山先生文章里谈，当年原委一点儿都不知道。现在想来，当年真是太残忍了。"

抬头看了老伴一眼，还在充电，仍是下巴抵在沙发靠背顶上看手机，带过去的几张信札，搁在沙发扶手上还没动，方先生放了心，回复鲁天帆说："回忆往事，心如刀绞。"

他是手写输入，往事的"事"为草写，一会儿出来个"可"，一会儿出来个"乃"，再出来是个"5"，这才意识到不能草写。待他写好，点了发出，还没喘口气，鲁天帆那边显然是语音输入，半屏字已过来了，道："老汉对河曲人也是有恩的。他把自己的妻侄女，许配给我们县著名的大地主的儿子，带着南下，然后又带回山西，安排在临汾群众艺术馆，就是席香妮的父亲。"

他想输几个字，说他见过香妮的父亲，才写了三个字，那边又半屏过来了。"他的侄女婿，是山西大学历史系教授张克昌先生的侄儿。一九四九年徐士瑚知难而退，把山西大学校委会主任一职交给张先生，张先生也是苦不堪言，很快又交权放手，交给邓初民。"

方先生是山西大学历史系出来的，在校时张克昌先生虽年事已高，也还见过几次，清瘦矍铄，颇有文人风度。劫难来临，教授们的隐私也不再成为隐私。关于张先生，传得最开的一条，说他有次坐飞机，带着一个小包袱，机场安检要打开检查，他说什么也不让，问是什么东西，说他也不知道，只说是他妻子离去之前留下的纪念品，他为了尊重妻子，二三十年从未解看过。他越是这么说，机场人员越是要看个究竟，不得已，他转过身去，解开了，是妻子的一团黑发，机场人员登时无言以对，张先生那里已泪如雨下。再就是方先生多年前写《徐志摩传》时，买下《晨报副刊》影印本细细翻检，竟发现徐志摩经手发表过好几篇张先生的文章，可他从未想过张先生会是河曲县人。

"嗬，张克昌是河曲人？你写写他吧。"

"是呀。他父亲张焕生，清朝拔贡，是晋绥地区的大地主。"

126

方先生手慢，输不了字，只好发了三个小红花。那边一连来了三条，连起来是："老百姓不知拔贡为何物，民间叫张八棍，席香妮家老爷爷是他弟弟，结果叫下个九棍。呵呵。席老跟张克昌那一辈是正经亲家。前些年写过。还写过你当年跟我讲过的故事，但太恶毒，没地方发表。"

"八棍，太妙了。可用轻松的笔调写嘛。"

"是。哈哈。"

"又在看微信！"

抬头看时，老伴已看过四张信札，捏在手里，朝这边晃晃。

"没个啥，就是太寡淡啦！"

"藏策那封呢？"

"人家已不在社里了。自己能要下，自己要，自己要不下，不要连累别人。"

"那就不要这封了。"

方先生心头一松，下边就有些沉，想去方便，且是大的，起身去卫生间。两头远近一样，他没去孙子刚出来的那间，那间带窗户，敞亮，往常爱去，近来常堵，大便改在靠门口这间。一蹲下，不管下面如何，先捏开手机看微信，又有两个回复的。前面是舞三鞭子的，不看，先看后来的。

后来的是，刚刚看过信的康文华，网名叫会飞的猪猪。真好笑，那么清秀脱俗的一个女子，偏用这么粗笨的龌龊动物做了网名，好在不是单用一个猪字，用了猪猪就显得可爱。

此一刻，未容多想，初见这个网名，他甚至想到了，老鬼在《血色黄昏》里写到一个跟他一起，在内蒙古插队的山西姑娘，白白胖胖，老鬼他们一伙男生，背后叫她小白猪。之所以记住这个今典，是因为书中说这个可爱的小姑娘，乃"文革"中冤死的山西省委书记卫恒的女儿。

"文革"初期批斗会上，方先生老远见过卫恒本人，白面书生，清癯儒雅，能够想象老鬼见到的小白猪是个怎样白净灵秀的女孩儿。他甚至能想象出，这帮男孩子为啥给人家叫小白猪。有了这么个不雅的绰号，这帮坏小子就可以肆无忌惮地谈论人家而不觉得唐突了。

会飞的猪猪写道："虽然当年的很多细节并不了解，但是大体知道又是一个人吃人的故事。在我们这个社会，这样的事其实每天都或多或少地在上演，人性的恶就是那么容易被释放。所以我更佩服您，给善良的内心加筑了最强大的外壳，嬉笑怒骂，敢爱敢恨！"

又补了一条："有时候又觉得您也够赖的，招惹不起。"

紧跟着是三个嬉笑的图标。

女人说这样的话，附这样的图标，他心头掠过一丝美意。

同时"够赖的"三字，让他起了一个辽远的联想。那年的选举会过后，文化界流传着一个说法，说那么多中青年学者，抱着团儿要改朝换代，将老主席轰下台，怎么独独方仲秀一人撇在了外头。有人给出的解释是：方仲秀这家伙，人品太差，人家预设的班子里根本不要他。隔了若干年，他们中有人要害他，也是说他人品太坏。原先是太差，老了反倒有了长进，成了坏人。他听了只有苦笑，还请山西有名的篆刻家"金刚刘"，给他刻了个阳文的异形章，印文为"坏人也"。

再看舞三鞭子的。不知根底的，见了这个网名，会想到是个练武的。这几年，城市里兴起打皮猴，又粗又长的鞭子，将小桶大的陀螺抽得飞转，鞭子甩起来，啪啪山响，半条街上都能听见。打皮猴的，多为粗实的中年汉子，夏天光着上半身，冬天也只穿个棉背心，仍是光着膀子。方先生当然知道，这个舞三鞭子是何等人物，舞者，武也，三鞭子者，乡村车把式也。

舞三鞭子的跟帖是："人要有底线。通常什么事情能做什么事情不能做是分得清的，尤其是大是大非，不是利益能左右的。你最欣慰的是，那年没放错。要是同流合污了，还能是文坛刀客吗。只能是夹着尾巴了，受人指点吧。"

受人指点四字，他起初理解为，当年若站在那边，到今天还得听命于人，受头领的指点行事。略一想就明白了，舞三鞭子的意思是，当初若"放错"（他疑心写的是站错，显示出来成了放错，放错可解，也就不一定是错字），即跟那几个"倒西"的混在一起，如今只能是夹着尾巴做人，任凭他人背后指点。没错，准是这个意思。

大便过后，提裤子前，针对舞三鞭子说的"那年没放错"，觉得有必要辩解一下，不是自己分得清利害没"放错"，而是从来没有过别的想法。

"连动一下那个念头都没有。"

站起来了，系上皮带，舞三鞭子的微信又来了，抻抻衣襟，做了回复。一来二去，竟是三个回合：

　　"端午节回来吗？"

　　"不回去，太麻烦。"

　　"你现在的家就是京城，时间长了有可能都不想回这个鬼地方。健康是第一位，是自己的幸福，也是家人的幸福。看见你就开心。"

　　"七千一月，自己都觉得阔气。"

　　"我的这点收入，在北京还不够房钱，你要像我们这些靠工资生活的人，早就没有自信了，还想着阔气。"

　　"哈哈，好兄弟。"

　　洗手的时候，想起舞三鞭子说过的一件事，方先生不淡定了。

　　舞三鞭子有个朋友，是文史会的司机，早就调走了，义勇们闹事的那年冬天，正好是机关的小车司机。一九八八年冬天的换届会，一伙人将西戎拉下马，原本要去文联会上竞选副主席主持工作的胡正先生，也宣布放弃。老作家一派，可说大败而归。回机关路上，是舞三鞭子的朋友开的车。事后跟舞三鞭子说，你不知道老人们有多可怜，从迎泽宾馆出来，拐过五一大楼，四个老人哇的一声，同时放开嗓子号啕大哭，整整哭了半条街。车上坐的是老马、老西、老孙和老胡，过了五一电影院，要拐到府东街上了，才抽抽噎噎停下来。

　　前年吧，他想写篇文章，把这个典故用上，跟舞三鞭子说了，舞三鞭子坚决不同意，说现在还说这个做什么，死的死了，再说也活不过来了。

　　不写这个典故，文章也就没了意思，也就没写。

　　"掉马桶里啦！"

　　奶奶在客厅吼上了。方先生推门出来，一边搓着手，一边嬉皮笑脸地说："还真是掉下去了，叫你这一声狮子吼，又给震上来了！"

第十六章

手机响了，拿起一看，是樊振飞，眉头皱了一下，轻轻一按，笑容便伴着话语，一起飞向了远方："啊，是振飞呀，一向可好！"

说完这话，方先生都佩服起自己的机智，变得这么快，又这么自然。

"方老师！"

那边沉吟一下，似有什么不便，看得见欲言又止的神态。

"有事吗？"

"方先生，我现在在你家小区对面，洋桥闸这儿，能出来吗？这儿有个春柳咖啡馆。"

"哦？"

方先生作难了。

"你要忙就免了，我是临时路过，想起您老了。"

似乎听见振飞轻轻叹了口气。

跟一个说老不老、说少不少的男人喝的什么茶，方先生这儿主意已定了。

"啊，振飞，手头有篇文章，刚开了头，待会儿有人来取。"

说完这话，方先生抬手在自己脸颊上扇了一下，不重，跟拍小孙子的屁股蛋蛋的轻重差不了多少。像自己这号三流作家，京城赁屋陪老伴看孙子，哪个编辑脑子进水了会向你约稿，即便有脑子进了水的编辑约了稿，手机一传就过去了，怎么会跑来登门取稿。二十一世纪第二个十年都快完了，撒这类小谎还停留在二十世纪八十年代的水平。

电话断了。是振飞那边先关的。

再豁达的人，对敬重自己的朋友撒了个小谎，心里也会有一丝的不快，这会儿的不快，又多了些酸味。

自从上个月，跟耳东小姐在小区院里散步，临走的时候，与樊振飞在小区东门外见过一面，他就感到，这个姓樊的，极有可能是耳东小姐的情人，或者说是情夫。后来又有过两次交往，也都是两人一起来的，更加夯实了个印象。而方先生自己，自从那次散步，在水池畔耳东小姐说过，她喜欢方先生身上的气息之后，方先生在想象中，已将这个女孩子视为小情人，再往深里发展，就是小情妇了。一个也还漂亮的女孩子，那边一个樊振飞，这边一个方仲秀，按鲁迅《祝福》里的说法，一个女人嫁了两个男人，死后要锯为两半，分给两个死鬼男人，而现在，三个人都活着，从使唤的角度说，他与小樊，也是一个占一半。若这个女人的两半，各是一个完整的人的话，那么他与小樊，就是连襟了。乡村的说法叫"挑担"。还是挑担最为形象，是将姐妹两个视为一人，一边挑着一个。这样他们三人的情形，就更坐实了，是一个耳东小姐，一边一人，挑着这么两个大男人。

能想到这儿，已足够离谱，方先生的思维能力太强了，还要往下想。

每每见了樊振飞，就觉得怪怪的，好像在一个床上，樊振飞刚起身，他又躺了下来，真叫个恶心。

为了驱除心头的不爽，方先生用开了老办法，打开电脑，听听京剧。

电脑首页的收藏栏里，是几个他常看的剧目，其中一个是京剧大师麒派创始人周信芳的"西皮流水大合集"，因为是从"高能慎入"栏目下载的，"收藏"上的显示，有"高能慎"三个字。点了一下，出来了，是周信芳原唱、小王桂卿配像的《扫松下书》里那段最是过瘾的流水唱段。说是唱，跟诉说差不了多少：

小哥哥你在这荒郊外，
听老汉把那蔡家的事一一从头说开怀。
蔡伯喈去京城把功名求拜，

在家中撇二老就不回来。
他的父为他把双眼哭坏，
他的母终朝每日泪满在胸怀。
家中贫穷无计可奈，
最可怜二老双双冻饿而死去了泉台。
五娘子剪下了青丝到那长街去卖。
卖下银钱把公婆来葬埋。
似这样贤德的媳妇令人真可爱，
是老汉送米我又送柴。
小哥哥你与我把话来带，
你叫那蔡伯喈早早地回家来。
他把那父母的恩情抛至在那三江以外，
他把那养育的恩情一旦都丢开，
小哥，你问他的身从哪里得来！
倘若是蔡伯喈——

手机又响了，点断视频，拿起一看，耳东小姐。通了，不等对方说话，他先开了腔："是耳东啊！"

"方先生在家忙啥子呀？"

"没事，没事！"

"方先生大忙人，能没事吗？"

"真的没事，正在听周信芳的戏呢，不信你听——"
说罢将那个小小的黑三角一点，周信芳又接着唱下去：

——佯球再不睬，
你就说，陈留郡有个老者叫张广才！

再一点，停了。

"没哄你吧！"

"那好哇，那好哇！"
耳东小姐在那头，惊喜地尖叫，似乎还在轻轻地跺着脚。

132

"有事吗？"

"哎呀，方先生，我今天进城办事，正好到了三环边上，这儿有个大中电器，我就在这儿，旁边有个河，方先生能过来，一起在河边走走好吗？"

反正也写不成文章，窝在家里听周信芳的破戏，何如到河边跟美女散散心。

"您等着，我马上过去！"

老伴正在客厅，一面看手机，一面陪小狼玩。小狼胸前吊着望远镜，像是在扮电视里的大将军。

"家里太闷，我出去走走。"

这是他往日思绪不畅了，常跟老伴说的一句话。

这样的话，等于是个契口，说了不用回答。走走，不会多远，只是在小区院里遛上两圈。

这回不同，要去会会朋友，还是个年轻的姑娘。

毫无愧色，就扯了这么个小谎。

下了楼直奔北门，出了北门往东一拐，再往北走，很快就上了三环南侧的人行道。

天气真好，老远就看到大中电器楼上的大字。往日看着愣愣的红色大字，今日看去，还怪亲切的。这家店的老板，跟他有过通信联系，曾寄给他一盒磁盘，是纪念他去世多年的母亲的。家门不幸，兄妹又多，凭了个人的努力，总算闯了出来。顾不得多想，过了一家肯德基，一拐弯，噫——

只见亭亭玉立的耳东小姐，正玉立在相声新秀张云雷"易拉宝"全身像的一旁，一手虚搭在张云雷的肩上，一手朝这边飘扬着，真的不能叫挥动，该说是飘扬，就那么轻轻地摆，是这会儿风不大，要是风大，都能将她的小手吹走了。

到了跟前，你俩真般配，他正要说这么一句，作为不花钱的见面礼送给耳东小姐，又立马咽了回去，同时倒吸一口凉气，只见樊振飞，直挺挺地站在耳东小姐的另一侧，咧着厚嘴唇，呵呵呵地傻笑。

上当了！这个念头一闪，脸色就变了。

耳东小姐要说什么，振飞觉得自己罪孽深重，不等耳东开腔，自个儿先吧嗒吧嗒说了起来。

说他们单位在角门那边有个业务，本来是他跟财务一起来的，财务家里临时有事走不开，他就先来了。半路上耳东发来短信，说她今天在市内办事，他问办完了没有，说办完了，他说他去的地方，离方先生那儿不远，他的事也不麻烦，要不一起去方先生家坐坐。耳东说她也正好有此打算，车上还有黄庭坚的一个碑拓，打算什么时候送方先生，正好这次就送了。于是他开车过来，正好耳东的车也到了，停了车在洋桥闸见了面，领导的电话来了，说财务的事办完了，正从虎坊桥往角门那边赶，叫他别急着去，等跟财务会齐了一起去办。他一听大事不好，不能带耳东小姐去办事了，怕也不能去方先生家。这位财务大姐，是他的入党介绍人，人特正派，知道他去办事还带个姑娘，回去不定怎么反映呢。咋办呢？他跟耳东小姐说，不行你自个儿去方先生家吧，耳东说她前些日子刚去过，三天两头跑，方老师不说什么，师母能不骂她是个妖精吗？咋办呢，他跟耳东小姐一合计，不如把方先生叫出来，跟前有个咖啡厅，就在咖啡厅聊聊天多好。话是这么说，谁来叫方先生呢？只能是他来叫了。来了再说，他要办事将耳东小姐留下，陪方先生喝咖啡聊天。没想到方老师正忙着，回拒了。那就只有让耳东小姐试试。再试就不能说来洋桥闸那儿了，车就停在这儿，他俩又往前走了一大截，到了大中电器这地儿。

樊振飞还要说下去，耳东小姐早就不耐烦了，劈手在小樊的手臂上拍了一下，说道："说那么多做啥，咱俩不就是想约方老师出来说说话嘛！"

"也是，也是。"

小樊不作声了。

"没关系，没关系。"

方仲秀比小樊还要客气。

明明是一场骗局，现在说什么都晚了，只有坦然面对。

"说吧，现在怎么办！"

"还是方先生豁达，大人不见小人怪。"

这是振飞的话，很是真诚。

大概是觉得这样表述太一般了，耳东小姐更为真诚地说："我对自己已经没有信心了，没想到还有这么大的魅力，真的很感谢方先生！"

振飞这才说，而今之计，只能是将耳东小姐留下，他去角门口上等财务过来，一起去办事，恐怕不会再回来了。现在一起到洋桥闸那地儿，车在路边停着，取了耳东送方先生的碑拓，方先生你俩愿去咖啡厅就去咖啡厅，愿去河边遛遛，穿过西罗园西里小区，就是凉水河畔。安排如此仔细，耳东小姐又不耐烦了："哎呀，有完没完！"

第十七章

　　樊振飞开上车走了，方仲秀跟耳东小姐，没去咖啡厅，而是匆匆朝东走去。穿过西罗园西里小区南二道，下了河岸的陡坡，来到河畔的人行道上。两人几乎是一个心眼，要去个没人的地方。

　　头一个长凳，靠近河边，没有坐，往南走，这个长凳靠里，侧面还有一棵榆树，枝叶不很繁茂，总算是个遮掩。一坐下，耳东小姐就从纸袋里取出碑拓，递给方先生。

　　方先生接过，摊开一半，那瘦长的笔画，飞扬的笔势，必是山谷老人无疑。再摊开，落款果然是"庭坚"二字。

　　为了抻开纸幅，也是为了便于观看，耳东小姐朝方先生这边移移身子。

　　　千峰映碧湘，
　　　真叟此中藏。
　　　饭不著石吃，
　　　眉应似发长。
　　　枫桠揩酒瓮，
　　　鹳风落琴床。
　　　…………

两人就这么着，一字字一行行，将黄庭坚的一张拓片，从头到尾读下来，直至"建中靖国元年三月望日书　庭坚"，才彼此相视一笑。

　　这张拓片确也不小，且是矩形，左右长，上下窄。方先生的左手抻着左边，耳东的右手抻着右边，两人的另一只手，还要款款地托住下边，这样整幅拓片，才平整地展现在两人的面前。两人下面的手指，挨得很近，如果方先生看了后面的字，又想跟前面的什么字对比一下，只消左边的手往左一移，下面右手的拇指与食指张开，稍稍移动，一捻再一合，就能捏住耳东小姐左手的拇指。

　　心动了一下，手没有动。

　　不是没有胆量，是觉得这么好的情境，做这个小动作太可惜了。

　　这情境真是太好了。凉水河的这边，堤岸更陡些，上面也有一条马路，行人稀少，似乎是专走车的。他们坐的地方，是河岸的人行道，长凳的摆放，跟对面一样，也是两个树桩形的垃圾桶，一个是"可回收"，一个是"不可回收"，长凳也是摆在"不可回收"的旁边。只是这边多了一棵榆树，叶儿不多，榆钱不少，一嘟噜一嘟噜，跟繁花似的。

　　"那个眉字，怎么这样写，上面跟两道眉毛似的，叠在一起。"

　　眉字在拓片的第三行，耳东小姐这么一说，方先生将拓片往回移了移。

　　"这个眉字，我在写《徐志摩传》时，看过徐志摩的手迹，也是这么写的，不过徐志摩的那个眉字，上面的两道眉，弯得更俏些。"

　　"这哪像写字，倒像是在画画儿。"

　　"有些字，还是画下的好看。"

　　"这个饭字也奇怪，食字右边怎么是个卞字。"

　　"我也是头一回见。"

　　饭字在拓片的第二行，方先生说着又往耳东小姐那边挪挪，字幅挪挪，屁股也跟着挪挪。

　　"这个字，一开始认都不认识，还是查电脑查出来的。"

　　耳东小姐说着，挺挺胸脯，方先生闹不清，这算是有所警觉了，还是在做着什么预备动作。从容些吧，这么一想，右手掠过自个儿左边的肩头，指了一下方才他们见过的大中电器商场。

　　"这个大中电器，也是有来头的。"

"那是什么人物？"

"一个有名的'反革命分子'的儿子，前好多年，我还收到他寄赠的两个光盘。"

"咦，快说说。"

于是方先生用他那不快不慢，还夹杂着口音的普通话说了起来。

他说，大中电器名字中的"大中"二字，并非"大中华"的缩略，是真名字，连上姓叫张大中。这张大中可是个苦孩子，也是个有胆识的成功人士。他母亲叫王佩英，新中国成立初期，直到六十年代初被捕入狱前，一直是铁道部机关托儿所的保育员。但就这么个弱女子，六十年代初，得知她老家河南饿死人，给上头写信，诉说民间疾苦，没想到惹下大祸，被当作精神病人关了起来。一九七〇年初，"一打三反"运动刚一起来，上了批判大会，随后被枪毙，直到九十年代初才平反昭雪。王大中是长子，兄弟姐妹六七个。

方仲秀说罢，叹了口气，耳东小姐接上说："可不是嘛，像我们曹老板，在他们那地方，也是个文化名人呢。我若不是来北京，在他手下做事，怎么能遇得上？"

闲话说得不少了，该做个正经事了。拓片还在两人面前张着，像一柄方形的雨伞，还透着黄黄的光亮。

侧了一下脑袋，仿佛间，都能感受到耳东小姐脖颈间的热气了。

"耳——"

方先生侧过头，做了个笑脸，暗里的动作，则是将嘴唇噘了起来。再过去一寸，就要挨着姑娘的脸蛋了。耳东小姐太调皮了，几乎是不经意间，失笑了一下，同时右手一松，拓片落了下来，两人全露在了光天化日之下。

又像是怕方先生难堪，轻声言道："不急嘛！"

"是啊。"

方先生并不难堪，一面说着，一面伸出右手，将耳东小姐那边的拓片收回，叠了几下，折成十六开大小，取过凳子腿边的纸袋塞了进去。只是没再放回凳子腿一侧，而是放在了他跟耳东之间，且趁搁纸袋的当儿，很自然地挪动身子，与耳东拉开一些距离。没有实际的接吻，有了那么一句话，等于是给了一个预约。既然当下不能实现，也就放弃了当下的努力。

耳东小姐似有歉意，嫣然一笑，忽然就提出了一个问题。

"方老师，我觉得您这人挺有才的，可您一说起你的经历，又是那么的坎坷，我总不太信，觉得您是夸大了。比如您说，您是逃到北京的，山西有些不称心的事，也许是有的，说逃到北京，会不会是夸大其词了。"

"不称心的事，谁都会有，但事情大了，就不能说不称心了。"

"真的遇上什么事啦？"

"多少年前，有一次换届选举，一伙年轻人，要把一个老同志拉下马，这个老同志刚把我一家调回省城没几年，我怎么忍心做这样的事，也就没有跟上他们一伙闹腾，就这样结下了梁子。到我编起刊物，退下来了，他们又合在一起，说我贪污了几十万，一心要借反腐的大形势，把我毁了。疯狂的时候，竟在机关院里，拦住我辱骂。有了孙子，需要照看，我原来的打算是，老伴在北京看孙子，我在山西写东西。遇上这个事，还能住下去吗？这样来到北京，赁下现在的房子，你说，这还不叫逃到北京吗？"

"图安静，是该来北京的。"

说完这个，耳东小姐的思绪又岔到别处，往这边靠靠。

"方老师，我觉得您这个人，有个好品质。"

"哦，你发现了我的好品质？"

"从您刚才说的事，我也看出来了，您是个懂得感恩的人。懂得感恩，不是个好品质吗？"

沉吟了一下，像是在掂掇字眼，方先生说："感恩不是品质，是品质的护佑，让你坏起来，也坏不到哪儿去。"

"他们对您也够狠的，一个文化刊物，一年能有多少经费，就敢说您贪了五十万。可这个事，您敢跟人说吗？"

"不光要跟人说，还要写出来，不光要写出来，还要尽快写出来。"

"这是为啥？"

"林鹏先生就是给我准备了五十万的老书法家，已九十多岁了，我要是现在不说出来，过上两年，老人家过世再说，不信的说是我是造谣，信的也会说是自高其身。早早说了，让他们可以去找老人对证一下。林先生是河北易县人，真是有燕赵豪侠之气啊！"

"您也太狠了。"

"不是我太狠，是他们做事过了头，过了我能容忍的底线。"

耳东小姐的娇媚劲儿上来了，双手摇着方先生的臂膀，嗲声嗲气地说："方老师，快说说，您的底线是什么，让我以后好把握，别冒犯了您老人家，俺自家还不知道。"

"你要这么说，我就告诉你，总得让我活下去，要置我于死地，那就不客气了。"

"这我能做到。"

"还有一条，女人怎么折磨都行，男人嘛，滚一边去。"

"咦，这我就不明白了，快说。您说话真好听！"

耳东小姐不再摇动方先生的臂膀，而是凑过来，贴住方先生的领口嗅了嗅。

方先生的浪劲也上来了，弯过手臂，搂住耳东小姐的身子，俯下脑袋，凑到姑娘耳边说："男人折磨，当然不干，女人折磨，不过是多来几下嘛！"

耳东小姐听了，倏地抽出身子，攥紧小拳头，在方先生的肩头，接连捶了几下，嘴里嚷嚷着："哎呀，您真坏，真坏！"

不能再坐下去了，两人同时起身。

往北是洋桥，往南还有一大截路，才是大红门桥，方先生问走哪儿，耳东小姐说，往前走吧，说着指指大红门桥那边。有了方才的打闹，就跟急着移民去美国的人，拿到了绿卡一样，只不过一个进入的是实体的美国，一个进入的是肉体的美国罢了。方先生再说话，放肆多了，问耳东小姐，在北京这么些年，性生活是如何解决的。

"哎哟，说这个做啥子！"

耳东小姐一下子还接受不了身份的改变，仍保持着原先的羞涩与矜持，只是双手合起来，揽住了方先生右侧的胳膊，身子还扭动了几下。

这个话题太露骨了，方先生又提起一个话题，问在北京漂了这么多年，有何感受，在曹竖那儿工作，有没有什么不称心的地方。

"曹老板这样，看着糙，实际上心眼可好了。"

耳东小姐一夸曹竖，又勾起方先生心里的一个疑惑，觉得在这样的气氛里，不妨直白地说了。

"耳东，有句话不知当说不当说，我觉得是为你好，还是说了。曹老板对你，是不是有想法呀？"

话里的意思，谁听了都会明白。

"方先生，你够客气的了，还有的朋友直接问我，是不是曹老板的情人呢。"

"我可没这么说。"

"这事我也想开了。女孩子到了外地，有个人护着，只要对方可靠，当情人也不是什么丢人的事。"

"可他有家室呀！"

"各是各的，你不能要求一个男人，几十岁了就等着你一个。"

"可他有家室呀！"方先生重复了一下，在他看来，这是个无法逾越的障碍，耳东小姐听了，妩媚地一笑，说道："靠住一个，总比今天一个明天一个的强。他有老婆，好哇，少了许多的麻烦。"

"啊哈！"方先生笑喷了，"我明白了，你这叫无家室之累，而有床笫之欢。"

"我的方老师呀，什么事叫您一说，都酸不叽叽的。各图各的，两不相干嘛！"

耳东小姐还要说下去，方仲秀摆摆手，说他想到了一问题，别打搅，叫他好好想想。耳东小姐只觉得好笑，哪有想什么，要专门静下来想的，一边说话一边想，就想不成了吗？不过她没说，只是稍稍扭过身子，看对面的河岸，那边也有个亭子，跟这边的一模一样。瞅了一会儿，心里仍惦着方先生的问题，不是想知道是什么问题，只是盼着想完了，好接着说她想说的话。

"想到哪儿了！"

她本来想说想完了吗，天生的淘气，只问想到哪儿，好像要去做什么，正走在半路上。

"刚进了厅堂，还没有入室，更没有上床，要说想，就算想好了。"

那个床字，勾起了耳东小姐的兴致，问可不可以跟她说说。方先生说，说了你也不懂，这一来，耳东小姐偏要听听，缠得没办法，方先生只好说："我想到了古代的葵丘之会。"

说着翻了一眼，意思是，你不懂吧。料不到的是，耳东小姐接上说，不就是《孟子》里说的，齐国和宋国在河南的葵丘，召集的那次会盟吗？方先生大惊，说你怎么知道的。姑娘说，她在曹老板那儿打工，可做的事不多，曹总是教师出身，没学生教也心慌，就把她当成了学生，辅导她学中国文化，四书五经全让熟读，没事了就给她讲解。曹总最熟悉的，是春秋战国的事，给她讲得最多的，也是春秋战国的事。因此上，这个葵丘之会，她是知道的。

"那你知道这个葵丘之会，在中国历史上最大的贡献是什么吗？"

"只知道这个会上，齐国成了霸主，什么内容早就忘了。方老师这会儿说起这个会，是想到了什么呢？"

知道耳东对此会的意义并没有什么了解，方先生的精神头上来了。说他是由方才耳东的那句话，就是不在乎对方有没有妻室，只要跟她好就行了，想到了将来中国的一个社会问题。人类社会的许多道德规范，都是由婚配关系发展而来，又受婚配关系制约的。春秋时期，各诸侯国的国君，有妻有妾，常是娶一个废一个，嫡子与庶子，换来换去，也是你仇我恨，相互残害，造成社会秩序的极大混乱。有鉴于此，齐桓公才召集宋、鲁、曹、卫诸国，聚会结盟，确立齐国霸主地位是次要的，最最重要的是，规定了几项社会道德准则。

"哦，那个时候就有了道德准则，就像现在的小学生守则似的？"

"调皮！有感于婚配关系造成王室的混乱，会上规定，妾不得为妻，庶子不得取代嫡子的地位。"

"这跟我的话有啥子关系哟，我们还是说说别的吧！"

"有关系！"方先生正言相告，"像你说的，你这样只顾快乐，不管对方的家室之事，等到有了孩子，而孩子大了，又要认父亲的时候，麻烦就来了。人家的家财，给不给这个孩子呢？"

"那又怎么啦？"

"处理好了，当然无事，处理不好，就会造成社会的混乱。因此上，就有必要开个葵丘之会，确定家财给不给这个非婚生的孩子，给，又给多少。"

"哎呀，你这是操的哪门子心哪，不说这个了，我说个您想知道的。"

耳东小姐的脑子，转了个快，刚说了要说别的，话音没落，又凑到方先生脸前，说方老师，您知道我最喜欢您的什么吗？方仲秀那里，已做好了听她讲自己事的准备，没想到这水又泼在自己身上，想躲都躲不及，只好讪讪地说，不会是又说气味吧。耳东小姐说，那是下里巴人，我说的是阳春白雪。知道自己不说，方先生永远不会明白，耳东小姐这才神秘地说："方老师，您思考时的神态，太可爱了。"

"哦？"

"您是不戴官帽，要是像唱戏的那样，戴上个带翅的官帽，那翅儿一定是悠悠地闪着，太美了。"

方先生还愣着，脑子里搜索着自己思考时的模样，耳东小姐已跨开一步，举起双手，贴住耳朵，展开手掌，呼扇呼扇，摇了几下，是要学帽翅扇动的样子，可是看起来怪极了，像是《西游记》上的小妖精。

方仲秀笑了，说道："你这哪是扇帽翅，分明是幼儿园里小朋友的表演，小白兔白又白，两只耳朵竖起来。"

"不说这个了，说个正经的。"

嬉闹够了，耳东小姐这才静了下来，说起她是怎么到的细木作坊。

刚到北京，先是在百荣商场一家精品服饰店站柜台，工资不低，就是人太累，一天站下来，脚踝都能肿了。正好亦庄建开发区，商机很多，她就去了，在一家电器公司管业务。时间长了，跟曹竖店里的那个小姐妹成了好朋友。电器公司老板人不地道，老想占她的便宜。她听小姐妹说，曹老板人好，原先是教师，有学问，就想跳槽。正好细木作坊招人，她就应聘。曹老板眼头高，差点没要她。还要往下说，猛地想起什么，说道："曹老板听说我进城见了樊哥，说不定会来看你，还打了几篇文章，让我带给你看看。"

说着扯过身边装拓片的纸袋，伸进半个胳臂，从袋子底部掏出几张叠起的A4纸。这纸，原本该是平平的跟拓片放在一起，先前取出拓片时，是顺势往外抽，也就两不相干。方先生方才往里装，不知紧贴着袋子还有几张A4纸，跟脚踹似的，将纸踹到了袋子底部。耳东取出，见纸皱了，正好走到一个长椅跟前，坐下，铺在膝盖上抚平，这才递给方先生。

方先生也顺势坐下，接过纸页的一刹那，不免惊异，这女孩子个头儿高挑，腰肢婀娜还罢了，一双小手竟是那样的纤巧。接过曹老板的文章，方先生不看，说了句："耳东小姐，我可是会看手相。"

耳东淡淡一笑，言道："方老师，这一套早就不时兴了，您不就是想摸摸我的手吗？想摸就摸吧！"

说着扭转身子，双手并拢，手心朝上，伸了过来。

方先生笑了，握住耳东的双手，揉了揉才放开。

"你知道，我想起了什么？"

他这一问，耳东小姐扑哧一声笑了。

"不会又是想起您的初恋情人吧，好几个上了年纪的人，握了我的手都这么说。他们不知道，这一套早就不时兴了。现在的年轻人，握住女孩子的手，说的第一句话多半是，这哪是手，这是挠心的爪子！"

"幽默，实在幽默！"

方仲秀又祭起他的口头禅，掩饰脸面上的尴尬。

"方老师您是不知道，有些老人，论学识品行，还是让人敬重的，可就是跟你握手，捏住老不丢，还用另一只手，拍拍你的手背，说些寡淡的话，让人脊背都瘆得慌。"

"这不是说我吧？"方先生沉不住气了。

耳东小姐宽厚地一笑，说道："怎么会呢，那些老人，是先抓住你的手，捏得紧紧，这才像想起似的，掰开你的手说，他会看手相，方老师好自重，说了会看手相，才想着抓我的手，我也是体谅方老师，别看什么手相，握就握上一下。"

"耳东小姐，痛快，痛快！"

"方老师，快看我们曹老板的文章吧，看了告诉我，我回去还要报告呢。"

"哦，哦。"

方仲秀漫应着，耳东小姐不再理会，捏开手机看起短信。

曹竖的文章，共是三篇，一篇叫《给中国辞赋家协会副主席的一封信》，一篇叫《我看郜元珍眼里的杰作》，第三篇叫《精读梁恒山先生》。

后两篇瞟了一眼，就没打算看，也是这么个地方，想看也看不下去。第一篇，一看就是一个语文老师给文章挑错的，想来还有点儿意思，就看了起来。

前面夸了几句，接下来就给人家的《雅雨赋》挑错，用的是老师给学生批作文的办法。第一个错改的是，"约余属文"应改为"嘱余作文"或"嘱予作文"，原因是中国文人作文的传统是，抑己扬人，"属文"

用在这里，不光自大，抑且不通。第二个错改的是，"余每游历巴蜀"中的"余"字可省略，因为中国古人作文有个规矩，上下文能明白的情况下，尽量省却主语，以显得古朴典雅。第三个错改的是，"对今夜风雨飘摇"句中的"对"字，要么删去，要么加一字成"面对"。

这小子，不愧是语文老师，一板一眼，都还在理。

香腮没吻着，小手捏了捏，干坐着已无任何意义，评价文章的话，还是边走边说吧。他一提出，耳东马上表示同意。还说那边路上人挺多的，还是往回走吧。

评价曹竖文章的话，三言两语就交代了，耳东小姐突然提出一个问题："方老师，您是过来人，又这么大年纪了，您跟我说说，为啥有的老年人，啥都不行了，还想跟年轻女人磨磨叽叽的没个够。"

"你很直率，我也只能将我个人的心理活动告诉你，供你参考，再推测他人。"

方先生说，他也爱女孩子，但那种短粗肥胖的女孩子，他从不招惹。耳东想问为什么，方先生说，你别打岔，听我往下说。说他喜欢的是，面容白净姣好、个子高挑、身姿婀娜轻灵的女人。这样的女人，满足他的，不光是眼下的愉悦，还有一种感情的补偿在里头。

耳东小姐忍不住还是插了一句："您的初恋情人，就是这个模样吧！"

"我这个人，生来胆子小，没有什么初恋，只有暗恋。"

说完，不再搭理耳东小姐，只管自个儿说了下去。

说他上初中时，班上有个女同学叫姚婉贞，个子高高的，长脸，厚嘴唇，鼻脸凹处，有浅浅的雀斑。女孩子发育早，他觉得自己还是个小屁孩儿，姚婉贞同学看去已是大姑娘了，实际也才十四五岁。可不知为什么，他就是喜欢这个女同学。当时他们的语文课本上，有篇浅近的古文，叫《冯婉贞》，其中几句是："咸丰庚申，英法联军自海入侵，京洛骚然。距圆明园十里，有村曰谢庄，环村居者皆猎户。中有鲁人冯三保者，精技击。女婉贞，年十九，姿容妙曼，自幼好武术，习无不精。"每次从姚同学身边走过，总要用不大不小的声儿朗诵"女婉贞，年十九，姿容妙曼"。起初她没在意，听得多了，知道是念给她听的，有次刚起了个头儿，姚婉贞厉声叫着他的名字说："你再骚情，我告老师去！"你不知道，听了姚婉贞的训斥，他心里有多喜欢，不管怎么说，这个表白姚同学是知道了。此后多少年，他心里只有这个女同学。"女婉贞，年十九，姿容妙曼"，成了他心里固定的美女的标准。

"后来呢？"

耳东小姐急急地问。

"后来我们考上一个高中，不在一个班，三年里几乎没说过一句话。"

"再后来呢？"

耳东又问，总觉得会有什么带情字的结果。

"再没有见过面。她上了北京一所大学，毕业后留在北京。单位倒是知道，在北京医学院的附属医院，已是名医了。"

"真的再没见过面？"

"真的。有次路过，想进去见见，又觉得难为情，还是走开了。"

"你们这一茬人，最没意思了，知道单位，又是多年同学，怎么也该去看看。"

"看个什么味气。七十多岁一老妇人，见了只会备感凄楚。还不如把她最美的容颜，保留在自家记忆里，不时回味，滋润自己的心灵。"

"太可怜了，咳！"

耳东小姐叹息一声。

"现在我可以回答你的问题了。"

方仲秀挺一挺身子，振作起来。

"看到一个漂亮的姑娘，男人，不管年轻还是年老，都会起性的冲动。不同处在于，年轻人是往前期待，会有一次性的交合，老年人则是由这个倩影，向后透视，希望能激活自己的过往。不排除下三烂的老人，但更多的，怕是我这样的人生失败者。"

"方老师，您别说了，我理解了。"

这时，正好走到一段堤岸平缓的路段，右侧的斜坡，一连几株榆树，不高，枝叶也不繁茂，可上面的榆钱，还是一串串一串串，金灿灿的甚是惹眼。

这是稍远处看到的，到了跟前，又不一样了。

第十八章

    远处看得见榆钱，看不见枝条上的榆叶。倒不是太小看不见，也有小拇指甲盖一般大了，是其色甚浅，又不紧密，而榆钱黄艳的霸气，尚未完全消退。就是到了跟前，仍会由"恶紫夺朱"的古语，让人兴起"俗黄夺绿"的感慨。那黄，确也没了什么艳丽，边上泛白，且有细细的皱纹，正是可与"人老"相匹配的那种"珠黄"的黄。

    方仲秀正要说什么，还未开口，耳东小姐轻轻一跃，跳上了靠里的矮墙。这矮墙是用大点儿的水泥空心砖垒起的，也就二尺高，这还是从外面看，若从里面看，堤岸扒下的土拥过来，差不多成了平的。想来其作用，也正是要阻拦坡上水土的流失。毕竟是砖墙，墙顶的平面不怎么宽，耳东小姐的皮鞋，跟儿不算高，在下面走稳稳当当，矮墙上行走，心虚胆子小，胳膊伸向两边，挓挲着保持平衡。那边手里，还提着装拓片的纸袋，就这一点点分量，不时会让身子朝里倾斜，为了抵消那边的坠落，不时要朝这边使一下力气，而这力气的分量，又难以掌控，一次两次都平安过去，第三次使的力气大了些，身子侧了过来。方仲秀一直在下面跟着，还半举着一只胳膊，说不来是要扶呢还是要拉。实际的情形，应当是接。从耳东小姐上去的那一刻起，就巴着姑娘快点儿跌下来，且一跌下来，正好跌在他的怀里，他用双手接住。

    也还真让他猜中了。此刻耳东小姐，正好走到方仲秀身边的墙头上，身子摇晃了两下，尖叫起来："哎呀，哎呀！"

不等耳东小姐真的跌下来，方仲秀就先实施了早就准备好的动作，轻舒猿臂，连拉带扯，齐腿弯处，将耳东小姐揽了过来，又轻轻一掂，放在了地上。

站定，喘了口气，乜斜了一眼，耳东小姐说，她还要上去。

咦？方先生未开口，只是眼神儿表达了这么个意思。

"我要采一小枝榆钱，还没采下呢。"

"那你上去呀。"

"我怎么下来的？"

"我是怕你跌下来才揽住的。"

"能揽下来就不能揽上去吗？"

"下是顺势，上是逆势，重量可就不一样了。"

"哎呀，我就要上去嘛！"

"那我只好当人梯了。"

方先生说着左腿朝前，做半蹲状，意思是让耳东踩住他的膝盖上去。耳东小姐倒也体贴，手掌在方先生的肩头一按，身子一耸，就上了矮墙。要折榆钱，得往里走，旁边有一株枸桃树，一根不粗不细的枝儿，斜过来挡着，耳东小姐猫下腰过去，手劲儿不行，折了几下才折下一小枝。

耳东小姐弯下身子朝上走的时候，方仲秀在矮墙这边，无意间看到裙子下面一截白白的大腿，小腿儿也浑圆而修长。个子高的女孩子，都是高在腿上。某次酒席上，一个男人说过的这句话，倏地就蹿上脑际，记得另一个男人当即补充了一句，男人的高也是高在腿上，要是高在腰上，男高女低，女高男低，睡觉时就没法合卯了。

摆了一下头，暗自失笑，再正经的人，面对美色，也会激起淫思邪念。一面又自觉地补上一句，何况方某人乎。

耳东小姐过来，手擎榆钱枝儿，站到矮墙上头。

方先生伸手扶住，心想会再一次跌落在自己的怀里，谁知，耳东小姐早就忘了，轻轻一跃，落在地上。

"你闻，还有点儿淡淡的香味儿。"

方先生嗅了一下，这哪里是榆钱的香味儿，不过是春天草木的味儿罢了。这种事上较不得真，点点头，算是承认了姑娘的判断。

走开了，耳东小姐问方先生："您知道我为什么要采一枝榆钱吗？"

"颜色好看吧？"

"不是，我是要看看，费玉清唱的一首歌里，说的榆钱斗斗，这斗斗的榆钱，是啥个样子。哟，那儿有个亭子！"

这么说，就是要上去，正好前面是个斜坡，通向亭子的另一端。

这耳东小姐，今天太欢了，刚走到河岸人行道跟去亭子的坡道分岔的地方，一看有几级石阶，可到河边，立马又改变了主意，朝身后的方仲秀喊了一声："我下去看看。"不等方先生应声，自个儿先噔噔噔，脚下响着，身子跟飞起来似的，一落脚就钉在了河边的一个水泥墩子上。急了点儿，站不稳，上半身还忽悠忽悠着，像是要扑进水里。多亏手上的东西，一个晃荡着，一个摇动着，起了平衡兼镇定的作用，才没有闪进水里。晃荡的，是装拓片的牛皮纸袋子，摇动的，是刚刚折下的榆钱枝条。

方先生笑笑，也下到河边，站在耳东身旁。

天下的路，都是连着的。从上面亭子旁边，下来的这条斜坡路，过了岸边的人行道，正对着河边的几级石阶，下了石阶是水边。水里是二三十个四四方方的水泥墩子，跨开步子，一脚一个走过去，到了河那边，就是前几天方先生散步的地方。是能过河，但不是正式的通道，就在方先生此刻站立的位置，旁边竖着一个牌子，浅蓝底子，两排白色大字：

巡河专用通道

水深时请勿通过

站在水边，人的感觉又自不同，且不说身边还有美女相伴。这当然也是因为方先生是黄土高原长大的，自幼少有临清流而咏叹的经历，任凭耳东小姐怎样叽喳，怎样说道，方先生只是微笑着，独自观赏着眼前的良辰美景。

过了初春时节的鹅黄嫩绿，眼下河边的柳树，低矮的已是一蓬青翠，高些的枝条，竟已有了随风轻扬的意趣。河面上，五六只野鸭子在戏水，这景象太稀罕，两边都有人驻足观赏。两边也都有钓鱼的，这边地势平缓，水面宽些，想来鱼儿也多些，钓鱼的人也就多些。这是他的想当然，并未跟钓者交流过。放风筝的人多，一眼就看出缘由，河滩宽，跑得开，上面的电线少，风筝升得再高，也不怕搅在电线上。

一条河水，两岸绿色，低处有人垂钓，高处有风筝飘扬。北京的四月，该是一年中最美的季节。

站在这儿，还看清了一个事实。就是政府正在大力整治这条河道。堤岸上，不久前刚砌起的围墙，扒开一个口子，供大卡车运来石料，往河滩倾倒。上次看到的一大堆石料，已砌在水边，又倒下去更大的一堆。这些石料，均为不规则形，该是从哪个野山坡上运来，未有一点儿雕凿的痕迹。想来就是要用这样的石料，砌在河边，时日久了，给人的感觉，像是自古至今，河岸就是这般模样。

这条河，凉水河，该是早就有的。北京作为首都，最短缺的，就是一条或纵或横，穿过全城的河流。凉水河是窄了些，可它确实是由西北到东南，穿过全城的。当年若是待它好一些，留下的河道宽些，现在也不至于是这么个样子。

方先生去过日本，在京都住过，那儿有条河，名叫鸭川，河水也不能说多大，一级一级拦住，河面就宽了许多。而北京的这个凉水河，两边的住宅楼几乎修到了水边。他曾去过三环那边，楼基离河边太近了，河堤只好砌成近似九十度。事在人为，只能说北京城过去的规划者，从来就没有把凉水河当成一条河。小河也是河。现在还是应当感谢的，感谢早年没有将它当作一条臭水沟填掉。

"方老师，发啥子愣哟！"

耳东小姐一声吆喝，方先生应了一声，笑嘻嘻地走过去。

原来在他不经意间，这女孩子又朝前跨了几步，站在了河道近乎中间的地方。想来置放磴石的工程人员，也是出于人性化的考虑，过河的磴石，虽有二三十块之多，大小也都一样，而每隔七八块，总将两块磴石，顺着水流的方向摆放，该是考虑到，两边同时有人过河，中间相遇，有个错身的地方。

"过来，过来！"

耳东站着的，正是这种顺流而放的磴石中的一块。

那边没人过来，跃了几下，方先生过去，站在了耳东身边。

耳东将一手的榆钱枝条，递到提袋子的手上，俯下身子，指着河里尖叫："鱼！鱼！"

方先生看去，果然是鱼儿游了过来，不大，也就一拃长。

"鱼，鱼，大的，好大哟！"

顺着耳东的纤指看去，果然有条大些的鱼游了过来。

耳东仰起脸，似乎在思谋着什么，稍顿，转脸对方先生说："过几天，叫上曹老板，来这儿钓鱼，钓下鱼回去煲鱼汤喝，我姥姥说，煲汤这么大的鱼正合适。"

"你呀！"

此一刻，方仲秀只觉得耳东这孩子，实在是太可爱了，不由得想说上几句。他也知道这是他的一个毛病，当了多年的中学老师惯下的，越是漂亮的女学生，越是不由得就批评上几句。似乎是一种严厉，实则是一种爱抚。有一段时间，他带的班上，传出一种"民愤"之言，说方老师偏心眼，连批评人也看漂亮不漂亮，他听了一点儿也不生气。有同事开玩笑跟他说起，他笑着回应了一句，"群众的眼睛是雪亮的！"这是那个年代最常用的一个话语。不同处在于，此刻想说耳东几句，完全是本能反应，并未想到是旧病复发。

"耳东啊，古人临渊羡鱼，是羡慕鱼儿自由自在地游动，你可倒好，一想就想到了吃上。孔夫子要是遇上你这号学生，定要叹息朽木不可雕也。"

"我不管孔夫子说啥子，只要方老师喜欢我就行了。"

说着还摇摇手里的榆钱枝条，做个鬼脸，顽皮地一笑。

"不去上面亭子啦？"方先生提醒。

"怎么不呢！"

耳东说着扭转身，跳了几跳，到了岸边的人行道上，方先生还在水边的石台阶上，想下一步下脚的地方，耳东已进了亭子里，俯身在围栏上，冲着他笑呢。

这亭子像是新修下不久，用作栏杆和柱子的，是本色的松木板材。做工简单，不用榫卯，全是铁螺丝贯穿连接。只有木料的厚重，能见出都城的气势。

"顶上这儿，老远看着像真的，原来是塑料板板！"

耳东的兴致一点儿也没减，看了亭檐的瓦，又去察看悬空一边的高度，身子探出去，又猛地挺了回来，好像真有多深似的。

方先生已经上来了，亭子的一边跟马路平，悬空的一边，顶多不过三米，何至于一惊一乍的。

"快过来，安安分分坐上一会儿。"

方先生说着，自己先坐下，又拍拍身边的位置。

一手举着榆钱枝条，一手平提着拓片袋子，踮着步子，蹦蹦跳跳就过来了。一落座，不等方先生说什么，自个儿就接着刚才提到的，方先生已然忘了的话头说了起来。

"方老师，你喜欢不喜欢费玉清？"

"港台演员，就喜欢这主儿。"

"金星呢？"

"喜欢她那个刻薄劲儿。"

"哎呀，咱俩又喜欢到一起了。"

这时方先生才想起，耳东小姐方才在河边人行道上说，费玉清唱的一首歌里，有榆钱斗斗这个词句。

"费玉清的歌里，怎么会唱榆钱斗斗？"

"他唱的不是歌，是徐志摩的一首诗，前几天东方卫视还重播过，你没看吗？"

"你这么一说，想起了，还真看过。我平常不怎么看电视，老伴和孩子，都知道我喜欢金星的节目，那天正好金星出来了，老伴叫我过去看，正好是金星跟费玉清在贫嘴。"

"是呀！"耳东做了肯定，"贫着贫着，金星问费哥，再来个什么节目，费哥就说唱《月下待杜鹃不来》。金星惊喜地说，是徐志摩的诗呀，你要唱这个，我来给你伴舞。于是费哥就用他那勾魂的嗓子唱了起来，金星穿一身红花旗袍，前后绕着费哥的身子跳了起来，哎呀，真是美爽了！"

"徐志摩的诗里有榆钱斗斗？你不会听错吧？"

"方老师不信？"

耳东说罢，摆弄起手机，一会儿，出来了，亮着屏举到方仲秀面前。他没有接手机，顺势往前挪挪，就着耳东的手，看了起来。角度稍偏了些，托住耳东的手扭扭，正了。

真的是志摩的诗！说罢念了起来：

水粼粼，夜冥冥，思悠悠，
何处是我恋的多情友；
风飕飕，柳飘飘，榆钱斗斗，
令人长忆伤春的歌喉。

方先生念罢，抬脸瞅定耳东小姐。

"您看——"

耳东小姐将手中的榆钱枝条，晃了晃，伸到方先生的面前。她上到亭子后，将拓片袋子放在栏杆下面的长凳上，手里一直拿着榆钱枝条。

"怎么就叫个榆钱斗斗，"方先生琢磨着，"定然是说这榆钱的形状了。朱自清《荷塘月色》里，引用古人咏荷的诗，有荷叶田田之语，这里的榆钱斗斗，该也是说榆钱的形状的。"

说罢，就着耳东小姐的手，揪了一枚小小的榆钱，搁在手心，伸到耳东的面前。

"你看这个榆钱，边上薄薄的，中间圆圆的籽实，鼓了起来，像不像旧时代量粮食的斗，斗量粮食，是要满的，就是，风儿飕飕地吹来，柳枝儿飘飘地舞动，金黄的榆钱哪，多么的饱满。此时此刻，怎能不让人忆起伤春的歌声。这意境，真是太美了！"

"方老师，我只觉得费玉清的歌美，金星的舞美，听了您一席话，还得说方老师，您的解释更美！"

"文史学者，还解释不了这个！"

方仲秀说罢，眯起一只小眼，朝天上瞥了一下。

"可我觉得，这儿这个斗斗，会不会是个动词，抖抖的意思。"

耳东小姐说着，自个儿的身子还抖了几下。

"呃？我想想。"

真还是想了一下，接下来说，徐志摩有一首诗，叫《火车擒住轨》，其中的擒字，现在写，只会写成擒字。那个时代，好多表示动作的字，不带提手。前面说了风，这儿说成抖动，也解释得通。只是这样一来，古诗词中的荷叶田田，这田田，又是个什么动作呢？还是说样子的好。

"我也觉得田田是说样子的好。"

耳东小姐说着，收回手机，一捏黑了屏，顺手塞进一直挎着的小坤包里。嘀的一声，谁的手机响，方先生以为是耳东的，耳东也以为是自己的，又摸了出来，一看不是，一面往回搁，一面朝方先生努努嘴。方先生摸出一看，果然是自己的，看了一眼，咧嘴笑了。

"美女来的吧？"

耳东小姐打趣，方先生不恼，正色言道："美女不美女，眼下还不知晓，发过来的，肯定是美女。"

"这又做何解释？"

耳东用的，仍是开玩笑的口气。发的人都不知道美不美，发过来的肯定是美女，会是怎样蹊跷的事情。

方先生冲耳东小姐友善地一笑，说这个你就理解不了了。自从有了微信，自己交友的范围大了许多，过去只有见过一面，有接触的才是朋友，现在是只要加了微信，就知道了根底。微信上的朋友圈子，有存留天数的限定，凡长期保存的，没事时翻一翻，对方的家庭情况，兴趣爱好，朋友交往，立马明白，是不是可以深交的朋友，亦可当即做出判断。他现在的朋友，几十年来的老友，来往的不过四五个，而这种从未谋面，又相识甚深的朋友，竟有二十好几个，且大多是有学历，有品位，为人磊落大方的。

"这位是什么人？"

耳东真的起了好奇心，没想到笨乎乎的方先生，竟是网络高手。

"这位吗？"方先生沉吟一下，还是说了，"是山东一所大学的女教授，网名寒芽，本名就不必说了。我们的交往，除了闲聊，集中在谈外国电影的欣赏上，她发来一个外国电影，谈自己的看法，有时意见相同，有时也会相左。这对我，不光扩大了眼界，还是一种思维的训练。"

耳东说，她也爱看外国电影，问女教授发来的是一部什么影片，可否也让她看看。方先生说了许多，原本就有炫耀的意思，听了耳东的话，自然是正中下怀。捏开手机，审视了一下，再一摁，便将女教授发给他的电影，转到耳东小姐的手机上。嘀的一响，耳东小姐打开手机，瞅了一眼，兴奋地尖叫起来："啊，《安娜》，吕克·贝松的最新电影，国内还没有上映！方老师您真行！"

方先生得意地一笑，女孩子的这种赞赏，在他这个年纪，乃莫大的享受。女孩子的思绪，真是变幻莫测，又突兀地问："方老师，您对微信是个什么看法？"几乎没有思考，方仲秀答道："多姿多彩，一片澄明，往后谁也别想遮掩什么了。"

　　嘀，方仲秀的手机又响了一下，不定又是哪个朋友发来什么，习惯性地一摁，恰好摁在免提上，立马传来老伴的声音："你旁边是个女的吧，谁，叫她往这边扭一下脸。"

　　"你在哪儿？"

　　"我在河这边的亭子里，小狼也在，他拿望远镜乱瞄，说看见爷爷了，爷爷跟前有个阿姨，在表演小白兔呢。"

　　方仲秀扭过身子，朝对岸望去，果然那边也有个亭子，栏杆上头，似乎有人影，是谁却看不清，既然老伴这么说，定然是奶奶和孙子在那边看见了他和耳东小姐。

　　"哪有什么女人，有个游客，跟我打听去百荣商场的路，说完就走了。"

　　说着站起来，朝外跨了两步。耳东小姐以为要走了，随即站了起来，朝他身边靠靠。

　　"谁呀，看你好紧张，我听出是阿姨的声音。"

　　"你啥都能听出来！"

　　一扭头，又见了耳东戴的假睫毛，黑茸茸的，跟蜘蛛腿似的。往常不觉得什么，此一刻见了，很是不怡，带点儿厌弃地说："走吧，真不明白，上这高处做什么！"

　　说摆转身，从这边的平路上出了亭子，耳东小姐跟上来，举起袋子喊："还有拓片呢！"

第十九章

编《信札》事，加紧进行。

原因有二，一是上海《文星报》退下来的主编陈新耕先生来电话，约他去扬州讲课，时间定在六月上旬；二是，前些日子张继宏发来微信，说他跟扬州一家古籍印制厂联系好了，只要方先生的信札去了，一定用心制作，价钱上也会适当照顾。这样，就得赶紧编好，讲课时带去。

一吃过早饭，方先生就在书房里忙开了。

给外人的信件大体备齐，要选的是给家人的，还有版式，也得他来确定。

老伴正在打扫房间，这会儿先把版式定下来。

书房里有套《吴昌硕印谱》，一函两册，版式甚是精美，扉页的设计，尤见匠心，照搬过来就是了。只有一事，须得变通，《吴昌硕印谱》前面，是吴先生一枚硕大的私印，他方仲秀若在《方仲秀信札》前面，也放上一枚这么大的私印，就不像话了。再说他也没有这么大的姓名印，放大了也能用，但放大的印，跟原大的印，还是有差异的。想来想去，想到多年前刻过一方闲章，不是他刻的，是请太原一位老先生给刻的，不知可行不可行，先取出来看看。

取来了。多年不用，印面光光的，能看出明显的刀痕，这也是老印人的风格所在。取出印泥，戳了又戳，看看匀了，这才在一方宣纸上，

156

狠狠地捺下去，不放心，还四面摇了摇。所以这么用心，是这枚印太大了，边长足有四厘米。印文为：

惧后世责我生于当今

左看看，右看看，嘿，别说，还挺像回事的。

书名，邵燕祥先生给题写的，早就取回来了。就夹在日记里，取出看看，老先生的字真好，写了两条，一条算行书，一条也是行书，却带了草意，还是这个带草意的好些。姓名题签，是另外写的，也写了两条，字迹相同，用章有异，一个用的是"邵燕祥印"，一个用的是"雁翔"。他去取的时候，邵先生说，这个"雁翔"的名字，是他早年用过的笔名，谐了燕祥的音，他很是喜欢。方先生此刻看重的，是这个戳儿，刻得太好了。阴文印，能这么清晰自然，定然出自高手。好了，就选这个。

再一个，单页上，该写一行字，这个，早就拟好了。原先写的是"祝贺方仲秀先生七十诞辰"，儿子见了说，祝贺两个字放在前头不好，要突出寿星的姓名才是，儿子给的主意是，写成"方仲秀先生七十诞辰庆贺"。当即采纳了。

"好了吗？"

不用扭身，就在桌前喊了一声，要是好了，就将信札拿出去，在餐桌上摆开，跟老伴一起选定。

"还没呢。"

老伴在客厅回了声，细一听，窸窸窣窣，像是在擦拭餐桌。昨天是星期天，儿子一家在这边住，今早也是在这儿吃的早餐，桌子还没有收拾干净呢。孙子小狼，儿子带上送幼儿园了。

那就再等等。

哎，还有小序呢，老伴写了草稿，他改了两遍，再看看。

又一想，不用，还是等老伴看了再说。用了老伴的名义，得叫老伴满意了才行。

想到这里，起身拿了小序出去，给了老伴，要她打扫完了先看着，他要写封信再过去。

给谁写呢?

给孙世南。

起初编《方仲秀信札》,打定主意全要收真信,后来才发现,有的能真,有的不能真,该现写的,还是要现写。给孙世南的信,就属于这种情况。

原信是多年前写的,感谢世南先生,帮他的儿子,找下来北京后的第一份工作。算来竟有二十三年了。那天去亦庄看《搜孤救孤》出来,在奶茶店相遇,过后世南先生来电话,说他近日收拾书房,竟从底层的抽屉里,翻出二十几封方先生给他的信,最早的一封是一九八四年的。他打算将这些信,全都还给方先生,过些日子闲了就过来。这个事情太有意义了,一则可以看出他方仲秀当年的志趣,再则可以看出他这个山西的土佬,与文坛人物交往之早。

这样一来,给世南先生的信,就得重写了。

取过一张仿古花笺,研墨拈笔,写了起来。

世南先生如晤:

亦庄相见,甚是欢喜,前天接你电话,说您整理家中物品时,发现您留存的我的信件,竟有二三十封之多,且多为八十年代所写,拟全部送我。这让我既惊且喜,惊的是我们当年的通信竟如此之多,喜的是您竟全部保存着且要送给我。我们通信时您才是个十七八岁的青年,如今已然五十开外,成为一位出版人,又是京城文学名家。于此可知,我们当年的相识,确可说是缘分使然了。去年曾由儿子开车,带了酒去出版社找您,未遇,过些日子您来,当痛饮几杯。祝文祺!

己亥春日 方仲秀上(印)

看看,还行,就是他自己刻的那个白文印章,稍大了些。

老伴那边,该清静下来了,起身,端着一沓信札,到了客厅。

《小序》的草稿,还在餐桌上摊着。

"奶奶,看完了吗?"

"还没有顾上看呢,这就看!"

一听就是打扫完毕,忙着看手机小说,还没顾上看《小序》。也难怪，老伴一开始就不同意挂她的名字，上这么个序文。写那个序文，也是勉强而为。现在的序文，他改了两遍，实际等于重写。

"先编信札吧！"

"你先编着，我过那边看去。"

没有及时看《小序》，老伴略有歉意，说着，拿起《小序》过到有阳台的大房间。

他知道，老伴对他爱卖弄的文风，还是不放心，既然挂了名，就要看了才踏实。

那就自个儿，先看着吧。

拿起目录，以人员而论，受信人共八十三位，其中师友弟子六十八人，家人及亲戚十五人。以件数而论，共九十九通，致师友弟子七十三通，致家人亲戚二十六通。致师友弟子多为一人一通，也有五人为两通。致家人亲戚，多为两通，有三人为三通。三通者，一为老伴，一为女儿，一为外孙。

这三个人的信，都让他费了心思。致老伴的，原先选的三通，全是日常话语，见不出亲昵之意，前天才重拟了一封，是这样的——

素香吾妻如晤：

待会儿就要乘车去上海，有一言写在纸上请您观看。过去我爱的是您的身子，现在爱的是您的脑子，几十年间，若不是您的精心料理，我们的家庭不会是这个样子，我也不会有现今这样微薄的声名。

二〇一六年五月廿七日，夫仲秀（印）

这说的是实话吗？爱您的身子，固是亲昵之语，可仅仅是过去吗？这么大年纪了，若不是天气太热，哪天晚上不是相拥而眠？这爱的，不还是身子？想想，说到这个份上也就够了，自己不要脸面，老伴毕竟不是自己。这是第三封。顺便将前两封又看了一遍。

第一封是——

素香吾妻如晤：这次新疆之行，让我大批量地接触了芦氏族人，尤其是新疆的一支，若无前几年的寻亲，就是见了也只当路人。有了血缘关系相处，感觉就又不一样了。从新疆一支看，芦氏确实是一个有着优秀遗传基因的家庭，这是我此行最大的感受。

丙申谷雨，夫仲秀（印）

这里记叙的是老伴家族的一件奇事。

老伴的老家，跟他的老家，在一个地方，过去叫临晋县，现在叫临晋镇。他家在镇上东关，老伴家在镇南，一个叫南连村的村子。早先是村里一户殷实人家，土改时划为地主。她家这个地主，跟人家那种几代殷实之家的地主又有不同，说是暴发，也不是，确实是历尽艰辛，才攒下这么一份家业。

老伴的老爷爷，年轻时是个普通的农民，不幸的是妻子得病死了，两个儿子，一个十四五，一个十二三，生活一下子陷入困顿。更不幸的是，二儿子腿有残疾，是个跛子。眼见日子一天难似一天，正好有个朋友，跟他商议，一起去新疆那边寻求生路。于是便将大儿子托付给岳家，带着小跛子上了路。走了两三个月，才到了迪化，就是现在的乌鲁木齐。在一家药材铺子当伙计，一干就是十年八年，待大儿子长到二十几岁，说什么也该娶媳妇了，才带上钱回来，给孩子办了亲事，没耽搁多久，又回了迪化。此后再没回来，直到八十几岁，老得不行了，才回到老家，过了一年就死了。这二三十年间，人是没回来，可不断有银钱和物品寄回，大儿子不是多么能干的人，买房置地，还经营得了。村里人，有了钱总是先置地，再盖房。正房尚未建起，地先买下二百亩，不迟不早，赶上土改，于是便成了当地少有的一个没有建起正房的地主。

改革开放以后，大约八十年代中期，有个看起来有文化的女人，来到南连村查访，问可有谁家，有亲戚在新疆。村里人说，要有只会是老芦家，偏偏老芦家的两个孩子，都搬到县城做生意去了。来人留下名片，托乡亲转交。联系上以后，方知此女名叫芦景宜，是暨南大学外语系的教师，说她爷爷临终时留下一句话，说他们的老家在临晋县城南一个村子，村里全是姓芦的。现在她父亲退休多年，身体不好，一心想在弃世前回一趟老家，这样她才趁回广州之际，在西安下了飞机，专程来到已划入临猗县的临晋镇。

芦家两兄弟，还有两个姑姑一合计，会不会是去了新疆的老爷爷，在那边娶妻生子，繁衍下这么一支芦氏后人？为此，芦老大夫妇，还专门去了一趟新疆的富康县，见到了芦景宜的父亲芦老先生，谈话中说及父亲腿有残疾，是个跛子，这样方始明白，原来新疆这一支芦家的后人，正是老爷爷带到新疆的那个二孩子的后人。几十年发展下来，不同处是，在山西的芦家这一支，因出身不好，受尽磨难，改革开放之后，才见了天日，成为当地有名的企业家。在新疆富康的这一支，爷爷经商，父亲又早早参加革命工作，当过县法院的院长，兄妹几人，个个都是行政干部，老二放弃公职下海，早早就成了当地著名的房地产商。后来景宜的父亲，还回过一次老家，这边隆重接待，算是认祖归宗。

前两年，景宜父亲去世三周年，按当地风俗，要起坟立碑（先前只能叫暂厝），是个大事，山西，还有陕西的一支，由这边的芦老大出资，七家十几口人，去了一趟新疆。

方先生就是跟上老伴去的。

去了新疆，见了富康这一支芦家后人，个个人样好，又能干，才起了芦家有着优秀遗传基因的感慨。

第二封信是——

素香吾妻如晤：

《边关》一书历时八年，总算完成，全赖您几年来的悉心照料，使我得以安心写作。此书是一本传记，也是一本历史小说，一部明代边防史的研究之作，更是我的心血之作。今后怕再也写不出这样的作品了。

丁酉新正，愚夫仲秀（印）

这是《边关》刚改为小说时写的，后来为消除传记的痕迹，又做了大幅度的修订。

写给老伴的信，花笺的选用，也多用了心。第一封，右下角有"西安文川书坊制笺"字样，是西安的这位制笺名家送他的。第二封中间，是一幅清供图，两棵白菜，左上角两行小行书"菜根并吃坚齿牙"，落款为陈年。这个花笺，是前些年去温州，潘亦复先生送他的，潘先生说，当是二十世纪五十年代荣宝斋的出品。第三封的用笺，该是前些年新出的十竹斋笺谱。

老伴还未过来，女儿的几封也该看看，不要有什么文字上的差错。

想到这里，由不得微微一笑。

借七十诞辰之际，以家人的名义，给自己出这么一部《信札》，乃方先生的巧思独运，对这一点，方先生甚是得意。

给女儿的信，也是三封。

花笺的选用，最能看出对女儿的钟爱。

第一封是仿宋花笺。第二封是女儿为他买日本墨汁时附送的信笺，右下角有蓝色的"文帝"二字。第三封是他去韩国带回的花穗信笺，纸上嵌着花叶花梗花穗，看去风雅极了。

欣赏花笺，扫上几眼的事，重要的是看文字。

第一封——

方樱爱女如晤：

今天你电话上说了皮哥期末考试的成绩，让我一则以喜一则以忧，数学英语分数都挺高，独独语文分数才七十几分，直可说是不可思议。一个初中学生，即便不爱语文，也不应当考得这么差，何况他的母亲还是个语文老师，他的姥爷还是个薄有声名的老作家。

方仲秀（印）二〇一六年七月九日

第二封——

方樱吾女如晤：

天气炎热，想你一切均好。前信当已收阅，为父写了一辈子文章，实在说还未到厌倦的地步，所以改为研究古代社会学，无他，为苍生，亦为国家也。

父仲秀（印）二〇一六年七月三日

第三封——

方樱吾女如晤：

京居闲来无事，将数年前所作之《自寿诗》俚句修订一过，删去

162

两首，落得四首，抄录如左。其一：早已身败名裂，四十年前月夜，全系开会批判，口号此起彼歇。其二：早已身败名裂，亲人程程送别，一程一人倒下，罡风犹嫌不烈。其三：早已身败名裂，罪行桩桩在册，革命群众双眼，从来明亮如雪。其四：早已身败名裂，荼毒甚似斧钺，出得蚕室司马，不写史记何业。

蒲州方仲秀（印）癸巳腊月初三

手机响了三下，掏出一看，差点儿让他吓得尿了——这是个网络新词，跟是否真的尿了裤子没有一毛钱的关系。极言之也。

这两天，他在"老方家群"里，正跟老四较真儿，也可说是在打一场官司。

说是这两天，得看怎么说，中国跟法国，时差是七个小时，若下午五点发的微信，老四那边是上午十点，还在一天。若他是早上七点发的，老四那边还是前一天的半夜，那就是两天了。

起因是老六的姑娘璟璟，不久前考研，考上西安的长安大学土木工程专业，这姑娘爱写毛笔字，在"老方家群"里，亮了她的一副对联，写的是古人的联语："不除庭草留生意，爱养盆鱼识化机"。老三看了夸好，说我们爷爷写得一手好字，没想到，到了璟璟这一辈，一个女孩子也写得一手好字。方先生是老二，自认为也是一手好字，当然也留了赞语。在法国的老四，或许是刚醒来见了，也留了言，可能要跟祖上的家风连起来吧，夸赞说："从此以后，璟璟到了外边，可说是老方家的姑娘了。"谁也知道这话是什么意思，没有一个提出异议的，老二的刁钻劲儿上来了，当即跟帖："老四，我就不明白了，你说说，璟璟在什么情况下，可说他不姓方，不是老方家的姑娘？"可能是事情多，当天没给答复，等到第二天，中国这边下午四点，老四那边该是上午九点，仍不见回应，便扯过一张花笺，濡笔写了个短笺，道是：

老四如晤：

老六的女儿璟璟写了一幅毛笔字，谁看了都说好，而您夸赞说，如此好字，出去就可说是老方家的姑娘了。我不明白，作为一个学术问题提出来，您说说，璟璟在什么情况下，可以说她不是老方家的姑娘，敬

163

请回复。

等了三个钟头，老四的回复来了，说他下午一直在朋友家吃饭，待会儿回家回复。

方先生没回应，耐心地等着，看老四这个法国高校的大教授如何答复。待到中国时间的下午五点十三分，老四的回复来了——

老二：

昨天回到家已晚，未敢打扰。你的学术讨论邀帖，以书法形式呈现，四弟还没提笔就败下阵来。璟璟晚辈字写得好，让我们这些年龄大点儿的感到欣慰。再祝亲人们幸福平安！

方先生和老伴看了，知道老四已理屈词穷，决定再逗逗这个经济学大教授。他让老伴回复，说四弟呀，只有承认口误，老二才饶了你。这么一激，果然激起老四的义愤与才华。

第一帖为："我这二哥就是吕梁山里的一头犟驴！"跟了个愤怒的图标。

第二帖是一首诗，起首说，斗胆再添两句：

嘴上我手写我心，
暗里寻访林徽因。
得心应手亏心事，
魔子谁红跟谁急。

这四句诗里，《我手写我心》《寻访林徽因》《得心应手》《亏心事》《魔子》《谁红跟谁急》，都是方先生前些年的单本著作，老四竟将之连在一起，表达了他对老二死缠烂打的一种鄙弃。最狠的是最后一句，"魔子谁红跟谁急"，等于说老二是个疯子，不，是个疯狗，见谁咬谁。方先生看罢，桌子一拍，大叫一声："老四有才！"

"这么远，老四能听见？"

老伴手里拿着《小序》，到了跟前。老方说，他说的是老四对他的质问的回答，老伴也惊奇，说回复了？说罢两人凑到方先生的手机上看了起来。老伴说，你这一军，把老四的诗才将出来了，六七十岁的老兄弟，淘起气来跟孩子一样。方先生将《小序》接过来，瞅了瞅，说："你没改？"

"我改了几个字，一处你说儿女都赞同，我改为儿、媳、女、婿俱赞同，越是这样祝寿的书册，越不敢怠慢了媳妇和女婿。你再看看吧！"

老伴说罢，过客厅那边去了。走了几步，又返回来，方先生以为她忘了拿什么，也就没有在意。不料老伴在他身后站住了，嗫嗫嚅嚅像是要说什么，方先生觉察到了，扭过脸来，做出一副要听的样子。

"我总觉得，你在集子前面，放那枚印，不太妥当，'惧后世责我生于当今'，家里自我欣赏、自我勉励还可以，放在书上，等于昭告天下，不显得太狂了吗？"

老伴这样说了，不能不认真作答。

"大事上我哪敢较真儿，我较真的，全都是文坛上的烂事，瞎子都能看清，迟早会有人说到，我不过是先说了几天。那么明显的事，过上多少年，人们会说，方仲秀不是活着吗？他那么爱挑刺的人，怎么就没看出来，那时候在坟里都会后悔的。"

"你行，你行！"

知道说不过老头子，老伴气咻咻地走了。

手里还擎着序文，认真地看了起来——

夫君仲秀，字安远，方姓。山右蒲州人氏。

一九七二年春，余与之结缡。犹记议婚时，余年仅及笄。彼家富农，我家地主，均处于困窘中，瞻念前程，不免心寒。时先祖母健在，语余曰：再苦也要嫁念书人。

入得方门，日夜服侍，乃知此念书人为何物。

慵懒耶，工作之余，不是读书，便是习字，何敢言慵懒！

奢靡耶，衣物饮食，从无过分之求，何敢言奢靡！

事有不尽然者，若以为非慵懒非奢靡，必又勤快又俭朴，则错矣。

洗衣做饭，焉敢存想，扫地擦桌，亦不之为，得谓勤快乎？

购买图书，数千元一套，动辄搬回，得谓俭朴乎？

可怪诞者，看似贫穷已成定局之家，于趔趄前行中，竟亦日渐步入小康，此时方悟先祖母所言之不谬。

如今余已六十有三，夫君年届七旬。数月前儿女相与言曰，如何为老爹过此大寿。余曰：此老名为作家，最喜爱者三事，一为写毛笔字，二为看线装书，三为作书信。平日积攒信札抄件甚多，若为彼出一线装书信集，必大喜过望。

儿、媳、女、婿皆曰：善。

告夫君，惊曰：何其幸哉。不数日，选得历年积存信札九十九通。复乞序于余，余念其诚，不计工拙，勉力为之。遂成是书以为寿。

方门芦氏素香谨识　己亥二月望日

哪用看完，刚看到"先祖母仍健在"一句，他的眼泪就溢出来了。

老伴笔下的这先祖母，乃方先生的外婆。

两家人，苦哇。

他大学毕业两年了，就因了个出身不好，找不下合适的对象，母亲天天唉声叹气，是外婆做主，将年龄差下六七岁的孙女，许配给了他这个外孙！

第二十章

孙世南来电话，说待会儿去家里，同去的还有古执中，你见过，在亦庄奶茶店，跟他在一起的那位。又加了一句，把地址发过来。

方先生一笑。

手机发送位置地图，不久前才学会。过去总觉得难，不敢学，学会了发现真不是个事。平日点赞的那个图形旁边，有个小圆圈，里面有个＋号，打开了，点开位置，别管那个"共享实时位置"，点一下前面的"发送位置"就是了。

今天是星期六，儿子开车，媳妇陪着，送孙子去北三环一家画室学画去了，家里就他老两口。老伴正在收拾家，方先生说，孙世南要来，还带个朋友，家里没有新鲜水果，他出去，看有什么买上些。

买了草莓回家，孙世南和古执中已来了，老伴正在沏茶，咦，还有个女士，以为是古执中的什么人，定睛细看，嘿，是世南夫人，藏族女作家曲珍。曲珍见了他，躬身颔首，轻声道了句方老师好，说她原先没打算来，古执中的车到了，正好手头的事也完了，就一起来看看方老师。

孙世南在一旁打趣，说他的这位夫人已超凡入圣，不与俗人交往，还是方先生面子大，才肯屈尊纡贵，一同前来。

曲珍没说什么，只是文静地一笑，笑意也很浅，似有若无，反而显得更为虔诚。

"世南兄，没个正经话！"

方先生这么说，也是为自己解脱，不知为什么，每当见了曲珍女士，总有种局促的感觉。

这女人，没有一点儿他头脑中固有的藏族女人的特质。

方先生的藏族女人的特质，并非见过多少藏族妇女概括下的，而是来自一个女人，就是前多少年唱藏族歌曲红极一时的才旦卓玛。个头儿不高，身材壮实，脸型上宽下窄，颧骨稍高。舞台上或许做红晕处理，他总认为那是浓重的高原红，无法遮掩，只好装饰成红晕。而曲珍则不然，个头儿高挑而轻盈，脸型秀润而单薄，跟个画片似的，和善而安详，似乎还有一丝的羞怯。最奇的是说话的声调，不清脆也不浑厚，却是那么和婉中听。这感觉，自从二十年前，在北京站旁边的一个小木楼上见过之后，这么多年过去，从未减退。

"看方先生说的，我跟谁都会说假话，见了方先生还用得着说假话吗！"

孙世南大大咧咧地说，一面拈起一个草莓，扔进嘴里。

古执中跟方先生打过招呼，又特意补充一句："世南说的是实话，我有时去看世南，曲珍在里屋也不出来。"

"哎呀，哪有这回事！"

曲珍连忙分辩，话语是否认，神态却等于认可。世南接上说："跟执中用得着嘛！这个曲珍哪，前些年我说个什么还听，这几年越来越有主见了。我这个人，教人从来是点到为止，绝不会勉为其难，点化点化，得能化了才值得点，化不了还不是白点。曲珍你说是吧！"

曲珍没搭腔，只是那么哀怨地瞟了她的夫君一眼。这哀怨，是无奈的，也不妨说是喜欢的。

方先生在一旁，瞥了一眼，全看清了，就这一眼，悟开了一个久悬未解的疑惑。

他跟孙世南是老朋友了。

世南的经历他全知晓。

最让他吃惊的是，九十年代初期，没记错的话，是一九九四年春天吧，他跟一个年轻朋友来北京，住在中国青年出版社的地下室招待所。一天世南跟他说，去家里喝茶，去了见到曲珍，世南介绍说，藏族女人，北京大学中文系毕业，正在写小说。回来以后，他怎么也想不通，这么秀气的一个女人，怎么会嫁世南这么个男人。这个疑惑，颠过来或许更有分量，这么一个男人，用什么手段俘获了这么一个女人。

多少年过去了，这期间他们还见过几次面，有时曲珍在场，有时不在，而疑惑却一如既往，未曾丝毫的释怀。

今天孙世南轻浮的语调，给方先生的感觉，与以往没什么不同，而曲珍那哀怨的一瞥，却像一把小巧的钥匙，插进锁眼，轻轻一拧，这二十多年的锈锁，砰的一下就开了。

撇开表面的玩世不恭，早先的世南，在北京城里，也算得上是个有身世、聪明俊秀的小伙子，就是现在，在北京文化界，也是个风趣幽默极具品位的文化人。除了没有学历，一个优秀男人该具有的一切，他差不多全有。别的人，没学历或许是缺憾，到了他这儿，没学历反而成了品质纯正的陪衬。一个有身世，成全了许多，也遮掩了许多，这样的人，若不玩世不恭，那肯定是智商不足。而这样的男子，俗气的女人赏识不了，高雅的女人见了怎肯轻易放过。

准是这样，全都顺理成章，曲珍是幸运的，世南更是幸运的。

说话间，四个人在餐桌两边坐下。古执中还扭脸瞅了一下身后的沙发，方先生说，坐沙发，人打几折，憋屈，这儿是椅子，高，坐着舒气。

一人面前一杯绿茶，中间一盘草莓，一盘瓜子。

"方先生指教！"

古执中双手递过一本新书。

"嗬，搞起收藏啦？"

一见书名，方先生先来了这么一句。知道方先生领会错了，执中说："这个《旷世珍藏》，不是收藏文物，是打捞民国文化的遗珍漏宝。"

"毛笔字好哇，一看就是常写的！"

那里没夸着，翻开封面，见了"饾饤小集仲秀先生教正"一行墨字，又夸了起来。

"哎呀！"古执中满脸堆笑，"也还临帖，只是上不了正路。"

"一看就是手下有功夫。"

"功夫不敢说，只能说也还规矩。"

两人正你推我让，如同酒场上推杯换盏一样，孙世南那边说话了："执中，你就让方先生说完，方先生夸人是有瘾的，我跟方先生刚认识那会儿，才是个十七八岁的毛孩子，方先生夸我的字写得好，也是一套一套的。"

世南这么说了，方先生嘿嘿一笑，不再言语。世南从脚下提起一个黄布袋子，取出一个透明的塑料夹子，摆在桌上，这才说："方先生，你给我的信，全在这儿了，将来可是文物哇！"

说着，取出三封递过来，说这是最早的。又对一旁的古执中说，那年他参加高考，成绩太差，没考上，也不想复习了，他爸是社科院文学所的，那儿没有三产企业，临时工也没法安排。他妈在中华书局，跟管事的说了说，让他到读者服务部干活。那儿几乎全是女孩子，他去了两个月，就提成部门负责人。那时爱好写作，方先生当时已小有名气，见方先生邮购书，格外关照，一来二去就成了朋友。好像过了不久，方先生来北京，他还请方先生到家里吃过一次火锅，还请了刚分配到文学所的李兆忠作陪。

世南说的时候，方先生看的三封信，说的正是这期间买书的事。

第一封——

世南同志：

书与余款俱收到。信悉，前些年上海文艺出版社曾出过我的一本短篇小说集，可惜手头已阙如。所幸，年内广州、重庆、山西等地均有我的小说集出版，另外还出一本散文集，届时当奉上一册雅正。《联合书讯》上言，贵社将再版《全上古三代秦汉三国六朝文》，未注明时间，不知此书何时可出。我已与此间古籍书店说妥（他们已订），只是不知何时出书，若知，望告我。谨颂雅安。

方仲秀六月十六日

第二封——

世南同志：

稿与信俱收悉，未能及时复信，还请原谅。稿子看过了，有真情有意趣，文字也还讲究。只是格调上有点儿野，也不是说不可野，但要因时而异。若是年龄大了，回首往事，不妨野点儿，俗语云，少要稳重老

170

要狂。为人如此，为文亦如此。另外，你似乎追求一种古拙的文风，有些词语又欠妥，如"略略的江面中"略略二字（因前面已说开阔）。

我将稿子交《黄河》，请他们审处。我已离开《黄河》。我原是专业作家，前一时期筹办《黄河》，拉去临时充了个角色。现在已办起来了，自然就该离开。日后去北京，当去府上或机关畅谈。问候傅文青同志好。谨颂雅安。

方仲秀七月十六日

第三封——

世南同志：

你八月十二日的信，今天才复，很对不住。因我这一段在乡下也。我离开编辑部后，专事写作，同时在太原郊区的清徐县挂个县委副书记。有信仍寄作协。对我的那本小书，你的评价是对的，尤其是"四多"之说。诚然是我早期的作品，遗憾的是后来长进也不大。等最近的两三本书出来后，还要请你提出意见。你这样诚恳，这样直爽，我是很喜欢的。想来和你谈话，也一定是很愉快的。

《全上古三代秦汉三国六朝文》，我原想太原进回书再买，不意他们一直未进回，我疑心他们就没订。再过一段，若还未进回，就要托你买了。请你留意，别叫没有了。

祝贺你的小说发表。刊物不必寄，因他们按期寄我，能看到的。从你寄我的那篇散文上看，你的文笔是不错的（这是写作的关键）。自学成才，能有这样的文笔，很是难得。不过，现在要冒出一个作家，也不容易，还望你努力奋斗，做出一番事业来。谨颂雅安。

方仲秀八月二十八日

看完这三封，孙世南那边的话已停住，该是另起个话头了，方先生正在想着，该就方才看过的内容说点什么。最该说的不是自己的买书，而是那么早，他就发现世南的文笔那么好，且提出，文笔好不好乃写作的关键这样的见解。嗯了一下，正要开口，曲珍递过一封信，笑笑，意思是方先生且看看这一封。

171

这样的女子，这样温和的要求，想来必有当看的道理。接过来看下去——

世南同志：

前一段去了晋南一趟，回来见到你的信和稿子。稿子我看过了，是有点怪，但这样也好。似乎也有平庸的一面。你现在似乎还没有超脱现在一般青年作家"寻根"的窠臼。作品应放在一个独特的背景上，你的背景是独特的，但独特的背景是服务于人物的，你的人物却是些意念的东西，看不出这个人物的独特来。我已将稿子给了《黄河》，但也只是给了，能否发表，实不敢说，不光是因为我已离开了。

你自费外出考察，这种精神，令我钦佩，人在年轻时，是应当多出去跑跑的。我现在倒是有随时外出的方便，却更愿意坐下多看书，多写点东西。主要是外出乘车太挤，满眼是人，若组团出去，又是边远的地方，倒是蛮有兴致的。今年春天去了一趟东北边防，确实大开眼界。我已四十岁，是"文化大革命"前入学，"文化大革命"中毕业的大学生，学的是历史，已有两个孩子。送你一张照片，是今年春天去东北时，在黑龙江边的黑河市的俄式建筑前摄的。

二十四史的人名索引出了好几种，我手头只有《晋书》《汉书》，《宋史》等还未购得，请你看看你们那儿还有没有存书，若有，请告知种类和价钱，谨颂雅安。

方仲秀十月廿一日

信是看完了，实际上，看的中间，已知晓曲珍让他看的用意。毫无悬念，不过是要让他注意，那么早，他的这位夫君竟有"自费考察"的壮举。想想世南这一生，几乎全是在考察奔走中度过。年轻时去西藏，这些年又不停地去捷克。明白了这个意思，也就找到了下一步交谈的话题。

先是冲着曲珍赞赏地一笑，看了古执中一眼，再冲着世南说："哎呀，当时不觉得什么，现在看来，那么年轻，就有自费考察的意识，像我这样的，连想也不敢想。还记得那年你自费考察，去了哪些地方吗？"

"嘿——"

世南拉长声儿，咳了一下，又那么随意而又深情地瞥了曲珍一眼，小嘴一努，说开了。

说他在中华书局读者服务部里，翻到一本《艽野尘梦》，是湘西一支地方部队的头领写的，此人名叫陈渠珍，有湘西王之称。虽是武人，却极具性情，文笔又好。率部入藏抗英，收复一个地方后，在西藏头人的府上，得识一个叫西原的藏族姑娘，两人结为夫妻。辛亥革命前夕，陈渠珍率部东归，西原一路相伴，陪夫君渡过重重难关。七个月后，仅剩七人抵达兰州。两人又赴西安，等候家中汇款回湘西，西原水土不服，得了天花，不治而逝。陈渠珍晚年，将自己的征战史和婚恋史写成《艽野尘梦》这么一本书。他看了这本书，萌生了要去湘西看看的想法，去了长沙，多玩了两天，到了吉首，原想再去镇筸的，没钱了，就跑了回来。

"镇筸就是凤凰，沈从文的老家。"

曲珍在一旁小声说。古执中插话，声儿就大了："我早就听世南兄说过，他是看了陈渠珍的这本书，才喜欢上了西藏。他在团中央一家刊物，单位派人援藏，别人是动员都不肯去，他是主动打报告去的。"

方先生忽然萌生了个念头。

"哎，你是不是学陈渠珍，去西藏找一个西原一样的藏族姑娘！"

说罢瞅了曲珍一眼，曲珍倒不害羞，柔柔地说："刚认识，世南也跟我说过这个故事，后来我也看过《艽野尘梦》，人家那是什么时代，我们这是什么时代，我比不了西原，他也比不了陈渠珍。爱玩，倒是像。"

仍能听出，这位北大出来的漂亮女子，对她这个爱玩的夫君，是多么的喜欢。

"不说这个了。"世南岔开话头，"方老师的文章，在我看来，是一贯的好，但我没想到，你的毛笔字，也那么好，待会儿给我们一人一幅字，得现写吧？"

"我没有现写的本事，知道你们要来，写了好几张预备着的，这就取去！"

说罢站起，去了书房，待了一会儿出来，手里拿着一沓宣纸书件。到了桌前，先放在桌上，拿起上面的一幅，抖开，回过身子念叨："寄兴于山亭水曲，得题在虚竹幽兰。这幅是给执中的，听说你在良乡那边置下乡间别墅了。"

并不递给执中，叠吧叠吧，仍搁在桌上。又拿起一幅，展开，朗声念叨："江山好处得句，风月佳时读书。这个小条幅，我写了七八张，就数这一张精神，世南兄，这是给你的。最贴切的，该是'风月佳时读书'这个下联了。你看句字的这个弯钩，多俏皮！"

说罢叠起，搁在前一幅的上面，这边只剩下一幅了，拿起展开，身子正对了曲珍。

"真也巧了，我前几天写字，这个条幅只写了一张，太好了，舍不得写第二张。写得最好的，自己有感觉，千万别以为这张好了下一张会更好，常是再写就不行了。这张给曲珍，你看这联语，意思多好：不与蕙兰争素艳，直教风霜定坚姿。"

方先生的话还未说完，世南插话："我们是一家人，有一张就行了。"

"世南兄！"方仲秀学着古执中对世南的称呼，只是声调轻佻了许多，"这是我特意给曲珍挑的一幅字，作为秀女，她自然是你的，作为才女，她应该得到众人的敬爱，方某人也不能例外。"

怕夫君不识相，再说什么，曲珍站起来，鞠了一个躬，说道：

"曲珍谢谢方老师！"

方先生将字幅叠压在前两幅上头，一并递给曲珍，说回去你们再分吧。

曲珍接过，搁进身后的黄布袋子里，就是方才世南取出信件的那个袋子。方先生眼尖，见上面有"藏学研究会"的字样，知道是曲珍供职的单位。

此事一做，等于又一个议程完成，方先生知道，此一刻到了京剧里窦尔敦唱的"某要与众贤弟叙一叙衷肠"的时候。

这样的场子，自然得他来打开。

"世南兄，方才看咱俩的旧信，信上我说，还望你努力奋斗，做出一番事业来。这些年，我一直关注你的写作，发了什么作品，出了什么书，差不多都知道，且知你由中国青年出版社的部门主任，跳槽到十月文艺出版社当了副总编辑，也算是京城文化界的名流了。可我不知道，你在京城文学界，究竟算个怎样的人物，还请你自个儿说两句。"

或许是这话太刁了，执中怕世南为难，想要代为作答。不等他开口，方仲秀摆摆手，话随手出，道是："执中你先别说，我是真心想听听世南的自我定位。"

"哦——"

世南这一声，并非沉吟，倒像是旧戏里的叫板，接下来就说开了。

"执中你别为我着急，今天见了方先生，我还真想汇报汇报。不管怎么样，从我俩最初的通信，到现在也三十好几年了，方先生当年那么器重我，我能不自我总结一下，实话实说吗？"

世南这么一说，方仲秀又觉得自己方才那一番话，有点儿刻薄，强人所难了。

"说闲话，不必当真。"

他先替自己打了圆场。

"该当真的时候，还是要当真。"

世南似乎动了气，话说出口，又叫方先生不能不大为佩服。世家子，什么时候都转圜自如，不会示人以怯。

"我嘛，是那种让作家脸红的评论家，又是让评论家无所适从的作家。当代文学可以没有我的作品，却不可以没有我这么个人。"

方先生一愣，觉得世南这话，是自负，也是实情，又觉得太正经了，不妨破上一下。

"世南这话，让我想起多少年前听说的一个段子，有个三流棋手，又是四流拳击家，对人说他几乎同一天内战胜了韩国棋圣曹薰铉和美国拳王泰森。怎么打的呢，他说他上午跟曹薰铉来了一场拳击赛，下午跟泰森下了一场围棋。世南兄不会是这个意思吧！"

世南不辩解，知道方先生是逗他玩，再说起来，就轻松了许多。

古执中又说，世南近日在《文学自由谈》上发表的文章，真能让有些当红作家羞愧，脸没处搁。这回世南没拦挡，意犹未尽，仍是笑模笑样地说："我知道自己人微言轻，下不了猛药，特意请了外国人来警告国人。"

"哦，你是说德国的汉学家顾宾吧！"

方先生这样说了，自家也觉得不着边际。

"顾宾是评论家，不是作家，中国当下的文学，不是开药方能抵事的，得树起样子，让作家们知道，什么样的作品才叫文学，什么样的作家才是对国家对民族，有担当有作为的作家。"

方先生抻直脖子，单怕漏掉了字。那一边，曲珍那么慈爱，又那么欣喜地看着自己的夫君，不像妻子，倒像一个母亲，在看着长大了的孩子。世南的劲儿上来了，几乎是一字一顿地说："我请了两个作家，都是捷克的，一个叫赫拉巴尔，一个叫斯维拉克。很快会有两个集子出来。"

说到这里，世南拍了一下脑袋，说看他这记性，顺手扯过曲珍身边的黄布袋子，取出一本书递了过来。方先生接到手里一看，是世南的一本新书，名曰《喝了吧，赫拉巴尔》。他要翻翻，说两句赞美的话，以示敬意，世南探过身子，压低了嗓子，说道："方老师，你且收起，今天我跟执中来，还是有正经事跟您讨教的。"

"哦！"

这回该着方仲秀讶异了。

"是这样的，"孙世南的神色，凝重起来，"我跟执中，接了个活儿。是南方一家出版社的老总派下的，这位老兄，是出版界的大咖，做什么，总比别人先走一步。他认为，到了该切实总结新时期文学的时候了。从七十年代末算起，很快就是半个世纪，哪有半个世纪了不好好总结一下的。再往前推一下，从一九四九年算起，百年也不太远啊。他想让我写一本书，对新中国的小说写作，做一个历史性的回顾，既是历史的真实，也要写出自己的个性来。我知道自己做事没耐心，拉上执中一起干。"

"别扯上我！"

方仲秀最怕的是，孙世南还要拉上他一起干。

"这样的活儿，哪能劳驾您！"

"跟我说这个，什么意思？"

至此，孙世南才摊了牌。说他来找方先生，送信件是一个方面，主要的还是为这部书稿，不是要方先生参与，只是想让方先生提供个思路，或者说帮助理一理思路。他早就注意到，对新时期文学，方先生写过好几篇很犀利的文章，比如《中国文学的高玉宝效应》《斯德哥尔摩西郊墓地的凭吊》，还有那篇《粉碎中国作家的军事编制》，都极有见地，不是对近百年的中国文学有深刻的思考是写不出来的。想来方先生对鼎革以来的中国文学还有许多不俗的见解，不妨一一说来，让他们开开脑筋，写的时候，有个思维的脉络。

"哈哈哈！"

方仲秀开怀大笑，准备搪塞过去，那一旁，曲珍发了话："方老师，我也想听听你的高见呢。"

　　方仲秀这号货，最喜欢的是在漂亮女人跟前吹牛，原本想打个哈哈就推托的事，叫曲珍这么一说，又撩起了兴致。可他不说自己的，却先问曲珍，原先写小说，怎么一下就断了，多少年一篇也不写了。

　　"还是方老师说吧！"

　　曲珍的话，很是柔和，慢慢的，像是讨饶。

　　"不，你不说我也不说。"

　　方仲秀的犟劲儿上来了。

　　孙世南也撺掇，要曲珍说说，曲珍只好说了起来。

　　"那我只好说了。我写过几个小说，也出过两三本书，可是到了后来，我对写当代题材的小说，就失去了兴趣。想来是，在北大中文系上过课，对现代文学史上的名家，知道得太多了，太敬仰了，故而对当下的文学，越来越失望。不是心理上的失望，几乎是生理上的失望，一见了身上就不舒服。"

　　"啊，有这么严重吗？可否举个例子。"

　　方仲秀没有想到，自己的提问，原本近似撩逗，竟引出曲珍如此沉痛的感悟。

　　曲珍没有说话，伸出一个手指，在自己面前的杯子里蘸上茶水，在桌面写了个字。方先生在这边看去，竖画的头上洇开了，觉得像个"主"字，他以为曲珍是要说，当今的作家，没主心骨，正要附和，曲珍说道："这是个王字。二十多年前，我参加北京城里的一个笔会，规格够高的，来了个王姓作家，活动结束那天，主办方让作家们题词留念。轮到这位作家了，提笔写了一句话，话是什么不说了，那些个字，要是人的话，瘸子跛子就占全了，胳膊腿，全不在地方。这都不说了，方老师，你知道他把他那个姓是怎么写的吗？"

　　说到这里，曲珍蘸了些茶水，在那个王字旁边写了起来。

　　方仲秀看去，曲珍是先一横画，再一横画，然后是一个竖画，从上面一横的中间拉下，穿过下面的横画，到了跟上面一截小竖差不多长短的位置，再往左一甩，似钩不像钩，似横不像横，当然，笼统地看，还是个王字。

"我看了，真的想笑，这就是当今作家的水平，而这样的作家，据说还是独领风骚的呢。新文学史上，我们学过的，鲁郭茅巴老曹，除了巴先生字稍逊一筹外，那五个，你就别说是上面封了，就是考，凭人家那字，也能考个前几名。而当今的文坛，别说文章了，就那几笔字，让我看上的，也没有几个。混个啥味儿呢！"

"哦！"

"方老师，"世南说，"曲珍真的是，再也提不起写小说的兴致了，现在是一门心思研究藏传佛学，同时研究王阳明的心学，要将这两家打通。"

"我说了，该着方老师说了。"

方仲秀原本是要打哈哈的，听了曲珍这么沉痛的表白，觉得不说几句掏心窝子的话，真的就对不起这个，虔诚地告别了文学的女人。

"曲珍说事，是从小事说起，我想，要真正理解鼎革以来的中国文学，也应当从小事上说起。"

接下来说起他在二十世纪八十年代初，曾参加过一个培养作家的讲习所，学习期限长达六个月，来的都是当时出了点名的青年作家，有几个还是出了大名的。一进去，所里的人，为了说明他们培养作家的功绩，就举了个例子，说二十世纪五十年代初办时，安徽来了个叫陈登科的，有灵气，但文化程度很低，连个趴字都不会写。写到趴字时，写了个马字，但是没有下面四点，老师问这是个什么字，他说是趴字呀，马叫砍了四条腿，不就趴下了嘛。这个陈登科，后来还写了长篇小说，成为一个有名的作家。接着来了一句："我倒不是贬低这个老作家，作为个人，他或许是优秀的，但是作为一个时代的文学趋向来说，你们知道当时沈从文在做什么吗？"

"刚从华北革命大学受训回来，正等着分配工作，后来去了故宫博物院。"世南当下对上了。

"写文学史，要从这些地方着眼，不能只说什么人写出了什么，还要说什么人该写出什么，而没有写出什么。"

曲珍听出其中的意味，仍是柔和而又沉痛地说："从趴字，到王字，也是不小的进步哇！"

"方老师对新时期文学是怎么看的？"

说这些，古执中像是不感兴趣，他想知道的是后来这一个时段。

瞥了曲珍一眼，方先生又说开了："这个，按说我不该多说，从来都是成败论英雄，在新时期文学的写作上，我是个失败者，也可说是个逃兵，不配说道人家。可我总是从那个时期过来的，感触也还是有的。比如说，新时期文学一开始，作家们的写作，跟打天下似的，不是怎么写出好作品，而是冲击禁区，感觉上还是在打仗，攻城略地，占山为王。很少见作家在文字上下功夫的。就是后来的寻根文学，原生态文学，你以为是多高明的探索，不，还是吃他们下过乡的老本。从根子上说，没有多大长进，不过是改革开放越来越深入，思想的禁区没有几个了，就是有，也不可冲击了，于是另行开辟写作的市场。还是攻城略地那一套，总想在非文学的事上，占尽文学的风流。说来说去，还是文学底气不足哇！"

"这个怕不能写吧！"

孙世南皱皱眉头，方仲秀会心地一笑。

"能写不能写是一回事，心里有这个根底又是一回事。下笔可慎重，认知可不能不开阔呀。"

不早了，方太太过来，也不说话，手臂在空里，画了个小弧，方先生看出来，是问备饭不备饭，正要说话，孙世南也看出来了，站起来鞠了个躬，言道："嫂子不必操心了，我们人多，你们人少，来的时候，我们已做了安排，就在前面先农坛里边，有个会所，我们开了一桌。嫂子也去吧！"

方太太大概正愁着这么多人，如何安排午饭，一听这话，一点儿也不掩饰心里的轻松，当即说，她不去了，累了一星期，今天孙子学画去了，她要好好休息休息。孙世南对方先生说："那就起驾吧！"

众人起身，方太太特别关照方先生，喝起来趁着点儿。

她知道老头子的德行，桌上全是男的，还有个把持，有个女子，还有点姿色，老头子就轻狂得没了边儿，常是不用别人劝，自个就把自个放倒了。

而今天，曲珍正是这样的女子。

第二十一章

这个地方，是方先生没有想到的。

假装不在意的样子，环顾四周，还是有些讶异。是日式的，但又分明中国化了。看门扇，推拉的，是日式的纸门，而临街的窗格子，却是古雅的卍字形。坐的位子，椅背中间，一道竖格，靠上的位置，镶嵌着一只瓷质的圆片。最讲究的，该是靠墙而立的屏风，是缂丝的吧，薄如蝉翼的绣品，明明直立不动，却闪着波纹似的光亮。

老伴看出方先生的讶异，将盖碗茶，朝方先生这边推推，看似让他喝茶，实则是提醒他的注意，别朝屏风那边看了。方先生领悟了，问坐在一侧的岳伟光先生："这地方，在哪儿啊？"他是郝平英的丈夫，来这儿是他开的车。

岳伟光的嘴唇嚅动了一下，还没有发出声儿，郝平英说，从万寿路出来，拐了两个弯，这儿是维景国际大酒店，待会儿吃完了，下去往前，就是梅兰芳大剧院。

他们是应郝平英夫妇之约，来看今晚演出的《六月雪》的。

这对朋友，是一个月前来北京开会，顺便来看望方先生的姚谨之拉扯上的。

郝平英是山西人，跟姚谨之是表亲。郝平英为外祖父写的碑文，经方先生润色，郝平英很是满意，一定要请方先生夫妇来看一出京剧。前些天就说好了,怕方先生推托,还让在太原的姚先生远迢迢地来电话敲定。

若是别的演出,方先生真会推了,可这是京剧,还是天津京剧团来演的,方先生就舍不得了。

不会光看戏,晚饭也捎带上了。原先说的,只是"垫吧垫吧",他以为是在路边小馆,吃上碗馄饨什么的,没料想来到的,是这么大个酒店里的这么个日式馆子。

四个人,一人一边,方先生上首是郝平英,对面是岳伟光,下首是老伴。菜还没上来,寒暄过后,先是互加微信。刚加上,岳伟光惊叫道:"方先生,你跟曹竖是朋友?"

"咦,你怎么知道的?"

"我翻出你的朋友圈,刚看了今天的,显示曹竖点了赞。"

"上个月才结识的。你们是朋友?"

"岂止是朋友,是哥们儿,中学是一个班的。跟平英,我们都是一个学校的。"

"是那个曹树志吧,他现在改叫曹竖,我是咋个也不习惯,不是人叫的嘛。"郝平英接上说。

岳伟光是先去南边,接上他两口子,又顺着三环往西开,到了万寿路一个大院的门口,接上郝平英才来到这儿的。上了车,一开口,方先生就发现,这个郝平英,人样平常,说话的声儿,真是好听,爽爽的,又糯糯的,是普通话,又带点儿天津的口音。即如此刻,这个"不是人叫的嘛",不像是在说朋友,倒像是母亲在斥责孩子。

有了曹竖这个中介,一下就亲近了,郝平英又问:"他那个细木作坊,你去过?"

"去亦庄看戏,看完有个朋友带去的。"

"我去了一次,再也不想去了,他也不让我说,他老丈人家就在北京,死活也不走动,真不知操的吗个心!"

"这个嘛,"岳伟光说,"我倒能理解,他老丈人那边是当干部的,他要走动起来,人家会说,看这个女婿,做起个体户了。以前在邢台,教书就教书吧,听起来总体面些。北京人最看不起的,就是个体户,总觉得人嘛,只有落魄了才会去做个体。"

闲谈中方知,这郝平英夫妇,乃是大有来头的。这边万寿路大院的房子，只是他们的一个住处，另有一个住处在天津。郝平英的父亲，做过天津的副市长，岳伟光的父亲更厉害，当过东北一个省的书记。万寿路上的房子，是他父亲退下后，国家按规定给配备的。两个老人，过世得早，没有给他们留下多少家财，但一处一套房子，还是别人比不上的。他们平日住天津，偶尔来北京，也会住上一半个月。这次所以过来，说是有事，实际上是专为请方先生夫妇看天津京剧团的戏。

"吕洋的《六月雪》，那个好哇，真是个没法说。"

"那你是看过啦？"方先生问郝平英。

"看过，前两年就看过，吕洋的这个戏呀，看一遍是一遍的味道。到后来，就不是看了，是听。听比看味道还足，要不老人们咋说听戏呢。"

"吕洋的戏，比李胜素的如何？"

郝平英的兴致上来了。

"这个不能比，不是一个流派。李是梅派，吕是程派，要比，就看演什么戏，像《霸王别姬》啦，还是梅派的强，但是苦戏，比唱功，像《六月雪》呀，还得看程派的。在天津，比较有些名气的程派演员中，吕洋一直活跃在舞台上，不断地排戏、演戏。'五小程旦'里的那几个，李佩红调上海戏校了，刘桂娟戏也少了，就还数吕洋，功夫好，也敬事。"

接下来说，今天晚上要看的《六月雪》，是一出很吃功夫的戏，特别是后两场大段的二黄和反二黄唱段和道白，全看演员的功底。最后一场戏的反二黄一段，她听了很多程派演员的演唱，也听了梅派多位名家的录音，包括梅兰芳先生早年录音，都不及程砚秋先生。程先生晚年录音，调门低了，嗓音宽了，但韵味无可比拟，淋漓尽致地表现了窦娥悲愤含冤的心情。

方先生一面听着，一面又走了神。他是晋南人，晋南的剧种叫蒲剧，悲怆高昂是其特色，最擅长的，也是苦戏。蒲剧里的名剧就有《六月雪》，也叫《窦娥冤》。演窦娥的，是蒲剧名旦王秀兰，演窦娥父亲窦天章的，是蒲剧名须生阎逢春，他的《徐策跑城》跟上海的周信芳有一拼。二十世纪六十年代初，长春电影制片厂曾拍过蒲剧《窦娥冤》的电影。可这个地方，他不能说这个事，只能附和着说，他在电脑上看过吕洋的戏，扮相好，唱得也不错，今天晚上看了真人的演出，感觉自当又会不同。

大概郝平英觉得，自己对吕洋的夸赞有些过头了，也说了些吕洋的不足。

"吕洋的表演也可圈可点，以我浅见，她的道白在张火丁之上，张火丁的道白一直是她的短板。《六月雪》里，吕洋在最后一场戏中的道白'上天天无路，入地地无门'，高低强弱拿捏得非常到位，动人心弦。只可惜吕洋演唱时口型动作夸张，破坏了面部的柔和，因而缺乏古代女子之美。服饰上也有值得商榷之处。窦娥入狱，本是着罪衣罪裙，但吕洋的囚衣却用金银线绣花边，闪闪发光，与剧情大不相符。"

听了郝平英的话，方仲秀觉得，这女人是真的懂戏，一面钦佩地点头，一面对老伴说："待会儿留个神，看吕洋的囚衣，是不是绣的金银线。"

说罢，又像是想起什么，问岳伟光："我看郝平英写的碑文，他妈是山西武乡的，他爸也是山西人，你老爹是不是也是山西人？"

"我家是河北人，就是邢台本地的。我爹当年跟郝平英他爹都在邢台工作，后来两个人都升了，去了外地。一个去了天津，一个去了东北。要说起来，我爹当年，还是郝平英他爹的部下，后来成了副手，再后来，就各自发展去了。她爹是抗战时期的老干部，先在河北省委，后来去的天津。"

说话中间，日式的饭菜，一道一道上来了。不管什么，都是一人面前一份，量不大，但是十分的精致。要看戏，不能喝酒，每人面前，只有一小杯清酒，算是有那么个意思。郝平英一再表示歉意，说听姚谨之表弟说，方先生是酒仙，天天都是汾酒，今天委屈了，改天到了天津，一定请你喝天津的芦台春，当然啦，再好也好不过汾酒。

方先生找见了话茬，问她姥爷家是武乡，姚谨之是河津，怎么就成了表姐表弟。

一旁，岳伟光哈哈笑了，郝平英说，这个有啥好笑的。方先生听了，进而问道："是不是表了好几层？"

"拿强力胶裱上去的。"

岳伟光笑得更凶了，郝平英知道，不说不行了，缓缓言道："过去不好说，现在老了，没什么不好说的。姚谨之跟我，什么亲戚关系也没有，但这个表姐表弟，却也是名正言顺的，跟夫妻是明媒正娶没有两样。我跟岳伟光，还有谨之，都是天津大学最后一期工农兵学员，只是我和谨之，都在电机系，伟光是在工程系，不在一起。入学没有多久，我就发现谨之爱上我了，我呢，也不好多说什么，那时候，讲究个为革命学习，不让谈恋爱。后来他追得不行了，我只好跟他说，我早就有了对象，就是工程系的岳伟光。按说这个事，就该了结了，可是小姚不依，交往久了，他也知道我外公家姓史，我妈也只会姓史，就说，他妈也姓史，那么咱们就结成姨表兄妹吧。他原来以为我比他小点，要结个表兄妹，结果一核对年岁，我比他还要大两个月，那就只能是我当表姐，他当表弟了。这事，早跟伟光说了，他只是个笑，倒是见了小姚，也还客气，等于是默认了。"

"有意思！"方仲秀说，"我说呢，怪不得岳先生那样个笑法。"

说罢，觉得这个话题，不该再说下去了，便另起了个头。没办法，不生不熟的人在一起，总得想着说话。

"哎，平英，你父亲是抗战时期参加革命的，在山西，那一定是参加了决死纵队。"

见方先生对抗战时期山西的事这么熟悉，郝平英也来了兴致。说他爹没有参加决死纵队，那是个武装组织，在阎锡山那边，叫新军。他爹参加的是牺盟会，等于地方组织，先是当沁县的特派员，等到跟阎锡山闹翻了，建起抗日根据地，有了县政府，就是县委副书记。再后来根据地扩大，成立晋冀鲁豫根据地，就调到邢台这边，当了县委书记。再后来，解放了，成立地委，就是地委的副书记了。说到这里，郝平英的声儿变得感慨起来，说道："我爹跟我说过，他后来能有这样的发展，还要感谢阎老西，没有阎老西在山西办教育，村村有小学，乡镇有高小，县县有中学，他就没有中学的底子。到了河北这边，也就不会有这样的发展，当到地委书记，再后来又调到省上，调到天津这样的大城市。"

这话勾起了方先生的感慨。

"前些年，山西人开始重视起阎锡山了。我觉得，说阎锡山什么都行，不能说他是个土皇帝，可以说是他是个独裁者，用独裁的手法治理山西，但不能说他是个土皇帝。他的所有的职务，都是最高当局任命的，再就是，他是日本士官学校的正式毕业生，老蒋的士官生资格还有人质疑，他的士官生资格没有人质疑。这个就不说了，他治晋的成功，确实是抓教育打的基础。不过，在这上头，他举荐的省主席，也帮了他的大忙。"

郝平英和岳伟光夫妇两位，一开始方仲秀就注意到了，伟光是个对民国政事有兴趣的人。他刚说了徐永昌的名字，伟光怕夫人没听明白，立马做了解释，说这个徐永昌在民国年间，绝对是个大才。原本是国民三军的首领，要当军阀都有资格，可他不，将他的军队交给了国家，自己一心从政，为国家效力。后来蒋介石把他延揽过去，当了八年的军令部长。抗战胜利后，又派他代表中国政府，出席东京湾"密苏里"号军舰上的受降仪式，代表中国政府在日本投降书上签字，人称受降将军。

　　有了伟光这番介绍，方先生再说起来，底气就足了。

　　"民国年间山西教育的成功，可以说阎锡山慎其始，开了个好头，徐永昌善其终，把这个大事完成了。"

　　"哦？"

　　郝平英的这一惊异，撩起了方先生夸夸其谈的兴致。

　　他没有听明白，郝平英的惊异，实际是在质疑，你方先生如何知道这么详细，你不就是个写小说的吗？他正要往下说，也感觉到了这个意思，于是先说了他的这些见识，是怎么个来的。说他近来，接了个活儿，就是写一部《徐永昌传》。这活儿，是晋阳出版社的老社长张继宏先生派给他的，没想到，他还没有动笔，张社长就退了下来。再就是，这两年，民国题材的书，一下子又不吃香了，他也就放慢了步子，没事了翻翻材料。因此上，虽没有什么成品出来，对徐永昌治晋那几年的历史，还是了然于心的。

　　"能不能说点儿具体的？"

　　郝平英笑眯眯地提醒。

　　"这就说！有三件事。"

　　先说了一件事。

　　他说，约当一九二六年冬，徐永昌部队还在绥远驻扎着，阎锡山邀请来老家看看，他来了，一住就是三个月。阎跟他谈山西的治理，他说，教育最为重要，且说了一句响亮的话，"不改革教育，种必亡！"问在山西，具体该如何实施，他说了自己的一个方案，显然不是一时的感兴，是久思而成的。办法是，将太原中等以上学校，迁往晋祠以东（晋阳故址）一带，由晋祠至天龙山，建成一大公园，辟为学区，利用地形，规划校舍。先将农业专门学校迁往半山，实习造林，逐次再迁其他各校。

再在晋祠建一大图书馆，由太原修筑一条电车路线，连贯学校与市内。教育既易整顿，城市亦免拥挤。

第二件，待到了一九三一年，中原大战后，阎锡山下野，他主政山西，立即着手省政改革，成立了山西省政设计委员会。其中一项重大措施，就是调整山西教育布局，普及教育，提高水平。他让教育厅做了个统计，当时山西人口是一千一百九十九万，初小学生仅七十五万人，高小三万八千一，初中一万，高中六千，大专学生不足两千。所以他主张，人才教育要统计，职业教育要切实，小学教育要普遍，教育厅要编制适合本省的小学教材，尽快落实，提升教育水准。

说到这里，方仲秀顿住不说了，郝平英问："第三件呢？"

"敢问尊翁是哪年生人？"

"噢，问这个做啥？一九二七年。"

"清朝末年，颁布实行新政，一个县才准许成立一个高等小学，州府才得成立中学。中原大战前，阎锡山在山西也只是推行村办小学，普及小学教育。到了徐永昌主政山西，才推行高小教育。你父亲一九二七年生人，虚龄八岁上学，该是一九三四年，若不是徐永昌大力推行高小教育，要上中学就难了。这就是我说的第三个实事。"

"哎哟，方先生可真会说话，举例子，举到我家老爷子身上了。"

方仲秀的这些话，引发了岳伟光的谈兴。

他说，方先生的这一番话，倒让他想起一宗事。他父亲退下来，中央有规定，退下来的省委书记，不得再住在原任职的省城，怕的是干扰后任书记的工作，因此给安置在万寿路的大院里。他父亲在东北多年，提拔了许多干部，几年时间，有的也到了地方主政。组织部谈话后，履新前，多半会来万寿路看望他父亲这个老领导。那几年，他来北京，多半会住在父亲这里。有次，一个东北的省级副职，调到山西任正职，事先打了电话，临告别的时候，父亲拿出一张宣纸花笺，上面是他老人家写的一首诗。他的毛笔字不错，喜爱给要好的朋友写个条幅什么的。这次没写条幅，却写了这么个花笺，他在跟前，觉得有些蹊跷。待在桌上摊开，也就凑过去看，原来写的是一首打油诗，他父亲不叫打油诗，只说是俚句。他记得清楚，是这么四大句：

治晋从来不省心，

我有一言君谨记：

地瘠民贫要改观，

全在教育力不力。

方仲秀听了，手在桌上重重拍了两下，算个省略版的拍案惊奇。

"妙，跟徐永昌的看法，完全一致。"

接着又问了一句，那位去了山西的领导，后来如何。

伟光说，乘兴而去，铩羽而归。免职后，也来看过他父亲，父亲觉得奇怪，此人平素做事，能力甚强，何以会无功而返。此人还有个特点，就是会说话，风趣幽默。问为什么，只是笑笑，不言语。问得紧了，摇摇头，笑着说，夫子曰，不能说。这是当年文化界流行的一个笑话，政界的人，偶尔也会说一说。什么意思呢，他不说有苦难言，而是借了《论语》里的句子，孔子要说什么的时候，书上总是"子曰"，不能写成"子说"。这样说了，等于说难以言表，不说也罢。他这么一说，父亲也就不再问了。

方先生还要说什么，西瓜上来了，也就住了口。

到底是日本馆子，看西瓜切的，一小块一小块，跟红玛瑙似的。

吃瓜中间，郝平英看看时间，说七点半开演，此刻已是六点五十，该过去了。

第二十二章

头天晚上看了戏，早上睡得过了头。

要在过去，方先生会自责，觉得耽搁了什么，自从六十几上，住到北京，心情不一样了，观念也就变了，平日难入睡，多睡是赚下的。

擦过桌子，坐下来，头一件事，是叫老伴过来，带上家里的软尺。

老伴正好打扫完毕，拿着软尺过来了，一面说，你这儿不是有钢尺吗，要软尺做什么？老伴说的钢尺，是个三十厘米长的铁尺，平日不用，紧慢用来画表格。方先生听了，没好气地说："钢尺能转圈吗？"

此刻，老伴已走到身后，方先生转动椅子，对着老伴，指指自己的脑袋，说量一下有多长。说着仰起脸，在脑袋上画了一下，从额头这边绕过去，又从后脑勺绕了回来，恰是一个圆。

做啥呢，老伴一面嘟囔着，一面抻直了软尺，量了起来。差不多了，方先生问："多少？"

"六十厘米多一点点。"

"到了半上吗？"

"没有，只多一点点，顶多两毫米。"

"那就舍了。我在太原上学时，买帽子，都是买六二的，如今头发稀了，圈儿也就小了。"

"做啥呢，给你织个帽子吗？"

"不是，待会儿你就知道了，且忙你的去吧。"

老伴一走，方先生俯下身子，计算起来。

过了一会儿，将算出来的结果抄在纸上，按他的计算是29.18年，过到客厅，见了老伴言道："精确的数字出来了。放心吧，要全秃了得三十年，我活不下一百岁，到了八十五上，还有半脑袋的头发，不会丢你的人。"

老伴没想到，老头子紧喊慢喊，要她拿软尺来，竟是在算脑袋全秃了要多少年。

"那天张继宏和姚谨之先生来，你不是说，你在网上查过，一个人头发的面积是多少，你要是全秃了，得二十年，怎么今天就算出是三十年了。"

"那是匡算，今天是精确的计算。我是要让你放心，按这样的算法，十几年后，我还有半脑袋头发呢。"

"不做正经事，一天到晚净日闲！"

老伴掉转屁股走了。

"日闲？"

方先生琢磨上了。这个词，是他们老家的土语，意思是不做正经事，还挺忙的，嘿，他现在的情形，不恰是处于一种日闲的状态？天天也忙着，就是不做正经事。不是写写毛笔字，就是刻个章子，要么就是听戏，一听就是一上午。

好，待来了兴致，刻上一方闲章，印文就四个字，"日闲老人"。

今天就闲着，干脆刻了它，取过印床，挑了块印石夹上。

该摹字上石了。

在这上头，方先生从来不敢自专，总是将那本《正反篆刻字典》翻了再翻，才敢下笔。好在"日闲老人"四字中，日字人字，常刻的，不会错，闲字也不难，门里那个木字，要刻成月字，还要倒着。难的是那个老字，看了这本字典，还不放心，又取出《新编篆刻字典》查看。这本字典，只有正字，没有反字，好处是收字多，起首的字形，全是从《说文》而来。选中一个，是黄士陵的，规整，也精神。

摹上去了，正要凑刀，手机又响了，谁的微信吧，打开，没有，是"老方家群"里，老三放了个小视频。

这画面一看，就把方先生黏住了。

黄土塬上，一道不算太陡的坡坡，先是一个年轻农妇，头戴宽檐草帽，上身红格格衫子，下身黑布裤子，搭带布鞋，牵着一头毛驴下了坡坡。她刚闪过，坡坡顶上，一个壮年汉子，一身黑，撑起胳膊，驾着一辆平车，转了过来。看清了，车上是摞得老高的麦捆子。不是用绳子捆着，是用一把麦秆子一拧捆住的。下坡了，车重，人轻，小平车的辕杆，几乎能将人挑起来，还是那汉子有力气，一边压住辕杆，一边放快脚步，飞也似的溜了下来。

接着一转，是另一个画面。

村前的麦场上，散乱的麦秆子，摊下一场，一个小伙子，开着一辆小四轮拖拉机，机子后面是一个木架子，架子里头是一个碌碡。小四轮飞快地转着，带动后面的碌碡，快得跟飞起来一样。一圈一圈又一圈，没一会儿，就将一场厚厚的麦秆子，碾轧成了平展展的一大片。

又是一个画面。

七八个人，有男有女，正在用木叉，将碾轧了的麦子，一叉一叉挑起，立起来，准备再一次碾轧。这叫翻场。如果已是好几次，不必再碾轧了，那就叫起场。

一个接一个的画面，配的都是一个音。这叫抖音，真是个抖。头一句，怎么也听不清，似乎"就是一九六六年"，又觉得不像，一个收麦子的画面，配个"一九六六年"做什么。太喜欢这个场面了，拿了手机过到客厅，让老伴听听，看是个什么歌。老伴年轻时爱唱歌，老了也常哼哼，对这类带"西北风"味道的歌，尤其喜欢。

老伴在餐桌练字，停了手，也在看老三发的视频。

"是个什么歌？"

"上面写的是孙国庆，第二句是这一道道坎坎，头一句怎么也听不清。"

"查一下嘛！"

毕竟是高手，老伴一查就查出来了，说这是孙国庆唱的一首歌，叫《就恋这把热土》，再听，果然句句都清楚了：

就是这一溜溜沟沟，

就是这一道道坎坎。

就是这一片片黄土，

就是这一座座秃山。

…………

不过去了，跟老伴聊聊，难得遇上两人都感兴趣的话题，这么一想，便在老伴对面坐下。

哪儿呢，肯定不是他们老家。临猗老家，地属晋南，一马平川，不会有这么陡的坡坡。嘿，问一下就是了。

这么想着，手在屏上一划拉：老三，这是什么地方？

那边，老三的手机就在手上，当即作复：河对面韩城。

这方位，方先生知晓，老二说的河，是黄河，临猗在山西这边，属河沿上的县份，对面是陕西的合川县，合川再往上，就是韩城了，有司马迁墓和祠堂的那个地方，他去过。

这边：是集体化，还是包产到户以后？

那边：当是集体化时期，个人翻场不会那么多人。

这边：是小四轮，还是三〇？

那边：是小四轮吧，三〇比这个大。

这说的是拉着碌碡碾场的拖拉机。方先生从上高中就离开了老家，毕竟是老家的人，结婚前，假期回到家里，身份是学生，可以挣工分。结了婚，他是在外面做事的，不能挣队上的工分了，可媳妇是队里的人，可以替媳妇出工。因此上，那些年村里的农活，还有做农活的工具，他都熟悉。比如农用拖拉机，在他们那一带，只有这两种，一种是山东出的小四轮，一种是洛阳出的30马力的中型拖拉机，农民简称三〇。

他们村叫方家场，就在老临晋县城东关口上，以那时生产队的排序，是临晋生产大队第四生产队。

有那么几年，好点儿的生产队，都要买小型拖拉机，他们队上的两台小四轮，还是他父亲在山东帮着买下的。

他们家，论成分是富农，有那么几年，光景却不能说差，分界线在一九六六年春天结束的"四清"上。此前，爷爷是镇上百货公司门市部的副主任，另有主任，是县工商局派下来的。父亲呢，在德州生建机械厂工作，这个厂子，实际上是德州监狱。山东的监狱和劳改农场，都带着个"生建"的头衔。父亲原在部队上，驻地先在威海，后来在青岛。山东部队的小军官，转业只能在山东安置，便选了这个离山西最近的城市。刚转业，便将母亲和方仲秀接了过去，转为城市户口，老三就是在德州出生的。原本一家人，在德州长住下去了，到了一九五八年，上面号召干部家属回乡支援农业。本地干部，将家属送回乡下，躲过这一阵子就没事了，父亲是个老实人，当下就销了户口，将他母子三人送回临猗老家。

就这，仍是好光景。爷爷有工资，父亲有工资，家里就祖母和母亲，再就是几个上学的孩子。孩子虽多，不是一下子生下的。方先生弟兄六个，上面有个哥哥，下面有个老三，母亲刚回来那年，生下老四，再过几年，生下老五，生老六就更迟了。

接连两次的灾难，差点儿将这个家庭击垮。先是一九六六年春天，"四清"结束，爷爷被定为"四不清"分子，戴上富农分子的帽子，回到村里，成了管制分子。老人在镇上，原本是体面人，回到村里，咽不下这口气，终于是在一九七〇年夏天，方仲秀大学毕业的前十几天，在家门口的老槐树上，上吊自尽了。

过了两年，方仲秀结了婚，工资不高，也还说得过去。再就是，父亲在德州，也还平安。

那几年，山东的小型制造业，要比山西这边好，潍坊出的小四轮全国有名。队上要买小四轮，一想就想到了父亲，队长亲自去了德州，父亲自然是全力帮衬。毕竟在部队上待过，各地都有老战友，没费多大事，就在潍坊拖拉机厂，给队上买了两台小四轮。

帮了这个忙，父亲趁便提出一个小小的要求，就是小四轮回去了，让他家一个孩子学着开。当时老三和老四都在村里。老三初中毕业，家庭成分不好，没被推荐上高中，只能回村劳动。老四倒是上了高中，毕了业，推荐上大学没有指望，也只能在村里待着。若买小四轮是一九七四年的事，那么，老三是十八，老四是十六，都是可以学着开拖拉机的年龄。

老三就是这样开过小四轮的。

方先生正这样想着，老三的微信过来了：

牵过这驴，拉过这麦，开过这车，翻过这场，那个年代那种场景让人战栗。

方先生抬眼一看，老伴脸上掠过一丝笑意。

他能猜得出，老伴此一刻，想到了什么。

不容他多想，老三又发来一篇文章，名为《麦子的几种割法》。

这文章，最初发表时，他就看过，忍不住，还是打开看了起来。

写做农活的文章，一定要看是谁写的，若是去乡下采风的作家写的，必然是一派田园风光，赞叹个不够。若是下乡知青去写，一定是那遥远的什么湾，不管受了多大的苦，写来跟去了一趟姥姥家一样亲热。老三跟这些人，都不沾边，他不是农民的孩子，但是真正的农民，还是那种小小年纪，就务了农的人。在他的笔下，普通的农活，或许不当回事，但夏季的收麦子，绝对是噩梦，是炼狱：

我知道自己是个怯懦的人，从小就被麦季繁重的劳作吓怕了，永远只活在力不能支的当下，对我来说，麦田就是个梦魇，尽管已过去三十多年，仍不能逃离。麦海的荡漾，麦收的喜悦，鸟儿掠过麦田时的轻灵，月光照在麦子上的虚幻，女人们在麦田里的浪笑与尖叫，都很诗意，却不属于我，也不属于每一个真正参与过割麦的人。麦子是上天对庄稼人勤劳的赏赐，割麦则是对庄稼人的惩罚。一分辛劳一分收获，用在收割麦子上最合适，过程却是个炼狱，从那里走出来，不可能得到精神升华，只能让人实实在在地脱一层皮，像死过一回，过后，更加像个农民。第二年麦收季节，再做同样的事，再脱皮，再死一回，一生循环往复。

不全是因了出身不好，主要还是因了年轻，还要加上几分不甘人后的犟劲儿，大田里的活儿，他总是挑最重的。甚至不能说挑，到了地头儿，不用队长指派，他就知道自己该做什么，不该做什么。割麦子，自然是领行子：

割麦子要长时间弯腰撅腚，使尽浑身力气，既考验庄稼人的体力，也考验忍耐力，还能看出一个人干活是否利落。生产队那会儿，最利落的年轻人，往往要领行子，割在最前面，将麦田劈开一道缝儿，其他人顺茬儿割。领行子是重活，不光要割，还要下腰子，方便最后捆麦个子。先割下一撮麦，将麦茎扭在一起，横放在地面，再将割下的麦子顺放在上面，这叫下双腰子，若人不够利落，来不及下双腰子，割一撮麦，匆忙横放地下，叫下单腰子。不论下双腰子单腰子，就在一瞬间，过程极短暂。下好腰子，后面的人一把一把往上放，形成一个蓬松的麦堆，最后，有人将麦堆捆扎好，一个个横在麦茬地里。

领行子，真正的晋南土话，该是"拱行子"，也可说是"攻行子"，这就有点儿冲锋陷阵的意思了。

弟兄几个，三弟受的苦最多，在农村一待就是七八年。

细思之，方先生知道，自己对三弟是有愧的。三弟上完七年制学校，等于初中毕业，该上高中了，正是那个年月，兴的是贫下中农推荐。那时的人们，一个比一个革命，宁让学校的座位空着，也不会推荐一个富农家的孩子上高中的。这样，三弟早早就回到村里，参加生产队的劳动了。

回村的时候，说是十五岁，实打实，也就十三四岁。

其时爷爷已去世，父亲在山东，哥哥分家另过，家里就母亲和三个弟弟。三弟失学，除了三弟难受，家里倒是觉得，弟兄五六个，也得有一个留家里。要不，不光母亲太累了，一年的口粮钱，对父亲来说也是一个大负担。家里有人挣工分，起码能挣下口粮钱。

为什么方先生会有愧对三弟的感觉呢？

说来真是笑话。弟弟失学的时候，他在吕梁山里的一个县上，正在一所乡村中学教高中呢。那儿也是贫下中农推荐，也有出身不好上不了学的，常是辗转托人，这儿上不了，就去了别处。学校有两个洪洞县的教员，就把他们出身不好的亲戚的孩子，带到这儿上了学。以他在学校的身份，语文老师兼班主任，跟校长说一下，不会不答应。不是没有想过，一则是觉得，这么多个弟兄，该有一个留在村里，再一个原因，说来就可耻了。

他所在中学，说是个乡镇中学，但是奇怪的是，驻地不在公社所在地，而在更往山里走的一个村子里。论其时的建制，只是个生产队，也就是说，是个村子，还是个小村子。在这么个小村子里教书，自己受着也就受着了，传回老家，会让人笑话的。

　　也就在那一年的春天，他结婚了，媳妇就是此刻坐在餐桌对面，也正在看三弟文章的老伴。那时，还是个水灵灵的新媳妇，春天过门，三四个月后，就是"火麦连天"的夏收。

　　割麦还是对新媳妇的一次考验。我们这里，每年腊月到春节期间，婚嫁较多。至麦收季节，新媳妇刚嫁过来不到半年，平日，被男人呵护着，怕伤了纤弱的身子，晒黑了娇嫩的脸，磨破了细白的手，一到麦天就由不得人了。热烘烘的麦浪炙烤着，尖尖的麦芒刺痒着，不得不走出洞房，与其他女人一起钻进麦行。麦天是庄稼人衣着最不讲究的季节，麦茬会刺破鞋帮，麦秆会蹭烂衣裳，因而，一般女人都要挑旧衣服穿，只有新媳妇不一样，明知道麦天穿衣无须讲究，照样还穿着新嫁衣。当新媳妇随着众人走向麦田时，一切都是新的，新人，新衣，新镰，连头上戴的草帽也白白的。每年开镰时，女人们都会撺掇新媳妇们领行子，以此检验新媳妇是利落能干，还是窝囊愚钝，新媳妇领行子就成了一道风景。金黄的麦田里，新媳妇一袭鲜红衣裳犹如旗帜，心高气傲的，不管能干与否，都会使出平生的力气，不能给娘家丢了人，不能让丈夫被人耻笑，憋着一股劲，奋力往前割，等后面镰声渐远，直起腰，回头望去，微微一笑，苦和累一瞬间都忘了。

　　尽管在娘家做姑娘时，也没少割麦，但那时有娘家人呵护，看到的都是熟悉的目光，得到的都是关爱，为人新妇就不一样了，麦子很快会让新人尝到苦头。镰刀挥舞时，细细的麦芒会伴着微尘弥漫，飞到汗流浃背的身体上，等干了，汗水蒸发为盐粒，甲胄一样箍得人难受。晚上脱了衣裳，再白嫩的肌肤也会黑乎乎，奇痒。洗好了睡觉，望望累得如死猪般呼呼大睡的男人，心里的委屈一阵阵往上翻。

　　看到这里，方先生的眼睛湿了。是呀，人家的新媳妇，收工后回到家里，再苦再累，还可以看着"累得如死猪般呼呼大睡的男人，心里的委屈一阵阵往上翻"，他的妻子，再累也只会是独守空房，暗自啜泣。

想到这儿，不由得瞅瞅老伴，只见老伴的脸颊上，已有亮亮的泪痕，觉察到老头子在瞅自己，忙伸手抹了一把，还扯动面皮，强装了一下笑脸。不愿老伴太难堪了，赶紧低下头，再看三弟的文章。写到傍晚收了工，常会有月光下磨镰刀。

那几年，我磨完自己的镰，还要再磨几把。割麦间歇时磨镰就不用说了，每天晚上吃完饭，坐在磨刀石前，放一盆水，开始霍霍磨镰。有自己的，二嫂的，四弟的，还有隔壁堂妹的。每个人一般都准备两把镰，有刚钉的新镰，也有使用了几年的旧镰，晚上磨快了，第二天轮换用。我磨镰不用大拇指去试，霍霍磨一会儿，拿起来细看刀刃，月光下，刀刃成为一条细线，闪烁出寒光，这样磨出的刀刃必然锋利无比。

手机颤抖了一下，细看，"老方家群"里，就在三弟文章下面，显出老伴一行字：

看三弟割麦的文章，想到当年在村里干活的我自己，总感觉自己做活不如人，力气不行，速度不行，尤其是割麦子，新媳妇要展示自己的能耐，带头拱行子，我从来就没有这方面的能力，常常有一种不如人的羞耻感。

老家那边，三弟似乎正在等着这边的反应，立马给了回应：

二嫂当年嫁过来，是方家场最美丽的媳妇，到麦天，是新媳妇表现才能的时候，不知有多少双眼睛以不同的神色盯着。当所有人都被用力气衡量，西施贵妃都会被视为废物，二嫂生不逢时，只能感叹自己不如人，其实，二嫂的才貌又岂是那些村妇所能比。

这个时间点，法国那边该是半夜吧，老四像是还没有睡，也给了回应：

二嫂言重了。

人生在世，岂能无憾。
能量天成，昼夜共享，
重天则疏地，此强则彼弱。
嫂已尽心尽力，自当无羞无愧。

老四的文字，总是带着诗意，排列也像是诗行，老伴又输入一行字：

三弟，四弟，当年农村那一段苦难日子，若无二位弟弟协助，真的
是很难过的。

老伴与三弟、四弟的感情，是很深的。没过门前，是他们的表姐，
过了门，是他们的二嫂。那年月，家里就老妈，做不过来的针线活，多
是这个二嫂帮衬。下面几个弟弟，都喜欢这个年轻漂亮的表姐嫂子。
午休起来，方仲秀坐在书桌前，刻那方"日闲老人"。上午刻成了
"日闲"，该着"老人"了。这个词，太僻，印文上又无法解释。心想，
外人看了，会理解成什么呢，那个"日"字，先就碍眼。又想，日闲，
外人该会理解为"天天闲散"吧。是跟自己的原意不符，可也不是个坏
意思。要是理解成"性事闲了"呢，嘿，谁会拐这么大个弯儿，想到那
个"日"上。
老伴过来，站在身后，瞅了一眼，又走了。没走远，就在旁边的床
上，斜倚在被垛上。
全刻好了，蘸蘸印泥，取过一片宣纸，使劲捺了几下。
嘿，别说，真还像回事！
他站了起来，手擎纸片，过到老伴身边。
"这方印怎么样？"
"日字的外框，刻成个圆，挺别致的。"
老伴瞅了瞅，说了这么一句，又在手机上输字。
"啊，热闹了！"
说罢退了回来，看自家的手机，嘿，就这么一会儿，"老方家群"
里，你一言，我一语，像是在开一个忆苦思甜会。一个比一个来劲，且
触发了诗兴。

先是老四说：

文章读过，又闻到了麦季的气味。谈到割麦，最深的印象就是累。当然队里灶上的饭也的确好吃。

久违麦场仍觉累，
唯念把桶饮井水。

这情景，方先生也是有体验的。

临晋这地方，在吕梁山脉与晋南平原衔接的地方。吕梁山，在河津以上，还像个山，河津以下，稷山、万荣直到临猗，只能叫原。本来这一大片，地理概念上，也就是黄土高原。只在临晋这地方，稍稍特殊，是一块真正的平原，从峨眉岭下，直到中条山根，平展展的，没有一点儿起伏。

而他们的老家，方家场，就在老临晋县城的东关口上。

村子不大，也还分了前巷后巷。老方家在后巷中间。后巷东头，有个送子娘娘庙，不大，也就一开间吧，也还精致。高高的台阶，还有个小小的戏台。庙的北侧，原是老方家的麦场，合作化后，成了队上的打麦场。后来又扩大，庙东庙南，全成了麦场。紧贴着庙的南墙，有一眼水井，附近村子的水井，都是咸水井，独独方家场的这口井，是甜水。井不算深，也有十几丈。井口安着辘轳，夏天，新绞上的水，用这几年时兴的东北话说，真是拔凉拔凉的。打场累了，到了井边，有新绞上来的水，连马瓢都不用，扒在桶边，稍稍一侧，咕咚咕咚，灌上一肚子，那个爽啊。

老伴回应道：

井水过肠不觉凉，
白馍下肚仍觉饥。

哈，这可是说到点子了。

晋南农村，每到麦收，生产队要建食堂，不是多么正规，各村情形都差不多。找一处空院子，砌起"旋风炉子"，安上大风箱，支起大案

198

板，架起大铁锅，派上几个能干的中年女人，就是"大灶"了。大灶上最擅长的：一是蒸白馍，一是炸油饼。菜嘛，只能是时令蔬菜了，两样东西，顿顿都有：一是粉条，一是猪肉。

大灶上的白馍，最有特色，平素街上饭铺的馒头，三两就不小了，这是夏收，收的又是麦子，放开肚子吃，馒头也就格外的大。一个说是半斤，最少也在四两上。劳动量太大了，吃多少，都是个饿。因此上，老伴说的"白馍下肚仍觉饥"，是切实的感受。

老三不作诗，改诗的功夫还是有的，当即给二嫂改了一个字：

白馍下肚仍觉饥，白馍，不如改为大馍，二嫂以为如何？

二嫂从善如流，当即回应：

三弟，还是大馍好！

方先生看了，只有感慨，早年的辛苦，不管多么难熬，时日久了，回味起来，仍有丝丝的甜意。

长辈们的忆苦思甜，惊动了群里的晚辈们。

是老伴的"麦饭菜"引起的。

前一天是端午，蒸了老家的麦饭菜，这种菜，一蒸一屉子，倒出来一盆子，原本就不是一顿吃得了的。老三老四跟二嫂互动的时候，二嫂正在做午饭，有一项是将昨天的麦饭菜回一下锅。顺手便拍了个照，问老四，你们在法国，会不会吃老家的麦饭菜。这样说，是因了老四的媳妇，也是老家那边的人，只要有兴致，要做不是难事。

地球那边的老四，该是午饭时间，没顾上回应，这边老三的夫人抢了先：

二嫂的麦饭好香啊，我就想吃这样的麦饭菜。

二嫂问，老三开始吃肉了吧。老三夫人说，老三说吃了没有感觉到香，就不想吃，现在能吃一些了。在太原工作的老三的二女儿插话：老爸这几年也开始吃肉了，尤其是散菜和粉蒸肉里面的肉，是大口大口地吃呢。用老爸的话说，他只吃好肉，味道正宗的肉。方先生的姑娘，在太原工作的方樱子，轻轻地给了一句：三叔把挑食也说得这么有理。又说：三婶，我也好想吃老家的麦饭菜呢。老三夫人说，做的时候可以跟她视频，方欧子在北京做麦饭菜，就是一边做一边跟她视频。方欧子是老三家的三姑娘，这些年一直在北京打工。

老三夫人是做饭的高手，还是忍不住把她的方子说了：

今年端午节蒸芹菜，先给芹菜拿盐把水挤出来，再给菜放上油，最后芹菜、粉条跟白面搅拌，肉上放花椒、盐蒸，肉上放点面粉好吃。临猗芹菜不挤水。老三家不吃肥肉的。

老三家三姑娘的麦饭菜，昨天做下的，今天还有，立马端上一碗：

最近特别想吃散芹菜，因第一次做，和老妈全程视频做完了这道菜。不过做得还算成功，哈哈哈哈来这儿晒一晒成果。

方先生一直想插话，插不上。

这麦饭菜，他是熟悉的。严格说，不能叫麦饭菜，该叫麦饭，也可叫散菜。叫麦饭，是对麦收辛苦的犒劳。麦收过了，村里叫麦罢，罢字读如怕，吃顿好饭，算是庆贺。这是从功用上说的。叫散菜，是从形状上说的，麦饭的做法，就是将肉片、粉条和菜蔬，散乱地放在屉子上蒸。晋南的夏天，最宜于做麦饭的，是一种细细的芹菜，跟城里的香菜差不多粗细。

同样是麦饭，晋南各处的做法也有不同。方先生有个大学同学，姓乔，在太原钢铁厂子弟学校教书，多年前他与老伴去看望。乔姓同学是河津人，夫人也是河津人，做了麦饭款待他俩。那麦饭，河津人叫"鼓垒"，确也鼓鼓的，像是垒了上去。拌了面的猪肉片子、粉条，还有菜蔬，杂乱地拌在一起，堆在屉子上。

方先生最喜欢吃的，还是在老家，母亲做的那种麦饭。

显然，三弟妹，还有这个小侄女，用的材料是讲究了，但也多少失去了麦饭的特色。

于是他赶紧敲了一行字：

做麦饭，要细芹菜，肉，最好是带囊膪子的肉。

老伴见了，知道方先生说了外行话，来了个纠正：

别听二爸的，五花肉最好，囊膪子肉是吃不起肉的人才这样做。

方欧子立马证实：

哈哈哈，五花肉肥瘦都有，才好吃呢。

老三的夫人说，今年过去了，到了明年，老方家的人，不管在老家的，在太原的，在北京的，都做麦饭菜，来个比赛，看谁做得好，吃着香。

顷刻间，屏上跷起好几个大大的手指头。

第二十三章

书桌上，一边是一大摞子书。

临窗的这边，空荡荡的，除了茶罐、水盂和砚台，还有刻印的印床，挤在一角，显眼的是一个牛皮纸包装袋，还有一个申通快递的信息贴签。

简略了说，方仲秀的面前，是一个包装袋，一个快递贴签。

本来，物品收到，这两样东西，都该当即塞进桌下的废纸篓，第二天早上清理书桌时，端起倒进楼道一角的垃圾桶。

他不，舍不得，不光今天没有塞进废纸篓，明天，后天，也不会。

他要留下，当作一个纪念，甚至当作一个警醒，不时提醒自己，小事上该怎么做。

两样东西，对他来说，提醒的作用，又有所不同。

黄褐色的牛皮纸包装袋是包书的，两本书，《徐志摩书信集》上下册。黄褐色牛皮纸，干干净净，角角棱棱，全用透明胶带包裹，六个面，十二道棱。这个数字，若不是眼前有此实物，有人蓦然相问，一下子还真回答不上来。不是无此智力，是平时不会注意，这回数了，确是十二道，纵向长，一二三四，横向短，一二三四，还有那个高（两本书的厚），一二三四，不是十二道是什么。

这还不算，包的是两本大十六开的书，严严实实，密不透风，总该有接茬儿，没有，真的没有。翻来覆去查验，纵向的四道棱中，有一个

202

似显不显的接缝。所以似显不显，是因这接缝，一点儿都不显，恰在那道棱上。外面又有透明胶带裹着，要看见还真不是易事。当然，上下两头的折痕，那是谁包书都会有的。只能说这个包装袋上，露出的三角形，十分的规则，折上去的是个直角三角形，跟那面折下来的痕迹，又合成一个较小的等腰三角形。一切都像是在一个精密车床上完成的，不用怀疑的则是，全是手叠下的。

谁的手？

答案在那张小小的快递贴签上。

足够小的了，还分作两联，上边长点儿的，叫派件联，下面短点儿的，叫客户联，显然发货那边的经手人，未将客户联撕下发给客户。更大的可能是，快递小哥收下物件，带回公司粘贴，这一联也就不可能给客户了。

逐行看下去。

北京房山集散包
发件：蒋艳君（手机号，中间三个 ×××）
广西壮族自治区桂林市七星区莫家坪村
条形码　发货时间：2019-05-24
签收人 / 签收时间
注意事项：您的签字代表您已验收，并确认商品信息无误，包装完好，无划痕破损等表面质量问题

字体小到难以辨认，权当一次目力检测，顺畅读完。

桂林这地方，方先生去过，且不止一次。

最早的一次，是"大串联"中，且去了七星岩。这些年去过两次，儿子找的对象是桂林姑娘，结婚时去过，亲家是个作家，还是广西作家协会的副主席，开作品讨论会，他也应邀参加。不知为什么，这个莫家坪的莫字，竟引发了他的联想。电影《刘三姐》中，那个请了几个秀才跟刘三姐对歌，结果把自己气得掉在河里的，不就是个莫财主吗？莫姓村里，又是个蒋姓的女子，设想她的模样，一想又想到饰刘三姐的黄婉秋。

包装干净整齐，是对买书人的尊敬，也是自个儿品行素质的一种显现。凡是在关涉他人的小事上，能做到尽善尽美的人，都是智商高又品

质好的人。还有，就是人样也好，这或许仅是方先生的一种猜测，而他认为多半会是真的。模样差的人，多半没有这种"好上加好"的耐心。

想到这里，方先生取过砚台与毛笔，品品，在包装纸上写了两行字：

这样细致的包装，我都不忍心拆开。方仲秀敬题

后面是名章，前面一侧，加了引首章。印文是阳刻的"上善若水"。

放下毛笔，轻轻一声叹息，只有他自己知道，翻看，辨认，题字，这一切全都是在排遣，排遣胸中的愤懑。

太可恨了，天下竟有这样的事！

太无耻了，天下竟有这样的人。

前些日子跟张砚田两人，在博纳星辉剧场看戏出来，下电梯的路上，说怕东海那边突然抛出两千套《徐志摩文集》的担忧，是不存在了，而这不存在的原因，却是他万万没有想到的。

记得当时，他跟张砚田提起此事，砚田还说，公家单位，不会做这样的事。砚田太天真，不知道这个行当的潜规则，好些出版社，明明印了三万的书，跟作者算稿费时，只说印了一万。也可以颠过来，合同订的是一万，实际印了三万，结算只能按合同数字结算。前多少年印的书，版权页上都有印数，现在印的书，几乎都不印印数了。固然有印数太少，不便让人知道的考虑，却不能说没有糊弄作者的计谋在里头。有的作家打官司，只好去印刷厂寻求印数支持。

东海书社出他编的《徐志摩文集》，又有所不同。起初订合订，订的是印四千套，又说稿酬按实际销售量结算。他多了个心眼，说这可不行，到时候你们说只销了一百套，一百多块钱就把我打发了。这才订了个补充合同，说不管实际印了多少，都按四千套付给。可到了结算的时候，又说他们只印了两千套，只能付给两千套的。现在，商务印书馆要出了，他们只要加印两千套，说是清库时发现的，投放市场，你还真拿他没办法，版税嘛，再给你就是了。

他写了信去，人家不理。是一位老学者出于义愤，帮他破解了这一难题。此人是东海社会科学院的研究员李惠兰女士，八十多岁了，主动跟他联系点破的。

也不是专为方仲秀考虑，主要还是为她自己考虑。

反正今天情绪太激动，不能写什么，方仲秀起身，从书柜里取出那本《七七事变真相》。

封面上，七七事变真相，很是醒目。署名为陈正民编著，出版方为江苏人民出版社。下面还有几行字，属于博人眼球的内容简介吧，最唬人的该是这么一句："全部细节和线索，拨开七七事变前后笼罩在华北上空的迷雾。"

翻开封面，扉页上是他写下的一段文字。这是他多年的习惯，每买下一本新书，都要在扉页上写下买书的经过，或是初读之后的感想。这种文字，孙犁老先生叫"书衣文录"，好像还出过这么一本书。好些人以为老先生真的是给书包了皮，写在皮儿上的话。他认为不会的，定然也是跟他一样，写在扉页上。叫嘛，当然还是"书衣文录"雅驯。

他的这则书衣文录是这么写的：

这本书是东海社会科学院李惠兰女史让我买的。先是她发现东海书社总编辑陈正民的《七七事变真相》一书，其内容多处剽窃她的《七七事变揭秘》一书。后来又发现陈正民竟然编了《重读徐志摩》丛书一套八册，极有可能是内部人士告诉她，这八册实际是方仲秀《徐志摩文集》的翻版。于是便想办法联系上了我，要我和她一起状告陈正民。且说陈的《七七事变真相》的折页上，有陈编过且出版《重读徐志摩》丛书八册的记载。据此可向东海书社要一套书查证。于是我便让儿子为我从网上书店买了这本书。

这个陈正民，恰是《徐志摩文集》出版期间，一直在任上的总编辑。

陈是总编辑，《徐志摩文集》的所有电子文本，都在他桌上的电脑里存着，据此编一套八册的《重读徐志摩》丛书，不过是手到擒来的事。

陈总的《重读徐志摩》出来，断不会再抛出两千套库存的《徐志摩文集》了。商务印书馆出版《徐志摩文集》增订版，没有后顾之忧了，这是让方先生最为欣慰的事。

愤怒也由此而起，这帮家伙，背着他竟做下这么龌龊的事！

他说这帮家伙，是在陆续购下东海书社所有关涉徐志摩的图书后，才下了这么个判断。

此社所有《徐志摩文集》之外的分类图书，如《徐志摩诗歌全编》《徐志摩散文全编》《徐志摩书信集》，全是从文集中分出来，即文集的诗歌卷、散文卷和书信卷。更为令人发指的是，每种前面，都有他写的《书前赘语》。初版的诗歌全编和散文全编上没有，那是时间仓促，还未顾及，待出第二版时，就全有了。他还记得，这是责编臧策先生的主意，且是臧策先生叮嘱他该怎么写，写多长为宜。

而这些分类全编，印了一版又一版，没有给过他一分钱。

只有初版的样书，臧策先生按规矩，每种都是给他二十本（套）。二版三版，连样书也没给过他，而这些书他在书店，不止一次全都见过。

这样的地方，居然是个市，多少次，他都以这地方早先不过是个"卫"，以出产混混闻名而开脱了彼辈。

李惠兰女士，他当然是感激的。但李大姐（后来微信上，他这样称呼），约他一起打官司，不管表面上怎样回应，实际他心里清楚，他是不会跟陈正民之流上公堂的。不是怕他们，是他知道，自己咋呼几句还行，实际上心理素质不行，到了公堂，气血上涌，说不定当下就会昏死过去，救得过来救不过来，都会留下十万八万就叫气死了的笑柄。可这话，不能跟大姐说。李大姐他见过，八十多岁的人，还那么刚健气盛，他是只有敬佩的份儿，不敢生效仿的念头。

没有上法庭的勇气，不等于没有揭示事实真相的勇气。买下陈的《七七事变真相》一书，知道他确实出过《重读徐志摩》丛书八册后，方仲秀决心将东海书社出的涉徐图书，收集齐全。

在这上头，张砚田这个理工男，帮了他大忙。

陈正民真是个聪明人，在《七七事变真相》的折页上，作者简介里，说他编纂了一批史料性、知识性读物，如《老新闻丛书》（20册，1998年）、《民国大家美文丛书》（12册，2011年）和《重读徐志摩丛书》（8册，2013年）。可在网上查，根本查不到《重读徐志摩》，他托人打听，打听的人回说，很有可能就没有出过，胡写下这么个名目壮大声势。

他还真的信了。

跟张砚田一说，砚田有疑，经检索后，还真给检出来了。

原来这套书，不叫《重读徐志摩》，叫《再读徐志摩》。再读徐志摩几个字，用行书且甚小，不注意看不出来。每本书上，都有陈正民的名字。又有讲究，不是署在封面上，而是以陈正民的名字，为本册写了序。懂行人一看，就知道这本书是此人编选的。

微信真是个好东西，砚田每买下一本书，截图发过来，多少钱，方先生当即红包打过去。

十几天的时间，东海书社出的，所有该与方仲秀结算版税的书，全都买下了。哪儿都买不到的是《徐志摩书信集》的第三个版本，就在昨天，孔夫子网上一家小书店，给他寄来了，就是广西壮族自治区桂林七星区莫家坪的蒋艳君开的这家小店，且只会是这小店的店主蒋艳君本人包装的。

情绪平复下来，方先生将邮回的这些书，先分了类，再一种一种，抄下出版时间、册数与定价。

细读这些分册的名字，方先生暗暗称赞，这位陈正民先生，还真是个有学识有文才的好编辑，看这些名字，起得多好，给了他，未必能一册一册，都起下这么既富有诗意，又贴切恰当的好名字。

按原定的计划，今天是要写一封给东海书社上级纪委的信。

李大姐告诫他，要告一定要向上级告，向东海书社告，他们不会搭理你。事实也是如此，上次向东海书社反映情况的信，乞求他们哀怜自己，就杳无音信。向法院告，他是不会的，不是他不行，他那装了心脏起搏器的心脏先就不允许。可他毕竟是体制内的人，他所在的文史研究会，与出版单位，往上，同属一个系统管辖。他总觉得，上级部门，为了本系统的体面，还是会约束下一级部门的胡作非为的。

太累了，心脏起搏器似乎出现杂音，这是一种提示，该休息了，什么都别做了，他喃喃自语："我要要回我的钱！"

哦，还有一笔他未算，就是《徐志摩文集》的应付的两千套的版税。

十八万哪，瞟了一眼，心里恶狠狠地骂了一句。

才十一点，没事了，方先生开始看济南朋友发过来的电影《安娜》，吕克·贝松新出的这个片子。以前看过，还想再看一遍。

看了一会儿，感觉比上一次看了还好。想起张砚田在购书上帮了他的大忙，轻轻一点，将电影发了过去。纯粹的感念，不是方先生的风格，感激也会带着戏谑，遂附了一句：

请高才生勿为美色所惑，欣赏之余，做一线性分析，老夫至盼，望勿推却。近日去扬州，参加一个笔会，回来一叙。

下午，还是打起精神，给东海出版集团纪委，写了一封信，提出申诉，请求处理。信中附了东海书社所欠版税的清单。信的末尾，是他嘟哝过的，那句软中带硬的话："这么多年过去了，我要要回我的钱。"

第二十四章

"你呀，真是个卑劣小人，注意点儿！"

方仲秀坐在讲台后面，瞥了一眼前排的女子，一面在心里这么凶狠地骂着自己。

"现在的时间是两点十分——"

这么说着，捏开手机看了一眼，说出屏上显示的北京时间。

又往下一按，显示内容是"您好"的一条手机信息，当然不是为了看那个"您好"，而是为了看头像一侧的名字，齐雅琳，对，面前不远，坐在头排偏右位置的这个年轻女子，就叫这个名字。

是在进入这个名叫冠芳园一楼的讲堂的路上，并排走着的时候，主动提出跟他加上微信的。当时走在旁边，只感到香气袭人，并未察觉脸庞如何，一起进来，他上了讲台坐下，她呢，几乎是顺理成章地坐在前排的一个位置上，这才发现，她竟是如此的端庄，又如此的俏丽，正是他在来扬州的路上，躺在软卧包厢下铺，千般万般设想出的"扬州瘦马"的经典形象。

这个看与想，转瞬间便完成了。

"现在的时间是两点十分——"

他重复了一句，不是嫌文联主席杜大海的介绍太长了，全是夸他的，没有半点儿不受用的意思，只是为了表明他是守时的，而守时是一个文明人最应当做到的。

"杜主席方才跟我说，我可以讲两个小时，那么我们现在开始，四点十分结束。"

他没有想到，在杜主席的地盘上，杜主席是没有时间概念的，他的话音还未落，杜主席的大嗓门接上，就来了一句："一下午全是你的，不耽搁晚饭就行。我还有点儿事！"

说罢起身，做了个"拜拜"的手势走了。

这样一来，反倒让方先生乱了方寸，这是礼遇，还是怠慢？又瞥了一眼齐雅琳，心想，就是为了这个可爱的脸儿，今天也要一展雄风，让扬州的佳丽们，知晓天下的好男人，不是全挤在江南绣堆儿。

从哪儿开讲呢，多年的经验是，开头万不可太正经了，一定要随意些，轻松些，说些无关紧要的话。一来是让听众安静下来，适应自己的讲话风格；二来是平缓自己的情绪，渐次进入佳境。最最重要的，是显示一种大家气派，大家从来都是漫不经心的。最好的开头，当然是从自身的趣事说起。

他是头天晚上起身，今天一早到的扬州，杜主席接站，安排住下后，让他多休息一会儿。主席一走，他就给扬州古春阁的韦长琴女士打了电话，说要去厂里看看，谈《方仲秀信札》印制的事。那边给了路线，出门打的，不多一会儿就到了。说完印制上的事，该着说价格了，他做出一件连韦厂长都吃惊的事，就从这儿开讲吧！

"刚才在路上，杜主席说他十点的时候，陪上陈新耕先生去楼上看我，我不在，他很奇怪，问我，莫非在扬州地面上，还有方先生久未见面的情人，趁机幽会去啦？这是杜主席高看我了，我纵然不是什么好料子，也不敢在杜主席的地面上造次。实话说了吧，倒是去见一个女子，只是不是什么幽会，而是商会，商业上的相会。今年是我的七十大寿，家里人给我出一本信札集，有朋友介绍给你们这儿一家印刷厂，刚才去了，谈完印制上的事，该着说价钱了，韦厂长以为我这个山西来的土老帽儿，准会在价钱上跟她扳一扳。说完正事，她说，还有呢，我知道，她说的是价钱。你们知道，我是怎么回答的吗？"

说到这里，特意瞅了瞅齐女士，齐女士眨巴着眼，一脸欣赏的样子，知道肯定会出彩，两只小手，竖在面前，两厢的指尖，轻轻磕碰，做着

210

鼓掌的预热动作。

"我是怎么说的呢？"又卖了个关子，这才拉长了声儿，"我说，你只管往好里做，做好了，给我个账号就行了。"

"呀——"下面有轻轻的惊讶声。

啪啪啪，齐女士的小手拍响了，可惜没有响应，赶紧又停了下来。

没有达到预期的目的，不过，有人惊讶，也就够了。

还是按预设的程序来吧。

从西装的内兜里，掏出一沓纸，展开，并不看。

这是他的演讲风格，写下，轻易不看，只是为了表示郑重其事，再就是，若当地有报刊要发表，拿去就是了。

"何为文学，如何写作，这是我在来扬州的路上，想了一晚上而不得其解的一个问题，没想到，到了南京，将要往扬州这边拐的时候，一个激灵，一下子让我想开了，也想通了。"

他留意到，那个姓齐的年轻女子，眼睛顿时像放了光似的盯住他，等着下面的高言说论，这一来，他反而放低了声音。

说他昨天晚上从北京来，坐的是一趟绿皮火车，Z字打头。

他知道，这个Z，是直达特快列车的意思，据说其设置，起初是为一位大人物来扬州开通的，后来就延续下来。这件事：一是说扬州这地方是出大人物的，二是说，即使大人物不来了，扬州这地方也是值得开一趟从北京发出的直达特快客车。坐在这样的车上，不，应当说是躺在这样的车上。这趟车晚九点半发车，第二天早上七点四十到，夕发朝至，全是卧铺，就是让你睡一晚上，第二天早上到了扬州。

承杜大海主席的美意，给他买的是软卧且是下铺。这样的情义（说到这里，特意瞅了齐女士一眼），这样的舒适，伴着轻快的车轮声，怎不让人情难自已，思绪飞扬。他是下铺，上铺是个年轻的女孩子，也许已经不年轻了，但在他这个年纪的老男人眼里，只要不是豁牙瘪嘴的女人，都应当算是年轻的，何况这女孩子，蹬着靠门口的脚踏子上去的时候，他瞟了一眼，皮肤还挺白的，皮肤白的女人，最是起人遐想。

不过他这人，还是能控制情绪的，刚躺下，在看一个电影，法国大导演吕克·贝松的《安娜》，那个叫安娜的俄罗斯特工，真可说漂亮到极点。他这个人，还是讲公德的，到十点半，对面铺上的人熄了灯，他知道该睡觉了，也熄了床头灯，关了手机准备入睡。可怎么也睡不着，更让他不满的是，上铺的那个女子，虽说关了床头灯，像是在看手机，也像是在看电影，声音不高，可哇里哇啦不停点。他强制自己入睡，也怪了，翻来覆去怎么也睡不着，越睡不着越烦躁，越烦躁上面的声音听得越清。

本来想提醒一下，注意点儿公德，毕竟人在途中，还是忍了。

到下半夜两点了，对面铺上没人了，他的上铺，还在哇里哇啦响着，还在哇他实在忍无可忍，弯起食指，用骨节敲敲床腿，铁质的，敲了也不怎么响，又使劲蹬了一下脚头的那根床腿，这回上头的女子觉察到了，像是翻了个身，手扒在床栏上，探下头，一绺头发都耷拉下来。他低低地，几乎是乞求地说："能不能让睡一会儿！"

那女子倏地收回头，一绺长发也跟着甩了上去。

声音没了，像是关了手机。

铁床架子轻微摇动，可以想象，那女子也睡不着了。又过了一会儿，那女子先是手扒住床栏，探出头来，比上次探得更低，盯住他的脸，像是端详又像是思忖，末后说："好吧，您上来吧！"

他惊喜万分，手忙脚乱，身子纵上去了，脚却蹬不住门边的脚踏子，蹬了两下，蹬住了，这才上去，挤过去一看，这个女子，竟是他从初中到高中，一直暗恋着的一个女同学，姓姚，叫姚婉贞的。

说到这里，方仲秀停住话头，笑眯眯地打量着下面。

一堂人众，几乎是惊呆了。

"呵呵呵！"

他开怀大笑。

"天下哪有这样的好事，什么女子说你上来吧，什么挤过去是姚婉贞同学，全是梦，一个荒唐的美梦。事实是，一关灯我就睡着了，一醒来乱糟糟的，还以为到了扬州。上铺的那个女人下来了，正在整理行李，那个黑呀，怎么会有白的印象呢，原来她穿的是白裤子，我说到扬州啦？她说到了南京。又说，昨晚睡得挺香啊你。我疑惑地眨眨眼，表示不明白，那女人说，你又打呼噜又说梦话，挺吓人的。对面那老两口，实在睡不着，找了列车长，正好有空铺就搬去了，你都不知道吧！"

讲堂上，哄地笑了起来。

方先生不羞不臊，淡定地瞅瞅前排的齐雅琳，这女人笑起来，有一种古典的美。面皮几乎不动，笑意全在眉眼上，还有那微微扯动的嘴唇上。等笑声落下来，方先生轻咳两声，又恢复那种不紧不慢的声调，说道："这是旧日手机上流传的一个段子，我把它扯在我身上，是为了讲起来有趣些，生动些。看来我的目的达到了。为什么要讲这么个黄段子呢，我的用意很简单，就是为了说明，何为文学，如何写作。我是个作家，也是个学者，坦白了说，作家这个身份是用来赚钱的，学者这个身份是用来立命的。因此上，我常是用作家这个身份来描写社会，又用学者这个身份来研究作家。不是近来，而是早在多少年前，我就发现，通常伟大的作品，几乎都是人性在低层面上发生的冲突，在高层面上达到和谐与解决。若违背了这个规律，也许热闹，也许赚钱，但绝不能称之为真正的文学作品。"

　　下面静悄悄的。

　　方先生说下去，说这一男一女之间发生的事，可以有多种假设。假设整个车厢里没有外人，就两位，一男一女，一下一上。男的敲敲床腿，女的勃然大怒，探下头来；破口大骂，男的气愤不过，也可以詈骂还击，最后发展到女的跳下来，大打出手，惊动了乘警，带到餐车训诫一番。这叫文学吗？不，这是一起丑恶的列车治安案件。

　　再一种可能，男的敲了床腿，女的明知是嫌她噪声扰人，见这男的也还是英俊，她在上面看的又是情色片，春心大动，于是使用各种言语动作，撩逗这个老男人，后来终成好事。这叫文学吗？这不过是一起俗而又俗的风化事件。当今许多社会小说，走的就是这个路子，如果这也叫文学的话，那只能叫文学的堕落，或者说是下三烂文学。

　　可是，他讲的那种情况，就不一样了。睡觉休息，夜晚安静，可说是人性的最基本的要求，但是上面的女乘客，也许沉浸在电影音乐中，一时疏忽了公共空间的社会道德，也许是自身有着难以排遣的骚动与忧伤，只能让自己沉溺在悲戚哀婉的声乐之中，总之，人性在这么一个较低的层面上发生了冲突。下面那个男的，就是那个老男人，原本是一句最平常不过的话，这么晚了，你能不能停下来，安静一会儿，让他睡一会儿。可是特定的男女，特定的空间，这个女的有了歧义的领会。探头看看，这个男的，就是下面的那个男人，是老了点儿，也还儒雅，干干净净。这样的要求是唐突了些，细想想，旷男怨女，路途遥遥，车轮轰隆，堪比车震，于是轻轻地说了句，那你上来吧。于是一场冲突，化为春闺一梦。这，叫什么都不合适，只能说是文学。

底下的人，全都笑了。

下面的人，未必都理解其中的奥义，至少觉得，此中确实有文学的意味。

趁着这个热劲儿，方仲秀来了个小结："这样的题材，这样的构思，就等于说，人物在社会层面上的冲突，在人性的层面上达到了和谐，在浅层次上的冲突，在高层次上达到了和谐与解决。几乎所有的文学名著，诸位可以想一下，是不是都是这么一个模式，比如《红与黑》，比如《包法利夫人》。"

下面有人颔首称是。

"可是你们再想想，"方先生放低了声音，"二十世纪三四十年代，一些左翼作家的作品，是怎样一个情形。他们的路子，差不多都是，人物在经济层面上发生的冲突，在政治分歧的层面上，通过斗争得以解决。比如曹禺的《雷雨》，比如茅盾的《子夜》，更低一级的作品，就不说了。"

这样的话题，只能点到为止，方先生陡地提高了声调，说道："现在，我们也要从一个新的高度，来探索一下，怎样的写作，才是真正的写作。如果说，刚才说的火车上的故事，只是指出一个大致的方向的话，下面谈的，则是我们在写作上，应有的具体的作为，也可以说，为达到一个崇高的目的，必须使用的具体的手段。只有在这上头过了关，才可说是真正的写作，这样写作的人，也才可说是真正的作家。"

杜大海方才出去，像是去办什么会务上的事，这会儿进来，在方先生旁边落了座。先对会场上的气氛，表示了自己的欣喜，一欣喜，就把自己的计谋说了出来。他也不管方先生说到这儿该停不该停，趁方先生扭头看他一眼的当儿，就像是以目光接下暗号似的，笑嘻嘻地咧开厚厚的嘴唇，冲着方先生，也等于是冲着大伙，说道："哈哈，我就知道方先生这个讲座，效果一定非常好。我们是十多年的老朋友，彼此知根知底。上次来，咱们省上《钟山》的老总就告诉我，喝酒的时候，一定要给方先生身边安排一个美女，方先生准会喝个一醉方休，那次喝了三场，果然醉了两场，第三场没醉，是喝完就上了火车，我没见上。这次讲课，我跟咱们扬州的几个美女说，听讲你们一定要坐在前排，方先生一见你们，这个课讲得一定好。"

说罢，自个儿先嘿嘿笑个不住。

本来该尴尬一下的，方先生一点儿也没有要尴尬的意思，杜主席的嘿嘿都停住了，他又接上哈哈了两声，这才说道："在扬州遇上杜主席这样知根知底的好朋友，且是这样精心的安排，方某这一趟也不算白来了。好了，我们接着往下说，说说写作，究竟是怎样一个事业。这也不是近期思考所得，可说是我多少年来坚信不疑的一个文学理念。记得一九九七年，中国作家协会在大连开过一个中年作家座谈会，我参加了，会上有个发言，说的就是这个理念。"

说罢，瞟了前排几个美女一眼，原本是要炫耀的，一想这几位坐在前排的美女，不过是杜主席这厮的精心安排，便有一种吃亏上当的感觉，再就是，除了那位齐姓女子堪称美女外，其他两三位，只能说相貌平平，气质尚可。此一刻，讲课要紧，顾不得许多了，遂提高嗓门言道："如何写作，我有个老观念，那就是——写作，是一种智力的较量，是作家自己跟自己智力的较量，更是作家跟读者智力的较量。读者每买一本书看，除了已然成为名著，是慕名而买之外，大都是抱着较量的心理，就是看看这个家伙能写出什么好东西来。看书的过程，像是一个猜谜的过程，只有这个谜也还有趣，他费了一番心思猜出来了，或是没猜出来，但最后看了作家亮出的谜底，非常佩服，才会觉得这本书买得值，这个钱没有白花。如果他翻了几页，就猜出了作家设置的这个谜语，或是勉强看完，发现作者设置的谜底蠢而又蠢，简直是对他智商的羞辱，或者说不知羞耻为何物，丢人现眼，不知深浅！"

下面，又讲了他写《边关》的一些趣事，意在说明，他的小说里，挖了一个又一个坑，就是在跟读者做智力上的较量，看他们是一个接一个跳过去，还是一个接一个跌下去。

时间不早了，看看手机，已五点半，杜主席曾叮嘱，留上一段时间，与大家做个互动。说过结束语，待掌声落下，使了个眼色，杜主席会意，夸了几句，便让下面举手提问。第一个提问者，是杜主席指定的。接下来有两三个举手的，后面一个是男的，前面两个是女的，其中一个是齐姓女子，明明另一个离他还近些，方先生还是点了齐姓女子。

齐姓女子连站也没站，就那么随意地抬起脸，问了个再普通不过的问题："方先生能不能谈谈对我们扬州的看法，请直说，别打官腔！"

那略带嘲讽的口气，听来像是说，你要说假话，看老娘回头怎么收拾你。她没有想到的是，她这个不经意的提问，正中了方先生那卑劣的下怀。中午在古椿阁，韦厂长留他吃午饭，喝了三杯泸州老窖，回城的路上，一路上他想的就是，到了互动阶段该怎样出彩，对扬州的印象，正是他押中的头一道试题。

"这个问题，提得太有水平了！"

方先生一开口，一脸的真诚，要的是给众人一个他猝不及防的感觉。接着就像背书似的，讲了起来："未讲这个问题前，我先提个小问题，朋友们该是经常上网的，网上又常晒北京的美女，我注意了一下，这些美女的照片多是在北京一个叫三里屯的地方拍的。三里屯是什么地方，是使馆区，最繁华也最时尚，这儿的繁华跟王府井的繁华不一样。以服饰而论，王府井是出售的繁华，三里屯是穿戴的繁华。买的人不一定是穿的，穿的人不一定是买的，古今中外，莫不如此。穿的地方的繁华，才是真正的繁华，在我看来，古代的扬州，就是那个时代的中国的三里屯。是性情的释放地，也是文化的陶冶地。一个文化人，有没有真性情，有没有真才华，不来扬州待上一段时间，他自己是不自信的，别人也是不认可的。"

有女子过来，给方先生面前的茶杯续上水，"谢谢！"眼皮往上一翻，哟，还挺秀气的，瞅瞅女子下去的身影，又说开了："扬州文风之盛，史书多有记载。名人里头，生在扬州，来过扬州，吟咏过扬州的，不计其数。最可称道的，该是扬州八怪，千万不要以为那是什么怪，那是一种前卫意识，得风气之先，正是有他们的张扬，才将中国文化引领到一个创新的时代。如果以物件作喻，杭州是一把油纸花伞，伞下情侣，两两偎依，漫步在西子湖畔。苏州是一柄绢质的团扇，美女拿起来，遮住半个脸蛋，巧笑倩兮，美目盼兮，诉不尽的相思，显不尽的风情。扬州呢，是一把洒金的折扇，文人拿在手里，刺啦一声甩开，刺啦一声收起，要多风流有多风流，要多洒脱有多洒脱！"

结束。起立。鼓掌。

三三两两，行走在萃园的甬道上，脚下碎石铺路，两旁花木葱茏，方仲秀的得意，已不是显现在手臂的挥舞上，而是显现在脚步的错乱上，一会儿靠近这个，一会儿靠近那个。两个本地作者，一男一女，要跟他加微信，他随口报出自己的手机号码，对方说，还是扫一扫吧，他打开手机，捏亮二维码，就那么斜斜地举着，大有谁来扫都可以的架势。还真有人逮住这个机会，一男一女扫过之后，又有两三个过来扫了。身子是轻狂了，耳朵还管用，就在末后两个人加微信之际，他的耳朵，捕捉到了身后几句话语：

"一会儿你坐在方老师跟前。"

——杜主席的声音。

"保证完成任务！"

—— 一个女子的声音。

"这老小子真能胡吹！"

——离近了，一个男子的声音。

"老骚包，见了女人就不知道他姓啥了！"

——远了，另一个男子的声音。

方仲秀不作声，心想，再说也迟了，吹也吹过了，煽也煽过了，喝酒？还不知道谁把谁放倒呢。

第二十五章

　　方仲秀是让人扶着上的楼，扶着进的房间。扶他的女子，以为他醉了，紧贴着他的身子，防备他跌跤滑倒。他呢，也真像是醉了，左手伸过来，紧扣着女子的右手，右手从背后搂过去，紧抠着女子的腰眼。

　　进了房间，插上卡，亮了灯，女子及时走开，他也及时清醒过来。这种场合，他常是"佯狂难免假作真"，说是跟上郁达夫先生学的，他说起来不会带上姓，常是达夫先生如何如何，好像说他老哥似的。依稀记得，坐在他左侧的女子，中间换了一个人，看新上阵的女子比前一个还要顺眼，也就没有吱声。以为是杜主席安排下，晚上供他享用的，没料到，进了房间灯一亮，扭身就走了。

　　既然如此，也就没有醉下去的必要。

　　宽衣解带，洗漱上床。

　　电视他是不看的，就那么双手相叠，垫在脑后，回味酒席上见过的几个女子，数来数去，还数姓齐的那个，担得起"扬州瘦马"的美名。

　　笃，笃笃！

　　——敲门声。

　　莫非是小齐来啦？

　　——他常是在心里，将喜欢的女子的称呼，提高二至三个档次。第一个档次是去掉姓，第二个是姓前加小字，第三个是，名字里有个香艳

218

的字的话，只叫那一个字，最高一个是将那个香艳的字念成迭声。

比如这个齐雅琳。若按第一个档次，就叫雅琳，第二个档次，则是小齐，第三个档次，叫琳，第四个档次，不用说，就是琳琳了。

莫非是琳琳来啦？

——转念间，又提高了两个档次。

站起，踉跄两步，开了房门。

他住的是简易套间，里外间隔着木格子门，外间没开灯，楼道里光线又暗，骤然看去，门外站着的，不光不是光亮的小齐，竟是一个鬼魅样子的老男人。

"你！"

吓得他后退了一步。

"老方嘛——"

声音低沉而黏稠，像是从糨糊桶里捞起来似的。

不管看清没看清，叫了"老方"，总是认识的，一面往屋里让，一面伸手按了下墙上的开关，外间屋顶的吊灯亮了，这回轮到他惊叫了："啊，老潘——亦复兄！"

老潘穿着一身浅灰的睡衣睡裤，趿拉着绣花拖鞋，踱到皮沙发前，款款坐下，这才浅浅一笑，言道："在扬州见到仲秀兄，我也没想到哇！"

方仲秀没有落座，要回里间，老潘看出来了，说去换衣服吗，何必，男人在一起聊天，身上的披挂越少越好。他这么一说，方仲秀也就退了回来，浴袍没有扣子，只好往紧里掩了掩。

坐定之后，先要谈的自然是何以在此处相见。方仲秀这边是明的，一句来这儿讲学，就说了个明白，只不过，如此直白的表达，不是他的话语风格，说过又加了一句："穷疯了，打闹两个小钱，没人可怜，全是朋友可怜。"

接着说了他与杜大海、陈新耕，都是多少年的老朋友，这儿有活动，自然不会忘了他。对方才刚开门，没认出来，也有两句下流话，为自己开脱："我以为是饭桌上认识的一个美女，去而复来寻快活，没想到会是你，潘亦复先生，快说说，不在温州当你的活神仙，跑到扬州做什么！"

"呵呵呵！"

潘亦复笑了。

他的笑，在方仲秀看来，不像是喜从中来的发泄，倒像是吃了个烫嘴的丸子，咽不下去，吐不出来，还得上下嘴唇兜着，别叫滑了出来，嘴唇要防烫，还要吸溜吸溜不停地换气，以降低丸子整体的温度。潘先生的嘴，原本就不大，这么一撮，方仲秀不由得就想起一个与鸡有关的极为不雅驯的词儿，并非他曾实地考察亲眼所见，只能说有足够的学术训练，不经意间，做出的推勘也还准确无误。

潘先生笑罢，掏出烟盒，点着一支香烟。

一看烟盒，方仲秀笑了。

"万宝路，现在不见有人抽这种烟了。"

"烟跟人一样，还是老牌子的好。我是在院里，听两个年轻人谈话，说到你的名字，问是山西的那个方仲秀吗，说是，才找上来的。我来扬州嘛，当然是无利不起早嘞！"

"快说说，又收下什么宝贝。"

"不急，待会儿过我那边看看，我在对面楼上，你呢，一向可好？"

"托你的福，不是小好，是大好。你呀，早就说来北京，去我那儿看看，总也不来。"

"呵呵呵！"

潘亦复又笑了。

只是这次，嘴唇撮得更圆了，像是在吹哨子。随即脖子前伸，做了个侧耳倾听的动作，似乎一时听不清，身子还往前探了探。方仲秀一时没弄明白，以为亦复先生要跟他说什么悄悄话，在沙发上挪了下屁股，同时抻过脖子。他的右耳不灵光，特意将左耳掉过来，对准了潘先生那边。

潘先生仍是诡谲地笑着，不言语，只是将侧耳倾听的动作，做得更为夸张了些，见方仲秀还不明白，便将嘴唇撮得更紧些，且发出声来："嘘嘘——嘘嘘！"

方仲秀一下悟了过来，大笑，不是嘴里笑，是浑身在笑，肩膀扭动，脖子一颠一颠，双脚提起，在木地板上连顿了三下。

"绝了，绝了！"

"不用这个了吧？"

潘亦复这才正色问道。

"哈哈哈，你还记得这个！"

方仲秀这么说，等于是完全明白了潘亦复的哑语动作。

这是当年在温州，在潘家二楼那个飘窗改造的茶座上，他跟潘亦复说起住在儿子家，早上起来尿急时的尴尬。提着裤子想上卫生间，走到门口方想起，这是在儿子家不是在自己家，断不可排闼而入。于是下面憋着，探过身子，侧耳细听里面有什么动静，有时竟会听到滋滋的撒尿声，若是儿子的还好说，再憋上片刻就是了，有时听到的撒尿声，稍一判断就知道不是儿子的，由不得就大窘，赶紧退回他夫妇的卧室，躲在门后，倾听隔壁卫生间的响门声。等门响过，确信人出去了且走开了，才敢出来。

"老方啊，那年在温州，你给我说你早上的尴尬事，你知道我想到了什么？"

"这个我倒不知道，只记得没多一会儿，你就劝我别动买房的心，还是租房好了。"

潘亦复吸了口烟，方仲秀注意到，潘先生吸烟，还跟那年他俩在温州相见时一样，深深地吸一口，再缓缓地吐出来，这才开口说话。方仲秀早年也吸烟，且烟瘾很大，紧省慢省，一天下来一盒还不够。自从二〇一二年那场大病之后，他是一支也不吸了，但是对他人吸烟，一点儿也不反感。用他的话说，咱是一路杀人放火过来的，改邪归正也是迫不得已，不能一放下屠刀，就鄙薄起黑道上的朋友。

"老方啊，"又一口烟喷完了，老潘才说起当年想到而未说出口的话，"劝你租房，那是正事，此前我想说的是，老方啊，你还是写你的小说吧，你这个人哪，从根器上说，做学问是做不成样子的。"

"咦，这可就奇怪了，多少朋友都跟我说，我放弃写小说，转而做学问，这个转型是太聪明了，也太成功了，偏你不这么看，这是为什么？"

潘先生的烟，只吸了半截，掐灭放在烟灰缸上，不是省，是有肺气肿，有意控制不要多吸。这才说，那天方仲秀说到早上起来内急，想要去卫生间又顾忌里面有人，在门外侧耳细听时，他是不动声色，但心里实际上是乐翻了。一是惊异于方仲秀叙述的生动，还带着比画，让他想到"文革"前的一出旧戏，叫《十五贯》，杭州的越剧团来温州演出时，他去看过。那一刻他觉得，方仲秀活活的就是一个娄阿鼠，太好玩了。这还只是对方先生神态举止的联想，更让他惊异的是第二点，也是由这个倾听卫生间撒尿声引发的，就是方仲秀也算是有名望的文化人，说起这种事，竟张口就来，那么坦然，没有一点点的顾忌。这心态可不是一般人能有的，给了他都不行，即便真的经过这样的事，也是早上起来内急，也是在门外支起耳朵听里面的动静，也是会碰上媳妇正好出来，但是绝对不会跟外人说，说了传出去，后果太严重了。末后言道："这件事上，我算服了你老兄！"

"啊！这我可没想到。"

"你想嘛，公公听儿媳妇撒尿，这话要是传出去，还怎么做人。你可能忘了，你说了这事之后，我们就说起，是买房还是租房，定下租房后，我还特意叮嘱了一句，卫生间门外听什么的话，再别跟人说了，你是点了头，可我看你不以为然的样子，怕不会当回事。你说说，三四年了，这话还跟人说过没有？"

方仲秀仰起脸，认真地想了一下，没有正面回答，自个儿先笑了。

"看，我说对了吧。多亏你说的，都是好朋友，有上一个操了坏心的，你个扒灰头的名声就传出去了。"

"是要注意。哎，怎么这么个事，就能看出我还是去写小说，做学问是做不成样子的？"

潘亦复不吭气，又将烟灰缸上的半截烟拿起，点着，吸了一口，徐徐吐出，这才说了起来。

他的道理是，写小说要的是心态好，不管不顾，赤条条地面对读者，你方仲秀在这上头，有胸襟也有灵气，想得开也放得开，因此可说宜于写小说。做学问跟写小说是两码事，做学问要的是正经，是严谨，胡适那样的人，才是做学问的好手。你的那本《徐志摩传》，你自诩是做学问的书，可我看的时候，总觉得里面荡着流气，即便有见识，作为学术著作来看，品位也不高。胡适这个人，就不一样了，即便心里有些许的邪念，说出的话，也那么雅驯，那么委婉。胡适对俏丽而有文化的女人，总有那么点儿近似非分之想的感情，可是表现出来的，又风趣又得体。比如赵元任和杨乐伟，银婚还是金婚纪念时，他未能亲临，写了首打油诗表示祝贺。诗里有两句：新娘欠我香香礼，记得还时要利钱。赵杨结婚时，他是证婚人，香香礼者，香吻也。欠一个香吻，还一个香吻也就是了，何言利钱。而这，恰是胡适的本事，不动声色，即表达了爱慕之情。

"哈哈！"

这回是轮着方仲秀放声大笑了。

"你这是恶批《水浒》，哪儿都能看出反心。胡适要是活着，听了你这番高论，定然会笑喷了，不过，你说胡适什么话说出来，都那么风趣，那么得体，还是说到了点子上。不早了，过去看看你在扬州收下了什么宝贝。"

要去那边楼上，方仲秀还是全身披挂起来，九点多了，外边凉了下来。

对面楼上房间，似乎高了一格，潘亦复独自住一个大套间。方仲秀知道，这是亦复先生多少年的老习惯，凡涉及字画收购，与人打交道，必住豪华酒店，普通酒店也要住高档房间。用潘的话说，这是銮驾呀，万不可省。

方仲秀坐下，潘亦复去了里间，很快抱出三个檀木书画盒子。先打开的是梁启超的一副集句长联，再打开的是沈钧儒的一个横幅，仅"退斋"二字。最后打开的是于右任一副长联，潘亦复抻着，方仲秀念了起来：

为名忙为利忙，忙里偷闲，吃碗茶去；
劳心苦劳力苦，苦中得乐，挪壶酒来。

念罢，两人抻着，将对联摆齐，平放在地板上。方仲秀从这头踱到那头，又踱了回来，连连赞叹，笔墨好，文辞更妙。潘亦复说，这副对联，拿回去会挂在他卧室正面墙上，朝夕相对，伴他度过余生。夸赞之后，方仲秀问起价钱，潘亦复说："太便宜了，六十万！"

说着将手机凑到眼前，伸出细长的手指，朝上滑了几下，确定了，递到方仲秀面前，说你看，这是前几天上海一个朋友发给他的图片，说朵云轩春拍，有于右任的一副长联，上海文化界传疯了。

"你看是他们那副好，还是我这副好？"

方仲秀接过看了，上海那副对联是：

笑我骂我忌我负我，本来无我；
让他容他看他忍他，何必理他。

还过手机，方仲秀说，上海的这副，看似宽容，实则计较，你的这副，只求个人舒泰心安，格局大了许多。顿了一下又说，上海那副的文句，不像是于右任这样的人写的。潘亦复大惊，说老方，你真厉害，你看这儿的小字。方仲秀接过，屏幕上，潘亦复将对联的上款，放大了许多，看去是：

若衡老弟撰句自嘲。

又说起闲话，潘亦复像是想起什么，进到里屋，拿来一个印章盒子，打开，取出一枚印章，说这是于右任对联的卖家，成交后送他的，说是他出手大方、豪气，附赠这枚印章，留作纪念，交个朋友，说不定以后还会有交道要打。

"我也不懂得好坏，看来品相还不错，难得扬州又相见，送你玩玩吧！"

说着将印章递过来，让方仲秀观赏，同时将印盒推了过来。

方仲秀拿在手上，转来转去，辨认印面上的字，细细的篆体字，该是篆刻家所说的元朱文吧。印面上六个字分作三行，能认出的只有打头的两个，仁和，该是杭州的旧称，侧面的边款，依稀是"叶舟呵冻作"，这叶舟是谁，又不知道了。

既然老友相赠，也就收了。忽想起一件事，对潘亦复言道："老潘，上次在温州，你送我一块鸡血石，黑底，血色饱满又鲜亮，还记得吗？"

"记得，那也是一个藏家买了他的字画，送我的，我想给自己刻个名章没有刻。"

"去年吧，我在网上看到一则消息，说是韩天衡给马云刻了两方印，要价一百六十万。据说，刻工一百万，两方印石六十万。网上有图片，说是昌化鸡血石，两方六十万，也就是说一方三十万。我看了看，觉得他那一方，还不及你送我的那方好。"

潘亦复又撮起嘴笑了，吸了口烟，待烟雾吐尽，这才说："那是因为东西是韩天衡的，又是卖给马云，才敢开这个价。在我手里，也就值个三五万，送给你玩玩，也算值了。"

方仲秀没说什么，心里暗暗称奇，这老兄，三五万的东西，说个玩玩就送了人，他方仲秀打死也做不出这样的事。

临别，方仲秀顺便问了句，近期可去北京？这一问，还真问到脾气上了。潘亦复说，他在法国收下一堂红木家具的那个老太太，准备去瑞士养老院，知道进去就出不来了，想到北京玩玩，时间大概在秋天，届时他若身体还好，会陪老太太走一趟。

　　"这么说，最后一批黄花梨家具，也收下了。"

　　"老太太主动提出，让给我的，要价只及当初议价的三分之一。"

　　"什么样的人，就有什么样的福气。"

　　"错了，是有什么样的脑子，就过什么样的光景。"

　　"总有你说的。"

　　"秋天见了，细说吧，这里头满是故事，太感人啦！"

　　方仲秀这种人，什么时候也说不了个正经话，闻此言，当下来了句："那我就不祷告你长命百岁了，只求今年平安，至少也要到了秋天！"

第二十六章

回北京坐的，还是来时那趟，序号变了，来时是 Z29，回时成了 Z30。仍是软卧，不过是成了上铺。

搁置停当，躺下了，车开了，方仲秀有种欣慰的感觉。

坐软卧的人，都喜欢要下铺，似乎坐下铺，品格要高些。方先生不然，觉得下铺除了起坐方便外，并无优越可言，最大的坏处是不能想象，不管上面是个何等人物，都不能想象。扬州会上讲的，会有美女探下头来说，上来吧，那是瞎编的段子。事实上绝无可能，尤其是对他这样，连上脚梯都吃力的老男人，更是连想都不必想。

躺在上铺，就不一样了。不管下铺是什么人，看不见，也就不会想什么。起初顶灯亮着，他朝里躺着，并不晃眼，待到十点多，对面铺上的人探起身子，关了顶灯，方先生便掉过身子，脸朝上平躺着。眼前的车厢顶上，不时有一道亮光划过，猜想都是路过的车站。

一闪而过的亮光，像乐队指挥那根银色的小棍一样晃动，时而舒缓，时而急骤，方先生的思绪，在这银色小棍的晃动下，也就不由自主地荡漾开来。

最先到的是齐雅琳女士那俏丽的脸庞。

揣想齐女士当在三十几岁。不久前，曾在凉水河边，见到耳东小姐兴起的感慨，又一次涌上心头。是呀，在过去的岁月里，好几个年轻女

226

子，正在以二十年一个里程，舍他而去，无法挽回。当然，这样的情景，若达观点儿，也可以设想为，在过去的岁月里，一个一个的年轻女子，以二十年为一个里程，迎面走来，扑入他的怀中。离得太远了，这一个齐小姐，若不是在扬州而是在通州，他都会编个圈子前去看望。明知见了也只是见了，自己早就没了战斗能力，但见一见，聊一聊，对他这样的老男人，也是一种精神上的抚慰，有此雅趣，跟无此雅趣是不同的人生境界。

车厢顶上，亮光接连闪过。

这接连闪过的亮光，如同指挥家将小棍儿猛地一压，又倏地扬起，且是一连三下。想到东海书社在出版他编的《徐志摩文集》上，竟玩了那么多的花样，捣了那么多的鬼，欠了那么多的钱，方先生由不得长长地舒了一口气。

他知道，靠他给出版集团纪委那么一封信，是要不回他的钱的。

"我要要回我的钱！"

信的末尾这句话，就是此刻，躺在北行的列车上，仍觉是此一事件中的神来之笔。

"我要要回……"这样的句式，若在平常，两个要字连用，会以易生歧义而改了过来，改成什么呢，最简便的，是改成"我一定要回"，那就生硬了，而"要要"连用，就有一种顽劣在里头。这个句式，可不是他的发明，说白了，是一种模仿。

前些年好看闲书，在一本什么杂志上，看到赵元任的一则逸事。说某年赵在台湾，给当地报纸写了一篇文章，谈他母亲的一个同学，题名是"跟跟母亲同学的□□的交往"，连用了两个"跟"字。报社编辑觉得，是赵先生的笔误，遂将第二个跟字改成和字，见报后赵先生去电话，说他的标题并不错。赵元任是语言学大师，又滑稽多智，在书写上玩这种小花样，不过是信手拈来，毫不足怪。他方仲秀在一封讨要欠款的信上用了，想来出版集团纪委的人看了，不定会是一个怎样的嗤笑。转到东海书社，那些自认为高明的编辑，又会是一个怎样的不以为然。

要不回该要的钱，心头掠过一个念头，也要让他们知道羞耻。

对，来一封信。

不是写给东海书社一连几任的老总，即社长和总编辑，而是写给他们的家属，丈夫、妻子，还有子女们。抬头可以写成：

自二〇〇四年到今年，凡经手出版过方仲秀编的《徐志摩文集》、分类单行本，打乱重编的单行本的负责人，凡以上著作仍在国营书店销售，款项仍回到出版方的账户上的负责人，以上两类人员的丈夫、妻子，还有子女们。

正文，一想就来了，哗哗的，飞流直下三千尺，疑是银河落九天。

我跟你们中的任何一个人，都没见过面。我们素不相识，无仇无冤，连一点儿芥蒂也没有。但是我要告诉你们，你们享用过，也许有的人，现在还在享用着一个七旬老翁的血汗钱。不义之钱买下的白米，吃到嘴里会硌牙的。不是自己的钱，买回的豆角，剥开会有老鼠屎的感觉。别嫌我说得太恶心了，这全是你们的妻子、丈夫、父亲、母亲造的孽！

你们听不懂，我来细细跟你们说一说。

先说一个人，他叫成其贤，我该称他成其贤社长。你们的亲人，那个时候在书社工作，该称呼他成社，或是成总。我先提出此人，对他没有一点儿怨恨，反倒是满满的感激。没有他，我不会接受编辑《徐志摩文集》这个光荣任务，当然，也可以说没有他，你们的父亲或母亲，丈夫或妻子，也不会做下这么缺德的事，连累了你们，让一个三流作家，仿照纪检机关的做法，给你们写这么一封让你们敦促你们的亲人悔过自新的信。

成社长的事简捷了说，是一九九七年夏天，我正在收集资料，准备写《徐志摩传》，成社长托人问我，愿不愿意为他们社编一套《徐志摩文集》。我一听，这是真正的名山事业，跟它相比较，我的《徐志摩传》，实在算不了什么。当即答应。我们订了合同，合同规定出版后，按6%的版税率支付我编辑费。就在我费了大力气，即将编成之际，成先生调走了，当了东海出版集团的老总。接任的社长姓赵，对此事兴趣不大，全集编成后，责编臧策先生告诉我，赵社长说，先前的合同不作数，付我一万五千元了事。我不同意，此事就搁了下来。

过了两三年，刘津光女士接任社长。臧策先生告诉我，刘社长还是想干一番事业的，争取在她手里，把咱们的《徐志摩文集》出了。咱们的《徐志摩文集》，是臧策先生跟我说起此事常用的说法。一则见出我俩合作的亲密，二则能看出他对此事的重视。作为一名老编辑，他知道经他的手，出版这么一套书，在他的人生中有着怎样的意义。他还给我出主意，说刘社长刚上台，要趁热打铁，抓紧办理。正好过了一段时间，我有事到天津，臧先生撺掇我，说请刘社长一次客，套套近乎，说不定就可以重新启动了。于是由他选定，在一家海鲜酒店，我出钱请了刘社长，参加的还有她的司机，当然还有臧先生。这是我当了作家后，几十年来，唯一一次请出版方的客。我不说是怎样的屈辱，只是觉得好笑。明明是出版社约我编一套书，书编成了，要出版了，却需我来央求你，还得宴请你。

你别说，臧先生给出的这个主意，还真的管用，且立即见效。于是出版一事，重新启动。只是原先订的合同，需重新商定，很简单，付给我的报酬，不再是6%的版税率，改为5%。我本来要据理力争，甚至都可能拒绝即不出的，臧先生劝我，还是忍一忍，为了咱们的书能出版嘛。我同意了。新订的合同，还有一条，"起印数不低于四千册（套），按实际销售数结算"。我说，这样的条款，我不能接受，销售数我不掌握，印了四千册（套），全卖了，你们说卖了四十套，我怎么办？于是在二〇〇四年六月二十二日，又订了个《第十八条的补充说明》，说出版后的一个双方都能接受的时间内一次性交付四千册的版税。同时还加了一条，多印的册（套）数，按实际销售的数字定期结算。这是因为，这时社方为了追求利益的最大化，已决定在出版全集的同时，出版徐的作品的单种全编本，即将全集中的重要作品门类，单独出版，拟定的单种全编本有三种，计《徐志摩诗歌全编》《徐志摩散文全编》《徐志摩书信集》，每一种都让我写个序。我写了，只是觉得，徐志摩的作品，我怎么敢写序呢，便一律称之为《书前赘语》。按这一条，后来出的各种单行本，凡是由全集衍生的，都应当按5%的版税率付我稿酬。

再说陈正民这个人。成其贤当社长时，他就是总编辑，或许是副总编辑，这个不重要，重要的是我第一次去东海书社，见到成其贤社长，成社长请我吃饭，他也在场。可以说，《徐志摩文集》从策划到出版，到各种衍生书的出版，他都参与了。所有的举措，就是在他主持下完成的。比如全集的稿子，虽说提早送到社里，正式启动编辑，则是趁此后我去东海市参加中国小说学会的一个会议的机会，专程去社里完成的。记得是在社里的会议室，各分册的编辑全到场，由陈正民主持会议，看各位编辑有什么疑难问题提出来，我当场给以解答。顺便说一下，全集的稿件，全是纸质稿，大致格式是，将复印下的徐的原作，剪贴在稿纸上，我写下题记与注释，英文注释则是由复旦大学英文教授谭峥（瀛洲）先生做的。这样一来，所有的文本，都要由印刷厂录入，做成电子文本。陈正民是总编辑，也就自然而然地成了全集电子文本的统稿人。这一身份，对他后来以他的名义，利用全集电子文本，出版八册一套的《再读徐志摩》丛书，提供了极大的方便，可谓手到擒来。

刘津光社长的任期有多长呢，启动全集出版时，已然是了。二〇一二年三月出版的《徐志摩散文全编》等三种单行本的版权页上，出版人一项，写的也是刘津光。就是说，直到二〇一三年三月，她都是这家出版单位的社长即法定代表人。

还有一个叫黄沛伟的，也当过社长。陈正民编的《再读徐志摩》丛书，共八册，每一册都另有书名。《徐志摩漫话世情》这一册，也叫《春痕处处，落红飘飘》，二〇一三年四月第一版第一次印刷，二〇一三年五月第二次印刷，这两种版本的出版人一项，写的都是黄沛伟三字。于此可知，接替刘津光社长的，是这位黄沛伟同志。

现在的市面上，早就没了《徐志摩文集》，而《徐志摩散文全编》两卷本还有售卖的。不久前，我的一个张姓朋友，想买一本我的散文集，去了北京的三联韬奋中心，让工作人员查了一下，电脑显示，署我名字的作品，除了《李健吾传》外，还有上下两册的《徐志摩散文全编》。此书出过三个版次，第三版分上中下三册，是二〇一二年三月出的，且不予理会。前两版均为上下两册，第二版是二〇〇六年四月印制的。三联韬奋中心有售，绝不会是他们盗印，那么只能是东海书社发的货，是东海书社发的货，或迟或早，都只会与东海结算。也就是说，到今年，书社仍有《徐志摩文集》衍生品带来的收入。

我已经说得够多了。只怕说了这么多，你们还不明白我为什么要这么说。书社欠你的版税与员工家属，有什么关系。

我先说，他们共欠我多少钱。

一、《徐志摩文集》，应付我 4000 套的版税，只付了 2000 套，计 36000 元，仍欠我 2000 套计 36000 元。

二、《徐志摩散文全编》《徐志摩诗歌全编》《徐志摩书信集》，前两种印了三次，后一种印了两次，欠我版税共计 65170 元。

三、《再读徐志摩》丛书八册，印了两次，第一次单册定价 29 元，第二次单册定价 18 元，版权页上没有印数，我是按 4000 册算的。这个数字，是有印数的几种单行本印数的中间值，比如《徐志摩诗歌全编》头版印 4000 册，二版印 6000 册。《徐志摩散文全编》头版印 3000 册，二版印 4000 册，按 4000 册算，不算高。这样《再读徐志摩》八册，印了两次，应付我的版税是 75000 元。

以上三项共计 176170 元。

这些钱，进入东海书社的财务账户之后，做什么用了？

是刘津光等人贪污了吗？我从来不这样认为。没有真凭实据，不能污人清白。全用于基建了吗？我是体制内人，知道在这十几年，不会有出版单位自建办公大楼的，要建也是出版集团建一个，各社分摊享用。会去了哪儿呢？问十个掌权人，都会说单位困难，给员工发了工资和福利。

依此逻辑推理，你们的丈夫或妻子，你们的父亲或母亲，从单位领回的钱里，不管所占的比例如何小，都会有欠方某人的版税钱含在里头。

这些钱，拿回家里又做了什么用途？

我相信，不会因为内中羼杂着方某人的版税，你们全家都心情不怡，便将之捐献给了希望工程或是径直给了你们家的穷亲戚。

既然未做这样决绝的处理，我说你们家买了白米，买了蔬菜如豆角之类，能说是说错了吗？

这是一个七旬老人，对你们的一点忠告。话是难听了点儿，目的却是十分的可怜，就是希望你们，能劝告你们的丈夫，你们的妻子，你们的父亲，你们的母亲，将欠方姓老人的那点儿钱还了人家。

万一你们的亲人看中那点儿钱，一意孤行，执意不从，甚至说出"就是不给，他爱到哪儿告去哪儿告去"这样有水平的话，也希望你们能把下面这句话告诉他们。就说，方仲秀老汉说了，他给纪委写信，是反映情况。他是体制内的人，且和出版集团属于同一个大的系统。他这样做，是关住门，自家人在自家院子里把问题解决了，别闹出去让外人笑话。闹到法院去解决，才叫告，告状的告。下面这句话，还是我来说吧。

方仲秀说："我的出身和教养，决不允许我与你们对簿公堂。我已七十岁，我们家的人，没有多么长寿的。从二〇〇五年五月，出版八卷本的《徐志摩文集》，就应当给我第一笔版税（4000册之内的2000册）算起，已过了十四五个年头，再坚持十四五年不给，完胜的肯定是你们。我的后代儿孙，断不肯为十几万元跟你们过一句话，不是他们多么有钱，是他们的出身和教养，让他们丢不起这个人。"

在脑子里写完这封信，方仲秀深深地吸了一口气，让自己的思绪舒缓下来。他知道自己的毛病，一搭在这种伤害人格的事上，他就血脉贲张，情绪激动，呼吸也随之急骤起来，有时甚至以为自己会昏厥过去。

情绪平复下来，心里又掠过一丝快意。

前些年，他爱写批评文章，有时甚至是在一些"泰山北斗"级的人物头上动土。曾有人骂他是搅屎棍，还有个自以为是鲁迅嫡传弟子的老记者，因他说了对方，不该卖了向一位女书家讨来的胡适的一幅字，气急败坏，从鲁迅骂人的话里，捡了一个骂他是"粪帚文人"。他不知出处，想来是扫粪的笤帚，跟"搅屎棍"的意思差不了多少。是钱钟书说过吧，刻薄人善作文字。这话不是他从钱氏著作里看出的，是一位姓谢的学者，早年评论他的文章，在文中引用的。未必是钱氏的原话；钱先生看书多，记得的也就多，又主张引文要"若出胸臆"，说白了就是引别人的话，要跟自己说下的一样自然。或许是这句话，正中了钱先生的下怀，换个地方忘了人家的娘家，一落笔便成了自家的宁馨儿。嘿，这脑子，这么个小小的得意，也会任由野马在自己脑子里肆意奔驰。一面又宽慰自己：生下这么恶毒的念头，又写下这么刻薄的文字，被人称为"搅屎棍"，"粪帚文人"，也不算是浪得虚名了。

第二十七章

听说方先生回来了，耳东小姐来电话，说曹总要来看看方先生。

"来吧！"

方仲秀爽快地说，想的不是见到什么曹总，是又可以见到漂亮的耳东小姐了。

进入南苑路，耳东小姐来电话，说十点准到，为礼貌起见，方仲秀下楼，去小区东门外迎迓。

一辆银灰色帕萨特到了跟前，耳东小姐探出脑袋，招招手。曹竖下了车，小车又开走了，方仲秀知道，是去找停车位去了。

他站着不动，意思是等耳东小姐来了，一起进小区。

"走吧，她还要拿东西！"

曹竖知道他站着不动是什么意思，手一挥扭过身子，意思很明白，一个小女子，不必这样礼数周全。

方仲秀不能再说什么，只有跟上往里走，紧走几步抢在前面，算是领路。

这个小区的楼房不分幢，只说单元，方家在的五单元，离小区东门不远，往里走上百十步，就到了楼门口的台阶跟前。方仲秀做了个手势，意思是就在这儿。知道到了，曹竖忽地扭转身子，面朝了甬道一侧的冬青池子。

方仲秀一愣，不知曹总要做什么，一看手掌搭在鼻翼上，方悟出是要擤鼻涕，也就不再上台阶，退下一步候着。

事实上也就成了，在一旁观看曹总的擤鼻涕动作。

起初只是不经意，看了方大长见识。

平常自己擤鼻涕，多是抬起右手，拇指与食指，从上面的方向，钳住鼻子的两翼，擤这边，捏住那边，擤那边，捏住这边，噗噗，接连两声完事。这老兄不然，也是抬起右手，却不是拇指与食指并用，而是单用大拇指，先压住这边，噗！那边擤了。再将臂肘往左一甩，手掌翻转过来，大拇指的指尖朝了下，压住那边鼻翼，噗的一声，这边的鼻孔也擤了。

做罢这个动作，这才掏出一沓餐巾纸，这边，那边，细细擦拭一过。

方先生见了，竟不由得仿效了一下，动作极快，只是感觉一下，擤这边的鼻孔时，手在那边，怎么个翻转过来。也行，只是没有曹先生那样的敏捷，有种英雄气概在里头。

待曹先生将餐巾纸往冬青根下一扔，转过身来，方先生已然做完自己的动作，无事人一般，手臂往上一指，又在前面领了路。

他俩进了屋，刚换上拖鞋，耳东小姐就到了，双手抱着个大纸箱子，还是倒退着进来的。方仲秀退到客厅，曹总却是绕到后头，一面助了一把力，一面说："慢点，别碰着！"

耳东小姐仍在退着，过了门口的窄过道，到了客厅这边了，才扭过身子，将一个物件放在地上。

方先生、方太太顿时愣住了，不用看牌子也知道是一辆高档的儿童自行车。

"一点儿小意思，给小孙孙的。"

曹先生大大咧咧地说，一点儿也没有磕巴。

"哎呀，你们搞企业的——"

方先生的意思是想说你们搞企业的人，出手就是大方，还没容他把话说完，曹总摆摆手挡住了，这回又磕巴起来："方、方、方先生，可别、别、别这么说，我是个势利小人，送礼从来是看人下菜碟，不信你问耳东这孩子。"

"是呀，方老师。"

234

耳东接上说，她去了作坊两年，还没见曹总这么大方过。

正好今天小狼没去幼儿园，方太太将孙子推到前面，教孩子快谢过曹爷爷。

曹先生说，论成就他不该称爷爷，论年龄是方先生的大弟弟，就算是爷爷辈的人了。

知道曹先生来了，准是一番畅谈，这里有耳东小姐照料，方太太为客人沏上茶，便领上小狼退回卧室去了。

三人坐定，曹先生先说了来访的起因。

说是那次在他的细木作坊相见，见方先生谈吐不俗，心生敬意，过后在网上看了方先生的博客文章，更是无比佩服。还有那天，耳东小姐进城来府上，他让带了三篇自己的文章，承蒙指点，也要面谢才是。事有凑巧，耳东小姐从方先生这里借的《一觉山话》，拿回作坊看，他见了也看了。听耳东小姐说，书中的两幅字画，现在就在方先生客厅挂着，更要一饱眼福。这些都是由头，主要的，最最主要的，还是要跟方先生交个朋友，好日后随时请教，开启他的蒙昧。

方先生也算个见多识广、善于应酬的人，什么客人的客气话，都应对得了，今天遇上这位曹先生，真话假话全说了，他还真的没了应对的词儿。对真诚，只能以真诚相待，方先生也就不说什么客套话，开口就是："人贵相知，那天在细木作坊，我就觉得曹先生是个性情中人，不需要过程，就是可以过心的好朋友。"

曹先生笑了，对耳东小姐说："路上我没说错吧，我跟方先生绝对是一见如故、知根知底的好朋友。"

再是一见如故，总得胡拉乱扯一番，才能扯到两人都感兴趣的话题上。

起初的一个话题，都谈起来了，方先生兴趣不大，三言两语就了结了。

曹竖说，他在网上查了，方先生一九八四年才从吕梁山里出来，三十几年出了三十几本书，这样的事业心，是他在河北的朋友中少见的。方先生说，人们常爱用事业心说事，实则事业心是最靠不住的。事业心，多半是功利心，眼里盯着的是成功，是荣誉，难免会坠入魔道，为了成功和荣耀，使出下流的手段，最后落个身败名裂。

接下来的话题，就不一样了，曹先生说："那你说，在人的一生中，秉持什么样的理念才是正道呢？"

"这个问题，我也一直在考虑，去年写《边关》时，把我的思考写了进去。是借着书中一位饱经世事的商人，叫孙胡子的说出的，感恩心、责任心、宽恕心，有这三心，才能持之以恒，终生恪守。三心中，最重要的是感恩之心。"

"耳东，方先生说的这本书，回去你给咱们买上一本。"

想到人家刚送给孙子那么漂亮的一辆童车，方先生说不用买，他这儿有存书，说着起来去了书房。待了一会儿出来，手里擎着一本掀开封面的《边关》，走到餐桌前，放在曹总面前。

"先晾着，墨汁还没干。"

想到上次耳东来，光送了书法而未送书，特意补充一句："耳东小姐别见怪，这书手头不多了，不是曹先生来，我还真舍不得给人呢。"

这也是方仲秀的聪明之处，再尴尬的场面，说开了便转败为胜，成为一种豁达。

"方先生忘了，上次我跟振飞来，你送了我和振飞，一人一本《装模作样》呢，那本书可好看啦。"

"哦，"曹先生正往《边关》扉页的签名上哈气，让墨迹早点儿干了，听了这话仰起头来，冲方仲秀说，"要是还有这本书，也送我一本看看。"

方仲秀心里暗暗叫苦，这个耳东小姐，怎么这么不晓事，这种时候怎么还要说这种多余的话。叫苦只是一闪念的事，贵客说了话，该办还得办，于是又进了书房。

待他将《装模作样》签了名，擎出来的时候，《边关》上的墨迹干了，曹先生已将封面合上，顺手接过《装模作样》，看了一眼说道："浪迹文坛三十年，噢，这是方先生的一本自传哪！"

"谈不上自传，只能说是丑传，劣迹斑斑，为人不齿！"

"你别说！"曹竖一本正经地说，他就喜欢方先生这种为文为人的态度，"只是，只是这，这是一种风度，别人是学不来的。哎，方先生，这也怪了，我看你的文章，总有一种跟别的作家不同的味儿。"

"哦？"

方先生来了兴致。

"我说了你可别介意。是股子邪味儿，用字平平常常，有时候还怪正经的，可不能深究，不能品，又让你由不得去品，一品，那味儿就出来了。文章的这种味儿，跟你平日说话的味儿，几乎是一致的，只是说话更率性些，文章更俏皮些。当然，我跟你平日说话，也才两次，一次是在亦庄，一次是今天，可就这么两次，我以为，已体会出了你说话的风格。"

"曹总说得对，我也是这个感觉。"

耳东小姐不失时机地附和一句，说罢还眨眨眼，朝方先生顽皮地一笑。

正在这时，曹竖不经意间的一句话，将这个即兴的谈话推向了高潮。

说是不经意，多少还带着一点儿不服气："方先生是教过中学语文的，我可说是教了半辈子的语文，文章也写得来，在河北地面上还小有名气，可怎么就写不出方先生那样的文章呢？"

方先生说，曹先生上次让耳东小姐带来的三篇文章，他都看了。有一天晚上没事，将曹先生的博客点开，又看了好几篇。说到这儿，若再说上两句夸奖的话，比如文句通畅，见识犀利，也就过去了，方先生也是叫耳东小姐那顽皮的一笑，点开了心窍，忘乎了所以，竟来了一句："语文老师，一般是写不好文章的。"

"咦，这倒奇怪了，语文老师就是教写文章的，怎么就写不好文章？你说说，今天我倒要开开眼界。"

"我当过多年语文老师，知道语文老师是怎么教学生的，差的老师不说了，好的也只是教句子的结构，文章的承载，很少有注意到句子的意味，文章的质地的。"

耳东小姐真是乖巧，怕两个长辈掐起来，做出一副娇憨的样子，举起小手，在脸前拍了几下，说道："为什么呀？我要听，我要听！"

女孩子这么说了，曹竖也不能不表个态，和善地笑笑，说他也喜欢听。看那眉眼，实则是大大的不以为然。这态度，反而激起了方先生好为人师的劣性。

"文章的承载和文章的质地，绝对是两回事。用个粗鄙的比方——"

说着瞥了耳东小姐一眼，脑子里转了一圈，心想，按说不该在未婚女子面前说这样的话，可耳东小姐绝不是什么黄花姑娘，不解风情。反而越是在这样的女子面前，他那爱以性事打比方的欲望越是强烈，于是提高了声调说道："承载嘛，是个女人就行，质地嘛，得有几分姿色，颇解风情才行。"

说着还瞟了耳东小姐一眼，耳东则装作没听懂一样，仍是那么一脸蒙呆地憨笑着。

"×！这话我爱听。老方，别喘气，往下说！"

老曹的兴致也来了。方先生冷笑一下，不是笑跟前的老曹与耳东，倒像是在笑老远一个地方的什么人，随即说道："既无姿色又不解风情，这样的文章，只会越来越粗鄙。文章如此，文学也就可想而知！"

"我还是不明白，我们语文课上，教语法，教分析课文，怎么就写不好文章呢？"

方先生不理会曹竖的质问，只管按照自己的思路说下去。

说他教过十年的语文，最大的感触是，不学语法还好，学了语法，要求用语恰当，句子完整，谁也写不好文章了。比如语法上说，动词前面，用了形容词，那么这个形容词就是状语，得用"地"字连接。他马上举了个例子：耳东脸红红的坐在那儿。红红，在坐字的前面吧，能用"地"吗？这个句子里，"脸红红"是一个词，它不是说坐的状态，是说脸的颜色的，也可以说，是说耳东的状态的。

耳东插问，句子完整又有什么错？

"这一套语法，全是瞎扯淡！一个单句，你可以说完整不完整，文章并不是一个单句一个单句排列在那儿，文章是由一个一个单句，按一定的逻辑顺序组成的。它们的组成原则不是要求单句的完整，而是要求通畅、简洁、达意。在这个原则下，能省略的成分，要尽量地省略。古汉语语法，实质上是以意念统摄字词来完成叙述，表情达意的。最重要的是词位，而不是词性。一个一个的字，有什么词性？"

"文章不说了，你说文学语言，跟普通语言有什么不同？"

曹竖看出方先生来了劲，怕把话题扯远了，及时往回拽了拽。

奇怪的是，方先生听了，不再作声，拿起自己的手机摆弄了一下，递给耳东小姐，说他前几天在扬州，给当地的作者讲了一课，专门谈了什么叫文学语言，过后跟同去的陈新耕先生做了探讨，陈先生回到上海，写了篇笔记，前天给他发过来，他看了，基本上说清了他的意思。

"耳东小姐，我调出来了，你念给你们老总听听。"

耳东小姐接过，用她那带着湖南口音的普通话念了起来。

此行最大的收获，是老友方仲秀对文学语言的见解。头一天在莘园讲，我没去。第二天下午，在文联会议室讲，我去了。很精彩。先借学外语引入，说潘光旦先生曾说过，学好外语有个标准，就是能否达到三分随意。然后举沈从文为例，说中国现代作家里，沈从文的文学语言，随意而不留痕迹，境界最高。别说小说散文了，就是他的评论文字，读惯了时文的，初读也会觉得，其行文趔趔趄趄，旁逸斜出，颇不顺畅，甚至还有不合文法的"圪节"。可你读惯了，读进去了，就会感到其文字的魅力，思维的活跃，每有出人意料之处。就是那些不合文法的"圪节"，多是见解新颖意蕴丰厚的地方。方老兄最后用了个比方，来说明他对这类文字的感觉。说他前两年，去了海南，住在海边，每天早上起来，都去海滩上散步，感觉眼前最漂亮的，一是远处的云天，再就是沙滩与海水交接处，留下的浪冲线，有贝壳，有海藻，有水沫，更多的是小小的沙砾，就那么舒畅而又零乱地排列着，可是怎么看都那么自然，那样亲切，没有一点儿别扭的地方。有的地方会是一截枯根，可你一点儿也不觉得突兀，似乎就该这么着。当时他就想，我们的文学语言，要是能像海滩上的浪冲线就好了。

耳东小姐停住了，曹竖似从梦中惊醒，问道："完了！"

"OK！"

耳东小姐侧过脸，说话的同时，拇指与食指勾成一个小圆圈，拇指上翘而微曲，俏皮极了。

曹竖说，他以为当今小说最好的，还要数汪曾祺，问汪曾祺小说的语言，是不是达到了浪冲线的高度。

方仲秀沉吟了一下，接着说开了。

说这次，他去扬州参加笔会，主人还安排他们去了高邮，就是汪曾祺的家乡，看了一个叫"大淖"的水塘，还去了汪先生的老宅，现在他的一个侄儿住着，不是原先的宅子，只能说是两间小小的门面房。重点是去高邮的文游台。

从文游台下来，路过一处院子，门口的牌子标明是汪曾祺文学馆，门外一侧，有个汪曾祺坐在藤椅上的雕像。另两个朋友去秦观像前照相了，他和上海的陈新耕先生站在汪像前闲聊，算是小憩。就是在这儿，新耕先生和他，也谈到了汪曾祺的文字风格，新耕说，新时期的一批作家里，自己最喜欢汪老了，问他，对汪老的小说是何看法。

反正没事，又是老朋友，他也就实话实说。

他的看法是，人都说汪曾祺是沈从文的弟子，汪也这样自许，从作文的意趣上说，从文字的品格上，汪跟沈，还有一大截子。如果说沈从文的文字，是天然的浪冲线的话，汪曾祺的文字，也像是浪冲线，但他的这种浪冲线，不是在风的作用下，海水冲到沙滩上自然形成的，倒像是他提着一篮子小石子，一个一个摆成的。原先他就有这个感觉，但一直找不到原因，刚才去了汪先生的故居，知道了他的身世，最重要的是，参观了文游台，知道了高邮是个什么地方，一下子明白了。他去过凤凰县城，参观过沈从文的故居，也曾从沅水走过，两下里一对照，就知道沈从文的胸襟格局要大得多，笔下的文句，是靠胸臆间那股子气，驱遣调拨的，就像风鼓动着浪，将贝壳沙砾冲向海滩，形成浪冲线一样。从气势与格局上说，汪先生还是弱了些。

曹竖一时像是还没弄明白，说道："噢，方先生，你能不能用一句话，说清楚两人的差别在什么地方？"

方仲秀略一思忖，说道："来路不一样，汪曾祺的小说，是《世说新语》的路子，写小说等于写文章，要的是凝练。沈从文的小说，是《诗经》的路子，既有乡野之风，又不失敦厚之旨，写小说等于写诗，要的是一种感觉。"

"新鲜，新鲜！"

曹竖听了，连声赞叹。

第二十八章

忻州一中讲课的时间，扬州回来没几天就定下了。

临到买票的时候，老伴说，夏天啦，姥爷姥姥也想来看看外孙，干脆两人都回去，过了夏天再来。方仲秀跟砚田说了，砚田说没问题，这样，去忻州讲课，就成了三人同行。

儿媳真叫个好，让她的父母早过来两天，奶奶和姥姥，两亲家做了交接，这才欣然离去。

北京到忻州，坐的还是上次都到了检票口几米的地方，而没有坐上的那趟高铁，序号还是 G683。

砚田真会买票，第六排 ABC，正好是方太太、方先生、张砚田，方太太靠窗，他和砚田隔个过道，不远不近，正好说话。他是个爱琢磨事的人，问砚田，是他挑的座位吧，砚田说，现在的票务中心，都是人性化服务，只要不出格，没有不照办的。像他们这种三人同行的，说句一排，就会给这个票。

刚坐下，过道上还有人走动，张砚田就表示歉意，说方老师让他做的电影《安娜》的线性分析，这一向单位事多，看是看了，做还没做。方仲秀说，他就那么一句话，闲事一宗，不必在意，既然看了，何妨谈谈看法。过道上没人走动了，砚田侧过身子，朝了这边。

"是部好电影，吕雅·贝克的电影，人都说打打闹闹，意思不大，这部《安娜》，还是有思想深度的。事情的起因，是克格勃大头目惨杀了美国情报局的潜伏人员，可说是一场因恶引起的特工角斗。从安娜选为特工，到为两面服务，无不是激烈而又残酷的打斗杀戮。但是，因为安娜的勇敢与善良，又激起了克格勃女上司的怜爱，同时也得到中情局这边的尊重，在双方的帮助下，安娜终于得遂所愿，去南美某地过上自由人的生活。"

"这场角斗，没有胜家。"方仲秀说。

"有，人性的善良是胜家，一点善意就能熄灭惨杀的凶焰。"砚田说罢，憨厚地笑笑。

方仲秀连连点头，心里暗暗称赞，清华出来的，就是不一样。

四点五十八分，车开了。

车厢里静了下来。

方仲秀问砚田，原以为不会去了，怎么又要去，时间还这么紧。砚田说，好不容易请动了，怎么肯放弃。所以延宕了这么长时间，是因为四月间，拟请搜狐集团副总裁樊功臣先生讲，他是忻州中学校友，一说就准，没想到的是，临行的前一天晚上，在卫生间摔倒，去医院处理伤口，第二天凌晨才回来，没法成行。五月是个好时节，名家大课堂不能停得太久，这才请方先生，想不到的是，学校出了事，一拖又是多少天。樊功臣的脚伤好了，当然是先安排樊功臣讲。好事多磨，像方先生这样重量级的人物，一请就答应，一买票就成行，反而是不正常的。

方先生笑了。

"早知道你这么说，今天动身前，我也摔上一跤才够意思。"

"这可不像您老的风格了。"

张砚田也笑了。

"咦，砚田！"隔着过道，方先生略略探过身子，"有一件事，我一直都很奇怪。在我的印象里，考上名校的学生，对教过他的老师感恩的多，像你这样为母校操心的少。听你说过，这事那事，好像你是驻京办事处主任似的。"

"方老师，你还真的说对了。不光忻州的同学这么说，北京的同学，也说我是学校的驻京办主任。都这么说，含义不太相同。忻州的同学这么说，是因为他们来京看病，办什么事，我能给他们牵头，找下北京的医生，办事的部门。北京的同学这么说，常是嫌我给他们添下麻烦又不能不办。"

"你真是个热心人。"

张砚田说，方先生，你不知道，学校对我是有恩德的，不说报恩了，总觉得该多为学校办点儿事。又说，这次请方先生去忻中讲学，他特意从网上书店，买了方先生七八种著作，带回去捐赠给学校图书馆。图书馆配书要有复本，他就每种都买了两册。

方仲秀问，都是你自己掏的钱？砚田说，三四百块钱不算个什么。他这么一说，方仲秀越发的好奇，问砚田，你说学校对你有恩德，究竟是个什么事？

于是砚田说开了，说他不是考上清华，是保送上来，且这个保送，颇有喜剧的意味。

反正是闲着没事，火车轻微的震动，正可视为单调的伴奏，砚田几乎是从头说起了这个高考的趣事。

他是一九七八年出生的，"文革"的事，只听大人说过，自己没有经过。他出生的村子，在五台县，叫三级村。据说村上出过一个大官，曾连升三级，便有了这么个村名。他父亲因家庭出身不好，一九六三年高中毕业后，没能考上大学，分到后山里一个村子教小学。那里很落后，女孩子十好几了才读五六年级，也就是在那个山村里，父亲来了一个现在最时兴的师生恋。现在说起来挺浪漫的，实际上其时也是出于无奈。一个是二十出头的小伙子，找不下合适的对象，一个是十八九的大姑娘一心想走出大山。当民办教师，挣的是工分，父亲结婚后，就又回到他们三级村。父亲是个有本事的人，再苦也没放弃学习，加上老爷爷张子琳先生，是山西有名的老中医，耳濡目染，又亲传亲教，早早就精通了医术。粉碎"四人帮"后，一九七八年，山西首次在社会上公开招考中医师，父亲参加考试，以全省第一名的成绩录取，分配到省中医研究所当了坐堂大夫。只做了几年，家属调不去，孩子上学也是个问题，又调回五台县，当了乡镇卫生院的医生。这一步走对了，父亲一边行医，一边督导他们姐弟三人学习。后来他们姐弟三人都考上学校，脱离了农村，吃上了供应粮。姐姐卫校毕业，现在是县上一个局的副局长，哥哥中专毕业，在一家企业做事。他的运气最好，上了清华，在北京的合资企业工作。

他的户口在村里，父亲是医生，他只能是农家子弟。小学在村里，初中是在沱阳镇中学上的，高中考到忻州一中。那年学校招了四个班，以班上成绩而论，算三四名，以全年级成绩而论，也就是七八名，总之是在前十名吧。高考是在一九九五年。那几年，忻州中学的高考成绩一年比一年好，全省都出了名。或许是因了长期提供优质生源吧，好几个名校，每年都会给一个保送名额。这一年，别的高校不说了，清华就给了一个。该谁去呢，这个权力，全在校长手里。人们以为，保送嘛，肯定是挑全年级最好的。理论上是这样，实际上不会是这样。

高考过后，判断成绩好坏的，一个是一本升学率，再一个就是名校录取人数。若一本升学率挺高，而没有考入名校的，也让人看不上眼。因此上，在选保送生上，学校一般不会把前四五名的选上。这样一来，送谁不送谁，就全看校长的了。每年到了这个时候，校长都会收到好些条子，或是电话，都是有权有势的人写来的打来的。不一定全是为自己的子女说话，多半也是受人之托，替人办事的。也不要认为这样推荐的学生，多不够格，成绩上，都没什么说的，有的说不定还是学生会的干部，理应得到关照。

这一来，校长就作难了。若这样的推荐者，只有一个，也好办，给他就是了。两个也好办，谁的面子大给了谁。难办的是，这一年推荐的，有七八个，这就很难分出个高低大小。参与这样的推荐，他从没想过。他当时的想法是，以他的在校成绩，考一个北上广的一本院校，问题不大，只要好好复习，专心备考就是了。当时学校有个特殊情况，就是他的班主任和校长，工作上不和睦，彼此成见甚深。班主任认为自己成绩大，能力强，可总也得不到校长的重用。就在敲定清华保送生最关键的时刻，班主任把他叫去，说现在校长就在校长办公室，你去找他，说你就够保送生的条件，要求保送你，看他怎么说。他还犹豫着，班主任催他快去，这就去。他一肚子委屈，觉得班主任也太狠毒了，你跟校长闹矛盾，怎么能拿我当枪使呀。可是班主任平日待他确实好，这又是为他，不能不去。硬着头皮，只好去了，心想，不过是听校长大骂几句，又能把他怎样呢？

"真的去啦？"

方仲秀听到这儿，忍不住问了一句。

"硬着头皮，喊了报告，推开校长办公室的门。"

"校长咋个说？"

"结果你是知道了，可你绝对猜不出校长说了句什么。"

方仲秀不吭气，静等着砚田说下去。

"校长说，你可来啦！"

"为什么这么说呢？"

"校长就说了那么一句话，拿起桌上的表，给了我说，快去填吧！"

"啊！"

连方仲秀也惊讶了，知道会是个好结果，没想到的是，就这么简单。

砚田接下来说，原来那几天，校长是真的发了愁。这都是过了两三年，说起往事，校长才告诉他的。那一届，推荐的人特别多，不是三个五个，是十个八个，而且条件都差不多，根本分不出优势高下。在这些人里，选哪一个，都会得罪了其余所有人。眼看定点的时间到了，不定下这个指标就作废，那他可就成了忻州地面上的罪人。而这个时候，那些真正的优等生，都在积极备考，谁也不会理这个茬子。只有选一个学习好、品质好的学生，才能堵住所有推荐者的嘴。谁呢，他第一个想到的，就是这个张砚田，而这个张砚田，说来就来了，你说他怎么能不高兴呢！

说话间，过了保定。

方仲秀站了起来，张砚田以为他要去卫生间，原来是要去打水，立马站起，接过杯子去了前边。方仲秀觉得腿酸，舒展身子，站在过道上，待砚田打回水，才回到位置坐下。

知道这一段砚田正在整理曾祖父的医案，问进行到什么程度。砚田说，中医古籍出版社对他曾祖父的这套医案非常重视，他们家的态度是，只要能印好，稿费多少不在乎。这事，主要是他父亲在忻州整理，他插不上手。

对砚田的身世，方仲秀一直很感兴趣。这来由，很是微妙。高学历，名牌大学，甚至海外留学的，他见过不少，让他上心的是，这个四十出头的年轻人，何以如此聪明，又如此和善，有事业心又有责任心。两人加了微信，又跟北京的两个知识女性，建了个小群，彼此的动静，全都在画面之内。他觉得，这样的人品，这样的才情，不会跟身世没有关系。

在这上头，方先生最早知道的，是砚田的祖父。一个热血青年，参加了山西的旧政权，被逃到台湾的阎锡山组织，定为什么义士。这样一来，对他的父亲来说，就成了家庭的污点，成绩多么好，在那个年代，绝无上大学的可能。后来才知道，砚田的曾祖父，是山西有名的老中医，似乎得到一点儿解释。如果说探寻什么，像扯动一条线的话，这条线也是断断续续，难以给出个完满的答案。

车上没事，方仲秀提起这个话头，想听砚田多说上几句。

砚田听出方仲秀的意思，不急着说，只是摆弄手里的手机，一看就是要调出个什么文件或是图片，调出来了，按了一下。

"方老师，我把一个文件发过去了，是我二爷爷写的，老人九十岁了，退休多年，身体还好。这篇文章，是前些年写的，我把他录入，放在我们忻州的一个网站上，你看了，对我们家，会多些了解。"

这里话音未落，方仲秀的手机响了一下。

过来了，题名《我家的园子》，作者张俊卿。

不再说话，静静地看下去。

这个园子，习惯称"园子里"，位于五台县东冶镇三级村南头。始建于一九三三年，约当民国二十二年前后。这地方，是张家祖上留下来的。老宅通往大场院，一直到最南端，有块芦苇丛生的洼地，填石填土修建起来。根据地形，因势利导，分上中下三层，均呈簸箕形状。

先在园子的上层，建了五间正房，屋前青砖铺地，成为院子。数年后，又在中层的黄土地面上，补建西房三间和小东房一间。上中两院间，有砖砌的两层台阶连通，而下一层，仍保持三分之一的洼地。所建房舍，全都是平顶房。室内所配套的桌椅、柜橱等木头家具，均随建房同步完成。原来设想把剩下的三分之一洼地也垫平，在邻西屋的西南角的空地上，筑一栋带凉台的二层小楼，无奈七七事变爆发，人心不稳，生活艰难，这一设想也就随之破灭了。

有几段文字，写张子琳先生，一面行医，一面有着高雅的情趣。

父亲是一位颇有文化品位的读书人。先期的五间正房建成后，栽花植树，把铲不尽的芦苇当竹子来培植。每年春天来临时，门前的迎春、果梅等盆花争相吐艳，中下两层地面上的杏花、桃花、丁香、刺梅更是轮番竞放，满园一片清香。盛夏时节，绿树成荫，鸟儿的啼鸣声此起彼伏，清脆悦耳，令人陶醉。秋天来了，种的桃儿、杏儿刚刚吃过，小东房旁边的枣树上，满枝红枣又把树梢压低，让孩子们垂涎欲滴，禁不住悄悄爬上小东房顶，尽情地摘枣儿吃。

父亲喜欢书画，又爱好收藏古玩、字画，故而对室内的布置也很讲究，把三间大屋安排得既雅致又得体。迎门靠北墙处设一张大条案，案前放八仙桌椅一套。条案上摆放着古瓷花瓶和青铜礼器等古器皿。在房门对面墙上，悬挂有父亲的舅舅、图画名家赵凤瑞画的"和合二仙"中堂一幅，两边配有祁寯藻题写的对联。房门左侧是暖炕，炕上临窗处有搁置书卷和笔墨纸砚的炕几。

窗对面靠墙处是一排古色古香的组合柜，柜扇上面镌刻着名贤诗句，黑底绿字，雅致大方，主要供保存字画书卷之用。组合柜靠边的一侧，是上下分隔四层的木柜玻璃橱，陈设各种古玩和精美工艺品。门的右侧窗下是书画桌，上铺羊毛毡，经常摆着王羲之《兰亭集序》《圣教序》等碑帖及文房四宝。这里是父亲临帖作画的场所。屋内还摆放两只黑漆大竖柜，供搁置衣服及日常杂物。因室内有两个大玻璃窗，采光充足，加上室内清洁到位，真可说是窗明几净，一尘不染，一派清爽。

西屋建成的头几年，父亲曾在此屋进行过一番精心布置。屋门的对面照例设有条案，案前配套太师桌椅一套。案上展放着几乎与条案平齐的折叠式紫檀木雕架，红缎装心的挡屏一组，上面是由红缎装底，用金粉书写的佛经，红底金字，十分庄重典雅。在挡屏前，排列摆放青铜古佛像二十余尊，还有古香炉之类的供器多种，真像是一所威仪庄严的佛堂。父亲那时还没有信仰佛教，只是用收藏的眼光来玩味欣赏。

文章最后，说了张子琳先生新中国成立后的境况。先是由个体行医走向联合医疗，带头组织了东冶地区联合诊所，受到政府的表扬。一九五三年被选为五台县人民代表。一九五七年山西中医研究所成立，又应邀参加了该所的创建工作。从此以后，父母迁居太原，园子改由乡友居住。

园子的结局，作者说起来，也有遗憾的地方。

子琳先生是一九八三年离世的。园子的房屋原来建造时就欠坚固，再加上年久失修，虽经几次小的修补，九十年代初的几场大雨后，发生墙倒屋塌。因土夯的院墙塌陷，导致整个院子成了人行大道。受限于当时的经济条件，又无能力修复，砚田这个二爷爷，不得不忍痛卖掉。现在回想起来，可说是此生一宗憾事。

看完了，方仲秀仰起头，揉揉酸困的眼睛。文中配有几幅图片，看的时候，都仔细琢磨，有几个疑点，他向砚田提了出来。

一是最早的一幅图，是砖雕的"崇德"二字，颜体行书，很是饱满，下面的注释说，建于咸丰年间的张家祖宅大门上的"崇德"门匾。方先生问砚田，这老院子现在谁家住着，砚田说，也是张家人住着，只是不是他们这一分支。

二是文中附有一图，是张子琳先生，年轻时与人合办的"瑞华书局"的账票。他问，这账票是从别处找见的，还是你家庋藏的。砚田说，写文章的是他的二爷爷，这个人雅爱收藏，曾祖留下的许多书籍文稿，都妥善保存，这账票就是二爷爷保存下来的。

"这篇文章，很有价值。"方仲秀说，"我一直想研究一个家庭的文化传承，你们张家就是一个典型案例。最明显的是，文化在家族传承中起到的作用，你们张家是太典型了。"

"这么多年，我也觉得，我们家，从曾祖到我父亲那一辈，之所以能历经劫难，仍然保持着一个大家庭的声誉，赢得社会上普遍的尊重，起作用的还是文化，还是一种崇德明礼的精神。"

方仲秀想了想，又说："我认为，张子琳先生，能从一个乡镇医生，到后来成为一代名医，与他年轻时就有着高雅的兴趣，大有关系。"

张砚田有点儿不以为然。

"种花啦，收藏字画，不过是一种消遣吧，就跟累了要歇一歇一样。"

方仲秀一点儿也不退让。

"不能这么说。高雅的兴趣，是一种涵养，滋润的不是身体，更多的是精神。"

"噢，方老师这么认为。"

"高雅的兴趣，是人生事业成功的护佑。"

这个牛角尖，方仲秀还要钻下去。

"再往深里说，高雅的兴趣，体现的是人的精神层面，说透了，也是人的智力的层面。"

说到这儿，张砚田不能不承认，方先生是对的。"智力？有道理，有道理！”又像是想起什么，说道，“老早我就觉得，我的这个曾祖父，在智力上高人一筹。光他到了晚年，将自己的处方，全都一本一本地记下来，就不是常人能做到的。好多老中医，看病还行，但是没有文字的能力，人一死，什么都没了。”

这话，又激起了方仲秀的兴致。

“文字的能力，不仅是一种技能，实际上是一种思考的能力，也就是一种深究的智力。学者常说的哲思，更多的是一种文字的能力。能写出来，才是真的深刻。”

“方老师的见识，超卓而又通俗，最让我佩服。”

砚田大加赞叹，方仲秀笑了。

“我在想，这次去忻州，选了《别小看了文科》这个讲题，是选对了。”

说着，伸出手掌，在自己的膝盖上，一连拍了三下。

砚田像是想起什么，眨眨眼，说道：“记不得跟方老师说了没有，我们明天逛五台山，今晚就得上山，到了忻州接上就走。”

第二十九章

当晚入住山上的一家酒店，进去已十一点，洗漱后就睡了，第二天早上起来，出了门才看见牌子，叫桃花山庄。

按砚田与陪同人员的安排，趁上午天气凉爽，先上黛螺顶，下午游览塔院寺和显通寺，时间来得及，还要去看一个大型演出，叫《又见五台山》。黛螺顶虽高，有缆车可通，不会很累。

坐缆车，说是到山顶，实际离山顶还有一里多路，好在路不陡，悠悠地走着就上去了。

路上方仲秀说，他最早上五台山是一九八五年，参加忻州的一个笔会，那次就上过黛螺顶。秋天，山上没什么植被，不像现在，树木这么茂盛。记得半山腰上，还有一户人家，现在也没了。说话间上了山顶，拐过弯，是一座寺院，门楣的匾额，蓝底金字：大螺顶。方先生恍然大悟，原来这个"大"字，当地就念"黛"的音，久而久之，便成了黛螺顶。世上好多诗意，都是这么来的。

等老伴上来，三人一起进了寺内，挺大的，没什么看头。

方先生的思绪，还停留在"大螺顶"这个名目上。

这儿，无疑是台怀一带，最高的一个山峁。称之为大螺顶，最是恰切。

法螺，是佛家的一种法器。可吹奏，其声呜呜，怕只是一个方面，其形状，怕也是一个选择。颜色褐黄，光洁滑润，盘旋而上，也可视为盘旋而下。底座宽博，上部锐尖。

这形状，不是最能体现佛家的精义吗？

"方老师在想什么，这么专注？"

"我在想，这个寺院，过去明明叫大螺顶，忻州话，大跟黛不分，叫着叫着，就成了黛螺顶。你别说，叫成黛螺顶，还蛮有诗意的。旧诗里，不是有远山如黛的说法吗？女人的发式，不是有一种叫螺结吗？可是，这样一来，就失去了原先叫大螺顶的意思了。这儿是台怀一带最高的山头，过去又是盘旋而上，来这儿，昭示着一个修行的过程。现在可倒好，有缆车直上直下，到了山上，又是个黛螺寺，全成了游山观景，少了人生的感悟。"

"我倒觉得，还是黛螺顶好，来到这儿，眼前清明，心胸开阔，也是一种修行啊。"

"这是一种退而求其次的想法。"

"那，叫个大螺顶，又有多少深义呢？"

"深义，还是有的。"

方仲秀扭头，看看老伴，那边似乎正在做法事，老伴正看得起劲，这才跟砚田说起，他对佛法的理解："不管是佛教，还是儒教，还是西方的什么教，其终极的作用，都是让信奉的人，更为清楚地认识人世，适应人世，让人世变得更为美好。佛教把人世分成多少层，儒家把人世分为上智下愚，基督教也有圣徒与普众之别，其作用，都是在建立一种人世的秩序，怎么个合理，怎么个完美。这个过程，各家有各家的路数，佛家的路数，便是这个螺。盘旋而上，井然有序谁要是破坏了这个秩序，就是作孽。"

"呵呵！"砚田笑了，"方老师，这就是你在高铁上说的哲思吧！"

"一点儿浅见，有感而发。"

这么说着，已出了庙门。

要下去了，砚田征求方氏夫妇的意见，是还乘缆车，还是安步当车，方仲秀想走，又怕老伴的腿受不了这下坡路，问夫人可愿意且走且观览沿途的景色。夫人环顾四周，觉得满眼青翠，赏心悦目，说腿还行，那就走吧。

真的走起来了，老伴的腿还是不得劲，走上一截，要停下来歇歇，方仲秀和张砚田也不等，只是放慢了脚步，卡住速度，正好让他们的步行，契合上老太太歇息的间隔。

下山的坡道，不时拐弯，也还舒缓。路上年轻人多，有下的也有上的。偶尔有小车驶过，毕竟在坡道上，下的比上的还慢，可说是加倍的小心。砚田很周到，让方先生走里侧，还要不时看看后头的方太太，不要落得太远。

只要两人在一起，张砚田忘不了请益个什么，探究个什么。

佛法什么的，太幽远，听了也不着边际，此一刻，想请益的问题，是对当代文学的看法。每当此时，总是显得格外谦恭，不是装出来的，确实是出于至诚。只是太聪明了，才华也跟什么气体似的，不免会外泄，说出的话语，也就带了挑逗的意味。

"方老师，没多听过你的长篇大论，只是从零星的谈论里，觉得你对当代文学不怎么看得起，我觉得好些人的名气挺大的呀。名家出名，总有他的道理，看人还是应当心存敬意吧！"

方仲秀是何等样人，这话里隐含的轻蔑，怎么会听不出来。纵然是这种漫步闲谈，纵然提问的是这样一个诚心求教的理工男，他还是用他写批评文章的办法，挑破了再说，一刀子下去就见了血。

"你是说好多人名气比我大得多，写下那么多好作品，他们是当代文学的中坚力量，我怎么敢看不起他们，看不起当代文学？"

张砚田说，他有这个意思，只是没有这么严重，闲着也是闲着，主要还是想听听方先生对当代文学的看法，他这也是，不见真佛不烧香嘛。

方仲秀说，这他怎么会听不明白呢，今天就敞开说说吧。评价一个时代的文学，身处其中的，要有两种资格，一种是写出的作品好，可以傲视群雄，——评点。还有一种是，年龄大，资格老，阅人甚多，无役不予，也就敢大言不惭，评头品足而无所顾忌。这两条，第一条他肯定不具备，当今那么多奖，他一个都没得过，山西有个赵树理奖，奖金万元，按说该得了，也没得上。第二条年龄大，资格老，他这年龄，在作家里头，只能说是偏大，不能说是多么大。他刚过七十，人家上了八十的，有的是。但是，在当代作家里，资格老这一条，他肯定是占得住的，也就是说，评价当代文学，他有四分之一的资格。

噫，砚田做了个鬼脸，说这可是他以前没想到的，以前总觉得方老

252

师是学问好，见识高，所以看不上同时代的作家，也就看不上当代文学，没想竟是因了资格老，才敢肆意评说。

方仲秀要的就是这个效果，扭身一瞅，老伴慢是慢点儿，仍在不远处相跟着，自家也就放慢脚步，以便老伴跟得上来。

他说，一九七〇年大学出来，分配到吕梁山里一个小县教书，前程是一眼可以看到头，年轻教员，熬成中年教员，再熬成老教员退休，回到老家跟妻儿团聚，一了此生。要改变这个命运，对于一个出身不好的大学生来说，只有写作这么一条路。一次去公社机关，在一个桌子上看到一本《革命文艺》的小册子，见上面有"革命故事"，回去写了一篇，当年年底就登了出来。

写作这种事，也跟走上邪道一样，小偷小摸成不了气候，要干就得干一票大的。正好报纸上说，话剧《青松岭》拍成了电影，心想，何不写个电影剧本，拍成电影公演了，必定名声大震，不愁离不开这山沟沟。于是便在窑洞的煤油灯下，写了个电影剧本，叫《山里的秋天》，请朋友刻出来，油印成册，分寄北京电影制片厂、上海电影制片厂，还寄了一本给国务院文化组，相当于现在的文旅部。这已是一九七三年秋天的事了。料不到的是，竟收到北京电影制片厂的来函，让去参加他们厂办的"电影文学剧本创作学习班"。去了，全国各地去的有二十几个人，都有写下的本子，有的是单个，有的几个人合写的，另有两三个，是"文革"前就写出本子拍过电影，这次请来，希望能再写新作，比如写过《布谷鸟又叫了》的一个杨姓剧作家。办班的地点，就在北影后面的招待所，时间是一个半月，十一月中旬到年底。

"噢，这么早哇，你的电影拍了吗？"

方先生没停，也没回答，接着说下去。

这样一个学习班，对他的意义在于，见了世面，提高了境界。当时北影正在拍电影《海霞》，同时开拍的还有现代京剧《杜鹃山》，他们这些学员，跟那些演员，都在北影食堂吃饭，演员常常是带着妆就来了，差不多人人都是一件军大衣。他就见过饰柯湘的杨春霞，还有个年轻女的，人说是正在筹拍什么戏，高挑儿，漂亮。在院子里见过的老演员，有《英雄儿女》里饰政委的田方，还有电影《江姐》里饰江姐的于蓝。他们这个剧本学习班里，后来有了名气的，有当了中国作协副主任的张锳，有当了江西省文联主席的杨佩瑾。还有一个叫肖马的，安徽文联来的，参加一个剧本的写作。这几年才知道，大大有名的严歌苓，是他的女儿。

在这个班里，他几乎是年龄最小的，只有一个上海知青，在安徽马鞍山钢厂工作了，叫曹致佐的，想来跟他大小差不多。那年他是二十六岁。

说到这儿，才照应了砚田提出的问题："我的电影剧本，真的拍了，不一定是好事。但这么早，就到北京参加了这么一个学习班，对我此后的成长，关系可就大了，早早开了眼界，比什么都强。"

"方老师说过，一九八○年还来北京参加了文学讲习所第五期的学习，好像那一次的学习，成了你们那一拨人的一个资格。"

"那次学习，三十几个人，学了半年。说实话，现在说起来是荣耀，是资格，可当时对我来说，受到的刺激，远远大于得到的收获。"

"这又是为什么？前一个学习班，你说收获多大，这个学习班，名家那么多，怎么说受的刺激，大过了得到的收获？"

"这个班里来的大都是各地的知识青年，才气确实有，写得确实好，跟他们一比，我就知道自己的短板了。再就是，我当时的职业是中学语文老师，也让人看不上眼，大学老师都写不了小说，中学老师，只会批改学生作文，怎么能写得了小说？这两点，让我对写作几乎丧失了信心。"

"差点儿不干啦？"

"不，我的写作，有明确的目的，就是要把自己从吕梁山里捞出来，把老婆孩子从农村捞出来。不行，咱努力学嘛，人一能之，己百之，人十能之，己千之。同时我也有不服气的地方，历朝历代，都是有功名的人写出好文章，怎么到了现在，这规矩就变了。好在天开眼，有在文讲所学习的经历，结业回到山西，马烽、西戎二位老师，就通过省委宣传部，把我从学校调出，安排到当地乡镇挂职深入生活，等于早早成了专业作家。"

"你有这样的经历，对当代文学的成败得失，自然是洞若观火了。"

"夫子曰，不能说，一言难尽。"

"没关系，你就三言两语、四言五语说个痛快吧！"

"头绪太多，真是不知从何说起。"

张砚田提示，是不是嫌当代作家的作品，思想性不强，不深刻。这话，砚田是无意间说的，也可说是无话找话，起个头儿，殊不料歪打正着，如同一根细针，胡乱一钩，恰好就挑起了方先生心中一团乱丝线的头儿。方仲秀打个激灵，如同一条吐丝的老蚕，一伏一仰，便织成了一张当代文学的病情网。

他说，作为一个作家，他从来不认为，思想是多么重要的东西，如果作家是出思想的，那还要哲学家、历史学家、社会学家做什么。他起初写作时，正是改革开放之初，文坛最红火的时候，思想解放的狂潮，一浪高过一浪。凡是推动思想解放的作品，都一哇声地叫好，说是什么时代的里程碑。有人写个厂长上了任，啊，厂长带头搞改革；有人写了个爱情的位置，啊，爱情在生活中应当有自己的位置。这都是正常社会生活的应有之义，只是憋闷得太久了，就跟坟里爬出来一样惊喜。还有些作品，不过是揭露生活中的丑恶现象，也被大为赞颂，思想多么的深刻，批判多么的犀利。比如有个话剧叫《假如我是真的》，一个社会青年说自己是某大官的儿子，坑蒙拐骗，一路绿灯。还有一首长诗，叫《将军你不能这样做》，一个将军修建房子，拆了隔壁的托儿所。应当说，这些作品，批判的作用，揭露的作用，都不小，可你能说这就叫有思想吗？能说这样的作品，就是优秀的文学作品吗？

说到这儿，又回头看看方太太，拉得远了，干脆站住，加重语气说：
"当代文学的毛病，不在这上头，而在文学性上，没有文学的样子，失去文学的本相。"

"能不能具体些？"

"说白了，就是粗粝，语言粗粝，叙事粗粝，再加个思维粗粝。文学不像个体面的读书人，衣饰干净，儒雅风流，倒像个市井打莲花落的，衣衫褴褛，满嘴粗鄙。"

"方老师，您的看法太偏激了，别说文学界接受不了，我都接受不了。"

又走起了，路边陡坡上，斜逸过来的一根枝条，梢头差点儿拂着方先生的额角，还是砚田手疾眼快，掠了一下，拨开了，就这，弹回来还是在方先生后脖颈上划了一下。方先生揉揉脖颈，揉着揉着，自个儿先笑了，砚田以为是枝条划了脖颈，痒痒得笑了，及至开了口，方知是对他的批驳表示的歉意。

"别说你觉得偏激，我说了，自个儿也觉得偏激。这要怪我，用的是一种情绪化的语言来表述。我想想，用理性的语言说一下，你听听是不是同样的意思。"

也没个过门，接着就说开了。

他说，人类在进入成熟期后，就开始了两个方向的探索，一个是指向自然界，一个指向自己的内心世界，等于是一个向内，一个向外。向外的科目，有物理、化学、天文、气象，医学也要算上。向内的，哲学，逻辑、心理学、人类学，历史学也要算上，它是研究史迹的，史迹也是心迹。两支大军，各自麾下都有多种学科，称得上步武整齐，军威雄壮。这两支部队，各有各的开路先锋，向外的这一支，开路先锋是数学，向内的这一支，就是文学了。

"停停！"砚田做了个手势，"你说数学是向自然界开拓的先锋，这可是涉入我的学识领域了，此话怎讲？"

"我并没有这方面的学术训练，全是平日看书悟出来的。记得看过一篇文章，说杨振宁在物理学界的贡献很大，可与爱因斯坦比肩。他和李政道一起发现的宇称不守恒理论，只是其中之一，此外还有非规范场理论等等。李政道在和杨振宁的合作破裂之后，再无大的建树，对此，杨振宁给出的解释是，并非离开了他，李才再无大成就，李这个人很聪明，但他在高等数学上有欠缺，影响了他的发展。数学上的欠缺，影响了物理学上的发展，从另一面说，不就是数学是物理学的开路先锋吗？"

"哈哈，方先生的这个论证，看似粗疏，内里还有严密的一面，不佩服还真不行。"

"这才是一个方面，物理学的一个探究，是将物质往小里分，分子、原子、质子、中子、电子，越分越小。同时也可以说，发现了什么，才有什么。数学就不同了，多少世纪，多少代人在研究，仍然有一道又一道的教学难题摆在那儿，愣是无人能够破解。这说明，数学有一种超前的能力，能预知什么是正确的，只是人的智力还跟不上去，无法有步骤地破解。你说我说的这个，有点儿道理吧！"

"我同意！"

"那就再说文学。"

说开了。文学是探索人的心灵，又给心灵以滋润的，走的也是越来越细的路子。这个道理，古人早就说了个明白。《尚书·大禹谟》说：

人心惟危，道心惟微，惟精惟一，允执厥中。实则说的就是心灵探索的原则，避害趋利，向细微处探求，不偏不倚，适得其中。古往今来的文学，走的正是这样一条路子。十九世纪的英国小说，跟现在的欧美小说，在人性的挖掘上，相差何止是云泥。再就是小说形式之优美，也是日见精微奇妙，西方有个作家说，他愿意自己的小说，像数学算式一样优美。这是真正参透了文学的人，才会说出的话。

说到这儿，又重重地来了一句："要叫我说，文学的算式，当比数学的算式，更难列，也更优美。"

"再怎么说，也不会像数学算式那样，可以预知，可以推导。"

"你说得好，但这也正是文学与数学，可以各自为一大学科做开路先锋的地方。文学是没有数学那样，有数字的精确与推导，但文学的自然、细微与可感知，怕也是数学达不到的。这个比喻，只是说两者有相近的细微与精妙。数学，需要深邃的推断力，文学需要的是深邃的感知力。文学能感知的地方，哲学、逻辑学，才能顺利跟进。"

"啊，您这么一说，我也就知道文学家的伟大了。"

不管是真的假的，张砚田的这个咋呼，颇像时下翻朋友圈一样，先来上一串咖啡，给个点赞。快到山根了，坡道平缓了许多，方仲秀意犹未尽，说起了他前不久的扬州之行。说在讲座上，有人问他，什么样的语言，才是最好的文学语言，他拿浪冲线做比喻，就是说，好的文学语言，像海滩上，浪冲上来，退走之后，沙滩上贝壳、砾石、枯枝，自然形成的那一道线。现在他的看法，又前进了一步。

"这浪冲线，是怎么形成的呢？有潮汐的作用，有风力的作用，且将潮汐的作用忽略不计，只说是风力的作用。那么就可以说，是在风力的作用下，海浪冲上沙滩，形成了这贝壳等物，连成的浪冲线。他的进一步的看法是，这风力，就是作家的才气。只有沈从文那样的旷世之才，才能写出浪冲线一样的文字。"

"妙，妙！"

这回张砚田的点赞，不再是手机上的几个图符，等于是评论栏里留了言。

"还有呢！"

方仲秀的浅薄劲上了，又将他的浪冲线理论往前推导了一步。

"我觉得文学语言，有浪冲线的自然优美还不够，一部好的小说，其结构，也应当是一条优美的浪冲线，有数学能计算出的精细，还有数学算不出，只有心灵能感知到的微妙。"

　　"妙，妙！"

　　张砚田又来了两声，声调高低一样，内含的真诚，后一个比前一个差下许多。

　　要精细微妙到什么程度呢，方先生说，在扬州的时候，他曾为印信札集，去了古椿阁印社，一个叫韦长琴的女厂长，送了他几沓花笺，吃饭时无意中说的一句话，让他甚是感慨。韦厂长说，花笺代表着古代文人心中最柔软的那一部分。文学，就是要探索到、触动到人心中最柔软的那一部分。

　　"哎哟！"

　　砚田惊叫一声，方先生以为是对他的发挥的惊叹，定睛看时，是忻州一中的面包车，停在马路那边，校办公室的张主任朝这边招手，砚田瞅见了，叫喊一声作为回应。

　　十二点了，去吃饭。现在的景区，地面硬化，哪儿都干干净净，看远处景色，你知道你是在名山大川，脚下的感觉，仍跟在单位楼房的大厅里一样，哪一脚下去，都实实在在的，像是铁钉子钉在木头板子上，每抬起一脚呢，又像是噔的一声，拔起一个铁钉子。

　　五台山景区，还有一样革新，最是明显，商店还有临街的，饭店全集中在两三条背巷里。张主任刚介绍了这个情况，方先生来了句笑话："这个安排，给人的感觉，来了景区，看看就饱了，还能吃得下饭吗。"

　　"饭饱思淫欲，肚饥长智慧，"张主任一笑，说，"神仙也要吃饭哪。"

　　随即指了指前面的一个豁口，让司机拐进去。街面不宽，两边全是小饭馆，能看见白塔的大肚子，说明就在显通寺附近，只是位置偏了许多。

　　"这几年变化大，几个月不上来，都觉得生了。"

　　张主任也就那么一说，事实是他常陪客人来，路熟，门面更熟，过了几家，到了一家门前，说就是它了。他说的这个它，写成字是它，说出来跟说人一样。

　　众人一进门，一个中年女子，笑嘻嘻地迎了上来。

　　方先生这才悟出，张主任说的那个"它"字，是该写成"她"字的。

就一张空桌子，像是预留的。一圈儿坐定，北校区的安主任出去了，张主任介绍说，这家饭馆的老板娘，原是个小学教师，多年前辞职下海，来山上开了这家饭馆。

他说这话的时候，老板娘正笑意盈盈地站在一旁，身子扭动着，眉眼活络着，略微做着应和的姿态和神态，又得体又完美。

方仲秀看去，老板娘当在四十上下，肤色白净，一脸的善相。五六张桌子，正是饭时，坐满了人。有个服务员，女的，比老板娘还大，根本忙不过来。这桌是熟人，老板娘亲自上手，天热，穿件浅花白短袖，隔着衫衣，能看到文胸的轮廓，也能看到乳房的颤动。方仲秀心想，这样的女人，就该做这样的营生，才称得上人尽其才，物尽其用。这种小生意，人们总视之为贱业，殊不知，凡关乎衣食住行的，都是民生之正业。奸商不能说没有，多数挣的是良心钱，辛苦钱，是真正的凭本事吃饭。这本事，可不是人人都有的，更不是穷了，不学就会的。

刚点完菜，北校区的安主任进来了，张安二位，谁是哪个校区的，是今天早上砚田说了，方先生才能分清。安主任手里拿着一根木手杖，还有几串佛珠。手杖给了方先生，方先生说，怎么给我呀，安先生说，刚才停了车，路边店门外摆着手杖，见你拿起看了又看，想来是喜欢。

方先生是个不作假的人，当即说就是喜欢，还真想买一根呢。安先生说，这木棍，当地人叫六道木，也叫降龙木，据说杨五郎的禅杖，就是用这种木料做的。佛珠三串，一串给了方夫人，一串给了张砚田，还有一串，又给了方先生。

下午参观了显通寺，又去了旁边的塔院寺。

出来时间还早，来得及，直奔新建的一个景点，看大型演出剧《又见五台山》。方仲秀怕老伴腿疼，问了，说不碍事。

演出的票太贵，张安二位主任未去，司机也只是将他们送到门外就走了。

第三十章

演出结束，散场走的不是正门，是偏门，或许是后门。

出来走不多远，回头看时，就看出这个场馆的整体面貌了，不像刚来，在那边，匆忙中看到的是宽大的门面，陡直的墙壁。

这会儿细看，方先生发现，这个建筑的整体设计，确有不同寻常之处，里面那么宽敞高大的空间，从这边看去，不过是山梁行走间，荡起的一个波纹。没有破坏了群山的雄浑，反倒给它增添了几分秀媚。

这建筑的后部，也可说是前部，似山梁缓缓升起，其表面也只是灰蓝的复合材料，做成屋脊状渐次升高，低处似乎抬脚可上。有个年轻女人，跨过防护用的绳索，斜靠在复合板材上，做了个妖媚的笑脸，让绳索外的一个男人给她拍照。前面不远，一个保安样的男子匆匆赶来，连声喊出去出去，不准照相。那女人倒也听话，笑嘻嘻地跨过绳索，到了照相的男子身边，接过手机，满脸喜欢地查看自己的靓影。

方先生正在观赏，顺便也就瞟了一眼，这女人的脸蛋，也还怪俊俏的。

走开了，方先生连连赞叹："美！美！美！"

砚田一直跟在方先生身边，那女人从方先生眼前经过，看手机照相时方先生盯了一眼，他都看在眼里，对这样一个女人大加赞美，砚田不免困惑，难索其解。

"不怎么样啊，这号女人五台、定襄一带多的是。"

知道砚田误会了，方先生笑笑。

"这个场馆的设计者，绝对是个高手！这个建筑，可称为建筑美的典范。美，有时是一种突显，有时也是一种融合，一种隐没。搞建筑设计的，多是前一种思路，这个场馆，真要那样做了，非叫人骂死不可。美，真的很美！"

方先生学的是孔夫子教学生的办法，点化而已，没想到这一刻的砚田，竟像孔门的宰予一样，朽木不可雕也。

回宾馆的路上，砚田问方先生，忻州完了，回到太原，会去看望哪几个老朋友。

方先生说，没什么看的了，过去在太原，谈得来也有趣味的，一个是小谢，一个是老钟，老钟前几年死了，小谢也走了，去南方一所大学当了教授。现在还交往的也有两三个，人都挺好的，只是气象不大。

"什么叫气象？"

用气象品评人物，砚田像是头一次听说。

"就是格局。"

"格局？"

"也可说是胸襟。"

这会儿的砚田，又有点儿像孔门的颜回了，一定要弄个明白。

"胸襟不是品质、情怀吗？做学问，跟胸襟有多大关系？"

"关系可就大了去啦。"

这算是开了个头儿，接着说下去："这几个朋友，连同老钟和小谢，人品都好，学问也行，才具也有，只是胸襟不大，格局上小了些。不说具体的人，也不说具体的事，光说道理吧！"

路不长，车又太快，直到下车，方先生说的道理，砚田默默地归纳了一下，就这么三点。

一是起步可以有名利心，以名求利，以利求名，名利兼收，都无可无不可。关键是有名也有利之后，要立即调整心态，由名利之心，转为功名之心，把利字去掉，要以名为基础，转而在功上努力，机缘巧合，就是当官也不为过。当不了官，或不愿意当官，那就仍是在功名上下功夫，不管怎么，都不要退回到利字上。这还不算完，功名上站住脚了，还不能停下步子，还要再往前赶，走上功业的路子。有功不算，还要成就前人未成就的功业。由名利到功名，再由功名到功业，这个意思，砚田是听明白了。

再一点，呈才使性上差了些。在这一点上，死去的老钟，呈才有余，而使性不足，为文要放荡，他知道，为人也要放荡，他就不知道了。才具与性体，表面看是两回事，实则是一回事。性体上放荡不开，才具上总会受些束缚。再大的才具，一束缚也就难以可观了。

第三点，不狠，对世事不狠，对自己也不狠。这一点，砚田没怎么理顺，对世事不狠先就没听清。刚说到这儿，迎面来了一辆马车，司机打了方向，又忽地转过去，车子一颤，他光顾了扶方先生，也就误了方先生的解释。过后自我求解，觉得方先生所言，不外社会责任感之类。对自己也不狠，是快到宾馆门口说的，砚田听清了，这也是因为方先生举了个例子，说他家里有沙发，不是来了客人，他从不在沙发上坐。什么时候都坐在桌前，不是看书，就是写作，累了也是坐在椅子上歇一歇。末了还说了句风趣话："西方文化，侵蚀中国读书人的精神，最可恶的，莫过于沙发，让人慵懒，没精神。"

"这又是为何呢？"

商务车底盘高，一面扶方先生下车，砚田还是忍不住呛了一句："客厅总得摆沙发呀！"

"为什么一定是沙发，八仙桌、高背椅，不也挺好吗？"

"高背椅？"

砚田一下子还回不过神来，方先生一面上台阶，一面说："坐下双脚落地，脊背挺直，什么时候人都是精神的。"

"噢，噢。"

砚田仍理解不了，只是知道，此一刻该是赞同了。

进了他们住的桃花山庄，穿过大堂，是个庭院。原先的设计，该是天井，上面是空的，北方冷天多，又在上面加了玻璃屋顶，天井就成了一个温室，一进去就有种湿热的气息扑面而来。砚田对什么都好奇，见那边花卉甚是繁茂，便对方先生说，吃饭还早，何不在这儿遛遛。

地上湿漉漉的，连带得空气也湿漉漉的，方先生感觉甚好，让老伴先上楼歇息去，他和砚田在这儿走走。

"五台山里，培育了这么多的南方植物，不容易。"

方先生由衷地赞叹，砚田并不附和，反而说出了另一个原因。

"方老师，您可能不知道，这个酒店过去是山西一个官员家的产业，当然不是他家人亲自经营，他只是要下这么一块地皮，剩下的事自有人去做，进项则年年都有，还不会少。最兴盛的时候，这院子中间是两棵棕榈树，三四层楼高，据说是大货车从海南岛运来的。"

"山西地方苦焦，只能建个酒店生利，不会建别墅住家，要是山清水秀，又气候宜人，这四面山上不知要建多少豪华别墅。噫，这块石头可够别致的。"

方先生停了脚步。

"这叫金钱石，原来的一块比这还大，东家衰败后，嫌扎眼，贱价卖了，换上这块小的，原先在东小楼的前厅摆着。"

"这还是小的，那大的该多大？"

"大也大不了多少，主要是金钱的花纹非常清晰，一看就觉得贵相。这块不行，你看金钱的纹路，先就模糊不清。"

砚田说着走过去，摸摸齐胸的地方，这地方摸的人多，金钱不亮，石质倒油亮油亮的。"

又走开了，砚田说起路上谈起的话题。

"你路上说起您的几个朋友，我听了，不像是今人品评同行，倒像是古人在品评晚辈。又觉得警策，又觉得空疏，有种不着边际的感觉。现在的中青年学者，谁能分清名利与功名的不同，谁又能分清功名与功业的不同。在我们看来，名利功业，原本是一体的，只有一个标准，就是看你的日子过得怎么样。日子过得好，就名也有了利也有了，日子过得恓惶，说什么都是言不及义。"

方先生笑了，知道砚田不是这样的人，只是拿这话激他，让他说出更不着边际的话。

"我不管别人，我这个人省事迟，小时候背旧体诗词记住的几句，什么时候都忘不了。有了困难,想想就过去了,受了欺负,想想就过去了。"

"咦！"砚田很是惊奇，"快说说！"

"说了你或许会笑话，原来如此小儿科，可我真是这样，就这么两句话，有时吟诵出来，还掉泪呢。"

砚田不作声，停了脚步，等着方先生说出来。

"是辛稼轩词《破阵子·为陈同甫赋壮词以寄》里的两句，我这一说，你就知道了吧！"

砚田惊喜地说："可是'了却君王天下事，赢得生前身后名'这两句？"

方先生正色言道："是呀。一念这两句，我就血脉贲张，情难自已。我想，古代多少读书人，就是在这种精神的感召下，建功立业，光耀门楣的。"

"啊，原来方先生有这么重的古典情怀！"

又走开了，显然方先生来了精神，问砚田，过去有个电影叫《林则徐》，可看过。砚田说看过，又问里面最动人的情节是什么可记得，砚田说当然是虎门销烟了，对面是英国战舰停泊在海上，这边林则徐和关天培站在山坡上，一个一个篮球大的鸦片烟坨子，推进石灰坑里，立马腾起白烟，谁看到这儿都会热血上涌，感情激动。

"我不。"

方仲秀冷冷地说，不等砚田追问，接着说了下去。

"我是看到道光皇帝听信谗言，派琦善去广州处理洋务，琦善斥责林则徐滋事误国，奉命将林革职查办，一旁关天培听了说，林受重处，他也有责任，愿解甲归田。林则徐伸手一挡，说滋圃哇，这是关天培的号，古人对知己之人，常是称呼号，而不直呼其名。林说，兄犯不着为我断送前程，然后跨前一步，双手抱拳，朝琦善一拱，言道：两广千百万百姓的性命俱在中堂的掌握中，愿以国家社稷为重。自己遭受冤屈，心里仍想着朋友的前程，想着国家社稷。这个电影，中学我就看过，后来还看过多次，每次看到这里，我都会鼻子发酸，落下泪来。"

砚田似乎悟出了什么，说道："方老师，你这么一说，我就理解了。去过你家几次，你爱写毛笔字，我能理解，退休了，写写毛笔字，休闲养性，好多老干部都是这么做的。独独不能理解的，看你的书，知你早早就用起电脑，打字速度还不慢，自许达到录入员的水平，可我现在见你写《边关》，写文章，都是手写，稿纸反过来竖写，这是图什么呢，就图个慢吗？我实实理解不了。听了你方才一番话，似乎理解了，又不怎么透彻。"

张砚田没有注意，他说到"老干部都是这么做的"之际，方仲秀用多么厌恶的眼光盯了他一眼。如果看到了，当下就会停下来，没了后面的话，好在正当情绪高昂之时，也就没顾上方先生眼光的变化。

听到后来，方先生的情绪也高昂起来。踮了一下脚步，好似小王桂卿在"音配像"的《追韩信》里，唱起"好一个聪明的小韩信，他将古人打动了我的心"，当然只是这么一种欣喜的情绪，说出的仍是对砚田话语的应答。

"你问得好，我这个人，说是爱看古书，实际上太古的书，看不懂也看不进去。最爱看的还是二三十年代作家学者的书，文学作品，看上几本，也就那么回事，最最爱看的是写他们为人行事、彼此交往的书，日记啦，书信啦，自传啦，见了就买，一看就入味。沉浸其中，会有一种恨不生在那个年代的感觉。由不得会有一种模拟的冲动，学他们的做人，学他们的行事。用毛笔写信，感觉真好。长的东西，用毛笔甚是不便，就用中性笔，稿纸翻过来竖写，感觉好极了，好像你就是个古人，生活在古代，噢，是个二三十年代的人，住在上海的亭子间里，隔壁就是郁达夫，下了楼就能遇上徐志摩。"

砚田说，中性笔竖写，感觉自己像个古人，或者说像个二三十年代的文人，可写下的东西，跟电脑打出来的，还不是一样的吗？都是同一个人写出来的呀。

西侧一幅大画下，摆着一堂红木沙发，正好走到跟前，方仲秀做了个请的手势，自个儿先坐下。待砚田落座，这才回应砚田的问话。

"还真不一样！"

先是重重的一句，像是唱戏的叫板，又喀了一下，算是清清嗓子。

砚田略微一笑，看似憨厚，那眼神若做化学分析，有一个元素肯定是，你呀毛病真多。

"还真不一样。"话语是重复，语调平和了许多，"写作，写什么，写故事吗？不是。写经历吗？不是。写什么？写感觉。好作家，都是写感觉的。他们把那叫风格，不对，是那个作家的感觉，是他的气息。握笔竖写，那个感觉就来了，笔下就有了灵气，文字就带上了你的气息。我写的《边关》，为什么那么好？没别的，每一个字都像是在我手心里攥过，每一个句子，都像是经我的手捋过，能不好吗？"

砚田拗起性子，说只要用心，电脑打出的，跟手写下的不应当有差别。

方先生不想辩下去，说这道理跟一个清华出来的理工男说不清，你们要用化学分析、量子分析，肯定分析不出来，可他只要拿起一篇文章，看上几行，一本书翻上几页，就能看出是手写的，还是电脑打出来的。手写的就有手工制品的感觉，打出来的，就会有车床的油腻味儿。不全是感觉，看那句子就能看出来，僵硬，无情趣，结构完整，主谓宾俱全，不是机器制造又是什么？

"哈哈哈，方老师成了《聊斋》里的司文郎啦。"

"哈哈哈！"方先生也笑了，"活着不是，死了去应聘，阎王肯定录用。"

砚田看着手机，说时间到了，该叫师母下来去餐厅。

去餐厅的路上，砚田问方先生："累不累？"

"不累。"

"那好，酒店有书画室，笔墨俱全，女经理想留方先生一幅墨宝。"

"一幅够吗？"方先生顽皮地一笑，"写起来就要写个够！"

第三十一章

第二天早饭后，下山回忻州。所以用个回字，是因为他们这趟出来，是先到忻州，没有停留，当晚就上了山，此番下山，等于是原路折回。

旅游也跟做贼一样，路不空行，多顺一件是一件，多看一处是一处。

出山的路上，顺便上了龙泉寺。五台山的寺庙，多在台怀的平地上，也有不多的几个，建在半山上，南山寺是一个，这龙泉寺也是一个。

龙泉寺最有名的是石牌坊，高大华丽，甚是壮观，还要加上那又高又陡的砖台阶。

来到台阶前，一瞅那么高又那么陡，方夫人先怯了阵，说不爬了，就在下面转转。不走了，那就要看手机，一看电不多了，再一摸，充电的电线忘拔了。跟砚田一说，砚田仍是那句口头禅，说不是个事，让小吴开车回去取一下。小吴是司机，和两个主任，都在停车场没上来，一打电话，不一会儿就看见，他们坐的面包车开走了。

真是太陡了，方仲秀一路上歇了好几次，就这，上到石牌坊下，腿还抖得站不直。砚田毕竟年轻，一上来就拍照，当下就发了朋友圈。

上来了，也就那么回事，游人不多，庙里空荡荡的，没什么看头。走起来倒是好地方，就是台阶多了些。砚田爱琢磨又爱问，从一处台阶上跳下，一面伸手扶方先生，一面就提出个问题。他说，夜里前晌，从黛螺顶下来的路上，方先生说，好的文学语言，应当像近海的沙滩上，清晨常常看到的浪冲线，贝壳、沙砾、枯枝，散乱地摆着，却那么的优美，有着一种内在的联系。

方先生点点头，脸上浮现一缕嘉许的微笑。心情好，他甚至留意到，此刻，砚田不说"昨天上午"，而说"夜里前晌"。在北京待了二十年，一回到五台，由不得说起家乡话。谁都一样，他回到晋南老家，见了叔叔婶婶，不用谁提醒，一张口就土得掉渣渣。

砚田的话并未说完，只是起了个头，接下来说，方老师将浪冲线的说法引申开来，说写小说，尤其是长篇小说，故事进展，人物活动，也应当像浪冲线一样自然而优美。晚上他回到宾馆，躺下睡不着，胡乱寻思，觉得方老师这番话，含的道理太深了。文学语言是这样，长篇小说是这样，人生何尝不是这样。贝壳、沙砾、枯枝，相当于人生的踪迹，弯弯曲曲，散散漫漫连成一条线，这条线是优美的，还是散乱不成形，也像浪冲线一样，受着潮汐和海风的影响。只是对于人生来说，这潮汐和海风，应当别有所指，潮汐可代表时势，海风可代表个人的努力。时势决定了这浪冲线离大海的远近，个人的努力，则决定着这条浪冲线是否更为优美。说完了，一脸天真地问："您看我琢磨的有没有道理？"

方仲秀朝前走着，暂且没有言语。

莫不是不以为然，砚田犯了疑惑。

"没啥吃紧的，我就这么胡想哩。"

"不，对得太太！"

蓦然间，方先生也说起了晋南话，对得太太，顺过来就是太对啦。不是故意搞怪逗笑，是冲口而出，觉得只有这个腔调，才能表达他对这个年轻人的喜爱。

累了，正好有个高点儿的台阶，干脆坐了下来。

砚田不累，就那么随意地站在一边，做出一副虔诚听取的样子。

方先生说，你说到时势，又说到个人的努力，就这么一会儿，他想起了多年来萦绕心头，说是悟开了，实际还是没有彻悟的一个人生疑惑。多少年了，他总觉得冥冥中，有个什么神灵在护佑着自己，遇到过多少灾难，有的几乎是灭顶之灾，到头来总能磕磕绊绊地走了过来。

"说上个事。"砚田提醒。

"先说个大事。"

方先生扭扭身子，坐得舒适些，说开了。

说他是一九六五年秋天，考上山西大学历史系的，起初还觉得怪委屈的，怎么才考上这么个大学。越到后来，越觉得自己是多么的幸运。第二年，高三的学生，已开始升学复习，甚至都填了升学志愿表，一声令下，"文革"开始了，大学暂停招生，这一停就是十二年，中间虽招过两三届工农兵学员，与普通人家的孩子，没有多大干系。想想自己，能考上大学，毕业后有正式工作，能说不是幸运吗？

随着岁月的流逝，经历的增加，他分明地感到了，这幸运的背后，有一种冷飕飕的空气在压迫着，又有一股暖烘烘的气流，在逆行着，顶撞着。而他，就在这一次次的顶撞中，幸运地活了下来。

大学毕业后，分到吕梁山里，一个名为汾西的小县，先在后山一个村子教书，一年后转到东南边的一个村子，要回老家，需在一个叫辛置的小站坐火车南下。

有次放了假，他上了火车，找座位时，见了高中的一位班主任老师，叫路益言。路老师高一时，代他们代数兼班主任，此时已是分管教学的副校长。流动小货车过来，他买了两盒"云冈牌"香烟，送给路老师，算是老学生的一点儿孝敬。正好旁边有空位，就坐下聊了一会儿。路老师告诉他，一九六五年高考过后，他们统计录取结果，发现方仲秀参加考试的那个教室，即那个考场，只有方仲秀一人考上了。"你知道那个教室坐的是什么考生吗？""不知道。""全是出身不好的，家庭有这样那样问题的，我们都认为这个考场的学生，一个都走不了，结果发现你考上了，你真是幸运哪！"

他相信路老师说的是实话。他们班上，出身不好的，所谓家庭有问题，有五六个，考上的就他一个。

还有一个情况，也要说一下。大约一九五七年之后，高考上，对出身不好者，做了严厉的限制。他看过开封一中一个高中生写的文章，说一九五九年他们班参加高考，出身不好者，无一录取。

方仲秀说，他们毕业时，就知道政审分四类，一类是绝密，可以考哈军工那样的军事院校；二类是机密，可以考太原机械学院那样的，与国防工业有关的院校；第三类是合格，可以考山西大学、太原工学院这样的普通院校；最后一类是不宜录取，说白了就是，参加高考只是走个形式，成绩再好也不会录取。

路老师说的那个教室，全是第四类。他家庭出身是富农，理当在这个教室。

"那你怎么就录取了呢？"

连砚田也好奇起来。

坐一阵子了，方先生起来，相跟着朝前走去。这也是一条下去的路，不像庙前的路，一阶一阶，陡陡的，全是青砖台阶，这儿是砖墁的斜坡，缓了许多。

方仲秀接着说下去，说他多少年来，一直在寻找解答。

起初他将自己的录取，归诸山西大学历史系主任许预甲先生，认为是许先生的特意挑选，他才考上的。证据是，入学后，他知道许预甲主任跟他是同县人，便去拜访。叙谈间知道，许先生老家的村子，离他家的村子不过二里，且许先生少年时，也在县城完小上学，后来才考到北京大学历史系的。许先生问他，他们村可有个叫方儒兴的老人，他说不知道。寒假回去，问爷爷，爷爷说此人是他的亲哥哥，跟许先生是高小同班同学，两人成绩不分上下，这次你考第一，下次他考第一。不幸的是，这个伯祖父十九岁时，在瘟疫中去世了。回到学校，跟许先生说了，许先生叹息一番。想来伯祖父的去世，许先生是知道的，不过是随口问一下而已。

这个，并没有让他意识到，自己的录取，与许先生有什么关系。认识到确有关系，是毕业多年之后。一次酒桌上，几个山大毕业的同学聊天，说起出身不好的同学，在那个年代能被录取，他还天真地以为是考得好了才录取的。一个姓薄的中文系同学，跟他一样，都是直到毕业仍是一年级的，说千万不要自以为是，接下来问，你班多少人，说三十人。对方说，你班两个出身不好的吧，除了你，还有一个。他说是的，薄姓同学又说，中文系三个班，一个班五十人，每班也是只有两个出身不好的。为啥，当年有政策规定，可招收百分之五的出身不好的学生，你们班三十个人，百分之五是一点五，人不能半个，就招了两个。我们班五十个人，百分之五是二点五，人不能半个，就舍了，也是两个。全校统筹下来，肯定是百分之五。

至此他才恍然大悟。历史系招收的这两个学生，肯定是许预甲先生精心挑选的。不会是他从报考的出身不好的学生中挑选，是系办公室人员，选上几个，他再从中选两个就行了。能证明是精心挑选的，不是他方仲秀，而是另一个出身不好的乔姓同学。

走到斜坡的半截处，山上前是砖墁的地面，再往下就是沙土地面了，方先生扶住张砚田的胳膊，嘴上仍在说着，脚下分外小心。

"这个同学姓乔，叫乔象铉，是个很有身世的人。他的父亲叫乔鹤仙，是清末到民国年间，山西有名的学者，也可说是社会贤达。新中国成立初期还在世，曾被聘为省政府参事、文史馆员。河津县人，是乡绅，也是个地主。乔鹤仙老先生三十年代初，曾是山西大学历史系的教授，推想那个时候，许预甲先生已在北大毕业，回到山西做事，不会不知道乔老先生的大名。我们这位同学，是乔鹤仙小老婆的孩子，生他的时候，乔老先生没六十也五十大几了。"

"哦，两个名额，就选了这么两个学生。"

"这就是我为什么说，历史系录取的这两个学生，是许先生精心挑选的。"

"这就是您多少年寻找到的解答？"

"不，这个解答，只是解了我一半的疑惑。改革开放以后，经的事多了，我的思考也深了一步，又有两个疑问涌上我的心头。一个是我虽然坐在了那个教室里，很有可能我的政审不是第四类，即不宜录取。因为高考录取，给出身不好的学生放宽了一些限制，也只是在可以录取即普通类的考生中，挑选百分之五的名额。据此，几乎可以肯定地说，我们的班主任老师，不是那个路老师了，高二高三我们的班主任，是一个姓杨的老师，叫杨正太，很正统也很严厉，在定我的政审类别时，心软了一下，把我归到了普通一类。你说，这不是人生一大幸事吗？"

"真是这样。"

"我还在想，一九五九年的时候，高考对出身不好的人，一律拒之门外，应届生中的政审合格者，不足招生人数，以至于要动员干部中的年轻人报名参加高考，想来一九六〇年后的几年，差不多也是这样。而到了一九六五年，就稍稍放宽了，这是什么人在起作用，为什么恰恰又是百分之五。"

张砚田又问，方老师是什么时候，对这个"百分之五"也找到了答案。

方仲秀说，他考虑了，不是多么准确，也没文件依据，只可说是一种臆测。连着多少年，一直不收出身不好的高中生，社会上已形成一种怨气，影响到多少个家庭的正常生活，党政机关中，与这类家庭有关联的人肯定能感觉得到。心软的人，就在寻求解决的办法。谁都知道，经过这么多年的政治教育，年轻人都是要求进步，想为国家建设贡献一份力量的。党对出身不好的青年的政策中，有一条是"给出路"，既然是给出路，对于应届高中生来说，就该是允许考上大学，不应在政审上先判了死刑。该招收多少呢，那些年，一说阶级敌人，总是说百分之五。既然阶级敌人占百分之五，那么可教育好的子女，也该是百分之五，想来招生的百分之五，就这么糊里糊涂地定了下来。有人说了，没人反对，就形成了决议。

说到这里，土坡已下完，方仲秀停住脚步，侧过身子对了砚田。

"社会，就是在少数人的心这么一软中，往前进了一大步。"

"方老师，你的这一番话，让我大受启发，学而不思则罔，说的就是这种情形。"

路的尽头，是一个小亭子，亭子背后，是一个不高的砖窑，里面有泉眼，蓄着一池泉水。砚田说，这就是龙泉寺的龙泉，水质纯净，来了就该喝一勺。说着过去，拿起一个塑料勺子，舀了一勺，递给方仲秀。

"是够凉的！"

方先生喝了一口，感到这龙泉之水，像一股冷气，直通肺腑。

砚田到底年轻，咕咚咕咚，一连灌了几大口。

第三十二章

　　头天晚上主校区的演讲很成功，今天晚上在北校区，白天全天无事，砚田回家陪父母，没过来。一早安主任来电话，问方仲秀，可愿意去阎锡山故居，方仲秀问夫人，说腿疼，回说不去了。上午天气好，安主任开车来宾馆，说去校史室看看，就在跟前，方太太也去了。

　　校史室在图书馆楼上。

　　图书馆是座三层楼，门口两侧，挂着一副牌匾对联，黑底金字，很是醒目，方先生驻足观看：

　　村男于耤，村女于裳，古风犹及今时见；

　　城外山河，楼中书卷，一般不厌百回看。

　　再看落款，竟是：一九二五年秋黄炎培为忻县中学题联。方仲秀表示惊讶："哦，黄炎培来过！"

　　"校史室里，有文字说了来的经过。"

　　安主任说，显然是不愿意在这儿多耽搁时间。

　　校史室在二楼，一间大教室的样子，藏品颇丰富，多是晚清及民国年间的实物与印品。安主任说，几乎全是张校长的个人收藏，展览出来，丰富学生的校园生活。

一块展板上写着黄炎培来忻中讲学的经过。

说是民国十四年，倡导职业教育的社会贤达黄炎培先生，来山西考察，在教育厅长陈受中先生陪同下，来到忻县，忻县中学校长张志先生闻讯，请黄来校演讲，黄欣然应允，讲题为"职业教育之原则及方式"。黄先生一口上海普通话，精神饱满，卓见迭出，不时被热烈的掌声打断。最后，黄先生还编撰一副对联，并亲笔题写。

另一块展板上陈述了忻州中学的历史。其前身为秀容书院，创建于清乾隆四十年（1775），迄今已有二百四十年的历史。清末改为忻州府中学堂，民国肇建，改为忻州县中学校。

下楼的时候，方仲秀心里犯了嘀咕。

说，还是不说？

方才在楼门口，看黄炎培编撰的对联，已不是原联了，是本地一位书法家写的。上联"村男于耜"中的"耜"字，右边是像臣字，只不过是上下两个左边开口的框，贴在了那个竖上。牌匾上写成了"吕"，左边的一竖，没有贯通到底，显然是个错字。上楼见了，当下就要指出来，正揣着该怎么措辞，安主任催上楼，也就咽了回去。楼上参观时又想，自己不过是来讲一次学，就这么指出人家文字上的错误，是不是有显摆之嫌，莫如离开忻州，给张砚田说了，让婉转告知。复念，这么个小事，弄得这么复杂，张砚田就是告知了，忻州中学的朋友说不定还会起了另一种念头，这个方仲秀，真不像话，我们这样好生招待，他怎么这么小肚鸡肠，以为我们连这么一点儿雅量也没有。

就到门口了，罢罢罢，宁叫自己不仁，也不能陷他人于不义。

出了楼门，下了台阶，转过身来，装作实在喜爱，忍不住再度欣赏的样子。先操下鬼心，转身的时候，不是朝右转，而是朝左转，这样转过身，面对着的就是下联了。书写者前面摆着郡望——代州。他几乎是真的真诚地说："代州是文风兴盛之地，这字笔力沉稳，功夫很深哪！"

说罢，好像只看了下联，意犹不足，移了下步子，又看上联。这次不能太真诚了，做出几分随意的样子，像是无意中发现了什么。

"村男于耜，这个耜，我过去一直不知道该怎么读，大连有个作家叫什么耜，去了一起吃饭，才知道读音如思。"

"耒耜的耜，古代的一种农具。"

安主任接了话头，做出解释，方仲秀心中窃喜，连个逗号也没有，接上说："耡字的这边，那道竖，我记得是直通下来的，现在断了，成了上下两个口字。我这记性不一定准，你们查一查，真要错了，也好改，把那儿凿开一点儿，涂上金色，谁也看不出来。"

"啊，是吗？"安主任诚恳地说，"要查一查的，错了就得改过来，谢谢方老师！"

中午饭安排在一个叫"四合院"的地方，十一点多，该去了。

面包车停在操场边上，往出走的时候，手机响了，方仲秀取出手机接上。对方说话了，声儿是女的，问是方仲秀方先生吗？这边应了，又说她是东海书社的，方仲秀一下子警觉起来，知道他给东海出版集团纪委寄去的信，转到东海书社，有了回音。

"请说，我听着。"

"您那个信，我们研究过了，《再读徐志摩丛书》，不是您说的那回事，那是公版书，没有稿费的。前面两项，我们打算给你五万元，要是同意，就签个合同，往后就别那个告状了。合同随后寄去，有个编辑叫韩毓芳的，负责跟您联系。"

听这口气，像是个官，东海普通话，嘎嘣脆，要是个男的，就更好听了。

"好的，我等着，看了合同再说。"

正走着，路过一畦花圃，安主任从后面赶上来，指着花圃里一块大石头，问方仲秀像什么，定睛细看，实在看不出像什么，安主任提示，像不像青蛙。老伴怕方先生说出什么不得体的话，忙应和，说真的很像，眼睛瞪着瞅天上呢。方先生再看，还真有那么个意思。

"这是我们校长，看见扩街挖出这么块大石头，越看越像，雇了吊车运回来的。"

听了安主任的话，方仲秀附和着说："是呀，多少年后，这都会成为忻州中学一个佳话呢。"

安主任又给张砚田打电话，要他现在就下楼，在巷口等着，待会儿接上一起去"四合院"。

手机又响了，又是一个东海口音的女人，声音柔和了许多，说她是韩毓芳，方仲秀一听就知道了，此人当是书社指定的，跟他联系的那个编辑。忙报了自己的家门，且表示了谢意。韩毓芳说，她听社领导说了，要她多和方老师联系，她刚才把合同的文本，发到方先生的邮箱里了，方先生看了有什么意见，随时通过邮件告诉她，她会及时转告社里。

挂了电话，老伴问啥事，方先生说东海书社有了回复，发来一个合同，看来这事可以了结了。老伴问合同内容，方仲秀说在邮箱里，还没顾上看，回到太原再说吧。正好走到一处树荫下，老伴说，为啥要等到回了太原，现在就能看。

对着手机看邮箱，方仲秀真的不习惯，字小，眼花，对不准光。

老伴知道他这个毛病，当即掏出手机，摆弄了两下，调出文件，盯住一会儿，看过了，连手机一并往方先生面前一戳："哼，你自个儿看吧！"

方仲秀只好接过来，看了下去——

甲方：方仲秀

乙方：东海书社

甲乙双方经过友好协商，就甲方致函东海出版集团纪委，对《徐志摩文集》等系列图书所主张的全部权利，达成如下协议。

1.甲方主张权利的《徐志摩文集》系列图书，列有《徐志摩文集》《徐志摩诗歌全编》《徐志摩散文全编》《徐志摩书信集》《再读徐志摩丛书》。

2.《再读徐志摩丛书》，署名为徐志摩著，为公版书。没有甲方署名著作权，不属于甲方，因此未对甲方造成任何侵权。该丛书也没有陈正民署名，乙方未向陈正民支付过任何报酬。

3.《徐志摩文集》《徐志摩诗歌全编》《徐志摩散文全编》《徐志摩书信集》为我社出版，署名为甲方编。现甲乙双方就这四种图书的所有版权、印次的稿酬达成协议；除乙方已经支付给甲方的稿酬之外，由乙方一次性支付甲方税前稿酬5万元（稿酬在此协议签订后半个月内支付）。

4.本协议履行后，视为甲方致函东海出版集团纪委举报的所有情况全部解决完毕，甲方不再以任何形式向乙方主张任何权利。

5.本协议一式两份，由甲乙双方各执一份为凭。

6.本协议自签字之日起生效。

看罢，收起，将手机还给太太，半会儿说不出一句话。

"你觉得呢？"

老伴问，显然她已大致看过了。

方仲秀仍未说话，往前走了几步，这才说："欺人太甚，对先前的过错，不说一句道歉的话。光欠《徐志摩文集》两千册的稿费，就是三万六千元，剩下诗歌、散文、书信，印了那么多次，一共才一万四千元，打发叫花子也不是这么个打发！"

说是这么说，还没走到面包车跟前，他的心情又好了。

又一个女的来电话，一听就是晋阳书社的董姑，说她和老社长来忻州组个书稿，刚刚听张砚田说你们在"四合院"有饭局，他俩推了当地作者的安排，正往"四合院"那边赶。

"老社长，谁呀？"

"哎呀，你真是的，能是谁呀，张继宏嘛！"

第三十三章

　　四合院在云中河西岸，也可以说是南岸，河在这里是斜着流的，怎么说都行。

　　从主校区出发，一路西行，过一座桥就到了。

　　说是四合院，还真是个四合的大院子。门口有门楼，有照壁，连牌匾都是青砖雕下嵌进墙里，那墙也是青砖砌就，白灰勾缝，整齐崭新，比画下的还要不真实。

　　进到里面才知道，只是叫个四合院，实则是个颇具规模的饭店。他们定的是东厢一号，进去一看，清一色的老榆木桌椅，看去很像土财主的客厅，当然要小了许多。

　　安主任、张主任，都像是常客，服务员打过招呼，老板就过来了。张主任更熟些，跟砚田订正了一下，来的可是两位，得到确认后，跟老板说了句"老规矩"，用不着细数，饭菜便下了单。方仲秀正跟砚田说话，这个细节还是注意到了，知道又是一种礼遇，既把他们当客人，又不当外人，尊敬中透着亲切。

　　砚田在跟方仲秀说，董姑和张继宏先生，一时怕到不了，他们正从原平往这边赶。方仲秀说，董姑电话上说，他们推掉了当地作者的安排，听着像是就在忻州地面上。砚田说，她那是为了稳住方老师，怕是张继宏要董姑这么说的，张先生比董姑更想见方先生。

接下来，就说起董姑这个人来。

"砚田，你怎么认识的董姑？"

"董姑老家就在忻州，在太原工作，是有名的才女。上中学时就有名气，小楷字写得好极了。"

"你们也给她叫董姑？"

"才可笑呢。原名叫董姑娘，上中学觉得不好听，去派出所改名人家不给改。换身份证时，去派出所带了一瓶涂改液，说底簿上有问题，叫取了出来，趁人家不注意，把那个娘字给涂了，从此就叫成董姑了，平白地长了两辈。过去是我们的姑娘，现在成了我们的姑姑。"

"不会那么容易吧？"

方仲秀摇摇头。

"她那么说的，女孩子的事，没人去深究，改是真的改过来了，我见过身份证，写的就是董姑。哎，方先生是怎么跟董姑认识的，像是也很熟。"

方仲秀说，他跟董姑认识，也就两三年。

最早是有一次，书法界的朋友小聚，董姑去了，也就认识了。起初以为她只是个书法爱好者，后来才发现，行楷极佳，太原圈子里，几乎无人能出其右。再后来，发现此人，不光书法好，学问也好，爱看书，更爱买书，一来二去，就成了忘年之交。他喜欢董姑，还有一点，就是为人甚是大气。知道他在北京，困居一隅，很难看到新书，有时她自己买下好书，高兴了就下单再买一本寄给他。前不久，就得到一本美国人写的《中古中国门阀大族的消亡》。

这话像是说到砚田的心里去了，当即表示了自己的看法："是的，就是大气。她是个女的，这么大气，弄得我们都觉得无法回报。"

到了这个份上，方仲秀也就不遮掩了。

"我也一样，不过，最近我给了她一点儿帮助，自认为也还切实。"

"帮她出了一本书？"砚田问。

"不，是指导她写一本书。"

"叫什么？"

方仲秀说，书名还未定下，不是她的书，是指导她改写一本书。

这关系着他对中国史的认识。

他上学的时候，用的课本是郭沫若的《中国史纲》，看过的书有吕振羽的《简明中国通史》，范文澜的《中国通史简编》，还有尚钺的《中国历史纲要》。这几部通史，在历史分期上，或许有不同，比如尚钺的书，把西汉都划到奴隶社会，共同点则是坚持人类社会五大社会形态，即原始社会、奴隶社会、封建社会、资本主义社会、共产主义社会。社会主义不算一个独立的社会形态，是资本主义到共产主义之间的一个过渡。这样的划分，也许在西方的某个时段是一种共识，但移到东方，就未必合套。于是近世的历史学家，就硬往上套，明末出现了织布机作坊，就说出现了资本主义萌芽。封建社会，更是一片黑暗，绝对要全盘否定，现代社会有什么不合理的东西，一说就是封建主义的遗毒。这些年，他一直在琢磨着写一本简明中国通史，通俗些，得体些，意在说明中国社会发展的真实情形。

　　张砚田听了，大为赞赏，说："那就写呀，写出来准是畅销书。"

　　"我写不了。"

　　"那谁能写得了，你是说董姑？"

　　"对。也不用她写，改编前人的一部通史著作就行了。"

　　见他俩谈得热火，张主任像是要吸烟，约上安主任出去了。

　　方仲秀觉得，这儿不是摊开谈写史书的地方，尽量简略地把自己的意思说了。为了显示他的史学见识，还是举了两个例证。前年他去日本，在京都参观历史博物馆，日本有个时代，与中国的唐代为同一时期。遣唐使学习中国文化，将唐朝法律带回日本加以推广，于是后世的史学家，便将日本京都的这一时期，称为唐律时代。

　　再一个例子是，我们都说，封建社会是皇帝专权，毫无民主政治可言。可他看《明史》，在《王崇古列传》里，就看到一件事，可以证明，明代隆庆年间，朝廷不光实行民主政治，且进化到了数字表决的层面。明代一个大事件，是隆庆和议，王崇古提出后，朝廷大臣各有各的看法，隆庆皇帝难以决断，传旨让内阁大臣来个计数表决。结果是定国公徐文璧、侍郎张四维以下二十二人以为可许，英国公张溶、尚书张守直以下十七人以为不可许，尚书朱衡等五人言封贡便，互市不便。上报到皇上那儿，皇上就准了和议之事。怎么投票表决，在西方在现代，就是进步，皇上做了，就无人称赞。这则史料太宝贵了，写《边关》时，他就用主人公阅邸报的方式，全文抄了出来。

不给砚田表示称赞的机会，说到这儿，喘了口气，又说起他指导董姑改写的，是一本什么样的史书。

是邓之诚的《中华两千年史》。此书改革开放之初曾重印，共十一二册，这两年又有重印，他在网上见过，精装四大册。

为什么选这套中国通史呢？因为邓先生写的时候，是三四十年代，且是从三皇五帝上古传说开始的，没有什么原始社会、奴隶社会，新中国成立前就印出了，也就不会有什么农民起义。黄巢是造反，李自成、张献忠一律称之为流寇，杀人如麻，祸国殃民。再就是卷帙浩繁，引用史料，极其丰富。这样，就有了删减取舍的方便。方先生给的指导是，用新的历史观念，将这部通史改造一番，郑重推出，给国人输入一种新的历史认识。

"哎呀，太好了，太好了！"砚田拍手称快，一面又心生疑窦，"董姑答应了吗？"

"去年回太原，约她出来喝咖啡，跟她细细说了，表示赞成，又有点儿胆怯，说她还想看几年书，把底子夯扎实了，再做这个事。"

"等什么，我见了也要劝劝她。我是学理工的，要是学文史，有方老师指导也敢做。"

手机响了，砚田拿起接听，不用转述，声儿大，方仲秀也听见了，是董姑的声音，说他们已到了顿村，再有二十分钟，即可到四合院。又说，方老师年纪大，别等了，你们先吃着，不用等他们。收起电话，砚田看看手机，说快了，十二点半开饭。说着朝外面招招手，方仲秀以为他是跟张主任或安主任打招呼，说可以上菜了，不料进来一个高大的汉子，一进门就冲着砚田喊："哈，是你狗日的！"

砚田皱了下眉，似乎要发作，马上又阴转晴，换了一副笑脸。

"哟，是狗子！"

那个叫狗子的中年汉子，又抢前一步，绕过靠边的椅子，到了砚田跟前，搓着双手说，他是在院里遇见校办的张老师，问张老师怎么在这儿，张老师说请来一位省里的专家，晚上要做报告，中午在这儿吃个便饭。又说砚田在这儿，你不去看看，他就过来了。刚走到门口，就见砚田招手，还是砚田够意思。说罢，又朝方仲秀哈哈腰说："嘿，您是省里的专家！"

感觉下面还有半句，怎么看着不像呢。

方仲秀没有搭理。

"是呀，这位是方老师。"

明明心里不待见，砚田还是友善地提示。

"方老师好！"

那汉子果然变了腔调，显得很有礼貌。

方仲秀点点头，那汉子呵呵一笑，退了出去。砚田解释说，此人跟他是初中同学，比他要大三四岁，念书不行，高中没考上，在社会上混了几年，如今成了网红。张主任当过他的老师，刚才在院子里，定然是他絮絮叨叨没个完，张主任烦得不行，才说砚田在里面，把他打发过来的。他能理解，谁见了此人都烦，实在是方先生在这儿，他还知道一点儿规矩，要是方先生不在，就张砚田一个，缠住了不知要说多少废话。

"怎么会是个网红？"

方先生问，在他看来，网红应当是个漂亮女孩儿，或是英俊小伙，这么个年岁不小的汉子，怎么会成了网红？

"方老师有所不知，自从兴起网络，主要是手机微信，世界就跟翻了个个儿一样，过去只有上报纸上电视才能红，现在弄个微信号，只要加的朋友多，又敢搞怪，立马就跟敲了锣一样，大街小巷，城乡村镇，无人不晓，不是网红又是什么！"

方先生听出来了，要成为网红，除了加微信的人多，还要会搞怪，问砚田，这么一个粗俗汉子，又能搞什么怪。砚田说，正经人要出个"拐"，得把脸皮"抹"下来，这号人，原本就没脸皮，要出个"拐"，还不是手到擒来。

方仲秀对方言的辨析力，还是很强的，知道"拐"的意思，不仅仅是"怪"，还有出人意料的意思。

"能出个什么拐呢？"

"说一条你就知道了，有人天天在网上，宣扬自己是个纯爷们。夏天穿个短裤，也不晓得裆里塞个啥东西，先打出一行黑体字，咱家纯爷们，你说恶心不恶心。"

"这也叫网红！"方仲秀笑了，"说这话，不等于说，天下男人都是二尾子，就他跟种猪似的，可以当种人用。"

言罢，对砚田说，张继宏和董姑快到了，该去门口等着。到了院里，看见张主任，砚田说，那二位快到了，他俩去接一下，让张主任回包间，热菜凉菜一起上。院门口遇见安主任，正端着一盒二十年的汾酒往里去，看样子像是从面包车上新取下的。

"刚才不是拿了一盒？"

砚田问，安主任脚步不停，随口答道："人多，预备着。"

两人出了四合院大门，没有走远，就在门口站着。

"方老师跟继宏先生，交情可是够深的。"

砚田在北京，就听方仲秀谈过两人的关系，顺口提起这个话头。

"这个人，在山西文化界，是个难得的人才，有见识，又敬业，出了不少好书。"

日头正毒，两人也没商量，嘴上说着话，脚步移到门外一侧的树荫下。砚田朝外跨了两步，将正中的阴凉让给了方老师。

"听董姑说，张先生这次回原平，也是给他的一部书稿搜集资料。董姑说，这本书也是方先生撺掇张先生写的，叫《山西的文脉》。"

方仲秀说，这倒是他不曾想到的，两年前议过这个事，没想到继宏真的行动起来了。

"这么早？"

砚田感了兴趣。

方仲秀说，两年前，继宏刚退休，一次酒桌上，谈起近世以来，山西文化上的不景气。高院的李院长，说该有人写一部《山西法制史》，呼吁公民树立法制意识，也许是山西文化复兴的一个助力。学者苏先生说，该写一部《山西文化史》，探讨山西文化落后的原因在哪里。

他呢，不主张写史，一是这些年，各级政府修史志，都修滥了。再就是，写史要面面俱到，很难抓住要害，不如有人多操点心，写本《山西的文脉》，梳理史实，在全国的大格局下，限定在一个历史时段，探究山西的文脉，是怎么一步一步衰微下去的。

"唐代山西有好几个大诗人，文风甚盛，为什么不从唐代写起，激励山西的读书人，重振盛唐景象？"

砚田这个理工男，读的文学书也不少，在这种大而化之的论题上，总觉得自己还有独到的见解，非同凡俗。

方仲秀听了，不便反驳，又不能不有所纠正，便说道："古人重郡望，又讲究魂归故里，因此说生在哪里，死葬哪里，说明不了什么问题。比如司马光，郡望是蒲州，夏县有他的陵墓，可你写山西文化史，能说宋代山西的史学成就非常高吗？从明代写起，实际也是高抬了山西。史书上说，明代山西多重臣，好像山西的士子，很是风光过一阵子。但是切莫忘了，北边九镇，山西一省就占了两镇，地处前沿，有意拔擢山西人才，也是朝廷因地制宜，不得已而为之。以我之见，若论近世以来山西的文脉，该从曾国荃莅晋，创办濬文书局开始，才是正理。"

砚田真是机灵，马上恳请方先生详细点，说说这是怎么回事。

方仲秀说，这则史料，还是张继宏先生提供给他的。

去年夏天，他在太原，省图书馆办了个多少周年讲座，请他主讲。他发微信给继宏先生，问手头可有什么过硬的材料，说明清代山西的文化，还处于一个落后的状态。继宏毕竟是搞出版的，当即从他们出版的史料书上，拍照发来一段文字，应了他的急。

方仲秀说着，捏开手机，摆弄了几下，像是调出什么，一面对砚田说，继宏拍的是书页，发过去你也看不清，还是我挑要紧的，给你念一下吧。说着，眯起眼，瞅着手机屏念了起来：

山西濬文书局成立于一八七九年（光绪五年三月），地址在太原桥头街路南。将经史各书刊刻齐全，各省艺林莫不利赖。独晋省地处边陲，尚未应办。臣莅晋后，查书肆既无刊印官书，即南省已刊之书，又因道路艰险，无人贩运到晋，凡市肆所售者，率皆伪误，不堪卒读。近十年来岁试文章，入场者大县不过百余人或七八十人，小县或五六十人、三四十人不等。士为四民之望，今应试者如此之少，正气摧残可概见矣。又查院行道府，及通省州县教佐各衙门书吏，能解字义者，百不得一，至于能通文气，明白起承转合，在千吏之中无二三焉。每遇公事急需咨移审核，札饬告示，全仗本官与钱粮幕友一手经理。彼庶人之在官者，名虽列于卯册，实不能办甲乙。夫以一县之大，公牍之繁，一官之精心能有几何，一幕之赞襄安能毕举。而署中书吏不能办制公牍草稿，将欲励精图治，安得不引为己忧。凡此，皆由于地方诵读太少之故。

念完了，捏黑手机，仍握着，对砚田说，这则史料，那天在省图讲座上，他多有发挥。

一是官办书局，朝廷在同治年间已颁下御旨，通令全国各省办理，东南各省，遵旨而行，何以山西到了光绪五年仍未办理，是何道理。这或许与光绪三年，山西遭了大旱灾有关，但财力不济，文风不盛，怕也大有关系。再是光绪初年，全国政经格局已定，而曾国荃的奏章中，说山西一省，地处边陲，这就关系到山西，在国家地缘政治上的定位。现在我们说山西是华北，跟北京、天津都在一个地域上，无意间把自己的地缘身份抬高了，是好事还是坏事，怕还在两可之间。三是最重要的，这个奏章，指明了文化与经济发展的关系。一个省，州郡府县的办事人员，素质如此之差，如何励精图治，又如何发展经济。全省各县，读书人如此之少，士为四民之首，全省的民间风尚，又如何能振作得起来。因此上，那次讲座，他特别强调，山西过去的落后，主要是文化上的落后，往后山西要振兴，也得多在文化上下力气。

"你就这样讲啦？"

砚田有些不信，方仲秀也不愿多说，顿了一下，还是说了："讲座嘛，总得说些新鲜的，要不人家来上一趟，你尽说些套话，出去了会骂娘的。"

"这些年，有几部晋商的电影，把山西喧上去了。"

砚田总觉得，这些年山西的宣传，还是给力的，方仲秀则大不以为然。

"过分地宣扬晋商，徒增山西人的虚骄心理。多数研究者都忽略了，徽商是将自己的物产输送出去，晋商则是凭了辛苦与机遇，将外边的银子赚了回来，对本地的经济发展助力不大。再就是，徽商重视文化教育，有了钱送子弟读书求功名，晋商发了财，最喜欢的是，修建高宅大院，炫耀乡里。更有一些学者研究下来得出一个结论，说晋商所以兴盛，是因为晋商人家，往往是送一等子弟经商发财，让二等子弟去读书求功名。这真是奇谈怪论，不知羞耻。普天之下，但凡能过得去的人家，都知道要子弟去读书，求功名求仕进，独独到了晋商这里，反是让一等子弟去发财，二等子弟读书。现在山西高考升学率不高，会不会是山西人家，将一等子弟送去打工，让二等子弟读书所致？"

砚田笑了，说方老师这嘲讽，真是太辛辣了。

方先生说，经济和文化，理顺了是互相促进，理不顺，必然是互相促退，两败俱伤。他上中学时，数学老师在讲函数时，讲过一个生活现象，估计是翻译的外国书上看来的。说是一个穿着皮靴的猎人，去森林里打猎，路过一片泥泞的地段。路滑，走得慢，脚跟只能抬起二厘米，赶走出这个地段，他的高勒靴子的上部，也满是泥浆。然后这个老师就说，两脚交替前行，靴子的里侧会相互磕碰，每一脚下去，泥浆都会往上蹭二厘米，这样一路走下去，泥浆就蹭到靴子的上部，离膝盖不太远了。老师还列出一个算式，只要将泥浆多深的数字，还有走的步数代入，就能求得靴子上泥浆之高。

看砚田一时还理解不了他的命意所在，方仲秀说："我把这个现象，叫泥靴定律。山西的经济文化，长期以来，陷入泥靴定律而不能自拔。但愿往后的主政者，能认识到这一点，下大力气矫正过来。"

"我看哪，"砚田显然不能同意这种说法，"中央多给山西一些优惠政策，山西是能源大省，肯定能很快摆脱困境，发展起来。"

"我从来不同意这种说法！"

一直很平和地说着的方仲秀，忽然一下子变得凶狠起来。

这一招让砚田大感意外，原本就傻咧咧张着的嘴唇，合到半路上，像叫施了魔法一样，变成一个僵死的椭圆。方仲秀以为他要辩驳，又加了一句，凶狠的力度，一点儿也没减。

"听我说了，你再说！"

砚田一时语塞，只是点点头，表示他在听着

"我从来不这样认为。"重复了一下，语气稍为缓和，"中央对山西够好的了，经济上的事我不懂，文化上的事，我是知道的，好坏还能理得清。河南、山东的人口，都在山西的两倍以上，教育部给省属大学的 211 指标，河南一个，山东一个，山西也是一个。若按人口分配，山西一个，河南、山东都应该是两个，教育部没有这么做，对得起山西吧？可给了山西，山西给了什么学校，给了一个理工科大学。别的省都是给综合性大学，独有山西是给了理工科大学。全国各省，没有一家这么蛮横，这么糊涂的。这，只会是山西人自己干的。"

方仲秀有些语无伦次，砚田动了怜悯之心，连连摆手，像是抚平着面前的什么，示意方老师消消气。方仲秀也觉得自己失态了，顿了一下，总是情绪太激动，一下子平复不下来，咽了口唾沫，又开了口："你就是打死我，我也不相信中央给211指标的时候，特意在下面注了一条：此校必须是理工科大学。"

"那倒不会，那倒不会。"

砚田这么真诚地化解，方仲秀扑哧一声笑了。

"嘿，我这也是咸吃萝卜淡操心，生的是哪门子气呀。"

情绪是平复了，想说的话，还没说完，还想说给年轻人听。

他说，他是一九六五年上的山西大学，当时学校分北院与南院，实际北院是老校区，也可说是主校区，主楼、图书馆、校部楼，全在这边，那边最大的建筑是物理楼，还有两三栋学生宿舍楼，学生也就物理、数学、体育三个系的。南院的北边有围墙，南边连围墙也没有，他们给那边叫海南岛，可见其荒凉。两个校区之间，隔着一条马路，土路，常跑拉煤的车，路上的土又黑又脏。这是校区东边的许坦村，通往西边坞城路的一条便道。从那时到现在，五十多年过去了，山西大学校园，发生了什么变化？说来没人会信，就是把这条土路赎了回来，将南北两个校区联成一体。有两年全国并校成风，山西大学南边有个经济管理学院，谁看着也该并过来，可就是并不了。这个学校后来成了山西财经大学的一个校区，现在你去那边，牌子竖得老高，你还以为山西大学是它的校区呢？

又觉得自己情绪不对头了，这次是方仲秀主动刹住，且掉转了话头问砚田，跟张继宏先生是如何认识的。

砚田说，这些年他一直收藏山西乡试的朱卷，记得在北京跟方老师说过，几年下来，总在上百份。去年想出本书，有人介绍说，原平的张先生是古籍出版社的社长，找张社长说说准成。他去了太原，在建设路的社里，找见张社长，不巧的是，张社长刚刚退下来，是不管事了，可对他收藏的乡试朱卷很感兴趣，他们还加了微信。从微信交往中知道，张社长他们村张家有一支，祖上很厉害，叫张登瀛，同治七年中的进士。那一年殿试，山西怕是明清以来成绩最好的，河津的王文在，中了探花，原平的张登瀛中了二甲第九名。张社长有张登瀛朱卷的电子文本，连同其他资料，全部提供给他了。

"继宏这个人，为人磊落，见你这么收集山西朱卷，一定满心喜欢，他要写《山西的文脉》，说不定还要借助你的资料呢。"

"我肯定全力支持。"

正说着，一辆白色小轿车在马路对面停了下来。

张砚田眼尖，一眼认出后座上，朝这边招手的董姑，正好路上无车，放开步子迎了上去，到了跟前，才发现开车的竟是张社长，惊叫道："哎呀，社长开车，美女坐车，成了什么世道！"

第三十四章

反正下午有的是时间，在东厢一号用过饭，又到茶社喝茶，仍在四合院，不过是在南门里面。

"这个地方真好！"

方仲秀一坐下，就表达了这个意思。

不全是嘴上说出的，也是一屁股蹾在椅子上的气势表达出的。粗笨的榆木椅子，竟承受不了这重重的一蹾，发出咚的一声，像是在提醒旁边同伴要留神。旁边的同伴，一个同样粗笨的榆木椅子，却没有这样的厄运，只是四条粗腿在地面上轻轻一滑，发出近似歌咏的一声"吱吱儿"，往外移了不到一尺——董姑挨着方仲秀坐了下来。

方仲秀说这地方真好，是称赞这地方，坐得舒适，又能激发怀旧之情。

"这地方像早先我家的磨坊！"

说着展开手掌拍了两下。

拍的不是木质的桌面，而是圆圆的磨扇，灰黄的花岗岩，一看就是早就不用了的，在野地里风吹日晒放了多少年。磨扇毕竟不够宽大，便将扫面的石板，抬高少许，放了瓷壶碗盏。

这饭馆，北门临着大街，进出方便，南门外面，是一块平地，从朝向上说，才是院子的正门。门内两侧，朝院心这边，有屋顶，有房檐，没有围墙，就那么敞着，便做了茶社。

南边正中有门，分成了两下，两边一点儿也不逼仄。石板桌子，老榆木椅子，粗瓷茶具，有种市井茶肆的豪侠之气。只是斟茶的女孩，太漂亮了，一点儿也不像村姑。他们几个人，坐在左侧的门廊下。这是由院里出去的方向说的，若以进门论，则是右侧。所以选择这边，一是离吧台近，再是那边的门廊，转过一个墙角，便是卫生间，感觉不好。

喝了酒，超过微醺而至半酣，方仲秀的轻狂劲儿上来了，思维敏捷，说话机警，还得加个脱雅，这个脱雅。是脱俗的套用，常俗的人要脱了，是脱俗，常雅的人失手了，当然可以说是脱雅。

就说磨扇石边的"现在而今眼目下"吧。

董姑今天在酒席宴上的表现，正如张砚田方才给方仲秀谈改名字的逸事所昭示，起初还是董姑娘，三杯酒下肚，转眼就提了两个辈分，成了说一不二的董姑。方仲秀早先劝她改写邓之诚的《中华两千年史》，原本已答应了的，今天却声言改编不如原创，她自信用上十年的工夫，自己是磨得出一把剑的。本来这个话题已经撂开，战场移到茶社，该别开生面，她却还要旧话重提，像是要故意惹方仲秀生气。

"方老师，我还是要自己写一部中国古代史，我写出来的，不会比邓之诚的差！"

"好，我赞成，做学问就要有敢为天下先的勇气，还要有光屁股撵贼胆大不识羞的精神！"

这话一出口，坐在他另一边的张继宏先吃了惊，忙看董姑的反应，好在董姑并没有怎样的反感，淡然一笑，也不知是笑方先生的出语粗俗，还是笑自己的见怪不怪。

方先生言后，自己也笑了一下，在别人看来，当着年轻女人说这样出格的话语，纵是酒后，但凡还有一分清醒，都应当有些许的惭恶才对，怎么竟会毫无愧怍地笑了起来。这就是为臣不识君王心了，方先生这一笑，并非笑自己给了董姑这么个劣评，而是笑自己的脑子这么好使，嘴巴这么便给。他本来要说的是："对着哩，就要有主意嘛，不听人说，男人没主意一辈子穷，女人没主意一肚子尿。"话将出口，也像临场作弊一样，改成了"光屁股撵贼"这样也还不算太粗鄙的比喻。

怕方仲秀的口无遮拦，真的惹恼了董姑，张继宏又将方才在东厢一号的话题，来了个顺水推舟。

"次珊兄，"张继宏破例地称呼起方仲秀的字，以显示格外的敬重，"你在京师当寓公多年，不知山西大学近来新的变化。"

方仲秀侧过脸，非是要专心听张继宏讲述，是盯住前面的服务小姐看得太久了，借机换个姿势，表明他只是好色而未起淫意。

"去年教育部立下新章程，来了个省部合办，一省一个，山西定的山西大学。北京大学帮扶山西大学，北大也够意思，派了个处长来山西大学当校长，或许以后山大就见起色，不那么屌了。"

"我在网上见了！"方仲秀手一挥，满脸的不屑。"北大也是欺人太甚，山大和北大，建校时间差不下多少，只能说是老弟兄，不能说是父与子，你就是派个处长来山大当校长，来之前提成副校长，让山西人脸上也好看些。过去皇上派大臣出京办差，还讲究赐半副銮驾，以壮声威呢，胡适之先生当校长，肯定不会如此行事。"

"哈哈！这是说的哪朝的话呀。"

"你停下，你停下！"

张继宏以为方仲秀让停下话头，是他要抒什么高见，仍是笑着，不再言语。

"你停住别动。"方仲秀这里把张继宏叫了停，招了下手，对坐在他对面的张砚田说，"你看继宏先生的脸，看他脸上的笑。"

"这又怎么啦？"张继宏还是笑着，只是不像方才那么自然了。

"大有讲究！"方仲秀的思绪飞扬和伶牙俐齿，全副的銮驾都摆出来了，"砚田你注意了没有，继宏先生脸上这笑，实在是太经典。他这人，还不到六十，一脸的老相，面皮干瘦松弛，即便心里一点点笑意，传导到脸上，也是真诚的微笑。这会儿他的笑，是我说了胡适当校长，惹他发笑才笑的，实际上张先生脸上的笑，最贵相的，是两人说话，他要说什么还没开口那一阵儿，只要他眉毛一耸动，脸颊上的皱纹一绽开，嘴角扯一扯，跟前不管有几个人，都得静下来，以为此人肯定有什么超卓的见解要发表。"

"哈哈！"张继宏又笑了，只能说是干笑了两声。

"方老师，我也注意到了，只是说不下这么准确。"董姑开了口。

"你这么一说，还真是的。"张砚田来了个恍然小悟。

自己的奇思妙想，得到两个年轻人的认同，方仲秀的兴致更高了。

他这个人，一高兴，肚子里的豆子，不倒完不肯住嘴，接下来又说："这就叫宅心仁厚，学是学不来的。我年轻的时候，很重视自己的言谈举止，曾经对着镜子，练习这种型号的微笑，不行，怎么也不像，一笑就是奸笑，不光不是宅心仁厚，反像是一肚子的坏水在脸上碧波荡漾呢。"

一桌子人全笑了。

忻中的二位主任，这两天跟方仲秀在一起，多少还是拘谨的，这次是真的畅怀大笑了。

"你呀！"老伴是笑着说的，可脸上还是掩不住责怪的神情。

"继宏兄啊，你有这本事，当好人实在是委屈了好材体，当坏人保准无人看穿。白居易有诗，说王莽'向使当初身便死，一生真伪复谁知'。你要是当了坏人，白居易这诗，怕得改为'继宏有此真诚笑，一生奸诈无人识'。"

全桌人又笑了，连老伴也为夫君的满嘴喷粪逗乐了。

待众人笑罢，张继宏要说话了，先那么厚道地一笑，果然如方仲秀所言，一桌子都支棱起耳朵，准备恭听张先生的高言谠论，连修辞上的洗一下也顾不上了。

张继宏先说了个故事，说方仲秀未去北京长住以前，那时他还在台上，设个饭局不是个事。高院的李院长，地名办的老苏、文史会的谢公，常在一起聚会，有时也会加上一两个新人。有次来了个新人，说是新人，也是省城文化界的贤达，只是不多聚会而已。此公也是山西大学出来的，论年限比方先生还要高两级，有学问，也傲得很，平日不怎么看得起方先生。那天也是多喝了两杯，指点着方先生说，你还是个作家哩，你那小说不行，差路遥远着。旁边有人怕方先生面子上下不来，说方先生散文写得挺好的，这老兄抽一口烟，眼角朝上，说散文也不行，差余秋雨远着。方先生一直不吭声，就那么一脸笑地听着，话到了这儿，接上问了一句，这么说我是啥啥都不行。那老兄也觉得自己失了口，毕竟方先生在社会上，名气比他大得多，叫方先生这么一问，只好说他也没那么说，你的杂文还是不错的。方先生说妈呀，你这不是说我是鲁迅嘛。那老兄是研究鲁迅的，一下子闹了个大红脸。

张继宏就这么似笑不笑地笑着，不紧不慢地说着，末后来了一句："那两年，朋友们聚会，最爱听方先生酒后的谈吐，只有亲耳听了，你才知道前人说的口才便给是怎样一个情景。"

　　天凉下来，茶也喝得差不多了，董姑提议，云中河上有个水上公园，何不去走走。离得不远，她前几天还和一个闺密去过。

　　校办张主任说，公园在河那边，还有一截，坐车去吧。

第三十五章

过了河，车就停下，一行人往前走，不一会儿就到了。

水上公园的景色很美，当然无法跟东海市的水上公园相比，那儿的是湖，这儿是将河水闸了起来，形成一片水域。

也是想到了东海市的水上公园，方仲秀跟张砚田说，刚才来四合院之前，收到了东海书社发来的合同，根本不把他当回事，跟打发叫花子似的，以为给上五六万，就把这件事了了。他要的不是钱，是尊重，是人格。砚田劝他，不必担心，他们永嘉公司，不光办涉外版权业务，国内有事也可以出手，到时候他会为方先生两肋插刀的。

方先生此刻看去，似乎已有两把钢刀，插在了砚田的两肋上，心疼地说，有你这话，我就理得而心安了。他不知道砚田此刻担心的不是别的，而是今晚在北校区的演讲，先生能不能一如在主校区那样，精神饱满，妙语连珠。

方仲秀从来就不是个沉稳之人，有张砚田这话，加上中午的一场痛饮，酒劲尚未完全散去，立马将东海书社合同引起的烦恼，扔进云中河里喂了鱼。

他这人，浅薄就浅薄在，意念和肢体常是协同动作，脑子里想着将烦恼扔进水里，手臂就真的做了个朝水中抛撒物件的动作。然后过去，俯下身子，双肘支在齐胸高的护栏上，怔怔地盯住脚下的水面。太神了，竟真的有几尾草鱼，游了过来，嘴儿朝上，喁喁蠕动，似乎正在嚼食着他刚刚扔下的烦恼。

这亭子，底下打着水泥柱子，探进河心好几丈，对面是一片杨树林子，两个红裙子女孩儿正在拍照，一个倚住树身，做出哆哆的动作，一个撅起屁股，正在取景，也正好对着了河这边的方仲秀，不知哪里来的豪情，竟直起身子，来了个虎啸猿啼。

"嗷——嗷——嗷——"

倚着树身的女孩儿，能看清呼啸的是何等样人，也就没理，拍照的女孩儿只闻其声不见其人，以为是年轻人在调情，扭身就给了一句："讨厌！"及至看出是个老头子，就知道自己情绪上付费高了，想找回来已来不及，狠狠地瞪了一眼，继续撅起屁股拍自己的照。

这一切，一直跟在身边的老伴实在看不下去了，呵斥一声："轻狂！"

让老伴料不到的是，她的这一声怒气冲冲的"轻狂"，竟像旧戏里的"叫板"一样，不是引发了，而是引起了方先生的一段唱词。

这段唱词，不是方先生现编的，是他这些日子在北京，几乎天天听，有时也跟着电脑唱，记得烂熟的一段周信芳的唱腔。不是《宋士杰》里的，也不是《徐策跑城》里的，是周先生早年演出的一出京剧里的。剧名《澶渊之盟》，周先生在戏里演大宋丞相寇准。此戏周先生只留下录音，没有录像，前些年搞音配像时，由京剧名角小王桂卿给配了像。方先生在电脑上看的，正是小王桂卿演的一折。这一折的剧情是，辽国的萧太后，率领大兵侵犯宋朝，来到澶渊城下，大宋丞相寇准已安排好退敌之计，胜券在握，兴犹未已，便站在澶渊城的城楼上，对着城下猛将簇拥的萧太后，尽情地调笑了一番。

在方仲秀看来，这场戏代表了周信芳戏剧表演的最高成就，他听了不下百遍，不光唱腔好，动作好，若这唱词真是周信芳编的，说周先生是文学大师也不为过。明明知道老伴在一旁，杏眼圆睁，怒不可遏，在他看来（未扭身看，只是感应），就像澶渊城下，一手叉腰，一手按住剑柄的萧太后一样，更加激起他的豪情，胡子吹得更高，帽翅扇得更欢。

寇准这几句唱词，先是在官衙，李将军通报萧太后领兵到城下，唱道：

久闻得这老婆娘又凶又狠，

今日里得见她有幸三生。

然后才是，站在城楼上，朝着城下的萧太后唱道：

你问我因何故不来交仗，
有几个缘故细说端详。
一来是宋王爷一路劳乏须待静养，
二来是风雪如狂，我赋性粗豪，
诗性发作，酒性也狂。
未交兵先来个高歌饮畅，
你看这四顾苍茫，万里银装，
带砺山河，尽入诗囊，
笑人生能几度有此风光。
第三只为的你萧后着想，
有句话说出来你莫要惊慌。
哪里有百万雄兵，
行围射猎俱是虚诳。
分明是乘我不备乘虚而入，
要夺我的汴梁。
我若是传令来交仗，
怎奈你马步全军二十余万，
还未到前方。
大宋丞相江海量，
不欺你寡妇孤儿在疆场。

方仲秀哪有什么唱戏的天赋，只能说词儿烂熟，调儿拐到哪儿，都能擒住词儿，像徐志摩一首诗的题名"火车擒住轨"一样。擒通擒，他编《徐志摩文集》时，想给改为擒，觉得不妥，又想在题注里加一句"擒，即擒"，也觉得多余，末后是原文照录，不改也不注。

方太太实在听不下去，也看不下去，又不想陪着丢人现眼，过了短短的栈桥，到岸边的长廊上坐下歇息去了。

老伴一走，方仲秀更来劲了，直唱到"在疆场"，两手一摊，蹄蹄爪爪才复了原位。

"哎呀！厉害，次珊兄真厉害！"

张继宏在一旁，高声称赞，方仲秀以为是夸他唱得好，正要略表一点儿谦虚之意，及至下面的话说出来，才知道人家的称赞另有所指。这也是因了继宏说完第二个"厉害"之后，又来了一个经典的张氏微笑，将间隔拉得长了些。继宏下面接着的半句话是："这么长一串子戏词，竟能背下来，不简单，不简单！"

"你也太吝啬了！"

方仲秀不以为然，是这么说了，并非真的指责，见继宏不解，旁边的董姑和砚田，也未参透，忙补上下半句："你说是唱下来怕什么，我会跟你要听戏的钱嘛！"

张继宏不加辩解，只是让他那经典式的微笑，延迟一会儿才收摊。

见众人都在跟前，方仲秀临场发挥，又畅叙了一通他看戏看出的见解。说他在京闲住，没事了就在电脑上看京剧，好的唱段，不厌百回，放在收藏夹，一点就开。好的唱腔动作，每听一句，看一招，就点了暂停，细细琢磨，好些旧的说法，都得到印证。比如流水的垛口，怎样行腔，只有多听才能悟出其中的奥妙，有时会忽然开悟，冒出一些独到的见解。

"举两个例子听听。"

董姑像是也喜欢戏剧，有点儿急不可待了。

方仲秀趁机又把他的见识，绽了开来，往宏大里撑了撑。

说上上个月，山西晋剧名角谢涛，率团参加全国地方戏会演。谢涛带的是新排的《于成龙》，在天桥剧场演出。两天，一天一场，都在晚上，谢涛让助理跟他联系，派车接他和老伴看了头一场。实际是他和老伴打车去的，回来确是车送的。他说人家派车来接时，脸上毫无愧色，反正有那么一趟，接和送没有多大的不同，放在接上体面些。

到了第三天中午，谢涛安排在离天桥剧场不远的湖广会馆请客，没有外人，就谢涛两口子，他两口子，还有助理小岳，喝了两杯酒，谢涛问对《于成龙》有什么看法，请直言相告。他毫不客气，说谢的唱做都无懈可击，剧本不行，全是白费。

"你真的就这么说？"

董姑不信，张砚田截断她的话，说听方老师往下说嘛。

方仲秀觉察到什么，再说起来，稍稍收敛，只是神态不变，仍然是一副包打天下的气势。

"我为什么敢这么说呢？她的《于成龙》一出场先是十几句唱词，唱于成龙如何因故贬官，要回家乡养老，又放心不下湖北的百姓。随后湖北巡抚赶来，说山民啸聚，请于成龙前去安抚平叛。这种一上来就是一大段独唱的设置，就犯了旧戏的大忌。这种一出场，先是大段唱腔，是跟'样板戏'学下的，意在树起英雄人物的光辉形象。为什么排了好几个新编的历史剧，都是自己剧团唱上多少场，获上两个奖，就悄无声息了呢？就是在戏上下功夫不够，辛苦全下在思想性上。一这样，就要追求故事的完整，要有矛盾冲突，要有社会意义，隔上三两场，就得慷慨激昂一番。不知道，或许是知道而忽略了，戏是唱出来的，不是演出来的。动作、趣味，全在唱词里头。像《澶渊之盟》，在当年，也是新编历史剧，别的不说，光听闻萧太后兵临城下，寇准唱的那两句'久闻得这老婆娘又凶又狠，今日里得见她有幸三生'，你可以想到，寇准脸上的表情变化，对比多么强烈，蕴含多么丰富。"

说到这里，停住了，看了董姑一眼，说道："戏是唱出来的，没有好本子，再好的把式也唱不下好戏。你说我这个看法对也不对？"

"对，对，还有呢？"

方仲秀说，也是那天，他跟谢涛说："你的改革意识太强，而守旧思想不足。晋剧是旧戏，传统的东西扎实了，加上你个人的风格，便是创新，而你呢，总想往话剧上靠。比如《傅山进京》中的傅山，不戴髯口而是粘贴的胡子，康熙皇帝是马蹄紧袖而不是带水袖的龙袍。在这上头，有个铁律，就是你越像真人，就越不像戏。旧戏，不管是京剧，还是晋剧，凡是老戏，那不能坏了'男人看袍袖、女人看脚步'这个规矩。中国的旧戏，都是明代服装，你改成了清代服装，成了马蹄紧袖，哪里还能有袍袖之美？"

"有道理！"

这回是张继宏先唱了彩，方仲秀趁势做了总括："谢涛在晋剧上的贡献是很大的，再好，跟前没有高人，要上个台阶太难了！"

"我也喜欢谢涛，方先生你多跟她聊聊，这个人又漂亮又有灵气，将来还会有大成就。"

董姑不失时机地补上一句。

"我也是爱才若渴呀，我会指点她的。"

"别听你们方老师瞎吹！"

不知什么时候，方太太从长廊那边过来了，站在人后听着，这会儿见夫君竟说出"爱才若渴"这样的混账话，气不打一处来，当场给揭了老底，说道："他哪是什么爱才若渴，他是见谢涛漂亮，想着法儿要跟人家套近乎，人家跟前多少高人，哪里看得上他这种货色！"

"你呀，你呀！"

一时间找不到合适的话语，方仲秀只能装作不在乎，轻轻摇头，不住地搓手。

见夫君脸上不红不绿，方太太又补了一句："他还给人家刻了个大印，说人家是'晋声国色'。你问他是不是！"

"哈哈哈！"

情绪调整过来了，方仲秀来了个朗声大笑，笑得气还没喘过来，又好像是在戏台上，身着袍服，脚蹬白靴，袖子一甩，唱了起来：

久闻得这老婆娘又凶又狠，
今日里得见她有幸三生。

张主任整点上游艇的人数，张继宏先摆了摆手，说他这人，一上船见了水面，就头晕，断不敢坐。方仲秀也无此雅兴，还想跟张继宏多聊聊，也说不坐。他不坐，又怕怠慢了主人，对老伴说，你还是去吧。正好董姑在旁边，说她陪阿姨，方老师放心好了。董姑去，张砚田也去，这样加上两个主任，共是五个人，不松不紧，坐满了这个小游艇。

第三十六章

日头偏西了，亭子里没阴凉，长廊那边，正好有遮挡，也有坐处，方仲秀指了一下，两人过去坐下聊了起来。

张继宏说，退休后原本想搞山西铁业史研究，自从听了次珊兄的劝告，搞起山西文脉的研究，让他大长见识。这水太深了，一条细细的小溪，顺着往下走，是河，是江，是大海，浩渺无涯。逆着往上走，是沟，是岭，是大山，重峦叠嶂。这意象，是继宏先生的话语，方仲秀经过一番语言的转化，在头脑里生成的，实际上继宏先生的原平普通话，其晋的意味，比这要形象得多，也美妙得多。比如说到那一条细流时，张先生是平挺着脸，只眼角有一丝笑意，而满脸的庄重，伸出右手，展开，侧立起，似蛇行的样子，向前绕了两下，嘴上说出的则是："那一咕咕水，从乱石槽里流出来，格眨格眨就走远了。"

你知道他说的"一咕咕水"是比"一股水"还要细的溪水，但映现在你脑际的，绝不会是一条小溪，静静地流着，极有可能是屈原先生在《九歌》里吟咏过的"观流水兮潺湲"，带着悦耳的声响。乱石槽，自然是石块零乱而略显低凹，无可称道，而"格眨格眨"，说流走的姿态，就太传神了。一是说流速之快，再是说在石块间飘忽不定，难以把握。古人的诗文里，只有柳宗元的《小石潭记》里那句"斗折蛇行，明灭可见"，约略当之。听张继宏说话，就这么一句，你都会由不得感慨，人

300

类的语言表述，在聪明人这里，原本是一个活泼泼的物件，像钱钟书先生那样，剔肉脱骨，弄出个"通感论"实在是小儿科了。

方仲秀脑子里这么转着，张继宏自然觉察不到，只管虔敬地汇报他在学问上的探索与发现。

说他过去编书稿，对那些大学者的精辟见解，常是满怀敬意而无从索解，觉得彼人也我人也，彼能是而我不能是，何也？现在知道了，只要方向对头，穷追不舍，深挖细掘，不要轻易收摊，总会有所收获。

这次写《山西的文脉》，听了次珊兄的指点，上限断到明，下限断到共和国建政，下限好说，现在许多史论著作，能这样做的，差不多都这样做。上限断到明，可免去空疏与虚骄。断到明也即是起自明，最大的好处，一是下笔能落到实处，二是有功可表，提升山西文人的品位。这上头，受方先生《边关》一书的启发颇多。比如明代蒲州三杰，杨博、王崇古、张四维，是从政的典范，也是诗文的大家。新近山西历史文化研究院编的《山石丛书》第二编十本出来了，收有杨博的奏疏，张四维的诗文，由此入手，不难把握住嘉隆万三朝山西文人的概况。方先生提出的"唐诗宋词明边策"，实在也是给山西文人张目。明清以来，山西的科举，有山西大学王欣欣编的《山西历代进士题名录》，资料丰富，可资借鉴。

又说，这部书稿，他抓了两个节点，一个是庚子事变与山西大学堂的建立，一个是近世以来，山西何以没有新学科的学术带头人。

方仲秀对第一个节点，兴趣不大，这第二个节点，一下子就搔到了痒处，身子挺了起来，脸上笑得像开了花似的。

"好，快说说，有什么新发现？"

"新发现谈不上，感悟还是很多的。不过，这第二个节点，跟第一个还是有关联，且关联不在小。"

方仲秀不言语，只是盯住对方，鼓励他说下去，张继宏不失时机地加了一句："这得摊开了说。"

方仲秀往里收收下巴，笑了笑，表示理解。张继宏说，近世中国，现代学科的带头人，多是早期的留美学生，以清华出来的居多。他起初以为山西人少，是山西贫穷，文化不发达，考上清华的少，留美的少，也就难以有高等级的人才出来。后来看书多了，方知不然。

"那是为什么呢？"

方仲秀不由得发问，此中原委，他过去也没有想过。

张继宏接下来说，还是不久前，他看到一篇写清华的文章，就是梁实秋的《清华八年》。文中梁先生说，他是民国十四年，十五岁上考上清华的，占用的是直隶省的名额。他老家是杭州，按说该回原籍参加考试，他父亲是个京官，嫌往返费事，专门去了大兴县衙一趟，说明原委，便将籍贯落在了大兴县，这样他就是直隶人，能参加直隶的考试了。于此可知，当年的考清华，也跟现在的考清华一样，是有名额限制的，非本省人，不得占用本省名额。

"这么说，我们现在考北大、考清华，地方各省，都有名额限制，乃古已有之了？"

方仲秀这么说，显然是不相信这个说法，张继宏连忙说："是有名额限制，但是不像现在这样，是按人口多少，大致定个数字。"

"那他们是按什么分配名额的？"

张继宏解释起来，简略说了庚子赔款是怎么回事，清华是怎么办起来的，做什么用的，这些属于常识，用不着多说，只说了句，清华在各省的招生名额，是以当初赔款时，各省缴纳的税银多少来分配的。

"噢，明白了，赔款缴纳得多，招的学生也就多。"

"正是！"

方仲秀笑了，说道："当初朝廷，摊下赔款的时候，山西税银少，也就摊得少，说不定还暗自欣喜，觉得是沾了贫穷的光，现在人家用退款办学校，要招生了，又觉得吃亏了。"

"从梁先生的文章看，办清华，刚招生的时候，没多少人看好。他父亲所以让他上清华，还是一个朋友，劝了又劝才同意的，他母亲听说儿子上了清华要去美国，哭了又哭呢。"

方仲秀又问，山西税银少，也该有名额的，何以这些年他看闲书，竟未发现一个早期毕业留美的。像陕西，还有个吴宓，山西倒是有个李方桂，昔阳人，是清华出来的，他父亲在广东做官，占的不会是山西的名额。张继宏接下来的话，让方仲秀大吃一惊，倏地站了起来，其速度仅比惊吓而起，慢了半拍，而动作要领与衔接，则完全一样。跳起离了地，身子跟上就转了个九十度，一站定，脸面就正好对了继宏的脸面。

这个身姿，这个旋转，似不足以表达内心的愤懑，辅之以言语，脱口而出，便是一句："怎么会呢？"

"怎么会呢，我也这么想过，可是就这么会了。"

张继宏接下来说，就是现在，他也只是一个感觉，一个疑惑，还停留在胡适之先生的大胆的假设的阶段。不过，他已然相信，经过小心求证之后，会证明他的感觉是对的。因为事实是最过硬的，山西确实没有清华早期毕业的学者。

他的依据是，清末直隶省那么大，梁实秋参考的那一年，直隶省才有五个名额。直隶省才有五个，山西就是有，只会一两个。家长见识不足，就是免费上学，也断不肯将子弟送到这样的学校去念书。这样这一两个名额，就转给了别的省份。此其一也。其二是，庚子事变，山西为害甚烈，巡抚毓贤，光在抚衙前，就残杀意大利、英国教士四十余人，事后赔款，白银四百余万两，而这些传教士的家人不要，拟用这笔赔款创办山西大学堂。清华创办的时候，这边的西斋已办起，都是培养新式人才，这边办了西斋，那边就不必去人了。其三，因毓贤在山西，给朝廷惹下大祸，清廷对山西的重处，是多方面的，其中包括乡试的人数，说不定也会殃及清华的招生。不管起主因的是哪一项，收集资料，加以推勘，总会见个水落石出。

离得太近了，退后一步，方先生点点头，表示赞赏。

刚点罢，又摇了两下，摇之不足，又敲了两下，说道："庚子事变之后，清廷对山西的惩处，肯定在科举上有所体现，我前几天看过的一个材料，可以给你提供个参考。叫个什么呢？"

"不急，慢慢说。"

张继宏说着，抬起左手掌，食指与中指并拢，用指尖将左眼上的眉毛捋了捋。别人做这个动作，只可说眉毛处痒痒，摸了摸，或是搔了搔，张先生不然，这个动作，确确实实是将他的眉毛捋了捋。这当然也是，张继宏先生，有这样长的寿眉。真叫个长，顺直了，能穿过额角，跟鬓发接壤。

方仲秀见了，不免心生妒意，这个张继宏，生了一张黑些但分外和善的脸不消说了，五十几岁，就白发满头，也不消说了，还长了这么两道寿眉，看他捋自家寿眉那个惬意而又随意的劲儿，就像鲁迅先生捋他那隶书一字形状的上髭似的。这，完全是方仲秀的想象。他一直以为，鲁迅作为一个男人，个头儿脸盘，都没什么可称道的，唯有上唇那一道被称为"隶书一字"的胡须，实在是太男人了。动作是有传染作用的，张继宏捋了捋自己的寿眉，方仲秀知道自己不光是旧小说里说的那种"黄面无须"的男人，且眉毛颇似古诗吟咏的"草色遥看近却无"，自然不会在脸面上做出什么触摸的动作。他的长处是脑子转得快，而脑子在脑壳里面，转得再快，外人也看不见。在这上头，他早早就学会了梁启超先生的一手，便是要背个什么，或是来句什么，一着急，就敲敲脑门子，而一敲，也就怪了，想要什么，总能敲了出来。

此一刻，几乎是不假思索，也像张继宏那样，并起食指和中指，朝脑壳的左侧挥了过去。脑子太好使了，并起的食指和中指行进途中，接到脑子的指令，当即改变队形，由两路并进，改为迂回前行——弯作鹰爪状，在稍稍凑过来的脑壳上，仅仅抚摸了一下，便做出一副忽然忆起的样子。

"哦，想起来了，叫王念祖！"

说着又瞅了张继宏一眼。张先生此刻，捋完了左边的寿眉，又捋起右边的，脸上滋润的神色也加重了几分。方先生真想停住话头，对老朋友说上一句，你的捋寿眉的动作固然雅致，但可知，我这双指敲敲脑壳的动作，也非同凡俗。你方才说看过梁实秋的《清华八年》，他老先生的那篇《记梁任公先生的一篇演讲》，也该是看过的。就该记得，文中说梁启超去清华演讲，背诵古诗文，每到记不起的时候，就伸出手指在光亮的脑门上敲几下，马上就记起来了。看张继宏急迫聆听的样子，也就将炫一炫的念头压了下去，说他忆起的王念祖，是个怎样的人。

"这个人很了不起，将来你的《山西的文脉》，可郑重载入！"

跟叫板似的，先来了这么一句。下面的话，跟周信芳唱"流水"似的，不紧不慢地叙说起来。也跟周信芳唱"流水"一样，说上几句，会来上句"垛口"。

他在京师赁居，说是陪老伴看孙子，那是明面上的话，真实的目的，是为躲避烦嚣，静下心来，写上两本自己喜欢的书。终是凡心未泯，免不了去参加一次半次文学活动，这样也就有人知晓了他的动静，找上门来，有的纯粹为的是相识，有的相识之后还有央求。

一天有个叫王静若的女士，六十开外的样子，来赁居之室过访，随身带来他祖父的一套诗集打印本，客气话说了一大堆，末后挑明了只有一个意思，就是借他方仲秀的大名，推荐给山西一家出版社出版。当面难说打脸的话，他留下了，心里打的主意是，翻一翻，没意思，王女士下次来了，就说他给出版社的朋友看过，朋友回说水平不高，没有公开出版之价值。这些年来，这种诌谎话，避冗繁的事，他做过不止十宗八宗，相信以他的面善心黑，此番也定是手到擒来，不露些许的破绽。

　　然而奇妙的事发生了，王女士走后多时，一日写作之暇，顺手拿起王祖念诗集打印本，随意看了几首，竟看进去了。再翻看书前的《先祖父念祖行状》，更是字字句句打动了他的心，将他原先的卑劣之念一扫而空。

　　大热天回到太原，有次赴酒宴，知道北岳书社的社长也去，便带了书稿，推杯换盏间说及出书事，此社长满口应允，说他们正在编一套"民国诗风"丛书，收进去就是了。他还提醒，说拿回去看看，再作定夺，对方朗声言道，方先生看了的，还会走眼吗？就这样，当年秋天，这本《王念祖诗集》就出版了。

　　这个王念祖老先生，是山西浑源县人，一八八二年出生，一九〇〇年以案首，得中秀才，一九〇二年前往西安，参加陕晋两省联合乡试，得中举人，年仅二十岁。

　　"方先生，这些年份，你怎么记得这么清楚？"

　　方仲秀说，这个待会儿再说。

　　接下来说，继宏啊，你方才一说，因毓贤抚晋，惹下大祸，清廷对山西的惩处，包括了科考上的限制。他就想，由王念祖赴西安参加乡试，追索下去，说不定会弄清，科考上的惩罚究竟是什么。书上说是去西安参加的，是陕晋两省的联合乡试。乡试，通常就是省试，断无两省士子，在一起科考的道理，必然是，同一乡试，各考各的。朝廷要在科考上惩处，秀才是州府定的，层次太低，朝廷干预没有道理，进士是会试殿式定的，参加者均为举人，既有举人资格，就不能明令不准参加会试。那么科举上的惩处，只能在乡试上下手。因此他揣测，清廷对山西的惩处，应是撤销了一九〇二年这一科的乡试，且限制了应试的人数，准许的，才能去西安科考。也就是说，不是陕晋联合科考，而是晋省准许科考的士子，去了西安，单另考试。录取名额，也必然大打折扣。这个惩罚，真够重的。

说到这里，不作声了，盯住张继宏，看他可有领悟。

继宏是何等聪明，当即言道："次珊兄的分析太到位了，裁撤乡试，减少举人名额，这一招对山西士子的仕进之心的打击，实在太大了。"

说着伸出手掌，五个指头掐算了一下。

"一九〇二年是清光绪二十八年，为壬寅科乡试，下一科是三年之后的乙巳科，即一九〇五年这一科，此后科举就停了。回头我查一查，若乙巳科的山西乡试，仍并到陕西，在西安参考，那对山西的士心民心的打击就太大了。"

方仲秀此人，赋性轻薄，他的两个指头，在脑壳上敲了两下，敲出的这么一通着三不着四的狂言，竟让张继宏如此大加赞赏，挟此余威，进而言道："继宏兄啊，你方才问我，王念祖的出生，中秀才，中举人的年份，我为何记得如此清楚，我说待会儿再说，现在可以说这个话了，你以为我是怎样记住的？"

"这还用说吗？次珊兄该不是要我重重地说句，先生真乃博闻强记吧？次珊兄声誉满三晋，还缺这个？"

别看张继宏蔫蔫的，挖苦起人来，其辛辣一点儿也不在方仲秀之下。

方仲秀不恼，似乎这正是他需要的。这也是他与人言谈间，惯用的伎俩，先把你捺在水里淹个半死，捞起来你才知道他的厉害。若说这一手，是打小看《水浒》从石碣村阮家兄弟那儿学下的擒拿功夫，对阮家兄弟未免不恭，只能说此公天性里头，有这么一种顽劣的品质。比如他常说的，批评别人，务必放低身段，就是这种卑劣手段的灵活运用。

且看他今天是怎样捉弄张继宏这个厚道人的。

"我是用比较法记住的。要是遇上个历史人物，稍感兴趣，便用心去记他的出生年、科考年，那脑子还不成了秕谷枕头。用比较法就不同了，记住一个人的，就记住一长串人的，再加上一个两个，也不会弄混。这个标杆式人物很重要。"

"嗬，记就记住了，还要摆出这么一套道理来。"

继宏先生继续宏大着他的不屑，不知道自己又往方仲秀的陷阱里迈了一步。

"好，那我告诉你，我所以能记住王念祖的那几个年份，是因为我拿他跟鲁迅先生做了一番比较，这一比较，不光让我认识到王先生的不同凡响，还让我在鲁迅研究上发现一个小小的破绽。"

"噢，这么玄妙！"

张继宏不由得表示了一点儿惊讶。

这厚道人，顿时将方才的不屑，忘了个干净。

看出继宏，转瞬间像脱钩的鱼儿一样平和，方仲秀不忍心将之逮回再捺进水里，追究其方才的不恭。遂大度地一笑，说了他如何将王念祖与鲁迅做了比较，又如何窥探出鲁迅研究上的那个破绽。

他不打算摊开说，耍嘴皮子了，用他当过十多年中学语文教员，临下课五分钟，总结一课所讲内容练下的总括功夫，文不加点地说道："鲁迅一八八一年出生，王念祖一八八二年出生，王念祖能参加府学考试，得中秀才。鲁迅比王大一岁，以年龄与学业论，也应当中个秀才。若中了秀才，以鲁迅之学业，参加一九〇二年的乡试中举，当不是难事。而鲁迅既未中秀才也未中举人，而是在一八九八年十八岁上，由母亲备了盘缠，去南京投考江南水师学堂，走上了务新求知之途。学界将之归于鲁迅的及早觉醒，而忽略了他的祖父犯的是科考舞弊的大罪，是'斩监候'的钦犯。清廷法律，对钦犯子弟的科考，有明确的律条限定，可以说周家送鲁迅去考水师学堂，乃无奈何的逃遁。钦犯长孙，穷途末路，该是如何的悲情，如何的愤懑，这样的心境，如何看取人生，岂待龟著卜算！可惜多少鲁研界中人，智不及此，奈何奈何！"

"高，实在是高，高家庄的高！"

张继宏跷起大拇指，模仿着他们这一代人少年时都看过的，电影《地道战》里汉奸对鬼子兵说话的语气。一面扭过脸去，朝亭子那边的河面看去，方仲秀觉察到了，也转身看去。

哦，这么快，小游艇回来了，董姑正朝这边招手呢。

第三十七章

张砚田送方仲秀夫妇回太原。

不能说是专程送客，他也有自己的事，要跟省图书馆联系，展出他收藏的山西乡试朱卷。车，当然是学校派的。

一上车就说起这事，说他收藏的乡试朱卷，共有二百多份，山西的有七十多份，办个小型展览完全够用。是他一个在太原的同学帮助联系的，原说在一楼展厅，时间短，一个月就得撤展，现在说好在四楼的古籍室，展半年没问题。展出之后，想出本书，届时还要请方老师大笔一挥，给写个书名。

"没问题！"

这号事上，方仲秀的原则是，越远的事情，答应起来越痛快。你说十年之后，跟他要十万元，他也敢答应。董姑也在车上，搭顺车回太原，听了砚田的话，怕漏下自己，说："我要出书了，方老师得给我写个序，短了还不行，不能少于三千字！"

方仲秀听出来了，董姑自恃一笔好字，自然不用题书名，序不得少于三千，最见霸气。

"你说多少就多少。"

方仲秀秉持的，仍是他一贯的原则。出书，还不知在猴年马月。

他坐在副驾驶座上。后排三个人，方太太在司机后面，张砚田在方仲秀后面，董姑在方太太和张砚田中间。也是要错开，砚田的身子朝后仰，董姑身子朝前倾，车里开了冷气，董姑说话时，方仲秀能感到董姑嘴里哈出的热气，从他的耳朵后面飘过，能闻到一丝口香糖的气味。

走了一段，车上寂寞吧，砚田给董姑讲起昨天晚饭后，在北校区的演讲。

都是忻州人，用的是忻州话。

"昨天晚上你没来，方老师的演讲太漂亮了，互动阶段，那才叫个精彩。方老师演讲中说，一个农村孩子，对自己村庄的最大贡献，就是考上高校走出去，把有限的资源，留给不得不留在村子里的兄弟姐妹。高中毕业后又回到农村，实际是在跟兄弟姐妹争夺不多的乡村资源。这意思多好，可有个学生，说他坚决不同意这种说法，说他们将来，就是要回到家乡，建设家乡，引领乡亲们过上幸福的生活。还挥动手臂，问全场的同学，你们说是不是，全场跟雷吼似的回答：是！"

方仲秀知道，砚田这样跟董姑说，是图个新鲜，也是变着法儿夸他的演讲，引起了轰动效应。方太太插了话，说这也怪老方说话不严谨，一味地鼓励孩子们离开家乡，离开山西，走得远远的，越远越好。你应当说，考出去，做出成绩来，同样是对家乡的巨大贡献，这样孩子们就接受了。

方仲秀掏出一个纸片，朝后伸手，递了过去，对砚田说，他不敢肯定写这个纸片的，就是带头喊口号的孩子，至少也是呼应中的一个，你看上面是怎么说的，念给阿姨听听，她没戴花镜，看不清。没回头，听出来是砚田先自己看了一通，这才念道：

您是中国文人该有的样子，清醒，冲破，谦逊又自信，富有风骨。对祖国的下一代，承担起该有的责任。真正的中国文人，真正的骨子里的文化，很敬佩您。

"冲破，什么意思？"砚田掂量着，"该是突破局限的意思吧。"
"我也不懂，童言无忌，到此为止。"
方仲秀说着，伸手到后面，取回纸片，叠起装进口袋。
静默了一会儿，觉得这么冷了场，面子上不好看，转而对董姑说："改编邓之诚的《中华两千年史》，你不要太当回事，可以作为一种学术训练，起码可以把中国古代史细细地梳理一遍。"

"我可以试试，方老师你得随时指点，你不指点，我可不愿意做这种事，费上大力气，见不出什么成果！"

"那当然！"

方仲秀要的就是这个话，当即表了态。

还是张砚田乖巧，总能撩起新的话头，活跃车内的气氛。

见改编通史的话题又重提起，马上说，昨天晚上，有学生提问，说他喜欢史铁生、张承志这样的知青作家，而你表示不以为然，只淡淡地说，名气不小，看看也行，那你对这两个作家的真正的看法是什么呢？

对这类话题，方先生显然肚子里有根竹子，砚田那里的话音，还在车里飘着，他肚子里的那根竹子，像是半空里就绰住了，接上说道："论名声，论成就，我都不能跟人家比，但是既然是我在做演讲，只能是表达我的看法，过头话不能说，表示一点儿不以为然还是可以的。"

"方老师，你昨天晚上的不以为然，我和同学们都感受到了，今儿我和董姑在跟前，你能不能具体一点儿，说说你的不以为然，让我们看看，有没有道理。"

"真要听吗？"

方仲秀的语气像是我真要说了，可别吓着你们。

"哪能呢！"

张砚田听出了话里话，似乎下了赴死的决心。

"董姑也要听吗？"

"别吓唬人了，你就说吧！"

董姑的气象，果然要大些，根本就不把方仲秀的警告当回事。

方仲秀轻轻咳嗽一声，说开了："他俩的作品，现在的年轻人，看到的，多是中后期的，我是跟他俩几乎同时进入文坛的，他们早期的作品，可说全看过，中期和后期的作品，也大都翻过，对他们的整体面貌，有相当的把握。他俩前期的作品，只能说是中学生作文的水平。史铁生是第一届或是第二届，全国优秀小说奖的获得者，小说叫《我的遥远的清平湾》。他是去陕北插队，住窑洞受寒，坏了腰的。按说对插队生活，应当有沉痛的反省，可你看他的小说的名字，这哪儿像写一场人生的厄运，倒像是写去了姥姥家似的。张承志差不多也是那个时期获奖的，小说名叫《骑手为什么歌唱母亲》，其抒情的意味，跟史铁生的《我的遥远的清平湾》差不了多少。张承志比史铁生强的地方是，到了晚年，知道了自己年轻时的浅薄，曾做过轻微的自嘲。两人中晚期的作品，有了明显的不同，史铁生因残疾与病痛的折磨，对人生看得越来越透彻，他的小说和散文，达到一个新的境界，显得冲淡而澄明。张承志则走上了另一条路，渐渐有了宗教领袖的气概，常人难以亲近，也就难以理解了。"

"啊！"

方仲秀听见董姑轻轻叹了口气。

张砚田毕竟是男人，把持上要稳重些，不说他对方仲秀的品评，是什么看法，只是用了一个寻常的问题，来测一测方仲秀的水的深浅。他问方仲秀，可认识这两个人。方仲秀一听就明白，年轻人这一问，不外是对他的品评来个事实的检测，若认识，这说法就有感性的支撑，若不认识，那就难免全是臆测，说白了就是胡扯。

他笑笑，说他在文学界的身份，不过是个老上尉，无役不予，却没有什么军功可言，像张承志、史铁生这两个，至少也是中将级的人物，但疆场厮杀这种事，其起步之初，怕还没有军功军阶可言，因此上，在八十年代，他确曾在不同的地方，分别跟两人都参加过笔会之类的活动，均有数日的盘桓，虽不深入，也曾有过交谈。

"也是在北京，讲习所学习期间吗？"

张砚田知道方仲秀一些根底，用了个"也"字，不免带点儿轻蔑的意味。

方仲秀的耳朵不是很灵光，感知的能力还是有的，只要让他逮住一点儿异味，反击起来的力度，常常在对方的力度之上。且今天，有一样让他早早就觉察到了，就是同乡同学的董姑在跟前，砚田总想拿他寻个小小的开心，在董姑面前显摆一下。该给点儿颜色，要不后面，不定还会出什么幺蛾子。

于是说道："他俩都是知识青年，我上大学的时候，他们顶多是高三的学生。我在讲习所学习的时候，他们的名气是有了，还说不上多么的高。认识，也够早的。一九八二年春节期间，广州有个花城笔会，我去了，张承志也去了。一九八五年，山西作协办了个笔会，我们请了史铁生，五台山出车祸的时候，都在一个车上。"

接下来说，他对史铁生的印象较好，什么时候都那么憨厚，那么平和。对张承志，起初印象还不错，后来出了大名，没见过面，光看登出的照片，眉头拧成一疙瘩，嘴唇两下里一撇，别人看了也许觉得深沉，他胆小，真不好说。要说感觉，只能是悚然——起敬。

他说了悚然，本想连上"惊惧"，怕年轻人理解不了，便连上了"起敬"，且以为这样一说，前面的悚然，他们会听成"肃然"。说话带口音，不完全是坏事。

"噢！"

听见身后，砚田长长地舒了口气。

路平，车快，不觉已过了豆罗镇，车上好一阵子没人吭声，方仲秀想到，定然是自己对史铁生、张承志这两个当代大作家的非议，让两个年轻人猝不及防，造成心理上的不适，也就少了畅谈的兴致。未必是有意迎合，总是想有所补偿，多少也是真的有话要说，他身子朝后靠了靠，明知不会起什么作用，感觉上离得总近了些。

"砚田哪，昨天下午，你们坐游艇去了之后，我跟张继宏先生说闲话，说着说着，我忽然想到张登瀛的一个后人，该是曾孙子，在我们文史研究会待过。说是一九五七年打成右派，实际是一九五八年补上的。在劳改煤矿劳动改造，一九七八年右派改正，又回到文史会。那时我还没来，听说刚恢复工作，不管进哪个办公室，都要先喊报告。文史会跟文联分开以后，他去了文联。这个人叫张效禹，还活着，该有九十岁了。"

"那他手里说不定有张登瀛的科举资料。"

气氛缓和了，方仲秀的话语也亲切了不少。

"我不是说这个。我是说，他们那个张家，跟你们这个张家，连起来，可以看出山西文化人延续的一个大致脉络。我希望，你搞朱卷研究，能关注山西文化家族的兴衰。你看嘛，张登瀛是同治七年的进士，你的曾祖父是光绪年间的人，你的祖父是民国初年的人，跟原平张家的张效禹差不多了。你父亲比我大两三岁，也是受过苦的人，而到了你这儿，上了清华，在北京工作。这是不是能说明文化传承的重要性。过去我们总说，君子之泽，五世而斩，我记得看吕思勉的一本史论书上，说三世之家，必复其祖。意思是，有名望的家族，纵然衰落了，最终也能规复祖上的光荣。你做朱卷研究，一定要注重，文化在家族延续上的重要作用。"

砚田的兴致也来了，说在北京时，方老师多次跟他说过这个话题，他会关注的。可能是为了车内气氛活跃些吧，砚田接下来说，昨晚演讲中，方老师说同学们将来到了社会上，一定要勇敢地面对人生，只有做实事，才能真正地体味人生，认识人生。还说你自己过去当教员，当专业作家，不担责任，对人生的认识是肤浅的。五十三岁上，去《三晋文苑》当了几年社长，才体会到做事的艰难，做人的辛酸。现在没事，给我们说说，究竟有着怎样的人生体验。

"真的要听听？"方仲秀来了兴致。

"我最喜欢听这个了。"董姑积极响应。

"说那些做什么。"

方太太似乎知道夫君会说什么，也只是来了这么一句，算不得坚决的制止。

"快说吧！"

能感到身子背后，张砚田咧开嘴，喜欢的神态。

方仲秀说，《三晋文苑》这个刊物，他刚接手时，以为萧规曹随，过去怎么做的，往后还怎么做就是了。再说，还有个常务副社长，年轻人，才三十出头，领导有意培养，将来要当社长的。料不到的是，这个年轻人心思重得很，没几天就去了市里挂职，不回来了。这样，他就只好挑起这副担子。很快他就觉察到，实际上，他是个不招人待见的人，几乎人人都在看他的笑话，盼他出个事，早点儿滚蛋。想想也是的，你又要当作家，又要当主编，堵了别人升迁的路。一个升不上来，后边的都升不上来，也就难怪，谁看着都不顺眼。

最可笑的是，有个副社长来家里，请半年假，说他要写一本书。请假就请吧，这种单位，本来就鼓励写作的，砚田你听他怎么说的。他说，有的人出了好多本书，不一定就是作家，有的人虽说没出过书，也是作家。他呢，所以要请假写一本书，不过是要证明一下，他早就是个作家而已。

说到这里，加重了语气说道："你俩说说，这不是指着和尚骂秃驴吗？"

"这个人后来写出书了吗？"

"谁知道呢，过了一段，调到别的部门了。"

叹了口气，接着说下去，说自己的苦恼，也是缘于过去对人世的认识，太肤浅，太理想化。他的家庭，几十年间，是受过许多的罪，但是有一点可欣慰，家庭经济条件，一直比较好。就是在最困难的时期，也没有缺过钱，缺过吃。他又一直在上学，学校出来又教学，天天给学生讲的，不外理想啊，勤奋哪，事业呀。本来是勉励年轻人的，讲着讲着，就刻到自己的脑子里，成为固化了的人生理念。自己这么做，以为别人也会这么做，不这么做的，就教他这么做。

"在山区学校，我是这么做的，调到省上，在文史研究会，我也是这么做的。有一个时期，我是专业作家，不用上班，但每天早上，我都准时起床，吃过早饭，八点半之前定规坐在桌子跟前，不是看书，就是写作。我女婿到了我们家里，先是惊异世上还有这样的工作，再是惊异还有这样的人。"

"阿姨，是真的吗？"

听见董姑问老伴。

"能把人气死，他这叫假装上班，我是真上班，天天要到单位去，不到十二点走不开。起初我跟他说，赶到十一点半，你把水坐上，把菜择择，我回来做起来快点儿，他不，说十一点半做事，十一点就得操上心。后边有要做的事，前边就静不下心，你以为是捎带做十几二十分钟的事，实际上把半天贴赔进去了。说了不顶用，再后来我也懒得跟他说了，一个人受吧！"

"阿姨，你别说，还真是这个道理，我是下午有事，上午心都静不下来。"

是砚田在现身说法。

方仲秀接着说下去，说他调到文史研究会，前多少年，一直是专业作家，很少跟人打交道，有数的几个，也跟他一样，都是一心向学的人。因此上，他认为，机关百十号人，职司不同，勤勉做事，则是一样的。刊物办了半年，他才知道，人跟人是不一样的。一个校对，错别字怎么也消灭不了。一校认为反正有二校，马马虎虎就过去了。二校认为有终校，也不认真。更有的，连看也不看，就送上来了。他们有一个理念，工资是机关发的，你当社长的，只有给我发校对费的份儿，发福利的份儿，工资一分钱也动不了我的。实际上，他心里清楚，一本刊物十二三万字，一月一期，这点儿活儿，他一个人就能做了。李健吾当年办《文艺复兴》时，还在大学教书，捎带着就把刊物编了。《文艺复兴》能发长篇小说，一期少说也有三十万字。如今是体制如此，你不能不把一件事分摊开来，让众人都有做的，好领那份额外的补助。

"公家单位，差不多都是这个样子。"

董姑说了一句。

"后来，我也想开了，造成这种烦恼，不怨别人，只能怨自己，阅世不深，识人太浅。是夏志清吧，在一本书里说过，对于大多数人来说，生活就是谋生。再加上一句就更全面了，对于大多数人来说，谋生的本事，全在那个谋字上。工资不高，又不会不给，少去上两天，每天迟去上一个钟头，去了聊天不做活，日工资一样，小时工资立马就涨了百分之三十，甚至翻了一番。我那儿还有一个副职，原先在企业上班，后来调到编辑部，跟他的老丈人吹牛，不说往后事业上有什么长进，说的头一句话是：在这个单位上班，往后可以天天睡到自然醒。时间一长，我也看透了，我这是雪白的袜子，捺到泥里头了。你们不是爱钱吗？我多打闹钱，多发奖金就是了；你们不是要'上进'吗？除了这个社长不能给你们以外，什么副社长、编辑部主任，谁想要就给谁，你没想到我先就给了你。但有一点，刊物必须我来编，体现我的理念，彰显我的风格。"

"我赞成，就得这么做！"

砚田在背后说，能感到手在他的座位后背上拍了一下。

"哎，你还没说，你编了几年刊物，最深刻的人生体验是什么。"

砚田仍没忘了他最初的提问。

"原先我先以为朗朗乾坤，人心如我，几年下来，方知乾坤朗朗，人心唯危。你跟一个以睡到自然醒为满足的人，谈什么事业心、责任心。至于人生的体验，有多深刻，也谈不上，只是对鲁迅的一些话，加深了理解，或者说是有了进一步的理解。"

"快说，快说！"

董姑的兴致，一下子高涨起来。

接下来他解释说，鲁迅的《祝福》，中学学过，教中学时教过，里面有句话，过去只觉得俏皮别致，没有体会出其中蕴含的人生况味。这句话是小说中的"我"，跟祥林嫂说了几句话之后，忽然感到一种不安，便说了自己的一个人生感悟：常见些但愿不如所料，以为未毕竟如所料的事，却每每恰如所料的起来。过去他对世人的看法常是，怎么会呢，毕竟是人哪，不会坏到哪儿。现在才知道，但愿不如所料，未毕竟如所料的事，不光会恰如所料，而且每每比所料更不堪。

想了想，又说，还有一句，也让他深有体会。也是中学学过，教中学教过，是鲁迅《故乡》里的。这次不是小说，是鲁迅搬家的真实故事，心情格外沉痛，感慨也就格外强烈。文末说，他不愿意他的侄子宏儿，因为要和闰土的儿子水生在一起，都如他的辛苦辗转而生活，也不愿意他们都如闰土的辛苦麻木而生活，也不愿意都如别人的辛苦恣睢而生活。

也就是说，在鲁迅眼里，人生全都是辛苦的，只是辛苦跟辛苦不一样，大致可分为三种。一种是辛苦辗转，一种是辛苦麻木，一种是辛苦恣睢。辛苦麻木好理解，辛苦辗转也不难理解，现成的词语有辗转路途、辗转沟壑，都是说为生计而奔波劳累以至惨死。独有这个辛苦恣睢，很是费解。

"我教书的时候，解释为因为辛苦而愤怒，现在我不这么看了。在鲁迅的作品里，这种情景下，说到的别人，定然是跟他绝然不一样的人。会是什么人呢？只会是他厌恶的人，痛恨的人。那么这里的辛苦恣睢，只能是那些有所凭恃、飞扬跋扈、为非作歹到了辛苦程度的人。过去我不知道，世上竟然还会有这样一种人。"

"方老师的理解，是够深刻的。"

砚田在身后，发出感叹。

"几年下来，我的体会是，现在世上，不是有辛苦恣睢的人，而是辛苦恣睢的人太多了，有理没理，全是他们的理。"

"哎呀，我说老方，能不能说些轻松的事，真的要叨叨一路吗？"

老伴不高兴了，发出警告。

董姑马上响应，说方老师，你就跟我俩，谈谈你治学的经验，快四十了才从吕梁山里出来，三拳两脚，就把自己打造成个大作家，此中必有一些不可告人的招数。

她这么说，等于是跟张砚田两人一起提的这个议。

"好耶！好耶！"

砚田故意像小孩子一样，拍着手表示赞同。董姑毕竟厉害，当即提出一个警告："可别说什么勤奋，我最讨厌当先生的说这种废话、套话，做学问，谁会不勤奋？得说功夫往哪儿下，勤奋才不白费。"

方仲秀一听就知道，跟砚田可以虚与委蛇，跟这个小娘们不来真格的，真过不了关。忽地脑子里，又蹿出周信芳的那句著名的唱词，只是临阵改了一个字："久闻这小婆娘又凶又狠，今日里得见她有幸三生。"想到这里，由不得失口一笑。董姑听见了，顿起疑心，当即质问道："方老师是不是嫌我这么说话，太不淑女啦？"

"多虑了！"方仲秀说，腔调怪怪的，只有他自己知道，学的是电脑上常看的京剧《未央宫》中，萧何说韩信的道白。不等董姑回过神来，又找补上一句："我从来没有把你当淑女看待。"

"啊，方老师是这么看我的？"

董姑是真的吃了一惊。方仲秀并不解释，仿了萧何的腔调，来了这么一句："又多虑了！"

"此话怎讲！"

料不到的是，董姑接上了茬，用的是同一出戏里，韩信回应萧何的道白。

原来，方仲秀用那么个腔调应答之际，董姑还真的给蒙住了，稍一寻思，就品味出方先生说的，是《未央宫》里萧何的道白。她原本就是京戏迷，加上脑子好，立马就想到了韩信的这句"此话怎讲"。

董姑应对上了，方仲秀心中又是一喜。

"我不把你当淑女看，是把你当才女看哪！"

连张砚田也乐了，来了句："方先生这个圈子兜得好哇！"

只是他的调儿，不像是京剧，倒像是晋剧里大花脸的吼叫。

"别贫嘴啦，给年轻人说正经的吧！"

老伴及时提醒，略带嗔怪，实则全是好意。方仲秀从来就是个性情乖张、不识好歹的人，对老伴这话，一点儿也不买账，当即反咬一口："一点儿幽默感都没有。我要说开正经的了，非得拿个铜锣，敲上三下，当当当！这才算说开了吗？董姑要说真格的，我这就是说开了，说的是语言的风趣幽默有多么重要，最见才情，也最见智慧。"

"哦，真是的，我咋就没听出来呢？"

张砚田真诚地检讨。董姑也在愣怔中，一面也在暗自思忖，这老头儿的思维，可真够敏捷的。只有方太太知道老头子的这套鬼把戏，当即给以揭穿："跟前有个女孩子，轻骨头的毛病就犯啦！"

方仲秀一点儿也不恼，还有点儿感谢老伴，等于无意间，代他给董

317

姑传达了一点点的爱意。

董姑心境也大好，模仿了《未央宫》里萧何的道白，手往前一伸，几乎蹭了方仲秀左边的脸蛋子，道是："三齐王请！"

一场玩笑过后，方仲秀这才开了他行进中的这个临时讲座。

先说，他要说的这个话题，在谈写作的会上，很少讲过，知道讲了也是白讲，没几个人懂得，还会得罪好些人。偶尔写文章会谈及，也多是点到为止，从未开怀畅论。今天对着砚田这个高才生，跟董姑这个才女，他要说个瓶底朝天，滴水不留。估计后边两个年轻人的耳朵都竖起来了，这才放缓了声调说："我这一生，若是写作上，学问上，还有些许的成绩，既不是脑子多么聪明，也不是底子多么厚实，是我从少年时代起，几十年来，在语言文字上下了功夫。别人看书，看思想，看艺术，我也不能说一点儿不看，看了也看不到心里，知道个大概就行了。主要的精力，全放在字词、句子上，欣赏其巧妙，揣摩这巧妙是如何达成的。"

知道这种地方，不能空说白道，得有相宜的例证说出来。

略一思忖，便举了个当今名著里的例子。

陕西作家，几乎都把柳青捧为神明，对他的《创业史》翻个烂熟。有一年在天津开会，遇见两个陕西的作家，吹起他们对《创业史》的敬重，说书中的人物情节，熟悉得跟他们手上的指头一样，说哪儿都知道。他当场就考他们一下，说梁生宝有个恋人叫徐改霞，村里有个二流子叫孙志明，外号孙水嘴。改霞上集时，挎了一篮子鸡蛋，要到集上去卖，半路上遇着孙水嘴，孙水嘴要替改霞提上鸡蛋篮子，改霞不让，将篮子换到另一边的胳膊挎着，孙水嘴绕了过来。这个绕过来的动作，柳青用了一个什么成语来形容的，请二位说说。结果两人面面相觑，答不上来，说这是个动作，不是故事情节，太偏僻了，谁看书也不会注意的。

知道后面两个年轻人，在专注地听着，方仲秀略微提高点儿声音。

"我说，我就注意到了，柳青用了一个成语：不屈不挠。孙水嘴要帮改霞提鸡蛋篮子，改霞不让，换了胳膊，书上说，孙水嘴不屈不挠地绕了过去。砚田、董姑，你知道我当年看到这儿，是怎样的兴奋吗？简直是拍案称奇。不屈不挠，平常书上，都是用来形容英雄人物的，柳青先生竟将之用在一个地痞二流子身上，且是这样的传神，又这样的让人发噱，产生了神奇的艺术效果。仅这一例，就让我悟出小说的用词，并

318

不是都要准确，有时候，稍稍错位，说不定更有意味。再后来看书，知道西方艺术，讲究间离效应。我想，《创业史》里的这个不屈不挠的运用，该就是用词上的间离效应。起初写作的那十几年，每写一篇小说，写文章也一样，写下一个句子，我总要掂量掂量，可以这样写，能不能再换一种写法，有趣些，也聪明些。用词也一样，可以用这个，换上一个是不是更好。"

这段话，说得太长了，他有意停了下来，让年轻人消化消化。

沉默了一会儿，张砚田说了，说他是学理工的，以为文章不过是说个清楚明白，真没想到，在遣词造句上，还有这么多的讲究，怪不得方老师的文章读起来让人感到，又轻快又有兴味。

董姑毕竟是搞文史研究的，提出的问题要深一层，她说："好的语言的标准是什么？怎么个练习，才能达到那个境界？"

车子已进入阳曲县境，快进入太原市区了。知道时间不多了，又不能不说，方仲秀的话语简洁了许多。

话头未断，仍是接着方才歇下来的地方往下说。

说他就是现在，看书看文章，仍关注词语的运用。他看文章很挑剔，只看那些有身世的作家的，也是因为这些年寓居北京，报纸刊物，手边没有，只能在手机上，看些转发的文章，此类文章，名家居多，易于甄别。这些有身世的作家，承前辈之余绪，文字一般都比较讲究，有可资借鉴的嘉言隽语。比如前几天，看一个女作家的一篇散文，关联词里，她竟用了个"所以了"。这个"所以了"，与"因此上"有同工之妙。从未见人这么用过。感到一下子语气就和缓了。叶兆言有篇小文，别人用"假如"的地方，他用"设若"，一看就是有古文功底的人的用法。

至于董姑问的好的语言的标准，他自定的标准是：畅达、风趣、有意蕴。如何措手，才能达到，没有别的办法，只能是多看书，多琢磨。中国有几个作家走的是炼字的路子，比如鲁迅、梁实秋、汪曾祺，看他们的书，多留心字词的运用。也有几个作家，走的是行文恣肆的路子，比如郁达夫、徐志摩、沈从文、老舍、钱钟书，读他们的书，多留心句子的组成，气势的开张。总之是，抱定一个宗旨，文笔好，才是好作家，才是好学者。文笔不好，什么都不是，说码字匠都是高抬了。

未必全是不赞同，也有稍加挑衅，让方先生的谈兴更高的意思，董姑说了句："从中学到大学，老师教的都是，句子要简练，用词要准确，哪有方老师这么说的。"

方仲秀那好斗的天性，连这样温婉的赞同，也不能容忍，来了个不太完满的反唇相讥："那是教人拍电报的做法！"

"用词准确总没有错吧？"

"准确就是平庸，大家都这么用，能不平庸吗？"

"妙、妙、妙！"

董姑的小手，重重地拍了三下。

没有回头，方仲秀也能看到董姑那憨萌的脸上，满脸的喜庆。不是长了后眼，是从后面车座的轻微震动，明显地传导到前面座位上感觉到的，甚至能从这震动中，感知到董姑那胖胖的屁股，颠起又落下，颠起又落下，颠起又落下，总共是三次。

方仲秀是个不把话说到让人厌烦决不罢休的人，说到这儿，按理说，打住最好，脑子一转，想到前不久在"中外传荟"群里，看到一个叫赵白生的北大教授，引用外国名家之言，说了对于作家来说，语言是多么重要的一句话。

"前些天我看了一篇网文，说从某种意义上说，语言是作家与世界的性交。话是糙了些，道理还是说透了的。"

"闭上你的臭嘴！"

老伴一声断喝，方仲秀这才意识到，有董姑在跟前，不该说这么粗鄙的话。这号话不能说了，总是意犹未已，又心有未甘，深藏于肺腑中的两句话，还是跟漏网的鱼儿一样，扑腾扑腾跳了出来："做事这些年，最大的感受是，男人不能太奸了，女人不能太丑了，遇上这两种人，迟早有你受的罪。"

"这话太绝对了吧！"

砚田表示了小小的不满，方仲秀知道，这话是不周全，那就加上个限定吧，于是赶紧找补了一句："不怕奸，怕的是以奸为能耐，不怕丑，怕的是我就这么丑，你把老娘怎么着。"

他这么一说，后座上，砚田和董姑全笑了。

第三十八章

九月二十四日，方仲秀夫妇回到北京。

自从小孙子出生，在京住了六年，这期间，隔上几个月，总要回去一次。六年了，来来去去，总在十次以上。往常走了也就走了，来了也就来了，总觉着没什么不同。职称一样，职责也一样，职称都是爷爷奶奶，职责呢，都是看孙子。稍微的变化，还是有的，三岁前是在家里看，三岁上去了幼儿园，毕竟还是幼儿，接回来在家里，还是个看。

这次回来不同了，职称没变，爷爷还是爷爷，奶奶还是奶奶，职责变了。孙子上了小学，培育的责任在学校，他们的职责只是下了学接回来。若说还有责任，也只是督促，你总不能给人说，你在北京住着，是在家里看学生吧。

学校在三环里头，一个叫马道坡的街上，叫马道坡小学，离他们住的小区，挺远的。

不管远近，上学要送，下学要接，是社会上的规矩，谁家都一样。

亲家两口子还在，住处不成问题，他们住赁下的这边，亲家两口子住儿子那边。儿子一家，周一到周四，晚上回那边。周五晚上，回这边，周日晚上再过去。这样一来，接孙子下学，不用分工也分了。一二三四，亲家去接，周五他们去接，接了带回这边，儿子媳妇下了班，也就回到这边。送好办，儿子的单位在西二环和西三环之间，上班顺便就送了。

周五跟别的日子不一样，别的日子，放学在午后三点半，周五提早，十二点二十五分就放了。

从小区门口起步，到马道坡小学门口，平常走，三十五分钟，快了也就半个小时。老伴拍了板，出发时间定在十一点半上，等于提前二十分钟到校门口。

一到了这天，方仲秀什么也不做，坐在桌前听听戏，翻翻闲书，静等着到了出发时间，跟老伴一起下楼。

今天是十月九日，周五。

到时间了，一见老伴在门口换鞋，方仲秀连忙起身。

"手机！"

老伴的口气，不是提醒，而是呵斥。

"这还能忘了！"

他觉得，这么个事，何必如此乖张。

"忘了何止一次！"

老伴的话，跟刀子似的，直戳心窝

也怪他，确实有把柄，在人家手里攥着。有次下了楼，才想起没拿手机，只有返回去拿。还有一次，老伴有事，不能去，让他去接，早早就去了，忘了带手机，学校提前放学，怎么也联系不上他，迟到了三分钟。

下了楼，出了小区北门，顺着北区的西侧，上了三环。

小区到马道坡，有两条路，一条是顺着南三环往西，过了洋桥，再过一个路口，往北拐，顶到头就是学校。再一条是，出小区不远，下了凉水河，踩上磴石墩子过河，顺着河边小路，溯河而上，过三个桥洞，上岸跨过马路就到了。相比之下，走河里近许多，试了两次，就老走河里了。

凉水河上的这座桥，不知叫什么，只能说是三环上的凉水河桥吧。到了桥跟前，下河里的路，也分两条。一条是台阶，直上直下，陡得很。再一条，离上十几步，是个斜坡，也有台阶，就缓得多了。到了桥跟前，跟老伴分开，他走直上直下的台阶，老伴走斜坡。老伴腿有毛病，做过半月板置换手术，平路还可以，上坡下坡，总是不得劲。

过了河上的磴石墩子，上了岸一拐，就是桥底下。不算这个桥洞子的话，还要过两个桥洞子，算上的话，要过三个桥洞子。过了第三个，还要走一大截子，上个坡，过了马路才是学校。

方先生是个爱"日闲"的人，走路都在算账，算了几次，大致测定，三环桥桥下，到第二个桥洞子，是一千步。第二个到第三个，也是一千步。再到上坡的地方，是七百步。连上两头，共是三千六百五十步。

此一刻，过了三环桥下面的桥洞子，走在头一个千步上。

平地，老伴的步子轻快多了。路上没人，两人并肩而行。

"哎——"

老伴跟他说话，从不叫名字，这是晋南农村的规矩，妻子轻易不叫丈夫的名字，不像城里人，叫丈夫，跟叫儿女没有差异。有的还不如叫儿女，叫儿女还有点儿亲气，叫丈夫就那么直不棱登，连亲气也没有。

他放慢脚步，不用洗耳，只是恭听。

"前一向，我领小灰灰回来，那趟你没去，在河边看见几只野鸭子，回来七拼八凑，就做了首诗，你听听——"

海棠小果挂路边，
孤雁南飞正秋天。
黄叶飘零芦花舞，
灰鸭不知水已寒。

看路边，确也是的，天凉了，河里的芦苇，叶子还绿着，梢头的芦花，已发了白。这边土坡上，海棠树的小果子，一嘟噜一嘟噜，红艳艳的，像要滴下来。

"哈，你这是写实呀！"

"叫你听，是看像不像个诗。"

"像，真的像，灰鸭不知水已寒，可说是'春江水暖鸭先知'的翻转，前人作诗，最喜欢这一手。有的叫'活剥'什么，有的叫反其意而用之，最见智慧。"

"你要说这也像诗，我还有一首呢，哎呀，今天怎么这么热！"

"该不是作起诗了，心里发热吧！"

"少胡说。今天是九号，昨天都霜降了，还这么热，今年的天气就是有点儿怪。"

"天冷天热，总难称人的意，这是秋天了，你穿上薄毛衣，还是夏装，又要说凉了。连阴上几天，还要喊冷呢。"

"你呀，就爱叨叨，我不过顺口说上一句，你就这么一串子。这一向不知为什么，是诗不是诗，脑子里总会闪出几句。"

说话间，走到第二个桥洞子底下，路边有矮矮的木条长凳，供人歇脚用的，也还干净。方先生先坐下，再拍拍身边的空处，老伴过来，顺势坐下，掏出手机捏开，往上滑了滑，递过去，说她不说了，你自个儿看吧，可不准笑话我。

方先生看去——

弹指一挥五十年，
涓涓细流绕石山。
波涛自蓄千尺浪，
樱花满枝在春天。

怕老头子以为她这个中学生，竟算不了数字，补上一句："还差两三年，图个整数，别说我糊涂成这样，两位数都数不了。"

"怎么会呢。哈，一个波涛，一个樱花，你把两个孩子的单字名，全嵌进去了。这个'波涛自蓄千尺浪'，可说是佳句，有气势！"

"孩子一个人在北京打拼，无人帮扶，想想，也只能说是自蓄千尺浪。"

老伴的话，让他想起前几天在太原，跟在法国的四弟微信交流，老四对他这个老二，还是很敬佩的，知道老二在吕梁山里十几年，熬出来太难了，赠诗中有句"黄河水浊浪不屈"，他觉得极具诗意豪情。老伴的"波涛自蓄千尺浪"，不在老四的"黄河水浊浪不屈"之下。说出口，只能说打个平手。

"你这个'自蓄千尺浪'，跟老四说我的'水浊浪不屈'，有异曲同工之妙。"

方先生的夸奖，让老伴精神大振，说还有一首呢。拿过手机，再往上滑滑，递了过来，只是加了一句，不能让你光看好的，还有不好的。

方先生看去，果然又是一首——

恩恩爱爱五十年，
又有苦来又有甜。
知你不是省油灯
伴你直到油熬干。

方仲秀看了，大腿上一拍，高叫："哎呀，这才叫有民歌风味的好诗呢！"

"这诗你可不能放在朋友圈里去晒！"

老伴不怕夫妻间的这种嬉闹，怕的是老头子不知轻重，一高兴给搁到朋友圈里，让人看了笑话。

"这样的诗，要珍藏在心里，怎么肯让外人看呢！"

实际上，他心里真的想到，明天就放到朋友圈上，让人看看老伴的诗才，老伴这么一说，也只好打消了要放的心思。

不过，通心里说，他对老伴的这首诗，是极为喜欢的。

有感情是次要的，主要的是，这个比兴，有粗野的一面。一面指斥丈夫不是省油的灯，一面又发誓要陪下去，把你这一灯油熬干。比什么"海枯石烂"具体而微，更有意味。"恩恩爱爱五十年"这个起句，他也知道是怎么来的。几天前说起作诗，他说过，胡适晚年在美国，赵元任、杨步伟夫妇银婚之际，胡适送贺诗，首句是"蜜蜜甜甜三十年"，老伴嫌太腻，改成用"恩恩爱爱五十年"。

歇了一会儿，该走了，路上他想，家里穷，没有什么可给的，至少顺口而来的俚句，该应和一下吧。

方先生还是有点儿捷智的，一面走一面琢磨，待快到第三座桥下时，四句已然凑齐。到了桥下，先在路边的长椅上坐下，待老伴走到跟前，拍拍身边的空处，老伴已走得有些气喘，当即坐下，一面掏出手帕，在脸前扇扇。

方先生往跟前靠靠，能感到手帕扇起的丝丝凉风。

"看了你的诗，我也起了诗兴，刚才凑成一首，你听听。"

说着，用他那带着晋南口音的普通话念了起来，知道自己有口音，常是平仄不分，尽量往普通话上靠：

> 恩恩爱爱五十年，
> 又有苦来又有甜。
> 白天也曾吵破嘴，
> 晚上涉水又爬山。

"什么山？"

老伴问，方先生说："奶头山哪！"

老伴一听，捏起拳头，朝着老头子的肩头，重重地敲了两下。

"你呀，什么时候，都改不了你那下流坏子的本性！"

方仲秀不恼，一本正经地说："现在没有官府采风了，要采风，像你刚才的诗，我现在的诗，都可以收到新版的《诗经》里头，算得上大雅之作呢。"

离得近了，一眼又看见了老伴头上的白发。以成色而论，白了也就三成，只是分布有些蹊跷。头顶上多些，越往下越少，鬓角和脖子上头一圈，还是黑的。就是头顶的白发，也是一根根，顺顺溜溜，不是跟黑发搅和在一起，成为杂乱无章的褐色。干干净净的，黑的黑亮，白的闪着银光。

不管怎样欣赏，方先生心里，还是有缕缕忧伤。自己七十了，头上竟无些许白发，而老伴不过六十多些，头上已然如此。所幸面容白净，看去不过五十大几，再就是周身皮肤，也还光润，夜里的感觉，跟年轻时没有差异。

也是为了逗老伴高兴，方先生说，他又想到了一首诗，问老伴要不要听听。老伴说，可不能是下流诗，要是下流，就别说了，回去写在你的日记里吧。方先生说，诗只有风雅不风雅，哪有下流不下流，要说下流，那《诗经》头一篇，该是最下流的了，"关关雎鸠"，那叫声就不说了，第三句的"君子好逑"，民间的传唱，意思肯定是，那小子有个好家伙，孔老夫子整理时，嫌不雅驯，才给加了个坐车，这个逑字，最没有道理。

"哎呀，这个邪思淫喻的道理，你不知说过多少回了，快说你的诗吧！"

"诗三百篇，一言以蔽之，思无邪，叫我说呀，只有邪了，才是好诗。"

老伴说，快说吧，不说我可要走了。

方先生忙说，好了，好了，我说，我说——

恩恩爱爱五十年，
苦中也有丝丝甜。
白天谁也不理谁，
夜里又开并蒂莲。

"怎么样？"

方先生嬉笑着问，一面要抓老伴的手。老伴拨开，不予品评，只说她还有一首呢，说着拿起手机，原本就开着，滑了两下，递将过去。方先生看来——

凉水河畔一老翁，
步履匆匆接学生。
天天都说按时到，
今天又迟五分钟。

"哎呀！"方先生叫起屈来，"就迟了一次，也就三分钟，你这不是诬人清白吗！"

老伴不高兴了。

"你呀，不就是写诗吗？还一天说别人，你这才是一点儿幽默感都没有！"

该走了，刚走出桥洞子，方先生正要说什么，手机响了，原本就在手里拿着，贴在耳上一听，是东海书社来的，还是个女的，却不是那个指定跟他联系的韩毓芳。对方自个儿说了原委："方老师，我是东海书社的萧燕燕，纪检室的，您叫我小萧就行了。韩毓芳大姐，年龄到了退了，社里让我跟您老联系，有事好商量。我们社的老总还是诚心想解决这个遗留问题的，虽说不是我们手里的事，总是这个社里的事嘛！"

人家说得那么客气，方仲秀当下不好说什么，只说："哈，你们社

327

的人事, 更迭可是够快的, 没问题, 只要合情合理, 相信我不会节外生枝。"

"谢谢方先生的旷达, 我相信, 在我手里, 这个问题会圆满解决的。好的, 那就这样了。拜拜!"

他一停住, 老伴就问, 是东海书社的吧, 怎么又换人了。他说, 他也奇怪, 那个姓韩的, 就是要退休了, 也是社里的人, 联系人不过是上传下达, 犯得着这么换来换去的吗? 怕是觉得不得力, 换了个年轻的, 还是纪检室的, 又一想, 由不得笑了起来。

老伴不高兴了, 说: "笑个啥, 换个年轻的, 你就喜欢了, 就这点儿出息!"

"我是笑这个东海书社, 跟北宋朝廷似的, 和辽国打起仗来, 出马的全是女将。头一个姓唐的, 第二个姓韩的, 又来了个姓萧的。姓韩的是佘太君的话, 这个该是杨排风了。"

"别贫啦, 还有二十分钟!"

过了第三个桥洞, 到上岸的坡前, 只有七百步, 方仲秀心里清楚, 来得及。想想方才老伴的诗, 心里特别舒畅, 由不得就唱了起来。

这一向最喜欢的, 还是《澶渊之盟》里周信芳的唱段。这个戏里, 最好的唱段, 也就三个, 一个是寇准给李将军分析敌情, 一个是寇准在城楼上怒斥萧太后, 再一个是寇准大雪天前往城楼巡查那个段子。起初他喜欢的是城楼上那段, 后来喜欢的是分析敌情那段, 这些日子, 觉得还是冒雪巡查这一段, 最有意味, 戏词好, 唱腔也凄怆悲凉。与蒲剧里阎逢春的唱腔, 有相似之处, 唱起来最是动情。

唱这一段, 步子也得是那种悠闲中带点儿踉跄的样子, 瞅瞅前后没有人, 便弓起身子, 带上动作唱了起来:

> 一不是晋谢安矫情误阵,
> 二不是诸葛亮城上鸣琴。
> 块垒儿在胸中消融未尽,
> 寻快意须得是浊酒千樽。
> 澶渊城披银装哦高数仞,
> 城楼上可容得寇丞相樗蒲,
> 妮子们歌舞纷纷?

愁只愁萧燕燕全无情韵，
空遇着寇相公不算知音。
说什么萧燕燕知音不称，
到如今满朝中君君臣臣武武文文，
置腹推心能有几人！

"上坡了，停下吧！"

老伴一声断喝，是停住了，就在停住的这一刹那，方仲秀脑子里灵光一闪，由不得大声叫道："噫，刚才通话的那个女的，说她叫萧燕燕，哪里是杨排风，这不是来了个萧太后吗？"

"啥意思嘛！"

老伴问，方仲秀诡兮兮地说："有好戏，有好戏，寇丞相遇上了萧太后！"

第三十九章

方仲秀回到北京，还有一件喜事，就是见到了潘亦复先生。

潘亦复来京，果如在扬州所言，是陪那位卖给他黄花梨家具的法国老太太来的。

老潘一住下，就给方仲秀打电话，说他来了，住在建国门大酒店八层多少号，要他第二天上午十点前来酒店一叙，届时春花会在门口接他。

方仲秀知道，这个春花，是亦复先生的秘书。只是这个秘书，平时不住在温州，而是住在上海，且是有家室的人，只有在潘外出时，陪他出来，一路打点，办理琐屑事务。像这样的来京办事，春花自然会随行的。

春花他见过，并不漂亮，给老潘当秘书，不会让人想到别的。

第二天饭后，方仲秀动身去了，九点四十到的大酒店，等了不多一会儿，春花就下来了。上去进到房间，潘亦复已在等着，只是没有那位法国老太太。问为什么，说老太太指定要住北京饭店，他们去办理，前台说法国老太太有护照，可住，他们不行，于是全挪到这儿，给老太太安排了个高等房间。这儿是他来北京的常住地，多年前"东方大观"给他办的一个拍会，就在这家酒店的六层。

"老太太住隔壁？"

方仲秀这样问，实际是想见见这个法国老太太。老潘那鹰隼一样的眼睛一转，就看出了方仲秀的心思。

"她住十二层，春花陪着她，上边条件好些，不用见了，见了只会失望。"

沏好茶，春花说，那她就去接苏珊娜，直接去了，就不过来了。方仲秀问，老太太今天去哪儿，老潘说，去干面胡同，想找见她老公年轻时住过的院子。

"你不想跟着去吗？"

"昨天叫了专车随行，有春花陪上就行了，咱们在这儿聊天，一会儿什么都会看到。你先看看这个材料，就知道背景了。"

潘亦复说着，将茶几上的一沓资料推了过来，一个信袋，一份打印好的文章，还有一本厚厚的书。书在文章上搁着，原先在那边，推过来却到了前面。方仲秀顺手拿起，一看，是一个叫鲁娃的作家写的一本书，叫《彼岸》。

鲁娃这个名字，有些熟，又像是很久没听说过了。沙发那边，潘亦复先生开了腔："这个人哪，你该听说过的，八十年代写过好些有名的报告文学，后来到了法国，待了十年，又写起小说来了。我看了，也还行。"

方仲秀知道，这个小说的主人公，肯定是以潘亦复为原型人物，要不不会这么急切地推荐给他看。

怎么会是繁体字？

封面一角，三个英文字母：INK。再看版权页，噢，台湾地区出的，一家文学生活杂志社。

方仲秀的眉头皱了一下。

"大陆这边也出过，作家出版社出的，一模一样。我知道你喜欢看繁体字的本子，就带了这个来。"

这解释的意味，很是明白，抬高身价而已。

黑色的腰封上，两行反白的字：

大清乾隆年间御赐的白玉龙枕，在巴黎苏富比拍卖会上现踪了！
玉枕，古画，黄花梨木器，揭露了三个华裔家族百年离散的宿命。

翻开，第一节名为"一个男子从雪地走来"。第三自然段开头有"男人"二字，只是想看看书中的这个男人，是什么样子，便一目三行地看了下去：

男人越走越近，身上装束也分辨出细节来。他没戴帽子，头发支棱，密匝匝的黑，在一夜新雪彻底的白里显得怪异。他看上去有些年纪了，除了浓发不似相当年龄层的法国人那般稀疏，步履，姿态以及动作的频率无不丢失着青春年少。如果这类岁月磨砺的沧桑依旧不失魅力，便可借用时下女孩们的调侃：总算，好歹，残留了大叔的性感！他个子不高，肩膀偏宽，羽绒服也是绝不肯臃肿肥大休闲了穿的，敞开的竖领里若隐若现一抹酒红——蓄意的精致。抑或，假装的斯文。白晃晃的雪光把五官的轮廓照没了，只余下两道眉峰中间那颗黑痣在光晕里闪耀。他身后，是皑皑雪地上逶迤的一串脚印，远看，像顾长的狼尾巴。

　　不用看下去了，他抬起头，朝潘亦复看去。
　　窗户在南边，光线照进来，亦复先生的半个脸上是阴影，他挪了一下位置，让自己可能看到对方的另半个脸。
　　"这是怎么啦，要相面吗？"
　　"再侧一下。"
　　方仲秀让手掌立起来，像麒派京剧里有名的"刀手"，朝外摆了摆，潘亦复也还听话，朝电视那边侧了侧。
　　"我的面还用相吗？一看就是坏人，坏人里的坏人。"
　　"可别这么说！"
　　方仲秀变了脸，正言相告，潘亦复一惊："怎么，坏人也不让当啦？"
　　"不是的，"方仲秀手往下一压，"这话你跟别人可以这么说，跟我不能这么说。"
　　"为何？你不是人吗？"
　　"不存在是人不是人的问题，存在一个语言严密不严密的问题。"
　　"那这话该怎么说？"
　　"你要说你不光是坏人，而且很坏，你该说坏人的平方，或是立方，不能说是坏人中的坏人，负负得正，坏人把你当成坏人，那不是在说自己是个好人吗？你要是好人了，那我又是什么人？"
　　潘亦复先是蒙了，听到这里，又哈哈大笑。待笑声住了，方仲秀举起《彼岸》，念着"两道眉峰中间那颗黑痣在光晕里闪耀"，一面笑了起来，说道："这个鲁娃，果然是如实描述！"

直到这时，潘亦复才知道，方仲秀这家伙，是要看他眉毛间的那颗不算小的黑痣。

　　"我们是熟人了，鲁娃未出国时，就在温州。"

　　"我看，这样写，不是一会儿那个法国女人喜欢上了你，倒是这个鲁娃，未写之前就喜欢上了你。"

　　"老方又开玩笑了，我这个人，还是有点儿女人缘的。不过，鲁娃那样的女人，不在我的选项之内。"

　　"可不是嘛，到了法国，怎么也该开开洋荤。"

　　"别看书了，看文章吧！"

　　把书放下，文章跟信袋，离他远近差不了多少，不知是对文章有排斥心理，还是偏不听话，他拿起了信袋。大概看信袋跟看文章，没有先后的差别，亦复先生不再说什么，起身去阳台上吸烟去了。

　　抽出来，一摞相片，没数，厚厚的，少说有十张。这照片，方先生一看，就不是在国内洗出来的。四弟给他寄过在法国的照片，都是这种大规格的。

　　不用翻，头一张是个中年洋人，穿的不是军装，也不是西服，倒像是莎士比亚电影里的西方贵族。立起的衣领，高高的，还绣着花，抵住腮帮子。上衣两襟，在胸部中间弥合，却没有纽扣，一边一丛橄榄叶的花纹，从领口直贯下摆。下摆也怪，不是齐齐的一圈，前面收回去许多，两侧成直角垂了下来，一手跷起，似乎捏着雪茄，袖口上，也像前襟一样，绣满橄榄叶花纹。

　　翻过来，有钢笔写的外文字，又有铅笔写的中文字：米歇尔·贝尔阿勒爵士。

　　放过，第二张是个中国女人，当在中年，颧骨稍稍隆起，单眼皮，眉毛与两眼的距离，不像汉族人那样宽，上眼睑在眉毛下，朝里陷了进去。一脸的祥和，又隐现着一种尊贵。

　　翻过来，也是一行外文字，也是铅笔批着：尼锡达尔玛公主。

　　第三张，哈，这是土尔扈特家族的人吗？这不就是最早演007的那个肖恩·康纳利吗！只是康纳利演的007，不说特意的装扮，平时总是一身西装，而照片上的这个青年男子，却是一身戎装，且不是现在的西式军装。领子翻开的幅度要大得多，里面的领带也分外长，肩章绶带，一应俱全。若论英俊，只在康纳利之上，不在之下。

后面也是外文的名字，也是中文的批注：查理先生。

第四张，一个法国老太太，手扶着一张黄花梨的三屉卷头条案，笑意盈盈地瞅着前方，背后是一幅立轴古画，看不太清，似乎是个仕女，手里端着个篮子，脚下一旁，是山石与树根。

后面的中文名字是：苏姗娜·土尔扈特女士。

不用问，这些就是《彼岸》里的四个人物了。

怎样的一个故事，看看文章，不难知晓。

方仲秀刚拿起文章，潘亦复推开阳台的隔扇进来了。

一面在沙发上坐下，一面说，文章你先别看，这儿有这个故事的评弹歌词，是杭州评弹团的一个朋友，知道这个故事后，央求改编的，发到手机上，你自个儿看吧。方仲秀问，这么说你会唱评弹了。潘亦复不说他会，也不说他不会，只是嘿嘿一笑，说南方人没有几个不会哼的，就那么几个调调，简单得很，说着就来了一句："相依相伴送下山，又向钱塘道上来。"

"这不是越剧的调子吗？"

"再听这个，秀才本是宰相根苗。"

"这不是《三笑》里唐伯虎的唱词吗？"

"你这个北方佬，知道得还不少，告诉你吧，南方的评弹，就是这么个调调，就看你拿捏得怎样了。"

老潘这沙哑嗓子，竟会唱评弹，方仲秀来了兴致。老潘的兴致也不低，马上起身去找敲打的器具，找来找去，在门口的柜子上，找见一个不锈钢小勺，搅拌咖啡用的。过来坐下，拿起垫茶杯的白瓷小碟，敲了几下，也还清脆，满意地一笑，先来了个提示："可不准把这事，写进你的文章里！"

方仲秀乐了。

"人不敢有了本事，不管是什么本事，都会把自己当明星看待的。"

说罢，憋住笑，等着老潘开场，那样子太可笑了，阴鸷的人一下子温柔起来，怎么看都像狼外婆。

老潘不理会，打开手机，显出评弹的词句，摆在面前，不锈钢小勺，在小瓷碟沿上，轻轻地敲了起来。叮叮当，叮叮当，叮当，叮——

在中国的历史上，多少往事啊可歌可泣，
论艰辛，都比不上土尔扈特部落的东归。
明崇祯三年，迁徙到了伏尔加河的下游，
他们是蒙古族的嫡裔呀，远走又高飞。
原本也能安居乐业，不料沙皇起了祸心，
要将这个蒙古汗国，改为俄国的州郡。
刚登上汗位的渥巴锡汗，闻言不由得三思，
堂堂蒙古国后裔，怎能成了茹血的毛子。
汗宫里，与将军们商议了又商议，
最后决定，早早的东归才最安全。
召集部属，在汗宫前的广场宣称：
土尔扈特部落，绝不能受此侮辱，
再远再难，也要回归祖宗的家园。
转身用手中的火把，焚毁了华丽的汗宫，
十七万土尔扈特人的队伍哇，
扶老携幼，车载骡驮，朝着东方迤逦而行。
沙皇闻讯，勃然大怒，派出了哥萨克拦截，
一场恶战，又一场恶战，终于摆脱了追兵。
可前面的行程啊，更加艰难，也更加凶险，
冰封的乌拉尔河，还有茫茫的哈萨克草原。
渡过巴尔喀什湖，穿过陡峭的塔拉斯峡谷，
终于在同年七月，抵达新疆伊犁的察林河畔。
十七万人的大队伍，仅剩下了不到七万，
衣衫褴褛，形容枯槁，如同墓穴里的鬼魂。
然而，见了皇上派来迎接他们的大清军队呀，
个个喜极而泣，匍匐在地，如同见了娘亲。
大队驻扎在伊犁休养，渥巴锡汗前往陛见，
承德的避暑山庄，拜见了尊贵的乾隆皇上。
渥巴锡汗册封为亲王，疆域就在伊犁河一带，
论头功，当数巴木巴尔，给封号是多罗郡王。

"喝口水，润润嗓子！"

趁老潘缓气，方仲秀推过茶杯，老潘笑了，一面喝水，一面说："没想到吧，当年在雁荡山里，跟上村里的乐人班子，还走过事呢。走事不懂？就是哪家结婚、埋人，去给演唱挣钱。那个时候，娱乐很少，结婚不用说了，死了人也跟过年一样，前半夜台子上唱戏，后半夜就是各种小调，有评弹，还有河南坠子呢。"

"没想到，没想到！"方仲秀连连赞叹，"怪道你的生存能力这么强，真有本事嘛！"

润了润喉咙，老潘又唱了起来——

巴木巴尔封了多罗郡王啊，

没有人不佩服，没有人不欢喜，

此人虽孔武有力，实在是个风雅的文士。

京城有个亲王，家里有一堂木器。

全是黄花梨呀，阔板榫接，精工绝伦。

多罗郡王相中了，趋府坦言相告，

愿以赏赐的全部财宝，与之交换。

亲王何等精明，知道这是大便宜，

嘴上还念叨，祖上的遗留心疼啊！

郡王又加了一对俄国的大玛瑙，

亲王这才欢欢喜喜松了口。

事成之后，双方都在庆贺，

郡王的封地在新疆，决计运回。

又是马车，又是骆驼，还有精兵护卫，

费时三个月，才进了伊犁王府的府门。

从那时往后数，一世一世又一世，到了八世，

土尔扈特家族，有个公主名叫尼锡达尔玛，

骑射之余，诗书之外，喜欢上了西方的绘画。

此时已进入民国，父亲送她去了法兰西学艺，

在法兰西，蒙古公主，爱上了一个法国的小伙。

小伙叫米歇尔·贝尔阿勒，儒雅俊秀又英武，

原是法国贵族的后裔，又是饱学的现代绅士。
北洋政府时代，西方各国，都有驻京总领事，
谁也没有想到，米歇尔就被法国派到中国。
几经战乱，多罗郡王的那一堂黄花梨木器，
已安置在北京，干面胡同一个三进的大院。
国民政府在南京成立，米歇尔升任了大使，
那一堂贵重的木器，又随他夫妇搬到了南京。
转眼到了一九四九年，国民党已撤到台湾，
最后一班轮船，米歇尔夫妇也将撤离。
该带何物，该弃何物，心里不住地念叨，
两双目光，滑过了鲜亮的瓷器，又移过了华丽的衣裳，
最后的目光，定格在这一堂古老而又贵相的家具上。
这是祖上遗留下的珍宝，再怎么也要带在身边，
于是乎，全部运到了塞纳河左岸，那个石砌的楼房。

停住了，潘亦复端起茶杯，抿了几口，方仲秀拿起茶几上的一张照片。
"还没有说到这位呢！"
他拿的是那个英俊的法国军官的照片，知道这位才是故事的主要角色。
亦复先生瞥了一眼，说他编的评弹唱词，主要是说这堂黄花梨家具，如何经他之手，分两批购了回来，接下来该着说他怎样到的法国，又怎样住进苏珊娜女士家里。这位军官叫查理，是苏珊娜的丈夫，与木器的关系不是很大，不过嘛，故事还是有的。

方仲秀说，他很想听听。

潘亦复说，这个他也熟，只是要返回来，从米歇尔出任法国驻中国总领事馆公使说起。

尼锡达尔玛，我们就叫她土尔扈特公主吧，随米歇尔公使回到北京，见到了生母帕勒塔亲王的王妃，几年的世事变迁，帕王府已日渐衰败，变卖了太平仓的府邸，迁到干面胡同路北的一个大四合院里，所幸老亲王庋藏的珍宝与家具，还全都在。几年间，土尔扈特公主生下两个混血儿子，一个叫查理，一个叫贝尼，都随了母姓，姓土尔扈特。

二次世界大战爆发，总领事米歇尔·贝尔阿勒受命回国，土尔扈特

公主携幼子随夫君同行，刚入法国教会学堂的长子查理，留下陪伴外祖母。战火阻隔，一去八年，好不容易挨到战后，一家人才得以相聚。只是此番相聚，已不是北平，而是国民政府所在地的南京。原先庋藏在干面胡同大四合院的珍玩与家具，陆陆续续，悉数搬到南京宽敞的法国大使馆。当年的总领事馆，已升格为大使馆，当年的总领事，也就成了特命全权大使。好景不长，仅三四年天气，金陵王气黯然收，国民政府倒台，各国大使馆纷纷撤离。法国使馆与美国使馆一样，是挨到最后才降下蓝白红三色国旗，也是最后才搭上外滩停泊的海轮，最后离开中国的。上船的，除了土尔扈特公主夫妇，他们的次子贝尼，还有祖先遗留下来，以及这些年他们自己收藏的珍品，其中有历代名家字画，唐陶宋瓷，明清字画，体量最大的，则是满堂的黄花梨木器，公主的最爱。

方仲秀眼前一亮，知道说到交关处了，又心生疑惑："长子查理，没有随船离开中国？"

"是的，留在北平了，还是跟外祖母在一起，知会他了，时间紧迫，没赶上最后的船期。"

潘亦复接着说：此时回法国要通过正式的外交途径，离开北京，已无可能。好在交际广，朋友多，在天津联系上一艘走私船，收了查理的银两，无法将他送到法国，也够意思，将他送到越南的西贡。其时越南还是法属殖民地，正在打印度支那战争，查理参了军，也还立下些许战功。战败撤军，回到巴黎，这才一家团聚，查理通晓多种语言，就在外交部做了情报工作。或许是天性，或许是习染，查理对收藏文物，也是饶有兴致。多年之后，土尔扈特公主和她的法国丈夫相继去世，从中国带回的大批古玩与黄花梨木器，便悉归查理所有。也就是此时，他得知几个舅舅坐牢的坐牢，逃亡的逃亡，北京的家已分崩离析，干面胡同的四合院，被新政权没收了，老王妃独自住在公厕旁的小偏房，苦度余生，不胜恓惶。

查理是个热衷学业的人，三十岁上，已有妻室，且有两个孩子，仍去巴黎的东方学院，攻读汉语言文学课程。在那里遇见这次来北京的法国老太太，其时苏珊娜刚满十八岁，花蕾初绽，热情奔放，是诺曼底小镇来的一个姑娘，在东方学院读大一的课程。因为对东方文化的共同热爱，两人多有交流，日久生情，做了整整五年的地下情侣。当查理表示，自己可以离婚，与苏珊娜重结连理，厮守终生，别无他求，料不到的是苏珊娜婉言拒绝了，说她不忍心另一个女人失去丈夫，更不愿意看到查理的两个女儿，失去一个完整的家庭。

于是苏珊娜像她那个年龄的女人一样，结了婚，生下孩子，婚姻不美满，离了婚，成为这个时代，哪儿都有的单亲妈妈。距她拒绝查理求婚十八年之后的某一天，突然收到旧情人的一封来信，邀请她去曾属于他俩的那间咖啡馆相会。当时苏珊娜正在病中，还是去了。已然老迈的查理，坐在他们早年约会的老地方，她坐过去，伏在查理的肩上，忍不住就哭了。查理握住她的手告诉苏珊娜，他找了她好长时间，是要告诉她，他的太太病逝了，女儿也已长大成人，如果你愿意，我们是否从头来过？苏珊娜泪流满脸，点头应允。

说到这里，亦复先生用他那沙哑的嗓音，做了个总结："到了二十世纪九十年代，巴黎塞纳河左岸这所楼房的主人，早已不是米歇尔与尼锡达尔玛公主，也不是他们的儿子，那个叫查理的法国老人，而是这个老人年轻时就恋上的一个美人，做了他多年情人，最后才做了他夫人的苏姗娜·土尔扈特女士。此时的苏姗娜，当在七十几岁。"

说到这里，老潘打住，说，不行，还得说件事，要不你明白不了，我怎么能做成这件大事，让这批国宝级的黄花梨木器，悉数回到中国。

毕竟有些羞耻在里头，说是说了，要简略得多。

听到这儿，方仲秀说，你别说了，我知道了，下面要写，该这样写："就这样，这个名叫苏珊娜·土尔扈特的法国妇人，继承了并一直守护着他们家族从中国运回的珍宝。岁月流逝，生计艰辛，那些唐俑、宋陶和明清瓷器，都被她变卖了，而那一堂黄花梨的木器，一直留在她的住宅里。从最后的结果看，她几十年的守护，只是为了等候一个名叫潘亦复的中国人的到来。"

他还要说什么，潘亦复的手机响了，也不拿起接，就在手机上摁了一下，转为免提，电话那边传来春花的声音："潘总，你看这视频吧！"

潘亦复说他看着呢，说罢，朝方仲秀招招手，方过来，手机上已转换成了视频。

只见春花陪着法国老太太进了一个红门的院子。

老太太看去，比照片上的苏珊娜老多了，步履有些蹒跚，一手扶着春花，一手搭在眉际，兴奋地东瞅瞅，西瞅瞅，显然这个地方，不是她要找的，伸出手，屈回大拇指和食指，摇了摇，对春花说："这是两进哪！"

"原先是三进。"

"是三进吗？"

"刚才这儿的管理人员说了，这套院子，原来就是三进，新中国成立后分给一个大干部，这个干部家里人少，说他不能住这么大的院子，就把后面一进分给了另一个小点儿的干部，这个小点儿的干部，就把院门开到后面的胡同里了。"

"啊，原来是三进！原来是三进？"

老太太格外惊喜，说的全是汉语。方仲秀问老潘，这老太太会汉语？老潘说，老太太年轻时在东德这边，两边友好，送到北京大学留学三年。后来才回去，才与查理相恋，查理离不了婚，心甘情愿做了查理的情人。

视频停了，显然春花领着苏珊娜去了院子后面。

老潘说，看个什么，不过是了了心事，老王妃早就死了，新社会又过去七十年，哪里还会有一点儿遗迹，不管是真是假，她心里满足了就好。

电话又响，免提仍开着，春花说，老人家不想去故宫了，她要去长城，说不到长城非好汉，她到了生命的尽头，也要上了长城才不枉此生。

老潘的回复很痛快，说她想去哪儿就去吧，说罢关了手机，对方仲秀说："全天包车，只要不出北京，去哪儿都是这一天。好了，原先还说等老太太回来，咱们一起用午餐，现在好了，就咱两个，去三楼餐厅，边吃边聊吧！"

第四十章

大酒店毕竟是大酒店，餐厅的雅座真叫个雅。

那厅，先就是叫个大，宽展展的，空荡荡的，只摆了两排餐桌。临北的一侧，是一排雅座。窗户真叫个大，跟对面照进阳光的窗户，差不多大小。你以为进去，不定会怎样的大，进去后方发觉，整个包间，也就窗户那么宽，门的半边，跟窗户连在一起，窗户四分之一处的一个竖棱，恰是门的半条边，等于门也是镂空的。

一个中不中、西不西的单腿圆桌，两边各一个方不方、圆不圆的圈椅。这么小的空间，墙角居然还有个迷你型的卫生间。

最奇妙的是，宽大的窗下，竟是一个红木的贵妃榻，上面铺着厚厚的织锦缎的垫子，明黄色，绣的是一对戏水的鸳鸯，却是石绿色。

方仲秀以为那窗户是个空壳廊，伸手一挥，一下子给弹了回来，生疼生疼的。不知是一时的愤怒无处发泄，便生出了歹毒的心计，还是真的是猜出设计者的良苦用心，几乎是恶狠狠地说："这是什么人设计的，该判三年名誉徒刑！"

"多么雅致的地方，你胡说个什么呀！"

潘亦复大为不解，方仲秀说："你看这个设计，两个人用餐，窗根下要放，也该放一对高背椅，高画几，摆个花瓶，吃完饭聊聊天。这倒好，放个贵妃榻，上面的垫子还是鸳鸯戏水，不是昭示，一男一女吃饱喝足，可以为所欲为吗？那些耍流氓的男女，是不知道大酒店里，还有这么隐秘的地方，要是知道了，不用去开房了，在这儿吃顿饭，啥事都办了。"

潘亦复嘿嘿笑了，说你呀，什么时候，都这么"性致勃勃"。怕方仲秀没听明白，特意做了个解释，说："我说的那个性致，可不是你嘴上的那个兴致，是说你下面的那个'性致'。"

把那个性字，咬得很重很重。

"哎——"方仲秀的脑子，转得真叫个快，"别说，你这个篡改，说不定恰是回归了这个成语的本意。你想嘛，只有起了性，下面才会勃起，致者，到也。那么这个成语，字面意思，跟蕴含的意思就一致了，性致勃勃，多贴切！"

"你呀，你呀！"

亦复先生给逗笑了。

服务员进来了，一个精明的小伙子，老潘像是在这儿用过餐，随意报了两三个菜，方仲秀听见，里面有一条鱼。老潘还特意交代了烹调的方法，让这小伙子告诉大厨，腹部不可煎黄了，要软和和的才好。方仲秀不动声色，老朋友了，不管花多少钱，反正他是一分钱也不掏的。

"喝点儿——？"

"绍兴黄酒吧。"

小伙子还没走，老潘说，那就一瓶古越龙山吧。

"高档的？"

服务员问，老潘回了一句："你这儿会有低档的？"

服务员憨厚地一笑，走了。门一磕上，潘亦复凑过来，诡秘地问："看你一见什么，马上就有'性致'，夜里还行？"

"怎么说起这个话啦？"

"男人在一起，三句不离本行嘛！"

"哈哈！"方仲秀笑了，"我呀，搭个梯子也爬不上去了。"

"咦，可我见你的微信上，动不动，还跟女孩子调个情什么的。"

"这有什么，"方仲秀大不以为然，"不行了，不等于连个念想也没有了。理想与能力，总会有些差距的。"

"你呀，就会鬼说溜道，没个正经话。"

"这怎么就不叫正经话？理想与能力有差距，乃人之常态。小学生说他的理想是当个工程师，他就一准能当得了工程师？想女人的男人，就一准要干吗，想想不也提神吗？"

菜上来了，老潘接过酒瓶，给两人斟上酒，举起磕了一下，说了句祝福的话，又提起一个话头。

"老方，我没事了，也看你的微信，微信是可以加密的。你放在朋友圈的照片，下面的评论一栏，要给对方回应，须得点一下对方的头像，这样就等于给了对方一个短信，别人是看不到的。可我见你，有时候不点头像就来上一句话，没有上文，有的莫名其妙，有的可就一眼看穿了。比如，前好久了，我见你的一个留言，说什么秋哇，大学班上退了群，我一点儿都不后悔，咱们班上有你一个人联系着，就全都有了。这不等于说，这个女同学，是你的初恋情人吗？"

要是给了别人，说起这样的事，会脸红的，方仲秀早就是个没皮没脸的人，听了这话，一点儿也不在意，说："噢，这话像我的，可我会不点一下头像吗？"

"这还能骗人，你要是点了头像，我还能知道那个女同学叫什么秋吗？"

这话像是勾起了方仲秀的心思，略带几分沉痛地说："那我告诉你，这个女同学，是我大学一个班的，名字里有个秋字，姓王。在那个年代里，一个出身不好的年轻人，是没有恋爱的权利的，更不会打女同学的主意，任何对美色的渴求，都会把它死死地摁住。没有对美色的奢望，并不等于没有对美色的欣赏，对美色的判断。大学毕业后，我在吕梁山里钻了十几年，几乎跟同学全断了联系。一开始写作，就用了笔名，后来干脆就改了名，把笔名当成真名，户口本上都改了过来。因此上，外面没有几个知道我的本名。可是，一九八九年春天吧，我在太原接到一个电话。对方说，她现在才知道，常在报上发表文章的那个方仲秀，原来就是一个班的方富贵。又说，你知道我有多高兴吗？在学校的时候，我就觉得你怪怪的，可也说不出怪在什么地方，现在知道了，是有大志呀。"

"这话是感人。"

"老潘，我听了这话，差点儿哭了。差不多三十年过去了，总算有人理解了你，还是个漂亮的女同学。话又说回来，不是她来了这么个电话，往后除非见了面，我是不会跟她过一句话的。我们这种人，连跟美女搭讪都不配。"

"方兄，这么说，你在山西名气不是很大？"

"真的没什么名气，在山西，像我这样的作家，一抓一大把。我在外面的名气，比在山西要大，要不你怎么主动跟我联系呢？"

"很奇怪，很奇怪。"

潘亦复连连感慨。

"一点儿都不奇怪，山西人最实在，一个作家是什么成色，不看别的，就看你得过什么奖。得了茅奖的，比得过鲁奖的高，得过奖的比没得过的高，山西有个万元奖金的赵树理奖，我都没有得过，怎能让人高看呢？"

潘亦复略一沉吟，说道："我看哪，你平常这么个佯球不睬的样子，再小的奖也不会给你。中国的奖，得要你往过蹭才会给你。"

"是吗，你觉得我是那种佯球不睬的人？"

"我也算是阅人无数的了，怎么会看不出个这呢？"

"也许你是对的。"

潘亦复一笑，浓黑的眉毛往紧里一皱，眼睛一眯，显得分外的阴鸷。

"老方啊，我总觉得，你这种个性，必是遭过大灾难的。哎，刚才你说你退了大学同班同学的群，这是怎么回事？现在人们都说，最牢固的群，是中学大学同学的群，你怎么会退了呢？"

这话不知哪儿，触到了方仲秀的痛处，好半会儿，不说话。一连喝了两杯古越龙山，头一杯也给潘亦复斟了，第二杯是自己斟了自己喝，喝罢，长长地叹了口气，手在桌上轻轻一拍。未开言，先笑着说了一句，老潘哪，我在一篇文章里曾说过，你有着鹰隼一样的眼睛，本来只是个戏谑，今天听你说这话，就是说我是个佯球不睬的人，我不能不佩服你有眼光，看人真叫个犀利。

说着身子往前凑了凑，声儿低沉了许多。

"你既然把我看了个透，我也就说个透，要不说透，对不起我们朋友一场。这话，我零零星星地跟人说过，今天我愿意竹筒倒豆子，全给你说了，也算是一吐为快一醉方休吧。"

"这个话，在扬州那次见了，就想问你，还是有顾忌，今天喝了酒，也才壮了胆。退群退大学的群，不好理解。"

这回是潘亦复给方仲秀斟的酒，斟是斟了，手掌在酒杯上一捂，意思是先说话，说完了再喝。

方仲秀说开了。说他所以退了大学同学的群，不是跟同学们有多大的仇，再大的仇，过了这么多年，也淡得没了，是他不愿意在群里，动不动就触碰着往昔的伤痛。

一九六九年底，全国大学生"战备疏散"，山西大学去了昔阳县，历史系分配的住地是红土沟。转年春天，开展"一打三反"运动，肯定是有同学举报，说他说过什么反动话，平日还记反动日记。四月六日晚上，系里的工宣队和系分会的干部，来他住的农家房子，宣布给他办学习班，勒令交出全部日记，他打开箱子，交了，共十三本。抄家的人走后，整理翻乱的箱子，发现还有几页日记落下了。一个屋里住五个同学，他的床靠近炉子，炉火闷住了，还有个窟窿，冒着小的火苗。那天晚上，他很是害怕，知道一办学习班，准会定罪，说不定会叫开除学籍，打发回农村，或是押到什么地方劳动改造。越想越害怕，觉得这几页纸也不保险，便趁捅炉子的工夫，把纸揉皱了要塞进炉火的眼儿里。刚塞进去，对面炕上一个同学，赤条着身子就扑了过来，一把夺过纸团，穿上衣服出了门，找工宣队汇报去了。

第二天早饭后，在村小学的教室里，全系开会，批判他态度不老实，销毁材料，对抗"一打三反"运动。

学习班办了两个多月，六月二十几，才宣布解脱。这也是因为，八月份要毕业，驻校解放军宣传队主张的。要解脱，必须外调，他父亲在德州司法系统工作，每月给他寄生活费，他们知道没问题，不去外调。他爷爷原是镇上百货公司负责人，一九六六年春天，"四清"结束时戴上帽子，回村劳动，他们知道有问题，就派人去了。去了也就是那么个问题，要解脱你，也就不当回事。外调回来，就解脱了，到了八月十二号，正式离校，分配到吕梁山里的汾西县教书。

唉了一声，语调放缓了。

"年底回到家，方知我爷爷，七月三十号这天凌晨三点，在我家门前的槐树上，上吊自杀了。据母亲说，爷爷在一个月前，就有自杀的迹象，母亲发觉后，将我姥姥接来，母女俩在家里看护着这个执意要自杀的老人。姥姥家里，也有孩子要照顾，住了十几天，要回去看看，就在姥姥走后的第二天早上，爷爷还是完成了他自杀的计划。"

爷爷的死，可寻找的原因有多种，比如原来是附近村里的教员，公私合营后，是镇上的门市部主任，都可说是体面人，一下子落到这个境地，心理上承受不了。他是懂政策的人，知道纵然成分不好，家里有"管关杀"的人，跟没有"管关杀"的人，政策对待上是不一样的。他戴上帽子，回村劳动，受害最大的是他的儿子，其次是我这个孙子。积极劳动，任劳任怨，总想摘了帽子，但是，多次递申请，都被打回，还要遭受训斥。这些，经过几年的磨炼，也都过来了。但是，一听说我在学校出了事，来人外调，他的精神，整个垮了。执意自杀，是寻求个人的解脱，也是为了让这个家庭，不再有"管关杀"人员，后面的几个孙子，跟上受连累。

"你一定恨透了他们吧！"

潘亦复问，方仲秀惨然一笑，说道："我还真的不恨他们。知道是谁去我们村外调，已是多年之后，一个教员，一个同学，都是系里一等一的好人，绝不会给我添坏话的。"

"噢，你这么开通？"

"那个年代，派谁去，谁都会去。好人去了，总比坏人去了强。也有不满意的地方，就是他们回到学校，经过讨论，决定给我解脱的时候，怎么就不给村里的贫下中农委员会去上一封信，说方某某在校，没有任何问题，并让及时转告家人。若他们这样做了，我爷爷就不一定会自杀了。"

"老方，你还是太幼稚，那个年代，能让你解脱，就该烧高香了，谁还会想到这些细节。"

"是呀，谁都没错，可最后却是砸了锅。爷爷的死，对我打击太大了。有一两年，我的情绪一直缓不过来，老觉得爷爷的死，与我有关，不是我害死的，总是因我而死的。直到我结了婚，有了孩子，想到一定要把媳妇和孩子从农村搭救出来，这才下决心走写作这条路，说什么也要爬出吕梁山。"

"你总算是成功了。"

"实际上，我的人生的目标很低，就是自己离开吕梁山，媳妇孩子离开农村，这两个目的达到了，也就无所谓了，该骂的骂，该嘲的嘲，因此上你看我，就是个不管不顾、伴球不睬的人了。当然，后来还有许多事，也让我伤透了心，不过，爷爷的死，是最主要的。"

潘亦复的手从酒杯上挪开，端起来递过去，再端起自己的，轻轻一磕，说道："你这么一说，我全明白了，人在世上，不到伤心欲绝，不会这么洒脱。"

饮罢，还是用公筷，将海鱼腹部，最软最嫩的那一块，夹到方仲秀跟前的盘子里，一面用筷子尖儿点着说："吃吧，这是鱼身上最可口的部位。"

老朋友了，难得兴致这么好，方仲秀说："我当年要给你写一本传记，你不愿意，这我能理解，你说你想写一本《宿命》，我问你，开笔了吗？"

"这一段心情不好，开了个头，搁起了。"

"老兄，我不是说你，各人有各人的能耐，你还是把写作这个事，看得太容易了，以为以你的聪明，只要写，总会写好的。你不知道，写千把字的小文章，跟写二三十万字的书，是两回事。多少有名的作家，都没有闯过写长篇这个关。"

"噢，你说说。"

方仲秀不愿意谈这个话题，老朋友提出了，又不能不说，只好拣简单的说，举了鲁迅、郁达夫两个人为例。他俩的才华不能说不大，但他们的文字，都是内敛的，走的是炼字的路子。写短篇小说，写散文，写杂文，还可以，要写长篇，就难了。写长篇，须思绪飞扬文字放荡，这跟写短篇，是两个概念。不过，他并不是说潘老兄写不成书，可以把一部书，分成多少个小文章来写，再穿到一起，回去不妨试试这个办法。

有句话，也是带上了醉意，本来不想说，想想，还是说了。

他说，那年在温州，他要给潘写本传记，潘没有答应，今天在上面房间，看了鲁娃的《彼岸》，方悟出，那时鲁娃正在给你写书，大概你觉得，有了这么好的作家给写小说，还用方某人给写传记吗？

嘿嘿嘿，潘亦复光笑不言语。

"是不是？"

再笑着问，亦复先生不能不说了。

"你是别有所图，我怎么敢应承。"

方仲秀又来了一杯，说他是别有所图，想筹措一笔钱，在北京买个小书房，可是，真要答应了，他肯定会认真写的。山西的张颔先生，是个考古学家，在山西没有多少人知道，自从他写了《张颔传》，声名大振，连字的价钱都上去了。说到这里，提高了声音："在中国，会写文章的多，会写小说的少。会写小说的，多半也是把小说当成社会学论文来写，定下主题，设计人物，完成要表达的意愿，如此而已。既无飞扬的思绪，也无精妙的文笔，过来过去，全是意念而已。"

"哎，老方，你刚才也看了鲁娃的小说，觉得怎么样啊？"

方仲秀说，整体他不敢说，有一个小小的细节，给了他，断不会那么处理。

亦复先生问是哪儿，方仲秀说，就是写苏珊娜在那儿坐着，看见书中的你，就是那个叫林一舟的男人，从雪地上过来了，看见他眉毛中间的一颗黑痣。作者认为，这样的写，雪地、黑痣，已经很显豁了，错，像这样独特的细节，一定要在一个动作化的情景中来写。比如两个人，不一定是跟鲁娃了，在床笫的嬉闹中，女的忽然发现男的眉毛中间有这么一颗黑痣，那就不一样了。鲁作家的书中，只是把它当作面貌上的一个小特征，等于把一颗珍珠，当成扣子使唤了。

潘亦复先生听了，端起酒瓶子，给自己斟了一杯，说道："受教，老方！你免了，我来一杯！"

第四十一章

　　早餐后，擦了桌子沏好茶，正要坐下来写点儿什么，手机响了，拿起一看，是耳东小姐。脑子一转，莫非这妞儿，听说他回来了，要过来聊一聊，可也该打听一下，老伴在不在家，就是出去买菜也算哪。这个弯儿还没转过来，电话那边耳东小姐说话了："方老师，今天这个事，您可一定要答应我呀！"

　　"啥事啊，总得让我先知道。"

　　方仲秀蒙了，这小妮子说得这么急迫，会是什么事呢。

　　"您先答应了我才说。"

　　听得这话，似能看见耳东小姐的身子，虽是站着，却像躺着一样，在扭动着。

　　"好好好，我答应！"

　　"那我就说了，您可是答应了的。"

　　什么事啊，总不会是上床吧？方仲秀心想。

　　那边，还是不说。

　　"说呀！"

　　"我们曹总，要我过来接您去亦庄，知道您回来了，想跟您这高人聊一聊。"

　　"啊，这么个事，怪唬人的，我还以为曹总出了什么事，叫逮了呢。"

"不许胡说，曹总好好的。"

只是跟曹竖聊天，他实不愿意走这一趟。

"哎呀，想起来了，真的有事走不开。"

"求求您了，这次答应了我，往后想让我做啥子都行。"

那边，耳东小姐像是急了，这种话都说了，怕再回拒，又来了句："您可是答应了的，嗯嗯嗯！"

这声调，让方仲秀浑身难受，心一横，给了对方一个定心丸："我这就下去，在西门口等着，你别上来。"

说罢，过到卧室换上衣服，老伴正斜躺在床上看手机，冷冷地问，又让哪个小妖精勾搭出去啦？方仲秀说，什么小妖精，是亦庄的曹老板，有要紧事跟他商量，耳东小姐开车来接，已到了西门外。

"别多喝呀！"

知道挡不住了，老伴的怨怼，立马就变成了严厉的叮嘱。方先生眉头一皱，正在扎皮带，使劲一勒，像是要把一肚子的气勒了出去。

刚出西门，耳东小姐的车就到了，方先生上了副驾驶座。拐到南苑路上，像是想到方才自己的话语有失检点，耳东小姐说："方老师，我也是急了，就那么一说，您老可别笑话我呀！"

"你的话那么快，说啥，我都没听清，怎么会想到别处呢。"

方仲秀这话，明显是告诉对方，他全听清了，只是要让对方，暂且理解为，他啥也不知道。有了这个申明，耳东小姐的情绪大为高涨，声音也欢快起来，说开曹老板为什么要方先生去，又为什么要她来接。

方先生回太原这些日子，可把曹先生憋坏了，带回去的《边关》，早就看完。又买了几种方先生的书，没事了天天读，想读完又怕读完，不时赞叹，这个方先生，怎么这么会写文章，说完没准儿还会来个脏话，不是骂方先生的，是恨他自己。

说到这儿，正好来到一个路口，停了一下，耳东小姐扭过脸，朝方仲秀诡谲地一笑。

"方老师，曹总要我来接您，您知道他说了句什么话吗？"

"能说什么，说咱俩熟悉，你接我会来吧！"

"不，他说，打蛇要打在七寸上，他说一万句，顶不住我说一句，没想到还真让他说中了。"

方仲秀笑笑，不言语，心想，你个小妮子，许下多大的好处，我能不来嘛。

　　见方先生不作声，耳东小姐更放开了。

　　"方先生，你说说，你的七寸在什么地方？"

　　方先生不作声。

　　"说呀，就咱两个人，还有啥子不好意思的吗？"

　　女孩子说到这个份上，还有什么不能说的呢。

　　"我嘛，"要说了，仍沉吟了一下，"好色而不淫吧！"

　　"咯咯咯！"

　　耳东小姐笑了，手在方向盘上轻轻一拍。

　　"我这个人哪，太贱了。"

　　方先生想用一个大的自责，挽回一个小的失误。

　　"不不不，我是说方老师很坦率。"

　　"噢，那是，那是。"

　　一时间方仲秀不知该如何应对，耳东小姐笑着说："你也太内秀了，光想多没意思，这种事是要做的呀！"

　　方仲秀也笑了，有意多笑了几声，不是真的高兴，主要是耳东小姐的戏谑，让他无法应对。做？谈何容易，那是要真本事的。他已做好精神准备，若耳东小姐再这么恣意挑逗下去，他就要说他那句名言了——"下边不行了，上边就特别厉害"。只是这次该说成："上边太厉害了，下边就不行了。"

　　好长一段时间，耳东小姐不再说什么，方仲秀以为定然是自己撩逗的话语，让年龄不小的耳东小姐心潮激荡，难以自持，故而要停止说话，恢复心头的平静。他绝不会想到，耳东小姐那些应和的言语，不过是对他肯去亦庄，让她顺利完成老板交付的任务的廉价的报答。或者仿照医学界的说法，防止婴幼儿患小儿麻痹，要及时服用顾方舟先生发明的小糖丸，耳东小姐那启人遐想的话语，不过是几粒防止一个老男人狂躁症发作的小糖丸。

　　这会儿，方仲秀哪会想到别处，一心想着如何趁这坐在一起的机会，占点儿小便宜，也可以用句堂而皇之的话说，是如何将两人的感情，往实质性上再推进一步。办法总是人想的，一点点荷尔蒙的分泌，也会让文思枯竭的人，写下惊世的华章妙句。不知是耳东小姐的眼神不太好使，还是四环上车流量太大，耳东小姐总会不时地前倾身子，看看前面的路面，而她一前倾，短版西装的后摆一掀，就露出半圈白白的腰肉来，屁股蹭来蹭去，短裙的后腰下扯，那半圈白白的腰肉中部的下方，竟现出一个小小的白白的三角形。

耳东小姐的身子再一次前倾的时候，方仲秀将左手握成拳，伸到耳东小姐身后，拳眼正对着那个小小的三角形白肉。耳东小姐看路面，每次都是，看清了没事了，便往后一靠，舒展一下腰身，这次也不例外。

"哎哟！"

不知是真的假的，先是脆脆的一声惊叫。

"硌着你啦？"

方仲秀说着抽回手臂，及到了面前，原本握着的拳头，已化为平展的手掌，好像他原本不过是防止身子的摇晃，扶了一下耳东小姐那边的椅背。

"没事。"

耳东小姐甩了一下头发，不再说话。

终是心太软，怕方先生难堪，上了小红门桥，又无话找话地说开了。说她爱写诗，徐志摩的诗，像《再别康桥》《沙扬娜拉》，也知道好，可诗句太整齐了，她学不来，倒是林徽因的诗，三两个字就是一句，最对她的口味。可不知为什么，人都说林徽因这个人多么好，她就是喜欢不起来，说到这里，提出她的疑问："方先生，是不是她又漂亮又有才华，还遇上了那么多的好男人，我羡慕嫉妒恨哪？"

"那倒不一定，这个人哪，别说你不喜欢，我也不怎么喜欢。"

"那您会不会是晚生了几十年,没遇上她,心生遗憾而怪罪佳人哪。"

"哈哈,你可真会说！"

"方先生,那您说说林徽因究竟是个怎样的女人。"

这话搔到了痒处，方仲秀扭扭脊背，让自己靠得更舒适些，抚抚胸脯，任文思飞扬，神通气畅，啪啦啪啦说了起来。

说他写《徐志摩传》时，就对林徽因其人做过研究，起初甚是喜爱，曾答应过某出版社，写一本林的传记，甚至都写出几章，后来也是自己生了一场大病，也是对此人没了兴趣，那本传记，也就没有再写下去。

传不写了，但对林这个人的关注并未停止，不管怎么说，林在中国现代文化史上，总是个值得关注的人物。这几年，市面上出过好几本林的传记，他都翻看过，大都是胡拉乱扯，不着边际。研究林，认识林，一定要从她与几个男人的关系入手，才能得其要领。

耳东小姐像是听进去了，下桥的时候，忍不住问："哪几个，就是徐志摩、梁思成、金岳霖三个吗？"

"一般人都说是三个，我说是四个。"

"那一个是谁？"

"傅斯年。这几年这个人，开始火了，说他一篇文章就把宋子文轰下台，说他是文化人中，唯一敢在蒋介石面前跷二郎腿的人。"

"我可没听说过，这种人，林徽因那样冰清玉洁的人，怎么会喜欢上？"

"林徽因那个时代的人，可没有您这么高的政治觉悟，看什么先划分出阵营来。"

耳东小姐笑了，说她不打搅了，方老师你往下说吧。

方仲秀清清嗓子，接着说了下去。

他说，看一个女人和男人的关系，一要看她对这个男人爱不爱，二要看这个男人在她的人生中，有没有实质性的帮助，三要看这个男人对她的人生有没有影响。从这三条看，徐志摩、梁思成、金岳霖都够格。只不过，有的在这方面强些，在另一方面弱些。比如徐志摩，是她爱慕的，至于实质性的帮助，那就要看你怎么理解了，丈夫不是，情人也难说，但徐引领她放眼看世界，又启迪她进行文学创作，也是一种实质性的帮助。

至于傅斯年，要多说几句。林的父亲林长民，五四运动时就与傅斯年相识，一个是这一运动的鼓动者，一个是这一运动的力行者，怎能会不惺惺相惜。梁思成的营造学社流落到昆明，失去经济来源，难以维持，是傅斯年的史语所将之接收下来，傅是看梁启超的面子延及其子梁思成吗？不是，他是看在林长民的面子而延及林徽因而施以援手的。一九四二年史语所和营造学社同在李庄，梁家兄弟二人，梁思成和梁思永，两家都陷入病困之中。傅斯年直接上书国民党最高当局，又通过自己的朋友全力斡旋，很快批下一笔专款，一家两万元。梁思永是史语所的研究员，肺病严重，确实该享受这样的救济，而梁思成家，得病的并不是梁思成，是他的妻子林徽因，而林在李庄，什么职务都没有，只能说是一个挂靠在史语所的学术机构的负责人的家属。为了让林有资格享受政府的救济，一向公正无私的傅斯年竟在报告上说林的才华在谢冰心之上。综观傅斯年这次呈请救济，说是为梁氏兄弟两家，不如说仅为林徽因一人而已。

"是够意思！"

耳东小姐朝这边瞥了一眼，由衷地喟叹。

"这事，看起来是大公无私，也可以说是见义勇为，还看不出两人感情有多深。"

"快说说，我太想听了。"

"抗战胜利后，梁氏夫妇来到重庆，梁思成将去清华组建建筑系，林当然要相随北去。傅斯年这段时间也在重庆，他的办公处离梁林的住处不远，不止一次前去看望。有次看望过后，在给他妻子的信上说，托人带去啤酒一小罐，特别注明，林徽因送他，梁二反对之。梁二可说是傅斯年平日对梁思成的称呼，或许有戏谑的意思，因为梁思成真的排行为二，但用在这里，却不能说没有鄙薄的意思。最能看出两人情义之重，是梁林北飞日期已定，傅斯年做最后一次看望，回来给妻子的信上说，林徽因的病，实在没办法了，她近期在此，似乎觉得我对她的事不太热心，实在是因为她一家的事太复杂，我无能为力。她走以前，似乎透露这意思，言下甚为凄惨，我只有力辩其无而已。"

"是很有感情。"

"你想想，傅斯年一八九六年生人，林一九〇四年生人，傅大林八岁，这个与其父交情甚笃的人，有权有势，全面抗战八年，在最困窘的时刻，时时呵护着她的人，就要长久地分手了，林徽因是一种什么感情。傅斯年的信上说，言下甚为凄惨，最能体现两人感情之深。"

方仲秀喘了口气。

"完啦？"

耳东小姐问，方仲秀接下来说："还有呢，林与这四个男人的关系，我各总结了八个字，你听听有没有道理。与徐志摩是，心里爱慕，决不身许。与梁思成是，身有安置，心无寄托。与金岳霖是，心有寄托，身难相随。与傅斯年是，敬重有加，身心无措。只有将与四人的关系参透了，才算是真正理解了林徽因这个女人。"

"哎呀，方老师，这次接您去亦庄，曹总觉得是他的计谋高，我倒觉得是我的收益大。"

"你太乖巧了。"

"方老师，刚才硌了一下的地方，这会怪痒痒的，我手腾不开，你给我挠一挠。"

"你呀！"

"求求方老师啦，痒痒的不行，快挠挠哇！"

远远地看见，亦庄到了。

进了亦庄，放慢了速度，耳东小姐抬起手，在方仲秀的脸上拍了拍，分外妖媚地说："方先生，我今天是用色相勾引一个老男人，你可别嫌我这么说，一会儿你就明白了。这次不算，以后我们肯定还有机会的。"

说着眼圈红了，几乎是哽咽着说："他病了，不愿意见人，可我知道他想见您，好说歹说，他才答应，让我去接。"

"咦！"

方仲秀大为吃惊，耳东小姐说："见了您就知道了，他得的是大病，只说感冒，您也不要点破，好生宽慰就是了。"

第四十二章

跨进曹竖的书房，方仲秀先是一愣。

曹竖好好的，哪像是得了大病，只是瘦了些，经过一夏，都会瘦些的。

"听说你病了，不像啊！"

方仲秀朗声言道，不是忘了耳东小姐的叮嘱，是眼见为实，冲口而出。

"哪是什么病，感冒了，身上没力气，方先生请坐！"

开了口，才觉察出，声调有些虚弱。方仲秀这边，话已出口，也就不便再说什么，往下压压手，示意对方坐着别动。

看得出，曹竖今天着意打扮了一番。非复春天的浅色夹克，竟是一身的黑绸衣衫，袖口处挽上来，齐齐的两道折边，不是白色，而是豆青。摆动手势，请方先生在方桌一旁落座，那两道折边，竟像手镯似的跳起转了半圈。

方仲秀坐下了，不忙着说话，先打量起这个书房。一色的红木家具，显眼的明式风格，细格细梁，简洁大气，最最见出贵相的是，摆放得体，舒张开朗。

方先生坐的，是个官帽椅，正要将脚勾回来，踩在椅腿下面的横掌上，一想不妥，还是伸直，踩在地上。瞅了一眼地上，不是地板，也不是瓷砖，竟是一色的小方砖，斜斜地铺过去，对缝之整齐，可说是毫厘

356

不爽。也只是瞟了一下，待侧身面向主人时，曹先生将一摞书册推了过来，谦和地说："看方先生的微信，见方先生雅好花笺，正好我这几年，也迷上了这个，顺便也收藏了一些，请方先生品鉴品鉴。"

"我只是爱写信，用纸上，不是很讲究。"

耳东小姐过来斟茶，顺手将书册往方先生这边移了移。

拿起上面的一册，带着函套，是《萝轩变古笺谱》，这个不稀奇，他家里也有一套，只是没有这么精致的函套，是土黄色的纸盒装着。解开函套太麻烦，放在一边，另取了一册，是这些年新印的《十竹斋笺谱》，太平常了，随手放过。

曹竖像是预备着，再推过一函。

方仲秀拿起一看，是一函《百花诗笺谱》。耳东小姐过来，拔开骨签，掀开，站在一旁。方先生翻了几下，说天津出的，已有了洋场气息。

"再看这个。"

又推过一函。

仍是新印的，版式宽大，普通的墨蓝布面，看去庄重了许多。

"啊，《鲁迅藏笺》！"

方先生轻声喟叹，移到面前，打开看了看，说过去只知道鲁迅先生和郑振铎两人编了《北平笺谱》，以为悉数收入，没想到他手里还存着这么多种花笺。噢，二〇一五年才印行的，怪道先前连听都没听说过。

"毕竟是选了剩下的，欣赏价值不是很大。你看这套怎么样？"

曹竖说着，又推过一套，

方仲秀看了，签条上是《乐山堂诗笺》。怕方先生嫌麻烦不打开，耳东小姐过来，拔开骨签，里面是个纸盒，再打开，取出两页，递给方先生。曹竖抖抖袖子，伸过手指点着说："我很看好这套花笺，雅致，也随意。"

说到这儿，朝耳东小姐友善地一笑。耳东小姐当下接过话茬，对方先生说："方老师，说了您也认识，我还是他领上去您那儿的。"

"你说的可是樊振飞？"

方仲秀眨眨眼，说完了，又有些疑惑。

"就是这小子！"曹竖的话音里，充满着喜欢，"来过几次，我以为他是黏糊我们耳东的，也就没给好脸——"

"哎哟，你那叫没给好脸吗？凶得跟狼一样，恨不得上去撕咬人家。头一回来了，过后振飞就跟我说，你没跟你们老板说，我孩子都十三岁，上初中一年级了？"

"咦，他真的说过这话？"曹老板也乐了，"你咋跟他说的？"

耳东小姐退后两步，倚住明式书橱的挡头，半朝着曹竖，半朝着方仲秀，说道："我能怎么说呢？我跟振飞说，这话千万不能跟我们老板说，说了更坏事。振飞不明白，问为啥，我说，不说他把你当坏小子，虽坏还情有可原，年轻人总要谈情说爱嘛。要是说你结了婚，孩子都那么大了，我们老板会把你当成流氓，蹭软饭的，哪天来了保不定会揍你一顿。"

"哈哈哈！"

曹老板放声大笑，不大的嘴，喉咙里的气冲出来，两片嘴唇忽闪忽闪，怎么也合不住。

"不会吧！"

方先生不无疑惑。

"会！会！"曹老板正色言道，"我都想好了，哪次他再来找耳东，耳东不在，我把他领到后院的木工房，狠狠地排上一顿，看他还敢不敢再黏糊我们耳东。"

"真的？"

想到耳东小姐在凉水河畔说的，曹老板为了她，提上砍刀跟亦庄的小流氓较真，方仲秀宁可相信会的。料不到的是，曹竖的话，就像好文章一样，在交关处拐了个大弯。

"那天他来了，我正准备下手，这小子坐下，就是老方你现在坐的这个位置，取出这套《乐山堂诗笺》，说曹总，你不在的时候，耳东小姐领我看过你的书房，我看架子上摆着好几种笺谱，知道你喜欢花笺，感谢你这些年对耳东的关照，送你一盒笺谱，算我的敬意吧！我问他跟耳东究竟是啥关系，他说啥也不是，只是认识了，觉得她这人挺好的，自己是北京本地人，有责任呵护她。我听了，大为感动，差点儿冤枉好人！"

听着曹先生话，方仲秀由不得想起前些日子，在亦庄看过的京剧《搜孤救孤》中魏绛老将军那两句有名的唱词："到今日我反而皮鞭打老迈昏庸，我不知真情。"这老曹的神态，还真的像剧中的老魏绛呢。

他还在愣着戏里情节，曹竖弓起指头，在盒子上弹弹，说道："老兄你看看，这《乐山堂诗笺》怎么样？"

方先生此时，才拈起耳东小姐取出的两页，看了两眼，大加赞赏："花卉菜蔬，写意笔致，纸幅不大，这是最地道的花笺制作，现在有些地方制的花笺，一弄就那么大，我看李渔当年制的《芥子园笺谱》，绝不会像市面上卖的那么大。那么大的，一张该叫一幅，不能称之为笺了。"

"真的不错？"

"是不错！"

方仲秀说着，将手中的两张笺纸递了过去，曹老板接过来，放进盒里，啪的一声，将盒盖上，再将函套一折，往这边一推，说道："就等你老兄这句话哩，这盒《乐山堂诗笺》就是你的了！"

"这怎么行，是樊振飞送你的，我怎么能要？"

"我在网上查了，有的是，下个单当天下午就送到。"

接下来说了他跟耳东小姐的一个小计谋。微信上看了，方先生爱用毛笔写信，雅好花笺，方先生来了，一定要送一套笺谱，不知方先生家里有何种收藏，就是知道，也不知还会喜欢何种笺谱，最后达成一个共识，只要方先生来了，曹总就将书房里的几种笺谱，悉数摆出，让方先生品鉴，末后看方先生喜欢哪种，就将哪种赠送。

他原来想的不是这个，没想到方先生会喜欢上这个。

"老兄！我以为你会喜欢天津的《百花诗笺谱》，见你看了两眼，又放在一边，知道看不上眼。《鲁迅藏笺》，也就那么回事。单怕你一样都看不上，没想到，这个《乐山堂诗笺》这么让你喜欢。"

"受之有愧，受之有愧！"

方仲秀拱手相谢，曹竖的豪气上来了，冲着耳东小姐做了个手势，耳东转身离去，从侧面小门出去，再进来时，一个红木方盘内，盛着几样纸品端了进来，将方盘搁在桌上，同时搁下的，还有一个精美的布袋子。仍是后退两步，站在书橱挡头那边。

曹竖扶住桌边，站了起来，将方盘往方仲秀这边一挪。

"你收下了《乐山堂诗笺》，我才敢将这些土货端出来。"

先取出的是一盒《浆水潢纸》，递过来，方先生接住，看下面的文字：大观印社作坊，河北省邢台县水镇，富春江岸庄家原料。布盒带骨签，布面灰暗，一看就是有年头的老物件。

"这个没什么，只是想让你知道，我们邢台这地方，自古就制作这种笺纸。"

再取出的，是一个纸盒装的笺纸，揭起一张，微黄的底色上，是稍重些的褐黄色的图画，远处一抹山峦，近处两株垂柳，一檐草厦，左上侧是同样颜色的两句诗，仔细辨认，道是："斜日起凭栏，垂杨舞晓寒。"纸盒下面一角，是个白纸标签，几行小字，道是仿古蜡染花笺，泾县兴文斋出品。

"这个花笺，我得交代几句。"

曹竖说着，取出一页，铺在方先生面前。说这一两年精研各种花笺，收藏最多的是新中国成立前后，琉璃厂纸店印制的各种时品，当时也许就是普通文房用笺，现在看来都是时代遗存。看闲书，知道宋代有一种素雅的花笺，叫砑花笺，说是苏东坡的《久留帖》，用的就是砑花笺，土黄色的花卉，纹样依稀可辨。春天他去琉璃厂闲逛，见一家南纸店，有这种仿宋古笺，且是蜡染的，疑心这就是宋代的砑花笺。有人说砑花笺有凸起的纹样，他不相信，若有，也极浅，深了会影响书写，似有若无，才是真正的风雅。因此上，就多买了几盒。

"北京人还是识货，前些日子再去，说是卖脱了。老兄，这一盒五十张，够你写一阵子的。"

"真没想到，你这个细木作坊的老板，对花笺有如此精到的研究！"

方仲秀大为感慨，此时才明显感到，曹竖气色不对，有点儿病体支离的迹象。

曹竖又咳嗽起来，大概实实支持不住了，对着方仲秀鞠了一躬，说道："这感冒，缠了我好多天，浑身没四两劲，今天就到这儿，也不留你喝酒了。"

耳东小姐过来，笑笑，看得出来，是强颜欢笑，一面取过方盘边上的布袋子，将几种笺纸，全都装起。方仲秀这才明白，方盘边上放的布袋子，原来是备下做这事用的。

第四十三章

手机响了一下，一看，是张砚田发来的，报告他的朱卷展览的最新进展。六月间回忻州，他就带着一批朱卷资料，方仲秀夫妇回太原，他同车前往，就是跟省图书馆商量展出的事。

经过几个月的交涉，展出的日子已确定。微信上说：

> 科举史料展（不用"朱卷"，怕人不懂），已经确定下个月二十三号在山西省图书馆文源书院开展。原说古籍室，我去看了，还是文源书院地方宽敞，朝向也好，正对着电梯口。前些天，所有史料，都寄回去了。明天就开始布置展品。活动名称：特展／张砚田先生收藏清代山西科举史料展。时间：二〇二〇年一月二十三日起。策划：历史文献阅览室。地址：文源书院（三层）。

同时发来他为展览写的展览简介即展出的前言：

> 科举制度是中国古代通过考试选拔官吏的制度，开始于隋大业元年（六〇五），到明代更进一步规定，"中外文臣皆由科举而进，非科举者勿得与官"。因此科举是一种选官制度，而不是一种教育制度。自明代以来，科举考试成为一种无论是达官贵人，还是平民百姓家子弟进入

各级政府的主要途径，同时也是统治者用来钳制和统一思想的利器。随着时间的推移，科举制度以及学校教育，完全成为以考试为导向的"官本位"，弊端日渐呈现，不能适应工业化、全球化的世界潮流，终在一九〇五年（光绪三十一年）废除。

本期特展，精选了张砚田先生多年来收藏的山西乡试及山西举子参加会试、殿试的试卷（俗称朱卷），还有部分外省的会试、殿试及朝考的试卷及同年录等科举史料百余件。"学而优则仕"这句话，从一个角度说明了中国传统社会官本位思想，而通过此次展览，观众有机会近距离观察和品味"千年科举"的正反历史作用，更好地了解中国历史传统和社会文化生活的真实面貌。

砚田附言："以上是我写的展览简介，每提一句科举的好处，都会说一句科举的坏话。当然，图书馆方面最后还要把关并增删。如有不当之处，恳请批评指正。"

对这种官样文字，不管对方多么诚恳，方仲秀从来坚持不多用一个脑细胞的态度。多少次惨痛的教训告诉他，你再费心也是枉然，末后人家一个"有关规定"，让你所有汗水都不如矿泉水甘甜，所有的心思都不如幼儿园阿姨的叮嘱切实管用。他更愿意与砚田交流的，是对科举制度的深层次的认知。

平日他与朋友交流，不愿意用视频通话，多用微信的语音输入。今天不知为什么，是觉得跟砚田亲近些，也不排除急于表达自己看法的意思，他打开了视频通话，选了语音通话，等于跟砚田之间来了个电话聊天。毕竟是在虚拟的空间里，一来一往都要简单得多，且没有文字，谁也看不见谁的表情。虽是通话，不见面，感觉上跟语音输入、文字显现差不了多少。

方：你们的展览，应当附加一个部分，就是庚子事变后，清廷在科举上对山西的惩罚，限制了山西士人中举的名额。

张：这要做比较研究，弄清庚子事变之前，山西乡试的录取名额，事变之后的录取名额，才好说话。眼下这类史料很缺乏，要慢慢收集。

方：科举名额减少，这样的惩罚，对山西的士气民心，是严重的伤害，甚至影响了山西近代的开化。我过去认为晋商人家，送一等子弟经商，是一派谰言，现在考虑到庚子事变之后，清廷在科举上对山西的惩戒，觉得富贵之家，子弟仕途无望之际，转而在商业上寻求发展，也是一种明智的选择。

张：光绪三十一年即公元一九〇五年，清廷颁发诏书，废科举兴学校，在清廷是无奈的选择，在中国社会，毫无疑问是一个了不起的进步。

方：过去我也是这样认为的，不知为什么，近年来对中国近代史深入思考之后，我不这样认为了。我认为，清廷废科举而兴学校，等于在社会舆论的操纵之下，将过去实行的科举制度，简单地理解为一种教育制度。而不知，科举制度，是教育制度与选官制度的有机结合，文化教育与社会管理的有机结合。既给士人以知识礼仪的学习，又给以做官理政的出路。这样的社会格局，是向上的，也是务实的。废除科举，等于是打消了士人前进的希望。没了希望，难免彷徨不安，心有异志。士农工商，士为四民之首，士心不安，民心就不稳了。

张：清末民初的社会混乱，这怕是一个重要原因。

方：士人没了做官的指望，只能依其心性，做各方面的发展。这对汉族人的伤害最大。废了科举，要学有所成，没有十年八年，不会见效。而满族人，因为有勋爵，是家人（奴才），仍可以高官厚禄，说不定更为得志。消除了一个小的不公，埋下了一个大的不公。我大学念书时，虽然世事纷乱，还是认真读过几本书的。读英国人呤唎的《太平天国革命亲历记》，结合我后来去江南多地的游历，知道了太平天国是个什么样的社会形态，也加深了对中国革命的认识。读了两本《辛亥革命首义录》，最让我惊奇的是，最早起事的几个革命党人，竟然是一个文学社的成员。有人说，这是革命者以文学研究做掩护，我不这样看，我认为热爱文学者，多有家国情怀。有家国情怀，才会志存高远，忍辱负重，寻找机会，一展其雄才大略。这样的人，若科举不废，定然是走科举的路子，报效国家，科举一废，只能是隐身军界，伺机而起。从这个意义上说，清朝的灭亡，亡在了废除科举上。

本来要打住了，张砚田又说话了：方老师，有个老话题，想问问您，您觉得方便就说上几句，觉得不方便，权当我没说。

方仲秀笑了，觉得今天这个砚田是怎么啦，相识两三年了，从来没有说个什么事，前面来这么长的序言的。说，你说吧，我听着呢。

张砚田提的问题是，在忻州四合院饭店门外，接上张继宏和董姑后，他就发现方老师对张继宏先生特别亲热，也特别敬重。回太原的路上，坐在车里想问没顾上。前段时间在太原，办展览的事，法院的一个老同学在中间协调。有次请吃饭，图书馆的人请了个朋友，来了一看是张继宏先生。席间他把回太原路上，该问方先生的话，跟张先生说了，张先生笑了笑，说方先生是大才子，他也不是庸才，彼此敬重吧。末了又说了一句，说他跟方先生还是有特殊的情谊的。

　　"方老师，你就说说你俩之间，特殊的情谊是什么。"

　　"哈哈！"

　　方仲秀笑了，说他跟继宏先生之间，不是小情谊而是大情谊。从他这边说，他欠继宏先生的，不是小人情而是大人情。

　　那边，静悄悄的，显然在竖耳恭听。

　　方仲秀说，事不在远，就在春天。他写过一本书，叫《张颔传》，张颔先生是介休人。这县上有个著名的企业，叫凯嘉集团，搞煤矿，也搞文化产业，张壁古堡，就是凯嘉集团投资才火起来的。凯嘉集团的董事长叫路斗恒，是个有文化的企业家，温文尔雅，不介绍，还以为是个中学老师。今年春天，不知什么人给路先生出了个主意，把方仲秀的《张颔传》，印个特种本子，作为凯嘉集团的文化投资，可以销售，也可以作为礼品送人。路先生说，他认识方仲秀，还是好朋友，这事要方先生愿意才行。当时继宏先生虽已退居二线，还有协调能力，接下了这个活儿。这事，对出版社来说，也是个好买卖。为这事，继宏先生趁来京开会之便，专程来家里谈讨。路先生的附带条件只有一个，在不违背相关政策的前提下，尽量多给作者开稿费。最后所给稿费之高，在他的写作史上拔了头筹。

　　"多少？"那边，砚田忍不住了。

　　"十五万。"

　　"怎么会这么高，还不违背相关政策，太出格了吧！"

　　"这就看你业务熟悉不熟悉了。国家定的稿费标准，最高是千字三百元，五十万字，你算一下。"

　　"真的给啦？"

　　方仲秀说，那还有假，不过扣除税金，实际也就十三万多。按他的本意，想提出五万给了继宏先生。因为这件事，从动意到完成，全是继宏先生操办的。他说了两次，继宏先生决不答应。说他该得的，已经得了，再要这个钱，如何对得起路斗恒先生。

"见了一个你心里知道，该给人家五万块钱的人，你会吝啬脸上的笑意吗？"

那边，张砚田连声说，明白了，明白了。

末后，方仲秀向张砚田通报了一个情况，说东海书社的萧燕燕同志来电话，说最近要来北京，商谈所欠版税的事，她来了，你也过来一下。

张砚田的回话是：随时听从召唤。

第四十四章

方仲秀坐上张砚田的车，去景泰街上一家饭馆。

刚才还在客厅语音通话，怎么这么快又奔赴饭馆呢？

小说只能那样写，实则这是第二天的午后，先是耳东小姐来电话，问他能不能出来聚一下。问清地方，知道不远。他自己去，或是耳东来接一下，都很方便，只是这样一来，容易引起老伴的反感。疯啦，又跟小姑娘厮混去。知道老伴对砚田这个理工男印象甚佳，他给砚田发了个微信：有饭局，半小时后在西门外等候。一切安排妥当，这才跟老伴说，砚田约他出去办个事，一会儿车就来了。

老伴就跟有特异功能似的，问，是去喝酒吧？他立马反驳，你看砚田是个贪杯的？

老伴不作声了，他赶紧穿上外套出了门。

砚田的车刚到，正大掉头，连停也没有停，他就拉开车门跳了上去，砚田大惊："方老师身手矫健着哩！"

"看遇上啥事嘛！"

他得意地一笑，告诉砚田，不远，过了木樨园桥，景泰路上一家饭店。又加了一句，你认识，耳东小姐叫去的。

"怪不得呢！"

砚田立马明白了是怎么一回事。

说话间，拐进了景泰街，两边全是馆子。砚田问哪家，方先生看了一下手机，说了个名字。

　　"什么？挺耳熟的。"

　　"雅聚坊。"

　　"哦！"

　　砚田正在寻停车位，顾不上多说什么。

　　停好车，往前走，快下三环路了，左首有个门脸，门口立着个三棱体的灯箱招牌，上面"雅聚坊"三个颜体字，正对着这边。方仲秀一见，也想起来了，紧走一步，并对砚田说："这不是春天去忻州没去成，去博纳星辉看京剧前，吃卤煮的那家馆子吗？"

　　砚田笑了。

　　"方老师记性真好。我也想起来了，吃完饭叫的礼橙车，司机师傅好能说。哎，车上有茶叶，我去取一袋。"

　　方仲秀说，不必了，他带着，花香大红袍。说着掏出一个小圆筒，红红的，很是精致。

　　进了门，转过屏风，只见靠南窗的一个隔断里，有个女子朝这边招手。过去了，才看见隔板后面，还有一个男子，那男子侧脸看见方仲秀过来了，站起问好，方仲秀明明是略有失望，还是故作惊喜地说："啊，我就想着振飞会在的！"

　　一面将砚田介绍给振飞。振飞说，他早就听耳东小姐说过张先生，你们不是去过亦庄东关的细木作坊吗？方仲秀趁便说了句笑话，说世上的亲戚，都是因为女人联姻生成的，世上的好朋友，也多半是美女的妙手牵成的，这么说我们就都是虚拟的姻亲了。

　　"方老师是说笑话，我可是觉得，比亲戚还要亲呢。"

　　耳东小姐真诚地说。砚田将方先生让到里座，自家正对了耳东小姐坐下，话头上可就当仁不让了，接了茬儿说道："耳东小姐这话最有时代气息。方老师，你也听说过吧，现在是网络时代，资讯发达，将来人们最亲近的，不是你身边的家人同事，很可能是远在天边从未谋面的外人。人们相互之间的认同，不再是血缘与交际，而在三观是否相同。"

　　本是陈词滥调，有护驾之功，方先生仍给了个高度评价："嗬，这是新时代的交际理论！"

方仲秀说这话，不过是为了给他下面的话，打个前站，让张砚田的嘉言妙语，在猝不及防中失去效力。猛男在前，对他来说，如同豺狼当道，此时不奋起厮杀，如何能获得美女额外的青睐。果然，连个咯噔都没打，方氏话语便如同大珠小珠落了玉盘，丁零当啷就响了起来："这么说来，思想的交融，可以实现了，说是世界大同也不为过。可是这样一来，男女的交合，岂不变成了纯粹的健身运动。这种事，说办就要办的，可以等到天黑，但也不能明明可以等到天黑，再让人等到天明。更不能想做了，还得跑上大半个中国去睡你。女子可以等，就怕男人跑上一千里，肚子里的那点儿东西，全洒了。"

说到这儿，诡谲地一笑，冲着耳东小姐，又来了一句："你说是也不是？"

"方老师的刀子厉害，什么招儿都能给破了。"

几经交往，耳东小姐已摸透了一条规律，要止住方仲秀带色儿的胡扯，只有夸奖这一招。否则，这老家伙也跟他们家乡俗话说的，跟小孩子的什么似的，越是拨拉，翘得越起。

樊振飞及时扭转话题，说他和耳东小姐昨天去了邢台，看望了曹总，情况很不好。说着顿了一下，望了耳东小姐，说还是你跟方老师说吧。

耳东小姐未开口，先凝噎起来，憋得眼圈都红了，流下的先不是泪水，而是两注清鼻涕。振飞早有提防，刚凝噎时，已掏出一小包面巾纸，撕开塑封，扯出一张，擎在耳东小姐触手可及的位置。这一只手刚递过去，另一只手已扯起第二张的一角，做好了战略预备，以便前赴后继，随时献身。

真的开了口，耳东小姐又没有那么悲伤了，就跟说听来的一个故事一样。

她说，大概就是她开车，接了方先生看过曹总那天之后，曹总的身体，就越发的不对劲了。胸闷，气喘，浑身乏力。当时他正在装修，就是固安新买下的家。大体都弄好了，细部的装饰，这儿一个吊板哪，那一个博古架呀，亦庄离通州的老木器市场近，常是她开车，带曹总去选了，再开车送他去固安，有时去了，当天就回来，有时曹总留下过夜，她自个儿开车回来。

"家里有床啦？"

方仲秀警觉到什么。

"没有，有一套新买的布艺沙发。房型稍有改造，窗台原是水泥抹光的，全打掉换上仿石的板材。"

方仲秀不失时机地插上话。

"我可是见过换窗台的，师傅拿个大钻，恨不得将窗台全拆了，他不怕，不管拆下多厚多深，到时候拿起塑胶枪一喷，一大堆化学泡沫很快堆起，窗台板材往上一安，就凝固了。过后主人不知道那面墙里，就是一个甲醛的毒库，三年两年别想释放完。曹先生在这种地方过夜，是很危险的。"

说罢，仰了一下脸，示意耳东小姐说下去。

耳东小姐正要开口，樊振飞惊奇地问，方先生还有这样的经验。

方仲秀说，多年前他在太原市中心，买了一处房子做书房，装修时原本有女婿照料，正好安门窗那天，女婿有事不能来，他去新房陪工人做活，工人的野蛮装修他是亲眼见了。

察觉到自己说多了，赶紧打住，朝耳东小姐笑笑，催她快点儿说曹先生的病情。

耳东小姐说，曹总让开车送他去石家庄，看望一下母亲。正好他妈在住院，他去了，顺便检查了他的病情。医生一看片子，就问什么人陪他来的，他一听就知道不妙，对医生说不必回避了，有啥直接跟他说好了。医生见他这么达观，也就直言相告，是肺癌晚期，已开始全身扩散。他问有救吗。医生说，现在住院化疗，可活两年，但生活质量就不敢保证。他一听就明白了。唯一不能理解的是，自己只是年轻时吸过几年烟，也不凶，结婚后听从夫人的劝告，彻底戒了，怎么会得肺癌呢。又去中医学院的附属医院，挂了一个最有名的老中医的号，号脉，询问，末后老中医说，你这是气凝不散，淤积伤身哪，脉息这么弱，怕已回天乏力了。他听了，苦笑了一下，见身边无人，掏出五百元，一手抓住老中医的手，一手将钱压在老中医的掌心，抓手的手，又将老中医的手捏了回去，感觉到老中医已将钱攥住了，这才说，他去省人民医院看了，那儿只说出了病，你老先生说出了病根，我真心感念。说罢起身，扬长而去，回到姐姐家。他去了石家庄，都住姐姐家，平日他妈就由他姐姐照料。晚上关在房里，给他媳妇打了电话，说了他的病情，又说了他的决定。

方仲秀和张砚田都屏住呼吸，连樊振飞也是一脸的肃穆。

"他跟他夫人说，他得了肺癌，已到晚期，医生说化疗，能活多长时间，他一想算球了。他想把亦庄的摊子收拾了，回到邢台过最后的时光。"

耳东小姐说到这儿，声调还跟先前一样优雅而平静，只是眼圈红了，眼眶里噙的泪水，汪汪闪动，似乎脑袋往哪边一侧，泪珠子就会从哪边的眼角滚落下来。所以了，就端坐着，不偏不斜，声调平静，似乎在讲一个听来的故事，而实际上，内心隐忍着莫大的悲伤。

耳东小姐说到曹夫人，方仲秀想起什么，说曹夫人不是在海南，还是在深圳，做施工监理吗？她的反应是什么。耳东小姐说，他夫人也真够意思，当即说，她明天就去辞职，交接一下，先回北京，很快就到邢台，收拾好家，等他回来。他夫人是北京知识青年，上过同济大学，一直在邢台工作，退休后才去的南方。

"曹总说收摊子，怎么个收的？"

张砚田没想到，他这不经意的一问，耳东小姐也端不住了，脑袋朝窗户那边一侧，泪珠子就从右眼角，分作两行，滚落下来。这也是因了，雅聚坊的隔断，虽类似绿皮火车的硬板座，人们仍然认为朝吧台的，是上座，因此上，耳东和振飞两人，就将东边的一排留给了方仲秀，方仲秀带着张砚田来了，砚田又按照通常的礼数，将靠里的位子让给方先生坐。这样一来，按照司马迁在《史记》里写到鸿门宴时，写就座位置时的写法，方先生虽则身子在东边，却要说成是"西向坐"。设若站在餐桌一侧的过道上，按照算术题上常有的"相向而行"的题义说，方仲秀跟耳东小姐，又是"相向而坐"了。这也就是，为何从方先生这边看去，耳东小姐的泪珠子，全是从右眼角滚落下去的缘由了。

樊振飞的面巾纸，一拨一拨地往上冲，全部泪染战袍，有去无回。不一会儿，餐桌靠窗那头的中央，紧贴着黑釉子瓷砖的墙面，便堆起一垛虚虚的面巾纸的坟头。就在面前，方仲秀不看也得看，看了由不得作想，这耳东小姐，虽说身材娇小，此一刻也还是显大了。若能缩小成十分之一，足可葬身在这面巾纸堆起的坟头里。又一想，若精诚所至，化蝶而出，最先扑向的只能是他方仲秀了。

曹总的摊子是怎么收的，张砚田提出了，耳东小姐不是不想说，可是太悲痛，小嘴儿张了几下，舌尖儿将嘴唇儿舐了几舐，终是说不下去，给樊振飞使了个眼色，没开口，意思连方先生也看出来了，樊振飞没接荏儿，只是举起筷子，劝方先生和张砚田吃菜，喝酒。

原来，耳东小姐讲着，跑堂已上齐菜，斟上酒。菜没什么稀罕的，要了京味店最具特色的烤鸭，还有熘肥肠和爆炒毛肚，这是热的，几个凉菜，也还可口。酒嘛，白瓶蓝字的丛台酒，邯郸的名酒，能想到是从邢台带过来的。见方先生瞟了一眼酒瓶子，樊振飞说："曹总还给方先生带了两瓶，在外面耳东小姐的车上，待会儿回去带上。"

说罢，这才说起曹总是怎么收他的摊子的。

曹竖知道，自己要比母亲先走了，有意在石家庄姐姐那儿多待了几天。赶他回到邢台，夫人已将家里收拾齐整。这几年，他在北京，夫人在海南，儿子先在北京，后来又去德国读博，一家人只有春节才能团聚几天，家里很是零乱。也没大收拾，只是将墙刷了，窗帘换了。曹竖回去，将息几天，便来到亦庄收拾他的摊子。一开始，耳东小姐并不知道，只是觉得老板病了，这个摊子盘出去，盘是商业行内的说法，现在通常叫转让。大部分的书，耳东小姐一次一次开车，转到了固安的新家。奇怪的是，有些精美的书，比如那十几盒笺谱，却没有拿走，还在老地方搁着。再就是书房里，卧室里，墙上的饰件，不一定多么值钱，但甚是精美，都是耳东小姐开车，拉上曹总，一次一次去通州那边老木器市场选下的，耳东以为正好可以装饰固安那边的新家，曹总也是原样挂着没有动。一切收拾停当，第二天下午，约莫五点多钟，曹总把耳东小姐叫到书房。耳东小姐一进来，就坐在了自己该坐的地方。

方仲秀听了，脑子里一转，自己该坐的地方，莫非是曹竖的身旁，偎依在老情人的怀里？

同一瞬间，张砚田也朝这边瞅了一眼，方先生看出，砚田这年轻人，也对耳东小姐坐在自己该坐的地方这个说法，起了疑惑，说不定比他想的更甚，是坐在了曹竖的大腿上。他眨了下眼，意思是听下去就知道了。

樊振飞似乎也觉察到了方仲秀和张砚田的疑惑，却未做解释，反而将那个引起张方二位疑惑的句子重复了一下："耳东小姐进来，坐在自己该坐的地方，就是靠近南窗那边的那把官帽椅子上。曹总坐在八仙桌东侧的官帽椅上，静默了一会儿，曹总说，他原先计划着，在亦庄再干上五年，七十了，底子夯实了，再把这个摊子交给你。那时候，不管你成家没成家，有这么个摊子，多么的荣华富贵谈不上，衣食无忧，滋滋润润，是能做到的。这地方是租下的，改造是我手里做的，主家是好人，多少年了，租金才涨了一千。今天上午，我找见东家，把租赁合同改了，改成你耳东的名字，房租也交到了年底。明天我就要回邢台了，不会再回来了。"

樊振飞说到这儿，顿了一下，才说了最后的一句话，自个儿先抽抽噎噎说不成个调调："曹总等于把这个摊子，一分钱没要，全给了耳东小姐。"

他这里刚说完，那边，耳东小姐哭成了泪人，也顾不得跟前都是谁，直用袖子抹眼泪。随即头伏在桌上，双手相叠，垫在下面，强忍着不发出声来，只有瘦削的肩头，一耸一耸的，让人看了分外怜惜。振飞侧过这身子，扳扳耳东的肩膀，想劝慰两句，方仲秀摆摆手，意思是让姑娘哭哭再说，此一刻，他的老脸上，泪水也淌了下来。

张砚田也是一脸的悲戚，毕竟是理工男，稍一思索，就发现了此中的蹊跷，说不管曹老板说的盘，还是我们理解的转让，都是资产转换的一种方式，也即俗话说的，交易是一种钱物变换的关系。听樊先生所言，曹先生这家东关细木作坊，盘给了耳东小姐，不光没有付本金，曹先生还预付了半年的租金，且留下了室内原有的知名笺谱，还有墙上的挂件。曹先生与耳东小姐，不过是雇主与雇员的关系，他家里有夫人，还有儿子，这种做法，于情于理，都说不通啊。

他的话是说给樊振飞听的，脸也是朝着樊振飞的，两人相向而坐，眼角都没有朝耳东小姐那边斜一下。可方仲秀和樊振飞都听出来了，理工男这话，实际是说给耳东小姐听的。是都听出来了，表现又有不同，樊振飞平挺着脸，做出一副不屑回应的姿态，方先生则不然，一见振飞那模样儿，马上将目光转向了耳东小姐。

耳东小姐一点儿也不回避，只是预备动作多了些。先取过案子上的面巾纸，抽出一张，叠了叠，在脸颊上按按，擦净残留的泪痕，又在两边的假睫毛上敷一敷，不全是擦净泪痕的意思，也有扶正位置的用心。做完这些，又端起面前的酒杯，瞄了一眼，有酒，不多了，那边樊振飞及时地来了个无缝对接，将酒瓶端起，倒了些许，不多不少，恰是待客之道里，"茶浅酒满"的那个将满未满的满的位置。耳东小姐略一颔首，表示谢过，随即端起，一饮而尽，意识到下唇上，挂了酒滴，又抽出一张面巾纸，叠成小方块，在下唇一带，按了两下，又怕洇了口红，还将小方块纸巾端详一番，确认未洇了口红，才将纸巾扔到那边又高了许多的坟堆上。拿捏够了，这才徐徐言道："我是六年前到亦庄，找工作找到曹总这儿的，没想到，会找上这么个人。"

听口气，又要拿捏了。

还真的没有。接着说下去。只是口吻稍有变化，又像是她开车接方先生那次，是在说一个听来的故事。

她说，那天她在网上看到东关细木作坊的招聘，自个儿就去了。曹总不怎么热情，简单问了几句，就让她回去等通知。后来才知道，在她之前去过一个男生，各方面条件都很好，他已打定主意，留下那个男生。她一听这口气，就知道没戏，道过谢，扭身要走，都走了几步，快到门口了，曹总又叫住她，叫她别动，绕着她转了半圈。听那一声别动，以为曹总改变主意，要招下她了，不料接着说，你走吧，要她等通知。第二天来了电话，说就你了，来上班吧。

上班也平平常常，有时做些文案上的事，有时跑跑业务，后来熟了，见她有车，人也开朗，紧慢会用用她的车，凡用了车，都记下公里数，给发车补，当然不会像公家单位那么斤斤计较，常是以百为单位给钱。她觉得曹总这个人挺好的，就是有一点，怎么也习惯不了，太爱骂人了，张口就是"×他妈"，要么就是"我×"。她起初是不习惯，后来简直就是反感。有次又当着她的面爆了粗口，还是那个"×他妈"，她实在受不了，当即翻了脸，说你再这么不讲究，她立马就辞职走人。曹总连连道歉，说保证痛改前非，说是说了，只能说有所收敛，一急了照样不改。他又是个"急磕巴"，有时××几下，硬是把下面两个字憋了回去，叫人听了怪难受的。

她跟曹总的关系发生变化，是在三年前。

一次她去曹总书房办事。那时曹总的书房，不是方先生那次去亦庄见到的摆置。大屏风靠后许多，前面是条几，条几前面是八仙桌，人坐在两侧，脸是朝南的。她去了，正好西边的官帽椅上，放了一大摞子新买的书，她就坐在南边，离窗台不远的椅子上。椅子的一侧，是个紫檀的小几，摆着一个仿官窑的豆青宝瓶，这样，她要坐得舒适，自然就将胳膊支在小几上，有宝瓶，又不能太靠里。谈完工作，曹总说，方才他摆弄手机，无意给她照了一张相，希望她不要见怪。这算个什么事呢，有了智能手机，谁给谁照张相，还不是个平常事，哪里用得着打招呼。曹总这么说，只能说明他看书多，懂得尊重女性，不因为我是下属，就可以随意拍照。

第二天她有事，开车去了通州，回来去书房汇报工作，一进门，发现八仙桌、官帽椅的摆置变了。书房是接出来的，比原先的北房要长，过去的八仙桌，在条几前面，如今条几没动，将八仙桌摆在东墙前，就是宝瓶小几原先的位置。官帽椅肯定还在八仙桌的两侧，只是不像原先那样，在东西两侧，而是成了南北两侧。

说着说着，耳东小姐的情绪，渐渐有些激动，不复是说他人故事的语调。一激动，就夹上了些许湖南口音，听来又快又脆，还带着怦怦的心跳："我一进书房，见换了摆设，一愣。曹总说，图个新鲜吧，我没在意，他坐在北侧，我带着图纸，要展开给他看，只能坐在八仙桌的南侧。工作上的事，很简单，几句话就完，收起图纸，装进盒子里。曹总那边，一杯新沏的白茶已推了过来。他不喝茶，知道我喜欢喝茶，这两年兴起白茶，我爱上了，他桌上预备的，不再是金骏眉，换成了福鼎。这个，我已习惯了，没当回事。刚啜了一口，曹总递过一张照片让我看，我一看，挺高级的，就是昨天下午照的那张，他洗出来了，洗的时候还做了艺术加工，做旧了，黑白的，又微微发黄，但是人物的面容，更温柔，也更俊俏，脸朝前看，有些逆光，额际头发蓬着，似乎闪着亮光。太喜欢了，我说声谢谢，准备收起，曹总说话了，说你看看旁边的字。我一看，大吃一惊，这不是我的相片，我认错人啦！"

"那是谁的？"

张砚田问，很是惊奇。

"曹夫人的？"

方仲秀这一问，意在排除，而不是确认。

"曹夫人我见过，年轻时也漂亮，不是这一种漂亮。太美了，啧啧！"

耳东小姐还在品咂着。

"相片旁边是什么字？"

还是张砚田想得周到，耳东小姐说："四周是波浪形的边，右边空出一长条，写着'伟大领袖毛主席万岁'，是那种行书字体。落款有人

374

名，叫划去了，隐隐约约能看见头一个像是林字。下面的横条上，写的是东方红照相馆。这些都在边上，相片里头，女孩头部的左侧，灰黑的底色上，一行小小的反白字，手写的，是：清江，1972年10月2日。"

"你没问曹总，这女孩儿是谁？"

方仲秀已有点儿急不可待了。

"问了，说是姓程，禾呈程，跟他是高中同班同学。他们的学校，是一家国防工厂的子弟学校，戴帽办成的，原先只有初中，到了他们这一届才有了高中。一九七一年年初入学，一九七三年春节前毕业，那时的高中，全是两年制。他是班上的班长，程姐是学习委员，两人先是暗中相恋，毕业前半年就挑明了。那时还没有高考这一说，中学毕业只有一条路，就是回到厂里当工人。那些年，婚姻法还是老的，男的二十岁，女的十八岁就可以结婚。他们准备工作一安置就办事。事实上，他们不光是恋人，早就有了实质性接触，那张照片，就是头一次睡了觉的第二天上午照的。十月一日晚上厂里放电影，大人都去了，他俩在曹家，头一回做了那事。为了表示自己非程姐不娶的决心，又约程姐第二天去清江县城照了一张合影。照相师傅看程姐太漂亮了，主动提出，照张单人的，洗出送他们两张，底版留下，等将来允许了，放大洗出，在照相馆橱窗展出。怪不得那张相片，那么漂亮。"

"结了吗？"

明知没结，方仲秀还是这么问了一句。

"自然是没结，毕业后两人把相爱并要结婚的话，跟两边的家长说了。程姐那边完全同意，曹总这边出了麻烦，他爸还没什么，他妈是坚决反对。理由是，程姐他爸，虽说是厂里的技术骨干，但家庭是地主出身。曹总的父亲，是厂里革委会的副主任，他妈是政治部的副主任，根正苗红，忠于革命永不变心，说什么也不能让他们的红色基因受到污染变了质。就这么僵持着，厂里的干部，都知道曹程两家孩子相恋，而曹家父母不同意。到了一九七三年夏天，大学招收工农兵学员，省里给了清江厂三个大学生指标，两个在武汉，一个在南京，还有三个技校的指标在宜昌。清江厂里，当时是军管会管事，一个副师长在这儿当革委会主任，知道曹程两家的孩子都很优秀，想把武汉的两个大学生指标，给了曹程两家，成全了两个孩子。"

耳东小姐说到这儿，喘了一口气，还未接着说下去，张砚田先赞了一句："好事啊！难得遇上这么好的领导！"

耳东小姐接着说下去："谁都觉得好，可曹总他妈还是个坚决反对，找见军管会闹了一场，副师长碰了一鼻子灰，最后平衡的结果是，程姐去了武汉大学，曹总去宜昌上了技校。那时只说上学，对大学和技校，知道差别，也不太在乎，反正回来，都还在厂里。不是还有个南京的大学生指标吗，谁也不敢动，厂里总工是上海人，有个女儿窝在家里两年了，说什么也得让去了。程姐去了武汉，觉得是曹总骗了她，先奸后弃，品质坏透了，从此再也不理曹总。姑娘家，说是这么说，心里还是想念曹总的，忧愤交集，转为沉疴，四十出头就死了。此事成为曹总后半辈子的一大心结。那天，让我看过程姐如花绽放的相片，说了他和程姐的悲情相恋之后，又取出一张照片，放在八仙桌的那头，慢慢地推给我。"

"这张是他俩那天在清江县城照的合影吧！"

张砚田认为，必是无疑。曹总此刻，该让耳东小姐看看他当年，是如何的英俊潇洒了。

方仲秀听了，不以为然地一笑。耳东小姐果然领会了方先生的意思，说道："方先生猜出来了。那张是前一天，曹总用手机给我照的，也洗了出来，大小跟程姐那张相仿佛，只是右边没留那么宽的边。我一看，啥都明白了。"

"明白什么？"

这回是方先生沉不住气了，耳东小姐郑重地说："当下就明白了，当初那些人应聘，他为啥单单看中了我。现在更是明白了，他为啥把细木作坊全给了我。他把欠下女人的，全都还给了女人。"

一大阵子沉默，还是方仲秀先开了口，端起酒杯说："干吧！谁的人生，也不会是珍珠玛瑙穿成的串儿。"

一口闷下去，不等振飞给续酒，自个掇过瓶子，又来了一个满上，端起一口闷了。

该散了，踉踉跄跄出来，上了砚田的车，嘴里还在嘟囔着："此曲只应天上有，人间能得几回闻！"

张砚田听了，心里的感觉是，这老头子，什么时候有了冲动，都会引用些着三不着四的诗句。

第四十五章

车都开了，下了坡，拐到三环上了，方仲秀问砚田，振飞说的两瓶丛台酒，可带在车上了。砚田笑了，不无戏谑地说："方老师，你这个人，确实有过人之处，大事不糊涂，小事更精明！"

方仲秀这人，真是这样，即如今天喝个半醉，脑子特别灵光，佯狂难免假成真，郁达夫的诗句在脑际一闪，马上又跳到王阳明做人的诀窍上，说道："王阳明先生做人，有个谁也揣摩不透的诀窍，叫认了就不是了。因此上，我是从不回避说自己是小人的。我有一本散文集，起了个名字，就叫《我觉得自己更像个卑劣的小人》，那又怎么啦！"

张砚田听了，一愣一愣的。前些日子，他买了一本《王阳明全书》，前面是传，中间是心学集锦，后面是《传习录》全解，似乎从未见王阳明说过"认了就不是了"这么通俗又富有哲理的话。可此刻，他除了深责自己读书粗疏之外，没有一丝思绪，会虑及方仲秀不过是信口胡诌。

这一妙招儿，不是今天在张砚田身上初学乍练，多少年了，在方先生身上，早就成了"习焉不察"的优秀品质，或者说是惯用伎俩。每当与人谈论，常将一些突忽而至的想法，前面冠以相应的名人，脱口而出，从不打磕绊。这种情形，别人也不是没有，多半是说罢自己的"鄙见"，再找补一句"某名人也说过类似的话"作为佐证。这么说，就是再确凿，听的人也会打个折扣，不敢完全凭信。方仲秀这一手的厉害在于，"鄙见"出口前，先有了堂皇的主子，你可以随后质疑鄙见之鄙，很少会质疑所举名人的声誉之隆。这么信口胡扯，他竟也有自己的"所据"之理，说是友朋相聚，高谈阔论，就应当这样的高，这样的阔。只有一条底细，他还守得死死的，就是付诸文字，绝不敢信口雌黄。

见方先生的兴致这么好，张砚田乘便提出一个久蓄胸中难求一解的疑惑。

此心中之惑，可谓由来已久。就是他发现，不管是酒桌上，还是私下聊天，只要现场有个年轻漂亮的女孩子，有时已然不年轻不漂亮，也不是女孩了，只要方先生眼里看去还有几分姿色，便眉飞色舞，妙语嘉言，竞相而出。他看过方先生的述志诗，知道方先生虽已老迈，仍旧心中"五画六画画不停"，想来"明天想着出大名"，只怕是自我调侃，而"今天想着吊膀子"，该是实实在在的有所作为。他想不通的是，方先生这般年纪，早已是"干球打蛋"了。说到这里，特意说明，这个五台土话，是说老男人的下部形态，他在北京生活二十年，一想到这类事上，觉得还是家乡土话生动准确，是形态，也是状态。方先生这般年纪，如此说道，既有失尊长的体面，于事又无丝毫的补益，这又是何必呢。问题的缘起，如此旷远，提问的动机，又如此真诚，还借用了家乡土话，毕竟清华的高才生，说出的话，含蓄而又精准。最后一句，最见情怀，道是："方老师，廉颇老矣，尚能饭否。有的场合，没必要亮出吊膀子的愿景吧？"

年轻人的不屑，方仲秀一下子就看出来了。

"你这是言辞恳切而用心良苦，不过此中玄机，你这个年龄还未参透，你好好开着车，我给你把此中的缘故，细说端详。"

说这句话的时候，他脑子里闪过麒派京剧《澶渊之盟》里，寇准站在城楼上，对着城下的萧太后唱的那两句戏文："你问我因何故不来交仗，有几个缘故细说端详。"也只是一闪而过，一点儿也没有影响他的语速，确也近似京剧"慢流水"的节奏。

一想到这儿，喉咙干渴，由不得想唱两句。这也是多次练下的，喝了酒，嗓子干渴嘶哑，最宜于唱麒派老生戏的段子。兴致高，话就稠，说他要唱上几句，散散胸中的酒气，砚田你只管开车，别管我唱得怎样。唱起来了，不是那个"你问我"，而是寇准对着澶渊城守将唱的几句：

敌人的虚实早拿稳，
又何必胆战与心惊，
杨延昭保州来坐镇，
石保吉雄兵镇大名。
关关镇镇坚壁清野安排齐整，
李将军威镇澶渊砥柱中流力万钧。
我曾命三万人马，马继将军亲率领，
他正在太行山右，衔枚疾进，
绕过了邯郸，断贼的归程！

唱罢，展开手掌，抚抚胸前，像是舒服了些。这才说了起来："一九八〇年我在北京文学讲习所学习的时候，读过一本苏联小说，叫《活着，可要记住》，从中悟出一个文学的道理，就是少妇较之少女，具有更多的文学性，值得作家着力去写。就在这一年，我们快结业的时候，钱钟书的《围城》在新中国成立后第一次出版，我买下细细看了，又发现一个文学的道理，就是调情比真的婚恋，具有更多的文学性，值得作家着力去写。《围城》里最成功的，就是写足了调情的味儿。调情，俗话就是吊膀子。民间更有超绝的说法，叫飞眼吊膀，意思是不用言语，仅凭着眉目传情，竟能达到最后男女交合的效果，这是多大的本事。调情和吊膀子，品味其差异，还是有一点儿的，调情虚泛一些，吊膀子的最后指向更明确。从这个意义上说，《围城》写的是吊膀子，可说是一部《吊膀子大全》。这也不是我的厚诬，《围城》刚出来，还是左翼文学评论家的王元化，就说此书是'开香粉铺子'，弄得钱钟书一点儿脾气都没有，新中国成立后三十年没重版，恐怕与这个定性不无关系。"

"哦，《围城》刚一出来，也不是齐声叫好。"

张砚田让方先生这一番高谈阔论迷住了，由不得应和了一句。

方仲秀的话头，没有停下来。在他的感觉上，砚田的赞语，不过是他唱"慢流水"中间，小锣"喤"的响了一下，一点儿也不妨碍他唱"垛口"时的气贯长虹。

"吊膀子，不光是写作的道理，也该是人生的理念。《孟子》里说，君子引而不发，跃如也。并非是说君子做出一个姿态，引导别人学习，而是说，君子什么时候都要激情满怀，准备着去做事。势不可挡的时候是这样，干球打蛋的时候，也应该是这样。这也才是'无恒产而有恒心者唯士为能'的能啊！"

方先生这一通胡说八道式的高论，骤然间，还真的把清华理工男给镇住了。

道理上是镇住了，感觉上总是心有未甘，从大红门桥下通过，车少了，砚田还是犟了一句："对你来说，是这么个道理，做不成正事，也能滋养精神。可是对女孩子来说，你这么'干忽撩'——五台土话，撩逗的意思——女孩子真的动了心，以求事功，你又办不了，不也是一种伤害？"

"哈哈！"方仲秀干笑两声，"这你就多虑了。人都是活在欲望之中，有想头跟没想头，其欢愉不在一个层次上。至于事功的成否，谁也不会真的计较。"

"方老师，您这酒，喝得值！"

这回，张砚田来了句真心实意的赞叹。

第四十六章

拐到三环上，往前走，穿过大红门桥下，该右拐上大红门桥回家，方仲秀发觉张砚田没选这条近路，却照直朝着洋桥方向开去。他以为是忘了右拐，所以要将错就错往前开，寻找左拐上三环，折回东行的路，也就没吭声。

砚田并不领情，一过岔路口，就对自己的舍近求远做出解释。

"方老师，你现在满嘴酒气，这个样子回到家，阿姨不说你，也会怨我。我们走走，说说话，等你的酒气散个差不多了，我们再回家。"

想不到竟是自己连累了年轻人，他一时语塞，没敢接这个话茬。

砚田真是太聪明了，堪比他肚子里的虫虫，又替他考虑上了。

"我也是想，多跟方老师聊聊，听方老师谈论，越是不注意的，受到的启发越大。哎，刚才在雅聚坊，您去了一趟卫生间，这个空儿，樊振飞问我，方先生二三十年不写小说了，怎么一部《边关》还那么好，小说味那么浓，问我这是为什么。我说了几条，着三不着四的，还想说什么，您回来了，又接着说曹总的事。是呀，我也纳闷，人家差不多都是，四五十岁壮年上，写出经典之作，您怎么会七十上写出这么好的小说。"

方仲秀能听出，这话题不过是砚田临时拉来，圆他自己那个爱听方先生谈论的说法。方先生的笑点不高，痒点更低，不用"痒痒挠"挠，风吹衣服，擦着痒痒肉，也能笑出声来，何况张砚田这年轻人，语气又是十分的谦恭，这对退休之后闲居京师，绝少有人当面求教的方先生来说，堪比久旱逢甘霖的花儿草儿，立马枝叶舒展，含苞怒放。

"问得好！"

说着俯下腰身，手腕抵在车窗里侧的棱上。

"这个，这个！"

砚田伸伸手臂，指指车窗外的后视镜。

方仲秀当即意识到自己的失误。一家人外出，他多是坐在副驾驶的座位上，好几次都是胳膊肘取了这个姿势，儿子总是及时指出，拿下来，嫌他的手臂挡住了看后视镜的视线。时间久了，他已记下这个规矩，今天是喝高了才忘记的。

手臂收回，插在安全带里，这才说了起来。

说他自从意识到地主富农出身的人，不适合写农村题材小说之后，确实有好长一段时间，没动过写小说的念头。总是在这个圈子里，看到有些人，写的小说实在不怎么样，却爆得大名，有的还连连获奖，毕竟是肉身凡胎，不会不艳羡忌恨。这只是一个方面，可说是外驱力。这些年他也在反省，过去他对人生的体验不深，有点儿小感觉，就想写篇小说，功夫全下在技巧上。究其原委，主要是他对人生持一种理想主义的态度，认为人心都是向善的，错误都是一时糊涂所致，大人物如此，小人物也如此，只要反思，都会觉醒。

办刊物七八年，经历了许多的人事纠葛，有两点对他最是痛彻。一是有事业心的人极少，大都是庸众，谋生而已。二是确有心术不正的坏人，天生下的，没个改。这两点，对他的帮助特别大。前一个让他意识到自己也是俗人一个，过去的所有努力，不过是想过上好日子，跟庸众没有任何的不同。程有道先生有诗句，"万物静观皆自得，四时佳兴与人同"，只有是个俗人，你才能四时佳兴与人同，雅人就难了。也只有是个俗人，你才能沉潜在人世里，认识人世，喜欢人世。

后一个，对他的帮助更大。过去总认为，人性里有善有恶，文学要做的，是扬善抑恶，引人向善，臻于澄明。现在不了，知道善恶多是同体，也有异体独存的时候。善的异体独存没什么，恶的异体独存，什么时候都是人世的祸害。季羡林、郭德纲，都是洞彻人性的高人。说到这里，扭过脸对砚田说："有了这两个认识，也就有了写小说的冲动，这该是内驱力吧。"

"写了《边关》，还打算写长篇小说吗？"

"《边关》是历史题材小说，且是由传记改写而成，只能说让我在技巧上做了一次演练。我最想写的，还是一部现实题材的长篇小说。"

"动笔了吗？"

"没有。我要熟烂于心，再一挥而就，小说就得这么写。"

后面有人超车，很粗野，并行之际，还扭过脸，朝这边爆了粗口，砚田真是好脾气，淡淡一笑，稍稍加快了速度。

"哎，"又提出一个话题，"方老师说起同辈作家，总是不以为然，一脸的鄙薄，就像刚才说的，爆得大名，连连获奖，都不是好话。那我想问问您，您觉得中国有哪些个好作家，您还是比较敬佩的。"

"好作家吗？得看怎么说，好是一回事，敬佩又是一回事。"

见方仲秀在掂量，又沉吟不语，张砚田将话题来了个极端的简化：

"别想那么多了，就说中国有多少个好作家吧！"

砚田要的是直言相告，他不知道，直言相告，从来不是方仲秀的话语风格。方仲秀甚至认为，那些动不动就直言相告的人，要么是"二杆子"，要么是脑子不够数。说什么，都要有前提，有范畴，这才是学者说话的斤两。

稍一思索，他告诉砚田，好作家的好，得分个时期，还得有个杠杠。大概是二十世纪六十年代前期，中国的那场大动乱还没有开始，学术界还比较宽松，爱说话的人还敢说话，有人问钱钟书先生，中国谁的英文最好，钱先生说，最好的仅一个半人，一个是钱自己，半个是南方的林同济。这样的狂言，让人不敢相信，他曾问过他的一个朋友，复旦大学的谈瀛洲先生。谈先生说，林同济新中国成立后在复旦当英文教授，英文之好，尽人皆知，钱钟书这话是可信的。他曾在网上查过，林同济是福州人，早年在清华读书，后来赴美留学，获博士学位。论年龄，比钱先生还要大几岁，跟当过钱先生老师的叶公超岁数差不多。胡适、梁实秋这些人，钱先生该都见过，知其根底，那么可以推测，钱先生说的英文最好的，差不多就是指新文化运动以来的人了。

方仲秀的酒后话，太啰唆了，张砚田听得有些不耐烦，主要还是快到洋桥了，他还有别的话要跟方先生说，怕没了时间。看方先生的话像是告一段落，不截住再开了头，保不齐又是个滔滔不绝，遂提高声儿来了句："您就说几个吧！"

"十个，不能再多了。"

"不少哇。"

"我是说新文化运动以来，这一百年间。"

"啊！"

砚田倒吸一口凉气，方仲秀说："这是你问，别人问，还该再少些。"

"您那杠杠是什么？"

"是文学语言。中国的作家，有文学语言意识的，极为稀少。大多停留在编个故事，写出来便是小说这个层次上。有文学语言意识，又能完美地表达出来的，就更为稀少了。"

"我知道您喜欢钱钟书，钱先生的小说语言，该是最好的了。"

"这话我从来没有说过。钱先生的小说，句子的意蕴好，句子的形态并不好，只是达意而已。这上头，他跟沈从文，还差一截子。沈从文是天才，他只能说学有根底，也还聪明。"

"句子形态？"

砚田皱了下眉头，像是不懂。

方仲秀知道，说多了不顶用，示之以例，或许好些。

"钱先生那样的句意，若能有汪曾祺文句的优美，老舍文句的畅达，那就臻于上乘了。"

张砚田认为，方仲秀这话，已近似酒后谰言了，顿时心生反感，说道："你说的这十个人里头，定规有你了。"

"没有我，我不争这种名分。"

"噫，方老师如此淡泊名利，我还是头一次感觉到。"

反正方先生已是酒醉之人，张砚田乐得放肆一回，方仲秀听了，不恼，慢条斯理地说："苏东坡晚年写诗，说他心似已灰之木，身如不系之舟，接下来说，问汝平生功业，自己回答是'黄州惠州儋州'，均是他的贬谪之地。我的平生功业，全写在一篇名叫《我的学生一条河》的文章里。吕梁山里那个县，从勃香河源头，到东南流入汾河，沿途的四个学校里，我教过的学生有二三百人。我相信，三代以后，他们的后人，还会有人记着他们的祖上，是方老师教过的学生。"

"再没有啦？"

砚田故意挑衅。

"那就再加上以一人之力，编成《徐志摩文集》。"

砚田觉得，这老头儿已完全醉了。

"到洋桥了，拐弯了，坐好！"

砚田提个醒，将车开到了左转道上，开始转过车头。桥下空间甚大，看见左侧可停车，方仲秀打了个嗝，砚田以为他要呕吐，问了句"没事吧"。方先生一面摇头表示没事，一面还是指指桥下的一个停车位，示意砚田将车停在那儿。砚田心想，或许是尿急，要下来放水，便扭转车头，插入两车之间的一个停车位。以为方先生该推门而下，不料稳坐不动，只是解开安全带，让自己坐得更宽展些。砚田小惑不解，问道："不是要放水？"

"我没说我要放水。"

"那你要我停车做什么？"

"我要纠正你一个语法错误。"

这是开什么玩笑，在砚田看来，此一刻他的方老师，脑子里的零件，全都错乱了。

"我有什么语法错误？"

砚田的口气，已然没了平日的敬重，差不多全是戏弄醉汉的声调。方仲秀一点儿觉察都没有，一脸的平和静穆，仍视砚田如孔门弟子一样的好学生，要施以谆谆的教诲。他问砚田，方才快转弯时，说了句什么话。砚田双手相叠，平搁在方向盘上，侧过脸，压在手上，一只眼因为挤压，基本是闭合着，另一只眼也不怎么尽职，懒散地瞅着前面这位让人不待见的老者。

"我能说什么？转弯了，提个醒。"

"你说到了什么桥下，拐弯了要我坐好。"

"是呀，到洋桥桥下，要拐弯了。"

"好了，不说刚才说什么了，就说你刚刚说了的这句话，'到洋桥桥下'，就是我要说的语法错误。"

"嘿，我是学理工的，可也不是没学过语法，您说说，这话有什么语法错误。"

张砚田来了兴致，不是要学下什么，是要看看酒醉了的方先生还能生出什么幺蛾子，干脆耸耸身子，扭扭脸面，让自己更舒适地将方老师的洋相看到底。

方仲秀不动声色，仍是先前的夫子教诲诸弟子的神态，连语调都没有改变。

"不全是你的错，社会也有责任。刚才我们路过的那条河，叫凉水河，这凉水河发源于西山，可说早就有了。现在的三环，早先肯定不是个圈，南三环的这一段路，肯定早就有了，且是正东正西的，那么凉水河上的这个桥，也就早都有了。更早以前，或是木桥，或是砖桥。兴起钢筋水泥桥之后，北京是首善之地，这儿又是交通要道，便将凉水河上的桥，改为钢筋水泥桥。钢筋裹在里面看不见，表面看见的是水泥，水泥俗称洋灰，附近的老百姓就叫成了洋灰桥。名字总以简单明了为上，叫着叫着，就成了洋桥。时间一久，这洋桥二字，既是这座桥的名字，也是这一带的地名。北京的三环路，是二十世纪八九十年代陆续建成通车的。环路的基本要求，是畅通无阻，遇上大的街道交叉要么下穿，要么上跨。不说原因，马家堡东路这儿，用的是上跨，于是建了这座东西向的拱桥，也可说是公路桥。这个桥，该叫什么名字呢，南北向好说，在马家堡东路上，谁说也会说是马家堡桥，可是对于南三环来说，就不一样了。我从西客站下车回来，坐出租车，快到家了，司机会说，过了洋桥下辅路，说的不是凉水河上的老洋桥，而是马家堡这儿的公路桥。那么这个桥，在三环路上，该怎样命名呢？它是在洋桥地面上的一座桥，以地面命名，并无不当，那就该叫洋桥桥。你听了觉得怪怪的，我举个例子你就不觉得怪了。湖北有个地方叫沙市，原先是县没什么，叫沙市县挺顺口的，后来县改市，叫成沙市市，就觉得怪怪的。可按地名法规，是一点儿也不错的。你刚才又说桥下，意思是到了这个洋桥的桥下。按语法规范，你应当说，到洋桥桥桥下。砚田，你这副不以为然的样子，我就不说了，你说说，我说你有个语法错误，对还是不对？"

砚田的脸，从叠起的手上抬了起来，手也不叠了，分置在身子的两边，身子也不那么懒散地斜撑着了，直了起来，朝着方仲秀连声说："方老师，你说的对着哩，全对，没一点点的错。"

一面心里又嘀咕，这老东西，太精明了，不佩服不行。

他原本打算，从洋桥下拐过来，不，从洋桥桥下拐过来，跟方仲秀说说，他对曹竖先生开口就骂"他妈的"这一劣行的线性分析，同时向仲秀先生讲解，为何说线性分析的科学性，乃事物深层逻辑结构的线性表述。让仲秀先生，在这洋桥桥桥下，给上了一堂命名学意义上的语法课，说不上是佩服，也说不上是沮丧，总之是一点儿脾气也没有了，

离开洋桥桥桥下，不远就上了辅路，再往前就该拐上海户路了，他原本想着停了车，搀扶着仲秀先生上了单元楼，见了阿姨再表白一番自己是如何的尽心，保得将军去，保得将军回，毫无愧疚地承受一番方太太的夸赞。现在这些想法全没有了。车到小区东门外，只是问了一句："阿姨不会说我没管好您吧？"

方仲秀下了车，豪气万丈地回答说："你放心，没事！"接着高声唱起：

久闻得这老婆娘又凶又狠，
今日里得见她有幸三生！

第四十七章

东海书社要来人，时间定在星期一。

上星期没来，只会是这个星期的星期一。

方仲秀知道，不是自己能掐会算，堪比三国的诸葛武侯。是他知道机关办事，若定下必办，这个星期又办不了，领导的口头禅通常是，下星期一吧。至于为什么是星期一，而不是星期二，没有人去追究。再就是，下面的人，也愿意星期一一上班，就清清爽爽地出去办事。若无必要，连机关都不用去了。交警公布的统计数字，星期一交通事故多，很少有人想到，这会是原因之一。

前些日子，说要来，是个女的来的电话，通知的口吻，说先前的联系人韩毓芳同志，年龄到了，办了退休手续，这事她负责联系，她是单位的纪检组长，叫萧燕燕，说加个微信，方便些，加了。过了两天，说社领导要去北京，看望方先生，不用说，会是她陪上来了。今天早上说，他们是两个人，九点出发，十点南站出来，到方先生家，当在十点半。

他立即将这个情况通知了张砚田。

砚田真准时，十点二十赶到方家。一到先问来几个人，说上次说领导来，这次说两个人，该是她陪领导来了。砚田说，挺重视的，看来会顺利解决。又问社长叫什么，方仲秀说，先前那个联系人，很厚道，让把他的意见告诉社长，她告诉了，还截屏回复，看截屏知道，社长姓刘，叫刘庆伟。

"欠你钱的社长叫什么？"

砚田就是仔细，知道待会儿谈起来，肯定会提到原先的社长，先问个清楚。

"也姓刘，是个女的，叫刘津光。"

"钱上的事，男的总大方些。"

"我在这上头，说不出什么道理来，只知道要我的钱，到时候你可要多说话。"

张砚田不说这个了，压低了声音问，上周五回来，你喝成那个样子，阿姨没有见怪。方仲秀说，咋没见怪，臭骂了一通，到第二天还不依不饶。砚田忙问，没怪罪到他头上了吧，说那倒没有，反而说要不是砚田相跟着，还不知道会怎样丢人现眼呢。砚田咧嘴一笑，说阿姨心里什么时候都是清楚的，早知这样，该送回家才是。说着想起什么，哎了一声，说道："阿姨呢？"

"我在这儿呢！"

砚田一回头，只见方太太从卧室走了出来，衣服素雅，脸上也像是化了淡妆，自知失言，先来了个惊叫："阿姨稍一修饰，这么漂亮！"

"别价，刚才你们的话，我全听见了。他那德行我早晓得，动不动就借唱戏，骂我是老婆娘，又凶又狠。这么大岁数的人了，动不动还要出去吊嗓子，看我哪天不把他的嗓子打折吊在胸前，可就名副其实了！"

方仲秀知道，老伴早已过了那个劲儿，这是喜欢砚田，逗砚田说着玩呢。如此一想，轻狂的毛病又犯了。

"你呀，先前是白日恶语相加，夜晚相拥而眠，现在变成夜晚相拥而眠，白日恶语相加，这种朝三暮也三的把戏，砚田是清华出来的，能识不破吗？"

"这老东西，被你气死又能气得活过来！"

老伴说过，方仲秀还要贫嘴下去，门铃响了，屋里人全都静了下来。

都在餐桌前坐着，方仲秀在北边，离门口近，站起转过身，两三步跨到门廊，一到就猫下腰，伸手一扭一拉，门开了，同时也就愣住了。

东海书社的纪检组长萧燕燕同志，竟是这么一个颇具姿色的中年女子。

社长刘庆伟呢，忙朝萧组长身后瞅，紧贴在萧组长右后侧，是个高个子的小伙子，手上提着礼品盒子，一脸谦和的微笑，看着也不像个大书社的社长。萧组长察觉到主人的失望，不说别的，只说此人是他们纪检室的同事小郑。

说话间进到玄关，方太太预备好的三双拖鞋，两男一女，张砚田用去一双男拖，还有一男一女两双，不用提示，便各自认了各自暂时服务的主人。萧组长换鞋时，方仲秀虽则站在小郑身边，还是朝女客人那边瞥了一眼，发现一只正要伸进拖鞋提梁的脚板，扁平而修长，前面的五个脚趾，形成窄窄的一个扇面，脚食指地方，明显突前一些，正是国际公认的美女的脚型。

客人换上拖鞋，方先生做了个手势，引到餐桌边，分宾主坐定。先是向张砚田介绍了客人，又向客人介绍了张砚田。看似随意的介绍，方先生的言语间，已暗藏了自家的心意。指着萧燕燕，不说是萧组长，而说是燕燕组长，明显地能看到，这略微的亲昵，萧燕燕颇有不习惯的意思，只是不便明说罢了。

这里刚介绍完毕，方太太已沏好茶，一人面前献上一杯龙井。方太太刚直起腰，方仲秀的介绍，恰好轮到太太。

"儿子夫妇生下儿子，是我们的孙子，老伴过来看孙子，又放心不下我，就带了过来。今年孙子上了学，就成了看我这个老头子了。"

知道老头子的舌头长，唠叨起来没个完，方太太打断话头，对客人道个安，退回卧室看她的网络小说去了。方先生的外交辞令还未完，接着说下去："早就盼着你们来，这件事不算多么复杂，只是耽搁得太久，有些情况需要澄清。张砚田先生是我的朋友，我老了，怕虑事不周，请他来帮忙，拿不准的时候，有个可以商量的。燕燕组长和小郑同志，有什么你们就直说，别客气。"

萧燕燕并不看小郑，自个儿就说了起来。说他们这次来，刘社长特别叮嘱，一定要尊重方先生，方先生编的八卷本《徐志摩文集》，还有三种分类全编集子，是东海书社的重点书，给书社争光不少。年月过去太久，中间隔了几任社长，何以会造成这种局面，他们这一任班子，有些也不清楚。希望方先生能体谅书社的难处，达成一个合理的解决方案。

萧燕燕的话语，天津人的嘎味不浓，基本上是标准的普通话，缓慢，柔和，吐字既清且轻，听了很是受用。

萧燕燕说着的时候，方仲秀在想，他为什么会以为来的两个人，该是刘社长和萧燕燕。萧燕燕头一次来电话，说领导要来，既是领导，就有可能是刘社长。萧燕燕既是纪检组长，该是单位的副职，她都是副职了，不会给一个副社长叫领导。她是副职，要来，跟方仲秀说起，不会自称是领导要来。再看刚才，随萧燕燕进来的小郑，一手提了一个礼品盒子，上面写的是"天津糕点"，老伴接过来的时候，萧燕燕还特意介绍说，这是天津有名的欣乐糕点，名气比桂发祥麻花还大，她选了两种，一种是南式糕点，一种是酥皮蛋糕。带上地方特产来看望一个跟书社起了官司的三流作家，不合纪检干部办事的规矩。想来该是，刘社长原本是要亲自出马，利索解决，后来又忌惮方仲秀的刁蛮，少了自信，觉得还是让萧燕燕试试锋镝，也好有个退路。而此前安排买下的礼品，留下也不好处理，只好让萧燕燕带去，给纪检干部增加点儿亲和力，说不定有助于事情的完满解决。刘社长原说要来的，他不来了，让萧燕燕一个女同志，单枪匹马去闯前阵，也说不过去。已跟这边说了两个人去，那就再派个人跟上得了。办公室有的是年轻人，给个名分，说是纪检组成员，萧燕燕面子上也好看些。

这么一想，再看萧燕燕，觉得这个小纪检组长，越发的俊雅可爱了。

脸盘原本就周正，化了淡妆，添了几分俊俏，自不必说，看一进门，那身外套，先就庄重得体。此刻脱去外套，坐在对面，显露出薄羊绒衫，还有胸口露出的衬衣的领子，浅浅的蕾丝镶边，定规不是平日在机关上班的装扮。羊绒衫本来就以薄为贵，萧燕燕身上的这件，论颜色也是惯常的浅褐色，但是因了品质好的缘故，乍看去不是那羊绒太绒，倒像是敷了一层稀碎稀碎的霜花。这还不算，其宽松得体，只能说是巧夺天工。好些女人，尤其是小地方到了大地方生活的女人，简单吞食三围条例，没有咀嚼，更不会消化，只记住个腰要细窄，乳要高耸，且手段越残忍，气象越峥嵘。于是狠下杀手，对自家之腰，手段是束，对自家之乳，手段是垫。平常效果，略过不说，就其极端而言，一个是勒进肉里，一个是翘到空里，全然忘记了，尺短寸长，过犹不及，纤细有可能是丑怪，峥嵘有可能就是狰狞。这还是遇上厚道人不敢往深处思忖，给了他方仲秀这种货色，眉头一皱，文胸衬裙，怕都尽皆脱落。而眼前的这位燕燕女士（一得意，姓氏官衔全都省略了，好在这位女士的名字，原本就是叠音，用不着做进一步的加工），其羊绒衫的宽松，至少要大一个码，腰胯处空荡荡的，你能想到，腰身的扭动，是多么的宽绰，而涵养的皮肤，又是多么的滋润。最能给人以想象之美的，还数胸前，宽宽地铺开，又轻轻地托起，最抢眼的，是隆起后的收束，那么个小小的尖儿，恰似浪花溅起，又向四下里漾开。

萧燕燕似乎发觉了方先生的眼神，飘忽间已显出"眸子眊哉"的鄙相，明情知道，自家穿的并非开衫，还是伸手在胸前掩了一掩。正好这时讲到，书社对方先生的申诉，不予认同的地方，口气也就温婉了许多。

东海书社的意见，共有四点，全在纸上写着，燕燕组长以她的柔和之声，一半在念，一半在做些解释。

一是方仲秀说书社只付给他两千套文集的版税，其余均未付，她带来了书社财务开出的发稿单，可知散文全编、诗歌全编的版税是付了的。说着将这两个的复印件摊了过来。

二是方先生说散文全编、诗歌全编、书信集，都印过第三个版次。这是书社的前任，将数十本著作的版权，打包出让给书商，印制与发售，皆书商所为，书社不能负担这一版次的版税。说着将一张表格密集的复印纸推了过来。

三是方先生申诉中说，陈正民自称编纂的《再读徐志摩丛书》，用的是方先生《徐志摩文集》的电子文本，我们认为理由不充足。说到这儿，萧组长补充了一句，方先生认为陈正民已退休，书社不该如此袒护。她想私下里告诉方先生，你的理解是不对的，退出领导岗位的干部，只是退居二线，只有到了相当的年龄，才会退休。方先生退休时间长了，可能忘记了相关的规定。这话，不是领导让她说的，是她出于好心，提醒一下。

四是方先生提供的与书社的补充合同上面说，二〇〇五年版的《徐志摩文集》不管印多少，都要按四千套付给版税，当年书社说印了两千套，并付给了方先生两千套的版税。按这个合同，书社实该再付给方先生两千套的版税。现在我们实话告诉方先生后，这套文集，书社当年是印了三千套。希望这次都能实事求是面对历史，我们再付给一千套的版税，方先生也不要坚持按合同办事，多要一千套的版税了。

燕燕组长说罢，毫无愧怍地一笑，表明自己虽是女流之辈，也像古代的唐雎先生一样不辱使命，只要方仲秀这老头儿，一条一条全答应了，她就可以像蔺相如一样，得胜还朝，以复王命。

方先生没接萧燕燕的茬儿，侧过脸，瞅瞅张砚田，意思是想先听听砚田的看法。

燕燕组长边念边讲的时候，砚田是做了笔记的，正在思谋着如何开头，不知什么时候，站在方仲秀一侧的方太太发了话："别的我不管，萧组长刚才说的第四条，我就先不能同意。十几年前的合同上写着，不管印多少，都要按四千套付版税。当初你们说印了两千套，且付了版税，那么现在按合同，就应该再付两千套的版税。今天忽然又说实际印了三千套，要实事求是结算。你们撒上一次谎，谁还敢再信？你说你们只印了三千套，我说你们印了五千套，该按五千套结算，又该怎么办呢？"

方太太说完，并不打算听萧燕燕的回应，平挺着脸，回卧室看她的网络小说去了。

这些话语，实际上给今天的商谈，定下了调子。方仲秀冲着燕燕组长抱歉地一笑，意思是，别听老太太瞎叨叨，咱们说咱们的，一面却对老伴心生敬意，有她这么一搅和，第四个问题就算是撂过了。想来该是刘庆伟那厮，让燕燕组长临走时，带上了原给他赴京带的两盒糕点，心有不甘，临时的临时，又加了这么个条件，让纪检组长去完成。又是纪检组长出面，又有两盒糕点坐底，方仲秀一个世俗老头儿，焉敢不唯命是从？

方仲秀又想，你刘社长也不想想，萧燕燕是个多么聪慧的女子，学习的成绩或许不如你好，当不上你那么大的芝麻官儿，就算不工作，当主妇料理家务，有理讲理，没理不能胡说，这个盘子还能翻得过来。原先跟人家说付四千的版税，说印了两千再付两千就是了，现在又改口印了三千，还要让人家把该给的一千免了。就不怕方先生说，那你们先把多印的一千付了，再按补充合同，付他一千就算了。现在可好，不用方先生开口，老太太一番口舌，就呛得喘不过气来。

方仲秀就这样，在自家脑子里跑开了野马，一会儿站在刘社长那边作想，一会儿又站在萧组长这边作想，及至看到萧燕燕听了老伴的话，一点儿反驳的意思也没有，只是平静地一笑，他的心情，就像小学生答了一份难答的卷子，漂亮的女老师给了个一百分一般的喜欢。

该着张砚田说话了。

他从身边的椅子上，搬上来一大摞书，以为搬完了，又搬上一摞子。这才咧开憨厚的嘴唇，朝萧燕燕笑笑，又朝小郑笑笑，算是对二位贵客行了一个鞠躬礼，做到了古人讲究而今人已不以为意的先礼后兵。

方才介绍时，方先生只顾了用清华学子、本硕连读的名头吓人，说到职业，只说是永嘉科技公司的CEO，在张砚田看来，等于只说了他是个男生一样不着边际。因此上，行礼如仪之后，从手边拿起两张印制精良的纸卡，分别递给小郑和萧组长。他在餐桌靠外的挡头坐着，离小郑近，一手递过去，一手在腕际护着，等于做了个双手呈上的假动作。离萧组长远些，也没远到必须伸直双臂的距离，他还是伸直了双臂，一手捏住纸卡的一角，递了过去。这才从容言道，说他们公司全称是永嘉科技知识产权公司，主要做涉外知识产权方面的业务，也兼及国内版权业务，方先生跟他是同乡，又是前辈，因此这个事他很愿意帮点儿小忙。

说着从后一摞书上，拿起一本厚厚的书，在小郑和萧燕燕面前，依次亮了一下。

"这是贵社前任总编辑陈正民先生出的一本书，名字叫《七七事变真相》，我在网上看到东海社科院退休研究员李惠兰女士有文章揭发，说陈先生的这本书里，有几十处抄袭了她的《七七事变揭秘》一书，已起诉到法院。这事我们可以不管，不过此事足可证明，这本书的作者陈正民，正是贵社前任总编辑陈正民，也是方先生在贵社出版的《徐志摩文集》一书的项目负责人陈正民。"

萧燕燕优雅地点点头，抬起手臂，做出一个百分之七十近似兰花指的动作，掠了掠额际的头，那些头发，原本一根一根乖乖地守卫着她光润的额头，刚一拨拉过去，又不屈不挠地返回，仍守护在它们原先的位置。而这一起一伏间，尽显了一个俊秀女子的优雅与妩媚。

张砚田继续说下去："这本书的折页上，作者简介里说，他编纂了一批读物，其中有《重读徐志摩丛书》八册，于二〇一三年出版。这里没有说是在哪家出版社出的。三个月前，我帮方先生从网上买到了这套书，印刷不是一次，而是两次。你们看——"

说着把先搬上的那一大摞书，推到萧燕燕那边，又抽出一本，递给了小郑。

"这套书，封面标明是贵社印的，每册前面都有陈正民写的介绍文字，相当于序言。只是书名不叫《重读徐志摩丛书》，而叫《再读徐志摩》，也是丛书，一套八册。我和方先生都认为，这不是笔误，而是陈正民搞的小把戏，遮掩他盗用方先生电子文本的行径。是不是用了方先生的电子文本，方先生已向贵社提出了充分的证据，最得力的证据，就是方先生前几年在报纸上发表的那篇考证文章《那是一棵什么树》。"

说到这里，张砚田用麒派京剧里，近似"垛口"的腔调说道："贵社用方先生《徐志摩文集》的电子文本，以总编辑陈正民的名义，打乱重排，巧立名目，出版的这套《再读徐志摩》，不用严格说，宽泛地说，到了哪儿，都会被确定为盗版行为，而且是监守自盗式的盗版行为。"

方仲秀暗暗为砚田的辩才叫好，心想，这下子萧燕燕这俊俏的小脸，一定挂不住了，且看她"红颜一怒为须眉"吧。预判又一次出乎他的所料，萧燕燕真不愧美人风度，常人难以预料，对张砚田的责问，早已成竹在胸，不是对着张砚田，而是对着仲秀，慢声细语地说道："方才介绍我们的态度和处理原则时，有几句话，我说是我私下里跟方先生说的，不代表刘社长的观点，我不想重复了，可不重复，方先生怕是真的疏忽了。就是按照国家事业单位的退休规则，陈正民老师只是退二线，还不能叫退休，也就是说，还是我们社里的班子成员。方老师，张先生掂不开此中的轻重，您老是宣传系统出来的，也不知道吗？"

这几句话，真有四两拨千斤的作用，方仲秀略一思忖，对砚田说，燕燕组长的话，说得很明确了，他理解了，这个问题且放下，假以时日，想来东海书社会做出处理的。张砚田没想到美女一开口，方老师就改了口，心里不禁起疑，看来不喝酒，方老师也会犯迷糊的。

"没想到方老师这么好说话。"

他这话，声音不重，但分量可不轻，方仲秀听了，觉得有解释一下的必要，但又不能明说，冲着砚田笑笑，来了句："投鼠忌器，可以理解。"

那边燕燕组长，坦然一笑，算是认可了，张砚田也不失时机地表明了自己的态度："人情是人情，道理是道理，我们现在是讲道理，人情且放在一边。"

下面该说三种单行本了，即《徐志摩散文全编》《徐志摩诗歌全编》

《徐志摩书信集》，每种都是三个版次，全都堆在白色仿大理石桌面上。

这些书，全是张砚田帮着从孔夫子网上买下的，方才初战失利的清华高才生，又是一通侃侃而谈。末后一连几个发问，萧燕燕已有点儿招架不住，马上就要败下阵来，偏偏这时方仲秀一时发晕，又支了个昏着，让萧燕燕来了个绝地反击，雌威大振。

砚田说罢，萧燕燕无话可说，又不能不说个什么，方仲秀觉得这个时候，必须威恩并用，才会大获全胜。于是便说，东海社科院退休研究员，就是告陈正民的李惠兰女士，前几天，因为她的一个久居美国的亲戚，要将一批珍藏的商周青铜器，捐赠给中国历史博物馆，来到北京，住在王府井北头的友谊宾馆。电话叫他过去聊聊，他去了，李惠兰告诉他，说她有个学生是人大代表，她想通过她的学生，把陈正民盗窃她的书，拆分盗用《徐志摩文集》这两件事，写成一个材料送上去，既有利于她的事情的解决，也有利于《徐志摩文集》遭拆分一事的解决。他说得太细了，别说萧燕燕不明白他的用意所在，就是张砚田，也是一脸的懵懂。及至他说出："我当时是想答应的，人大的催办文件下来，东海书社不敢不当一回事，可是又想到，不管怎么样，东海书社总是给我出了八卷本的《徐志摩文集》，心一软，就婉言谢绝了。想想，还真对不起老太太，老太太八十多了，也是一片好心嘛。"

张砚田明白了，斜了他一眼，以为此时此刻，不该说这种寡淡话。萧燕燕一听，立马杏眼圆睁，几乎是冷笑了一下，只是没有出声，随即压低了嗓音，却分外威严地说道："方老师实在是多虑了，一个八十多岁的老太太，一个七十多岁的老作家，联名告我们书社，那还不是一告一个准，早知道有这个事，我和小郑该缓几天来才对。"

还是张砚田有杀法，说萧组长你这就不对了，我们这个年龄，不管从事多么厉害的工作，在方老师面前，都只能说是晚辈。方老师说的这件事，我都听出来了，是为了向萧组长表个态，说他诚心想通过相互协商，使问题得到圆满的解决。末了还来了个蝎子尾巴："这意思，明明白白的，我都听出来了，萧组长是女同志，心更细些，不会听不出来吧！"

"哦，哦，"萧燕燕不好意思了，"看张先生说的，我怎么会听不出来呢，我和我们刘社长，也是诚心诚意想把这个事情解决的。方先生方才一句话，我听了心里也是热的，方先生说了，不管怎么着，没有东海书社，不会有八卷本的《徐志摩文集》。没有这个八卷本，也就不会有商务印书馆的十卷本。方先生，您说我说的对吗？"

"那是当然，那是当然。"

方仲秀连声表白。至此才明白，这个白白净净的东海女子，是干纪检工作的一把好手。人家"淡淡妆，天然样，就这样一个汉家姑娘"，若坐城际动车算乘车，打出租算骑马，也称得上疾驰百里，车马劳顿。赴京处理公务，自然要给单位领导与群众，一个满意的交代。淡妆再相宜，衣饰再得体，也只是为工作的完成，同时增添一个出版单位的文化品质。断不会是为了一亮你一个七十岁糟老头子的眼目，更不会是为了让你一试吊膀子的功夫而预备个活人靶子。

倏然冒出的那句"淡淡妆，天然样，就这样一个汉家姑娘"，是他通心里对燕燕女士的礼赞，只是他的这个赞词，却不是张口即来，更不是信口胡诌，而是很久以前，算来该有四十多年了，看《人民文学》刊登的，那位名叫曹禺的戏剧家的一个叫《王昭君》的剧本，记住的一句戏文。《人民文学》是十六开本的刊物，剧本中间有插图，左侧的一页上，占了整页，是一个胡人装束的汉家女子的素描画像，画像如连环画那样带着方框。方框下面一条边的下面，摘录了剧中的一句唱词，正是这句"淡淡妆，天然样，就这样一个汉家姑娘"。他对好的文句，有种天生下的记忆能力，刻在脑子里，多少年都不会有误。

曹禺的剧本，实在不怎么样，他的《王昭君》，不过是一个古装的"样板戏"。王昭君有小常宝的悲愤，有阿庆嫂的聪慧，还有柯湘的坚定的革命意志，给人的感觉只要汉帝一封密诏传来，她可以翻身而起，一刀刺死睡在身边的呼韩邪单于，率领手下亲信，将匈奴的版图，献给前来接应的汉家将军。戏不是好戏，但这句戏文，确实是绝佳的好词儿。

此刻，脑子一机灵，心想换上四个字，将"汉家姑娘"改为"东海女郎"，献给眼前的这位清秀的纪检干部，乃是最恰当不过。若手边有笔砚，写成小条幅，那才叫个惬意。这样想着，只见萧燕燕掏出手机，看了一眼，又向小郑使了个眼色，表示要离开了。方仲秀也看了一下时间，十一点半，可不是嘛，不觉间他们已叙谈了一个小时，是该走了。

再过上一会儿，他就是留饭，人家也未必会应允，人家请饭，更是没有道理。一想，准备的礼品还未赠予。书，是不能给的，他特意准备的，是两张四尺对开的条幅，急忙去书房去取。

原先的两幅，一幅给萧燕燕，一幅给刘庆伟，现在刘没来，来的是小郑，条幅没上款，给了小郑就是了。要是往常，小气成性的他，准会这么做。可今天不同往常，燕燕女士太俊雅，也太可爱了，想到在他这儿，这个小纪检组长并没有多大的斩获，回去见了自视甚高的刘大社长，不定怎样的无言以表，也无颜以对，罢罢罢，再给刘庆伟拿上一幅就是了。

当即又取了一个信封，选了一幅字装上。

当他擎着三个信封出了书房，书房正对着玄关，萧燕燕正褪去拖鞋，将一只薄薄的脚片，伸进她那半高跟，而尖头浑圆锃亮的方口黑皮鞋里。

三个信封，全交给小郑，叮嘱说，你俩先挑，剩下是社长的。是跟小郑说的，眼睛却骨碌骨碌地在燕燕女士的胸前转。待萧燕燕抬起头来，两人几乎是脸对脸相望时，方仲秀眼前一亮，几乎是惊叫一声："哎呀，燕燕同志，我们是见过的，你想想，春天在亦庄，博纳星辉剧场外面的奶品店，有你，还有孙世南，还有古执中！那时你就在东海书社吧！"

"是的，去了好几年了。"

"想起来了吧，你们是等着看一个外国电影。"

"我就说，怎么看着方老师怪眼熟的呢，还真是见过呢，我也想起来了。"

事已至此，不能再说别的，只是在楼道里道别的时候，方仲秀逮住机会，使劲握了一下燕燕同志的小手，算是一种特别的好感的传递。

第四十八章

十二月七日下午，儿子开车，送方仲秀去参加曲珍的追思会。

曲珍是孙世南的夫人，相识多年，春天的时候，还跟上孙世南和古执中，来过方仲秀租居的家里。不意几个月后，便溘然离世，他是在忻州，在水上公园跟张继宏、董姑正高谈阔论时，收到古执中的短信知晓的。当即给古执中回一短信：震惊。又给孙世南发一短信：节哀。

开追思会的通知，是前天收到的，同时寄来的，还有两本曲珍的小书。通知上说了时间和地点。地点远了点儿没什么，北京就没近的地方。时间是真不凑巧，他平日在家里闲着，真应了旧小说上说的，闲得嘴里能淡出个鸟来，用当今粗鄙的话说，是闲得卵袋子都疼。偏偏有件事，还跟这件事打了架。十卷本的《徐志摩全集》，经商务印书馆推出，尤其是八月间商务印书馆的总经理率团去英国公干，不知什么人中间搭的桥，竟将带去的两套书，一套送给了剑桥大学图书馆，一套送给了徐志摩就读的国王学院，他这个编者，嘴里也不闲了，卵蛋子也不疼了，今天这儿邀请写文章，明天那儿邀请做讲座。

跟曲珍的追思会打了架的，是首都图书馆的公益讲座，一个月前就定下了，主旨是推介新版《徐志摩全集》，讲讲徐志摩究竟是个怎样的人。日期是十二月七日没什么，时间不冲突，各行其是就是了。偏偏时间起了冲突，首图是下午一点半到三点半，追思会是三点到五点半。没办法，只能是讲座提早结束，赶上追思会的下半场。

这天是农历的大雪，老天爷真还赏了脸，前半天阴着，后半天果然飘起了雪花。追思会的地方，真不好找，在安定门东大街一个胡同里，叫"云端四合"，去了一看就是藏文化风格的会馆建筑。父子俩赶到，四点过半，发言已近尾声。来的人不少，东侧的房间，南侧的主屋，全都是人。主会场在院子里，四五排桌椅，中间留有过道，可通东侧的房间。

大门朝北，开在院子的西北角，方仲秀一进来，等于是进了会场的主席台，好在并无主席台，只是有这么个区域，显著的标志，是墙上有个大屏幕电视，正在滚动着曲珍的照片和著作。孙世南不知从哪里过来，握了握手，一脸的悲戚，随即离开。有人推过一把折叠椅，坐下才发现主持人是古执中，招了招手，那边还个微笑，算是彼此打了招呼。

儿子一进来，就见了刚到北京时的老上司苏北先生，过去问候过，就挤坐在一起。又有两三个人发言，全是北京大学同年级的同学。曲珍是西藏考到北大的，推算下来，该是高考恢复后，较早的几期里的一期。年龄在那儿摆着，才五十几岁。

又一个发言完了，主持人说，方仲秀先生来了，请他说几句。他知道这是礼遇，万不可推诿，也万不可冗长。来宾几乎全是北大的，没人会把你这个老土搁在眼里。他先说了句抱歉的话，说自己来晚了，实在是大不该。再说自己认识世南先生很早，曲珍跟世南婚后不久，也就认识了。曲珍的长篇小说发表后，还曾写过评论文章。过去他对少数民族作家的作品，总的感觉都是一个调子，就是载歌载舞，欢迎革命的队伍，来到了他们的家乡，领导他们翻身得解放。他以为曲珍的小说，也会是这个调调。看罢才发觉，曲珍的小说里，没有这些欢快的东西，只是平静地诉说着，描摹着当地藏民的日常生活，到处都是湿漉漉的，又到处都充溢着神性的气息。是世俗的，也是高境界的。这样的作品，才像个上过北大的作家写的，可惜她走得太早了，若不是这么早，或许能看到她更为成熟的作品。

后面还有几个发言的，有个也是同学的女生，说到曲珍的和善，与世无争，竟泣不成声。已过了六点，主持人古执中做了个简短的总括，宣布最后一项，世南先生对诸位来宾的答谢。

世南上来了，接过话筒，站在屏幕下方的一侧。眼睛红红的，像是哭了又擦，擦了又哭，不知多少遍，半个脸蛋子都叫揉红了。

感谢的话不长，几度哽咽，都觉得说不下去了，还是强忍着说下去。

说曲珍活着的时候，二十几年，什么时候拆洗被褥，从不叫钟点工，都是他俩动手完成。这次走了，又是拆洗，这次，虽是他独自操作，感觉上，仍像是曲珍就在身边，只是往常许多动作程序，曲珍为主他为辅，在一旁递个针线、压压棉絮什么的。曲珍不在了，他成了全程的操作者，要针线了，手一伸，是自己取过来的，感觉像是曲珍递了一下，他接过来的。整个拆洗，用了三天的时间，一切都堪称完善，几乎所有的动作程序，都是在曲珍的协助下完成的。然而，最后一天，下午，要套被套了，才知道曲珍是真的走了。提声调，分外悲戚："往常套被套，将被套平铺在大床上，再将被子塞进去，大致展了就行了，剩下的事，就是两个人攥住四个角，往展里抻。曲珍抻住那边两个角，我抻住这边两个角。递个针线，可以分步骤完成，我取了，权当是曲珍取了，我缝了，权当是她递过针我缝了，只有这抻被套，是要两个人同时用力，攥紧了，两个人的身子同时往后挺一下。不能我在这边抻一下，再过去替曲珍抻一下，因此上，当我抻了一下，把被套拉到半床上顿时惊呆了，知道再也不会有我俩一起抻被套的日子。先是一愣，立马趴在被套上，抽抽噎噎地哭了。曲珍走了之后，我哭过不知多少次，都没有那次那样绝望，那样伤心！"

底下有的女士，已在不停地用纸巾擦眼窝。

世南还是忍住悲伤，说了最后几句话。说曲珍的聪慧，或许纯粹是她的父母给的，是在西藏那块离天最近的土地上养成的，但她的思想的深度，思维的敏锐，绝对是北大给予的。他不能说这是好事，还是坏事，因为思想的开启，也可能是痛苦的开始。他俩的感情是一体的，思维的深度，则是互补的。如今曲珍走了，他只有维持他们思维的互补，方是对曲珍的最好的怀念。曲珍，我能做到。谢谢大家！

有饭，在南房，心说趁吃饭，跟安徽来的苏北聊聊，进去一看，乱哄哄的，又退了出来。儿子跟在身后，见老爹退出，也就没进去。方仲秀一挥手，说回去吧。走到大门口，有人追过来，说自己是"读蜜传媒"的黄某某，递过两本书，说是他们新出的，方先生翻翻，有兴趣的话，不妨写点儿什么。并说，这也是世南先生的意思，这两本书的作者斯维拉克，正是世南先生竭力推荐，他们才做的。

外面，天黑下来，雪，更大了。

第四十九章

夏天的邀请，冬天兑现了。十二月二十二日午后，郝平英岳伟光夫妇从天津赶来，看长安大戏院的《红鬃烈马》。入冬后，他们一直在天津住，说是那边的暖气好。

按郝平英两口子的意思，还想叫上曹竖，曹竖没来，也不会来了。

办票的是张砚田。

四月间，他拉上方仲秀夫妇，来这儿看过两个折子戏，《将相和》跟《贵妃醉酒》。入场前即知，所谓北京京剧院的演出，实则是该剧院的一个精英组合，名字颇新潮，叫"承泽·寻梦"，两根台柱子，一个是杜镇杰，一个是张慧芳，都是当今京剧界顶呱呱的名角。现场有粉丝团的桌子，加入粉丝团，即可获得八折优惠。当然得预订。十月份订票时，即知曹竖回邢台养病，不能来了。

在这上头，砚田是方先生的全能助手。不光订下五个人的票，还在附近的四川大厦餐厅，订了座位订了饭菜。四点多，就到了方家，五点二十出发，六点整，赶到大戏院，车停地下车库，引领方氏夫妇，走过一截朝北的路，进了四川大厦餐厅外面的休息厅，正是六点一刻。刚要转脸张望，岳伟光郝平英夫妇已从沙发前站起，问来了好久，岳伟光说，也就五分钟吧。砚田转身对跟在后面刚刚停住脚步的方仲秀说："我给他们预估的等候时间是三分钟。入席吧，这儿没包间，我订的是角上的一个隔断，跟包间的效果差不了多少。"

进去一看，果不其然。就在进门的右首，不全是隔断，朝南还有门，只是门口的过道上，仍有就餐的桌椅。隔断内，一个中等大小的圆桌，坐五六个人正好。饭菜说是事先订了，实际上这种大派头饭店，只是应承下来，还得来了现点。

砚田座位靠门口，一个中年妇女，发了福也还俊俏，站在一旁，俯下身子，不时给砚田出个主意，这个慢，那个不烂，还是这个对你们的口味。一会儿全齐了，手中的点菜器，随意一扬，走了。

方仲秀这才顺上介绍砚田，说是清华的高才生，办事之精确，不是经过没法说。岳光说，他们一进入城区，哪儿拐弯，哪儿停车，全是张先生微信指挥的。待对方夸过，砚田这才说，四川大厦实际是四川省的驻京办事处，这儿引领北京川菜的新潮流。什么都好，就是服务员年龄偏大，不过也好，这样的服务员，什么时候都是帮你出主意，不像外面的大酒店，脸面光鲜，心肠可就不好说了。

方仲秀知道，这话是说给他听的。

某次在外面吃饭，他曾说过，漂亮的服务员，也是一道菜，价钱贵不贵，也得把这道菜算上。依他的臭嘴，听出来了，就会安抚砚田两句，说这个服务员，年龄是大了些，但肤色脸型，都属上佳，想来当年挑选进京的女孩子，也是百里挑一挑下的。来京这么多年，为人妻为人母，自然非复当年景象，这女人是胖了些，属瓷肥，不是丑女人的那种虚胖。一看跟前有老伴，还有天津来的郝平英，乖乖地闭上了他的还没全臭了的嘴。

砚田问喝什么茶，方仲秀正后悔来时忘了这一手，郝平英拿起坤包，说她这儿说不定有，一翻，果然翻出一小包金骏眉。待瓷肥女服务员过来，砚田递过，瓷肥果然说了句极近人情的话："自己带的好哎，这儿可是要脑壳子的！"

办事处饭店的办事水平就是高，不一会儿，菜、茶、米饭，一起全上来了。砚田禁不住赞叹："这真是大酒店的牌子，大排档的速度！"

来这儿吃饭，图的是看戏方便，要的就是个快，品尝了一下，鱼香肉丝，东坡肉块，干煸豆角，夫妻肺片，不管热的冷的，川味十足。平日不动辣椒的方太太，动了几筷子，说是辣了点儿，但跟别处的辣，确实不一样。以为会有个什么新词呢，说出来了，是：很辣。

几个人的排列，砚田靠门口，按圆桌顺过来，是方太太、方先生，再过去是岳伟光和郝平英。也就是说，方先生的右侧是岳伟光，上次在梅兰芳大剧院看戏前用餐，方先生就发现岳伟光喜欢吃肥肉，便用公筷，一连夹过去两方东坡肉块子。

两方东坡肉下肚，岳伟光似乎想起什么，停下筷子，压低嗓子，说道："估计你们不知道，这一段武汉发生瘟疫，比二〇〇三年的非典还厉害，元旦放假，千万别去武汉那边。"

方仲秀两口子，听了倒没什么，砚田很当回事，说元旦放了假，他打算陪爱人，带上孩子回长沙老丈人家。伟光问，可在武汉停留，说不，说那就不会有什么，可是也要提防着，武汉是大站，下去上来的人少不了，还是要多加小心。"

"干脆坐飞机，来去都不要在武汉停降。"

郝平英说罢，觉得这个问题还远着，不该多占眼下的时间，便对夫君说，你刚去过邢台，见过曹竖，方先生肯定很关心，你该把曹竖的情况说说。方仲秀没有催，只是又夹了块东坡肉放过去，伟光说不用了，方先生说这儿的东坡肉块子小，两块才抵得别处一块。也不能光吃肉，伟光夹了一筷子干煸豆角，送进嘴里嚼着。像是牙不好了，这边嚼嚼，又倒到那边嚼嚼，还是嚼不烂，取过一方餐巾纸，对准蠕动两下，将嚼不烂的豆角丝子吐出来揉成一团，搁在他与郝平英之间的盘子沿底下。方仲秀见了，觉得这有点像猫屎，一想人家是从嘴里吐出来的，这么想真该掌脸。当着众人，自然不能有此殊常动作，急中生智，夹了一筷子夫妻肺片，送进嘴里，舌头拨了一下，拨到右槽牙的位置，咀嚼起来，又辣又凉，算是从里侧，给右脸颊一个象征性的"批颊"之罚。

"情况不好！"

岳伟光先咕哝了半句，端起茶杯漱漱口，又没地方吐，只好像喝了口汤一样咽了下去，这才说："很不好，悬！"

"悬什么呢？"

郝平英看不下去，提醒一句。

此时的岳伟光，鼻子嗓子，全都畅通无阻，用他那颇有沧桑之感的声调，讲起了他此番专为探视曹竖的邢台之行。

"秋天我和平英回了趟邢台，是有别的事，一半还是看望曹竖。这个时候，他母亲已去世了，他的病情还没怎么恶化，用他的话说，决不化疗也不插管子，就这么跟病魔死磕着。每天仍坚持去游泳场，只是时间不能像过去，一游就是一两个小时，现在四十分钟就不行了。聊了几次，除了消瘦，觉得精神状况还好。他夫人早就辞职回来，一心一意，要陪伴他走完最后这一程。我以为这一冬不会有事，明年春暖花开，再回去看他，不料就在十天以前，接他电话，发觉他说话都喘上了。我说我去看你去，他说不要，不会那么快。我俩是发小，彼此心里有感应，我能感到，他还是想见见我的。了结了手头一件事，天冷，没带郝平英，一个人回了邢台，一见面我都吓坏了，这才两个月不见，人已脱了形，别说游泳了，连楼都下不去了，是他夫人和朋友，硬抬下去，在小区里转转。看这情形，要过春节都难了。"

伟光说罢，叹了口气，像是再无话可说，平英又提醒："你跟老方和大嫂说说你最后跟曹竖说了什么。"

连想都没想，伟光又说开了："平常说话，都有他夫人在跟前，我也没有要避开他夫人的话，就没往别的上头想。正好要走的那天上午，再去看曹竖，刚坐下，楼下来了快递，邢台的快递不上楼，一连两个电话催去取，他夫人没奈何下去了。我问曹竖，兄弟一场，有啥事要我办的你就说，他攥住我的手，说了件不相干的事。说亦庄的铺子，他盘出去了，就是你见过的那个，叫耳东的湖南女孩儿。说耳东经营铺子，若是手头紧了，三万五万的，你接济一下。我一口答应了，愧呀，我以为他还要说什么，嘴角嗫嚅了一下，没有任何过程，吓我一跳，张口就喊出一个女孩子的名字。我一听吓坏了，这是他上中学时，相恋的一个女同学，原本两人可以一起上大学的，收工农兵学员的那种大学，硬是叫他妈给拆散了。我劝他想开些，这么多年了，别还堵在心里。他说，要是活着还说个球，接下来，憋了一口气，狠狠地骂了一句'×他妈'！"

这次，是真的说完了，盘子里还有一块东坡肉，拿起汤匙伸过去，将黏汁拨拨，一起抄起，送进嘴里，一面嚼着，一面说了句："唉，他这个骂，一辈子都没个改。"

显然这个一辈子，不能从出生算起，张砚田插了句："你跟曹先生是发小，从什么时候，才有了这种骂人的话呢？"

"跟那个女同学，分了手也就分了，后来听说那个女同学死了，临死都还念着他，脾气一下子变得暴躁了，这种骂人的话，就常挂在嘴上。"

方仲秀听了，一声重重的叹息。

桌上的人，静下来了，张砚田开了腔："方老师，您可能忘了，前一向跟耳东他们吃饭出来，送您回家，走到您说的洋桥桥的桥下，我想说什么，看您醉成那样没说成。现在可以说了，我听耳东小姐讲了曹竖先生的恋爱故事，觉得若作线性分析的话，从恋爱的痛苦，到恋人的去世，到他的肺癌，最好的切入点，就是他这句骂人的话，是骂他自己，也是骂他妈，扩大点儿说，也是那个丑恶的年代。"

伟光听着听着，愣住了，及至砚田说到这骂语，是骂自己也是骂他妈，猛地斜了下身子，压住砚田的手，用更加沧桑的声调说："我俩是发小，他的心思我全知道，我早先也这么想过，只是这么一想，脊背就发凉，头皮都发紧。太残酷了，太可怕了，一个人怎么能在这么啃啮心灵的痛苦中，一年一年地活下来。好了，今天小张用科学的方法，一下子就勘破了此中的关联，我也替老曹松了一口气，他的痛苦，不是无人知晓的。"

伟光说罢，又习惯地拿起汤匙，伸向东坡肉盘子，没有肉块，汁儿也不多。白底蓝花的盘子里，只有几条零乱的金黄色的肉汁道子。在岳光这边，显然不是非要吃一块东坡肉不可，只能说是心不在焉，眼光也不成全，先就错拿了汤匙，又伸错了地方，若拿的是筷子，伸向东坡肉盘子，一见盘子里没有肉块，再往前伸一下，就是夫妻肺片盘子，肺片没有了，总还有黄瓜丝，夹起两根，送进嘴里，也还顺理成章。现在可倒好，汤匙伸向盘子，一触就触到了盘子底上，舀，舀不起，退，退不回，还算聪明，将汤匙的底部，在盘子里抹了抹，蘸上些东坡肉的汁汁。连嘴里也不用送，舌头迎了出来，在汤匙底部舔舔，还不忘做了个慰情聊胜于无的满足表情。

郝平英看见了，而且看见方先生也看见了，觉得夫君这吃相也太家常了，微微一笑，岔开话题，说她上个月吧，看一个山西籍的津门朋友转发的微信，是"老家山西"公众号上的一篇文章，叫《方仲秀为什么这样夸徐志摩》。打开看了，是方先生很早以前为《徐志摩散文全编》写的序，其中说了，为什么徐志摩的诗，知道的人多，散文这么好，知道的人却不多。

前面这些，是对着众人说的，当然也包括了方先生，说到这里，特意面朝了方仲秀，显得格外郑重。

"你说徐志摩一生的行事，可分为四个方面，一是婚恋，一是社会功业，一是诗歌，一是文章，即散文。此四者，又可分为两对，婚恋配的是诗歌，社会功业配的是文章。常人看重的，是他的婚恋，也就兼及诗歌，不看重的是他的社会功业，文章也就难以彰显。这话说得太好了。我还在下面留了言，说这是你在徐志摩研究上的重大发现，且是在十几年之前。你看到了吧！是我写的，可意思是伟光的，他说方先生这样看问题，真是独到，不佩服不行。"

方仲秀连连点头，说记得记得，有你的这个提醒，他月初在首图讲座上，才旧话重提，颇获好评。他记得清楚，这个留言是伟光写的，可是现在，平英说出来，他心里想，这女人太厉害了，自己的面子要捡起，还不忘维护夫君的面子。

张砚田出去结账回来，说时间不早了，该走了。怎么买票，怎么付款，这些都是方先生跟砚田说好了的，表面的事，全由砚田去办，过后手机转账就是了。

大戏院就是大戏院，上写的开演时间，一分不差，准准的七点半开了。没有写结束时间，竟也准准地卡在十点整上。只是掌声太劲爆，又是加唱，又是致谢，真正离场，已十点二十了。回到家里，满脑子都是锣鼓点子，亢奋中，方仲秀还是恪守自己几十年的老习惯，写完日记才睡觉。

严格地说，这不能叫今天的日记，只能说是今天的"晚上记"。因为白天的事，在张砚田接他夫妇之前，他已将之记在日记上了。现在的晚上记，只写了看戏的事。免去日期、星期与阴晴，晚上记的全文是这样的：

晚上看京剧《红鬃烈马》。上午儿子儿媳带小孙子去军博参观，主要是想让孩子看看真枪真炮，中午在外面吃饭，饭后又去看电影。四点多，张砚田来，准备五点多送我与老伴，去长安大戏院看戏，他也看。砚田带来《蔡锷军中遗墨》《蔡锷手迹》，前者为珂罗版印品，后者为墨迹原件，均为砚田近年来在网上购得。方知砚田所摭拾者，非仅山西乡试朱卷也。五点二十动身，六点一刻，到四川大厦餐厅，请来看戏的郝平英岳伟光夫妇已到矣。在此用过饭，七点二十到剧场，准时开演。

《红鬃烈马》作为大戏，结构甚凌乱，且有许多不合史实的地方。比如西凉为番邦，怎就兴兵南下，助薛平贵坐了朝廷。西凉国当在西边，如何进兵长安，又会在汾河滩打雁。好处是全剧充满人情，风趣幽默，勘透了人生。《武家坡》一场，不用说了，为经典折子戏。其他场次，也时见风情与机智。比如三姑娘给王允拜寿，苏龙魏虎，都是夫妻双双同拜，挨着王宝钏了，独自一人要拜了，魏虎过来，在蹭这个便宜，与宝钏同拜。给人的感觉，此人谋害薛平贵很坏，但对这个小姨子不坏。说不定，谋害平贵，正是看上了这个小姨子的姿色。坏是够坏的，好色之心，仍属人性。不像后世，不能占有，便是毁灭。

旧戏注重教化的功能，《红鬃烈马》在这上头甚是显豁。蒲剧里，也有此剧目，我在老家时曾看过。这样的戏，用老百姓的话说，是劝善的，一点儿善意，常能打动人心。比如戏中的王允，明明曾经暗害过平贵，待到要惩罚时，宝钏过来说话，不光不能惩罚，还要封个官儿，最能见出人性之美。

北京京剧院（杜张工作室），行头之崭新、漂亮与华贵，到了耀人眼目的程度。王宝钏初出场，是素净装扮，还看不出什么，待到封了皇后，凤冠霞帔上身，一步三摇，佩环叮当，那份雍容华贵，令人惊叹。剧中魏虎，是个次一等的角色，其蟒袍乃墨紫颜色，绣上金丝线，一样的威风凛凛。剧末，薛平贵让王宝钏和代战公主，分掌昭阳院和兵符，赐二人龙凤宝剑。剑身与穗带的颜色，与二女服饰的颜色，也着意般配。代战是红色服装，手持的宝剑是红色的。宝钏是黄色服装，手持的宝剑也是黄色的。未必是专为这一场戏特意制造的配器，但演出人员如此精细的考虑，亦可见其整体素质之高。

砚田开车送我们回来。郝平英夫妇，由伟光驾车回天津，说路上要用两个小时。平英来时，送我一盒大红袍茶叶，一枚铜镇尺。镇尺为三联书店的文创产品，正面所铸，集鲁迅字曰"读书无禁区"。

第五十章

从昨天午后，到今天一上午，方仲秀两口子，一直处于极度的亢奋之中。

同样的亢奋，分成了两个波次。

波次这个词，是前几年看二战电影学下的。日本人炸珍珠港，两拨飞机，就说是两个波次。《中途岛大海战》，美国飞机炸日本的航母，也是一个波次完了，再来一个波次。

昨天午后的一个波次，是扬州古椿阁将印成的《方仲秀信札》二百函，如数寄来。一箱二十函，一包两箱，共是五包。打开一包，取出一函，那个精美呀，把老两口惊呆了。

知道差不了，没想到会这样的美！

函套的绸缎用料，是跟古椿阁的韦长琴厂长，几度往还相商定下的。最后用了绿色格子，带五福图案的一种。所谓五福图案，是五个金色的小蝙蝠，绕成一圈。经过几次的选项，方先生长了一个见识，就是分清了绸缎与锦绫的差别。尤其是绫，有了感觉上的认识。这个绫，实际上就是有个"棱"，有了棱，看起来就厚重。一函分上下两册，每册的封面，也要选料。起初他选了一种浅灰色的绢，印出样品寄来，一看就知道，薄而软，不行。韦厂长建议用绫，还特意给他寄来一个样品本子，由他挑花纹。

内文的印制，韦厂长说，她是发到深圳，让深圳的雅昌给印的。

这是第一波的亢奋。

第一波还没有过去，第二波就来了，在今天上午十点钟。

顺丰快递，送到家门口。

一看箱子，方先生就好生奇怪，不过是个原稿的册页，邮寄的箱子，何以这么大的体积。

搬到餐桌上，取来刀子，小心翼翼地划开。

一个箱子里，还有一个箱子。

小心，再小心，取出来了，打开，啊，如此精美，又如此大气。

《方仲秀信札》印制完成后，再将底本做成册页，是古椿阁老板韦长琴的主意。便于保存是一个方面，重要的是，做成一个物件，就有了文物上的价值。他以为古椿阁就做得了，韦厂长说，他们是能做得了，只怕品质上不敢保证，安徽泾县有家厂子，多年来一直跟他们合作，可以委托他们去做。当然这一切，全是由韦厂长操办的。

册页，太原家里就有林鹏先生的草书册页，张颔先生的自书诗册页。原以为信札册页，不过是将信札装裱在一个册页簿子里，像旧时的账簿子那样拉开罢了。他的信札集，加上前面用小行楷书写的序，共一百零四页，两下平分，一个册页也有五十二页，是够厚的了。再厚，一个册页，有印出来的信札集那么厚，也就到顶了。

此刻打开一看，外观先就不同凡响。带花纹的小木箱，全部是黄铜饰件，再打开，里面衬着明黄的缎子，搬出来，上下的护板，也是真材实料的樟木薄板。

餐桌上摆不开，又搬到南边的长沙发上。老两口一个在后护着，一个在前，一掀一顿，一掀一顿，往开里展。三人沙发展完，又展到连接的双人沙发上，也才展开一半。

不展了，两口子站在沙发前，身子转来转去，看个不够，也赞个不停。

刚收拾起来，搬到餐桌上放好，门铃响了。

方仲秀过去，开门一看，是耳东小姐，说是进城办事，正好路过，进来看看二位老人。

耳东小姐换拖鞋的空儿，方太太特意将册页盒子，往里推了推。没想到，耳东小姐眼太尖了，一到桌子跟前，就看见了。

"耳东啊，让你看个稀罕物件！"

方先生趁便说。未必就想着让人看，正好有人来了，也愿意显摆显摆。说着搬过上面一盒，开启搭扣，取出册页。要看清楚，就得掀开，桌子太小，只能展开五六页。

"呀，呀！"

耳东小姐一边惊叫着，一边绕到桌子那边，像是在躲避着什么，又像是在追逐着什么。站定了，先是俯下身子，将册页摆正，又站直身子，好生端详起来，嘴里仍在"呀呀"着，只是声音小了许多。腿脚尚未站稳，双手各分出两个指头，食指和中指，撑住桌面，不让身子欹斜过来。

见耳东小姐这么惊奇，又这么喜欢，方太太将桌上的物件，朝外推推，让出半尺的样子，又展开几页。

"啥子时光做的呀？"

耳东小姐一高兴，就露出了她的狐狸尾巴——清脆的湘音。

瞅了瞅墙上的挂钟，方太太说，一个小时前，刚刚送到。

"我想全看看，我就想全看看嘛！"

耳东小姐说着，身子还扭了扭。这一扭，老伴那儿还没说什么，方先生说，这还不好办嘛，说着搬起册页盒子，过到沙发那边。老伴赶紧过来，压住这头，方先生又一掀一顿、一掀一顿地打开，仍不能全打开，比刚才多些，也就三十几页吧。

耳东小姐探出长袖毛衣里的小手，交相搓着，拍着，说太高级了，太高级了，北京城里，她去过好多文化人家里，花卉呀、书信哪，册页簿子也见过不少，可这么华贵的还是头一遭。

"方老师，你这全是花笺写的，装裱成两个大册页，可说是花团锦簇哇！"

耳东小姐说罢，俯下身子看册页前面，方先生毛笔写的小序。方仲秀绕过茶几，朝这边跨了一步，对老伴说："让耳东小姐看看印出来的《信札》吧！"

老头子这样说了，方太太不能说不同意的话，只是皱起眉头，狠狠瞪了一眼。

大概方太太的瞪眼发力太猛，搅动了周围的磁场，让耳东小姐感觉到了，抬头朝这边瞅来，好个方太太，真有川剧里变脸的本事，并未撩袍舞袖，就在耳东小姐抬起脑袋，尚未启动原本下苦的假睫毛之际，一瞬间，立眉瞪眼，变为和善的一笑，仿佛这个主意，原本是她用什么神秘的方式，传导给方先生，让一贯惧内的夫君，才开了这个小小的心窍。

可惜这么微妙的表情变化，方先生全无察觉，一看没有反对，就像已然领了圣旨的佞臣，三步并作两步，奔书房去了。

取来，往桌上一搁，招呼耳东小姐过来。不劳女孩子动手，自个儿先拨开骨签，摊开封套，取了一册，亮出前面的红色大印，双手递了过去。耳东小姐接了，正要再往下翻看，方仲秀说："别急，你看看这方印的印文是什么字。"

耳东小姐歪着脑袋好一阵子端详，末了还是摇摇不大的脑袋。方太太知道老头子接下来，要讲这是怎样的一种篆字，讲了"于"字，怎么看起来像个"亏"字，再讲"惧"字右边不是"具"字而是"瞿"字，啰里啰唆，没有几分钟不会完，这气大了，冲着耳东小姐说："别听他瞎叨叨，就这么一句：惧后世责我生于当今。意思是，多少年后，人们发现当今有这样那样的糊涂认识，会说，那个时候，姓方的那老东西，不是还没死吗？他怎么连个屁也没放啊！你去过北京那么多文化名人家里，你说说，谁会这么不知道害羞！"

"好了，好了！"

方仲秀拱手求饶，一点儿也没了要讲的兴致。

耳东小姐跳过前面几页，看里面收录的书信，一看就是印刷品，放过上册，拿起下册，三下两下，翻到后面的版权页。

"没定价呀！"

方仲秀说，这是家人为他七十寿诞上的礼，按画册出的，不用书号，若用书号，多花一两万，就太亏了。耳东小姐说，没定价总有成本价，添上点儿她想买一函。她的细木作坊，往后做花笺，方老师的书信集，可以摆在前厅当样品。

方太太意识到眼下的危险，知道此刻她不挺身而出，靠老头子那德行，脑子一热，说不定就将手头的这部，当下就送给了耳东小姐。和善地一笑，话语出来，却是寒光闪闪，不容分辩："耳东姑娘你就死了这个心，昨天也是这个时分，方老师的一个学生，女的，那么漂亮，来了见了，说方老师送我一套吧，你方老师都没答应。"

这句托词里，最厉害的是"那么漂亮"四字，太刺耳了，耳东小姐一听就听出来。人家又是学生，还那么漂亮，都没要下，自己算老几呀，说过撂过，死了这个心吧。

这边，方仲秀看不下去了，老伴也太可恶了，给与不给，我自己掂量，用得着你来撒这么大的谎吗？这么一想，顿生恶感，不仅不感念老伴的用心良苦，反生出一种近似英雄救美女的感情冲动，朝着耳东小姐眯起眼，又朝老伴那边努努嘴。

耳东小姐何等聪慧，当下就领会了方先生的意思，知道日后会有，当下脆生生地说："我也就那么说一说，方老师这书我是不生心了，可您得用花笺，给我写上几封信，叫我也有个收藏，真要做起花笺，也有个样品。"

方仲秀还没顾上开口，方太太这里一口就应允了。

"耳东姑娘，这事包在我身上，他一有空，我就催他写。"

耳东小姐掏出手机，像是来了什么重要信息，要当下查看。刚收起，方先生的手机就响了，拿起一看，冲着耳东小姐一声惊叫："咦！"

"没什么，二十块钱，两次同城快递费，这样你最少要给我写两封毛笔信，还要用花笺。"

老太太想静静地看网络小说，摇摇手机，进卧室去了。

老伴一走，方仲秀扭身坐在老伴腾开的椅子上，指指对面，耳东小姐原本就在椅子背后站着，跨前一步，隔着桌子，脸对脸坐了下来，一坐下就说："方老师，有个事，您给我拿个主意。"

方仲秀不问，只是定定地瞅着耳东小姐，等着说出下文。

耳东小姐说，那天在雅聚坊，几个人在一起，说了曹总的病情，又说了将铺子转让的事，有些手续不是一下子能办成的，关键在于房东给力不给力。

曹总租赁这些年，对房子做了改造，添置了好几间，当初说好，曹总不经营了，这些都要归了房东。怕的是，哪天房东不高兴了，要么收回，要么加租。前两天，她跑去找房东，说了心里的担忧，房东听了，说她是揣着灵醒装糊涂。她说自己真的啥都不知道，房东说曹总回邢台前，不光交了今年下半年的房租，连明年的房租也交了。

说到这里，耳东小姐委屈地说，听房东的口吻，她是曹总的小情妇似的。多交一年的房租，就等于又给了她十万块钱，这笔钱是怎么来的，她一清二楚。是她按新的公司法，算出退股资金，让曹总带回邢台养病用的，谁知曹总转过身，全给了房东，为她交了下年的房租还不告诉她。

说着仍像在雅聚坊那样，怕污了假睫毛，平挺着脸，任泪水往下流淌，手里捏着餐巾纸也不擦一下。

"要是真的跟曹总有那种事，是那号人，什么都不说了，可什么事也没有，平白叫人家说成当情妇的馈赠，我可受不了。"

"你想怎么办呢？"

"我想把这笔钱还给曹总。"

"那你还哪。"

耳东小姐哇的一声哭了。

方太太听见了，拉开卧室的门，探出头来，方仲秀挥挥手，老太太看两个人分坐餐桌两边，离开那么远，并非抱头痛哭，亦非相拥而泣，皱了一下眉，又保持着原有的姿势退了回去。

"别这么哭，退就退了吧。"

"曹总昨天早上走啦！"

"啊！"

方仲秀一下子蒙了，默算了一下，十二月二十二日与岳伟光夫妇一起看《红鬃烈马》，岳伟光说他前几天去过邢台，且说看样子曹竖难过春节，现在还在十二月，今天三十号，昨天死的，那就是二十九号。一九五二年生人，那就是六十七，勉强可说是六十八岁。

"曹总要在着，这事我能办了，现在曹总一走，方老师，这个事，我该怎么办，才能把这钱还了。我去找曹总夫人，咋个子说嘛。能不能麻烦方老师，把这笔钱给了曹总夫人，就说当年借下曹总的。"

方仲秀闻言，苦笑一下，手在餐桌上轻轻一拍："别胡思乱想了，前几天我见过曹总的一个好朋友，他还跟这个朋友说，你要是有了困难，三万五万的，让他帮你一把。可见他是真心给你的，这个朋友就可以做证。"

"你是说天津的岳先生吗，曹总也跟我说过。"

方仲秀眼一瞪，手往下一劈："有岳先生做证，你还怕什么，好好经营你的作坊，曹总在天上看着呢。"

第五十一章

老伴回太原体检去了，原说两三天就回来，架不住女儿和外孙的央求，来电话说，再住上一个星期。

一个人在家，孙子也不让他接了。

这天早上，方先生去三环边上的张记酱牛肉店，吃了碗豆腐脑儿，外加一个糖油饼。这种油饼，外面加了一层糖面，炸出来黑乎乎，若老伴在，绝不允许他吃的。可他最爱吃的，恰是这种糖油饼，好在还记着老伴的叮嘱，在外面吃饭，一定要多吃半片拜糖平。

回了家，略事清扫，沏了一杯绿茶，坐在书桌前看书。这些日子不时翻看王阳明的《传习录》，是北大教授邓艾民先生注疏的本子。邓先生的阐释，启人心智，很是精到，可是今天，一点儿看书的兴味也没有。忽然想起，该给耳东小姐写两封信，还要用花笺写。

那天耳东小姐给他打了二十块钱，说是写好了快递过去。那个红包，他没有领，二十四小时后又返回发放者的钱包去了。没收钱，并不等于可以不写。

他甚至想过，如何变个法儿，送耳东小姐一套《方仲秀信札》。那天 使的眼色，正是此意。事不在急，过些日子，不难办到。

耳东小姐希望得到他手写的花笺，这份心情，绝对是真诚的，不可怠忽。

好，今天就写，此刻就写。也不是无事可告。耳东小姐曾说过，她特别喜欢林徽因的诗句，"你是人间四月天"，要他写个小条幅，前两天就写了，正好可以写个花笺，告诉她什么时候闲了，可以来取。

研好墨，品好笔，不能光写这么一封，怎么也得写上两三张吧。取过桌上放花笺的盒子，挑选花笺。萝轩变古笺，纸质好，花样也好，只是大了些，写字太多，不好布置，忽想起樊振飞送他的乐山堂诗笺，取来一看，好，就这个了。

先写点儿别的吧。

耳东小姐最爱说他是文人，他要告诉姑娘，他是文人，但不是普通文人，而是一个有家国情怀的文人。略一思索，写好了一封。

耳东小姐如晤：

您多次夸我是文人，有他人在场，不便多言。当今之文化人，或研究学问，或撰写文章，多是彰显性情，消遣文化。若徐志摩、陈寅恪、钱钟书诸人，志在建设文化，提升国族智力者，少之又少。方某驽钝，唯愿追慕前贤，尽其绵薄，于愿足矣。

己亥小寒　方仲秀（印）

再写个什么呢，想到耳东小姐初来此赁居之所，惊叹仅二位老人，何以租下这么大的房间，他当时不便多说什么，只说不算太贵。后来耳东小姐得知月租七千之后，连连叹息，表示难以理解。反正要写一笺，何不说说此事，释其疑窦，稍作思忖，又成一笺。

耳东小姐如晤：

您曾惊异我与老伴，京中闲居，何以租如此房舍，其时笑笑，未曾多言。思想的旷达，也与住处的宽绰，有无关联，不得而知，在我，虽说不出多少道理，感觉还是有的。自居住此房舍后，虽月月花光退休金，而心情舒畅，思绪飞扬，美矣值矣，乐不思晋矣。

己亥小寒　方仲秀（印）

事不过三。一日作笺，亦不应过三。最后一笺，还是说写小条幅的事吧。现成词句，不假思索，一挥而就。

耳东小姐如晤：

　　老伴单位有事，回晋已多日。老夫一人在家，每天饮酒读书写毛笔字，好不惬意。您要的林徽因诗句小条幅"你是人间四月天"已写起。笔墨酣畅，允称佳构。所要花笺，今天写好两纸，连同此纸，三笺矣。日后面呈，谨记谨记。

己亥小寒　蒲州方仲秀（印）

　　手机时代，他已养成习惯，写下的墨字，不管是邮寄，还是面呈，当下写了，必先用手机拍照发了过去。此番更不会例外。刚发走，连个喘气的工夫也没过，耳东那边的回复就来了：一个图符，两个小人相拥欢呼："太好了，太好了！"

　　方仲秀看了，淡淡一笑，这孩子，太可爱了。

第五十二章

二〇二〇年一月九日，农历己亥年腊月十五，上午十时，耳东小姐来到方仲秀家，实际不能叫家，该说是方先生赁居的单元楼房。

这个时间点，不是当下记住，是过后在手机上翻查，找见的。不会有一点儿的差错。老伴回了太原，儿子媳妇上班，孙子也不让他接。女儿怕他独自守着那么大个家太冷清，不时将一些逗笑的信息发到"方府"群里。他老两口，儿子一家，女儿一家，满共八口人，建了个小群叫方府。这天上午，记不清几点几分，总之是在去三环边上的张记酱牛肉店，吃了十六元一碗的羊杂割刚刚回来。

他经常给人说，一个地方的特色小吃，代表着一个地方的文化风貌。从这个意义上说，代表太原地方特色的小吃，并非近二三十年兴起的羊肉汤，而是徐沟一带的炒灌肠。西安，当然是羊肉泡馍。北京，有卤煮，有炒肝，他看中的是羊杂割。北京羊杂割的特点，一是切得碎，二是分量足，外加麻酱和蒜末。地方小吃，有一个显著的特点，都是下层民众喜欢吃，也吃得起才传扬开来的。

回到家里，刚坐下，手机响了一下，拿起一看，是女儿发来的一个照片。外孙老虎，手持 AK47 突击步枪，枪口朝天，头戴黑塑料头盔，腰上系着武装带，带上除挂着弹匣外，还别着一把大号手枪。好笑的是神态，眉头紧皱，怒目而视。女儿下面的留言是：全副武装，谁敢近前。

看过一笑，刚放下手机，又响了一下，是女儿发来的一则趣事。

写趣事是方府群里的一个常规项目。一个外孙，一个孙子，从三岁起，谁有什么憨不憨、精不精的好笑言行，由他们的父母当天写下，发到群里，方先生抽空用毛笔，抄写在趣事本子上，两个孩子，一人一本，一本完了，再续一本。且都是那种，内文红竖格，边上带鱼尾，封面蓝纸，左上角有签条，右侧用白线穿缝的宣纸本子。外孙大点儿，开笔早，已写到第二十四本第九〇六则，孙子离得近，有时奶奶也写，数量也不少，已到第二十三本第八八九则。

女儿发来的趣事是：

我在厨房做饭，老虎站在一边玩他的 AK47 突击步枪，新买的，爱不释手。我说让一让，老虎挪了挪。我还是要他让，又挪了挪。我要切菜，地方还不宽，要他再让让，老虎不满地说，我都从东土大唐，躲到西天小雷音寺了，你还要我往哪儿挪！

砚台带盖，里面还有昨天写了剩下的墨汁。

昨天无事，又给耳东小姐写了个四尺对裁的条幅，跟他书房墙上挂的一样，"过如春草芟难尽，学似秋云积不多"。写完见剩的墨汁还多，也就没有洗砚台。这种用剩下的墨汁写字，古人叫"馀渖用笔"。那个渖字，该是沈阳的沈字的繁体，现在成了渖，一点儿意趣也没有了。

反正没事，现在就写吧，掀开砚台，取过笔，蘸点水，品了品。看了开头，"我在厨房做饭——"

手机响了，一看竟是：已到你家门外。

耳东来的。往常都是先来电话，今天这是怎么啦，只是脑子里这么一闪，腿脚已启动，三脚两步来到门廊，一拧旋钮推开门扇。

明明就是耳东小姐，还是惊异得后退了半步。

开口便会失声，什么都没说，弯腰从鞋柜的下层格子里，取出一双女式拖鞋，摆在门廊，后退一步，扭过脸去。自从看过萧燕燕的脚板，他对耳东的脚板，全失了兴致，右脚大脚趾上有个"拐"，过去还觉得挺俏的，现在只觉得怪异。待穿上了才转过身，做了个请的手势，让到客厅餐桌边。

他先落座，那边耳东小姐刚坐下又起来，手搭在椅背上，挪挪脚步，却不走动。方先生起初有点儿奇怪，很快便明白，是身上的旗袍太紧，坐下不舒服。也就不再说什么，只是借了说话，细细打量对方的妆容与衣饰。

太奇葩了，也太骇人了！

平日的妆，浓是浓了些，给人的感觉，是往青春上靠，就是说扮嫩，也不能说全是嘲讽，至少本意无可挑剔。今天则不然，瞎子都能看出来，是往性感上靠，又不是身手娴熟的主儿，该粉的地方惨白，该艳的地方又太艳了。只有该黛的地方，也还说得过去，墨色是到了，调得不太匀，像笨画家笔下的飞白，得洒上点水才能洇开。

先问了是路过，还是专程。

说也不是路过，也不是专程，是心意的引领，开着车，走着走着，就到了这儿。说话的声儿，是有些嗲，可她平日就这么个调调，听惯了心里也还踏实。妆容和服饰虽与平日有异，人还是货真价实的耳东小姐。

"怎么说来就来了？"

这话一出口，方仲秀就知道自己还是没有静下心来，不过是无话找话定定神。

"我看到了神的昭示，听到了神的召唤。"

耳东小姐的话，听起来不像是半路上预备下的，倒像是前一天晚上睡觉前就打好草稿，随着身子在被窝里捂了一夜，此刻才从袖口里溜出来似的。说着伸出左手，捏成兰花指，在右手手腕处一扯，竟真的从窄窄的袖口，扯出一条粉红色的手绢来。方先生这才顾上打量了一下，原来耳东小姐，今天穿的是件藕荷色的紧身旗袍，开衩之高，他坐在餐桌这边，竟看到开衩处，梅红内裤的一个小角角。

沏上茶，递过去。

啜了一口，耳东小姐提出一个问题，说曹总过世好些日子了，她在网上看到好几个朋友，都写了悼念文章，曹总对方先生这么好，怎么着也该写个什么才说得过去。

面对这么真诚的责问，方仲秀只有实话实说，说曹竖先生去世不久，网上有个叫大猛子的人，显然跟曹总很熟，也知道曹总跟他有交往，在他博客的纸条栏里留言说，曹竖生前跟他说过，很敬重方先生，怎么不见先生片言只语悼念呢。

说到这儿，方仲秀叹了口气，语调沉重起来。

说以交情说，是该写点儿什么的，可总也提不起这个精神。后来也想开了，他与曹竖，互相敬重是真的，了解却很不够。两人在一起，常是一种审视的状态，你看我能说出什么精辟的话，我看你又发现了文坛上什么丑闻。曹竖爱爆粗口，动不动就是个"×他妈"，他很是反感。去年十二月，去长安大戏院看戏，在四川饭店吃饭时，听了岳伟光先生一番剖析，对曹总的骂詈，算是有了新的理解，受到震撼，但是说到写文章，觉得更不能写了。

"曹总跟我说过，不是认识方先生，他的文章不会接二连三发在《文学随意谈》这样的名刊上，头像登在封面上。"

"快别这么说，那是他一次一次投稿，新主编对他的文章评价甚高，才接连发表，又登了头像。"

当着这么一个感情单纯又真挚的女孩子，方仲秀赶紧撇了个一干二净。

"不管怎么说，"耳东小姐的声调都变了，"我看您，跟看曹总一样的好，曹总去了，你就是我心里的一个依靠。"

说到这里，忽地换了笑脸，情绪一下子高涨起来，张开双臂，像小鸟扇动翅膀一样，呼扇了两下，叫道："您微信上说，给我的花笺写了，小条幅也写了，我太高兴啦！喜欢死啦！"

第五十三章

不等耳东小姐的话音落下，方仲秀忙说："我这就去取！"

说着已经站了起来，耳东小姐的动作比他还要快，一跃而起，站在方先生一侧，身子几乎挡住了方仲秀的去路，两只手臂，仍是像小鸟翅膀一样呼扇着，只是扇动的速度更快了，像是给话语打拍子。不光手臂飞舞，眼珠子也是咕噜咕噜地转。

"我要去，我要去，你不是说还多写了一幅，跟你墙上挂的一样嘛，我要看看是不是真的！"

说着，胸脯一挺，身子也飞了起来，跟上去的才是腿，腿动了才是脚步，而脚的快捷，还有轻盈，又领先了大腿与腰身。就是这一瞬间，方仲秀一下子就悟出，西方芭蕾的那个蕾字，还有东方起源于宫廷的"步步莲花"，乃至后世缠小脚以毕肖莲花尖尖之形状，其发端，均是由女性情绪飞扬，脚尖点地而起，带动身体飞扬所致。

进了书房，看了一眼南墙上的条幅，离得太近了，为了便于欣赏，耳东小姐一面后退，一边读着，"过如春草"，再后退一步，跌坐在南北顺放的双人床的挡头。还想更好地欣赏，腿有床头挡着，不能往后退了，只有身子往后靠靠。为了稳住身子，方才舞动的手臂，只有伸向身后，支撑起几乎朝后倾倒过去的身子。

方仲秀一进书房，先去书案——头的书摞子上，去取昨天装了信封的花笺和书法，待翻出拿上，转回身的时候，看到的耳东小姐，几乎是斜倚着支撑在床上。

"先拿长的，我看跟墙上的一样不一样。"

耳东小姐使了个放肆的媚眼，扬扬下颏，指指南墙。

方先生只好乖乖地取出那张四尺对裁的条幅，双手扯起，站在墙根，让耳东小姐鉴定字句是不是一样。耳东小姐平日是写书法的，真的审视了一会儿，说道："字句是一样，气势上是弱了一些，还行。我的小条幅呢，也这样让我看看。"

方先生又用同样的架势，取出那幅"你是人间四月天"，双手扯起，像农村年画里的"招财献宝"的架势一样，送到耳东小姐面前。

往过走的时候，竟看见姑娘勾起的玉腿的内侧，若不是藕荷旗袍下摆的束缚，直可说是袒露无遗了。至此，他已明白耳东小姐此番的来意，只是不明白，平日也还检点的女孩子，此番何以如此的肆无忌惮。只是在心里提醒自己，见机行事，切莫轻举妄动。

"给我的花笺呢？"

"在这里！"

方仲秀取出三张笺纸，正要仿"招财进宝"模式，一一呈献上去，耳东小姐说了句："微信上都看了，过来坐下，我想跟你说说话儿。"

说着斜着收收下颏，指指身边的床头。想来眼下还不到紧要关头，方仲秀将装着花笺的信封，往床边上一搁，扭身在耳东小姐身边坐下，手往床上撑的时候，压住了耳东小姐半个手掌，耳东小姐也真够敏捷，一反手，握住了他拇指之外的四个手指，且扯到面前，细细端详。

"平日看你手指修长，只握过手，没这么摸过，还挺绵软的，跟女人的手一样"。

"老了，皮都皱了。"

耳东小姐坐直身子，倚了过来，下巴抵住方仲秀的肩头。

"你晓得我今天来做什么的吗？"

"取你的花笺，还有书法。"

"不，是了我的心愿，也是了你的心意。"

方仲秀伸出手臂，从后面搂住姑娘的腰，感觉甚好，有小蛮腰的味道，胯骨处捏捏，峰棱单薄，正是女孩儿的身板。再往下探探，就是旗袍的开衩了，住了手。扭过脸，嘴凑了过去，贴近耳朵，压低嗓音，问道："小东西，给老哥说说，怎么是了你的心愿，也是了我的心意。"

说着，手还在耳东的胯骨尖上挠了挠，耳东笑得咯咯的，强忍住笑，正色言道："我先给你说，怎么是了我的心愿。曹总一死，我什么时候想起，都觉得心里堵得慌。刚招进细木作坊，我就知道曹总对我有好感，寡男孤女在一起，调个情，逗个乐，我都能理解，有次他做得过了，搂住我要亲一下，我翻了脸，觉得他是欺负我一人独身在外，要占我的便宜。我一翻脸，他马上赔情道歉，连扇了自己几个耳光。从此之后，对我益发的敬重，反让我觉得对人不起。及至他大病后，将作坊低价盘给我，又将得到的钱续交了房租，我才知道，曹总喜欢我，不是因了我的漂亮，而是我长得像他的初恋情人，就是那个叫他母亲活活拆散了的中学同学。一知道这个，我后悔死了，恨死了我自己。"

"那与我有什么相干？"

方仲秀扳过耳东的肩头，一脸懵懂地问。

"我怕落下跟对曹总一样的遗憾！"

耳东朝东墙那边挪了挪，离开一些，柳眉倒竖，杏眼圆睁，冷不丁就来了这么一句。

"你这不是咒我死吗？"

料不到，耳东小姐竟像《西游记》里的女妖精，呵斥唐僧一样，说了句最是狠毒，也最是贴心的话："你就是能活百岁，也只有二十几年了，你以为你会了结在这个世上吗？"

前面耳东小姐多少个媚眼，多少句温存的话，方仲秀都没有动心，这一句连呵斥带嘲讽的话，却让他心头一热，差点儿掉下泪来，猛一拽，将耳东小姐揽在怀里，淫声浪气地说："小东西，怎么就是了我的心意。"

"先不说，说了你笑话我。"

"那啥时候说？"

"完了事再说，你太狡猾了！"

说着将方仲秀推倒，又往上拱了拱，一伸手，将北边床头的被子扯过来，抖开，盖住了两人的身子。

几个典型动作没有完成，又几个非典型动作也不见佳妙，耳东小姐那里已使足功夫，双唇微微翕张，做出一副销魂的模样。方先生这里，仍像去年四月两人在凉水河畔看过的黄山谷的书法一样，似死蛇挂树，除了死，就是个软，不见一点儿生气。耳东小姐将女人"助兴"的本事，摸爬滚打，吹拉弹唱，几乎全过了一遍，以为总会转阴为阳，略显生机，到最后，仍是一条死蛇，垂挂树梢。毕竟还是女孩子，涵养功夫有限，一把掀开被子，自个儿先穿将起来。

身后，方先生跟条老狗似的，爬了起来，寻找自己的衣裤。全在靠墙的那边，耳东小姐抓起，扔了过去，冷笑一声，言道："这点儿本事也敢下单！"

羞愧中的方仲秀，一听也来了气："是你自个儿来的，怎么说我下的单！"

耳东小姐已穿好旗袍，正在套腿上的丝光长袜，套上一只，另一只还未套上，腿抬起，脚踩在床头上，正好压住信封的一角。使劲一扯，将丝袜扯到大腿根，站起来，蹦一蹦，让旗袍自然下垂平展，这才一弯腰，拿起床头的信封，抽出三张花笺，拣出最后一笺，眼盯着笺上字句，吼道："还说你没有下单，你听听你都写了啥个字——日后面呈。还让我谨记，我倒是记住了，你日得了吗，净瞎写！"

方仲秀一听，整个人都傻了。古往今来，"日后面呈"这套话，多少文人学士用过，多少受信人见过，可有一人会是这样的理解？还有那个"谨记"，是写给自己的，如今也成了对他人的叮嘱，这冤屈去哪儿诉去！

训斥归训斥，耳东小姐走时，还是欢欢喜喜的。

换了鞋，要出门了，踮起脚，在方仲秀脸上亲了一下，伸出小手，拍了拍，说道："过去我喜欢你，心说你是个好男人，往后还一样的喜欢你，知道你是个好老头儿！"

送到楼道上，电梯来了，耳东小姐闪身进去。电梯门将要关上的一会儿，耳东小姐做了个鬼脸，来了一句："别瞎下单了！"

午饭，方仲秀喝了个半醉，睡了一大觉，醒后洗了个澡，沏了杯上好的花茶，让自己彻底放松。

坐在桌前，想了想，决定给东海书社的萧燕燕写封信，照相给发过去，将纠结了多少年的官司，做个彻底的了断。

墨磨好了，笔也品好了，该用一张什么花笺呢，想想，取出一张扬州带回来的，古椿阁制的萝轩变古笺。

第五十四章

萧燕燕同志：

　　我决计将我与贵社多少年的版税纠葛做一了断。这些日子，一连几件事，给我启迪，让我开悟。些许善意，可照亮暗昧。人生短促，当好生珍摄。回溯与贵社之纠葛，让我编起《徐志摩文集》并出版，才是重中之重，与此相比，全都不值一哂。有鉴于此，我决定放弃讨要，请转告社方，爱给不给，若给，给多给少，悉听尊便。深望以后，互不相扰为盼。

　　　　　　　　　　　　　　　己亥小雪　方仲秀上

　　写罢看了一遍，没有错讹，取过手机拍了一张，发了过去。

后记

这是我在《边将》之后，新写的一部长篇小说。

2019年10月26日，承北京大学外文学院赵白生教授的美意，我在学院新楼501室，做了一个讲座。讲题是《越陷越深：我的传记写作》，时间是晚七点到九点。原以为来听讲的，全是北大的学生，没想到的是，我的老朋友，春风文艺出版社的年轻编辑姚宏越先生也来了。不是来京办事，凑巧赶上了，是当天上午得到消息，从沈阳坐高铁，专程赶来的。

这种追踪式的约稿，在他，已不是第一次。多年前我去大连有个文化活动，他也是闻讯后，从沈阳赶了过去。

讲座过后，白生教授安排车送我夫妇回寓，正好顺路，就带了宏越先生一程。车上他说，明年无论如何给他个小说稿子，且说，只要有上十几万字，他就能出一本很漂亮的书。《边将》出版后，我还没有再写长篇的打算，只是偶尔会冒出这么个念头，那天也怪，不知哪根神经抽了筋，叫宏越先生这么一说，竟满口应承下来。

应承下来的事，就得着手去做。稍做准备，12月2日动笔，到2020年4月17日写完，共写了四十万字的样子。全是用中性笔，写在十六开稿纸的背面，且是竖行写的。这几年，我在京南租房居住，陪老伴照看孙子，本来应酬就少，又赶上新冠肺炎疫情，小区封闭，初期有五十天未下楼。写得快，这也是个痛苦而又无奈的原因吧。

今年春夏间，承宏越先生指点，又做了删节与修订，成了现在这个样子。

以上是写作缘起与写作过程。

这里要特别申明的是，这是一本小说，人物的设置，情节的安排，乃至语言的运用，行文的风格，都是按小说的规矩来的。作为书中角色的人名，与涉及的单位的名字，都尽量做了规避。可以说，除了同为人类以外，跟现实中人没有丝毫关系。有考据癖的，即便考出了什么，请勿自作多情，硬往上靠。

韩石山
2021 年 5 月 28 日于潺湲室